dtv

Die reiche Bauerntochter Emma Rouault – schön, jung und von romantischer Sinnlichkeit – heiratet den biederen Landarzt Charles Bovary und geht mit ihm in ein armseliges Nest. Doch vor der Monotonie des Alltags und der dumpfen Betriebsamkeit ihres Mannes flieht sie in die Scheinwelt der Bücher und Tagträume, die bald zum Lebensersatz wird. Die erste reale Berührung mit der vermeintlich schöneren Welt bei einem festlichen Diner löst denn auch eine Nervenkrise aus. Damit beginnt eine Entwicklung, die Emma in amouröse Abenteuer und zum Ehebruch treibt und vom nur geträumten Doppelleben zum wirklichen führt: Unlösbar in Schuld und Schulden verstrickt, vergiftet sie sich.

Mit ›Madame Bovary‹ schuf Flaubert den modernen realistischen Roman, der bei seinem Erscheinen 1856 den Staatsanwalt auf den Plan rief und noch heute durch seine Radikalität herausfordert.

Gustave Flaubert, geboren am 12.12.1821 in Rouen und gestorben am 8.5.1880 in Croisset, absolvierte 1841–1843 ohne Lust und Erfolg das Studium der Rechte in Paris. Nach 1843 war er durch Nervenleiden vom praktischen Berufsleben ausgeschlossen. Reisen nach Korsika, Italien, Griechenland, Nordafrika, Orient. Sein erster Roman ›Madame Bovary‹ wurde ein großer (Skandal-)Erfolg und löste einen Prozeß aus. Flaubert wurde das große Vorbild für die französischen und ausländischen Realisten. Weitere Werke u. a.: ›Salammbô‹ (1863), ›L'éducation sentimentale, histoire d'un jeune homme‹ (1870).

Gustave Flaubert
Madame Bovary

Aus dem Französischen
von Walter Widmer

Mit einem Nachwort
und einer Zeittafel von
Karl Markus Michel

Deutscher Taschenbuch Verlag

Die Übersetzung basiert auf der Ausgabe in der
›Bibliothèque de la Pléiade‹, herausgegeben von
Albert Thibaudet und René Dumesnil, Paris 1936.

Titel der französischen Originalausgabe:
›Madame Bovary. Moeurs de province‹
(Paris 1856)

April 1980
12. Auflage Dezember 1997
Deutscher Taschenbuch Verlag GmbH & Co. KG,
München
© Artemis & Winkler Verlags-AG,
Düsseldorf und Zürich (5. Auflage 1993)
Umschlagkonzept: Balk & Brumshagen
Umschlagbild: ›Frau mit Sonnenschirm‹ (1886) von Claude Monet
Gesamtherstellung: C. H. Beck'sche Buchdruckerei,
Nördlingen
Gedruckt auf säurefreiem, chlorfrei gebleichtem Papier
Printed in Germany · ISBN 3-423-12398-2

ERSTER TEIL

Wir saßen an unseren Aufgaben. Da trat der Direktor
ein, hinter ihm ein *Neuer*, noch im gewöhnlichen All-
tagsanzug, und ein Schuldiener mit einem großen Pult.
Wer vor sich hindöste, wurde wach, und alle sprangen
auf, als wären sie mitten im Arbeiten aufgestört worden.

Der Direktor bedeutete uns mit einem Kopfnicken,
wir sollten uns wieder hinsetzen; dann wandte er sich an
den Lehrer, der die Aufsicht führte.

»Herr Roger«, sagte er halblaut zu ihm, »diesen
Schüler hier lege ich Ihnen besonders ans Herz. Er tritt
in die Fünfte ein. Wenn seine Leistungen lobenswert sind
und er sich gut aufführt, tritt er zu den Großen über,
zu denen er seinem Alter nach gehört.«

Der *Neue* war im Winkel hinter der Tür stehengeblieben, so daß man ihn kaum sah. Er war ein Bursche
vom Lande, ungefähr fünfzehnjährig, und größer als
wir alle. Sein Haar trug er über der Stirn gerade geschnitten wie ein Dorfkantor, und er sah verständig,
nur sehr befangen aus. Obwohl er eher schmächtig war,
spannte ihm sein kurzer grüner Tuchrock mit schwarzen
Knöpfen sichtlich unter den Armen. Durch den Schlitz
der Ärmelaufschläge sah man seine roten Handgelenke,
die keine Handschuhe gewöhnt waren. Seine Beine, in
blauen Strümpfen, sahen aus gelblichen Hosen hervor,
die von den Trägern übermäßig hochgezogen wurden.
An den Füßen trug er derbe, schlecht gewichste, mit
Nägeln beschlagene Schuhe.

Man begann mit dem Hersagen der Aufgaben. Er
war ganz Ohr, hörte aufmerksam zu wie bei der Predigt

und wagte nicht einmal die Beine übereinanderzuschlagen oder den Ellbogen aufzustützen. Als es um zwei Uhr läutete, mußte ihn der Lehrer darauf aufmerksam machen, damit er sich mit uns in Reih und Glied aufstellte.

Wir warfen gewöhnlich beim Betreten der Klasse unsere Mützen auf den Boden, um nachher die Hände freizuhaben. Man mußte sie schon von der Tür aus unter die Bank schleudern, so daß sie gegen die Wand flog und viel Staub aufwirbelte. Das galt als besonders *flott*.

Doch sei es nun, daß er diesen Vorgang nicht beachtet oder sich nicht getraut hatte, es ebenso zu machen, jedenfalls war das Gebet schon zu Ende gesprochen, und der *Neue* hielt seine Mütze immer noch auf den Knien. Es war eine recht zusammengewürfelte Kopfbedeckung, eine Mischung aus Bärenmütze, Tschapka, rundem Filz, Otterfellmütze und Zipfelkappe, kurz, eines jener armseligen Dinge, deren stumme Häßlichkeit unergründlich ausdrucksvoll sein kann wie das Gesicht eines Schwachsinnigen. Sie war eiförmig, mit Fischbeinstäbchen ausgebaucht, hatte unten drei kreisförmige Wülste, dann folgten, durch rote Streifen getrennt, Rauten, abwechselnd aus Samt und Kaninchenfell, darüber eine Art Sack, den ein vieleckiger, mit verwickelter Litzenstickerei besetzter Pappkarton abschloß. Daran hing an einer langen, viel zu dünnen Schnur eine kleine Troddel aus Goldfäden wie eine Quaste herunter. Die Mütze war neu; der Schirm glänzte.

»Steh auf«, sagte der Lehrer.

Er stand auf; die Mütze fiel zu Boden. Die ganze Klasse fing an zu lachen.

Er bückte sich und wollte sie aufheben. Ein Nachbar stieß sie mit dem Ellbogen wieder hinunter. Er hob sie nochmals auf.

»Leg doch deinen Helm weg«, riet der Lehrer, der ein witziger Mann war.

Darauf brachen die Schüler in ein schallendes Gelächter aus, das den armen Jungen so aus der Fassung brachte, daß er nicht mehr wußte, sollte er die Mütze in der Hand behalten, auf dem Boden liegen lassen oder auf den Kopf setzen. Er setzte sich wieder und legte sie auf seine Knie.

»Steh auf«, fing der Lehrer abermals an, »sag mir deinen Namen.«

Der *Neue* würgte stockend und stotternd einen unverständlichen Namen hervor.

»Noch einmal!«

Wieder war dasselbe Gestotter unverständlicher Silben zu hören. Es ging im Gejohle der Klasse unter.

»Lauter!« schrie der Lehrer. »Lauter!«

Da entschloß sich der *Neue* zum Äußersten. Er riß den Mund weit auf und brüllte aus voller Lunge, als wollte er jemanden rufen: »*Charbovari.*«

Da brach mit einem Schlag ein Höllenlärm los, steigerte sich in einem tollen *Crescendo*, schrille Stimmen gellten, man heulte, kläffte, trampelte, man grölte in einem fort: »*Charbovari! Charbovari!*« Dann wurden noch vereinzelte Rufe laut, der Lärm legte sich mühsam wieder und flackerte da und dort plötzlich in einer Bankreihe wieder auf, wo zuweilen, wie ein schlecht losgegangener Knallfrosch, ein ersticktes Lachen aufprustete.

Doch nun hagelte es Strafarbeiten, und nach und nach trat wieder Ruhe in der Klasse ein. Der Lehrer hatte schließlich den Namen Charles Bovary verstanden, hatte ihn sich diktieren, buchstabieren und nochmals vorlesen lassen und befahl nun, ohne lange zu fackeln, dem armen Teufel, sich auf die Strafbank vor dem Katheder zu setzen. Er wollte sich hinbegeben, blieb dann aber zögernd stehen.

»Was suchst du?« fragte der Lehrer.

»Meine Kap . . .« antwortete schüchtern der *Neue* und blickte sich unruhig um.

»Fünfhundert Verse – die ganze Klasse!« Diese mit wütender Stimme verhängte Strafe verhütete, wie das *Quos ego**, einen neuen Tumult. – »Ruhe!« gebot der Lehrer entrüstet und wischte sich mit dem Schnupftuch, das er aus seinem Käppchen hervorholte, die Stirn ab. »Und du, der *Neue*, du schreibst mir zwanzigmal den Ausdruck *ridiculus sum* ins reine.«

Dann setzte er freundlicher hinzu: »Na, deine Mütze wirst du schon wiederfinden. Gestohlen hat sie niemand!«

Nun trat überall wieder Ruhe ein. Die Köpfe beugten sich über die Hefte, und der Neue bewahrte zwei Stunden lang eine musterhafte Haltung, obschon ihm ab und zu ein Papierkügelchen, von einer Federspitze abgeschnellt, ins Gesicht spritzte. Aber er wischte es mit der Hand ab und saß bewegungslos und mit niedergeschlagenen Augen da.

Abends im Arbeitssaal holte er seine Ärmelschoner aus dem Pult, brachte seine Siebensachen in Ordnung und linierte sorgfältig sein Papier. Wir sahen, wie er gewissenhaft arbeitete, jedes Wort im Wörterbuch nachschlug und sich redliche Mühe gab. Zweifellos verdankte er es dem guten Willen, den er an den Tag legte, daß er nicht in die untere Klasse absteigen mußte; denn wenn er auch seine Regeln einigermaßen kannte, so war er doch recht unbeholfen im Ausdruck. Die lateinischen Anfangsgründe hatte ihm der Pfarrer seines Dorfes beigebracht, da ihn seine Eltern aus Sparsamkeit erst so spät wie möglich aufs Gymnasium geschickt hatten.

Sein Vater, Charles-Denis-Bartholomé Bovary, ein ehemaliger Bataillonsarzt, war um 1812 wegen irgendwelcher Machenschaften bei den Aushebungen ins Gerede gekommen und hatte damals den Dienst quittieren müssen. Darauf hatte er sich seine persönlichen Vorzüge zunutze gemacht und so nebenbei eine Mitgift

* Anspielung auf Vergil: *Aeneis I, 135:* »Quos ego ... sed motos praestat componere fluctus.« (Anm. des Übers.)

von sechzigtausend Franken ergattert, die sich ihm in der Tochter eines Mützen- und Strumpfhändlers bot. Sie hatte sich in sein schneidiges Auftreten verliebt. Er war ein schöner Mann, ein Maulheld und Säbelraßler, klirrte mit seinen Sporen und trug einen Backenbart, der mit dem Schnurrbart zusammengewachsen war. Er hatte Ringe an allen Fingern und kleidete sich mit Vorliebe in auffallende Farben. So bot er ein seltsam zwitterhaftes Bild: halb tapferer Haudegen, halb Draufgänger und leichtlebiger Handelsreisender. Nach der Hochzeit lebte er zwei, drei Jahre vom Vermögen seiner Frau, aß gut, stand spät auf, rauchte lange Porzellanpfeifen, kam erst nachts spät nach dem Theater nach Hause und saß in den Kaffeehäusern herum. Dann starb der Schwiegervater und hinterließ nur wenig. Er war empört, wurde *Fabrikant*, verlor dabei eine ziemliche Menge Geld und zog sich daraufhin aufs Land zurück, wo er viel Geld herauswirtschaften wollte. Da er sich aber nicht besser auf die Landwirtschaft als auf die Kattunfabrikation verstand und auf seinen Pferden ausritt, anstatt sie vor den Pflug zu spannen, seinen Apfelwein flaschenweise selbst trank, statt ihn zu verkaufen, das schönste Geflügel seines Hühnerhofs aufaß und seine Jagdstiefel mit dem Speck seiner Schweine schmierte, dauerte es nicht lange, bis er merkte, daß es besser war, ein für allemal die Finger von allen Spekulationen zu lassen.

Für zweihundert Franken im Jahr pachtete er in einem Dorf an der Grenze zwischen der Gegend von Caux und der Picardie ein Anwesen, halb Bauernhof, halb Herrenhaus. Verbittert, von Reue gequält, mit dem Himmel hadernd, neidisch auf jedermann, vergrub er sich dort, obwohl er erst fünfundvierzig Jahre zählte. Er habe genug von den Menschen, erklärte er, und wolle nur noch in Frieden gelassen werden.

Seine Frau war seinerzeit toll in ihn verliebt gewesen. Sie hatte ihn mit schrankenloser Unterwürfigkeit geliebt, und das hatte ihn ihr nur noch mehr entfremdet. War sie früher heiter, mitteilsam, ganz hingebende Liebe gewesen, so war sie mit zunehmendem Alter – wie abgestandener Wein zu Essig gärt – wunderlich, reizbar, zänkisch und leicht erregbar geworden. Sie hatte in der ersten Zeit ohne ein Wort der Klage viel gelitten, wenn sie ihn hinter allen Weibern im Dorf herlaufen sah und wenn er nachts abgestumpft und nach Wein und Schnaps stinkend aus allerlei üblen Kaschemmen heimkam. Dann hatte sich ihr Stolz aufgelehnt; sie schwieg auch jetzt und würgte ihre Wut in stummer Schicksalsergebenheit hinunter; diese stoische Haltung bewahrte sie bis zu ihrem Tod. Unablässig war sie unterwegs, machte Besorgungen und erledigte Geschäfte. Sie lief zu den Anwälten, zum Gericht, wußte genau, wann Wechsel fällig waren, erwirkte Zahlungsaufschub. Zu Hause plättete sie, nähte, wusch, beaufsichtigte die Handwerker, bezahlte ihre Rechnungen, während sich der gnädige Herr um gar nichts kümmerte, sondern immer nur mißgelaunt und schläfrig am Kamin hockte, rauchte und in die Asche spuckte. Erwachte er einmal aus seinem Dösen, wurde er ausfällig und gab ihr unfreundliche Worte.

Als sie ein Kind bekam, mußte man es zur Pflege einer Amme übergeben. Später nahmen sie das arme Würmchen wieder zu sich und verwöhnten es wie einen Prinzen. Die Mutter fütterte ihn mit Schleckzeug, sein Vater ließ ihn barfuß herumlaufen und meinte – nur um sich als vorurteilsloser Mensch aufzuspielen –, er könne sehr gut auch ganz nackt gehen wie die jungen Tiere. Im Gegensatz zu den mütterlichen Wunschzielen schwebte ihm ein bestimmtes männliches Ideal vor, wie die Kindheit zu sein habe, und danach trachtete er seinen Sohn zu formen. Er sollte abgehärtet, spartanisch erzogen werden, damit er gesund und kräftig würde. Er mußte in einem ungeheizten Zimmer schlafen, er lehrte ihn Rum trinken und in großen Schlucken hinunterstürzen und wollte ihn dazu erziehen, kirchliche Prozessionen zu beschimpfen. Aber der Kleine war eine friedfertige Natur, und so richtete er mit seinen Bemühungen wenig aus. Seine Mutter schleppte ihn die ganze Zeit mit sich herum; sie schnitt ihm Pappfiguren aus, erzählte ihm Geschichten, unterhielt sich mit ihm in endlosen Selbstgesprächen, einem Gemisch aus wehmütigen Späßen und kindisch zärtlichem Geplauder. In ihrer Verlassenheit übertrug sie auf dieses Kind all ihre eigenen überheblichen Wünsche, die in nichts zerronnen und enttäuscht worden waren. Sie träumte von hohen Stellungen, sah ihn schon groß, schön, geistreich, als Beamten der Straßen- und Brückenbauverwaltung oder als Richter. Sie brachte ihm das Lesen bei und lehrte ihn sogar auf ihrem alten Klavier zwei oder drei Liedchen singen. Doch zu all dem meinte Herr Bovary, der für schöngeistige Dinge nicht viel übrig hatte, nur geringschätzig, es *sei schade um die Zeit*. Würden sie denn überhaupt je die Mittel haben, ihn auf eine höhere Schule zu schicken, ihm ein Amt oder ein Geschäft zu kaufen? Übrigens *bringe es ein Mensch mit dem nötigen dreisten Auftreten in der Welt immer zu etwas*. Madame Bovary biß sich auf die Lippen, und das Kind stromerte im Dorf herum.

Er ging mit den Bauern aufs Feld und verscheuchte mit Erdschollen die Raben. Er aß Brombeeren am Rand der Gräben, hütete mit einem Stecken die Truthähne, half beim Heuwenden, trieb sich in den Wäldern herum, spielte an Regentagen mit Murmeln unter dem Kirchentor, und an hohen Festtagen bettelte er so lange, bis ihn der Küster die Glocken läuten ließ. Dann hängte er sich mit seinem ganzen Gewicht an das Seil und ließ sich mit emportragen.

So wuchs er denn auch kräftig wie ein Eiche heran, bekam starke Hände und gesunde Farben.

Als er zwölf Jahre alt wurde, setzte seine Mutter es durch, daß er endlich Unterricht bekam. Man betraute den Pfarrer damit. Aber die Stunden waren so kurz und wurden so unregelmäßig erteilt, daß nicht viel dabei herauskam. Sie fanden statt, wenn der Geistliche gerade nichts Gescheiteres zu tun hatte, sie wurden in aller Eile und im Stehen abgetan, in der Sakristei zwischen einer Kindstaufe und einem Begräbnis. Manchmal ließ der Pfarrer seinen Schüler auch nach dem *Angelus* holen, wenn er nicht mehr auszugehen brauchte. Sie stiegen in sein Zimmer hinauf und machten es sich bequem. Die Mücken und Nachtfalter schwirrten um die Kerze. Es war heiß; das Kind schlief ein, und es dauerte nicht lange, so nickte auch der gute Pfarrherr ein und begann mit offenem Mund zu schnarchen, die Hände auf dem Bauch gefaltet. Ein andermal wieder, wenn der Herr Pfarrer einem Kranken in der Umgegend die Letzte Ölung erteilt hatte und auf dem Heimweg war, sah er Charles, der sich auf den Feldern herumtrieb, rief ihn zu sich, kanzelte ihn eine Viertelstunde lang tüchtig ab und benützte dann die Gelegenheit, ihn unter einem Baum ein Verb konjugieren zu lassen. Zuweilen machte dem ein Regenguß oder ein Bekannter, der eben des Weges kam, ein Ende. Im übrigen war er stets mit ihm zufrieden und behauptete sogar, der *junge Mann* habe ein vorzügliches Gedächtnis.

So konnte es mit Charles nicht weitergehen. Madame Bovary wurde energisch. Beschämt oder vielleicht auch nur aus Überdruß gab ihr Mann widerstandslos nach, und man wollte nur noch ein Jahr warten, bis der Junge die Erstkommunion gefeiert hatte.

Dann verging noch ein weiteres halbes Jahr, und schließlich wurde Charles im darauffolgenden Jahr endgültig auf das Gymnasium in Rouen geschickt. Sein Vater bracht ihn Ende Oktober, zur Zeit des Jahrmarkts Saint-Romain, selbst hin.

Es wäre heute keinem von uns mehr möglich, sich an irgend etwas Besonderes an ihm zu erinnern. Er war ein ziemlich temperamentloser Junge, der in den Pausen spielte, im Arbeitssaal büffelte, in den Stunden aufmerksam zuhörte, im Schlafsaal gut schlief und im Eßsaal tüchtig einhieb. Außerhalb der Schule nahm sich ein Eisengroßhändler in der Rue Ganterie seiner an, der einmal im Monat mit ihm ausging, wenn er sonntags seinen Laden zugemacht hatte. Er schickte ihn zum Hafen, wo er die Schiffe ansehen konnte, und brachte ihn dann schon um sieben Uhr, vor dem Nachtessen, in die Schule zurück. Jeden Donnerstagabend schrieb er seiner Mutter einen langen Brief mit roter Tinte und verschloß ihn mit drei Oblaten. Dann ging er noch einmal seine Geschichtshefte durch oder schmökerte etwa in einem alten Exemplar des *Anacharsis**, das im Arbeitssaal herumlag. Auf den Ausflügen plauderte er mit dem Schuldiener, der ebenfalls vom Land war.

Mit Fleiß und Ausdauer hielt er sich immer in der Mitte der Klasse; einmal erhielt er sogar einen ersten Preis in Naturkunde. Aber am Ende des dritten Jahres nahmen ihn seine Eltern von der Schule. Sie wollten ihn Medizin studieren lassen, in der festen Überzeugung, er werde sich schon allein bis zur Schlußprüfung durchpauken können.

Seine Mutter besorgte ihm ein Zimmer im vierten Stock bei einem ihr bekannten Färber an der Eau-de-Robec. Sie einigte sich mit ihm über Kost und Unterkunft, beschaffte ein paar Möbelstücke, einen Tisch und zwei Stühle, ließ von zu Hause ein altes Bett aus Kirschbaumholz kommen und erstand zudem ein gußeisernes Öfchen nebst einem Vorrat an Brennholz, der ihr armes Kind warmhalten sollte. Dann reiste sie am Ende der Woche wieder ab, nachdem sie ihm noch tausendmal auf die Seele gebunden hatte, er müsse sich jetzt, da er ganz auf sich allein gestellt sei, gut aufführen.

Als er das Vorlesungsverzeichnis am schwarzen Brett

---

* Skythischer Philosoph, 590 v. Chr. Gemeint ist *Le Voyage du jeune Anacharsis en Grèce* (1788) des Abbé J. J. Bartholemy (Anm. des Übers.).

durchlas, wurde ihm schwindlig: Vorlesungen über Anatomie, über Pathologie, Physiologie, Pharmazeutik, Chemie, Botanik, klinische und therapeutische Kurse, ganz abgesehen von Hygiene und Heilmittellehre – lauter Namen, von deren Etymologie er keine Ahnung hatte und die ihm wie ebenso viele Tore zu Heiligtümern voll hehren Dunkels vorkamen.

Er begriff nichts von allem; er konnte noch so eifrig aufmerken, es ging ihm einfach nicht in den Kopf. Und doch arbeitete er, schrieb gewissenhaft seine Kolleghefte nach, besuchte alle Vorlesungen und versäumte nicht eine einzige Untersuchung. Er verrichtete seinen täglichen Kleinkram an Arbeit wie ein Gaul am Göpel, der mit verbundenen Augen immer im Kreis herumläuft und keine Ahnung hat, was er da zerschrotet.

Um ihm Auslagen zu ersparen, schickte ihm seine Mutter jede Woche durch den Fuhrboten ein Stück Kalbsbraten. Davon aß er, wenn er am Morgen aus der Klinik nach Hause kam und sich die kalten Füße durch Trampeln gegen die Wand wärmte. Dann mußte er schleunig wieder in die Vorlesungen laufen, ins Anatomiekolleg, in die Klinik, und nachher durch die halbe Stadt wieder heimgehen. Abends stieg er nach dem kärglichen Nachtmahl, das ihm sein Hauswirt auftischte, in sein Stübchen hinauf und setzte sich in seinen durchnäßten Kleidern, die ihm vor dem rotglühenden Ofen am Leibe dampften, wieder an die Arbeit.

An schönen Sommerabenden, um die Stunde, da die schwülen Straßen leer sind und die Dienstmädchen vor den Türen Federball spielen, öffnete er sein Fenster und schaute mit aufgestützten Ellbogen hinaus. Tief unter ihm floß der Bach gelb, violett oder blau zwischen seinen Brücken und Wehren vorbei und machte aus diesem Viertel von Rouen so etwas wie ein verkommenes Klein-Venedig. Am Ufer kauerten Arbeiter und wuschen sich die Arme im Wasser. Auf langen Stangen, die oben aus den Speichern herausragten, trockneten

Baumwolldocken an der Luft. Gegenüber dehnte sich der weite, wolkenlose Himmel über den Dächern aus, und die Sonne ging leuchtend rot unter. Wie schön mußte es jetzt dort sein! Wie kühl unter den Buchen! Mit weit offenen Nüstern versuchte er die guten Düfte der ländlichen Fluren einzuatmen; doch sie drangen nicht bis zu ihm.

Er magerte ab, schoß in die Höhe, und sein Gesicht nahm einen fast leidenden Ausdruck an, der ihm etwas beinahe Interessantes verlieh.

Wie es nicht anders sein konnte, ließ er sich nach und nach gehen und wurde allen seinen guten Vorsätzen untreu. Einmal versäumte er die Visite, am nächsten Tag die Vorlesung, und schließlich fand er Geschmack am Faulenzen und ging allmählich überhaupt nicht mehr hin.

Er wurde Stammgast in den Kneipen und spielte mit Leidenschaft Domino. Sich Abend für Abend in ein schmutziges öffentliches Lokal hinzuhocken und mit kleinen schwarz gepunkteten Hammelknochen auf den Marmortischen zu klappern dünkte ihn ein kostbarer Beweis seiner Freiheit, und er stieg dadurch in seiner eigenen Achtung. Es war so etwas wie die Einweihung in die Lebewelt, der Zutritt zu verbotenen Genüssen, und wenn er hineinging, legte er die Hand mit einer fast sinnlichen Freude auf den Türknopf. Viel Verhemmtes in ihm machte sich frei. Er lernte Gassenhauer auswendig und sang sie bei Gelegenheit vor, begeisterte sich für Béranger, verstand einen Punsch zu brauen und erfuhr endlich, was die Liebe ist.

Dank solchen Vorbereitungen fiel er im Staatsexamen mit Glanz durch. Noch am selben Abend erwartete man ihn zu Hause zur Feier seines Erfolgs.

Er machte sich zu Fuß auf den Weg, und als er am Eingang des Dorfes angelangt war, ließ er seine Mutter rufen und erzählte ihr alles. Sie nahm ihn in Schutz, schob alle Schuld an dem Mißerfolg auf die Ungerechtigkeit der Examinatoren, versprach, alles ins reine zu bringen, und steifte ihm so wieder ein wenig den Nacken.

Erst fünf Jahre später erfuhr Herr Bovary die Wahrheit. Doch da war schon Gras über die Geschichte gewachsen, und er nahm sie hin, da er sich außerdem nicht denken konnte, daß ein Sproß seiner Lenden dumm sein sollte.

Charles setzte sich also wieder hinter seine Arbeit und büffelte zäh und unermüdlich den Stoff für seine Prüfungen durch. Die Antworten auf alle Fragen lernte er einfach auswendig. Er bestand mit einer ziemlich guten Note. Welch schöner Tag für seine Mutter! Man veranstaltete ein großes Festmahl.

Wo aber sollte er seine Kunst nun ausüben? In Tostes. Dort gab es nur einen schon hochbetagten Arzt. Seit langem lauerte Madame Bovary auf sein Ableben, und der Gute hatte kaum das Zeitliche gesegnet, da ließ sich Charles im Hause gegenüber als sein Nachfolger nieder.

Doch war es nicht damit getan, daß sie ihren Sohn großgezogen, ihm das Medizinstudium ermöglicht und ihm die Praxis in Tostes ausfindig gemacht hatte: nun mußte er auch noch eine Frau haben. Sie fand ihm eine: die Witwe eines Gerichtsvollziehers aus Dieppe, eine fünfundvierzigjährige Frau mit zwölfhundert Franken Rente.

Obwohl Madame Dubuc häßlich und dürr wie ein Holzscheit war und außerdem ihr ganzes Gesicht mit Finnen übersät war wie ein Baum im Frühling mit Knospen, fehlte es ihr doch nicht an Freiern. Um ihr Ziel zu erreichen, mußte die Mutter Bovary sie alle ausstechen, und sie machte dabei sogar die Ränke eines Schlächtermeisters zuschanden, der die Geistlichkeit auf seiner Seite hatte.

Charles hatte sich von dieser Heirat ein schöneres, gehobeneres Leben versprochen und sich vorgestellt, er werde mehr Freiheit haben und über sich und sein

Geld ungehindert verfügen. Doch seine Frau war Herr im Hause. Sie bestimmte, was er vor anderen Leuten sagen und was er nicht sagen durfte. Er mußte jeden Freitag fasten, sich kleiden, wie sie es wünschte, und die Patienten, die nicht bezahlten, bis aufs Blut quälen. Sie erbrach seine Briefe, spionierte ihm auf Schritt und Tritt nach und horchte an der Wand, wenn er Sprechstunde hatte und Frauen bei ihm waren.

Sie mußte jeden Morgen ihre Schokolade haben und verlangte Rücksichten ohne Ende. Unablässig klagte sie über ihre Nerven, über Schmerzen in der Brust, über andere Anfälligkeiten und krankhafte Zustände. Das Trappen von Schritten war ihr eine Qual. Ging man weg, dann wurde ihr das Alleinsein unerträglich; kehrte man zu ihr zurück, so tat man es gewiß nur, um sich an ihrem Tode zu weiden. Wenn Charles am Abend nach Hause kam, streckte sie ihm ihre langen mageren Hände aus der Bettdecke entgegen, schlang sie um seinen Hals, zog ihn zu sich auf das Bett nieder und klagte ihm ihre Kümmernisse vor: er vergesse sie, liebe eine andere. Man habe ihr ja schon vorher gesagt, sie werde unglücklich sein; und zum Schluß bat sie ihn um irgendeinen Sirup zum Einnehmen und um ein bißchen mehr Liebe.

2

Eines Nachts gegen elf Uhr wurden sie durch das Getrappel eines Pferdes geweckt, das vor ihrer Haustür hielt. Das Dienstmädchen öffnete das Fensterchen zum Dachboden und verhandelte eine Zeitlang mit einem Mann, der unten auf der Straße stand. Er wollte den Doktor holen und hatte einen Brief für ihn. *Nastasie* ging schlotternd hinunter, machte Schloß um Schloß auf und schob einen Riegel nach dem andern zurück. Der Mann ließ sein Pferd einfach stehen, ging hinter dem Mädchen her und betrat gleich nach ihr das Schlafzimmer.

Er holte aus seiner Wollmütze mit grauen Quasten einen Brief, der in einen Stofflappen eingewickelt war, und überreichte ihn zaghaft Charles; der richtete sich halb im Bett auf und stützte den Ellbogen auf das Kopfkissen, um ihn zu lesen. Nastasie stand neben dem Bett und hielt das Licht. Madame Bovary lag schamhaft der Wand zugekehrt und drehte ihnen den Rücken zu.

Der Brief, der mit einem kleinen blauen Wachssiegel petschiert war, enthielt die dringende Bitte, Herr Bovary möge doch unverzüglich nach dem Pachtgut Les Bertaux kommen und ein gebrochenes Bein wieder einrichten. Nun sind es aber von Tostes bis Les Bertaux gute sechs Meilen, wenn man den Weg über Longueville und Saint-Victor nimmt. Es war eine pechfinstere Nacht. Madame Bovary fürchtete, es könnte ihrem Mann etwas zustoßen. Es wurde also beschlossen, daß der Stallknecht vorausreiten sollte. Charles wollte drei Stunden später, wenn der Mond aufging, nachkommen. Man solle ihm einen Jungen entgegenschicken; der könne ihm den Weg zum *Hof* zeigen und die Gatter vor ihm öffnen.

Gegen vier Uhr morgens machte sich Charles, gut in seinen Mantel eingehüllt, auf den Weg nach Les Bertaux. Noch ganz schlaftrunken und bettwarm, ließ er sich vom gemütlichen Trott seines Tieres schaukeln. Wenn es von selbst vor einer mit Dornästen umzäunten Grube stehenblieb, wie man sie am Rande der Furchen aushebt, fuhr Charles aus seinem Schlummer auf, und dann kam ihm sogleich das gebrochene Bein in den Sinn, und er versuchte angestrengt, sich alles, was er über Knochenbrüche noch wußte, wieder ins Gedächtnis zu rufen. Der Regen hatte aufgehört, der Morgen begann zu dämmern, und auf den entlaubten Zweigen der Apfelbäume saßen regungslos die Vögel und plusterten ihr Gefieder im kalten Morgenwind. Das flache Land dehnte sich hin, soweit man sah, und die Baumgruppen rund um die Bauernhöfe wirkten in weiten Abständen wie schwarzviolette Flecken auf der großen grauen Fläche, die sich am Horizont im trüben, düsteren Himmel verlor. Von Zeit zu Zeit riß Charles die Augen auf, dann übermannte ihn wieder die Müdigkeit, der Schlaf kam ohne sein Zutun, und er fiel in eine Art halbwaches Dämmern, in dem seine jüngsten Eindrücke mit Erinnerungen aus früherer Zeit verschmolzen. Er empfand sich sozusagen doppelt, sah sich zugleich als Ehemann und als Studenten, es war ihm, als liege er in seinem Bett wie noch kurz zuvor und gehe gleichzeitig durch einen Saal mit frisch Operierten wie einst. Der warme Dunst der Kataplasmen vermischte sich in seinem Kopf mit dem herben Duft des morgendlichen Taus. Er hörte die eisernen Ringe an den Krankenbetten auf den Vorhangstangen klirren und gleichzeitig seine Frau im Schlaf atmen ... Als er durch Vassonville kam, sah er am Straßenrand einen jungen Burschen im Grase sitzen.

»Sind Sie der Arzt?« fragte der Junge.

Als Charles bejahte, nahm der Knabe seine Holzschuhe in die Hand und lief vor ihm her.

Unterwegs wurde dem Arzt aus den Reden seines Führers klar, daß Herr Rouault offenbar ein sehr wohlhabender Landwirt war. Er hatte am vergangenen Abend auf dem Nachhauseweg das Bein gebrochen, als er sich von der Feier des Dreikönigsfests bei einem Nachbar heimbegab. Seine Frau war seit zwei Jahren tot. Er hatte nur sein *Fräulein* bei sich; sie führe ihm den Haushalt.

Die Radfurchen wurden tiefer. Les Bertaux war in der Nähe. Da schlüpfte der Junge durch ein Loch in der Hecke und verschwand; dann tauchte er hinten in einem Hof wieder auf und öffnete das Gatter. Das Pferd rutschte auf dem nassen Gras. Charles bückte sich, um unter den Ästen durchzukommen. Die Hofhunde bellten wütend bei ihren Hütten und rissen an der Kette. Als er in den Gutshof Les Bertaux einritt, scheute sein Pferd und sprang mit einem großen Satz seitwärts.

Der Hof machte einen vortrefflichen Eindruck. In den

Ställen sah man durch die oben offenen Türen kräftige Ackergäule stehen, die gemächlich aus nagelneuen Raufen fraßen. An den Gebäuden zog sich ein breiter, dampfender Misthaufen hin, und zwischen den Hühnern und Putern pickten auch fünf oder sechs Pfauen auf ihm herum, denn in der Gegend von Caux hält man diese Prachtvögel gern. Der Schafstall war lang, und die Scheune hoch, mit glatten und ebenmäßigen Wänden. Im Schuppen standen zwei große Karren und vier Pflüge nebst den dazugehörigen Peitschen, Kumten und dem gesamten Geschirr, dessen blauwollene Vliese in dem feinen, vom Kornboden herabrieselnden Staub allmählich eine Schmutzschicht angesetzt hatten. Der Hof stieg etwas an und war in gleichmäßigen Abständen mit Bäumen bepflanzt. Das muntere Geschnatter einer Gänseherde erscholl vom Tümpel her.

Eine junge Frau in einem blauen, mit drei Volants besetzten Merinowollkleid erschien auf der Schwelle des Hauses. Sie empfing Herrn Bovary und führte ihn in die Küche, wo ein großes Feuer loderte. In kleinen Töpfen von verschiedensten Formen stand das Frühstück des Gesindes auf dem Herd. Feuchte Kleidungsstücke trockneten im Kamin. Kohlenschaufel, Feuerzange und Blasebalg, alle von riesigem Ausmaß, funkelten wie polierter Stahl, während an den Wänden eine Unmenge Küchengeschirr hing, in dem sich die helle flackernde Flamme des Herdfeuers zusammen mit den ersten Sonnenstrahlen, die durch die Fenster hereinfielen, bald lichter, bald schwächer spiegelte.

Charles stieg in das obere Stockwerk hinauf, um nach dem Kranken zu sehen. Er fand ihn in seinem Bett; schwitzend lag er unter seinen Decken und hatte seine baumwollene Nachtmütze weit von sich geworfen. Er war ein kleiner, beleibter Mann, fünfzig Jahre alt, mit weißer Haut, blauen Augen und kahlem Vorderhaupt. Er trug Ohrringe. Neben ihm stand auf einem Stuhl eine große Karaffe Branntwein, von dem er sich von Zeit zu

Zeit einschenkte, um sich Mut anzutrinken. Doch kaum wurde er den Arzt gewahr, so legte sich seine gereizte Laune, und anstatt zu fluchen wie seit zwölf Stunden, fing er jetzt schwach zu stöhnen an.

Der Bruch war einfach und ohne Komplikationen irgendwelcher Art. Charles hätte sich keinen leichteren Fall zu erhoffen gewagt. Da kam ihm wieder in den Sinn, wie seine Lehrmeister sich an den Betten Verletzter verhalten hatten, und er sprach dem Patienten Trost zu, gab ihm gute Worte und sagte ihm allerhand Nettes, wie es die Gepflogenheit der Chirurgen ist. Solche Trostworte sind wie das Öl, mit dem man die Operationsmesser einfettet. Zum Schienen des Beins holte jemand unter dem Wagenschuppen ein Bündel Latten. Charles suchte sich eine heraus, schnitt sie in Stücke und glättete diese mit einer Glasscherbe. Währenddessen riß die Hausmagd Leintücher in Streifen und machte daraus Binden, und Mademoiselle Emma legte mit Hand an und nähte kleine Kissen zum Unterlegen. Da sie ihr Nähkästchen nicht gleich finden konnte, wurde ihr Vater ungeduldig. Sie wagte keine Widerrede; aber beim Nähen stach sie sich in den Finger, führte ihn dann zum Mund und sog daran.

Charles war überrascht, wie weiß ihre Nägel waren. Sie schimmerten bis zu den feinen, mandelförmig geschnittenen Spitzen hell wie Elfenbein aus Dieppe. Ihre Hände aber waren nicht eigentlich schön, vielleicht nicht blaß genug, und die Finger waren auch ein wenig zu mager, dazu übermäßig lang und nicht besonders weich in den Konturen. Das Schönste an ihr waren ihre Augen. Obwohl sie braun waren, wirkten sie doch beinahe schwarz unter ihren langen Wimpern, und ihr aufrichtiger Blick begegnete jedem, den sie ansah, mit einer Unbefangenheit ohne Arg und Falsch.

Als der Verband angelegt war, wurde der Arzt von Herrn Rouault persönlich eingeladen, *noch einen kleinen Imbiß einzunehmen*, bevor er aufbreche.

Charles ging in das Eßzimmer hinunter, das im Erdgeschoß lag. Auf einem kleinen Tisch waren zwei Gedecke aufgelegt; silberne Becher blitzten neben den Tellern. Das Tischchen stand am Fußende eines mächtigen Himmelbettes, auf dessen bunt bedruckten Kattunvorhängen Türken dargestellt waren. Es roch nach Iris und feuchten Leintüchern; der Geruch drang aus einem hohen eichenen Schrank gegenüber dem Fenster. In den Ecken standen aneinandergereiht eine Anzahl Säcke mit Getreide. Sie hatten in der Kornkammer nebenan, zu der drei Steinstufen hinaufführten, nicht mehr Platz gefunden. Als Zimmerschmuck war an einem Nagel mitten an der Wand, deren grüner Anstrich unter der Einwirkung des Salpeters abblätterte, ein goldgerahmter Minervakopf, eine Kohlezeichnung, aufgehängt. Darunter stand in altväterischen Buchstaben: »Meinem lieben Papa.«

Zuerst sprachen sie von dem Kranken, dann vom Wetter, von den starken Frösten und den Wölfen, die nachts die Felder unsicher machten. Mademoiselle Rouault lebte gar nicht gern auf dem Lande, zumal jetzt nicht, da ihr die Sorge für den Gutsbetrieb fast ganz allein aufgebürdet war. Es war kalt im Eßzimmer, und sie schlotterte während des Essens. Dadurch traten ihre vollen Lippen mehr hervor, denn sie hatte die Angewohnheit, sooft sie schwieg, leicht an ihnen zu nagen.

Ihr Hals kam aus einem weißen Umlegekragen hervor. Ihr schwarzes Haar, in der Mitte durch einen feinen Scheitel geteilt, der sich dem Kopf eng anschmiegte, war auf beiden Seiten so glatt angebürstet, daß jeder Teil wie aus einem Stück aussah. Darunter guckte gerade noch das Ohrläppchen hervor; hinten war es in einem üppigen Knoten zusammengerafft. Über den Schläfen war es in Wellen gelegt; das sah der Landarzt zum erstenmal in seinem Leben. Ihre Wangen waren oben rosig getönt. Zwischen zwei Knöpfe ihrer Bluse gesteckt, trug sie, wie ein Mann, ein Lorgnon aus Schildpatt bei sich.

Charles ging nochmals hinauf und verabschiedete sich vom alten Rouault. Als er vor seinem Aufbruch in das Eßzimmer zurückkam, stand sie am Fenster, hielt die Stirn ans Fenster gelehnt und schaute in den Garten hinaus, wo die Bohnenstangen vom Wind umgelegt worden waren. Sie wandte sich um.

»Suchen Sie etwas?« fragte sie.

»Meine Reitpeitsche, wenn Sie gestatten«, gab er zur Antwort.

Und er begann danach zu stöbern, hinter den Türen, auf dem Bett, unter den Stühlen. Sie war zwischen den Säcken und der Wand zu Boden gefallen. Mademoiselle Emma entdeckte sie und bückte sich über die Kornsäcke. Er wollte ihr höflich zuvorkommen, und als er seinen Arm ausstreckte und ebenfalls danach langte, spürte er, wie seine Brust den Rücken des jungen Mädchens streifte, das sich unter ihm niederbückte. Sie richtete sich tief errötend auf und warf ihm über die Achsel hinweg einen Blick zu, während sie ihm den Ochsenziemer reichte.

Anstatt erst drei Tage später wieder nach Les Bertaux zu gehen, wie er versprochen hatte, kehrte er schon am nächsten Tag dorthin zurück; dann fand er sich regelmäßig zweimal wöchentlich ein, ungerechnet die unerwarteten Besuche, die er von Zeit zu Zeit wie versehentlich machte.

Übrigens verlief alles gut. Die Heilung ging glatt und erwartungsgemäß vonstatten, und als man nach sechsundvierzig Tagen den alten Rouault seine ersten Gehversuche in seinem Anwesen unternehmen sah, begann man Herrn Bovary für einen außergewöhnlich fähigen Arzt anzusehen. Der alte Rouault erklärte jedem, er hätte von den ersten Ärzten in Yvetot und sogar in Rouen nicht besser geheilt werden können.

Charles seinerseits fiel es gar nicht erst ein, sich zu fragen, weshalb er so gern nach Les Bertaux kam. Hätte er darüber nachgedacht, so hätte er seinen Eifer zweifel-

los der Schwere des Falls oder vielleicht gar dem erklecklichen Honorar zugeschrieben, das er sich davon
erhoffte. Bedeuteten ihm aber wirklich nur deswegen die
Besuche auf dem Gutshof eine so reizvolle Abwechslung im öden Einerlei seines Lebens? An diesen Tagen
stand er jeweils sehr zeitig auf, ritt im Galopp davon
und trieb sein Pferd zu scharfer Gangart an; dann saß er
ab und wischte sich die Schuhe im Gras sauber. Ehe er
eintrat, zog er seine schwarzen Handschuhe an. Wenn er
sich so in den Hof einreiten sah, wenn er die Schulter
gegen das Gatter stemmte und es aufstieß, wenn der
Hahn auf der Mauer krähte und die Buben ihm entgegenrannten, dann wurde ihm jedesmal froh zumute.
Er liebte die Scheuer und die Ställe; er liebte den Vater
Rouault, der ihn mit kräftigem Handschlag begrüßte
und ihn seinen Lebensretter nannte. Er liebte die winzigen Pantinen, in denen Mademoiselle Emma über die
sauber gescheuerten Fliesen der Küche trappelte. Ihre
hohen Absätze ließen sie etwas größer erscheinen, und
wenn sie vor ihm herging, klang das rasche Geklapper
der Holzsohlen hell und hart neben dem weichen Gang
der ledernen Stiefel.

Sie begleitete ihn jedesmal bis zur ersten Stufe der
Freitreppe. Hatte man sein Pferd noch nicht vorgeführt,
so wartete sie bei ihm. Sie hatten schon Abschied genommen und sprachen kein Wort mehr miteinander.
Die freie Luft, die ringsher auf sie einblies, spielte mit
den feinen Flaumhärchen in ihrem Nacken oder ließ
ihre Schürzenbänder auf ihren Hüften flattern, daß sie
sich wie Wimpel wanden. Einmal war Tauwetter, aus der
Rinde der Bäume sickerte das Wasser in den Hof, und
der Schnee auf den Dächern der Gebäude schmolz. Sie
stand schon auf der Schwelle, ging aber wieder hinein
und holte ihren Sonnenschirm und spannte ihn auf.
Durch die taubenhalsfarbene Seide des Schirms schien
die Sonne und warf helle, unruhige Lichtflecken auf die
weiße Haut ihres Gesichts. Sie lächelte unter ihrem

Schirm in der lauen Wärme, und man hörte die Tropfen, einen nach dem andern, auf die straff gespannte Seide fallen.

In der ersten Zeit, als Charles seine Besuche in Les Bertaux aufnahm, versäumte die junge Madame Bovary nie, sich nach dem Kranken zu erkundigen, und hatte sogar in ihrer Buchhaltung, die sie doppelt führte, eigens für Herrn Rouault eine schöne weiße Seite ausgespart. Als sie jedoch erfuhr, daß er eine Tochter habe, zog sie Erkundigungen ein und brachte dabei heraus, daß Mademoiselle Rouault im Kloster bei den Ursulinerinnen erzogen worden war, daß sie, wie man sagt, *eine gute Bildung* erhalten hatte und folglich im Tanzen, in Geographie, Zeichnen, Sticken und im Klavierspielen beschlagen war. Das schlug dem Faß den Boden aus!

Also darum, sagte sie sich, strahlt er jedesmal übers ganze Gesicht, wenn er dorthin geht, und darum zieht er seine neue Weste an, selbst auf die Gefahr hin, daß er sie im Regen verdirbt! Ah, dieses Weib! dieses Weib!

Und sie faßte einen instinktiven Haß gegen sie. Zuerst machte sie sich mit anzüglichen Andeutungen Luft. Charles verstand sie nicht. Dann stichelte sie gelegentlich mit ausfälligen Bemerkungen, die er überhörte, damit es nicht zu einem Streit kam. Schließlich setzte sie ihm mit unverblümten Vorwürfen zu, auf die er keine Antwort wußte. – Wie komme es nur, daß er noch immer nach Les Bertaux reite, wo doch Herr Rouault längst gesund sei und diese Leute noch nicht einmal bezahlt hätten? Sie wisse schon warum: weil nämlich dort *eine Frauensperson* sei, so eine Klugschwätzerin, ein Blaustrumpf, die sich mit ihrer Bildung aufspiele. Das sei so recht nach seinem Geschmack, Stadtdämchen brauche er! Und dann ging es erst recht los: »Die Tochter des alten Rouault ein Stadtfräulein! Du lieber Gott! Ihr Großvater war noch Schafhirt, und ein Vetter von ihr wäre beinahe einmal vors Schwurgericht gekommen, weil er bei einem Wortwechsel gewalttätig geworden ist. Die braucht sich gar nicht so in die Brust zu werfen, und das Getue, wenn sie am Sonntag in einem Seidenkleid in die Kirche gerauscht kommt wie eine Gräfin, hat sie gerade noch nötig! Der gute arme Kerl hätte übrigens ohne die gute Rapsernte im vergangenen Jahr kaum gewußt, wie er die rückständigen Pachtzinsen bezahlen soll!«

Mit der Zeit widerte Charles dieses Gekeife so an, daß er seine Besuche in Les Bertaux einstellte. Heloise hatte ihn in einem heftigen Zärtlichkeitsausbruch unter Schluchzen und Küssen auf das Meßbuch schwören lassen, daß er nicht wieder hingehen werde. Er fügte sich also; aber seine Sehnsucht lehnte sich trotzig gegen dieses sklavisch unterwürfige Verhalten auf, und in einer Art kindlichem Selbstbetrug kam er zu der Ansicht, dieses Verbot, sie nicht zu sehen, gebe ihm gerade das Recht, sie zu lieben. Und dann war die Witwe mager, sie hatte lange Schaufelzähne und trug jahraus, jahrein das gleiche kleine schwarze Umhängetuch, dessen Zipfel ihr zwischen den Schulterblättern herabhing. Ihre eckige Gestalt war in enge und viel zu kurze Kleider eingezwängt, so daß unter dem Saum ihre Knöchel und die über grauen Strümpfen kreuzweise geschnürten Bänder ihrer breiten Schuhe hervorschauten.

Charles' Mutter kam von Zeit zu Zeit zu Besuch. Aber schon nach wenigen Tagen schien die Schwiegertochter sie gegen ihren Sohn aufzuhetzen, und dann hackten sie einhellig, wie zwei Messer, mit ihren Anwürfen und Sticheleien auf ihm herum. Er dürfe nicht soviel essen! Warum er immer jedem erstbesten einen Schnaps anbiete? Wie eigensinnig von ihm, daß er keine Flanellwäsche tragen wolle!

Nun begab es sich zu Beginn des Frühjahrs, daß ein Notar in Ingouville, der das Vermögen der Witwe Dubuc verwaltete, eines schönen Tages zu Schiff übers Meer auf und davon fuhr und alle ihm anvertrauten Gelder mitlaufen ließ. Heloise besaß allerdings, abgesehen von einem Schiffsanteil, der auf sechstausend Franken geschätzt wurde, noch ihr Haus in der Rue Saint-François. Und doch war von diesem ganzen Wohlstand, von dem man soviel Wesens gemacht hatte, außer ein paar Möbelstücken und Nippsachen nichts im Haushalt aufgetaucht. Da mußte Klarheit geschaffen werden. Es erwies sich, daß das Haus in Dieppe bis auf die Grundmauern mit Hypotheken belastet war und also ein höchst fragwürdiges Vermögen darstellte. Gott allein wußte, wieviel sie bei dem Notar liegen gehabt hatte, und der Schiffsanteil war kaum mehr als tausend Taler wert. Sie hatte somit gelogen, die gute Dame! In seiner maßlosen Erbitterung zerschlug der alte Bovary einen Stuhl auf den Steinfliesen und beschuldigte seine Frau, sie habe ihren Sohn ins Unglück gestürzt, weil sie ihn mit einer derartigen klapperdürren Gurre zusammengespannt habe, deren Geschirr noch weniger wert sei als ihre Haut. Sie kamen nach Tostes. Man stritt sich herum, und es gab heftige Auftritte. Tränenüberströmt warf sich Heloise ihrem Gatten in die Arme und beschwor ihn, sie gegen seine Eltern in Schutz zu nehmen. Charles wollte ein gutes Wort für sie einlegen. Das verübelten ihm seine Eltern schwer und reisten ab.

Aber sie hatten ihren Zweck erreicht. Acht Tage später, als Heloise im Hof Wäsche aufhängte, bekam sie einen Blutsturz, und am nächsten Morgen, während Charles ihr gerade den Rücken zukehrte und den Fenstervorhang zuzog, stöhnte sie: »Ach mein Gott!« stieß einen Seufzer aus und verlor das Bewußtsein. Sie war gestorben! Wie bestürzend!

Als auf dem Kirchhof alles vorüber war, ging Charles nach Hause. Im Erdgeschoß war niemand. Er stieg in den ersten Stock hinauf, betrat das Schlafzimmer und sah dort ihr Kleid noch im Alkoven hängen. Da lehnte er sich an das Schreibpult und blieb in schmerzlichem Nachsinnen da stehen, bis es dunkel wurde. Alles in allem hatte sie ihn doch geliebt.

Eines Morgens kam der alte Rouault und brachte Charles das Honorar für die Heilung seines gebrochenen Beins: fünfundsiebzig Franken in lauter Zweifrankenstücken, und dazu eine Truthenne. Er hatte von dem Todesfall gehört und tröstete ihn, so gut er konnte.

»Ich weiß, wie einem da zumute ist«, sagte er und klopfte Charles auf die Schulter. »Ich habe das auch durchgemacht. Als ich meine arme Verewigte verloren hatte, da lief ich auf die Felder hinaus und wollte ganz allein sein. Ich sank unter einem Baum zu Boden, ich weinte und haderte mit Gott und redete allerlei dummes Zeug. Am liebsten wäre ich einer von den Maulwürfen gewesen, die ich an den Ästen aufgespießt sah, mit wimmelnden Würmern im Bauch, kurz, ich wäre gern krepiert. Und wenn ich daran dachte, daß andere jetzt gerade bei ihren herzigen Frauchen waren und sie in den Armen hielten, da schlug ich mit meinem Stock wie irrsinnig auf den Erdboden ein. Ich war sozusagen nicht mehr ganz bei Verstand und aß nicht mehr. Schon der Gedanke, ins Café zu gehen, widerte mich an. Sie würden es nicht für möglich halten. Na ja, so nach und nach, wie ein Tag auf den andern folgte, ein Frühling auf einen Winter und ein Herbst auf den Sommer, da habe ich's langsam und allmählich verwunden, da ein bißchen, dort ein bißchen, Krümchen um Krümchen; ich bin's losgeworden, es ging weg, ging hinunter, möcht ich sagen, denn tief drinnen, da bleibt einem doch immer noch etwas zurück, sozusagen ... ein Druck, da, auf der Brust! Aber weil es nun einmal unser aller Los ist, darf man sich nicht einfach aufgeben und sterben wollen, weil andere gestorben sind ... Sie müssen sich aufrappeln, Herr Bovary. Das geht vorbei! Besuchen Sie uns einmal. Meine Tochter denkt oft an Sie, müssen Sie wissen, und sie meint, Sie hätten sie schon vergessen. Es wird bald Frühling; Sie sollen bei uns im Gehege ein

Kaninchen schießen, das wird Sie ein bißchen ablenken.«

Charles befolgte seinen Rat und nahm seine Besuche in Les Bertaux wieder auf. Er fand dort alles wie tags zuvor, das heißt wie vor fünf Monaten. Die Birnbäume standen schon in Blüte, und der alte Rouault war jetzt wieder wohlauf und stiefelte überall herum. So wirkte der Hof viel belebter.

Da er es für seine Pflicht ansah, den Arzt wegen seines schmerzlichen Verlustes mit aller erdenklichen Höflichkeit zu behandeln, bat Rouault ihn, den Hut aufzubehalten, sprach nur im Flüsterton mit ihm, als wäre er krank gewesen, und tat sogar, als geriete er in Zorn, daß man für ihn nicht etwas leichter Verdauliches zubereitet hatte, als was sonst noch auf den Tisch kam, etwa kleine Töpfchen mit Rahm oder gekochte Birnen. Er tischte allerhand Geschichten auf, und Charles ertappte sich dabei, daß er lachen mußte. Doch dann dachte er plötzlich wieder an seine Frau, und sein Gemüt verdüsterte sich. Man brachte den Kaffee, und schon dachte er nicht mehr an sie.

Je mehr er sich daran gewöhnte, allein zu leben, um so seltener dachte er an sie. Das angenehme, nie gekannte Gefühl, unabhängig zu sein, machte ihm das Alleinsein bald erträglicher. Jetzt konnte er essen, wann es ihm behagte, nach Hause kommen und ausgehen, ohne darüber Rechenschaft ablegen zu müssen, und wenn er rechtschaffen müde war, durfte er sich in seinem Bett räkeln und alle viere von sich strecken. Also schonte er sich, er verzärtelte sich und nahm den Trost, den man ihm bot, gern entgegen. Andererseits hatte ihm der Tod seiner Frau in seinem Beruf nicht wenig genützt, denn gut einen Monat lang hatte es in einem fort geheißen: »Der arme junge Mann! So ein Unglück!« Sein Name hatte sich herumgesprochen, seine Praxis sich vergrößert. Zudem konnte er nach Les Bertaux reiten, wann er nur Lust hatte. Eine Hoffnung ohne Ziel erfüllte ihn, ein unbestimmtes Glücksgefühl. Wenn er vor dem Spiegel seinen Backenbart bürstete, fand er, sein Gesicht sei nicht mehr so grämlich wie vorher.

Eines Tages langte er gegen drei Uhr auf dem Gut an. Alles war draußen auf dem Feld. Er betrat die Küche, sah aber Emma zunächst nicht; die Fensterläden waren geschlossen. Durch die Ritzen des Holzes warf die Sonne lange dünne Lichtstrahlen auf die Fliesen; sie brachen sich an den Kanten der Möbel und flimmerten an der Decke. Auf dem Tisch liefen Fliegen an den schmutzigen Gläsern empor und summten verzweifelt, wenn sie unten in dem Restchen Apfelwein ertranken. Im Tageslicht, das durch den Kamin hereinfiel, schimmerte der Ruß der Herdplatte wie Samt, und die kalte Asche leuchtete bläulich. Zwischen dem Fenster und der Feuerstelle saß Emma und nähte. Sie trug kein Busentuch, und auf ihren bloßen Schultern sah man kleine Schweißtröpfchen perlen.

Wie es auf dem Lande Brauch war, bot sie ihm einen Willkommenstrunk an. Er lehnte dankend ab, sie nötigte ihn weiter und lud ihn schließlich lachend ein, mit ihr ein Gläschen Likör zu trinken. Sie holte aus dem Schrank eine Flasche Curaçao, langte zwei kleine Gläser heraus, schenkte das eine bis zum Rand voll, goß ins andere nur einen winzigen Schluck ein, stieß dann mit ihm an und führte das Glas zum Mund. Da es fast leer war, bog sie sich zum Trinken hintenüber. Den Kopf zurückgelegt, mit gespitzten Lippen und straff gespanntem Hals stand sie lachend da, weil sie nichts schmeckte, während ihre Zungenspitze zwischen den feinen Zähnen hervorguckte und mit kleinen Stößen den Boden des Glases ausleckte.

Dann setzte sie sich wieder hin und nahm ihre Arbeit von neuem auf, einen weißen baumwollenen Strumpf, den sie stopfte. Sie arbeitete über ihren Strumpf gebeugt und sprach kein Wort. Auch Charles schwieg. Ein Luftzug, der unter der Tür hereinwehte, wirbelte ein wenig Staub über die Fliesen auf. Er sah zu, wie er dahintanzte, und hörte nichts als das Pulsen des Bluts in seinem Kopf und aus der Ferne das Gackern einer Henne, die irgendwo auf dem Hof ein Ei legte. Hin und wieder legte Emma die Handflächen zur Kühlung auf ihre Wangen und ließ sie hernach auf dem eisernen Knauf der mächtigen Feuerböcke erkalten.

Sie klagte über Schwindelanfälle, an denen sie seit Frühlingsanfang leide, und fragte, ob wohl Seebäder etwas dagegen helfen könnten. Dann fing sie an, von ihrer Klosterzeit zu erzählen, und Charles berichtete von seinem Leben als Gymnasiast. So plauderten sie schließlich angeregt miteinander. Sie gingen in ihr Zimmer hinauf. Sie zeigte ihm ihre Notenhefte, aus denen sie seinerzeit gespielt hatte, die Büchlein, die sie als Schulpreise erhalten hatte, und die Kränze aus Eichenlaub, die auf dem Boden eines Schranks verstaubten. Sie kam auch auf ihre Mutter zu sprechen, beschrieb den Friedhof und zeigte ihm sogar im Garten das Beet, wo sie jeden ersten Freitag im Monat die Blumen pflückte, um sie ihr aufs Grab zu legen. Aber der Gärtner, den sie hätten, verstehe nichts davon. Man habe seine liebe Not mit dem Dienstpersonal! Sie hätte so gern, wenigstens den Winter über, in der Stadt gewohnt, obwohl an den langen schönen Sommertagen das Leben auf dem Lande noch langweiliger sei. Und je nachdem, was sie sagte, klang ihre Stimme hell, ja fast schrill oder schlug unvermittelt um und tönte gedämpft, beinah schmachtend, dann bekam sie etwas Gedehntes, Sprunghaftes, bald laut, bald leise, und verhallte in einem nahezu unhörbaren Murmeln, wenn sie mit sich selbst sprach. – Bald gab sich Emma fröhlich und blickte ihn kindlich arglos an, dann wieder hielt sie die Lider halb geschlossen, und ihre Augen versanken in Lebensüberdruß, ihre Gedanken schweiften in die Ferne.

Abends auf dem Heimweg überdachte Charles noch einmal alles genau, was sie gesagt hatte, er versuchte, es sich wieder ins Gedächtnis zu rufen, Unausgesprochenes zu Ende zu denken; er wollte sich das Leben vorstellen können, das sie geführt hatte, als er sie noch nicht kannte. Nie aber gelang es ihm, sie in seinen Gedanken anders zu sehen, als wie er sie das erstemal oder gerade vorhin beim Abschiednehmen gesehen hatte. Dann fragte er sich, was wohl aus ihr werden mochte, wenn sie sich verheiratete, und mit wem? Ach, der alte Rouault war ein schwerreicher Mann, und sie . . . so schön! Aber Emmas Gestalt trat immer wieder vor seine Augen, und eintönig wie das Brummen eines Kreisels dröhnte es ihm in den Ohren: Du könntest sie ja heiraten! Du solltest wieder heiraten! In der Nacht konnte er nicht schlafen, seine Kehle war wie zugeschnürt, er hatte Durst. Er stand auf, nahm einen Schluck aus seinem Wasserkrug und öffnete das Fenster. Der Himmel stand voller Sterne, ein warmer Wind wehte, in weiter Ferne bellten Hunde. Er schaute in die Richtung, wo Les Bertaux lag.

In der Erwägung, daß es ja schließlich nichts schaden könne, nahm sich Charles vor, seinen Antrag bei der ersten Gelegenheit anzubringen, die sich bieten würde. Doch sooft sich diese Gelegenheit bot, verschloß ihm die Angst, er werde die rechten Worte nicht finden, die Lippen.

Dem alten Rouault wäre es gar nicht unlieb gewesen, wenn man ihm seine Tochter abgenommen hätte; denn sie war im Hause zu nichts recht zu gebrauchen. Er machte ihr daraus keinen Vorwurf, weil er fand, sie sei zu gescheit für die Landwirtschaft, dieses vom Himmel verfluchte Gewerbe, bei dem noch nie einer Millionär geworden sei. Der alte Rouault hatte jedenfalls dabei kein Vermögen gemacht, legte er doch jedes Jahr noch drauf. Denn wenn er sich auch auf den Märkten hervortat und gern den gerissenen Bauernfänger herauskehrte, so lag ihm doch der eigentliche Ackerbau und die Gutsverwaltung im besondern weniger als irgendwem. Er nahm nicht gern die Hände aus den Taschen und sparte nicht an den Ausgaben für seine Lebenshaltung, sondern legte Wert auf gutes Essen, eine warme Wohnung und ein weiches Bett. Er wollte seinen guten Apfelwein, seine noch halb blutige Hammelkeule, seinen Kaffee mit Branntwein haben. Seine Mahlzeiten nahm er immer allein in der Küche ein, dicht beim Herdfeuer an einem kleinen Tisch, den man ihm, wie im Theater, fertig gedeckt hereinbrachte.

Als er merkte, daß Charles jedesmal rote Backen hatte, wenn er mit seiner Tochter zusammen war – und das bedeutete zweifellos, daß er bei ihm demnächst einmal um ihre Hand anhalten werde –, da überlegte er sich die ganze Sache schon im voraus gründlich. Er fand ihn zwar ein bißchen mickrig, und jedenfalls war er nicht gerade ein Schwiegersohn, wie er ihn sich gewünscht hätte. Aber es hieß, er führe sich gut auf und sei sparsam und sehr gebildet, und gewiß würde er ihm wegen der Mitgift nicht allzu heftig zusetzen. Da nun aber der alte Rouault demnächst zweiundzwanzig Morgen *seines Besitztums* zu verkaufen genötigt war, da er zudem erhebliche Schulden beim Maurer und beim Sattler hatte und auch der Wellbaum der Kelter ersetzt werden mußte, sagte er sich: Wenn er um sie anhält, kann er sie haben.

Zu Michaeli war Charles für drei Tage nach Les Bertaux gekommen. Der letzte Tag war vergangen wie die beiden anderen; er hatte es von einer Viertelstunde zur andern hinausgeschoben. Der alte Rouault gab ihm das Geleit. Sie gingen durch einen Hohlweg; nicht mehr lange, und sie mußten sich trennen. Jetzt war der Augenblick gekommen! Charles gab sich noch eine Frist bis zur Biegung der Hecke, und als sie daran vorbei waren, sagte er endlich leise »Herr Rouault, ich möchte Ihnen etwas sagen.«

Sie blieben stehen. Charles schwieg.

»Also heraus mit der Sprache! Ich weiß ja sowieso schon alles!« erwiderte der alte Rouault mit einem gemütlichen Lachen.

»Vater Rouault . . . Vater Rouault«, stammelte Charles.

»Mir soll's recht sein«, fuhr der Pachtbauer fort. »Zwar glaub ich bestimmt, daß die Kleine meiner Ansicht ist; aber fragen müssen wir sie doch noch. Reiten Sie also nach Hause, und ich gehe auch heim. Wenn sie ja sagt – verstehen Sie mich recht! –, dann brauchen Sie nicht zurückzukommen, wegen der Leute, und zudem würde es sie zu sehr aufregen. Damit Sie aber nicht zappelig werden, will ich den großen Fensterladen gegen die Mauer weit aufstoßen. Sie können es von dort hinten sehen, wenn Sie sich über die Hecke beugen.«

Damit entfernte er sich.

Charles band sein Pferd an einen Baum, lief dann zu dem bezeichneten Fußweg und wartete dort. Eine halbe Stunde verging, dann zählte er weitere neunzehn Minuten auf seiner Uhr. Plötzlich hörte er einen Schlag gegen die Mauer. Der Laden war aufgeklappt worden, die Sperrklinke zitterte noch.

Am nächsten Morgen war er schon um neun Uhr auf dem Gut. Emma wurde über und über rot, als er hereinkam, obwohl sie ihre Verlegenheit hinter einem gezwungenen Lachen zu verbergen suchte. Der alte Rouault umarmte seinen künftigen Schwiegersohn. Die Besprechung der geschäftlichen Fragen, die zu regeln waren, wurde auf später verschoben. Man hatte dazu übrigens noch Zeit genug; die Hochzeit konnte anstandshalber ja doch nicht vor Ablauf von Charles' Trauerjahr, das heißt erst im nächsten Frühling, stattfinden.

Der Winter verging in dieser Erwartung. Mademoiselle Rouault kümmerte sich um ihre Aussteuer. Ein Teil wurde in Rouen bestellt; Hemden und Nachthauben schneiderte sie sich selbst nach Modevorlagen, die sie entlieh. Wenn Charles auf den Hof zu Besuch kam, sprach man nur von den Hochzeitsvorbereitungen und überlegte, in welchem Zimmer das Festmahl stattfinden sollte; sie berieten lange hin und her, wie viele Gänge und was für Vorspeisen es geben müsse.

Emma hätte sich am liebsten um Mitternacht bei Fackelschein trauen lassen. Aber der alte Rouault hatte keinerlei Verständnis für diesen Vorschlag. Es gab also eine Hochzeit, zu der dreiundvierzig Gäste erschienen. Man blieb sechzehn Stunden bei Tisch sitzen, und am nächsten Tag ging das Gelage von neuem los. Auch an den folgenden Tagen wurde noch weitergezecht, wenn auch nicht mehr so üppig.

4

Die Hochzeitsgäste stellten sich zeitig ein, in Wagen aller Art, in zweirädrigen Einspännern, Breaks, alten Kabrioletts ohne Verdeck, in Kremsern mit Ledervorhängen, und die jungen Leute aus den nächstgelegenen Dörfern kamen auf Leiterwagen angefahren, in denen sie in Reihen nebeneinander standen. Sie hielten sich an den Seitenstangen fest, um nicht herunterzufallen, denn sie hatten einen scharfen Trab vorgelegt und wurden tüchtig durchgerüttelt. Es kamen Gäste aus zehn Meilen in der Runde, aus Goderville, aus Normanville und Cany. Sämtliche Verwandten der beiden Familien hatte man eingeladen, hatte sich mit Freunden wieder ausgesöhnt, mit denen man sich überworfen, an Bekannte geschrieben, die man längst aus den Augen verloren hatte.

Von Zeit zu Zeit hörte man hinter der Hecke Peitschengeknall; gleich darauf ging das Hoftor auf, und ein zweirädriger Wagen fuhr ein. Er galoppierte bis vor die Freitreppe, hielt mit einem Ruck an und lud die Insassen ab. Sie stiegen auf allen Seiten aus, rieben sich die Knie und reckten die Arme. Die Damen trugen Hauben, aber dazu städtische Kleider, goldene Uhrketten, Umhänge, deren Zipfel kreuzweise im Gürtel staken, oder kleine bunte Halstücher, die im Rücken mit einer Nadel festgesteckt waren und hinten den Hals frei ließen. Die

Knaben waren ebenso gekleidet wie ihre Väter und fühlten sich offensichtlich nicht wohl in ihren neuen Anzügen (manche von ihnen weihten an diesem Tag ihr erstes Paar Stiefel ein). Neben ihnen sah man da und dort große vierzehn- bis sechzehnjährige Mädchen im weißen Erstkommunionskleid, das für diesen Anlaß länger gemacht worden war. Es waren vermutlich ihre Kusinen oder älteren Schwestern. Stumm, mit roten Köpfen, verlegen, das Haar mit Rosenpomade eingefettet, standen sie herum und waren ängstlich bemüht, ihre Handschuhe nicht schmutzig zu machen. Da nicht genug Stallknechte zum Ausspannen all der Wagen vorhanden waren, krempelten die Herren ihre Ärmel hoch und legten selber Hand an. Je nach ihrer verschiedenen gesellschaftlichen Stellung trugen sie Fräcke, Gehröcke, Jacken oder Joppen – die guten Fräcke, die von der ganzen Familie hoch in Ehren gehalten und nur für festliche Gelegenheiten hervorgeholt wurden, Bratenröcke mit langen, im Winde flatternden Schößen, mit hohen Stehkragen und Taschen, die weit wie Säcke waren, Jacken aus derbem Tuch, zu denen gewöhnlich Mützen mit kupfereingefaßten Schildern getragen wurden, ganz kurze Joppen mit zwei Knöpfen im Rücken, die nahe beieinander standen wie ein Paar Augen, und mit Schößen, die aussahen, als wären sie von einem Zimmermann mit dem Beil aus einem Stück herausgehauen worden. Ein paar – doch die mußten bestimmt beim Essen am unteren Tischende sitzen – trugen nur ihre Feiertagsblusen mit einem Umlegekragen, fein gefälteltem Rücken und einem angenähten Gürtel, der tief um die Hüften den Kittel zusammenraffte.

Die Hemden wölbten sich über den Brüsten wie Kürasse. Ein jeder hatte sich frisch die Haare scheren lassen, die Ohren standen von den Köpfen ab, alle waren sauber rasiert. Manche waren sogar noch vor Tag aufgestanden und hatten sich im Dunkeln rasiert; jetzt trugen sie unter der Nase Schmisse quer über die

Wange oder aufgeschürfte Hautstellen am Unterkiefer, groß wie Talerstücke. Unterwegs an der frischen Luft hatten sich die wunden Stellen gerötet, so daß die dicken, vergnügten Gesichter wie rot und weiß gescheckt wirkten.

Da das Standesamt nur eine halbe Meile vom Gutshof entfernt lag, begab man sich zu Fuß dorthin und kehrte nach der Trauung in der Kirche ebenfalls zu Fuß zurück. Der Hochzeitszug, der sich zuerst in geschlossener Formation wie eine bunte Schärpe durch die Gegend zog und den schmalen Feldweg zwischen den grünen Getreidefeldern entlangwanderte, zog sich bald darauf in die Länge und löste sich in kleine Gruppen auf, die zurückblieben und einen Schwatz hielten. Voraus marschierte der Spielmann mit seiner Geige, die vorne an der Schnecke mit bunten Bändern geschmückt war. Dann kamen das Brautpaar, die Verwandten, dann die Freunde, jeder wie er wollte. Die Kinder zottelten hintennach und vergnügten sich damit, die Ährenglöckchen von den Haferhalmen abzureißen oder herumzutollen, wenn niemand sie sah. Emmas Kleid war etwas zu lang und schleppte ein wenig nach; von Zeit zu Zeit blieb sie stehen, raffte es auf und zupfte dann behutsam mit ihren behandschuhten Fingern die Grashälmchen samt den kleinen stacheligen Distelblättern ab. Währenddessen stand Charles untätig da und wartete, bis sie fertig war. Vater Rouault trug einen neuen Zylinder, und die Ärmel seines schwarzen Fracks bedeckten seine Hände bis zu den Fingernägeln. Er reichte Charles' Mutter den Arm. Herr Bovary, der Vater, der für alle diese Leute im Grunde nur Verachtung übrighatte, war nur in einem einreihigen Gehrock von militärischem Schnitt erschienen und schäkerte mit einer jungen blondhaarigen Bäuerin, die seine schlüpfrigen Zoten errötend anhörte und nichts darauf zu antworten wußte. Die anderen Hochzeitsgäste sprachen von ihren Geschäften oder trieben allerlei Possen miteinander, um sich im voraus in eine lustige Stimmung zu versetzen. Wenn man genau hinhörte, vernahm man in einem fort das Gefiedel des Spielmanns, der im freien Feld weiterspielte. Sooft er merkte, daß die Leute weit hinter ihm zurückblieben, hielt er an, verschnaufte, rieb lange und umständlich seinen Geigenbogen mit Kolophonium ein, damit die Saiten besser schrillten, und setzte sich dann wieder in Marsch, wobei er den Hals seiner Geige auf und ab bewegte und sich so selbst den Takt angab. Beim Quietschen der Fiedel stoben schon von weitem die kleinen Vögel auf.

Unter dem Dach des Wagenschuppens war die Hochzeitstafel gedeckt. Vier Lendenbraten standen bereit, sechs Schüsseln mit Hühnerfrikassee, eine Platte mit geschmortem Kalbfleisch, drei Hammelkeulen und in der Mitte, links und rechts eingerahmt von vier großen Würsten mit Sauerampfer, ein leckeres gebratenes Spanferkel. An den Ecken des Tischs standen Karaffen mit Branntwein. Aus den Flaschen mit süßem Apfelwein quoll rings um die Korken dicker Schaum heraus, und alle Gläser waren im voraus schon bis zum Rand vollgeschenkt worden. Große Schalen mit gelber Creme, die bei der geringsten Erschütterung des Tisches schwappte, zeigten auf ihrer glatten Oberfläche die Anfangsbuchstaben der Neuvermählten in verschnörkeltem Zuckerguß. Man hatte für die Torten und die Mandelkuchen eigens einen Konditor aus Yvetot kommen lassen. Da er sich mit diesem Auftrag in der Gegend einführen wollte, hatte er sich ganz besondere Mühe gegeben. Beim Nachtisch trug er eigenhändig ein kunstvoll aufgebautes Prunkstück auf, das ein Begeisterungsgeschrei auslöste. Den untersten Teil bildete ein Würfel aus blauer Pappe, der einen Tempel mit Säulenhallen und Kolonnaden darstellte. Ringsum standen Stuckstatuetten in Nischen, die mit Sternen aus Goldpapier geschmückt waren. Im zweiten Stockwerk erhob sich ein Schloßturm aus Pfefferkuchen, umgeben von kleinen Schanzwerken aus eingemachten Engelwurzstengelchen, Mandeln, Rosinen und Orangenschnitzen. Auf der obersten Plattform schließlich, einer grünen Wiese mit Felsen und Seen aus Konfitüren und Schiffchen aus Haselnußschalen, sah man einen kleinen Amor auf einer Schokoladenschaukel, deren Pfosten oben an der Spitze statt in Kugeln in zwei natürliche Rosenknospen ausliefen.

Bis zum Abend schmauste man. Wer vom langen Stillsitzen genug hatte, machte einen Rundgang durch die Höfe oder spielte in der Scheune eine Partie Korkenwerfen und setzte sich dann wieder an den Tisch. Gegen Ende des Mahls schliefen ein paar Gäste ein und fingen an zu schnarchen. Aber beim Kaffee kam wieder Leben in die Gesellschaft. Nun wurden Lieder angestimmt, man vollbrachte allerhand Kraftproben, stemmte Gewichte, kroch unter seinem eigenen Daumen hindurch, versuchte die Karren mit den Schultern hochzuheben, man riß saftige Witze und knutschte die Damen ab. Beim Aufbruch am Abend wollten sich die Pferde, die bis zu den Nüstern mit Hafer vollgefressen waren, nicht in die Deichsel einspannen lassen; sie schlugen aus, bäumten sich, das Geschirr zerriß, ihre Besitzer fluchten oder lachten. Die ganze mondhelle Nacht hindurch rasten durchgehende Pferde mit ihren Wagen im Galopp über die Landstraßen, fielen in die Abzugskanäle, setzten über Steinhaufen, verfingen sich in den Böschungen, und die Frauen, die darin saßen, beugten sich aus dem Wagenschlag und versuchten die Zügel zu erhaschen.

Die Gäste, die über Nacht in Les Bertaux blieben, zechten in der Küche weiter bis zum Morgen. Die Kinder waren unter den Bänken eingeschlafen.

Die neuvermählte Frau hatte ihren Vater inständig gebeten, sie mit den üblichen Späßen zu verschonen. Aber ein Seefischhändler, einer ihrer Vettern, der sogar als Hochzeitsgeschenk ein Paar Seezungen mitgebracht hatte, wollte eben einen Mundvoll Wasser durch das

Schlüsselloch spritzen, als der alte Rouault gerade noch rechtzeitig dazukam und ihn davon abhalten konnte. Er machte ihm klar, daß Amt und Würde seines Schwiegersohnes sich mit derartigen unziemlichen Scherzen nicht vertrügen. Der Vetter fügte sich nur widerwillig diesen Argumenten. In seinem Innern aber warf er ihm Hochmut vor und setzte sich in einer Ecke zu vier oder fünf anderen Gästen, die zufällig bei Tisch ein paarmal nicht gerade die besten Fleischstücke erwischt hatten und nun ebenfalls fanden, sie seien schlecht bewirtet worden. Jetzt tuschelten sie zusammen über den Gastgeber, schimpften und wünschten ihm mit versteckten Worten den Ruin auf den Hals.

Madame Bovary, Charles' Mutter, hatte den ganzen Tag den Mund nicht aufgetan. Niemand hatte ihren Rat eingeholt, weder über das Brautkleid ihrer Schwiegertochter noch über die Anordnung der Hochzeitsfeier. So zog sie sich zeitig zurück. Ihr Gatte aber ging nicht mit, sondern ließ sich aus Saint-Victor Zigarren besorgen und rauchte bis zum Morgen; dazu trank er Grog mit Kirschwasser, ein Gemisch, das hier niemand kannte und das ihm sozusagen noch größeres Ansehen einbrachte.

Charles besaß keinerlei Unterhaltungstalente und hatte während der Hochzeit nicht gerade geglänzt. Er hatte auf alle die faulen Witze, Kalauer, zweideutigen Anspielungen, die Anzüglichkeiten und saftigen Späße, die schon bei der Suppe auf ihn losgelassen wurden, nicht sonderlich schlagfertig geantwortet.

Am andern Morgen jedoch war er offenkundig ein ganz anderer Mensch. Weit eher hätte man annehmen können, er und nicht Emma sei tags zuvor noch Jungfrau gewesen, während die junge Frau sich nicht die geringste Blöße gab, aus der irgendwer einen Schluß hätte ziehen können. Auch den pfiffigsten Schlaubergern verging das Witzeln, wenn sie an ihnen vorbeiging, und sie starrten sie alle maßlos verwundert an und zerbrachen sich den Kopf über dieses Rätsel. Charles dagegen machte kein Hehl aus seinem Glück. Er sagte »mein liebes Frauchen« zu ihr, duzte sie, fragte jeden nach ihr, suchte sie überall, und oft führte er sie halb mit Gewalt abseits in einen der Höfe, und dann sah man ihn von weitem unter den Bäumen mit ihr auf und ab gehen. Er hatte den Arm um ihre Hüfte gelegt, beugte sich halb über sie und zerknitterte ihr mit seinem Kopf das Busentuch.

Zwei Tage nach der Hochzeit fuhren die Neuvermählten heim. Charles konnte seiner Kranken wegen nicht länger fortbleiben. Vater Rouault ließ sie in seiner leichten zweirädrigen Kutsche nach Hause fahren und begleitete sie selbst bis nach Vassonville. Dort umarmte er seine Tochter ein letztesmal, stieg aus und machte sich auf den Heimweg. Als er etwa hundert Schritt gegangen war, blieb er stehen, und als er den Wagen, dessen Räder sich im Straßenstaub drehten, davonrollen sah, stieß er einen tiefen Seufzer aus. Dann fiel ihm seine eigene Hochzeit ein; er dachte an sein vergangenes Leben, an die erste Schwangerschaft seiner Frau. Auch er war selig gewesen, als er sie aus dem Haus ihres Vaters in sein eigenes Heim geholt hatte; sie hatte hinter ihm auf dem Pferd gesessen, und sie waren zusammen durch den Schnee getrabt. Es war um die Weihnachtszeit gewesen, und die Gegend war weiß verschneit. Mit einem Arm hielt sie sich an ihm fest, am andern hing ihr Korb. Der Wind verfing sich in den langen Spitzen ihrer bäuerischen Haube, so daß sie ihm manchmal über den Mund hingen, und wenn er dann den Kopf wandte, sah er neben sich über seiner Achsel ihr niedliches, rosig angehauchtes Gesicht, das ihm stumm unter der Goldborte ihrer Haube zulächelte. Wenn sie an die Finger fror, steckte sie ihm von Zeit zu Zeit die Hände vorn in die Jacke. Wie lange war das nun schon her! Jetzt wäre ihr Sohn schon dreißig Jahre alt. Er schaute sich um und sah nichts mehr auf der Landstraße. Da fühlte er sich traurig wie ein leergeräumtes Haus. In seinem vom vielen Essen und Trinken umnebelten Gehirn mischten sich die zärtlichen Erinnerungen mit düsteren Gedanken, und er hatte einen Augenblick lang nicht übel Lust, noch einen Umweg über den Kirchhof zu machen. Da er jedoch fürchtete, dieser Anblick könnte ihn noch trauriger stimmen, ging er schnurstracks nach Hause.

Charles und seine Frau langten gegen sechs Uhr in Tostes an. Die Nachbarn traten an die Fenster, um die neue Frau ihres Arztes zu sehen.

Die alte Magd trat heraus, begrüßte sie, entschuldigte sich, daß das Essen noch nicht bereit sei, und schlug vor, Madame könne sich ja inzwischen in ihrem neuen Heim umsehen.

5

Die Backsteinfassade stand genau auf der Baulinie der Straße, oder richtiger gesagt: der Landstraße. Hinter der Tür hingen ein Mantel mit schmalem Kragen, ein Zügel und eine schwarze Ledermütze, und in einer Ecke lagen ein Paar hohe Gamaschen, noch ganz mit eingetrocknetem Schmutz überzogen, auf dem Boden. Rechts war die große Stube, das heißt der Raum, in dem man aß und sich gewöhnlich aufhielt. Eine kanarienvogelgelbe Tapete, oben durch eine Girlande aus blassen Blumen abgeschlossen, wellte sich von oben bis unten auf der liederlich gespannten Leinwand. Weiße, rot geränderte Kattunvorhänge kreuzten sich an den Fenstern, und auf dem schmalen Kaminsims glänzte eine Stutzuhr mit einem Hippokrateskopf zwischen zwei versilberten Leuchtern unter ovalen Glasglocken. Auf der andern Seite des Hausflurs befand sich Charles' Sprechzimmer, ein kleines Gelaß, ungefähr sechs Schritte breit, mit einem Tisch, drei Stühlen und einem Bürosessel. Auf den sechs Regalen eines Büchergestells aus Tannenholz standen fast allein die Bände des *Wörterbuchs der medi-*

44

zinischen Wissenschaften. Sie waren broschiert und noch unaufgeschnitten, und man sah ihnen an, daß sie schon öfters den Besitzer gewechselt hatten, so lädiert sahen sie aus. Während der Sprechstunden drang der Geruch der braunen Buttersoße durch die Wand, und in der Küche konnte man hinwiederum die Patienten drüben im Sprechzimmer husten und ihre ganze Leidensgeschichte erzählen hören. Daneben, unmittelbar auf den Hof hinaus, wo sich der Stall befand, lag ein großer verwahrloster Raum mit einem Backofen. Er diente jetzt als Holzschuppen, Keller und Rumpelkammer und war vollgestopft mit altem Eisenzeug, leeren Fässern, ausgedienten Ackergeräten nebst einer Menge anderer völlig verstaubter Dinge, deren Verwendung kaum mehr zu erraten war.

Der Garten war mehr lang als breit und zog sich zwischen zwei mit Aprikosenspalieren überwachsenen Lehmmauern hin bis zu einer Dornhecke, die ihn vom freien Feld trennte. In der Mitte stand auf einem gemauerten Sockel eine Sonnenuhr aus Schiefer; vier Beete mit dürftigen Heckenrosen umgaben symmetrisch ein großes viereckiges Beet, auf dem Küchenkräuter und Nutzgewächse gediehen. Ganz hinten unter einer Gruppe von Zwergfichten las ein Gipspfarrer in seinem Brevier.

Emma stieg in die oberen Zimmer hinauf. Das erste war überhaupt nicht möbliert; aber im zweiten, dem ehelichen Schlafzimmer, stand ein Mahagonibett in einem Alkoven mit roten Vorhängen. Eine mit Muscheln verzierte Schachtel prangte als Schmuckstück auf der Kommode, und auf dem Schreibtischchen beim Fenster stand in einer Karaffe ein Orangenblütenstrauß, mit weißen Seidenbändern umwunden. Es war ein Brautbukett, der Hochzeitsstrauß der anderen! Sie warf einen Blick darauf. Charles sah es; er nahm ihn und trug ihn auf den Speicher, während Emma in einem Lehnstuhl saß (man legte indessen ihre Habseligkeiten rings um sie hin) und an ihr Hochzeitsbukett dachte, das in einer Schachtel verpackt war, und sich versonnen ausmalte, was wohl damit geschähe, wenn sie zufällig sterben müßte.

In den ersten Tagen war sie vollauf damit beschäftigt, sich allerlei Änderungen im Haus auszudenken. Sie nahm die Glasglocken von den Leuchtern, ließ neue Tapeten anbringen, das Treppenhaus streichen und im Garten rund um die Sonnenuhr Bänke aufstellen. Sie erkundigte sich sogar, wie man es bewerkstelligen könne, um ein Wasserbecken mit einem Springbrünnchen und ein paar Fischen anzulegen. Schließlich trieb ihr Mann, der wußte, wie gern sie spazierenfuhr, einen zweirädrigen Einspänner auf, einen *Boc*. Es war ein Gelegenheitskauf, und als er neue Laternen und gesteppte Spritzleder bekommen hatte, sah er fast wie ein Tilbury aus.

Charles war also glücklich, und nichts auf der Welt bereitete ihm Sorgen. Eine Mahlzeit allein mit ihr zusammen, ein Abendspaziergang auf der Landstraße, eine Bewegung ihrer Hand, wenn sie sich über ihr glattgescheiteltes Haar strich, der Anblick ihres Strohhutes, der an einem Fensterriegel hing, und viele, viele andere Dinge noch, von denen Charles nie geahnt hatte, daß sie ihm Freude machen könnten, bescherten ihm jetzt ein Glück, das kein Ende nahm. Morgens im Bett, wenn sein Kopf neben dem ihren auf dem gleichen Kissen lag, schaute er zu, wie das Sonnenlicht durch den feinen blonden Flaum ihrer Wangen schien, die halb von den breiten Patten ihrer Haube verdeckt wurden. Aus solcher Nähe gesehen, dünkten ihn ihre Augen noch größer, vor allem wenn sie beim Erwachen ihre Lider mehrmals aufschlug. Sie waren schwarz im Dunkeln und dunkelblau im hellen Tageslicht und hatten gewissermaßen verschiedene, übereinanderliegende Farbschichten, die in der Tiefe dunkler, aber gegen die schimmernde Oberfläche zu immer heller waren. Sein Auge verlor sich in diesen unergründlichen Tiefen, und er sah sich selbst ganz klein darin bis zu den Schultern, mit dem seidenen Kopftuch und dem oben offenen Hemd. Er stand auf. Sie kam ans Fenster und schaute ihm nach, wenn er davonritt. Dann blieb sie mit aufgestützten Ellbogen dort zwischen zwei Geranienstöcken stehen, nur mit ihrem Hausrock bekleidet, der sie lose umfloß. Unten auf der Straße schnallte sich Charles auf dem Prellstein die Sporen an; und sie unterhielt sich weiter mit ihm, rupfte mit dem Mund etwa ein Blütenblatt oder ein bißchen Grün ab und blies es zu ihm hinunter, und es flatterte langsam abwärts, schwebte eine Zeitlang dahin, zog Halbkreise in der Luft wie ein Vogel, verfing sich, ehe es zu Boden fiel, in der schlecht gepflegten Mähne der alten Schimmelstute, die unbeweglich vor der Haustür stand. Charles saß auf und warf ihr eine Kußhand zu; sie winkte zurück, schloß dann das Fenster, und er ritt davon. Auf der Landstraße, die sich endlos wie ein langes staubiges Band hinzog, in den Hohlwegen, über denen sich die Bäume zu einem Laubdach wölbten, auf den Feldpfaden, auf denen ihm das Getreide bis zu den Knien reichte, mit der Sonne auf dem Rücken und der frischen Morgenluft in der Nase, das Herz noch übervoll von den Seligkeiten der Nacht, ruhigen Gemüts und mit befriedigten Sinnen, ritt er seines Wegs und genoß noch ein zweitesmal sein Glück, wie jemand, der nach einem Mahl immer noch den Geschmack der Trüffeln kostet, die er verdaut.

Was hatte er bis jetzt Gutes im Leben gehabt? Die Schulzeit vielleicht, als er zwischen den hohen Mauern eingesperrt war und sich inmitten der reicheren oder stärkeren Kameraden so einsam gefühlt hatte? Sie hatten über seine Aussprache gelacht, hatten ihn wegen seiner Kleider gehänselt, und ihre Mütter brachten ihnen immer, wenn sie zu Besuch kamen, in ihrem Muff Kuchen mit. Oder etwa später, als er Medizin studierte und nie genug Geld hatte, um ein nettes Arbeitermädel zum

Tanzen auszuführen und sich auf diese Weise eine Geliebte anzuschaffen? Schließlich hatte er vierzehn Monate mit der Witwe zusammengelebt, deren Füße im Bett immer kalt wie Eisbrocken gewesen waren. Jetzt aber besaß er lebenslang diese hübsche Frau, die er abgöttisch liebte. Für ihn hörte die Welt am seidenweichen Saum ihres Unterrocks auf, und er machte sich Vorwürfe, daß er sie nicht genug liebe, und dann sehnte er sich, sie wiederzusehen. Er ritt schnurstracks nach Hause, rannte mit klopfendem Herzen die Treppe hinauf. Emma saß in ihrem Zimmer und kleidete sich an. Er schlich auf leisen Sohlen herzu, küßte sie auf den Rücken, und sie stieß einen Schrei aus.

Er konnte es nicht lassen, in einem fort ihren Kamm, ihre Ringe, ihr Busentuch anzufühlen. Manchmal küßte er sie gierig, mit lauten, schmatzenden Küssen, auf die Wangen, oder er gab ihr eine Reihe leichter Küßchen, den ganzen nackten Arm entlang, von den Fingerspitzen bis zur Schulter. Halb lächelnd und auch ein wenig ungehalten stieß sie ihn dann von sich, wie man etwa ein Kind abwehrt, das sich einem anhängt.

Vor ihrer Heirat hatte sie geglaubt, sie liebe ihn. Aber das Glück, das diese Liebe hätte mit sich bringen müssen, war nicht gekommen, und so dachte sie, sie habe sich gewiß getäuscht. Und Emma suchte zu erfahren, was man im Leben eigentlich unter *Seligkeit*, *Leidenschaft* und *Liebesrausch* verstand. Diese Worte waren ihr in den Büchern immer so wunderschön vorgekommen.

6

Sie hatte *Paul und Virginie* gelesen und träumte von der Bambushütte, dem Neger Domingo, dem Hund Fidèle, vor allem aber von der wohltuenden Freundschaft eines lieben kleinen Bruders, der für sie rote Früchte von mächtigen Bäumen, die höher waren als Kirchtürme, herunterholte oder barfuß über den Sand gerannt kam, um ihr ein Vogelnest zu bringen.

Als sie dreizehn Jahre alt wurde, fuhr ihr Vater selbst mit ihr in die Stadt und brachte sie ins Kloster. Sie stiegen in einem Gasthof des Saint-Gervais-Viertels ab. Dort aßen sie ihr Abendessen von gemalten Tellern, auf denen die Geschichte der Madame de La Vallière dargestellt war. Die legendenhaft schlichten Erläuterungen, die hier und da von Messern zerkratzt waren, verherrlichten allesamt die Frömmigkeit, die zarten Regungen des Herzens und höfischen Prunk.

In der ersten Zeit langweilte sie sich kein bißchen im Kloster; es gefiel ihr sogar sehr gut bei den frommen Schwestern. Diese führten sie mitunter zum Zeitvertreib in die Kapelle, wohin man vom Refektorium aus durch einen langen Gang gelangte. Sie spielte kaum je in ihrer Freizeit, begriff rasch den Katechismus, und schwierige Fragen mußte immer sie dem Herrn Vikar beantworten. So lebte sie also, ohne jemals aus der lauen Schulstubenluft hinauszukommen, unter diesen blassen Frauen dahin, die Rosenkränze mit kupfernen Kreuzen trugen, und ließ sich nach und nach von der mystischen Schlaffheit einlullen, die vom Weihrauch der Altäre, von dem kühlen Weihwasserbecken und den strahlenden Kerzen ausströmte. Anstatt der Messe zuzuhören, schaute sie in ihrem Gebetbuch die frommen, himmelblau umrandeten Vignetten an. Sie faßte eine schwärmerische Liebe zu dem kranken Lamm Gottes, zum hochheiligen Herzen, das von spitzen Pfeilen durchbohrt war, oder zum armen Heiland, der unter der Last des Kreuzes unterwegs zusammenbrach. Sie wollte sich kasteien und versuchte, einen ganzen Tag ohne Essen auszuhalten. Sie überlegte lange hin und her, was für ein Gelübde sie erfüllen könnte.

Sooft sie zur Beichte ging, dachte sie sich kleine Sünden aus, damit sie noch länger mit gefalteten Händen, das Gesicht an das Gitter gepreßt, unter dem leisen Zuspruch des Priesters im Halbdunkel knien konnte. Die Gleichnisse vom himmlischen Bräutigam, vom göttlichen Geliebten und Gemahl und von ewiger Vermählung, die in den Predigten immer wiederkehrten, weckten im Grunde ihrer Seele ungeahnte Wonnen.

Am Abend, vor dem Gebet, wurde im Arbeitssaal aus einem frommen Erbauungsbuch vorgelesen. An Wochentagen war es ein Abschnitt aus der biblischen Geschichte oder aus den *Predigten* des Abbé Frayssinous, und sonntags gab es zur Erholung Stellen aus dem *Geist des Christentums*. Wie lauschte sie die ersten paar Male den wohltönenden Klagen romantischen Weltschmerzes, die von überall auf Erden und in der Ewigkeit widerhallten! Hätte sie ihre Kindheit im Hinterstübchen eines Kramladens irgendwo in einem Geschäftsviertel verbracht, so hätte sich ihr Herz vielleicht den schwärmerischen Stimmungseindrücken der Natur aufgeschlossen, die wir ja gewöhnlich nur durch Bücher empfangen. Sie aber kannte das Landleben zu gut, sie war vertraut mit dem Blöken der Schafe, mit der Milchwirtschaft, den Ackergeräten. An ihre friedliche Umgebung gewöhnt, wandte sie sich dem geraden Gegenteil, den bewegteren Vorgängen zu. Sie liebte das Meer nur wegen seiner Stürme und das Grün nur dann, wenn es spärlich zwischen zerfallenem Gemäuer wuchs. Sie mußte aus allem, was sie erlebte, eine Art persönlichen Gewinn herausholen und verwarf als sinnlos alles, was ihr Herz nicht unmittelbar reicher und vollkommener machen konnte. Denn sie war eher empfindsam als künstlerisch veranlagt und suchte Gemütserregungen und nicht Landschaftsbilder.

Es gab im Kloster eine alte Jungfer, die jeden Monat für acht Tage kam und in der Wäschekammer arbeitete. Da sie einer alten, während der Revolution verarmten adligen Familie entstammte und daher unter dem Schutz der erzbischöflichen Kurie stand, aß sie im Refektorium am Tisch der frommen Schwestern und hielt nach dem

Mahl mit ihnen noch ein kleines Schwätzchen, ehe sie wieder hinauf an ihre Arbeit ging. Oft stahlen sich auch die Zöglinge aus dem Arbeitsraum heimlich davon und suchten sie auf. Sie kannte eine Menge galante Liedchen aus dem vergangenen Jahrhundert und sang sie ihnen halblaut vor, ohne in ihrer Näharbeit innezuhalten. Sie erzählte Geschichten, wußte immer alle möglichen Neuigkeiten zum besten zu geben, erledigte Besorgungen in der Stadt und lieh den größeren Mädchen heimlich den oder jenen Roman, den sie in ihren Schürzentaschen mit sich herumtrug und von dem das gute Fräulein in ihren Arbeitspausen lange Kapitel verschlang. Die Bücher handelten immer nur von Liebschaften, Liebhabern und Geliebten, verfolgten Damen, die in einsamen Pavillons in Ohnmacht sanken, von Postillonen, die bei jedem Pferdewechsel umgebracht wurden, von Pferden, die man auf jeder Seite zuschanden ritt, von finsteren Wäldern, Seelenkämpfen, Schwüren, Schluchzen, Tränen und Küssen, Nachen im Mondschein, Nachtigallen in den Gebüschen, *Herren*, die tapfer wie Löwen, sanft wie Lämmer und unvorstellbar tugendhaft waren, dazu stets schön gekleidet und tränenselig wie Urnen. Ein halbes Jahr lang machte sich Emma als Fünfzehnjährige mit dem Staub der alten Leihbibliotheken die Hände schmutzig. Später las sie Walter Scott und begeisterte sich an historischen Begebnissen, träumte von Truhen, Waffensälen und Spielleuten. Sie hätte, ach! so gern auf einer alten Burg gelebt wie jene hochgewachsenen, schlanken Schloßfräulein, die unter dem Dreipaß der gotischen Fenster ihre Tage verbrachten und, den Ellbogen auf den Stein und das Kinn in die Hand gestützt, Ausschau hielten nach dem Reiter mit der weißen Feder, der auf einem Rappen von weither über die Ebene herangaloppiert kam. Damals trieb sie auch einen wahren Kult mit Maria Stuart und brachte berühmten und unglücklichen Frauen überhaupt eine begeisterte Verehrung entgegen. Jeanne d'Arc, Heloise, Agnes Sorel, die schöne Ferronnière und Clémence Isaure hoben sich leuchtend wie Kometen von der endlosen Finsternis der Geschichte ab, aus der ab und zu noch andere Gestalten hervortraten, diese jedoch schon undeutlicher, zusammenhangslos und im Dunkel verloren: der heilige Ludwig mit seiner Eiche, der sterbende Bayard, ein paar Greueltaten Ludwigs XI., manche Szenen aus der Bartholomäusnacht, der Helmbusch des Béarnesers und immer wieder die Erinnerung an die bemalten Teller, auf denen Ludwig XIV. verherrlicht wurde.

In den Liedern, die sie in den Musikstunden sang, war immer nur die Rede von Engelchen mit goldenen Flügeln, von Madonnen, von Lagunen und Gondolieri. Es waren anspruchslose Kompositionen; aber durch den einfältigen Text und die plumpe Vertonung hindurch spürte man doch das lockende Blendwerk gefühlsseliger Wirklichkeiten heraus. Ein paar ihrer Mitschülerinnen brachten die bebilderten Almanache mit, die sie zu Neujahr geschenkt bekommen hatten. Man mußte sie verstecken, es war ein spannendes Ereignis. Man las sie heimlich im Schlafsaal. Behutsam nahm Emma die schönen in Atlas gebundenen Bücher in die Hand und starrte geblendet auf die Namen der unbekannten Dichter, die ihre Beiträge – meist waren es Grafen oder Vicomtes – am Schluß unterzeichnet hatten.

Sie schauerte zusammen, wenn sie mit ihrem Atem das Seidenpapier über den Stahlstichen ansaugte, daß es sich bauschte und halb gefaltet sanft auf die Seite zurückfiel. Da stand an der Brüstung eines Balkons ein junger Mann in kurzem Mantel und hielt in seinen Armen ein junges Mädchen im weißen Kleid, an dessen Gürtel eine Tasche hing. Oder man sah die anonymen Bildnisse blondgelockter englischer Ladys, die einen unter ihren runden Strohhüten hervor mit großen hellen Augen anschauten. Andere wieder lagen lässig ausgestreckt in ihren Wagen und fuhren gemächlich im Park spazieren; ein Windspiel sprang vor dem Gespann her, und zwei kleine Vorreiter in weißen Kniehosen lenkten die Pferde im Trab. Andere saßen sinnend auf dem Sofa, und neben ihnen lag ein offenes Briefchen; sie schauten durch das halb geöffnete Fenster, das zur Hälfte von einem schwarzen Vorhang verhüllt war, schwärmerisch zum Mond empor. Die ganz Unschuldigen hatten eine Träne auf der Wange und schnäbelten durch die Gitter eines gotischen Käfigs mit einer Turteltaube oder lächelten, das Köpfchen auf die Schulter geneigt, während sie mit ihren spitzen, wie Schnabelschuhe aufwärts gebogenen Fingern die Blütenblättchen einer Margerite abzupften. Was gab es da nicht alles: Sultane mit langen Pfeifen, in den Armen ihrer Bajaderen unter Laubgewölben wohlig hingelagert, Giaurs, Türkensäbel, phrygische Mützen und vor allem fahlgraue Landschaften dithyrambischer Gegenden, in denen oft nebeneinander Palmen, Tannen, rechter Hand einige Tiger, links ein Löwe, fern am Horizont tatarische Minarette und im Vordergrund römische Trümmer zu sehen waren, dann am Boden kauernde Kamele, das Ganze umrahmt von einem sorgsam saubergehaltenen Urwald und von einem breiten, senkrecht einfallenden Sonnenstrahl durchzogen, der sich im Wasser brach. Auf dem See hoben sich wie weiße Schrammen auf stahlgrauem Grund da und dort einzeln schwimmende Schwäne ab.

Das abgeschirmte Lämpchen, das zu Emmas Häupten an der Wand hing, beleuchtete alle diese Bilder aus der weiten Welt, und sie zogen an ihr vorüber in der Stille des Schlafsaals und beim fernen Rollen einer Droschke, die zu später Stunde noch auf den Boulevards vorbeifuhr.

Als ihre Mutter starb, weinte sie in den ersten Tagen viel. Sie ließ sich eine Haarsträhne der Hingeschiedenen einrahmen und schrieb nach Les Bertaux einen Brief voll trauriger Betrachtungen über das Leben, zugleich bat sie, man möge sie später im selben Grab beisetzen. Ihr Vater glaubte, sie sei krank, und besuchte sie. Emma empfand eine innere Genugtuung darüber, daß sie schon auf den ersten Anhieb zu dem seltenen Ideal vergeistigten Daseins gelangt war, das mittelmäßige Herzen nie erreichen. Sie ließ sich also sanft in das rätselvolle Zwielicht der Lamartineschen Empfindungswelt hinabgleiten, lauschte den Harfenklängen, die über den See drangen, den Gesängen sterbender Schwäne, dem Fallen der Blätter, den reinen Jungfrauen, die himmelan schwebten, der Stimme des Ewigen, die in den Tälern zu ihr sprach. Dann bekam sie es satt, wollte es sich nicht eingestehen, blieb erst aus Gewohnheit, später aus Eitelkeit dabei und war zuletzt ganz überrascht, als sie ihren innern Frieden wiederfand und ihr Herz ebensowenig Trauer fühlte, wie ihre Stirn Runzeln aufwies.

Die frommen Schwestern, die fest auf Emmas Berufung gebaut hatten, bemerkten zu ihrem Befremden, daß Mademoiselle Rouault anscheinend ihrem Einfluß entglitt. Freilich hatten sie ihr in solchem Übermaß mit Gottesdiensten, Bußübungen, neuntägigen Andachten und Predigten zugesetzt, sie hatten ihr so oft gepredigt, welche Ehrfurcht den Heiligen und Blutzeugen gebühre, hatten ihr so viele gute Ratschläge gegeben, wie man den Leib kasteien und die Seele heiligen müsse, daß sie es schließlich machte wie ein Pferd, das man zu straff am Zügel hält: sie bockte, und die Kandare rutschte ihr aus den Zähnen. Dieser trotz aller Schwärmerei aufs Irdisch-Faßbare gerichtete Geist, der die Kirche um ihrer Blumen willen liebte, die Musik wegen der Liedertexte und Bücher nur las, weil sie ihr leidenschaftliche Erschütterungen verschafften, lehnte sich gegen die Mysterien des Glaubens auf, wie Emma sich auch mehr und mehr gegen die Klosterzucht empörte, die ihrer ganzen Veranlagung zuwider war. Als ihr Vater sie abholte, ließ man sie nicht ungern ziehen. Die Oberin fand sogar, sie sei in der letzten Zeit recht unehrerbietig gegen die Nonnen gewesen.

Als Emma wieder daheim war, gefiel sie sich anfangs

darin, das Gesinde herumzukommandieren. Dann aber wurde sie des Landlebens überdrüssig und sehnte sich nach ihrem Kloster zurück. Als Charles zum erstenmal nach Les Bertaux kam, hielt sie sich für völlig ernüchtert und frei von allen falschen Wunschträumen, glaubte auch, sie könne nichts mehr lernen und dürfe nichts mehr empfinden.

Doch die Bangnis, in die ihr neuer Zustand sie versetzte, vielleicht auch die Erregung, die sie in Gegenwart dieses Mannes verspürte, hatte in ihr den Glauben erweckt, nun sei endlich die wunderbare Leidenschaft über sie gekommen, die bisher wie ein riesenhafter Vogel mit rosenrotem Gefieder hoch im Glanz poetischer Himmelsfernen geschwebt hatte – und jetzt konnte sie sich nicht vorstellen, daß die Ruhe, in der sie dahinlebte, das erträumte Glück sei.

7

Manchmal ging ihr durch den Kopf, das seien immerhin die schönsten Tage ihres Lebens, der Honigmond, wie man zu sagen pflegte. Um aber ihre Wonne so recht auszukosten, hätte man freilich in jene Länder mit klangvollen Namen reisen müssen, wo die Tage nach der Hochzeit in wohligem Müßiggang verträumt werden. In einer Postkutsche unter blauseidenen Vorhängen fährt man im Schritt über steile Straßen aufwärts, lauscht dem Lied des Postillons, das mit den Glöckchen der Ziegen und dem dumpfen Tosen der Wasserfälle von den Bergen widerhallt. Wenn die Sonne untergeht, atmet man am Ufer einer Meeresbucht den Wohlgeruch der Zitronenbäume, und abends sitzt man ganz allein miteinander auf der Terrasse einer Villa, hält sich mit verschlungenen Fingern bei den Händen, schaut in die Sterne empor und schmiedet Pläne. Es kam ihr vor, als müßten gewisse Orte auf Erden Glück bringen, wie eine

Pflanze nur auf einem bestimmten Erdreich gedeiht und anderswo verkümmert. Warum war es ihr nicht vergönnt, sich auf den Balkonsims eines Schweizer Chalets zu lehnen oder sich mit ihrer Traurigkeit in einem schottischen Landhäuschen zu vergraben, an der Seite eines Gatten, der einen schwarzen Samtrock mit langen Schößen, weiche Stiefel, einen spitzen Hut und Manschetten trug?

Vielleicht hätte sie irgendwem ihr Herz ausschütten und ihm all dies erzählen mögen. Wie aber konnte sie einem so unfaßbaren Unbehagen Ausdruck verleihen, einem Gefühl, das sich wie die Wolken dauernd veränderte und gleich dem Wind unaufhörlich in Bewegung war? Es fehlten ihr die Worte, auch die Gelegenheit und der Mut dazu.

Hätte Charles indessen nur gewollt, hätte er etwas geahnt, wäre sein Blick nur ein einziges Mal ihren Gedanken entgegengekommen, dann – so glaubte sie – hätte sie sich sogleich all das, was sie bedrückte, vom übervollen Herzen reden können, wie die Früchte von einem Spalier abfallen, wenn man mit der Hand daran rührt. So aber tat sich, je enger sich ihr Zusammenleben äußerlich gestaltete, eine innere Kluft zwischen ihnen auf, die sie einander immer mehr entfremdete.

Alles, was Charles sagte, war platt wie ein Straßentrottoir, und Gemeinplätze und Binsenwahrheiten zogen darauf vorbei, in ihrem alltäglichsten Gewand, ohne zum Aufbegehren, zum Lachen oder zum Nachdenken zu reizen. Solange er in Rouen lebte, erzählte er ihr, habe er nie den Drang verspürt, ein Pariser Gastspiel im Theater zu besuchen. Er konnte weder schwimmen noch fechten noch mit Pistolen umgehen, und als sie ihn eines Tages nach einem Ausdruck aus der Reitkunst fragte, auf den sie in einem Roman gestoßen war, konnte er ihn nicht erklären.

Mußte ein Mann aber nicht alles kennen, sich auf möglichst vielen Gebieten hervortun, seine Frau in die treibenden Kräfte der Leidenschaft, in die verfeinerten Genüsse des Lebens, in alle Geheimnisse einweihen? Doch der da lehrte sie nichts, er wußte nichts und wünschte auch nichts. Er glaubte, sie sei glücklich; und sie verargte ihm diese behagliche Ruhe, diese heitere Trägheit, sogar das Glück, das sie ihm schenkte.

Manchmal zeichnete sie; und dann machte es Charles großen Spaß, dabeizustehen und ihr zuzuschauen, wie sie über das Blatt gebeugt dasaß, die Augen zukniff, um ihr Werk besser zu sehen, oder auf ihrem Daumen runde Brotkügelchen knetete. Wenn sie Klavier spielte, staunte er um so entzückter, je schneller ihre Finger über die Klaviatur liefen. Sie schlug kräftig und keck auf die Tasten und spielte, ohne abzusetzen, Läufe über das ganze Manual von oben bis unten. So gewaltsam bearbeitet, hörte man den alten Klimperkasten mit den schetternden Saiten bei offenem Fenster bis ans Ende des Dorfes, und oft blieb der Gerichtsschreiber, der barhaupt und in Filzschuhen auf der Landstraße vorbeiging, stehen und hörte mit seinem Aktenstück in der Hand zu.

Bei alledem verstand es Emma, ihren Haushalt zu führen. Sie schickte den Patienten die Rechnungen in so nett abgefaßten Briefen, daß sie gar nichts Geschäftsmäßiges mehr hatten. War sonntags ein Nachbar bei ihnen zu Tisch, wußte sie immer eine besonders nett angerichtete Platte aufzutischen. Sie hatte ein eigenartiges Geschick, die Reineclauden pyramidenförmig auf einem Rebenblatt aufzubauen, stellte die Konfitüren auf einen Teller umgestürzt auf den Tisch und sprach sogar davon, Mundspülgläser für den Nachtisch anzuschaffen. Von all dem fiel auch ein Abglanz auf Bovary, und sein Ansehen stieg beträchtlich.

Schließlich bekam Charles eine höhere Meinung von sich selber, weil er eine solche Frau besaß. Voll Stolz zeigte er im Eßzimmer zwei kleine Bleistiftzeichnungen von ihr, die er in sehr breite Rahmen hatte fassen lassen und an langen grünen Kordeln an der Wand aufgehängt hatte. Wenn die Messe aus war, sah man ihn in schönen gestickten Pantoffeln unter der Tür stehen.

Abends kam er spät heim, um zehn Uhr, zuweilen erst um Mitternacht. Dann verlangte er zu essen, und da das Mädchen schon zu Bett gegangen war, bediente ihn Emma. Er machte es sich bequem, zog den Gehrock aus und zählte sämtliche Leute auf, denen er begegnet war, nannte die Dörfer, in denen er zu tun gehabt, und die Rezepte, die er verschrieben hatte. Mit sich und der Welt zufrieden, verspeiste er, was noch von den Rindfleischschnitten mit Zwiebeln da war, schabte seinen Käse säuberlich ab, verzehrte einen Apfel, trank die Weinkaraffe leer, ging dann zu Bett, legte sich auf den Rücken und schnarchte.

Da er bisher seit langem gewohnt war, eine Zipfelmütze zu tragen, rutschte ihm das seidene Kopftuch dauernd über die Ohren herunter, und so hingen ihm am Morgen seine Haare wirr und unordentlich ins Gesicht und waren ganz weiß von den Daunenfedern des Kopfkissens, dessen Schnüre sich während der Nacht lösten. Er trug immer derbe Stiefel, die über dem Spann zwei dicke, schräg zu den Knöcheln verlaufende Falten aufwiesen, während sonst das Oberleder steif und gerade stand, als stäke ein hölzerner Spanner darin. Er pflegte zu sagen, *fürs Land sei das gut genug.*

Seine Mutter bestärkte ihn in dieser Sparsamkeit; denn sie kam wie früher zu Besuch, wenn es zu Hause wieder einmal zu einem heftigen Zusammenstoß gekommen war. Und doch war die alte Madame Bovary sichtlich gegen ihre Schwiegertochter eingenommen. Sie fand sie *für ihre Verhältnisse zu anspruchsvoll.* Mit Holz, Zucker und Kerzen *werde ein Aufwand getrieben wie in einem großen Haus*, und die Kohlen, die in der Küche verfeuert würden, hätten für fünfundzwanzig Gerichte ausgereicht! Sie schaffte Ordnung in ihrem Wäscheschrank und brachte Emma bei, wie man dem Metzger auf die

Finger sehen müsse, wenn er das Fleisch bringe. Emma nahm diese schwiegermütterlichen Lehren hin; Madame Bovary geizte nicht damit, und den lieben langen Tag hörte man *liebes Kind* und *liebe Mutter*, mit zuckenden Lippen gesprochen, und beide Frauen sagten einander mit zornbebender Stimme Freundlichkeiten.

Zu Lebzeiten der Madame Dubuc hatte die alte Dame noch das Gefühl gehabt, sie könne die erste Geige spielen. Jetzt aber erschien ihr Charles' Liebe zu Emma wie eine Fahnenflucht seiner Anhänglichkeit, wie ein Einbruch in das, was ihr gehörte, und sie beobachtete sein Glück mit stiller Trauer, wie ein Verarmter durch die Fenster fremde Leute in seinem ehemaligen Haus um den Tisch sitzen und schmausen sieht. Sie wärmte alte Erinnerungen auf und mahnte ihn so an all ihre Mühen und Opfer, verglich sie auch mit Emmas Schlendrian und kam zu dem Schluß, daß es ungerechtfertigt sei, sie so ausschließlich anzubeten.

Charles wußte darauf keine Antwort. Er verehrte seine Mutter und liebte seine Frau von ganzem Herzen. Was die eine sagte, galt ihm für unfehlbar, und an der andern fand er nichts auszusetzen. War dann Madame Bovary wieder abgereist, versuchte er wohl schüchtern die eine oder andere der harmlosesten Aussetzungen, die er von seiner Mama gehört hatte, mit denselben Worten nochmals vorzubringen. Emma aber bewies ihm klipp und klar, daß er im Irrtum sei, und riet ihm, sich lieber seinen Kranken zu widmen.

Allerdings wollte sie sich, gemäß den Theorien, die ihr einleuchteten, zur Liebe in Stimmung bringen. Bei Mondenschein sagte sie im Garten alles an leidenschaftserfüllten Versen auf, was sie auswendig wußte, und sang ihm unter Seufzen schwermütig getragene Weisen vor. Aber sie fühlte sich nachher ebenso ruhig wie zuvor, und Charles war sichtlich weder verliebter noch sonderlich aufgewühlt.

Als sie auf diese Weise vergeblich versucht hatte,

einen Funken aus ihrem Herzen zu schlagen, und da sie außerdem unfähig war, etwas zu begreifen, was sie nicht selbst empfand, oder auch an etwas zu glauben, was sich nicht in herkömmlichen Formen äußerte, redete sie sich ohne weiteres ein, Charles' Leidenschaft sei nicht mehr übermäßig tief. Seine Liebesbeweise hatten etwas Geregeltes bekommen; er umarmte sie zu bestimmten Stunden. Es war eine Gewohnheit unter vielen anderen, gleichsam ein vorgesehener Nachtisch nach einem eintönigen und ewiggleichen Mahl.

Ein Jagdhüter, den Charles von einer Lungenentzündung geheilt hatte, hatte der Frau Gemahlin seines Doktors einen kleinen italienischen Windhund geschenkt. Sie nahm ihn auf ihre Spaziergänge mit, denn sie ging jetzt manchmal aus. Sie hatte das Bedürfnis, ab und zu allein zu sein, und wollte nicht in einem fort nur das Einerlei des Gartens und der staubigen Landstraße vor sich sehen.

Sie wanderte stets bis zum Buchenwald von Banneville bei dem verlassenen Gartenhaus, das gegen die Felder zu die Ecke der Mauer bildete. In der Wolfsgrube wuchsen dort zwischen dem Gras lange Schilfstauden mit messerscharfen Blättern.

Zuerst schaute sie sich jedesmal um, ob sich seit dem letztenmal, als sie hierhergekommen war, nichts verändert habe. Aber sie fand alles noch am selben Platz: die Fingerhutstauden und die Goldlackbüschel, die Brennnesseln, die rings um die großen Steine wucherten, und die Moospolster längs der drei Fenster, deren stets geschlossene Läden auf ihren verrosteten Eisenstangen so morsch waren, daß sie zerfielen. Ihre Gedanken, die zunächst ziellos da und dorthin wanderten, schweiften nun aufs Geratewohl umher wie ihr Windspiel, das in weiten Kreisen über die Felder raste, hinter den Schmetterlingen herkläffte, auf Feldmäuse Jagd machte und am Rand eines Kornfeldes die Mohnblumen anknabberte. Dann aber nahmen Emmas Gedanken allmählich eine bestimmte Richtung, und während sie sich setzte und mit der Spitze ihres Sonnenschirms im Gras herumstocherte, fragte sie sich immer wieder: Mein Gott, warum habe ich eigentlich geheiratet?

Sie überlegte hin und her, ob es nicht möglich gewesen wäre, daß sie durch irgendwelche andern Fügungen des Schicksals einem anderen Mann hätte begegnen können, und versuchte sich vorzustellen, wie diese nicht eingetretenen Umstände, dieses ganz verschiedene Leben, dieser Mann, den sie nicht kannte, hätten aussehen müssen. Es waren ja wahrhaftig nicht alle Männer so wie ihr Gatte. Er hätte schön, geistvoll, vornehm, anziehend sein können, so wie zweifellos alle die Männer waren, die ihre ehemaligen Klosterfreundinnen geheiratet hatten. Was mochten sie jetzt wohl treiben? In der Stadt, im lärmenden Gewimmel der Straßen, im Stimmengewirr der Theater und im Lichterschein der Bälle führten sie gewiß ein Leben, bei dem einem das Herz aufging und die Sinne aufblühten. Ihr eigenes Leben aber war kalt wie eine Bodenkammer, deren Fensterchen nach Norden lag, und lautlos wie eine Spinne wob die Langeweile im Dunkeln ihr Netz in allen Winkeln ihres Herzens. Die Tage der Preisverteilung kamen ihr wieder in den Sinn, und sie sah sich auf die Estrade steigen und ihre bescheidenen Preise in Empfang nehmen. Mit ihren Zöpfen, in dem weißen Kleidchen und den schlehfarbenen, ausgeschnittenen Schuhen sah sie allerliebst aus, und die Herren beugten sich vor und sagten ihr allerhand Artigkeiten, wenn sie an ihren Platz zurückging. Der Hof stand voller Kaleschen, man sagte ihr durch den Wagenschlag Lebewohl, der Musiklehrer ging, seinen Geigenkasten unterm Arm, vorbei und grüßte. Wie weit zurück lag das alles! Wie fern war es schon!

Sie rief Djali zu sich, nahm ihn zwischen ihre Knie, streichelte seinen langen, feinen Kopf und sagte zu ihm: »Komm, gib Frauchen einen Kuß, du hast ja keinen Kummer.«

Dann ließ sie ihre Augen auf dem wehmütigen Ausdruck des feingliedrigen Tieres ruhen, das behaglich gähnte, und eine rührselige Stimmung überkam sie. Sie stellte Vergleiche zwischen sich und dem Hund an und sprach laut mit ihm wie mit einem bekümmerten Menschen, der Trost braucht.

Von Zeit zu Zeit überfielen sie jähe Windstöße. Vom Meer her erhob sich eine starke Brise, fegte in einem mächtigen Schwall über das ganze Hochland von Caux hin und trug weit in die Felder hinein eine salzige Frische. Pfeifend strich der Wind dicht über dem Boden durch die Binsen, und das Laub der Buchen rauschte in plötzlichem Erschauern, während die Baumwipfel sich wiegten, und ihr lautes Brausen ertönte weiter durch die Luft. Emma zog ihren Schal enger um ihre Schultern und erhob sich.

In der Allee fiel ein grünliches, durch das Laubwerk gedämpftes Licht auf das kurze Moos, das unter ihren Füßen leise knisterte. Die Sonne ging unter; zwischen den Zweigen leuchtete rot der Himmel auf, und die gleichmäßigen Stämme der in gerader Linie gepflanzten Bäume sahen aus wie eine braune Säulenreihe, die sich von einem goldenen Hintergrund abhob. Ein banges Gefühl befiel sie; sie rief Djali, kehrte rasch auf der Landstraße nach Tostes zurück, sank in einen Lehnstuhl und sprach den ganzen Abend kein Wort mehr.

Doch gegen Ende September ereignete sich in ihrem Leben unerwartet etwas Außergewöhnliches. Sie wurde nach La Vaubyessard zum Marquis d'Andervilliers eingeladen.

Der Marquis, der unter der Restauration Staatssekretär gewesen war, suchte jetzt wieder ins politische Leben zurückzukehren und bereitete von langer Hand seine Kandidatur für die Deputiertenkammer vor. Er ließ im Winter große Mengen Brennholz verteilen und verlangte in der Bezirksversammlung immer wieder mit übertriebenem Nachdruck neue Straßen für seinen

Wahlbezirk. Während der großen Hitze hatte er einen Abszeß im Mund bekommen, von dem ihn Charles wie durch ein Wunder mit einem rechtzeitigen Lanzettstich befreit hatte. Der Geschäftsführer des Marquis, der zur Bezahlung der Operation nach Tostes geschickt wurde, erzählte abends, er habe im Gärtchen des Arztes prachtvolle Kirschen gesehen. Da nun aber die Kirschbäume in La Vaubyessard nicht recht gedeihen wollten, bat der Herr Marquis Herrn Bovary um ein paar Pfropfreiser, machte es sich zur Pflicht, sich persönlich dafür zu bedanken, bekam dabei Emma zu Gesicht und fand, sie habe eine hübsche Gestalt und grüße nicht wie eine Bäuerin. So kam man im Schloß zur Überzeugung, man überschreite die Grenzen der Herablassung keineswegs, noch begehe man andererseits eine Unschicklichkeit, wenn man das junge Paar einmal einlade.

Eines Mittwochs um drei Uhr stiegen Herr und Frau Bovary in ihren *Boc* und fuhren nach La Vaubyessard ab. Hinten auf dem Wagen war ein großer Koffer aufgeschnallt, und vorn auf dem Spritzleder lag eine Hutschachtel. Charles hielt außerdem eine Pappschachtel zwischen den Beinen.

Sie langten bei einbrechender Nacht an, gerade als man im Park die Lampen anzündete, die den einfahrenden Wagen leuchten sollten.

8

Das Schloß, ein moderner Bau in italienischem Stil mit zwei vorspringenden Flügeln und drei Freitreppen, zog sich am Fuße einer unabsehbaren Rasenfläche hin, auf der zwischen vereinzelten Gruppen hoher Bäume ein paar Kühe weideten. Allerlei Sträucher, Rhododendren, Flieder, Schneeballen, wölbten ihr dichtes, unebenmäßig hohes Gezweige über den sich dahinschlängelnden sandbestreuten Weg. Ein Bach floß unter einer Brücke hindurch. Im Abenddunst konnte man verstreut auf den Wiesen ein paar Gebäude mit Strohdächern erkennen. Zwei bewaldete Anhöhen, die sanft abfielen, begrenzten die Weiden. Hinten lagen im dichten Gehölz in zwei gleichlaufenden Reihen die Wagenschuppen und Stallungen, Reste des ehemaligen, jetzt zerstörten Schlosses.

Charles' kleiner Wagen hielt vor der mittleren Freitreppe. Die Dienerschaft erschien. Auch der Marquis hieß sie willkommen; er reichte der Frau des Arztes den Arm und führte sie in die Vorhalle.

Sie war mit Marmorfliesen ausgelegt, sehr hoch, und Schritte und Stimmen hallten darin wie in einer Kirche wider. Dem Eingang gegenüber stieg eine gerade Treppe empor, und zur Linken führte eine auf den Garten hinausgehende Galerie zum Billardzimmer, aus dem man schon bei der Tür das Zusammenprallen der Elfenbeinkugeln vernahm. Als Emma durch das Billardzimmer schritt und sich in den Salon begab, sah sie rings um den Billardtisch einige Herren mit ernsten Gesichtern. Ihr Kinn verschwand halb hinter hohen Krawatten; alle trugen ein Ordensbändchen und spielten mit stummem Lächeln. An den dunkel getäfelten Wänden hingen große Gemälde in goldenen Rahmen, auf deren unterem Rand in schwarzen Buchstaben Namen standen. Sie las: *Jean-Antoine d'Andervilliers d'Yverbonville, Graf de la Vaubyessard und Baron de la Fresnaye, gefallen in der Schlacht bei Courtas am 20. Oktober 1587.* Und auf einem andern: *Jean-Antoine-Henry-Guy d'Andervilliers de la Vaubyessard, Admiral von Frankreich und Ritter des Sankt-Michaelsordens, verwundet im Kampf bei La Hougue-Saint-Vaast am 29. Mai 1692, gestorben in La Vaubyessard am 23. Januar 1693.* Die übrigen Unterschriften konnte man kaum entziffern, denn das Licht der Lampen fiel nur auf das grüne Tuch des Billardtischs und ließ das Zimmer ringsum im Dunkel. Im matten Schein der Leuchter glänzten die Gemälde im Hintergrund bräunlich, die Sprünge des schadhaften Firnis glänzten wie feine

Gräten, wenn sich das Licht in ihnen brach, und aus allen diesen goldumrahmten schwarzen Vierecken traten da und dort hellere Flecken hervor: eine blasse Stirn, zwei Augen, die einen anblickten, eine Perücke, die über die puderbestäubten Schultern eines roten Fracks hinabwallte, oder auch die Schnalle eines Strumpfbandes über einer molligen Wade.

Der Marquis öffnete die Tür zum Salon. Eine der Damen – es war die Marquise selbst – erhob sich, ging Emma entgegen und bat sie, neben ihr auf einer Causeuse Platz zu nehmen. Dann zog sie sie in ein freundschaftliches Gespräch, als wären sie alte Bekannte. Sie war eine ungefähr vierzigjährige Frau mit wunderschönen Schultern und einer Adlernase, sprach in einem gedehnten, fast schleppenden Tonfall und trug an diesem Abend über ihrem kastanienbraunen Haar ein einfaches Spitzentuch, das dreieckig in den Nacken fiel. Neben ihr saß eine junge blonde Frau auf einem hochlehnigen Stuhl. Um den Kamin standen ein paar Herren mit einer kleinen Blume im Knopfloch ihres Fracks und plauderten mit den Damen.

Um sieben Uhr ging man zu Tisch. Die Herren, die in der Überzahl waren, setzten sich an die erste Tafel in der Vorhalle, und die Damen mit dem Marquis und der Marquise nahmen an der zweiten im Speisesaal Platz.

Als Emma eintrat, fühlte sie sich von einem warmen Lufthauch umhüllt, einem Gemisch aus den Düften all der Blumen und der feinen Tischwäsche, dem Wohlgeruch der Speisen und der Trüffeln. Die Kerzen der Kandelaber spiegelten sich in langgezogenen Flammen in den Silberglocken des Tafelgeschirrs, und ein blasser Schimmer lag auf dem matt angelaufenen, geschliffenen Kristall. Die ganze Tafel war von oben bis unten mit Blumensträußen besetzt, einer stand neben dem andern. In den breitgeränderten Tellern lagen die Servietten, in Form von Bischofsmützen gefaltet, und zwischen ihren beiden Falten trug jede ein eirundes Brötchen. Die roten Scheren der Hummern ragten über den Rand der Platten hinaus. In durchbrochenen Körbchen lagen auf Moos aufgeschichtet erlesen große Früchte. Die Wachteln wurden in ihrem Federkleid aufgetragen; von den Schüsseln stiegen leckere Dämpfe auf. In seidenen Strümpfen und Kniehosen, mit weißer Krawatte und gefälteltem Vorhemd, würdevoll wie ein Richter, reichte der Haushofmeister die bereits zerlegten und vorgeschnittenen Gerichte zwischen den Schultern der Gäste hindurch und schnippte mit einem Ruck seines Löffels jedem das Stück auf den Teller, das er ausgewählt hatte. Von dem mächtigen, mit Kupferstangen verzierten Porzellanofen blickte eine bis zum Kinn in wallende Gewänder gehüllte Frauenstatue regungslos auf die große Tafelgesellschaft herab.

Madame Bovary bemerkte, daß mehrere Damen ihre Handschuhe nicht in ihr Glas gesteckt hatten.

Am oberen Ende der Tafel saß ganz allein unter all den Damen, über seinen gefüllten Teller gebeugt, ein alter Herr. Er hatte wie ein Kind die Serviette umgebunden, und während er aß, tropfte ihm die Soße aus dem Munde. Er hatte gerötete Triefaugen und trug einen kleinen, mit einem schwarzen Band umwickelten Zopf. Das war der Schwiegervater des Marquis, der alte Herzog de Laverdière, der einstige Günstling des Grafen von Artois aus den Zeiten der Jagdpartien in Vaudreuil beim Marquis de Conflans. Er war, so munkelte man, als Nachfolger des Herrn de Coigny und als Vorgänger des Herzogs von Lauzun der Geliebte der Königin Marie-Antoinette gewesen. Wie verlautete, hatte er ein wüstes, ausschweifendes Leben geführt, Duell über Duell ausgetragen, Wetten abgeschlossen, Frauen entführt, sein Vermögen durchgebracht und war der Schrecken seiner ganzen Familie gewesen. Hinter seinem Stuhl stand ein Diener und rief ihm laut die Namen der Gerichte ins Ohr, auf die er lallend mit dem

Finger deutete. Immer wieder mußte Emma den alten Mann mit den hängenden Lippen anschauen. Für sie war er etwas Außergewöhnliches und Ehrfurchtgebietendes, hatte er doch am Hof gelebt und im Bett von Königinnen geschlafen!

Es wurde eisgekühlter Champagner eingeschenkt. Emma rieselte ein Schauder über den ganzen Körper, als sie das kalte Getränk in ihrem Mund spürte. Sie hatte noch nie Granatäpfel gesehen und Ananas gegessen. Sogar der Puderzucker kam ihr weißer und feiner vor als anderswo.

Dann zogen sich die Damen in ihre Zimmer zurück, um sich für den Ball zurechtzumachen.

Emma kleidete sich mit peinlicher Gewissenhaftigkeit an, wie eine Schauspielerin vor ihrem ersten Auftreten. Sie ordnete ihr Haar nach den Anregungen des Coiffeurs; dann schlüpfte sie in ihr Baregekleid, das auf dem Bett ausgebreitet lag. Charles' Hose spannte ihm über dem Bauch.

»Die Hosenstege werden mich beim Tanzen stören«, sagte er.

»Beim Tanzen?« fragte Emma.

»Ja!«

»Bist du nicht bei Trost? Man würde dich ja auslachen! Bleib du nur an deinem Platz. Außerdem schickt sich das besser für einen Arzt«, setzte sie hinzu.

Charles sagte nichts mehr. Er ging im Zimmer auf und ab und wartete, bis Emma angezogen war.

Er sah sie von hinten im Spiegel zwischen zwei Leuchtern. Ihre schwarzen Augen schienen noch schwärzer als sonst. Das glatt gescheitelte Haar, an den Ohren leicht gebauscht, schimmerte in bläulichem Glanz. In ihrem Haarknoten zitterte auf biegsamem Stengel eine Rose mit künstlichen Wassertropfen an den Blattspitzen. Ihr Kleid war blaß safrangelb und mit drei Sträußchen künstlicher Rosen mit etwas Grün geschmückt.

Charles trat zu ihr und küßte sie auf die Schulter.

»Laß mich!« wehrte sie ihn ab, »du zerdrückst mir das ganze Kleid.«

Man hörte das Ritornell einer Geige und Hörnerklänge. Sie stieg die Treppe hinab und mußte an sich halten, sonst wäre sie gerannt.

Die Quadrillen hatten schon begonnen. Immer noch trafen Gäste ein. Die Leute drängten sich. Da setzte sie sich neben der Tür auf eine kleine Bank.

Als der Kontertanz zu Ende war, blieb das Parkett frei für die Herren, die in Gruppen plaudernd beisammen standen, und für die livrierten Diener, die große Präsentierbretter hereinbrachten. In der Reihe der sitzenden Damen bewegten sich die bemalten Fächer hin und her, die lächelnden Gesichter verschwanden zur Hälfte hinter den Blumensträußen. Riechfläschchen mit goldenen Stöpseln wurden in halbgeöffneten Händen herumgedreht, unter den weißen Handschuhen, die die Handgelenke eng umspannten, zeichnete sich die Form der Nägel ab. Spitzengarnituren rauschten an den Miedern, Diamantbroschen funkelten auf den Busen, medaillonbehangene Armbänder klirrten an den bloßen Armen. Im Haar, das die Damen glatt in die Stirn gekämmt und im Nacken geknotet trugen, staken Kränze, Trauben oder Zweige von Vergißmeinnicht, Jasmin, Granatblüten, Ähren oder Kornblumen. Mütter mit roten Turbanen auf dem Kopf saßen still und mit sauren Mienen auf ihren Plätzen.

Emmas Herz klopfte ein wenig, als ihr Tänzer sie an den Fingerspitzen hielt und sie sich in die Reihe stellte und auf den ersten Geigenstrich wartete, um loszutanzen. Bald aber legte sich ihre Aufregung, und sie wiegte sich im Takt der Musik und glitt mit einem leichten Nicken des Kopfes dahin. Bei gewissen zarten Stellen der Sologeige, während die anderen Instrumente schwiegen, spielte ein Lächeln um ihre Lippen. Man hörte das helle Klingen der Goldstücke, die im Zimmer nebenan auf die Spieltische geworfen wurden. Dann setzte das volle Orchester wieder ein, und das Klapphorn dröhnte schmetternd dazwischen. Die Füße nahmen den Takt wieder auf, die Röcke bauschten sich und streiften aneinander, die Hände faßten sich und ließen sich wieder los, Augenpaare, die eben noch zu Boden geblickt hatten, schauten einen jetzt frei und unbefangen an.

Einige Herren, etwa fünfzehn an der Zahl, Männer zwischen fünfundzwanzig und vierzig, die im Saal mit den andern tanzten oder plaudernd an den Türen standen, fielen unter den übrigen Gästen auf. So verschieden sie auch an Alter, Kleidung und Aussehen waren, so hatten sie doch eins gemeinsam: sie fühlten sich offenkundig hier zu Hause.

Ihre Fräcke waren anscheinend aus feinerem Tuch und von besserem Schnitt. Ihr Haar, in Locken gegen die Schläfen zurückgekämmt, hatte sichtlich seinen seidigen Glanz von feineren Pomaden. Nur reiche Leute konnten eine solche Haut besitzen, diesen weißen Teint, den das mattweiße Porzellan, das Schillern der Seidenstoffe, der Lack der schönen Möbel besonders zur Wirkung bringen und den nur eine unauffällige Auswahl erlesener Speisen so tadellos rein erhalten kann. Ihr Hals bewegte sich unbeengt auf bequemen Krawatten, ihre langen Backenbärte fielen auf Umlegekragen herab. Sie wischten sich die Lippen mit Taschentüchern ab, die ein breites gesticktes Monogramm aufwiesen und einen süßen Wohlgeruch ausströmten. Die schon etwas Angejahrten unter ihnen sahen jugendlich aus, während auf den Gesichtern der Jungen eine gewisse Reife lag. Aus ihren Blicken sprach der Gleichmut täglich befriedigter Sinne, und durch ihre verbindlichen Umgangsformen brach hier und da jene besondere Rücksichtslosigkeit durch, wie sie sich Männer angewöhnen, wenn sie selbstherrlich über Dinge verfügen können, die nicht sonderlich schwer zu erringen sind, bei denen die Kraft geübt wird und die Eitelkeit ihr Vergnügen findet – im

Umgang mit Rassepferden und in der Gesellschaft käuflicher Frauen.

Drei Schritte von Emma entfernt unterhielt sich ein Kavalier in blauem Frack mit einer blassen jungen Frau, die einen Perlenschmuck trug, über Italien. Sie schwärmten von den mächtigen Stützpfeilern des Petersdoms, von Tivoli, dem Vesuv, Castellamare und den Cascinen, den Rosen von Genua, dem Kolosseum im Mondlicht. Emma hörte mit halbem Ohr der Unterhaltung zu, in der es von Wörtern wimmelte, die sie nicht verstand. Man drängte sich um einen ganz jungen Mann, der vorige Woche in England *Miss Arabelle* und *Romulus* geschlagen und zweitausend Louis gewonnen hatte, weil er über einen Graben gesetzt war. Jemand beklagte sich, daß seine Rennpferde Fett ansetzten, ein anderer war ungehalten über die Druckfehler, durch die der Name seines Pferdes ganz entstellt worden sei.

Die Luft im Ballsaal war schwül; die Lampen brannten fahler. Alles strömte in den Billardsaal zurück. Ein Diener stieg auf einen Stuhl und zerbrach dabei zwei Fensterscheiben. Beim Klirren der Scherben wandte Madame Bovary den Kopf und sah im Garten Bauern stehen, die ihre Gesichter gegen die Scheiben preßten und hereinschauten. Da mußte sie auf einmal an Les Bertaux denken. Sie sah den Gutshof wieder, die schlammige Lache, ihren Vater im Bauernkittel unter den Apfelbäumen, und sie sah auch sich selbst wieder: sie stand in der Milchkammer und rahmte mit dem Finger die Milchschüsseln ab. Aber im Glanz der gegenwärtigen Stunde verblaßte ihr vergangenes Dasein, das bisher so deutlich in ihrer Erinnerung fortgelebt hatte, zu nichts, und fast zweifelte sie daran, daß sie es je erlebt hatte. Sie war hier, und alles außer diesem Ball war lauter Dunkel, das alles übrige einhüllte. Sie aß aus einer vergoldeten Muschel, die sie in der linken Hand hielt, ein Eis mit Maraschino, und schloß, den Löffel zwischen den Zähnen, halb die Augen.

Neben ihr ließ eine Dame ihren Fächer fallen. Ein Tänzer ging vorbei.

»Es wäre sehr gütig von Ihnen, mein Herr«, sagte die Dame, »wenn Sie mir den Fächer aufheben wollten. Er liegt hinter dem Sofa.«

Der Herr verneigte sich, und während er gerade den Arm ausstrecken wollte, sah Emma, wie die junge Dame etwas Weißes, dreieckig Zusammengefaltetes in seinen Hut warf. Der Herr hob den Fächer auf und überreichte ihn ihr ehrerbietig. Sie dankte mit einem Kopfnicken und roch dann an ihrem Bukett.

Nach dem Souper, bei dem es vielerlei spanische und Rheinweine gab, dazu Geflügel- und Mandelmilch-suppen, Pudding à la Trafalgar und kaltes Fleisch aller Art in schwabbelndem Gallert, begannen die Wagen einer nach dem andern abzufahren. Wenn man den Musselinvorhang am Fenster ein wenig beiseite schob, sah man die Lichter ihrer Laternen im Dunkel ver-schwinden. Die Sitzbänkchen lichteten sich; nur wenige Spieler blieben noch. Die Musikanten kühlten ihre Fin-gerspitzen mit der Zunge. Charles döste, an eine Tür gelehnt.

Um drei Uhr morgens begann der Kotillon. Emma konnte nicht Walzer tanzen. Alles walzte, selbst Made-moiselle d'Andervilliers und die Marquise. Es waren jetzt nur noch die Gäste da, die über Nacht im Schloß blieben, rund ein Dutzend Personen.

Jetzt aber kam einer der Walzertänzer, den man fa-miliär nur *Vicomte* nannte, ein Herr in einer weit ausge-schnittenen Weste, die ihm wie angegossen saß, schon zum zweitenmal und forderte Madame Bovary abermals zum Tanzen auf. Er beteuerte ihr, er werde sie sicher führen, und alles werde gut ausgehen.

Sie begannen langsam, tanzten dann aber immer schneller. Sie drehten sich, und alles drehte sich um sie im Kreise, Lampen, Möbel, Täfelungen und Parkett, wie eine Scheibe auf einem Zapfen. Als sie an den Türen vorbeitanzten, wickelte sich Emmas Schleppe um die Hose ihres Tänzers; ihre Beine berührten sich eng. Er blickte auf sie herab, sie hob die Augen zu ihm auf. Ihr schwindelte, und sie hielt inne. Dann tanzten sie weiter, und der Vicomte riß sie in immer rascherem Wirbel mit sich fort und verschwand mit ihr am Ende der Galerie, wo sie nach Atem ringend fast umsank und augenblickslang ihren Kopf an seine Brust lehnte. Dann führte er sie, in endloser Drehung, aber nun langsamer walzend, an ihren Platz zurück. Sie lehnte sich, den Kopf hintenübergeneigt, an die Wand und hielt die Hand vor die Augen.

Als sie wieder aufblickte, knieten mitten im Salon drei Tänzer vor einer Dame, die auf einem Taburett saß. Sie erkor den Vicomte, und die Geige setzte erneut ein.

Alle schauten dem tanzenden Paar zu. Sie tanzten vorbei und kamen zurück, sie mit regungslosem Oberkörper und gesenktem Kinn, er immer in der gleichen Haltung, die Taille eingebogen, den Ellbogen schön gerundet, den Mund gespitzt. Die konnte Walzer tanzen! Sie tanzten noch lange weiter, so daß es schließlich den andern langweilig wurde.

Man plauderte noch ein paar Minuten, sagte sich dann gute Nacht oder vielmehr guten Morgen, und hierauf gingen die Gäste alle schlafen.

Charles schleppte sich am Treppengeländer hinauf. Er war zum Umsinken müde. Geschlagene fünf Stunden hatte er sich unentwegt vor den Tischen die Beine in den Bauch gestanden und dem Whist zugesehen, ohne daraus klug zu werden. So stieß er denn auch einen tiefen Seufzer der Erleichterung aus, als er seine Stiefel ausgezogen hatte.

Emma warf einen Schal über ihre Schultern, öffnete das Fenster und lehnte sich hinaus.

Die Nacht war stockfinster. Vereinzelte Regentropfen fielen. In tiefen Zügen atmete sie den feuchten Wind ein, der ihre Lider erfrischte. Die Musik des Balls klang ihr noch in den Ohren, und sie zwang sich wachzubleiben, um noch länger den schönen Traum dieses glanzvollen Lebens auszukosten, das sie so bald schon aufgeben mußte.

Der Morgen dämmerte. Sie schaute lange zu den Fenstern des Schlosses hinüber und suchte zu erraten, in welchen Zimmern wohl alle die Leute schliefen, die ihr am vergangenen Abend aufgefallen waren. Sie hätte gerne gewußt, wie sie lebten, hätte gern zu ihnen gehört und ihr Leben geteilt.

Schließlich aber fröstelte sie in der kühlen Luft. Sie entkleidete sich und kroch unter die Decke, eng an Charles geschmiegt, der bereits schlief.

Zum Frühstück fanden sich eine Menge Gäste ein. Die Mahlzeit dauerte nur zehn Minuten. Zum großen Erstaunen des Arztes bot man keinerlei Likör an. Dann sammelte Mademoiselle d'Andervilliers die herumliegenden Stücke der Brötchen in ein Körbchen, um sie den Schwänen auf dem Schloßteich zu bringen, und die ganze Gesellschaft ging spazieren und begab sich ins Gewächshaus, wo allerlei absonderliche, mit haarigen Borsten bedeckte Pflanzen pyramidenförmig aufgebaut waren. Darüber hingen Vasen, über deren Ränder, wie aus übervollen Schlangennestern, lange, grüne, wirr verknäulte Ranken herabfielen. Die Orangerie ganz am Ende führte durch einen gedeckten Gang zu den Wirtschaftsgebäuden des Schlosses. Um der jungen Frau eine Freude zu machen, zeigte ihr der Marquis die Stallungen. Über den korbförmigen Raufen waren Porzellanschildchen angebracht, und darauf standen in schwarzen Lettern die Namen der Pferde. Jedes Tier wurde in seiner Boxe unruhig, wenn man vorbeiging und mit der Zunge schnalzte. In der Sattelkammer war der Fußboden blitzsauber wie das Parkett eines Salons. Auf zwei drehbaren Böcken waren Wagengeschirre bereit gestellt, und die ganze Mauer entlang hingen schön in einer Reihe die Kandaren, Peitschen, Steigbügel und Kinnketten.

Währenddessen bat Charles einen Stallknecht, seinen Wagen anzuspannen. Er fuhr an der Freitreppe vor, alles Gepäck wurde darin verstaut, und dann bedankte sich das Ehepaar Bovary beim Marquis und bei der Marquise, verabschiedete sich und fuhr nach Tostes ab.

Schweigend sah Emma zu, wie sich die Räder drehten. Charles saß auf dem äußersten Rand des Bocks, kutschierte mit weit auseinandergespreizten Armen, und das Pferdchen trabte rasch in den viel zu breiten Deichseln dahin. Die schlaffen Zügel klatschten auf seinen Rücken und wurden naß von Schaum. Der hinten aufgebundene Koffer schlug in lauten, regelmäßigen Stößen gegen den Wagenkasten.

Sie fuhren auf den Anhöhen bei Thibourville dahin, da kamen plötzlich lachend und mit Zigarren im Mund ein paar Reiter vorbei. Emma glaubte unter ihnen den Vicomte zu erkennen. Sie wandte sich um, aber sie sah nur noch am Horizont die Köpfe, die sich im ungleichen Takt der trabenden oder galoppierenden Pferde auf und ab bewegten.

Eine Viertelmeile weiter mußten sie anhalten und das Schweißblatt, das zerrissen war, mit einer Schnur zusammenbinden.

Als Charles noch einen letzten Blick auf das Geschirr warf, sah er etwas zwischen den Beinen des Pferdes auf der Erde liegen. Er hob das Ding auf: es war eine Zigarrentasche, ganz in grüne Seide gebunden und wie ein Kutschenschlag in der Mitte mit einem Wappen verziert.

»Es sind sogar zwei Zigarren drin«, sagte er. »Die rauch ich heute abend nach dem Essen.«

»Rauchst du denn?« fragte sie.

»Manchmal, wenn sich eine Gelegenheit bietet.«

Er steckte seinen Fund in die Tasche und zog dem Gaul eins mit der Peitsche über.

Als sie zu Hause anlangten, war das Abendessen nicht bereit. Madame Bovary brauste auf, und Nastasie gab eine freche Antwort.

»Machen Sie, daß Sie hinauskommen!« schrie Emma. »Ich lasse mir nicht auf der Nase herumtanzen. Sie sind entlassen.«

Zum Abendessen gab es Zwiebelsuppe und ein Stück Fleisch mit Sauerampfer. Charles saß seiner Frau gegenüber, rieb sich die Hände und sagte vergnügt: »Es ist doch schön, wieder daheim zu sein!«

Draußen hörte man Nastasie weinen. Er mochte das arme Ding gut leiden. Sie hatte ihm früher in der gottverlassenen Einsamkeit seines Witwerlebens an manchem Abend Gesellschaft geleistet. Sie war seine erste Patientin gewesen, seine erste Bekannte in der Gegend.

»Hast du ihr im Ernst gekündigt?« fragte er schließlich.

»Natürlich. Wer hindert mich daran?« gab sie zur Antwort.

Danach wärmten sie sich in der Küche, während ihr Schlafzimmer zurechtgemacht wurde. Charles steckte eine Zigarre an und rauchte mit vorgestülpten Lippen, spuckte alle Augenblicke und lehnte sich bei jedem Zug, den er tat, zurück.

»Es wird dir ja übel«, warnte sie verächtlich.

Charles legte seine Zigarre hin, lief zur Pumpe und stürzte ein Glas kaltes Wasser hinunter. Emma nahm die Zigarrentasche und warf sie geschwind unten in den Schrank.

Der darauffolgende Tag dünkte sie endlos lang. Sie ging in ihrem Gärtchen auf und ab, immer wieder dieselben Wege hin und her, blieb vor den Beeten stehen, vor dem Obstspalier, dem Gipspfarrer und betrachtete voll Staunen all diese Dinge aus ihrem früheren Leben, die sie so gut kannte. Wie weit zurück lag dieser Ball schon! Was aber lag so trennend zwischen dem vorgestrigen Morgen und dem heutigen Abend? Ihre Reise nach Vaubyessard hatte eine Kluft in ihrem Leben aufgetan, wie ein Gewitter zuweilen in einer einzigen Nacht in den Bergen tiefe Spalten aufreißt. Doch sie schickte sich darein. Sie schloß ehrfurchtsvoll ihr schönes Ballkleid in der Kommode ein, auch ihre Atlasschuhe, deren Sohlen vom glatten Parkettwachs ganz gelb geworden waren. Ihrem Herzen war es ähnlich ergangen: bei der Berührung mit dem Reichtum war etwas haften geblieben, das nie wieder auszulöschen war.

Emmas ganzes Sinnen und Trachten kreiste also um die Erinnerung an diesen Ball. Sooft wieder Mittwoch war, sagte sie sich beim Erwachen: Ach, heute vor acht Tagen ... vor vierzehn Tagen ... vor drei Wochen war ich dort! Und die einzelnen Gesichter gerieten ihr in der Erinnerung durcheinander, sie vergaß die Melodien der Kontertänze, sie sah die Livreen und die Gemächer nicht mehr so deutlich vor sich. Einige Einzelheiten verblaßten völlig, aber der Schmerz um das verlorene Glück blieb.

9

Oft, wenn Charles ausgegangen war, holte Emma aus dem Schrank, wo sie zwischen der Wäsche verborgen lag, die grünseidene Zigarrentasche.

Sie betrachtete sie, klappte sie auf und roch sogar am Futter, das nach Verbenen und Tabak duftete. Wem gehörte sie? ... Dem Vicomte. Vielleicht ein Geschenk seiner Geliebten. Gewiß hatte sie die Stickerei auf einem Rahmen aus Palisanderholz angefertigt, einem zierlichen Möbelchen, das sie vor allen unberufenen Augen verbarg, über dem sie viele Stunden gedankenvoll gesessen hatte und auf das die weichen Locken der emsig Stickenden niedergewallt waren. Wieviel Liebe war in die Maschen dieses Kanevas hineingestickt worden! Jeder Nadelstich hatte eine Hoffnung oder eine Erinnerung mit hineinverwoben, und alle die verschlungenen Seidenfäden zeugten von dieser beharrlichen stummen Leidenschaft. Und dann hatte der Vicomte eines Morgens die Tasche mitgenommen. Worüber hatten sie wohl gesprochen, als sie noch auf den breitsimsigen Kaminen lag, zwischen Blumenvasen und Pompadour-Stutzuhren? Jetzt war Emma in Tostes, und er lebte in Paris, weit fort! Wie war wohl dieses Paris? Welch übermächtiger Name! Sie sagte ihn mehrmals halblaut vor sich hin und erfreute sich daran. Er klang in ihren Ohren wie die große Glocke einer Kathedrale, er flammte vor ihren Augen, selbst wenn er nur auf den Etiketten ihrer Pomadentöpfe stand.

Wenn in der Nacht die Fischhändler mit ihren Karren unter ihren Fenstern vorbeifuhren und die *Marjolaine* sangen, wachte sie auf und lauschte dem Gerumpel der eisenbeschlagenen Räder, das am Ende des Dorfes auf dem weichen Erdreich rasch verstummte.

Morgen werden sie dort sein! sagte sie sich dann. Sie begleitete sie in Gedanken über Berg und Tal, fuhr mit ihnen durch die Dörfer und beim Glanz der Sterne über die Landstraße. Irgendwo in unbestimmter Ferne kam dann immer ein nebelhafter Punkt, wo ihre Träume ein Ende fanden.

Sie kaufte sich einen Plan von Paris und unternahm – mit dem Finger auf der Karte umherfahrend – lange Wanderungen durch die Hauptstadt. Sie spazierte die Boulevards hinauf, machte an jeder Straßenecke halt, zwischen den Straßenlinien und vor den weißen Vierecken, die angaben, wo Häuser standen. Wurden ihre Augen schließlich müde, schloß sie die Lider, und dann sah sie im Finstern die Gaslaternen im Winde flackern und sah, wie die Wagentritte der Kaleschen mit großem Getöse vor den Säulenportalen der Theater heruntergelassen wurden.

Sie abonnierte die Frauenzeitschrift *Corbeille* und den *Sylphe des Salons*. Sie verschlang, ohne auch nur eine Zeile auszulassen, sämtliche Berichte über Erstaufführungen, Rennen und Abendgesellschaften und verfolgte gespannt das erste Auftreten einer Sängerin oder die Eröffnung eines neuen Warenhauses. Sie war über die neuesten Moden auf dem laufenden, kannte die Adressen der guten Schneider, die Tage, an denen man ins Bois oder in die Oper ging. Bei Eugène Sue fesselte sie vor allem, wie er Wohnungseinrichtungen beschrieb; sie las Balzac und George Sand und suchte bei ihnen wenigstens in der Phantasie ihre selbstsüchtigen Gelüste zu befriedigen. Sogar zu den Mahlzeiten brachte sie ihr Buch mit und las Seite um Seite, während Charles aß und dazu munter drauflosredete. Sooft sie ein Buch las, tauchte auch das Bild des Vicomte in ihrer Erinnerung auf. Zwischen ihm und den erfundenen Romangestalten stellte sie mancherlei Zusammenhänge her. Mit der Zeit aber erweiterte sich der Kreis, dessen Mittelpunkt er war, mehr und mehr rings um ihn, und die Aureole, die er um sich verbreitete, löste sich von seiner Gestalt, erstrahlte weiter in die Ferne und leuchtete über anderen Träumen.

Weit und unabsehbar wie der Ozean schillerte also Paris vor Emmas Augen in einem purpurnen Dunst. Das vielfältige Leben, das sich in diesem hasterfüllten Trubel abspielte, war indessen für sie in einzelne Abschnitte aufgegliedert, in genau unterschiedene Bereiche eingeteilt. Davon drangen Emma nur zwei oder drei ins Bewußtsein, die ihr alle andern verdeckten und für sich allein die gesamte Menschheit darstellten. Die Welt der Botschafter bewegte sich auf glänzendem Parkett in Sälen mit Spiegelwänden um ovale Tische mit goldgefransten Samtdecken. Da gab es Roben mit Schleppen, unverbrüchliche Geheimnisse und Todesängste, die sich hinter einem Lächeln verbargen. Dann folgte die Gesellschaft der Herzoginnen. Hier hatten alle blasse Gesichter und standen erst um vier Uhr auf. Die Frauen, lauter arme, tugendsame und bildschöne Geschöpfe, trugen Brüsseler Spitzen am Saum ihrer Unterröcke, und die

Männer, samt und sonders hochbegabte Menschen, die ihre Fähigkeiten hinter einem leichtfertigen Äußeren verbargen, ritten rein aus Mutwillen ihre Pferde zuschanden, verbrachten die Sommersaison in Baden-Baden und heirateten zuletzt, wenn sie bald vierzig waren, reiche Erbinnen. In den Nebenräumen der Restaurants, wo man nach Mitternacht soupierte, lachte und tollte beim Schein der Kerzen die buntgewürfelte Menge der Literaten und Schauspielerinnen. Die waren alle verschwenderisch wie Könige, voll hochfliegender Pläne und Ambitionen und phantastischer Wahnideen. Sie führten ein Leben, das hoch über dem gewöhnlicher Sterblicher stand, ein Leben zwischen Himmel und Erde, in ewigem Aufruhr, über alles Gemeine erhaben. Was die übrige Welt anlangte, so war sie ein ganz verschwommener Begriff, sie hatte in Emmas Gedankenwelt keinen bestimmten Platz, es war, als gäbe es sie nicht. Je näher ihr übrigens die Wirklichkeit stand, desto mehr wandte sie sich von ihr ab. Alles, was sie unmittelbar umgab, die langweilige Landschaft, die dummen, sturen Kleinbürger, das ganze spießige Dasein, kam ihr wie ein Ausnahmefall in der Welt vor, wie etwas Zufälliges und Besonderes, das gerade sie betroffen hatte, während darüber hinaus sich, unabsehbar weit, das unendliche Reich der Glückseligkeiten und der Leidenschaften ausdehnte. In ihrem dumpfen Sehnen verwechselte sie die Sinnengenüsse des üppigen Wohllebens mit den tiefinneren Freuden des Herzens, Eleganz der Lebenshaltung mit den zarten Stimmungen des Gefühls. Brauchte die Liebe nicht, wie Indiens Gewächse, einen eigens vorbereiteten Nährboden und eine besonders günstige Witterung? Die Seufzer im Mondschein, die langen Umarmungen, die Tränen, die auf die hingegebenen Hände niederrinnen, alle die Fieberschauer des Fleisches und die Sehnsüchte der zärtlichsten Liebe waren also nicht denkbar ohne hochragende Schlösser mit ihren Balkonen und ihrem müßigen Leben, ohne ein Boudoir mit seidenen Vorhängen und weichen Teppichen, ohne Jardinieren voller Blumen, ohne ein Himmelbett, das auf einer Estrade aufgebaut war, und ohne funkelnde Edelsteine und betreßte Livreen.

Der Postknecht, der jeden Morgen kam und die Stute striegelte, trampelte mit seinen klobigen Pantinen durch den Flur. Seine Bluse war voller Löcher, an den Füßen trug er Socken. Das war also der Groom in Kniehosen, mit dem sie vorliebnehmen mußte! Wenn er seine Arbeit getan hatte, ließ er sich den ganzen Tag nicht mehr blicken. Charles brachte nämlich, wenn er heimkam, sein Pferd selbst in den Stall, nahm ihm Sattel und Zaumzeug ab, während die Magd ein Bund Stroh herbeischleppte und es, so gut sie konnte, in die Raufe warf.

Als Ersatz für Nastasie – die schließlich unter Strömen von Tränen Tostes verließ – nahm Emma ein junges, vierzehnjähriges Ding ins Haus, eine Waise von sanftmütigem Wesen. Sie verbot ihr, wollene Hauben zu tragen, brachte ihr bei, daß sie die Herrschaft nur in der dritten Person anzureden habe, daß sie ein Glas Wasser auf einem Teller bringen und anklopfen müsse, bevor sie ins Zimmer komme. Sie lehrte sie auch bügeln, die Wäsche stärken, ihr beim Ankleiden behilflich sein und wollte sie zu einer Kammerzofe ausbilden. Das neue Mädchen gehorchte ohne Widerrede, um nicht entlassen zu werden. Und da Madame gewöhnlich den Schlüssel am Büfett steckenließ, nahm Félicité jeden Abend einen kleinen Vorrat an Zucker mit und aß ihn ganz allein in ihrem Bett auf, nachdem sie zuvor ihr Nachtgebet gesprochen hatte.

Nachmittags ging sie zuweilen zu den Postillons gegenüber und schwatzte ein bißchen mit ihnen. Madame hielt sich oben in ihrem Zimmer auf.

Sie trug einen weit ausgeschnittenen Morgenrock, der zwischen dem Schalkragen ein feingefälteltes Mieder mit drei Goldknöpfen sehen ließ. Als Gürtel hatte sie eine Kordel mit dicken Quasten umgebunden, und auf ihren granatroten Pantöffelchen prangten Büschel aus breiten Bändern, die schlapp über den ganzen Spann niederhingen. Sie hatte sich eine Schreibunterlage, Briefpapier, einen Federhalter und Umschläge gekauft, obwohl niemand da war, an den sie hätte schreiben können. Hin und wieder staubte sie ihr Bücherbrett ab, besah sich im Spiegel, nahm einen Roman zur Hand, doch ihre Gedanken schweiften ab, sie geriet ins Träumen und ließ das Buch in den Schoß sinken. Wie gerne wäre sie auf Reisen gegangen oder in ihr Kloster zurückgekehrt! Sie hatte zugleich den Wunsch, zu sterben und in Paris zu leben.

Charles ritt währenddessen bei Regen und Schnee, bei Wind und Wetter über Stock und Stein. Er aß mit den Bauern in ihren Gehöften am selben Tisch Eierkuchen, griff mit dem Arm in schweißfeuchte Krankenbetten, bekam beim Aderlassen das lauwarme Blut ins Gesicht gespritzt, hörte auf das Röcheln Sterbender, untersuchte Stuhlnäpfe und hob noch und noch schmutzige Wäsche hoch. Dafür aber fand er jeden Abend zu Hause ein loderndes Feuer vor, einen gedeckten Tisch, einen weichen Sessel und eine entzückende und geschmackvoll angezogene Frau, die einen frischen Duft verbreitete, so daß man gar nicht wußte, woher dieser Wohlgeruch eigentlich kam, ob nicht vielleicht ihre Haut das Hemd durchduftete.

Sie bezauberte ihn immer wieder mit vielerlei geschmackvollen Neuerungen. Bald erfand sie eine neue Art, Papiermanschetten für die Kerzen anzufertigen, dann wieder änderte sie an ihrem Kleid einen Volant aufs reizvollste ab oder gab einem ganz einfachen Gericht einen ungewöhnlichen Namen, und Charles vertilgte es mit Wonne bis zum letzten Bissen, obwohl das Mädchen es richtig verpatzt hatte. In Rouen sah sie Damen, die an ihrer Uhr ein Bündel Berlocken trugen; also kaufte sie sich Berlocken. Ein andermal wünschte sie auf ihrem Kamin zwei große Vasen aus blauem Glas zu haben und einige Zeit später ein Elfenbeinnähzeug mit einem vergoldeten Fingerhut. Je weniger Charles diese verfeinerten Bedürfnisse verstand, um so mehr erlag er ihrer Verführungskraft. Sie boten ihm erhöhten sinnlichen Genuß und machten ihm sein Heim noch wohnlicher. Ihm war, als wäre der schmale, bescheidene Pfad seines Lebens mit Goldstaub bestreut.

Er war kerngesund und sah gut aus; sein Ruf als Arzt war gemacht. Die Landleute mochten ihn gern, weil er kein bißchen hochmütig war. Er gab sich liebevoll mit ihren Kindern ab, ging nie ins Wirtshaus und flößte außerdem durch sein Pflichtbewußtsein und seinen musterhaften Lebenswandel Vertrauen ein. Besondere Heilerfolge hatte er bei Katarrhen und Brustleiden. Da er in ständiger Angst lebte, er könnte den Tod eines Patienten verschulden, verordnete Charles fast ausschließlich beruhigende und lindernde Arzneien, ab und zu einmal Brechmittel, Fußbäder oder Blutegel. Nicht daß ihm etwa vor chirurgischen Eingriffen bange gewesen wäre; er ließ die Leute zur Ader, als wären sie Pferde, und beim Zähneziehen kannte er kein Erbarmen.

Um sich auf dem laufenden zu halten, abonnierte er die *Ruche médicale,* eine neue Zeitschrift, über die ihm ein Prospekt zugeschickt worden war. Darin las er jeweils ein wenig nach dem Abendessen; aber das warme Zimmer sowie die einsetzende Verdauung machten ihn schläfrig, und nach fünf Minuten schlummerte er ein. Dann saß er, das Kinn auf beide Hände gestützt, am Tisch, und seine Haare hingen ihm wie eine Mähne bis an den Fuß der Lampe. Emma sah ihn achselzuckend so dahocken. Warum hatte sie nicht wenigstens einen jener stillen, nimmermüden Forscher zum Mann, die ganze Nächte über ihren Büchern sitzen und schließlich mit sechzig Jahren, wenn sich der Rheumatismus meldet, ein Ehrenkreuz auf ihrem schlechtsitzenden schwarzen Rock tragen? Sie hätte es gern gesehen, wenn der Name Bovary, den ja auch sie trug, berühmt würde, sie hätte ihn gern in den Auslagen der Buchhändler, in den Zeitungen gelesen, er hätte in ganz Frankreich bekannt sein müssen. Aber Charles besaß keine Spur Ehrgeiz! Ein Arzt aus Yvetot, mit dem er neulich zu einer Konsultation gerufen worden war, hatte ihn am Krankenbett vor allen versammelten Angehörigen gelinde heruntergeputzt. Als Charles ihr am Abend diesen Vorfall berichtete, war Emma über den Kollegen höchst empört. Charles war darüber ganz gerührt. Seine Augen wurden feucht, und er küßte sie auf die Stirn. Sie aber war außer sich vor Scham, sie hätte ihn am liebsten geprügelt. Sie ging auf den Flur hinaus, riß das Fenster auf und atmete in tiefen Zügen die frische Nachtluft ein, um sich zu beruhigen.

»Was für ein armseliger Mensch! So ein Jämmerling!« sagte sie leise vor sich hin und biß sich auf die Lippen.

Er ging ihr übrigens immer mehr auf die Nerven. Je älter er wurde, um so schlechtere Gewohnheiten nahm er an. Beim Nachtisch zerschnitt er die Korken der leeren Flaschen. Nach dem Essen fuhr er sich mit der Zunge über die Zähne, und wenn er seine Suppe hinunterschluckte, gab er bei jedem Schluck ein Glucksen von sich. Da er zudem anfing fett zu werden, sahen seine ohnedies schon kleinen Augen aus, als wären sie von den aufgedunsenen Backen gegen die Schläfen hinaufgequetscht worden.

Dann und wann mußte ihm Emma den roten Rand seiner Trikotunterjacke in die Weste zurückstopfen, die Krawatte zurechtziehen oder die ausgeblichenen Handschuhe wegwerfen, die er anziehen wollte. Aber das tat sie nicht etwa, wie er glaubte, ihm zuliebe, sondern für sich selber, aus barer Eigensucht, aus nervöser Überempfindlichkeit. Zuweilen sprach sie mit ihm auch über Dinge, die sie gelesen hatte, etwa über eine Stelle in einem Roman, über ein neues Stück oder die jüngste Anekdote aus der *großen Welt*, die in der Zeitung gestanden hatte; denn schließlich war Charles immerhin ein Mensch, der ihr jederzeit bereitwillig zuhörte, der zu allem, was sie tat und wollte, ja und amen sagte. Sie schüttete ja auch ihrem Windspiel ihr Herz aus! Und sie hätte sogar mit den Holzklötzen im Kamin und dem Pendel der Stutzuhr vorliebgenommen.

Im tiefsten Grunde ihrer Seele wartete sie auf das große Erlebnis. Wie schiffbrüchige Seeleute suchte sie mit verzweifelten Augen die Öde ihres Lebens ab und hielt Ausschau, ob nicht in weiter Ferne ein weißes Segel am dunstigen Horizont auftauche. Sie wußte nicht, welcher Zufall, welcher Wind dies Segel zu ihr hertreiben, zu welchem Gestade es sie tragen würde; sie war im ungewissen, ob es eine Schaluppe oder ein Dreidecker sein mochte, ob er mit Ängsten befrachtet war oder bis zu den Stückpforten Seligkeiten geladen hatte. Jeden Morgen aber beim Erwachen erhoffte sie es für den kommenden Tag, lauschte auf jedes Geräusch, fuhr immer wieder auf, wunderte sich, daß es nicht kam, und wenn die Sonne unterging, war sie jedesmal ein bißchen trauriger und wünschte, es wäre schon wieder Morgen.

Der Frühling zog abermals ins Land. Als die ersten warmen Tage kamen und die Birnbäume blühten, litt sie öfters an Atemnot.

Schon Anfang Juli zählte sie an den Fingern ab, wie viele Wochen ihr noch bis zum Oktober blieben. Sie hoffte leise, der Marquis d'Andervilliers werde vielleicht wieder einen Ball in La Vaubyessard geben. Doch der ganze September verging, und kein Brief, kein Besuch kam.

Als der Verdruß über diese Enttäuschung verwunden war, war ihr Herz aufs neue leer, und nun hob das ewiggleiche Einerlei des Alltags wieder an.

Also sollten fortan die Tage eintönig, zahllos aufeinander folgen, einer gleich dem andern, und keiner würde etwas Neues bringen! So abwechslungslos und fade auch das Dasein anderer Menschen war, sie hatten wenigstens die Aussicht, daß einmal etwas Neues eintrat. Ein unerwartetes Erlebnis brachte manchmal einen plötzlichen Umschwung mit sich, unabsehbar konnten die Folgen sein, und das Bild änderte sich mit einemmal. Aber in ihrem Leben begab sich nichts! Gott hatte es so gewollt. Die Zukunft lag wie ein pechfinsterer Gang vor ihr, und die Tür am Ende war fest verschlossen.

Sie gab das Klavierspielen auf. Wozu auch spielen? Wer hörte es schon? Niemals konnte sie ja in einem Samtkleid mit kurzen Ärmeln im Konzertsaal auf einem Erardflügel mit leichten Fingern die Elfenbeintasten anschlagen und um sich her begeistertes Raunen spüren wie ein sanftes Windesrauschen. Da lohnte es sich wahrhaftig nicht, das langweilige Üben auf sich zu nehmen. Sie ließ auch ihre Zeichenmappen und den Stickrahmen im Schrank. Wozu nur? Wozu? Das Nähen machte sie ebenfalls kribblig.

Gelesen habe ich auch schon alles! sagte sie sich.

So saß sie vorm Kamin, hielt die Feuerzange in die Glut, bis sie glühend rot war, oder schaute in den niederrieselnden Regen hinaus.

Wie traurig war ihr zumute, wenn sonntags zur Vesper geläutet wurde! In dumpfes Brüten versunken und doch hellwach, lauschte sie auf die scheppernden Schläge der Glocke, die einer nach dem andern zu hören waren. Über die Dächer schlich langsam eine Katze und machte im fahlen Sonnenlicht einen Buckel. Auf der Landstraße wehte der Wind langgezogene Staubwolken auf. Manchmal heulte weit weg ein Hund. Und in regelmäßigen Abständen erklang in einem fort wieder das eintönige Geläute der Glocke und verhallte in den Feldern.

Dann kamen die Leute aus der Kirche, die Frauen in blankgewichsten Holzschuhen, die Bauern in neuen Blusen, und die Kinder hüpften barhaupt vor ihnen her. Alles ging nach Hause. Nur fünf oder sechs Männer, immer dieselben, blieben vor dem Eingang des Wirts-

hauses stehen und vertrieben sich die Zeit beim Stöpsel-
spiel.

Der Winter wurde kalt. Jeden Morgen waren die
Fensterscheiben mit Eisblumen überzogen, und das
Licht, das bleich wie durch Mattglas hereinfiel, blieb
manchmal den ganzen Tag über trüb. Schon um vier
Uhr abends mußte man die Lampe anzünden.

An schönen Tagen ging sie in den Garten hinunter.
Der Tau hatte auf die Kohlköpfe silbrige Spitzenmuster
hingezeichnet mit langen hellen Fäden, die sich von
einem zum andern spannen. Kein Vogel war zu hören,
alles schien zu schlafen, auch das mit Stroh gedeckte
Spalier und die Weinstöcke, die wie große kranke
Schlangen unter der Mauerkappe hingen. Wenn man
näher hinging, sah man vielbeinige Kellerasseln herum-
kriechen. In den Zwergfichten bei der Hecke hatte der
brevierlesende Pfarrer mit dem Dreispitz den rechten
Fuß verloren; auch war vom Frost da und dort der
Gips abgesprungen und hatte sein Gesicht mit weißen
Flecken verunstaltet, die wie Krätze aussahen.

Dann ging sie wieder hinauf, verschloß die Tür,
schürte die Kohlen und fühlte in der erschlaffenden
Wärme des Kamins die Langeweile nur noch drücken-
der über sich zusammenschlagen. Sie wäre gern hinun-
tergegangen, um ein bißchen mit dem Dienstmädchen
zu plaudern, aber eine leise Scham hielt sie zurück.

Tag für Tag um dieselbe Stunde öffnete der Schullehrer in seinem schwarzen Seidenkäppchen die Fensterläden seines Hauses, und der Flurhüter, den Säbel über
der Bluse umgeschnallt, ging vorbei. Abends und morgens passierten die Postpferde, immer drei und drei zusammen, die Straße; sie wurden zur Tränke an den
Dorfteich geführt. Von Zeit zu Zeit ertönte die Klingel
einer Kneipentür, und wenn windiges Wetter war, hörte
man die kleinen Messingbecken, die der Barbier und
Perückenmacher als Aushängeschild vor seinem Laden
angebracht hatte, an ihren beiden Stangen klappern. Im

Fenster der Barbierstube war ein alter Modestich zu sehen, der an die Scheibe geklebt war, sowie die Wachsbüste einer Frau mit gelben Haaren. Auch der Barbier jammerte, daß er es in seinem Beruf nicht weiterbringe und daß seine Zukunft verpfuscht sei. Er träumte von einem Geschäft in einer großen Stadt, in Rouen zum Beispiel, am Hafen oder in der Nähe des Theaters. Den lieben langen Tag ging er zwischen dem Gemeindehaus und der Kirche auf und ab und wartete mit finsterer Miene auf Kundschaft. Sooft Madame Bovary aufblickte, sah sie ihn, die Jakobinermütze schief auf dem Kopf, in seiner Lastingjoppe wie eine Schildwache hin und her marschieren.

Am Nachmittag tauchte zuweilen vor den Fenstern des Eßzimmers ein Männerkopf auf, ein sonnengebräunter Kopf mit schwarzem Backenbart, und lächelte gemütlich und breit mit blitzend weißen Zähnen. Dann erklang alsbald ein Walzer, und auf dem Leierkasten drehten sich in einem kleinen Salon lauter daumengroße Tänzer, Frauen in rosaroten Turbanen, Tiroler in Lodenjacken, Affen in schwarzen Fräcken und Herren in Kniehosen. Sie drehten sich zwischen den Lehnstühlen, Ruhebetten und Konsolen, vielfältig von den Spiegelscherben zurückgeworfen, die an den Ecken mit einem dünnen Streifen Goldpapier aneinandergepaßt waren. Der Mann drehte unentwegt seine Kurbel und warf währenddessen bald links, bald rechts einen Blick zu den Fenstern empor. Von Zeit zu Zeit spuckte er einen langen Strahl braunen Speichels gegen den Randstein und hob mit dem Knie sein Instrument in die Höhe, wenn ihm der Tragriemen in die Schulter einschnitt. Bald schwermütig und langgezogen, dann wieder lustig und munter bewegt erschallte die Musik aus dem Kasten; ihre leirigen Töne quollen durch den Vorhang aus rosa Taft unter einem verschnörkelten Messinghaken. Es waren lauter Melodien, die man überall in den Theatern spielte, die man in den Salons sang, zu denen man abends unter den lichterstrahlenden Kronleuchtern tanzte, Klänge aus der großen Welt, die bis zu Emma drangen. In ihrem Kopf erklangen Sarabanden, die kein Ende nahmen, und wie Bajaderen auf einem blumendurchwirkten Teppich hüpften ihre Gedanken im Zeitmaß der Töne und wiegten sich von Traum zu Traum, von Traurigkeit zu Traurigkeit. Wenn dann der Mann ein Geldstück in seine Mütze empfangen hatte, schlug er eine alte blaue Wolldecke über seine Drehorgel, packte sie auf seinen Rücken und ging mit schweren Schritten weiter. Sie schaute ihm nach, wie er davonwankte.

Aber unerträglicher als alles andere waren die Mahlzeiten in dem kleinen Eßzimmer im Erdgeschoß, mit dem Ofen, der rauchte, mit der knarrenden Tür, den feuchten Wänden und dem naßkalten Steinboden. Ihr war, als werde ihr die ganze Bitternis ihres Daseins auf ihrem Teller vorgesetzt, und angesichts des dampfenden Rindfleischs stieg – so schien ihr – aus dem Grund ihrer Seele der Dunst anderer schaler und ekler Gefühle auf. Charles aß lange und ausgiebig; sie aber knabberte nur ein paar Haselnüßchen oder stützte den Ellbogen auf und vertrieb sich die Zeit damit, auf das Wachstuch mit der Spitze ihres Messers Striche zu kritzeln.

Im Haushalt ließ sie jetzt alles gehen, wie es wollte, und als die alte Madame Bovary in der Fastenzeit zu Besuch kam, war sie über diese Veränderung höchst erstaunt. Emma war doch früher so sorgfältig und knifflig gewesen, und jetzt zog sie sich oft den ganzen Tag nicht ordentlich an, trug graue baumwollene Strümpfe und brannte Talglichter. Immer wieder betonte sie, man müsse sich einschränken, sie seien nicht reich, setzte aber gleich hinzu, sie sei sehr zufrieden, sehr glücklich, es gefalle ihr sehr gut in Tostes, und was dergleichen völlig neue Äußerungen mehr waren, so daß die Schwiegermutter nichts darauf zu erwidern wußte. Im übrigen war Emma sichtlich nicht mehr geneigt, ihre Ratschläge zu befolgen. Ja, als Madame Bovary sich einmal zu der Behauptung verstieg, die Herrschaft müsse über den frommen Lebenswandel ihrer Dienstboten wachen, hatte sie ihr mit so zornfunkelnden Augen und einem derart eisigen Lächeln geantwortet, daß die gute Frau künftig dieses Thema nie wieder anschnitt.

Emma wurde heikel und launisch. Sie bestellte für sich besondere Gerichte, rührte sie aber dann nicht an. An einem Tag trank sie nur pure Milch, am nächsten jedoch dutzendweise ganze Tassen Tee. Oft weigerte sie sich beharrlich, aus dem Haus zu gehen, dann wieder meinte sie im Zimmer zu ersticken, riß die Fenster auf und zog ein ganz leichtes Kleid an. Wenn sie ihr Dienstmädchen hart angefahren hatte, machte sie ihr gleich darauf Geschenke oder schickte sie spazieren oder auf einen Schwatz zu den Nachbarsfrauen. Ebenso großzügig verschenkte sie manchmal das ganze Kleingeld, das sie in ihrer Börse bei sich hatte, an die Armen, obwohl sie im übrigen keineswegs weichherzig war und nicht sonderlich viel Verständnis für fremde Not aufbrachte, wie die meisten Leute bäuerlicher Abstammung, die fast immer etwas von der schwieligen Härte der väterlichen Hände in ihrem Wesen behalten.

Gegen Ende Februar brachte der alte Rouault seinem Schwiegersohn zur Erinnerung an seine Heilung persönlich eine prächtige Truthenne und blieb drei Tage in Tostes. Da Charles seine Kranken betreuen mußte, leistete Emma ihrem Vater Gesellschaft. Er rauchte in ihrem Schlafzimmer, spuckte auf die Feuerböcke im Kamin, redete über die Landwirtschaft, über Kälber, Kühe und Geflügel und schimpfte auf den Gemeinderat. So schloß sie denn, als er wieder fort war, die Tür mit einem Gefühl der Erleichterung, das sie selbst überraschte. Übrigens machte sie kein Hehl mehr aus ihrer Verachtung für alles und jedermann. Zuweilen äußerte sie die sonderbarsten Ansichten, tadelte, was andere billigten, und billigte Dinge, die alle andern für schlecht oder unmoralisch ansahen, so daß ihr Gatte große Augen machte.

Sollte denn dieses Elend immer so weitergehen? Sollte sie niemals davon loskommen? Sie war doch auch nicht schlechter als alle die andern Frauen, die glücklich lebten! In La Vaubyessard hatte sie Herzoginnen gesehen, die lange nicht so schön gewachsen waren wie sie und auch weniger feine Manieren hatten. Sie haderte gegen Gottes Ungerechtigkeit, lehnte den Kopf an die Wand und weinte sich aus. Sie verging fast vor Sehnsucht nach dem geselligen Trubel der Welt, nach nächtlichem Maskentreiben und ausgefallenen Vergnügungen mit all ihren maßlosen Freuden, die sie nicht kannte und die man doch dabei finden mußte.

Sie wurde immer blasser und litt oft an Herzklopfen. Charles verordnete ihr Baldrian und Kampferbäder. Alles, was man unternahm, schien sie nur noch reizbarer zu machen.

An manchen Tagen war sie richtig geschwätzig und redete in einem fort wie im Fieber. Solche Erregungszustände schlugen dann unvermittelt in stumpfe Erstarrung um, und sie saß stumm und regungslos da. Dann konnte man sie nur wieder munter bekommen, wenn man ihr eine Flasche Kölnisch Wasser über die Arme goß.

Da sie sich unaufhörlich über Tostes beklagte, kam Charles auf den Gedanken, an ihrer Krankheit sei irgendein örtlicher Einfluß schuld. Er verbohrte sich in diesen Gedanken und dachte ernstlich daran, sich woanders niederzulassen.

Von nun an trank Emma Essig, um abzumagern. Sie bekam einen leichten, trockenen Husten und verlor allen Appetit.

Es fiel Charles schwer, Tostes zu verlassen, zumal jetzt, da er, nach vierjährigem Aufenthalt, *anfing, richtig Fuß zu fassen.* Aber wenn es eben sein mußte! Er fuhr mit ihr nach Rouen und suchte seinen früheren Lehrer auf. Der stellte ein nervöses Leiden fest und riet zu einer Luftveränderung.

Charles wandte sich dahin und dorthin und erfuhr schließlich, daß in einer größeren Ortschaft im Arrondissement Neufchâtel namens Yonville-l'Abbaye der Arzt, ein polnischer Emigrant, in der vergangenen Woche plötzlich auf und davon gegangen sei. Da schrieb er an den dortigen Apotheker und erkundigte sich nach der Einwohnerzahl des Marktfleckens, fragte an, wie weit der nächste Kollege entfernt wohne, wieviel sein Vorgänger jährlich verdient habe und so weiter, und da die Antwort befriedigend ausfiel, entschloß er sich, noch vor Frühlingsanfang umzuziehen, falls sich Emmas Befinden bis dahin nicht besserte.

Eines Tages, als sie im Hinblick auf ihre bevorstehende Abreise in einer Schublade aufräumte, stach sie sich mit etwas in den Finger. Es war ein Draht von ihrem Brautbukett. Die Orangenknospen waren gelb vor Staub, und die Atlasbänder mit den Silberborten waren an den Rändern schon ganz ausgefranst. Sie warf den Strauß ins Feuer. Er flammte rascher auf als dürres Stroh. Eine Zeitlang lag er wie ein roter Feuerbusch auf der Asche und verkohlte dann langsam. Sie sah zu, wie er verbrannte. Die kleinen Beeren aus Pappe zerplatzten, die Messingdrähte verbogen sich, die Borte schmolz, die zusammengeschrumpften Papierblumen flatterten wie schwarze Schmetterlinge die Kaminplatte entlang und flogen zuletzt durch den Rauchfang davon.

Als sie im März aus Tostes fortzogen, erwartete Madame Bovary ein Kind.

ZWEITER TEIL

Yonville-l'Abbaye – so genannt nach einer ehemaligen Kapuzinerabtei, von der nicht einmal mehr die Trümmer zu sehen sind – ist ein Marktflecken und liegt acht Meilen von Rouen entfernt zwischen der Straße nach Abbeville und der nach Beauvais. Der Ort liegt am Ende eines Tals, das von der Rieule bewässert wird, einem kleinen Fluß, der sich in die Andelle ergießt. Unweit seiner Mündung treibt er drei Mühlen, und es gibt darin ein paar Forellen, nach denen die Dorfjugend sonntags zum Zeitvertreib angelt.

Man biegt bei La Boissière von der Hauptstraße ab und geht dann landeinwärts bis zum höchsten Punkt des Hügels von Les Leux. Von dort aus sieht man das Tal vor sich liegen. Der Fluß, der es durchzieht, teilt es sozusagen in zwei Gegenden von völlig verschiedenem Charakter. Alles, was links von ihm liegt, ist Weideland, rechts sind lauter Äcker. Die Wiesen ziehen sich unter einem niedrigen Hügelzug hin und stoßen dahinter an die Triften des Bray, während gegen Osten die Ebene sanft ansteigt und immer breiter wird und ihre hellgelben Getreidefelder, soweit man sehen kann, ausdehnt. Das Gewässer, das am Rande der Wiesen dahinfließt, trennt mit einem hellen Strich die Farbe der Matten und der Ackerfurchen, und so gleicht die Landschaft einem riesigen ausgebreiteten Mantel, der einen grünen, silbergesäumten Samtkragen hat.

Wenn man hinkommt, sieht man weit hinten am Horizont vor sich den Eichenwald von Argueil mit den steil abfallenden Hängen der Höhen von Saint-Jean, die von oben bis unten mit langen roten, unregelmäßigen Streifen durchzogen sind; das sind die Spuren der Regenfälle, und die ziegelroten Töne, die sich in dünnen Strichen von der grauen Farbe des Bergs abheben, rühren von den vielen eisenhaltigen Quellen her, die jenseits der Anhöhen ins umliegende Land fließen.

Man steht hier an der Grenzscheide zwischen Normandie, Picardie und Ile-de-France, in einer Gegend, die keinerlei Eigenart hat, wo weder Sprache noch Landschaft einen ausgeprägten Wesenszug aufweisen. Hier werden die schlechtesten Neufchatellerkäse des ganzen Arrondissements hergestellt, und andererseits ist der Ackerbau kostspielig, weil es viel Mist braucht, um diesen brüchigen, mit Sand und Kieselsteinen durchsetzten Boden zu düngen.

Bis zum Jahr 1835 führte keine wegsame Straße nach Yonville. Um diese Zeit aber legte man einen *Hauptvizinalweg* an, der die Landstraße nach Abbeville mit der Straße nach Amiens verbindet und hin und wieder von den Fuhrleuten benutzt wird, die von Rouen nach Flandern fahren. Aber trotz seinen *neuen Aussichten* hat Yonville-l'Abbaye keinen Aufschwung genommen. Statt den Ackerboden zu verbessern, betreibt man hier immer noch stur und beharrlich die Weidewirtschaft, so wenig sie auch abwirft, und das schläfrige Dorf rückte immer weiter von der Ebene weg und vergrößerte sich naturgemäß auch fernerhin nur in Richtung des Flusses. Schon von weitem sieht man es lang hingestreckt am Ufer liegen, wie ein Kuhhirte, der am Rande des Wassers seine Siesta hält.

Unten am Hügelhang, hinter der Brücke, beginnt ein mit Espen bepflanzter Fahrweg, der geradewegs zu den ersten Häusern der Ortschaft führt. Sie sind von Hecken umzäunt und stehen verstreut unter den dichtbelaubten Bäumen, jedes mitten in einem Hof, umgeben von einer Reihe verschiedener Gebäude: Kelterhäuser, Wagenschuppen und Schnapsbrennereien. An den Ästen der

Bäume hängen Sensen oder lehnen Leitern und Stangen. Die Strohdächer sehen aus wie tief über die Augen gezogene Pelzmützen und reichen so tief herab, daß sie fast den dritten Teil der Fenster verdecken, deren dicke, gewölbte Scheiben in der Mitte, ähnlich wie Flaschenböden, einen Knoten aufweisen. An den getünchten Mauern mit den diagonal laufenden schwarzen Stützbalken klammert sich manchmal ein magerer Birnbaum fest, und an den Haustüren sind kleine drehbare Gatter angebracht, damit die Hühner nicht hinein können, die auf der Schwelle die in Apfelwein eingeweichten Brotkrumen aufpicken. Dann aber werden die Höfe enger, die Häuser rücken näher zusammen, und die Hecken verschwinden. Unter einem Fenster baumelt ein Bündel Farnkraut an einem Besenstiel. Da ist die Werkstatt eines Hufschmieds, daneben wohnt ein Stellmacher, vor dessen Haus zwei oder drei neue Karren die Straße versperren. Dann gewahrt man durch ein Gitter ein weißes Haus hinter einem runden Rasenplatz; ein Amor, den Finger auf den Mund gelegt, steht als Schmuck darin. Zwei gußeiserne Vasen prangen links und rechts von der Freitreppe. An der Tür glänzen amtliche Schilder. Es ist das Haus des Notars, das schönste der ganzen Gegend.

Die Kirche steht zwanzig Schritte weiter auf der andern Seite der Straße am Eingang zum Marktplatz. Der kleine Friedhof, der sie umgibt, ist mit einer Mauer in Brusthöhe eingefriedigt, und die Gräber liegen so dicht beieinander, daß die alten Grabplatten, die kaum über den Boden emporragen, ein zusammenhängendes Fliesenpflaster bilden, worein Gras und Unkraut von selbst regelmäßige grüne Vierecke gezeichnet haben. Die Kirche ist in den letzten Jahren der Regierungszeit Karls X. neu aufgebaut worden. Das hölzerne Dachgewölbe beginnt oben bereits morsch zu werden, und auf seinem blauen Anstrich zeigen sich hier und da schwarze Vertiefungen. Über der Tür, wo sonst die

Orgel ihren Platz hat, erhebt sich eine Empore für die Männer mit einer Wendeltreppe, die unter den Tritten der Holzschuhe dröhnt.

Das Tageslicht fällt durch die einfarbigen Fenster schräg auf die quer zur Mauer gestellten Bankreihen. Da und dort ist eine Strohmatte an die Wand genagelt, und darunter steht mit großen Buchstaben: Bank des Herrn Soundso. Weiter hinten, wo das Schiff schmaler wird, steht der Beichtstuhl und gegenüber eine Statue der Muttergottes. Sie trägt ein Atlasgewand und einen mit silbernen Sternen übersäten Tüllschleier; ihre Wangen sind purpurrot bemalt wie bei einem Götzenbild von den Sandwichinseln. Ganz im Hintergrund, über dem Hauptaltar, hängt zwischen vier Leuchtern eine Kopie der *Heiligen Familie (Stiftung des Innenministeriums)* und schließt das Blickfeld ab. Das Chorgestühl aus Tannenholz ist ungestrichen geblieben.

Die Markthalle – so heißt ein Ziegeldach, das auf etwa zwanzig Pfosten ruht – nimmt allein fast die Hälfte des Dorfplatzes ein. Das Gemeindehaus, *nach den Plänen eines Pariser Architekten* erbaut, stellt eine Art griechischen Tempel vor. Es steht an der Ecke neben dem Haus des Apothekers. Das Erdgeschoß zieren drei ionische Säulen, das erste Stockwerk läuft eine Galerie mit Rundbogen entlang, und im abschließenden Giebelfeld sieht man den gallischen Hahn dargestellt, der die eine Klaue auf die Verfassung stützt und in der andern die Waage der Gerechtigkeit hält.

Was aber die Blicke besonders auf sich zieht, ist gegenüber dem Gasthof *Zum Goldenen Löwen* die Apotheke des Herrn Homais. Zumal abends, wenn die Lampe angezündet ist und die roten und grünen Glasgefäße, die sein Schaufenster verschönen, ihr farbiges Licht weit hinaus auf den Boden werfen, kann man durch sie hindurch den Schatten des Apothekers wie in bengalischer Beleuchtung über sein Pult gebeugt sitzen sehen. Sein Haus ist von oben bis unten mit Plakaten und Inschriften in Kursiv-, Rund- und Druckschrift vollgeklebt: Vichy-Mineralwasser, Selterswasser, Mineralquelle Barèges, Blutreinigungssäfte, Raspail-Elixier, arabisches Rakahout, Darcet-Pastillen, Regnault-Paste, Bandagen, Badesalze, Abführschokolade und anderes mehr. Das Schild, das die ganze Länge des Ladens einnimmt, trägt in goldenen Lettern die Inschrift: *Homais, Apotheker*. Hinten im Laden, hinter den großen, auf dem Ladentisch festgeschraubten Waagen, steht über einer Glastür geschrieben: *Laboratorium;* auf der Tür ist in halber Höhe noch einmal auf schwarzem Grund der Name *Homais* in Goldbuchstaben zu lesen.

Sonst gibt es in Yonville nichts zu sehen. Die Straße – es gibt nur diese eine – ist höchstens einen Büchsenschuß lang, mit ein paar Kramläden beiderseits, und nimmt an der Biegung der Landstraße plötzlich ein Ende. Läßt man sie rechts liegen, und geht man am Fuß des Hügels Saint-Jean entlang, so kommt man bald zum Gottesacker.

Zur Zeit der Cholera hat man zu seiner Vergrößerung ein Stück der Mauer niedergelegt und drei Morgen anstoßendes Land hinzugekauft. Aber dieser ganze neue Teil ist fast unbenutzt, und die Gräber liegen weiterhin wie früher dicht zusammengedrängt in der Nähe des Tors. Der Friedhofswärter, der gleichzeitig als Totengräber und Küster amtet – und also aus den Toten der Kirchgemeinde doppelten Gewinn schlägt –, hat sich den brachliegenden Boden zunutze gemacht und Kartoffeln darauf gepflanzt. Doch von Jahr zu Jahr wird sein Äckerchen immer kleiner und kleiner, und wenn einmal eine Epidemie ausbricht, dann weiß er nicht, soll er sich über die Todesfälle freuen oder um die verlorenen Gräber trauern.

»Ihr mästet Euch an den Toten, Lestiboudois!« sagte schließlich eines Tages der Pfarrer zu ihm.

Dieser dunkle Ausspruch gab ihm zu denken. Er gebot seinem Treiben für einige Zeit Einhalt. Aber noch heute baut er nach wie vor seine Knollen weiter an und behauptet sogar dreist, sie wüchsen ohne sein Zutun.

Seit den Vorkommnissen, die hier erzählt werden sollen, hat sich in der Tat in Yonville rein gar nichts verändert. Immer noch dreht sich die blecherne Trikolore oben auf der Spitze des Kirchturms; wie früher flattern vor dem Laden des Modewarenhändlers die beiden Kattunwimpel im Winde; die Fötusse in der Apotheke, die aussehen wie Klumpen weißen Zunders, verfaulen immer mehr in ihrem trüben Alkohol, und über dem Haupteingang des Gasthofs zeigt der alte goldene Löwe, obwohl er von manchem Regenguß verwaschen ist, den Vorübergehenden noch immer seine Pudelmähne.

An dem Abend, an dem das Ehepaar Bovary in Yonville eintreffen sollte, war die Witwe Lefrançois, die Besitzerin dieses Gasthofs, so sehr in Anspruch genommen, daß ihr beim Rühren in ihren Pfannen der Schweiß nur so über das Gesicht rann. Am nächsten Tag war Markt im Flecken. Da mußte im voraus Fleisch geschnitten, Geflügel ausgenommen, Suppe und Kaffee zugerüstet werden. Außerdem hatte sie das Essen für ihre Kostgänger, dazu noch für den Arzt, seine Frau und ihr Mädchen zu richten. Im Billardzimmer war schallendes Gelächter zu hören. Aus der kleinen Gaststube riefen drei Müllergesellen nach Schnaps. Das Holz loderte, die Kohlenglut knisterte, und auf dem langen Küchentisch erhoben sich unter den rohen Hammelfleischstücken ganze Stapel von aufeinandergeschichteten Tellern und wackelten bei jedem Stoß des Hackklotzes, auf dem der Spinat fein zerhackt wurde. Im Hühnerhof kreischte das Federvieh, dem die Magd nachsetzte, um ihm den Kopf abzuschlagen.

Ein Mann in grünen Lederpantoffeln, mit einem leicht pockennarbigen Gesicht, auf dem Kopf ein Samtkäppchen mit einer goldenen Troddel, wärmte sich am Kamin den Rücken. Seine Miene drückte nichts als Zufriedenheit mit sich selber aus. Er schaute so seelenruhig in die Welt wie der Stieglitz zu seinen Häupten in seinem Weidenkäfig. Das war der Apotheker.

»Artémise!« rief die Wirtin, »mach Reisig klein, fülle die Karaffen, bring Branntwein, spute dich! Wenn ich bloß wüßte, was ich den Herrschaften zum Nachtisch vorsetzen soll! Gütiger Himmel! da fangen die Leute vom Möbeltransport schon wieder mit ihrem Radau im Billardzimmer an! Und ihr Wagen steht immer noch in der Einfahrt! Die *Schwalbe* fährt ihn glatt über den Haufen, wenn sie kommt! Ruf Hippolyte, er soll ihn in den Schuppen stellen... Wenn man bedenkt, Herr Homais, daß sie seit heute vormittag gut fünfzehn Partien gespielt und acht Krüge Apfelwein geleert haben!... Aber sie werden mir noch das Tuch zerfetzen!« schalt sie weiter, während sie, den Schaumlöffel in der Hand, zu ihnen hinübersah.

»Das wäre nicht weiter schlimm«, erwiderte Herr Homais. »Sie könnten ja ein neues kaufen.«

»Ein neues Billard!« begehrte die Wirtin auf.

»Na ja, Madame Lefrançois, der alte Kasten taugt ja sowieso nichts mehr. Ich sage Ihnen noch einmal, Sie schaden sich nur selber, es ist Ihr eigener großer Schade! Zudem verlangen Kenner heutzutage enge Löcher und schwere Queues. Man spielt nicht mehr so gemütlich mit Murmeln, jetzt ist alles ganz anders! Man muß mit seiner Zeit Schritt halten! Sehen Sie nur einmal Tellier...«

Die Wirtin lief vor Ärger glutrot an. Doch der Apotheker fuhr fort: »Sie können sagen, was Sie wollen, aber sein Billard ist einfach gefälliger als das Ihre. Und wenn einer auf den Gedanken käme, eine patriotische Poule zu veranstalten, etwa zugunsten der Polen oder der Wassergeschädigten von Lyon...«

»Vor solchen Hungerleidern wie dem ist uns nicht bange!« fiel ihm die Wirtin ins Wort und zuckte ihre fülligen Achseln. »Ach was, gehn Sie mir doch weg,

Herr Homais, solange der *Goldene Löwe* besteht, wird er auch Gäste haben. Wir sitzen gut in der Wolle. Dafür werden Sie's noch erleben, daß eines schönen Morgens das *Café Français* geschlossen ist, sogar mit einem schönen amtlichen Anschlag auf den Fensterläden! . . . Ich soll ein neues Billard anschaffen!« fuhr sie im Selbstgespräch fort. »Wo es mir doch so bequem ist zum Wäschesortieren, und zur Jagdzeit kann ich bis zu sechs Schlafgäste darauf unterbringen! . . . Aber wo treibt sich bloß Hivert herum, daß er noch nicht da ist?«

»Erwarten Sie ihn denn zum Essen mit Ihren Stammgästen?« fragte der Apotheker.

»Ob ich ihn erwarte? Was würde Herr Binet sagen? Schlag sechs Uhr werden Sie ihn hereinkommen sehen. So etwas an Pünktlichkeit gibt's auf der ganzen Welt nicht mehr. Er muß immer seinen angestammten Platz in der kleinen Stube haben. Lieber ließe er sich umbringen, als daß er sich anderswohin setzte! Und verwöhnt ist er! So heikel! Bis dem der Apfelwein mundet! Da ist Herr Léon ganz anders; der kommt manchmal um sieben, sogar um halb acht, und sieht gar nicht hin, was er ißt. So ein netter junger Mann! Nie habe ich ein lautes Wort von ihm gehört.«

»Sehen Sie, es ist eben ein großer Unterschied zwischen einem gebildeten Menschen und einem ehemaligen Dragoner und jetzigen Steuereinnehmer.«

Es schlug sechs Uhr. Binet trat ein.

Er trug einen blauen Überrock, der schlapp an seinem hageren Körper herunterhing, und unter dem aufgeschlagenen Schild seiner Ledermütze, deren Ohrenklappen mit Kordeln über dem Kopf zusammengebunden waren, sah man eine kahle Stirn, die vom langen Tragen des Helms eingedrückt war. Dazu hatte er eine schwarze Tuchweste an, einen Roßhaarkragen, graue Beinkleider und in jeder Jahreszeit blitzblank gewichste Stiefel, die vorn wegen seiner vorstehenden Zehen zwei parallele Wülste aufwiesen. Nicht ein einziges Härchen wuchs über den säuberlich ausrasierten Rand seines schmalen blonden Bartes hinaus, der um den ganzen Unterkiefer lief und sein langes, unfrohes Gesicht mit den kleinen Augen und der krummen Nase wie die Einfassung eines Blumenbeetes umrahmte. Er verstand sich meisterlich auf alle Kartenspiele, war ein guter Jäger und schrieb eine schöne Handschrift. Zu Hause besaß er eine Drehbank, auf der er zum Zeitvertreib Serviettenringe drechselte. Sein ganzes Haus war voll davon, und er hütete sie eifersüchtig wie ein Künstler und besitzgierig wie ein Spießer.

Er ging auf die kleine Gaststube zu. Zuerst aber mußten die drei Müllergesellen daraus verwiesen werden; und während man für ihn deckte, blieb Binet schweigend an seinem Platz neben dem Ofen stehen. Dann schloß er die Tür und nahm, wie schicklich und üblich, die Mütze ab.

»Mit übermäßigen Höflichkeiten wetzt sich der die Zunge nicht ab!« meinte der Apotheker, sobald er mit der Wirtin allein war.

»Mehr redet er nie«, gab sie zur Antwort. »Vorige Woche waren zwei Tuchreisende da, witzige Burschen, die haben den ganzen Abend einen Haufen schnurrige Geschichten erzählt, daß mir vor Lachen die Tränen kamen. Na, was glauben Sie? Er saß da wie ein Maifisch und tat den Mund nicht auf!«

»Ja«, sagte der Apotheker, »keine Phantasie, kein Witz, nichts von all dem, was den geselligen Menschen ausmacht!«

»Es heißt aber, er sei bemittelt«, wandte die Wirtin ein.

»Bemittelt?« versetzte Herr Homais. »Der und bemittelt? Für seinen Stand vielleicht«, fügte er etwas gleichmütiger hinzu.

Nach einer Weile fuhr er fort: »Ah, wenn ein Kaufmann mit ausgedehnten Verbindungen, ein Anwalt, ein Arzt oder ein Apotheker so sehr in seinem Beruf aufgeht, daß er deshalb zu spinnen anfängt oder zum

Griesgram wird, das kann ich verstehen. Dafür gibt es denkwürdige Beispiele genug in der Geschichte. Aber die haben wenigstens Gedanken im Kopf. Ich zum Beispiel – wie oft ist es mir passiert, daß ich meine Feder auf dem Pult gesucht habe, um ein Etikett zu schreiben, und zuletzt mußte ich feststellen, daß ich sie hinters Ohr gesteckt hatte!«

Unterdessen ging Madame Lefrançois zur Tür und schaute nach, ob die *Schwalbe* noch nicht kam. Da fuhr sie zusammen. Ein schwarzgekleideter Mann trat plötzlich in die Küche. Im schwachen Licht des verdämmernden Abends konnte man gerade noch sehen, daß er ein hochrotes Gesicht und eine athletische Gestalt hatte.

»Was steht zu Diensten, Herr Pfarrer?« fragte die Wirtsfrau, während sie vom Kamin einen der Kupferleuchter herunterholte, die dort, schon mit Kerzen bestückt, in einer Reihe bereitstanden. »Wollen Sie etwas trinken? Ein Gläschen Cassis? Oder lieber ein Glas Wein?«

Der Geistliche lehnte höflich ab. Er wolle seinen Regenschirm holen, den er neulich im Kloster Ernemont habe stehenlassen. Er bat Madame Lefrançois, ihn doch im Laufe des Abends im Pfarrhaus abgeben zu lassen; dann ging er in die Kirche, wo gerade der *Angelus* geläutet wurde.

Als der Apotheker nicht mehr seine Schritte draußen auf dem Platz hörte, äußerte er sich sehr abschätzig über das ungeziemende Benehmen des Pfarrers. Eine Erfrischung abzulehnen dünkte ihn eine widerwärtige Heuchelei. Alle Pfaffen seien ausgepichte Zecher, wenn es niemand sehe, und hätten am liebsten die schönen Zeiten des Zehnten wieder eingeführt.

Die Wirtin nahm ihren Pfarrer in Schutz: »Übrigens würde er vier solche Kerle wie Sie übers Knie legen! Letztes Jahr hat er unseren Leuten geholfen, das Getreide einzubringen. Da hat er bis zu sechs Garben auf einmal getragen, so stark ist er!«

»Bravo!« höhnte der Apotheker. »Schickt also nur eure Töchter zu solchen heißblütigen Mordskerlen zur Beichte! Wäre ich die Regierung, ich ließe allen Pfaffen einmal im Monat das überschüssige Blut abzapfen. Jawohl, Madame Lefrançois, alle Monate einen zünftigen Aderlaß zur Hebung der Ordnung und der Moral!«

»Schweigen Sie doch, Herr Homais! Sie sind ein gottloser Mensch! Sie haben keine Religion!«

Der Apotheker gab zur Antwort: »Ich habe freilich eine Religion, meine eigene, und ich habe mehr Religion als sie alle zusammen mit ihrem Mummenschanz und ihren Taschenspielerkünsten! Ich verehre Gott, nur anders als sie! Ich glaube an ein höchstes Wesen, an einen Schöpfer, mag er sein, wie er will, das kümmert mich wenig. Er hat uns hier auf Erden unseren Platz angewiesen, damit wir unsere Pflichten als gute Staatsbürger und Familienväter erfüllen. Aber dazu brauche ich nicht in die Kirche zu laufen und Silbergefäße zu küssen und aus meiner Tasche einen Haufen Possenreißer zu mästen, die üppiger leben als wir! Denn man kann Gott ebensogut im Wald ehren, draußen auf dem Feld oder sogar, wie die Alten, angesichts des gestirnten Himmelsgewölbes. Mein Gott ist der Gott des Sokrates, der Gott Franklins, Voltaires und Bérangers! Ich bin für das *Glaubensbekenntnis des savoyardischen Vikars* und für die unsterblichen Grundsätze von neunundachtzig! Drum kann es für mich auch keinen lieben Gott geben, der mit dem Spazierstock in der Hand in seinem himmlischen Garten lustwandelt, seine Freunde im Bauche von Walfischen einlogiert, mit einem lauten Schrei verscheidet und nach drei Tagen wieder aufersteht. Das ist an sich alles lauter Unsinn und steht auch im Widerspruch zu sämtlichen Naturgesetzen. Nebenbei beweist es aber auch, daß die Pfaffen von jeher in einer schandbaren Unwissenheit verkommen sind und das ganze Volk genauso verdummen möchten.«

Er hielt in seiner Tirade inne und schaute sich nach

seiner Zuhörerschaft um; denn der Apotheker hatte sich dermaßen in Hitze geredet, daß er eine Zeitlang geglaubt hatte, er spreche vor dem versammelten Gemeinderat. Aber die Wirtin hörte ihm längst nicht mehr zu; sie spitzte die Ohren und lauschte auf ein fernes Rollen. Man konnte deutlich das Gerumpel eines Wagens und das Getrappel galoppierender Pferde vernehmen, und dann hielt endlich die *Schwalbe* vor der Tür.

Es war ein gelber, auf zwei großen Rädern ruhender Kasten. Die Räder reichten bis zum Verdeck hinauf; sie versperrten den Passagieren jede Aussicht und spritzten ihnen die Schultern voll Schmutz. Die kleinen Scheiben der engen Klappfenster wackelten in ihren Rahmen, wenn der Wagen geschlossen war. Da und dort klebten noch frische Kotflecken auf der verkrusteten alten Staubschicht, die sogar Gewitterregen nicht völlig abwaschen konnten. Der Wagen war mit drei Pferden bespannt, von denen eines als Vorspann zog, und wenn man bergab fuhr, stieß er mit Geholper hinten auf.

Ein paar Bürger von Yonville liefen auf dem Platz zusammen. Sie redeten alle zur gleichen Zeit, fragten nach Neuigkeiten, wollten Auskünfte haben und ihre Körbe in Empfang nehmen. Hivert wußte nicht, wem er zuerst Antwort geben sollte. Er besorgte nämlich in der Stadt die Aufträge für die ganze Einwohnerschaft. Er ging in die Läden, brachte dem Schuster Leder, dem Schmied Eisen mit, seiner Brotgeberin eine Tonne Heringe, Hauben von der Modistin und Haartoupets vom Coiffeur. Auf dem Rückweg verteilte er dann die ganze Landstraße entlang die Pakete. Er warf sie einfach über den Zaun in die Höfe und stand laut schreiend aufrecht auf dem Bock des Wagens, während seine Gäule von selber weitertrabten.

Ein Zwischenfall war an seiner heutigen Verspätung schuld. Madame Bovarys Windspiel war quer über die Felder davongelaufen. Mehr als eine Viertelstunde hatte man nach ihm gepfiffen. Hivert war sogar eine halbe

Meile zurückgefahren, weil er immer wieder glaubte, er könne das Tierchen sehen. Dann aber hatte er weiterfahren müssen. Emma hatte geweint, war aufgebraust und hatte Charles die ganze Schuld an dem Unglück zugeschoben. Herr Lheureux, ein Tuchhändler, der im Wagen mitfuhr, hatte versucht, sie zu trösten, und hatte ihr eine Menge Fälle aufgezählt, in denen verlorene Hunde ihren Herrn oft jahrelang nachher wiedererkannt hatten. Man erzähle sich von einem, behauptete er, der von Konstantinopel nach Paris zurückgefunden habe. Ein anderer habe fünfzig Meilen immer geradeaus zurückgelegt und vier Flüsse durchschwommen. Sein Vater habe einen Pudel besessen, der zwölf Jahre lang verschwunden gewesen sei, und eines Abends sei er plötzlich auf der Straße an ihm hochgesprungen, als er zum Abendessen in die Stadt ging.

2

Emma stieg zuerst aus, dann Félicité, Herr Lheureux, eine Amme. Charles mußte man erst wecken; er war in seiner Ecke fest eingeschlafen, sobald die Dunkelheit hereingebrochen war.

Homais stellte sich vor. Er versicherte Madame seiner ergebensten Hochachtung, begrüßte den Doktor aufs verbindlichste, sagte, er schätze sich glücklich, daß er ihnen habe behilflich sein können, und setzte in herzlichem Ton hinzu, er sei so frei und habe sich selbst eingeladen; seine Frau sei übrigens verreist.

Kaum war Madame Bovary in der Küche, so trat sie zum Kamin heran, faßte mit zwei Fingern ihr Kleid in der Höhe des Knies, raffte es bis über die Knöchel auf und hielt über der sich am Spieß drehenden Hammelkeule ihren Fuß im schwarzen Halbstiefel an die wärmende Flamme. Das Feuer beschien ihre ganze Gestalt und warf ein grelles Licht auf das Gewebe ihres Kleides, auf die Poren ihrer glatten, weißen Haut und auf die Lider ihrer Augen, mit denen sie von Zeit zu Zeit zwinkerte. Wenn der Wind durch die halb offene Tür hereinwehte, lief ein tiefroter Lichtschein über sie hin.

Auf der andern Seite des Kamins stand ein junger, blondhaariger Mann und starrte schweigend zu ihr hinüber.

Es war Herr Léon Dupuis, der zweite Stammgast des *Goldenen Löwen*, Kanzlist beim Notar Guillaumin. Da er in Yonville vor Langeweile fast umkam, schob er jeweils den Augenblick, da er zum Essen ging, noch ein wenig hinaus, weil er hoffte, es komme vielleicht noch irgendein Reisender in den Gasthof, und er könne mit ihm den Abend verplaudern. Gewöhnlich, wenn seine Arbeit getan war, mußte er wohl oder übel – schon weil er sonst nichts anzufangen wußte – pünktlich zu Tisch erscheinen und von der Suppe bis zum Käse Binets Gesellschaft über sich ergehen lassen. So hatte er denn mit tausend Freuden den Vorschlag der Wirtin angenommen, gemeinsam mit den Neuangekommenen zu speisen, und alle begaben sich in die große Gaststube hinüber, wo Madame Lefrançois zur Feier des Tages heute die vier Gedecke hatte auflegen lassen.

Homais bat um die Erlaubnis, sein Käppchen aufbehalten zu dürfen, weil er sich sonst leicht einen Schnupfen hole.

Dann wandte er sich an seine Nachbarin: »Madame ist gewiß ein bißchen müde? In unsrer *Schwalbe* wird man fürchterlich zusammengerüttelt!«

»Freilich«, antwortete Emma. »Aber eine Ortsveränderung macht mir immer Spaß. Ich habe gern Abwechslung.«

»Es drückt aufs Gemüt, wenn man in einem fort am selben Ort festsitzt«, seufzte der Kanzlist.

»Wenn Sie wie ich den ganzen Tag auf einem Pferd unterwegs sein müßten ...« meinte Charles.

»Aber etwas Angenehmeres kann es ja gar nicht

geben, scheint mir«, erwiderte Léon, zu Madame Bovary gewandt; »falls man dazu kommt«, setzte er dann hinzu.

»Übrigens«, ließ sich nun der Apotheker vernehmen, »ist die Praxis eines Arztes in unserer Gegend nicht gerade beschwerlich. Unsere Straßen sind so gut unterhalten, daß man ein Kabriolett benützen kann; und im großen und ganzen zahlen die Leute gut, denn die Landwirte sind wohlhabend. Wir haben an Krankheiten, abgesehen von den üblichen Fällen, Darmkatarrhen, Bronchitis, Gallenleiden et cetera, ab und zu während der Erntezeit ein paar Fälle von Wechselfieber, aber alles in allem keinerlei schwere Fälle, nichts besonders Erwähnenswertes. Allerdings sind Skrofeln nicht selten, zweifellos eine Folge der erbärmlichen hygienischen Verhältnisse in unseren Bauernhäusern. Ja, Herr Bovary, Sie werden hier gegen recht viele Vorurteile zu kämpfen haben, gegen viel Eigensinn und eingefleischte Gewohnheiten, an denen täglich Ihre Wissenschaft, sosehr Sie sich auch Mühe geben, abprallt. Denn hier versucht man's noch mit Gesundbeten, legt Reliquien auf oder holt den Pfarrer, statt, wie es selbstverständlich wäre, zum Arzt oder zum Apotheker zu kommen. Dabei ist das Klima, ehrlich gesagt, gar nicht so schlecht. Wir haben in der Gemeinde sogar ein paar Neunzigjährige. Das Thermometer – ich habe da meine Beobachtungen gemacht – sinkt im Winter bis auf vier Grad und steigt im Hochsommer auf fünfundzwanzig, maximal dreißig Grad Celsius, das ergibt höchstens vierundzwanzig Grad Réaumur oder vierundfünfzig Fahrenheit nach englischer Messung, mehr nicht. Wir sind ja gegen Nordwind durch den Wald von Argueil geschützt; andrerseits gegen Westwinde durch den Höhenzug von Saint-Jean. Diese Wärme aber, die wegen der vom Fluß aufsteigenden Wasserdämpfe und durch das Vorhandensein beträchtlicher Viehbestände auf den Weiden – Sie wissen ja, daß die reichlich Ammoniak, das heißt also Stickstoff, Wasserstoff und Sauerstoff, ausdünsten...

nein, nur Stickstoff und Sauerstoff – und die den Humus des Erdreichs auslaugt, alle diese verschiedenen Ausdünstungen vermengt, sie sozusagen zusammenballt und sich selbst mit der atmosphärischen Elektrizität verbindet, wenn nämlich solche Spannungen vorhanden sind, und auf die Dauer wie in tropischen Ländern gesundheitschädliche Miasmen erzeugen könnte – diese Wärme, sage ich, wird gerade auf der Seite, von der sie kommt oder vielmehr herkommen könnte, nämlich im Süden, temperiert von den Südostwinden, die sich von selbst bei ihrem Durchgang über die Seine abkühlen und manchmal unversehens geradezu als kalte Luftmassen zu uns gelangen.«

»Haben Sie wenigstens ein paar lohnende Spazierwege in der Umgebung?« nahm Madame Bovary ihr Gespräch mit dem jungen Mann wieder auf.

»Oh, nur ganz wenige«, antwortete er. »Es gibt einen Aussichtspunkt – er heißt hier ‚die Trift‘ – oben auf der Anhöhe am Waldrand. Ich gehe zuweilen am Sonntag dorthin, bleibe mit einem Buch droben und schaue mir den Sonnenuntergang an.«

»Ich finde, es gibt nichts so Wunderbares wie einen Sonnenuntergang«, erwiderte sie, »aber vor allem am Gestade des Meeres.«

»Oh! ich schwärme fürs Meer!« meinte Herr Léon.

»Und finden Sie nicht auch«, fuhr Madame Bovary fort, »daß sich der Geist über dieser endlosen Weite, die keine Grenzen kennt, viel freier aufschwingt? Blickt man auf dieses unabsehbare Wasser hinaus, wird die Seele emporgetragen, und unsere Gedanken erheben sich ins Unendliche, ins Ideale!«

»Das gleiche gilt für Gebirgslandschaften«, pflichtete Léon bei. »Ich habe einen Vetter, der letztes Jahr eine Reise durch die Schweiz unternommen hat. Er erzählte mir, man könne sich den poetischen Reiz der Seen, den Zauber der Wasserfälle, den gewaltigen Eindruck der Gletscher gar nicht vorstellen. Da sehe man unglaublich mächtige Tannen über Wildbächen hängen, dicht am Rande der Abgründe kleben Hütten, und tausend Fuß unter sich sehe man ganze Täler liegen, sobald die Wolken sich teilen. Solch ein Anblick muß ja begeistern, muß einen andächtig und schwärmerisch stimmen! Drum finde ich auch gar nichts so Erstaunliches an dem berühmten Pianisten, der seine Phantasie besser anregen wollte und deshalb gewöhnlich vor einer imposanten Landschaft Klavier spielte.«

»Sie treiben Musik?« fragte Emma.

»Nein, aber ich liebe sie sehr«, antwortete er.

»Ah, hören Sie nicht auf ihn, Madame Bovary«, fiel ihm Homais ins Wort und beugte sich zu ihrem Teller hinüber, »das ist pure Bescheidenheit. – Was soll denn das heißen, mein Lieber? Ei, neulich sangen Sie doch in Ihrem Zimmer den *Schutzengel* ganz wunderbar! Ich hörte sie in meinem Laboratorium. Sie legten das hin wie ein Opernsänger.«

Léon wohnte nämlich im Haus des Apothekers, wo er im zweiten Stock ein Stübchen gemietet hatte, das auf den Marktplatz hinausging. Bei diesem Lob seines Hauswirts wurde er über und über rot. Homais hatte sich bereits wieder dem Arzt zugewandt und zählte ihm der Reihe nach die wichtigsten Einwohner von Yonville auf. Er gab eine Menge Anekdoten zum besten und ließ sich über ihre Verhältnisse aus. Das Vermögen des Notars kenne man nicht genau, und dann *sei da noch die Firma Tuvache*, die viel Scherereien verursache.

Emma nahm ihr Gespräch wieder auf: »Und welche Musik lieben Sie am meisten?«

»Oh! die deutsche Musik. Man kann dabei so schön träumen!«

»Kennen Sie die Italiener?«

»Noch nicht. Aber ich sehe sie mir nächstes Jahr an, wenn ich nach Paris gehe und mein Rechtsstudium beende.«

»Wie ich bereits Ihrem Herrn Gemahl bezüglich des

bedauernswerten Yanoda mitzuteilen die Ehre hatte«, sagte der Apotheker – »er ist ja durchgegangen, der Arme, aber Sie kommen nun dank seinen dummen Streichen in den Genuß eines der wohnlichsten Häuser in Yonville. Was daran für einen Arzt besonders bequem ist: es hat eine Tür, die auf die *Allee* hinausführt, so daß man ein- und ausgehen kann, ohne gesehen zu werden. Außerdem ist es mit allen Annehmlichkeiten versehen: Waschhaus, Küche mit Speisekammer, großem Salon, Obstkeller und so weiter. Ihr Vorgänger war ein fideler Kerl, dem das Geld locker saß. Er hat sich hinten im Garten am Wasser eigens eine Laube bauen lassen, um im Sommer dort sein Bier zu trinken, und wenn Madame gern im Garten arbeitet, kann sie . . .«

»Meine Frau gibt sich damit nicht weiter ab«, unterbrach ihn Charles. »Ich habe ihr zwar viel Bewegung verordnet, aber sie bleibt lieber in ihrem Zimmer und liest.«

»Ganz wie ich«, fiel Léon ein. »Gibt es denn etwas Schöneres, als abends mit einem Buch am Kamin zu sitzen, während der Wind an den Läden rüttelt und die Lampe brennt? . . .«

»Nicht wahr?« rief Emma und schaute ihn mit ihren großen dunklen Augen voll an.

»Man denkt an nichts«, fuhr er fort, »die Stunden vergehen. Man sitzt da, rührt sich nicht und wandert doch durch Länder, die man im Geiste sieht, und das Denken wird durch das Erdachte gefesselt, es verspinnt sich spielerisch in die Einzelheiten oder verfolgt, was da geschieht, im Großen, in seinem allgemeinen Verlauf. Es fühlt sich so ganz in die Personen ein, daß man meint, das eigene Herz schlage unter deren Gewändern.«

»Ja, gewiß, so ist es! Wie wahr!« rief sie.

»Haben Sie auch schon erlebt«, fuhr Léon fort, »daß Sie in einem Buch einem Gedanken begegnet sind, den Sie halb unbewußt auch schon einmal gedacht haben, einem Bild, das verblaßt und von weither wieder auftaucht, so daß Ihnen ist, als werde Ihr zartestes Erleben und Empfinden auf einmal ins helle Licht gerückt?«

»Ja, das habe ich auch schon erlebt«, antwortete sie.

»Darum sind mir die Dichter so lieb«, fuhr er fort. »Ich finde Verse inniger als Prosa. Sie rühren einen viel schöner zu Tränen.«

»Aber auf die Dauer bekommt man sie satt«, versetzte Emma. »Jetzt lese ich über alles gern Geschichten, die in einem Zug ablaufen, Geschichten, bei denen man Angst kriegt. Ich kann die landläufigen Helden und die lauen Gefühle nicht ausstehen, wie sie auch im wirklichen Leben vorkommen.«

»In der Tat«, bemerkte der Kanzlist, »solche Werke greifen nicht ans Herz und gehen, scheint mir, am wahren Ziel der Kunst vorbei. Es ist so schön, sich bei all den Enttäuschungen des Lebens in Gedanken auf edle Charaktere, reine Gefühle der Liebe und Bilder des Glücks besinnen zu können. Ich lebe hier fern der großen Welt, und so ist das meine einzige Ablenkung. Aber Yonville bietet so wenig Möglichkeiten!«

»Wie Tostes wahrscheinlich«, versetzte Emma. »Darum war ich auch immer in einer Leihbibliothek abonniert.«

»Wenn Madame mir die Ehre erweisen will, sie zu benützen«, erklärte nun der Apotheker, der die letzten Worte gehört hatte, »ich habe eine Bibliothek, die Ihnen zur Verfügung steht. Sie enthält die besten Autoren: Voltaire, Rousseau, Delille, Walter Scott, das *Roman-Jahrbuch* und anderes mehr, und zudem halte ich verschiedene Zeitschriften, darunter jeden Tag das *Fanal de Rouen*. Ich habe nämlich die Ehre, für die Bezirke Buchy, Forges, Neufchâtel, Yonville und das umliegende Land Berichterstatter dieses Blattes zu sein.«

Man saß schon seit zweieinhalb Stunden bei Tisch. Artémise, die Wirtsmagd, schlurfte in ihren Hauspantoffeln schlampig über die Fliesen, brachte jeden Teller einzeln herein, vergaß alles, überhörte jeden Auftrag und ließ ununterbrochen die Tür zum Billardzimmer halb offen, so daß die Klinke gegen die Wand schlug.

Ohne es zu bemerken, hatte Léon im eifrigen Gespräch seinen Fuß auf die Querleiste des Stuhls gestellt, auf dem Madame Bovary saß. Sie trug ein kleines blauseidenes Halstuch, das den gefältelten Batistkragen so umschloß, daß er steif wie eine Halskrause aufstand. Und je nachdem sie den Kopf bewegte, versank ihr Kinn in dem Tüchlein oder tauchte sanft daraus empor. So saßen sie dicht nebeneinander und gerieten, während Homais und Charles in ihr Gespräch vertieft waren, in eine jener uferlosen Unterhaltungen ohne Zweck und Ziel, bei denen ein Wort das andere gibt und alles doch nur um den einen Punkt kreist: die gegenseitige Zuneigung. Pariser Theateraufführungen, Romantitel, neu aufgekommene Tänze, die große Welt, die sie nicht kannten, Tostes, wo sie gelebt hatte, Yonville, wo sie beide jetzt wohnten, alles besprachen sie, alles kam dran, bis das Mahl zu Ende war.

Als der Kaffee aufgetragen wurde, ging Félicité fort, um das Schlafzimmer in dem neuen Haus zurechtzumachen, und bald danach brach die ganze Tafelrunde ebenfalls auf. Madame Lefrançois war am heruntergebrannten Herdfeuer eingenickt, und der Stallknecht wartete mit einer Laterne in der Hand auf Herrn und Frau Bovary, um sie nach Hause zu geleiten. In seinem roten Haarschopf hingen Strohhalme, und er hinkte auf dem linken Fuß. Er nahm den Regenschirm des Pfarrers in die andere Hand, und sie machten sich auf den Weg.

Das ganze Dorf schlief schon. Die Pfeiler der Markthalle warfen lange Schatten. Der Boden war grau wie in einer Sommernacht.

Da aber das Haus des Arztes nur fünfzig Schritt vom Gasthof entfernt lag, mußte man sich gleich darauf schon gute Nacht sagen, und dann ging die ganze Gesellschaft auseinander.

Schon im Hausflur hatte Emma das Gefühl, als lege sich die Kälte der getünchten Wände wie ein feuchtes Leintuch um ihre Schultern. Die Mauern waren frisch verputzt, und die hölzernen Treppenstufen knackten. Im Schlafzimmer im ersten Stock drang weißliches Licht durch die vorhanglosen Fenster herein. Man sah undeutlich ein paar Baumwipfel und weiter draußen die Wiesen. Sie verschwanden halb im Nebel, der sich wie Rauch den Flußlauf entlang hinzog. Mitten im Zimmer lagen kunterbunt durcheinander Kommodenschubladen, Flaschen, Gardinenstangen, vergoldete Stäbe, daneben auf Stühlen Matratzen und Waschbecken auf dem Fußboden. Die beiden Männer, die den Hausrat gebracht hatten, hatten alles unbekümmert einfach stehen und liegen lassen.

Zum viertenmal schlief sie jetzt an einem unbekannten Ort. Das erstemal war es bei ihrem Eintritt ins Kloster gewesen, das zweitemal, als sie in Tostes ankam, das drittemal in La Vaubyessard, und das war das viertemal. Und jedesmal hatte damit sozusagen ein neuer Abschnitt in ihrem Leben begonnen. Sie glaubte nicht, daß sich die Dinge an verschiedenen Orten wieder gleich ergeben konnten, und da ihr bisheriges Leben so freudlos gewesen war, mußte das, was ihr noch bevorstand, bestimmt besser sein.

3

Als sie am nächsten Morgen erwachte, sah sie den Kanzleischreiber auf dem Marktplatz stehen. Sie war im Morgenrock. Er schaute zu ihr herauf und grüßte. Sie nickte hastig und schloß das Fenster wieder.

Léon konnte es den ganzen Tag fast nicht erwarten, bis es sechs Uhr schlug. Doch als er dann den Gasthof betrat, fand er nur Herrn Binet vor, der schon bei Tische saß.

Das gestrige Abendessen war für ihn ein bedeutsames Ereignis. Noch nie in seinem ganzen Leben hatte er zwei Stunden hintereinander mit einer *Dame* gesprochen. Wie hatte er ihr nur soviel sagen können – und mit solchen Worten! –, Dinge, die er zuvor nicht so gut hätte in Worte fassen können? Für gewöhnlich war er schüchtern und zurückhaltend, teils aus Scham und teils aus Verstellung. In Yonville fand man, er habe *tadellose* Manieren. Er hörte den älteren Leuten zu, wenn sie kluge Reden führten, und war allem Anschein nach kein politischer Schwarmgeist, ein immerhin bemerkenswerter Zug bei einem jungen Menschen. Außerdem war er vielseitig begabt: er malte Aquarelle, kannte den Violinschlüssel und befaßte sich nach dem Abendessen gern mit Literatur, wenn er nicht gerade Karten spielte. Herr Homais hielt viel von ihm, seiner Bildung wegen, und Madame Homais war ihm gewogen, weil er so höflich und dienstbereit war; denn er gab sich oft mit den kleinen Homais' im Garten ab, einer Bande von Rangen, die in einem fort schmutzig waren, dazu sehr ungezogen und, wie ihre Mutter, etwas lymphatisch. Außer dem Dienstmädchen betreute sie noch Justin, der Apothekerlehrling, ein entfernter Verwandter des Herrn Homais, der ihn aus Barmherzigkeit ins Haus genommen hatte und auch Dienstbotenarbeit verrichten ließ.

Der Apotheker erwies sich als der denkbar beste Nachbar. Er gab Madame Bovary jede gewünschte Auskunft über die Geschäfte, in denen sie einkaufen sollte, ließ eigens seinen Apfelweinhändler kommen, kostete selbst das Getränk und wachte darüber, daß das Faß im Keller einen guten Platz erhielt. Er verriet ihr auch, wie sie es anstellen mußte, um sich billig einen reichlichen Vorrat an Butter anzulegen, und schloß ein Abkommen mit Lestiboudois, dem Küster, der neben seinen Amtspflichten als Kirchendiener und Totengräber die Gärten der besseren Herrschaften in Yonville besorgte, und zwar stundenweise oder für eine jährliche Abfindung, je nach Wunsch der Auftraggeber.

Dabei bewog nicht allein das Bedürfnis, sich mit seinen Mitmenschen abzugeben, den Apotheker zu soviel untertäniger Herzlichkeit. Er verfolgte damit einen bestimmten Plan.

Er hatte nämlich gegen das Gesetz vom 19. Ventôse des Jahres XI verstoßen, dessen Artikel 1 jedem die Ausübung des ärztlichen Berufes verbietet, der nicht im Besitz eines Diploms ist. So war es denn dazu gekommen, daß Homais auf verschiedene lichtscheue Anzeigen hin nach Rouen vor den Königlichen Staatsanwalt geladen wurde. Der Beamte hatte ihn stehend in seinem Privatkabinett, angetan mit seiner Amtsrobe mit dem Hermelinkragen und das Barett auf dem Kopf, empfangen. Es war am Morgen vor der Gerichtssitzung. Draußen auf dem Korridor hörte man die derben Stiefel der Gendarmen und von weitem das Klirren mächtiger Schlösser, die zuschnappten. Dem Apotheker dröhnte es in den Ohren, daß er meinte, es werde ihn jetzt gleich der Schlag rühren. Er sah sich schon in einem finsteren Verlies schmachten, sah seine Angehörigen in Tränen aufgelöst, die Apotheke verkauft, die Arzneigläser in alle Winde verstreut; und er mußte in ein Café gehen und seine Lebensgeister wieder auffrischen.

Nach und nach verblaßte die Erinnerung an diesen Verweis, und er hielt nach wie vor im Hinterstübchen seine harmlosen Sprechstunden ab. Aber der Bürgermeister mochte ihn nicht leiden, manche Kollegen waren neidisch, er hatte alles zu befürchten. Wenn er durch seine Gefälligkeiten Herrn Bovary zum Freund gewann, so hieß das, daß er Anspruch auf seine Dankbarkeit hatte, und der Arzt würde wohl später reinen Mund halten, falls er je etwas merken sollte. So brachte ihm Homais jeden Morgen *die Zeitung* herüber und verließ öfters im Laufe des Nachmittags für ein Weilchen die Apotheke und ging zu dem Arzt hinüber, um ein paar Augenblicke zu verplaudern.

Charles war niedergeschlagen; es stellten sich keine

Patienten ein. Er saß stundenlang wortlos brütend herum, machte in seinem Sprechzimmer ein Schläfchen oder schaute seiner Frau beim Nähen zu. Um sich abzulenken, verrichtete er im Haus allerhand Arbeiten und versuchte sogar, den Speicher mit einem Rest Ölfarbe anzustreichen, den die Maler zurückgelassen hatten. Aber die Geldsorgen bedrückten ihn. Die Reparaturen in Tostes, die Kleider seiner Frau und der Umzug hatten ihm so große Unkosten verursacht, daß die ganze Mitgift, mehr als dreitausend Taler, in zwei Jahren draufgegangen war. Und wieviel Dinge waren auf dem Transport von Tostes nach Yonville beschädigt worden oder verlorengegangen, gar nicht zu reden von dem Gipspfarrer, der bei einem zu starken Geholper aus dem Wagen gefallen und auf dem Pflaster von Quincampoix in tausend Stücke zersprungen war!

Eine wichtigere Sorge lenkte ihn ab: die Schwangerschaft seiner Frau. Je näher der Tag ihrer Niederkunft rückte, um so inniger liebte er sie. Ein neues Band sollte ihre eheliche Gemeinschaft enger knüpfen; er empfand unausgesetzt etwas wie ein Gefühl tieferer Zusammengehörigkeit. Wenn er von weitem ihren schwerfällig gewordenen Gang sah, wenn er sah, wie ihr Leib sich weich in den Hüften drehte, die von keinem Schnürleib mehr eingeengt waren, wenn sie einander gegenübersaßen und er sie nach Herzenslust betrachten konnte, während sie dasaß und in ihrem Lehnstuhl müde ein übers andere Mal die Stellung wechselte, dann konnte er vor Glück nicht mehr an sich halten. Er sprang auf, nahm sie in seine Arme, streichelte ihr Gesicht, nannte sie kleine Mama, wollte sie zum Tanzen nötigen und gab, halb lachend, halb weinend, allen möglichen zärtlichen Unsinn zum besten, der ihm gerade einfiel. Der Gedanke, daß er ein Kind gezeugt hatte, machte ihn überglücklich. Jetzt fehlte ihm nichts mehr. Nun kannte er das Menschenleben in all seinen Höhen und Tiefen, und er setzte sich vergleichsweise mit aufgestützten Ellbogen und heiteren Gemütes daran zu Tisch.

Emma empfand zuerst ein großes Staunen. Dann überkam sie ein heftiges Verlangen, bald entbunden zu sein; sie wollte wissen, wie die Mutterschaft ist. Da sie sich aber nicht alle Anschaffungen leisten konnte, die sie hatte machen wollen – sie hatte sich zum Beispiel eine nachenförmige Wiege mit rosaseidenen Vorhängen und gestickte Häubchen gewünscht –, verlor sie in einer Anwandlung von Bitterkeit jede Lust, die Babyaussteuer selbst auszusuchen, und bestellte sie in Bausch und Bogen bei einer Näherin am Ort, ohne etwas auszuwählen oder ihr dreinzureden. Sie erlebte also die Vorfreude, alle die Zurüstungen nicht, bei denen werdende Mütter ihre Zärtlichkeit zum erstenmal betätigen und sozusagen anregen, und vielleicht wurde dadurch ihre Liebe zu dem Ungeborenen von allem Anfang an um ein Erhebliches geschwächt.

Da aber Charles beim Essen jedesmal von dem Kind zu reden anfing, dachte auch sie bald mehr und mehr daran.

Sie wünschte sich einen Sohn. Er sollte kräftig und braunhaarig sein und Georges heißen; und die Vorstellung, daß sie ein männliches Geschöpf zum Kind haben werde, dünkte sie wie der erhoffte Ausgleich für all das, was sie in ihrem vergangenen Leben nicht zustande gebracht hatte. Ein Mann ist doch wenigstens frei; er kann alle Leidenschaften, alle Länder erleben, sich über Hindernisse hinwegsetzen, auch das fernste Glück erstreben. Eine Frau aber ist unaufhörlich behindert. Sie ist willenlos und geschmeidig zugleich. Ihre anfälligen, leicht erregbaren Sinne sowie ihre vom Gesetz verhängte Gehorsamspflicht in allem und jedem stehen ihr ewig im Wege. Ihr Wille flattert wie der Schleier ihres Hutes, den ein Band festhält, in alle Winde – immer gibt es eine Sehnsucht, die sie lockt, und eine Rücksicht, die sie zurückhält.

Sie kam an einem Sonntag nieder, früh gegen sechs Uhr bei Sonnenaufgang.

»Es ist ein Mädchen!« sagte Charles.

Sie wandte den Kopf zur Seite und wurde ohnmächtig.

Gleich darauf kam Madame Homais herübergelaufen und umarmte sie, desgleichen die Mutter Lefrançois vom *Goldenen Löwen.* Der Apotheker wünschte ihr als taktvoller Mann vorläufig nur durch die halb offene Tür Glück. Er wollte das Kind sehen und fand es wohlgeraten.

Während sie sich von der Geburt erholte, dachte sie viel darüber nach, wie ihre Tochter heißen solle. Zuerst ging sie alle Namen mit italienischen Endungen durch wie Clara, Luisa, Amanda, Atala. Sehr schön fand sie Galsuinde, noch schöner Yseult oder Léocadie. Charles wünschte, daß das Kind den Namen seiner Mutter trage; aber Emma war dagegen. Sie lasen den Kalender von vorn bis hinten durch und fragten auch Außenstehende um Rat.

»Herr Léon«, erklärte der Apotheker, »mit dem ich letzthin darüber gesprochen habe, war ganz verwundert und meinte, warum Sie eigentlich nicht Madeleine wählten. Das sei doch jetzt sehr beliebt.«

Doch die alte Madame Bovary erhob empört Einspruch gegen diesen Namen einer Sünderin. Herr Homais seinerseits hatte eine Vorliebe für alle Namen, die an einen großen Mann, ein berühmtes Ereignis oder einen hochherzigen Gedanken erinnerten, und nach diesem Grundsatz hatte er seine vier Kinder getauft. So verkörperten Napoleon den Ruhm und Franklin die Freiheit. Irma war wohl ein Zugeständnis an die Romantik, Athalie aber eine Huldigung, die er dem unsterblichsten Meisterwerk der französischen Bühne darbrachte. Denn seine philosophischen Überzeugungen standen dem, was er in der Kunst bewunderte, keinesfalls im Wege. Der Denker erstickte bei ihm nicht den empfindsamen Menschen. Er wußte wohl zwischen Phantasie und unbeirrbarer Gesinnungstreue zu unterscheiden und beide zu ihrem Recht kommen zu lassen.

An jener Tragödie zum Beispiel bemängelte er die Gedanken, bewunderte aber den Stil; er verwarf die Konzeption, lobte jedoch alle Einzelheiten, er erboste sich gegen die handelnden Personen und begeisterte sich an ihren Reden. Wenn er die berühmtesten Stellen daraus las, war er hingerissen; wenn er aber bedachte, daß die Pfaffen für ihr Schwindelgeschäft daraus Vorteil schlugen, wurmte ihn das bitter, und in der Gefühlsverwirrung, in die er dabei geriet, hätte er am liebsten Racine mit beiden Händen den Kranz aufs Haupt gedrückt und sich dann mit ihm einmal ein Stündchen gestritten.

Schließlich fiel Emma ein, daß sie auf Schloß Vaubyessard gehört hatte, wie die Marquise eine junge Frau mit Berthe angeredet hatte. Von nun an stand der Name des Kindes fest, und da der alte Rouault nicht kommen konnte, bat man Herrn Homais, Taufpate zu sein. Als Patengeschenke brachte er lauter Gegenstände aus seinem Laden mit: sechs Schachteln Brustbeeren, ein ganzes Glas Rakahout, drei Büchsen Eibischpaste und obendrein noch sechs Stangen Kandiszucker, die er in einem Wandschrank gefunden hatte. Am Abend der Tauffeier fand ein großes Festessen statt. Auch der Pfarrer erschien. Man geriet in eine höchst angeregte Stimmung. Als der Likör serviert wurde, stimmte Herr Homais den *Gott der guten Leute* an, Herr Léon sang eine Barkarole, und Madame Bovary, Emmas Schwiegermutter, die Patin, trug eine Romanze aus der Zeit des Kaiserreichs vor. Schließlich bestand der alte Herr Bovary darauf, daß das Kind heruntergebracht werde, und wollte es unbedingt mit einem Glas Champagner taufen, das er ihm von oben über das Köpfchen goß. Dieser Hohn auf das erste Sakrament empörte den Abbé Bournisien. Der alte Bovary antwortete mit einem Zitat aus dem *Krieg der Götter*. Da wollte der Pfarrer aus Protest weggehen. Die Damen verlegten sich aufs Bitten, Homais legte sich ins Mittel, und man konnte den Geistlichen dazu bewegen, wieder Platz zu nehmen. Er setzte sich ruhig wieder hin und trank seine erst halb geleerte Kaffeetasse vollends aus.

Der alte Herr Bovary blieb noch einen ganzen Monat in Yonville und erregte bei den Einwohnern nicht geringes Aufsehen mit seiner prachtvollen silberbetreßten Feldmütze, die er vormittags trug, wenn er auf dem Marktplatz seine Pfeife schmauchte. Da er auch gewöhnt war, viel Schnaps zu trinken, schickte er des öftern das Dienstmädchen in den *Goldenen Löwen;* es mußte ihm dort jeweils eine ganze Flasche Branntwein holen, und selbstverständlich wurde sie auf die Rechnung seines Sohnes gesetzt. Zum Parfümieren seiner seidenen Taschentücher verbrauchte er den ganzen Vorrat an Kölnisch Wasser, den seine Schwiegertochter besaß.

Sie selbst fühlte sich in seiner Gesellschaft ganz wohl. Er war weit in der Welt herumgekommen und erzählte von Berlin, Wien, Straßburg, von seiner Dienstzeit als Offizier, von den Geliebten, die er gehabt, und von den großen Gelagen, die er veranstaltet hatte. Zudem spielte er den Schwerenöter und faßte sie zuweilen auf der Treppe oder im Garten um den Leib und rief: »Charles, nimm dich in acht!«

Dann geriet die alte Madame Bovary in große Angst um das Glück ihres Sohnes, und da sie fürchtete, ihr Gatte könnte auf die Dauer einen schlechten Einfluß auf die Gedanken der jungen Frau ausüben, drängte sie plötzlich zur Abreise. Vielleicht hatte sie sogar noch ernstlichere Besorgnisse. Herr Bovary war glatt imstande, jegliche Rücksicht außer acht zu lassen.

Eines Tages verspürte Emma mit einemmal das Bedürfnis, ihr Töchterchen zu sehen, das sie bei der Frau des Schreiners in Pflege gegeben hatte. Sie sah gar nicht erst im Almanach nach, ob die sechs Wochen der Jungfrau noch andauerten, sondern machte sich auf den Weg zu Rollet, dessen Häuschen am andern Ende des Dorfes am Fuße des Hügels zwischen der Landstraße und den Wiesen lag.

Es war Mittag. An den Häusern waren überall die Läden geschlossen, und die Schieferdächer, die im grellen Licht des wolkenlosen Himmels glitzerten, schienen an den Firsten ihrer Giebel Funken zu sprühen. Ein schwüler Wind wehte. Emma fühlte, wie sie im Gehen eine Schwäche befiel, die Kieselsteine auf dem Trottoir taten ihr weh, und sie wußte nicht recht, sollte sie umkehren und nach Hause gehen oder irgendwo eintreten und sich hinsetzen.

Im selben Augenblick trat Léon, einen Stoß Papiere unterm Arm, aus einer nahen Haustür. Er kam zu ihr, begrüßte sie und stellte sich in den Schatten vor Lheureux' Laden, unter die graue Markise.

Madame Bovary sagte ihm, sie wolle ihr Kind besuchen, sei aber ein wenig müde.

»Wenn ...« hob Léon an, wagte aber nicht weiterzusprechen.

»Haben Sie irgendwo zu tun?« fragte sie.

Als er verneinte, bat sie ihn, sie doch zu begleiten. Schon am selben Abend hatte sich das in Yonville herumgesprochen, und Madame Tuvache, die Frau des Bürgermeisters, erklärte im Beisein ihres Dienstmädchens, *Madame Bovary kompromittiere sich.*

Um zu der Amme zu gelangen, mußten sie am Ende der Hauptstraße links abbiegen und in der Richtung zum Friedhof weitergehen, dann zwischen Häuschen und Höfen einem schmalen Fußweg folgen, der von Ligustersträuchern umsäumt war. Sie standen in Blüte, und auch der Ehrenpreis und die Heckenrosen blühten, die Brennesseln und die zarten Brombeerranken, die aus den Büschen hervorschossen. Durch die Lücken in den Hecken sah man in den Gehöften da und dort ein Schwein auf einem Misthaufen oder eine angehalfterte Kuh, die ihre Hörner an einem Baumstamm rieb. Sie wanderten Seite an Seite langsam dahin. Sie stützte sich auf seinen Arm, und er verhielt den Schritt und paßte seinen Gang dem ihren an. Vor ihnen her tanzte ein Schwarm Fliegen und summte in der heißen Luft.

Sie erkannten das Haus an einem alten Nußbaum, in dessen Schatten es stand. Es war niedrig und mit braunen Ziegeln gedeckt. Unter der Luke des Speichers hing ein Kranz Zwiebeln. Reisigbündel waren an der Dornenhecke aufgestellt und umgaben ein Beet mit Lattich, ein paar Fußbreit Lavendel und wohlriechenden Platterbsen, die sich an Stangen emporrankten. Schmutziges Wasser floß in dünnen Rinnsalen durch das Gras, und ringsum war allerhand alter Plunder verstreut, zerlumpte Kleider, gestrickte Strümpfe, eine rote baumwollene Unterjacke, und über die Hecke war ein großes derbes Leintuch gebreitet. Beim Knarren der Gartentür erschien die Amme; auf dem Arm trug sie einen Säugling, der an ihrer Brust trank. An der andern Hand zog sie ein kümmerliches, schwächliches Bübchen hinter sich her, dessen Gesicht mit Skrofeln bedeckt war. Es war der Sohn eines Mützenmachers in Rouen; seine Eltern, die von ihrem Geschäft vollauf in Anspruch genommen waren, ließen ihn auf dem Lande.

»Kommen Sie nur herein«, sagte sie. »Ihre Kleine schläft drinnen.«

In dem einzigen Zimmer der ebenerdigen Wohnung stand im Hintergrund an der Wand ein breites Bett ohne Vorhänge und auf der Fensterseite ein Backtrog. Eine Scheibe war entzwei und mit einem sonnenförmig geschnittenen Stück blauen Papiers geflickt. In der Ecke hinter der Tür standen unter dem Spülstein des Waschplatzes eine Reihe Schnürstiefel mit funkelnden Nägeln neben einer vollen Ölflasche, aus deren Hals eine Feder herausragte. Ein *Mathieu Laensberg** lag auf dem staubigen Kamin mitten unter Flintensteinen, Kerzenstümp-

* Angeblicher Verfasser des (1636 erstmals erschienenen) *Almanach de Liége*, eines volkstümlichen Kalenders, der alle möglichen Wetterregeln, Voraussagen künftiger Ereignisse, Angaben günstiger Tage für Aderlässe, Haarschneiden und so weiter enthielt (Anm. des Übers.).

fen und Zunderstückchen. Schließlich hing noch als letzter entbehrlicher Staubfänger in dieser Wohnung ein Bild mit einer trompeteblasenden Fama, offensichtlich aus dem Prospekt einer Parfümeriefabrik ausgeschnitten und mit sechs Schuhstiften an die Wand genagelt.

Emmas Kind schlief auf dem Boden in einer Wiege aus Weidengeflecht. Sie nahm es mit der Decke, in die es gewickelt war, auf und begann leise zu singen, während sie sich in den Hüften wiegte.

Léon ging in der Stube auf und ab. Es mutete ihn seltsam an, diese schöne Dame im hellgelben Nankingkleid in dieser elenden Umgebung zu sehen. Madame Bovary wurde rot. Er wandte sich ab, weil er dachte, vielleicht sei sein Blick etwas gar zu zudringlich gewesen. Dann legte sie das Kind wieder hin; es hatte sich auf ihren Halskragen übergeben. Alsbald kam die Amme herbeigelaufen und trocknete sie ab. Sie beteuerte hoch und heilig, man werde nichts mehr davon sehen.

»Das ist noch gar nichts«, sagte sie, »in einem fort muß ich die Kleine saubermachen! Seien Sie doch so freundlich und sagen Sie dem Krämer Camus Bescheid, daß er mir ein bißchen Seife abgibt, wenn ich sie brauche. Das wäre ja auch für Sie bequemer, ich müßte Sie dann nicht damit behelligen.«

»Gut, meinetwegen«, erwiderte Emma. »Auf Wiedersehen, Mutter Rollet.«

Und sie ging hinaus und putzte sich auf der Schwelle die Schuhe ab.

Die gute Frau begleitete sie bis zum Ende des Hofes und jammerte dabei in einem fort, wie schwer es sie ankomme, nachts immer wieder aufzustehen.

»Manchmal bin ich so zerschlagen, daß ich auf meinem Stuhl einschlafe. Drum sollten Sie mir zumindest ein Pfündchen gemahlenen Kaffee geben. Damit würde ich für einen ganzen Monat ausreichen und könnte ihn am Morgen mit Milch trinken.«

Nachdem Madame Bovary noch die Dankesergüsse der Amme über sich hatte ergehen lassen, verabschiedete sie sich, und sie war schon ein gutes Stück auf dem Feldweg weitergegangen, da hörte sie das Klappern von Holzschuhen hinter sich und schaute sich um. Die Amme kam gelaufen.

»Was gibt's denn noch?«

Da zog die Bäuerin sie beiseite hinter eine Ulme und begann von ihrem Mann zu reden, der mit seinem Handwerk und den sechs Franken jährlich, die der Hauptmann . . .

»Kommen Sie rascher zum Ende!« drängte Emma.

»Na ja«, erwiderte die Amme und seufzte nach jedem Wort tief auf, »mir ist bange, daß er sich grämt, wenn er mich ganz allein Kaffee trinken sieht. Sie wissen ja, die Männer . . .«

»Sie bekommen ja nun Ihren Kaffee«, hielt ihr Emma vor, »ich will Ihnen genug geben! . . . Sie gehen mir auf die Nerven!«

»Ach, herrje! Meine liebe gute Dame, er hat doch von seinen Wunden her so schreckliche Krämpfe auf der Brust! Er behauptet sogar, der Apfelwein schwäche ihn.«

»Nun sagen Sie aber rasch, was Sie wollen, Mutter Rollet!«

»Also«, fuhr diese fort und machte einen Knicks, »wenn es nicht zu unverschämt ist, möchte ich Sie bitten . . .« Sie knickste abermals. »Wenn's Ihnen recht ist« – mit einem flehenden Augenaufschlag –, »schenken Sie mir ein Krügchen Branntwein«, brachte sie endlich heraus. »Ich könnte damit auch die Füßchen Ihrer Kleinen einreiben, die sind ja so zart wie ihr Züngchen.«

Als Emma die Amme los war, nahm sie wieder Léons Arm. Eine Zeitlang schritt sie rasch aus; dann ging sie langsamer, und ihr Blick, der bisher ins Leere geschweift war, fiel auf die Schulter des jungen Mannes, dessen Überrock einen schwarzen Samtkragen hatte.

Sein braunes Haar hing glatt und sorgfältig gekämmt darauf hinab. Sie bemerkte auch, daß seine Nägel länger waren, als man sie sonst in Yonville trug. Ihre Pflege war eine der Hauptbeschäftigungen Léons, und er verwahrte zu diesem Zweck ein besonderes Messerchen in seinem Schreibzeug.

Sie kehrten am Flußufer entlang nach Yonville zurück. In der heißen Jahreszeit war die Uferböschung viel höher, und man sah die Mauern der Gärten bis hinab auf ihre Grundlinie. Kleine Treppen mit wenigen Stufen führten zum Fluß hinunter. Er floß lautlos und rasch dahin, und man hatte den Eindruck, das Wasser sei schön kalt. Lange, dünne Gräser hingen hinein, wurden von der Strömung mitgenommen und breiteten sich wie grünes schwimmendes Haar im klaren Wasser aus. Hier und da lief ein Insekt mit dünnen Beinchen auf den Spitzen des Schilfs oder auf den Blättern der Wasserrosen dahin oder ließ sich darauf nieder. Die Sonne beschien hell die kleinen blauen Spritzer der Wellen, die eine nach der andern aufgischten und sich aneinander brachen. Die alten, kahlen Weidenstrünke spiegelten sich mit ihrer grauen Rinde im Wasser; jenseits lagen die Wiesen weit und breit verlassen da. Um diese Zeit aß man auf den Bauernhöfen zu Mittag. Die junge Frau und ihr Begleiter hörten im Dahingehen nichts als ihre Schritte auf der Erde des Fußpfads, die Worte, die sie zueinander sprachen, und das Rascheln von Emmas Kleid, das im Gehen um ihre Gestalt rauschte.

Die auf ihren Kappen mit Flaschenscherben gespickten Gartenmauern waren heiß wie die Glasscheiben eines Treibhauses. Zwischen den Backsteinen wucherte Ackerrettig, und im Vorbeigehen streifte Madame Bovary mit dem Rand ihres aufgespannten Sonnenschirms daran, so daß von den welken Blüten ein wenig gelber Staub niederfiel. Oder hin und wieder streifte eine überhängende Geißblatt- oder Waldrebenranke über die Seide und verhakte sich in den Fransen.

Sie plauderten von einer Truppe spanischer Tänzer, die demnächst in Rouen auftreten sollte.

»Werden Sie hingehen?« fragte sie.

»Wenn ich kann«, antwortete er.

Hatten sie einander sonst nichts zu sagen? Und doch waren ihre Augen schwer von ernsteren Geständnissen, und während sie sich abmühten, banale Redensarten zu drechseln, fühlten sie beide, wie das gleiche sehnsüchtige Verlangen sie beschlich. Es war, als werde in ihrer Seele ein anhaltendes tiefes Raunen laut, das ihre Stimmen übertönte. Betroffen und wie benommen von diesem ungewohnten süßen Zauber, dachten sie gar nicht daran, einander von diesen Empfindungen zu erzählen oder nach dem Grunde zu forschen. Künftiges Glück wirft, wie ein tropisches Gestade, auf die unermeßliche Weite, die davorliegt, seine weichen Lockungen voraus, eine düfteschwere Brise, und man ergibt sich willenlos diesem Rausch, ohne sich Gedanken über den Horizont zu machen, der dem Auge unsichtbar ist.

An einer Stelle war das Erdreich von den Hufen der Kühe ganz zertrampelt und grundlos, und sie mußten über große moosgrüne Steine gehen, die ziemlich weit auseinander im Schmutz lagen. Mehrmals blieb Emma einen Augenblick stehen und schaute, wohin sie ihren Fuß setzen sollte. Schwankend stand sie dann auf dem wackligen Stein, hob die Ellbogen hoch, beugte sich vornüber, blickte sich suchend um und lachte dann aus lauter Angst, sie könnte in die Pfütze fallen.

Als sie vor ihrem Garten angelangt waren, stieß Madame Bovary das kleine Gatter auf, rannte die Stufen hinauf und verschwand.

Léon kehrte in seine Kanzlei zurück. Sein Chef war nicht da. Er warf einen Blick auf die Akten, schnitt sich dann eine Feder zurecht, nahm schließlich seinen Hut und ging weg.

Er stieg zur *Trift* hinauf, zum höchsten Punkt der Anhöhe von Argueil, dicht am Saum des Waldes. Dort

legte er sich unter die Tannen auf den Boden und
schaute zwischen seinen Fingern hindurch in den Himmel empor.

Wie ich mich langweile! dachte er. Wie ich mich
langweile!

Er bemitleidete sich selbst, weil er in diesem Dorf
leben mußte, mit Homais als Freund und Herrn Guillaumin als Brotgeber. Der Notar mit seiner goldenen
Brille und dem feuerroten Backenbart über der weißen
Halsbinde hatte nur seine Geschäfte im Kopf, und es
ging ihm jeder Sinn für höhere geistige Dinge ab, obwohl er sich geflissentlich englisch-steif gab, und dieses
Gehabe hatte dem Schreiber in der ersten Zeit Sand in
die Augen gestreut. Die Frau des Apothekers hingegen
war die beste Gattin in der ganzen Normandie, sanft
wie ein Lamm, herzensgut und liebevoll zu ihren Kindern, ihrem Vater, ihrer Mutter und ihren Verwandten.
Sie konnte über das Unglück ihrer Mitmenschen Tränen
vergießen, ließ in ihrem Haushalt alles seinen geregelten
Gang gehen und trug nie ein Korsett; aber sie war so
träge in ihren Bewegungen, so langweilig in allem, was
sie sagte, sie sah so gewöhnlich aus, war so beschränkt,
wenn man sich mit ihr unterhielt, daß er, obschon sie
dreißig und er zwanzig Jahre alt war, obschon sie Tür
an Tür schliefen und er täglich mit ihr sprach, noch nie
auf den Gedanken gekommen war, sie könnte für irgendwen eine Frau sein oder von ihrem Geschlecht
noch etwas anderes an sich haben als ihr Kleid.

Und was gab es sonst noch? Binet, ein paar Ladenbesitzer, zwei, drei Kneipenwirte, den Pfarrer und schließlich Herrn Tuvache, den Bürgermeister, mit seinen
beiden Söhnen, protzenhaft reichen, mürrischen, begriffsstutzigen Leuten, die ihren Boden selbst bebauten,
zu Hause Schlemmgelage abhielten und die außerdem
Frömmler und Mucker waren und im Verkehr völlig
unausstehlich.

Aber vor dem Hintergrund all dieser alltäglichen

menschlichen Gesichter hob sich Emmas Antlitz ab, ganz für sich allein und doch unnahbar; denn er fühlte, daß zwischen ihr und ihm unerklärliche Abgründe klafften.

In der ersten Zeit war er mehrere Male in Gesellschaft des Apothekers zu ihr ins Haus gekommen. Charles war sichtlich nicht sonderlich darauf erpicht, ihn bei sich zu sehen; und Léon wußte nicht recht, wie er sich verhalten sollte. Einesteils fürchtete er, aufdringlich zu erscheinen, und andernteils hätte er gar zu gern nähern Umgang mit ihnen gepflegt, den er doch für nahezu unmöglich hielt.

4

Sowie sich die ersten Fröste einstellten, siedelte Emma aus ihrem Schlafzimmer in die große Stube über, einen langen Raum mit niedriger Decke; auf dem Kaminsims lag breit und schwer ein vielästiger Korallenstock vor dem Spiegel. Meist saß sie in ihrem Lehnstuhl am Fenster und betrachtete die Leute aus dem Dorf, die draußen auf dem Trottoir vorbeigingen.

Zweimal am Tag begab sich Léon von seiner Kanzlei in den *Goldenen Löwen*. Emma hörte ihn schon von weitem kommen. Sie beugte sich vor und lauschte; und der junge Mann schritt lautlos hinter der Gardine vorüber, immer gleich gekleidet, und ohne den Kopf zu wenden. In der Dämmerung aber, wenn sie ihre angefangene Stickerei in den Schoß legte und das Kinn in die linke Hand stützte, schrak sie oft zusammen bei der Erscheinung dieses vorüberhuschenden Schattens. Dann fuhr sie auf und befahl, den Tisch zu decken.

Herr Homais kam jeweils herüber, während man noch bei Tische saß. Sein Hauskäppchen in der Hand, trat er auf leisen Sohlen ein, um ja niemanden zu stören, und grüßte immer mit demselben: »Guten Abend allerseits!« Hatte er sich dann am Tisch auf seinen angestammten Platz zwischen den Ehegatten niedergelassen, fragte er den Arzt nach seinen Patienten, und dieser holte sich bei ihm Rat über die Aussichten, zu seinen Honoraren zu kommen. Sodann besprachen sie das Neueste, das *in der Zeitung* stand. Um diese Tageszeit wußte Homais das Blatt fast auswendig, und er gab den Inhalt von vorn bis hinten zum besten, samt den Glossen des Artikelschreibers und sämtlichen Berichten über Unglücksfälle und wichtige Begebenheiten in Frankreich und im Ausland. War dieser Gesprächsstoff erschöpft, flocht er flugs ein paar Bemerkungen über die Gerichte ein, die auf dem Tisch dampften. Manchmal stand er sogar halb auf und empfahl der Hausfrau sachkundig und mit unauffälligem Hinweis das zarteste Stück Braten, oder er wandte sich an das Dienstmädchen und erteilte ihm gute Ratschläge über die kunstgerechte Zubereitung von Ragouts und besonders bekömmliche Gewürzzutaten. Mit blendender Sachkenntnis sprach er von Aroma und Fleischextrakt, Brühen und Aspik. Homais hatte übrigens mehr Kochrezepte im Kopf als Arzneiflaschen in seiner Apotheke, und er verstand sich meisterhaft darauf, allerlei Konfitüren, Weinessigsorten und süße Liköre herzustellen, kannte auch alle neuerfundenen ökonomischen Sparherde und war in der Kunst, Käse frisch zu halten und verdorbene Weine zu pflegen, trefflich beschlagen.

Um acht Uhr, wenn die Apotheke geschlossen werden mußte, kam regelmäßig Justin und holte ihn. Dann zwinkerte ihm Homais jedesmal pfiffig zu, besonders wenn Félicité zugegen war. Er hatte bemerkt, wie gern sein Lehrling in das Haus des Arztes kam.

»Mein Justin, der Schlingel«, sagte er, »kommt auf dumme Gedanken, und ich glaube – der Teufel soll mich holen! –, er balzt um Ihr Dienstmädchen herum!«

Aber einen noch schwerer wiegenden Fehler hielt er ihm vor: er spitze dauernd die Ohren auf alles, was gesprochen werde. Am Sonntag zum Beispiel könne man ihn nicht dazu bewegen, den Salon zu verlassen, wenn Madame Homais ihn hereingerufen habe. Er müsse ab und zu die Kinder holen, wenn sie in den Lehnstühlen einschliefen und mit ihren Rücken die zu weiten Kalikoüberzüge herunterzögen.

Es fanden sich nie viele Gäste zu diesen Abendgesellschaften des Apothekers ein, denn seine böse Zunge und seine politischen Ansichten hatten nacheinander verschiedene hochachtbare Persönlichkeiten veranlaßt, den Verkehr mit ihm abzubrechen. Aber Léon erschien regelmäßig. Sobald er die Klingel läuten hörte, lief er Madame Bovary entgegen, nahm ihr den Schal ab und stellte die großen Überschuhe, die sie bei Schneewetter trug, unter den Ladentisch in der Apotheke.

Zuerst machte man gewöhnlich ein paar Partien Trente-et-un; dann spielte Herr Homais mit Emma Ecarté. Léon stand hinter ihr und kiebitzte. Er hatte die Hände auf die Stuhllehne gelegt und betrachtete die Zähne ihres Kamms, der den Chignon zusammenhielt. Sooft sie den Arm hob und eine Karte ausspielte, schob sich ihr Kleid auf der rechten Seite etwas nach oben. Unter ihrem aufgesteckten Haar war die Haut im Nacken bräunlich getönt, wurde dann allmählich blasser und verlor sich nach und nach im dunklen Ausschnitt ihres Kleides. Ihr Rock bauschte sich zu beiden Seiten des Stuhls, fiel in zahlreichen Falten auf den Fußboden und umfloß weich ihre Füße. Wenn Léon hin und wieder spürte, daß er mit seiner Schuhsohle darauf trat, zog er rasch den Fuß zurück, als wäre er auf etwas Lebendiges getreten.

War die Kartenpartie zu Ende, so spielten der Apotheker und der Arzt zusammen Domino, und Emma wechselte den Platz, stützte die Arme auf den Tisch und blätterte in der *Illustration*. Sie hatte auch ihr Modejournal mitgebracht. Léon setzte sich neben sie; sie schauten zusammen die Stiche an und warteten mit Umblättern, bis der andere unten auf der Seite angelangt war. Manchmal bat sie ihn, ihr Verse vorzulesen. Léon trug sie mit schmachtender Stimme vor, und bei Stellen, wo von Liebe die Rede war, dämpfte er sie sorgsam zu einem ersterbenden Flüstern. Doch das Klappern der Dominosteine störte sie. Herr Homais war ein meisterhafter Spieler und schlug Charles jedesmal. Hatten sie dann ihre dreihundert Punkte erreicht, so machten sie sich's beide vor dem Kamin bequem, streckten die Beine aus und schliefen auch bald ein. Das Feuer verglomm in der Asche; die Teekanne war leer. Léon las immer noch vor, und Emma hörte ihm zu. Sie drehte dabei gedankenverloren den Lampenschirm, auf dessen dünnen Stoff Pierrots in Kutschen und Seiltänzerinnen mit ihren Balancierstangen gemalt waren. Schließlich hielt Léon inne und deutete auf seine eingeschlafenen Zuhörer; dann sprachen sie ganz leise miteinander weiter, und ihr Zwiegespräch dünkte sie noch süßer, weil niemand es hörte.

So entspann sich zwischen ihnen eine Art Bündnis, ein beständiger Austausch von Büchern und Liedern. Herr Bovary, der nicht eifersüchtig veranlagt war, fand nichts Besonderes dabei.

Zu seinem Geburtstag bekam er einen schönen phrenologischen Kopf geschenkt, der bis zum Thorax mit Zahlen beziffert und blau angemalt war. Es war eine Aufmerksamkeit des Kanzlisten. Auch sonst erwies er ihm alle erdenklichen Gefälligkeiten, ja, er erledigte sogar in Rouen Besorgungen für ihn. Als durch einen vielgelesenen Roman die Kakteen große Mode wurden, kaufte er für Madame Bovary ein paar solche Pflanzen und brachte sie ihr. Während der ganzen Fahrt in der *Schwalbe* hielt er sie auf den Knien und stach sich die Finger an ihren harten Stacheln wund.

Sie ließ vor ihrem Fenster ein Blumenbrettchen für ihre Töpfe anbringen. Auch der Kanzlist schaffte sich ein solches hängendes Gärtchen an. Sie sahen einander zuweilen, wenn sie ihre Blumen am Fenster besorgten.

Von all den Fenstern des Dorfes war an einem noch

häufiger jemand zu sehen; denn am Sonntag vom Morgen bis in die Nacht und, sofern das Wetter hell war, jeden Nachmittag sah man in einem Dachbodenfenster das magere Profil des Herrn Binet über seine Drehbank gebeugt, deren monotones Surren bis zum *Goldenen Löwen* zu hören war.

Als Léon eines Abends nach Hause kam, fand er in seinem Zimmer einen Teppich aus Samt und Wolle, mit Blätterranken auf blassem Grund. Er rief Madame Homais herein, auch Herrn Homais, Justin, die Kinder und sogar die Köchin. Selbst mit seinem Brotgeber sprach er darüber. Alle wollten den Teppich sehen. Wieso machte die Frau des Arztes dem Schreiber so *großartige Geschenke?* Das war doch auffällig, und nun stand es endgültig fest, daß sie sein *Schatz* war.

Er leistete diesem Glauben noch Vorschub. Er konnte sich gar nicht genugtun, in einem fort ihre Reize und ihren Geist zu rühmen. Schließlich trieb er's so weit, daß Binet ihn einmal sackgrob anfuhr: »Was hab ich schon davon! Ich gehöre ja nicht zu ihren Kreisen.«

Er zermarterte sich den Kopf, wie er ihr *seine Liebe erklären* könne. Er wurde fortwährend hin und her gerissen zwischen der Angst, ihr Mißfallen zu erregen, und der Scham über seinen Kleinmut und weinte oft bittere Tränen vor Entmutigung und Sehnsucht. Dann wieder faßte er mannhafte Entschlüsse, schrieb Briefe, die er am Schluß zerriß, nahm sich vor, an einem bestimmten Tag sein Geständnis anzubringen, und schob es dann doch wieder hinaus. Mehrmals begab er sich zu ihr mit dem festen Vorsatz, alles zu wagen. Doch in Emmas Gegenwart verließ ihn diese Zuversicht recht schnell wieder, und wenn Charles hinzukam und ihn einlud, seinen *Buggy* zu besteigen und mit ihm irgendeinen Patienten in der Umgegend zu besuchen, ging er sofort darauf ein, verabschiedete sich von Madame Bovary und fuhr mit. War ihr Mann nicht auch ein Stück von ihr?

Emma ihrerseits fragte sich keinen Augenblick, ob sie ihn liebe. Die Liebe, so glaubte sie, mußte plötzlich über einen kommen, mit Donnerschlägen und zuckenden Blitzen – wie ein Orkan, der vom Himmel niederrast, auf das Leben hereinbricht, es von Grund auf verändert, alle Willenskräfte losreißt wie Blätter im Sturmwind und das ganze Herz in den Abgrund mit fortträgt. Sie wußte nicht, daß auf den Terrassen der Häuser das Regenwasser Pfützen bildet, wenn die Traufen verstopft sind, und sie wäre so in ihrem Gefühl sicherer Geborgenheit verharrt, hätte sie nicht mit einemmal einen Riß in der Mauer entdeckt.

5

Das war an einem Sonntagnachmittag im Februar. Es schneite.

Sie hatten alle zusammen, Herr Bovary und seine Frau, Homais und Léon, einen Ausflug gemacht, um eine halbe Meile von Yonville entfernt eine Flachsspinnerei zu besichtigen, die im Tal errichtet wurde. Der Apotheker hatte auch Napoleon und Athalie mitgenommen, damit sie sich ein bißchen Bewegung machen sollten. Justin begleitete sie und trug die Regenschirme auf der Achsel.

An der Sehenswürdigkeit war eigentlich nichts sehenswert. Ein großes, ödes Gelände, auf dem zwischen Sand- und Kieshaufen kunterbunt durcheinander ein paar bereits verrostete Triebräder herumlagen, umgab ein langes viereckiges Gebäude mit vielen kleinen Fenstern. Der Bau war noch nicht fertig, und durch die Stützbalken des Dachstuhls sah man den Himmel. Am Giebelsparren hing ein Strauß aus Stroh und Ähren, und seine blau-weiß-roten Bänder knatterten im Winde.

Homais führte das große Wort. Er legte der *Gesellschaft* die künftige Bedeutung dieses Unternehmens dar, schätzte die Stärke der Balken, die Dicke der Mauern und bedauerte sehr, daß er keinen Zollstock bei sich habe, wie ihn Herr Binet zu seinem persönlichen Gebrauch besitze.

Emma, die ihm den Arm gereicht hatte, lehnte sich leicht an seine Schulter und schaute zu der Sonnenscheibe empor, die in weiter Ferne durch den dichten Nebel ihr fahles, blendendes Licht ausstrahlte. Doch dann wandte sie den Kopf: Charles stand vor ihr. Er hatte die Mütze bis auf die Augenbrauen in die Stirn gezogen, und seine dicken Lippen zitterten, und das verlieh seinem Gesicht etwas Stupides. Sogar seinen Rücken, seinen behäbigen Rücken ansehen zu müssen brachte sie auf. Sie fand, schon seinem Überrock sehe man die ganze Einfalt seines Wesens an.

Während sie ihn so musterte und dabei in ihrem Ärger eine Art selbstquälerische Wollust auskostete, trat Léon einen Schritt näher. Er war bleich vor Kälte, und sein Gesicht wirkte dadurch noch sanfter und sehnsüchtiger. Zwischen seiner Halsbinde und dem Hals ließ der etwas weite Hemdkragen ein wenig nackte Haut frei, ein Ohrläppchen guckte unter einer Haarlocke hervor, und seine großen blauen Augen, die zu den Wolken emporschauten, kamen Emma klarer und schöner vor als jene Bergseen, in denen sich der Himmel spiegelt.

»Du Unglücksrabe!« brüllte plötzlich der Apotheker.

Und er rannte zu seinem Sohn hin, der eben in einen Kalkhaufen gesprungen war und sich seine Schuhe weiß färben wollte. Napoleon wurde tüchtig ausgezankt und brach in ein lautes Geheul aus, während ihm Justin die Schuhe mit einem Strohwisch abrieb. Aber dazu hätte man ein Messer nehmen müssen; Charles gab ihm seines.

Ah, er trägt ein Messer in der Tasche mit sich herum wie ein Bauer! sagte sie sich.

Rauhreif fiel allmählich, und sie machten sich auf den Heimweg nach Yonville.

Am Abend ging Madame Bovary nicht zu ihren Nachbarn hinüber, und als Charles fort war und sie sich allein wußte, begann sie die beiden Männer von neuem zu vergleichen. Sie standen zum Greifen deutlich vor ihr, zugleich aber in jener perspektivischen Verlängerung, wie sie alle Gegenstände in der Erinnerung erfahren. Sie schaute von ihrem Bett aus in das hell lodernde Feuer und sah, wie am Nachmittag auf dem Ausflug, Léon vor sich stehen; er hielt sein biegsames Stöckchen in der einen Hand, mit der andern hielt er Athalie gefaßt, die selbstvergessen an einem Stück Eis lutschte. Sie fand ihn berückend und konnte sich nicht losreißen. Sie suchte sich vorzustellen, wie er sich an anderen Tagen benommen, was er zu ihr gesprochen hatte, wie seine Stimme geklungen, seine ganze Person ausgesehen hatte. Sie spitzte die Lippen wie zu einem Kuß und flüsterte ein paarmal vor sich hin: »Ja, lieb! lieb! . . .« Dann fragte sie sich wieder: Ist er nicht verliebt? Aber in wen denn? . . . In mich natürlich!

Plötzlich lagen alle Beweise dafür klar vor ihren Augen, und ihr Herz hüpfte vor Freude. Die Flammen des Kaminfeuers warfen einen fröhlich tanzenden Lichtschein an die Decke. Sie legte sich auf den Rücken und streckte die Arme von sich.

Dann hob das ewige alte Klagelied wieder an: Oh, wenn es doch der Himmel gewollt hätte! Warum nur ist es nicht so? Wer hat es verhindert? . . .

Als Charles um Mitternacht heimkam, tat sie, als wachte sie gerade auf, und während er sich geräuschvoll auskleidete, klagte sie über Kopfschmerzen. Dann fragte sie obenhin, wie der Abend verlaufen sei.

»Herr Léon ist schon früh hinaufgegangen«, sagte er.

Unwillkürlich mußte sie lächeln und fühlte im Einschlafen ein nie gekanntes Entzücken, das ihre Seele erfüllte.

Am nächsten Abend, als es schon dunkelte, empfing sie den Besuch des Herrn Lheureux, des Modewarenhändlers. Er war mit allen Wassern gewaschen, dieser Kramladenbesitzer.

Er war gebürtiger Gascogner, aber im Laufe der Zeit zum eingefleischten Normannen geworden und vereinte nun seine angeborene südländische Suada mit der verschlagenen Schläue, wie sie die Einwohner der Gegend von Caux besitzen. Sein feistes, schwammiges, bartloses Gesicht sah aus, als wäre es mit verdünntem Lakritzensaft angestrichen, und das weiße Haar verstärkte noch den harten Glanz seiner kleinen schwarzen Augen. Niemand wußte, was er früher getrieben hatte. Er sei Hausierer gewesen, sagten die einen, Bankier in Routot, die andern. Soviel war sicher: er rechnete im Kopf die kompliziertesten Rechnungen aus, so daß es selbst Binet dabei unheimlich wurde. Höflich bis zur Kriecherei, ging er stets in halbgebückter Haltung herum, als wollte er jemanden grüßen oder einladen.

Er legte seinen mit einem Trauerflor umbundenen Hut bei der Tür ab, stellte einen grünen Pappkasten auf den Tisch und jammerte zunächst unter einem Schwall von Höflichkeitsfloskeln darüber, daß es ihm bisher nicht gelungen sei, das Vertrauen Madame Bovarys zu gewinnen. Ein so schäbiger Laden wie der seine könne natürlich eine *elegante* Dame nicht anlocken. Auf das Wort elegant legte er besonderen Nachdruck. Sie brauche jedoch nur zu befehlen, und er übernehme es, ihr alles zu liefern, was sie nur wünsche, seien es Kurzwaren oder Wäscheartikel, Modeneuheiten oder Strumpfwaren. Er fahre nämlich regelmäßig viermal jeden Monat in die Stadt, stehe auch mit den leistungsfähigsten Firmen in Geschäftsverbindung. Sie könne sich über ihn bei den *Drei Brüdern*, im *Goldenen Bart* oder im *Wilden Mann* erkundigen; allen diesen Herren sei er bekannt wie ihre eigene Tasche! Heute nun wolle er Madame nur im Vorbeigehen verschiedene Artikel zeigen, die er zufälligerweise und lediglich dank eines besonders günstigen Gelegenheitskaufs anbieten könne. Dabei kramte er aus seinem Pappkasten ein halbes Dutzend gestickter Kragen hervor.

Madame Bovary sah sich die Stickereien genau an.

»Ich brauche nichts«, erklärte sie dann.

Nun kramte Herr Lheureux sorgfältig drei algerische Schärpen hervor, dazu mehrere Pakete englischer Nähnadeln, ein Paar Strohpantoffeln und schließlich vier Eierbecher aus Kokosnußschale, die von Sträflingen in durchbrochener Schnitzarbeit angefertigt worden waren. Dann folgte er, beide Hände auf den Tisch gelegt, mit vorgestrecktem Hals, vornübergeneigt und offenen Mundes Emmas Blick, der unschlüssig über die verschiedenen Waren hinwanderte. Von Zeit zu Zeit schnippte er mit dem Fingernagel auf die Seide der ausgebreiteten Schärpen, als wollte er den Staub wegfegen. Dann knisterte die Seide leise, und im grünlichen Dämmerlicht glitzerten die eingewebten Goldplättchen wie kleine Sterne.

»Wieviel kosten sie?«

»Nicht der Rede wert«, antwortete er, »nicht der Rede wert. Aber das eilt ja nicht. Unsereins ist doch kein Jude!«

Sie überlegte eine Weile und lehnte schließlich noch einmal dankend ab. Herr Lheureux nahm es gelassen hin und erwiderte: »Na schön, wir werden später schon einig werden. Mit den Damen bin ich noch immer zurechtgekommen, außer mit meiner eigenen Frau allerdings.«

Emma lächelte.

»Damit wollte ich Ihnen nur gesagt haben«, fuhr er mit biederer Miene fort, nachdem er seinen Witz angebracht hatte, »daß mir um mein Geld nicht bange ist ... Ich würde Ihnen notfalls sogar Geld verschaffen.«

Sie blickte überrascht auf.

»Ja«, erläuterte er eifrig und leise, »ich müßte nicht weit gehen, um Geld für Sie aufzutreiben, darauf können Sie sich verlassen!«

Dann erkundigte er sich unvermittelt nach dem alten

Tellier, dem Wirt des *Café Français*, den Charles gerade behandelte.

»Was fehlt ihm denn, dem alten Tellier? . . . Er hustet ja, daß sein ganzes Haus wackelt, und ich fürchte sehr, er wird nächstens einen Überzieher aus Tannenholz eher nötig haben als eine Flanelljacke. Er hat eben toll über die Stränge gehauen, als er noch jung war! Leute seines Schlags haben nie ein ordentliches Leben geführt, Madame. Er hat sich regelrecht mit Schnaps kaputtgemacht! Aber es ist trotzdem traurig, wenn man mit ansehen soll, wie ein alter Bekannter so davongehen muß.«

Während er seinen Kasten wieder zusammenpackte, schwatzte er munter drauflos und ließ sich über die Patienten des Arztes aus.

»Es liegt am Wetter, das steht für mich fest«, meinte er und warf einen verdrießlichen Blick durchs Fenster, »das bringt alle diese Krankheiten mit sich. Ich bin auch nicht so recht auf dem Damm. Demnächst werde ich wohl selber einmal Ihren Mann aufsuchen müssen; ich habe da im Kreuz so ein abscheuliches Reißen. Also denn auf Wiedersehen, Madame Bovary, stets gerne zu Diensten. Ihr ergebener Diener.«

Und er schloß leise die Tür hinter sich.

Emma ließ sich das Essen auf ihr Schlafzimmer bringen und setzte sich mit dem Tablett vor den Kamin. Sie nahm sich Zeit beim Essen. Alles schmeckte ihr ausgezeichnet.

Wie vernünftig bin ich gewesen! sagte sie sich, während sie an die Schärpen dachte.

Da hörte sie Schritte auf der Treppe. Léon kam. Sie stand auf und nahm von der Kommode aus einem Haufen Staublappen, die gesäumt werden mußten, den obersten zur Hand. Als er eintrat, war sie scheinbar eifrig an der Arbeit.

Die Unterhaltung wollte nicht recht in Gang kommen. Madame Bovary ließ sie alle Augenblicke einschlafen, während Léon verlegen schwieg. Er saß auf einem niedrigen Stühlchen beim Kamin und drehte ihr Elfenbeinbüchschen zwischen seinen Fingern. Sie nähte emsig oder kniffte von Zeit zu Zeit mit dem Nagel Falten in die Leinwand. Sie sprach kein Wort, und auch er tat den Mund nicht auf, von ihrem Schweigen ebenso gefesselt, wie er es von ihren Worten gewesen wäre.

Armer Junge! dachte sie.

Was habe ich ihr nur zuleide getan? fragte er sich.

Schließlich erzählte Léon aber doch, er müsse nächstens einmal geschäftlich nach Rouen fahren.

»Ihr Musikalienabonnement ist abgelaufen. Soll ich's erneuern?«

»Nein«, gab sie zur Antwort.

»Warum nicht?«

»Weil . . .«

Sie kniff die Lippen zusammen und zog langsam einen langen grauen Faden durch das Tuch.

Diese Näharbeit machte Léon zappelig. Emma schien sich dabei die Fingerspitzen aufzuscheuern. Eine galante Anspielung kam ihm in den Sinn, aber er wagte nicht, sie zu äußern.

»Sie geben es also auf?« fragte er.

»Was?« sagte sie lebhaft, »das Musizieren? Mein Gott, ja. Habe ich nicht meinen Haushalt zu führen, für meinen Mann zu sorgen, kurz, tausend Dinge zu tun, viele Pflichten, die vorgehen?«

Sie sah auf die Uhr. Charles hätte längst zurück sein müssen. Sie spielte die Besorgte, wiederholte zwei-, dreimal: »Er ist so gut!«

Der Kanzlist mochte Herrn Bovary sehr gut leiden. Aber diese zärtliche Besorgnis um ihn überraschte ihn unangenehm. Gleichwohl stimmte er in ihr Lob ein; er höre immer nur Gutes über ihn, flocht er ein; besonders der Apotheker könne ihn nicht genug rühmen.

»O ja, der ist ein wackerer Mann!« erwiderte Emma.

»Gewiß«, pflichtete Léon bei.

Dann fing er von Madame Homais zu reden an, deren schlampiger Aufzug ihnen sonst immer Stoff zum Lachen geboten hatte.

»Was schadet das schon?« unterbrach ihn Emma. »Eine gute Hausfrau und Mutter kann sich nicht viel um ihre Toilette kümmern.«

Dann versank sie wieder in ihr bisheriges Schweigen.

Genau in der gleichen Weise ging es an den folgenden Tagen. Was sie sagte und tat, ihr ganzes Wesen war wie ausgewechselt. Sie ging sichtlich in ihrem Haushalt auf, besuchte wieder regelmäßig die Kirche und hielt ihr Mädchen strenger.

Sie nahm auch der Amme ihr Kind weg und holte es nach Hause. Sooft Besuch kam, brachte Félicité die Kleine herein, und Madame Bovary kleidete sie aus und zeigte, wie schön sie gewachsen war. Kinder liebe sie über alles, erklärte sie immer wieder, sie finde dabei ihren Trost, ihre Freude, ihre Seligkeit, und sie herzte und küßte die kleine Berthe mit so überschwenglichen Gefühlsergüssen, daß außer den Einwohnern von Yonville jedermann an die Sachette in *Notre-Dame de Paris* gedacht hätte.

Wenn Charles nach Hause kam, standen seine Pantoffeln zum Wärmen am Kamin. Seine Westen hatten kein zerrissenes Futter mehr, an den Hemden fehlte kein Knopf, und es war eine wahre Lust zu sehen, wie alle seine Nachtmützen schön geordnet und gleich hoch gestapelt im Schrank lagen. Sie rümpfte nicht mehr wie früher die Nase, wenn sie mit ihm im Garten spazierengehen sollte. Was er vorschlug, wurde ohne weiteres zugestanden; auch wenn sie nicht einsah, warum er den oder jenen Wunsch äußerte, fügte sie sich doch jedesmal ohne Widerrede. Und wenn Léon ihn nach dem Abendessen am Feuer sitzen sah, beide Hände über dem Bauch gefaltet und beide Füße auf dem Feuerbock, die Backen vom Essen und Verdauen gerötet, die Augen feucht vor Glück, während das Kind auf dem Teppich umherkrabbelte, daneben die schlanke, feingliedrige Frau, die sich über die Lehne seines Armstuhls beugte und ihn auf die Stirn küßte, dann sagte er sich: Ich Narr! Wie könnte ich je an sie herankommen?

Sie kam ihm so tugendhaft und unnahbar vor, daß er jede Hoffnung, auch die leiseste, aufgab.

Aber durch diesen Verzicht stellte er sie über alle andern Frauen. Sie war in seinen Augen nicht mehr ein Weib aus Fleisch und Blut, hatte er doch in dieser Hinsicht nichts mehr zu erhoffen. Sie schwebte in seinem Herzen höher und immer höher, wurde ihm immer unerreichbarer entrückt gleich einer hehren Gestalt, die unter die Götter versetzt wird und den Blicken der Sterblichen entschwindet. Es war eines jener reinen Gefühle, die einen nicht von den alltäglichen Verrichtungen abhalten. Man hegt sie, weil man sie nur selten erlebt, und der Schmerz über ihren Verlust wäre tiefer als die Freude über den Besitz der Geliebten.

Emma magerte ab, ihre Wangen wurden blasser und blasser, ihr Gesicht lang und schmal. Mit ihrem schwarzen, schlicht gescheitelten Haar, ihren großen Augen, der geraden Nase, ihrem vogelleichten Gang und ihrer steten Schweigsamkeit, die sie neuerdings an den Tag legte, schien sie durch das Leben zu gehen, ohne damit in Berührung zu kommen. War es nicht, als trüge sie kaum erkennbar das Mal einer höheren Bestimmung auf der Stirn? Sie war so traurig und gefaßt, zugleich so sanft und so zurückhaltend, daß man in ihrer Nähe einem eiskalten Zauber erlag, wie man in einer Kirche erschauert, wenn sich der Duft der Blumen mit der Kälte des Marmors vermischt und uns anweht. Sogar Unbeteiligte konnten sich diesem Zauber nicht entziehen. Der Apotheker sagte: »Sie ist eine famose, großartige Frau und wäre in einer Unterpräfektur nicht fehl am Platz!«

Die Frauen im Dorf bewunderten ihre Sparsamkeit, die Patienten ihr höfliches Wesen und die Armen ihre Mildtätigkeit.

Aber sie war voll wilder Gelüste, von Wut und Haß erfüllt. Ihr ehrsam schlichtes Kleid verbarg ein zutiefst aufgestörtes Herz, und ihre schamhaft verschlossenen Lippen verschwiegen ihre innere Qual. Sie war in Léon verliebt und suchte die Einsamkeit, um sich ungestört an seinem Bild zu laben. Wenn sie ihn leibhaft vor sich sah, störte es sie in ihrem wollüstigen Sinnieren. Emma zuckte zusammen, wenn sie seinen Schritt hörte; stand er aber dann vor ihr, so schwand ihre Erregung, und es blieb nur ein grenzenloses Erstaunen, das in tiefer Traurigkeit endete.

Wenn Léon verzweifelt ihr Haus verließ, wußte er nicht, daß sie, kaum war er draußen, aufstand und ihm auf der Straße nachschaute. Sie sorgte sich um alles, was er tat, warf lauernde Blicke auf sein Gesicht, ja, einmal dachte sie sich eine ganze Geschichte aus, um unter diesem Vorwand sein Zimmer besichtigen zu können. Die Frau des Apothekers schien ihr vom Glück begünstigt, weil sie mit ihm unter demselben Dach schlafen durfte; und ihre Gedanken kehrten immer wieder zu diesem Haus zurück, wie die Tauben des *Goldenen Löwen*, die sich fortwährend dort niederließen und ihre rosigen Füßchen und ihre weißen Flügel in den Dachtraufen badeten. Doch je klarer sich Emma ihrer Liebe bewußt wurde, desto mehr kämpfte sie dagegen an, um sich nicht zu verraten und auch um sich ihrer so gut wie möglich zu erwehren. Es wäre ihr freilich recht lieb gewesen, wenn er geahnt hätte, wie es um sie stand, und sie ersann allerlei Zufälle und Schicksalsschläge, die ihn darauf hätten bringen können. Was sie zurückhielt, war wohl nur Trägheit oder Angst, vielleicht auch Scham. Zudem war sie überzeugt, sie habe ihn zu weit von sich gestoßen; es sei jetzt zu spät, und alles sei verloren. Hinzu kamen ihr Stolz und das Hochgefühl, sich sagen zu können: Ich bin eine ehrbare Frau! Auch daß sie sich in entsagungsvollen Posen im Spiegel betrachten konnte, tröstete sie ein wenig über das Opfer, das sie zu bringen glaubte.

Nunmehr verschmolzen ihr sinnliches Verlangen, ihre Geldgelüste und die schwermütigen Stimmungen ihrer Leidenschaft zu einem einzigen Wehgefühl; und anstatt ihre Gedanken davon abzulenken, dachte sie nur desto unausgesetzter daran, steigerte sich in ihren Schmerz hinein und suchte in all und jedem nur einen neuen Grund zum Unglücklichsein. Sie regte sich über ein mangelhaft aufgetischtes Gericht oder eine offen gelassene Tür auf, jammerte, weil sie kein Samtkleid hatte, weil ihr kein Glück beschieden war, über ihre allzu hochfliegenden Träume, ihr allzu enges Haus.

Am meisten brachte sie es auf, daß Charles sichtlich keine Ahnung hatte, wie unsäglich sie litt. Seine selbstverständliche Überzeugung, daß er sie glücklich mache, dünkte sie dumm und beleidigend, und die Sicherheit, mit der er sich diesem Glauben hingab, empfand sie als Undank. Wem zuliebe war sie denn züchtig? Stand nicht er allein ihrem Glück im Wege, war nicht er an all dem Elend schuld und gewissermaßen der spitze Schnallendorn des verschlungenen Riemens, mit dem sie ringsum gefesselt war?

So übertrug sie auf ihn allein die vielfältigen Haßgefühle, die ihren Mißhelligkeiten entsprangen, und sosehr sie sich Mühe gab, dagegen anzukämpfen, erreichte sie doch nur, daß jener Haß noch wuchs. Denn diese vergebliche Mühe kam noch zu allem andern hinzu, was sie fast verzweifeln ließ, und trug nur noch mehr dazu bei, sie ihm zu entfremden. Ihre eigene Sanftmut empörte sie zuweilen. Der mäßige Wohlstand, der in ihrem Haushalt herrschte, trieb sie zu Wunschträumen von Reichtum und Wohlleben, die eheliche Zärtlichkeit zum immer wiederkehrenden Verlangen, die Ehe zu brechen. Am liebsten wäre es ihr gewesen, wenn Charles sie geschlagen hätte; dann hätte sie mit größerem Recht ihn verabscheuen und sich an ihm rächen können. Manchmal erschrak sie über die gräßlichen Gedanken, die ihr in den Sinn kamen; und dabei mußte sie immerfort lächeln, mußte mit anhören, wenn man ihr immer wieder sagte, wie glücklich sie sei, mußte tun, als sei sie es wirklich, mußte die Leute in ihrem Glauben lassen.

Mitunter überkam sie Ekel vor dieser Heuchelei. Sie war oft in Versuchung, mit Léon auf und davon zu gehen, irgendwohin, weit, weit weg, und dort mit ihm ein neues Leben zu beginnen. Doch sogleich tat sich dann in ihrer Seele ein unbestimmbarer Abgrund voll Finsternis auf.

Überdies liebt er mich ja gar nicht mehr, dachte sie. Was soll nun werden? Von wem darf ich Hilfe und Trost erwarten? Wer schafft mir Erleichterung?

Dann saß sie völlig erschöpft und nach Atem ringend da, als wäre alles Leben aus ihr geflohen, schluchzte leise vor sich hin und ließ ihren Tränen freien Lauf.

»Warum sagen Sie's nicht dem Herrn?« fragte das Dienstmädchen, wenn sie während eines solchen Anfalls hinzukam.

»Es sind nur die Nerven«, gab ihr dann Emma zur Antwort. »Sag ihm nichts davon, du würdest ihm Kummer machen.«

»Ach ja«, erwiderte Félicité, »es geht Ihnen genauso wie Guérine, der Tochter des alten Fischers Guérin in Pollet. Ich war gut mit ihr bekannt, bevor ich zu Ihnen kam. Die war so traurig, so traurig! Wenn man sie unter ihrer Haustür stehen sah, hatte man immer den Eindruck, sie sei ein Leichentuch, das man vor die Tür gehängt hatte. Es hieß, sie sei krank, habe eine Art Nebel im Kopf, und die Ärzte konnten nichts dagegen tun, und auch der Pfarrer nicht. Wenn es sie zu heftig packte, lief sie mutterseelenallein hinaus ans Meer. Da hat sie dann oft der Zollwächter gefunden; sie lag bäuchlings auf dem Kies und weinte. Nach der Heirat soll ihr das aber vergangen sein.«

»Bei mir«, versetzte Emma, »ist es erst nach der Heirat so gekommen.«

Eines Abends saß Emma am offenen Fenster und sah dem Küster Lestiboudois zu, der draußen im Garten den Buchsbaum beschnitt. Da hörte sie überraschend den Angelus läuten.

Es war Anfang April, und die Schlüsselblumen waren aufgeblüht. Ein lauer Wind strich über die umgegrabenen Beete, und es war, als putzten sich die Gärten wie Frauen für die festlichen Sommertage. Durch die Stäbe der Gartenlaube und darüber hinaus weit in der Runde sah man den Fluß, der sich in regellosen Windungen durch das Gras der Wiesen schlängelte. Zwischen den noch kahlen Pappeln hing der Abenddunst, und ihre Umrisse verschwammen in einem violetten Schleier, so blaß und durchsichtig, als hätte man über ihr Geäst ein hauchdünnes Gazetuch gehängt. In der Ferne zog eine Viehherde vorbei, aber man hörte weder ihre Tritte noch ihr Muhen; und die Glocke läutete immerzu und sandte ihr friedliches Klagelied in die Lüfte.

Bei diesem immerwährenden Geläute verirrten sich die Gedanken der jungen Frau in ihre alten Jugenderinnerungen, zurück in ihre Pensionszeit. Sie mußte an die großen Kerzenleuchter denken, die auf dem Altar höher als die mit Blumen gefüllten Vasen und das Tabernakel mit seinen Säulchen aufragten. Sie hätte sich so gern noch einmal wie früher unter die lange Reihe der weißen Schleier gemischt, aus der sich da und dort die steifen schwarzen Kapuzen der tief über ihre Betstühle gebeugten frommen Schwestern abhoben. Wenn sie sonntags in der Messe aufgeblickt hatte, hatte sie das sanfte Antlitz der Gottesmutter in den himmelan wallenden bläulichen Weihrauchschwaden gesehen. Da wurde ihr mit einemmal ganz weh ums Herz; sie fühlte sich weich und willenlos wie eine Flaumfeder, die im Sturmwind herumgewirbelt wird, und fast ohne daß sie wußte, wie ihr geschah, begab sie sich auf den Weg zur Kirche.

Sie war zu jeder Hingabe bereit, gleichgültig wem sie gelten mochte, wenn sie dabei nur ihre Seele in Demut beugen und ihr ganzes irdisches Dasein vergessen konnte.

Auf dem Marktplatz begegnete sie Lestiboudois, der aus der Kirche zurückkam. Er verkürzte nicht gern sein Tagewerk und unterbrach lieber seine Arbeit und nahm sie dann wieder auf; so läutete er denn auch den Angelus, wann es ihm gerade zupaß kam. Außerdem hatte dieses verfrühte Läuten den Vorteil, daß die Dorfkinder schon vorher wußten: jetzt mußten sie gleich in die Kinderlehre.

Ein paar waren schon da und spielten auf den Steinplatten des Kirchhofs mit ihren Murmeln. Andere saßen rittlings auf der Mauer, baumelten mit den Beinen und köpften mit ihren Holzschuhen die hohen Brennesselstauden, die zwischen dem Mäuerchen und den letzten Gräbern wuchsen. Das war der einzig grüne Fleck; überall sonst waren nur Steine zu sehen, die zudem fortwährend mit feinem Staub bedeckt waren, sooft auch der Besen des Küsters sie fegte.

Die Kinder rannten in Socken dort herum wie auf einem eigens für sie gemachten Parkett, und ihr gellendes Geschrei übertönte noch das Geläut der Glocke. Es verklang allmählich, und das dicke Seil, das vom Dachgebälk des Kirchturms herabhing und mit seinem untersten Ende auf dem Erdboden nachschleifte, hörte auf zu schwingen. Schwalben schossen mit kurzem, schrillem Kreischen vorbei, durchschnitten die Luft mit ihrem pfeilschnellen Flug und kehrten wie der Wind zurück in ihre gelben Nester unter dem Traufdach. Hinten in der Kirche brannte eine Lampe oder vielmehr der Docht eines Nachtlichts in einem aufgehängten Glas. Ihr Schein sah von ferne aus wie ein weißlicher Flecken, der auf dem Öl zitterte. Ein langer Sonnenstrahl schien quer durch das ganze Schiff, so daß die Seitenschiffe und Winkel noch dunkler wirkten.

»Wo ist der Pfarrer?« fragte Madame Bovary ein

Bübchen, das sich die Zeit damit vertrieb, an dem Dreh-kreuz in seinem ausgeweiteten Loch zu rütteln.

»Er kommt gleich«, gab der Junge zur Antwort.

Wirklich knarrte auch schon die Tür des Pfarrhauses, und der Abbé Bournisien erschien. Die Kinder stoben in einem bunten Knäuel in die Kirche davon.

»Die Lausbuben!« brummte der Geistliche. »Immer die gleichen Schlingel!«

Er hob einen ganz zerfetzten Katechismus auf, über den er gestolpert war.

»Vor nichts haben die Rangen Respekt!«

Doch sowie er Madame Bovary erblickte, sagte er: »Entschuldigen Sie, ich habe Sie nicht gleich erkannt.«

Er stopfte den Katechismus in seine Tasche und blieb stehen, während er weiter zwischen zwei Fingern den schweren Sakristeischlüssel hin und her baumeln ließ. Der Schein der untergehenden Sonne fiel voll auf sein Gesicht und verfärbte das Lastingzeug seiner Soutane, die an den Ellbogen speckig glänzte und unten ausge-franst war. Fett- und Tabakflecken waren auf seiner breiten Brust entlang der Reihe kleiner Knöpfe zu sehen und wurden immer zahlreicher, je weiter sie von den Bäffchen entfernt waren, auf denen die dicken Falten seines Doppelkinns ruhten. Seine Haut war mit gelben Flecken übersät, die in den harten Stoppeln seines er-grauenden Bartes verschwanden. Er kam vom Abend-essen und atmete geräuschvoll.

»Wie geht es Ihnen?« fragte er dann.

»Schlecht«, antwortete sie. »Ich fühle mich gar nicht wohl.«

»Je nun, ich auch nicht«, versetzte der Geistliche. »Diese ersten warmen Tage machen einen erstaunlich schlapp, nicht wahr? Aber was kann man schon dagegen tun? Wir sind zum Leiden geboren, wie der heilige Paulus sagt. Doch was meint Herr Bovary dazu?«

»Ach, der!« erwiderte sie mit einem verächtlichen Achselzucken.

»Wie?« fragte der alte Herr ganz erstaunt. »Verordnet er Ihnen denn nicht etwas?«

»Ach«, sagte Emma, »was ich brauche, sind nicht irdische Heilmittel.«

Aber der Pfarrer warf von Zeit zu Zeit einen Blick ins Innere der Kirche, wo alle die Knaben sich hingekniet hatten und nun einander mit den Schultern stießen und übereinander fielen.

»Ich möchte gern wissen . . .« fuhr sie fort.

»Warte nur! Warte nur, Riboudet!« schrie der Priester mit zorniger Stimme. »Ich will dir gleich eins hinter die Ohren geben, du nichtsnutziger Schlingel!«

Dann wandte er sich an Emma und sagte: »Er ist der Sohn des Zimmermanns Boudet. Seine Eltern sind wohlhabende Leute und lassen ihm alles durchgehen. Dabei könnte er mühelos lernen, wenn er nur wollte, denn er hat Grips. Ich sage manchmal zum Spaß Riboudet zu ihm – so heißt ja der Hügel, über den der Weg nach Maromme führt. Letzthin habe ich es dem hochwürdigen Herrn Bischof erzählt, und er hat darüber gelacht . . . er hat darüber zu lachen geruht. – Und wie geht es Herrn Bovary?«

Sie überhörte seine Frage. Er fuhr fort: »Wohl immer sehr beschäftigt? Denn wir beide sind bestimmt im ganzen Kirchspiel die zwei Menschen, die am meisten zu tun haben. Er jedoch ist der Arzt für die Gebrechen des Leibes«, setzte er mit behäbigem Lachen hinzu, »und ich heile die Leiden der Seele.«

Sie schaute ihn mit hilfeflehenden Augen an.

»Ja«, sagte sie, »Sie lindern alle Nöte.«

»Oh, wo denken Sie hin, Madame Bovary?! Erst heute früh mußte ich ins Bas-Diauville wegen einer blähsüchtigen Kuh. Die Leute glaubten, sie sei verhext. Alle ihre Kühe, ich weiß nicht wieso . . . Oh, Verzeihung! Longuemarre und Boudet! Potz Element! Wollt ihr wohl aufhören?«

Und mit einem Satz war er in der Kirche.

Die Buben waren außer Rand und Band. Sie umlagerten in einem wirren Knäuel das große Meßpult, kletterten auf den Schemel des Vorsängers, schlugen das Missale auf, ja, ein paar erfrechten sich sogar, sich auf leisen Sohlen in den Beichtstuhl einzuschleichen. Doch der Pfarrer fuhr wie der Blitz dazwischen und teilte links und rechts einen wahren Hagel von Ohrfeigen aus. Er packte die Missetäter am Kragen, hob sie hoch und setzte sie so unsanft auf beide Knie wieder auf die Steinfliesen des Chors, als hätte er sie einrammen wollen.

»Wissen Sie«, sagte er zu Emma, als er zu ihr zurückgekehrt war, »die Landwirte können einem schon leid tun!« Dann entfaltete er sein großes baumwollenes Taschentuch und nahm einen Zipfel zwischen die Zähne.

»Andere auch«, antwortete sie.

»Natürlich! Zum Beispiel die Arbeiter in den Städten.«

»Die meine ich nicht ...«

»Na, erlauben Sie! Ich habe da unvorstellbar arme Hausmütter kennengelernt, tugendhafte Frauen, das können Sie mir glauben, wahre Heilige, die hatten nicht einmal das tägliche Brot.«

»Aber die Frauen«, entgegnete Emma – und während sie sprach, zuckten ihre Mundwinkel schmerzlich –, »die Frauen, Herr Pfarrer, die zwar ihr täglich Brot haben, aber ...«

»Keine warme Stube im Winter«, ergänzte der Priester.

»Oh, was macht das schon aus?«

»Wie? Was das schon ausmacht? Mir scheint doch, wenn man eine warme Stube und genügend zu essen hat ... Denn schließlich ...«

»Mein Gott! Mein Gott!« seufzte sie.

»Fühlen Sie sich nicht wohl?« fragte er besorgt und trat näher. »Wahrscheinlich der Magen? Sie müssen nach Hause gehen, Madame Bovary, ein bißchen Tee trinken, das wird Sie stärken, oder ein Glas kühles Zuckerwasser.«

»Warum?«

Sie sah aus, als erwachte sie aus einem Traum.

»Sie fuhren sich eben mit der Hand über die Stirn, und da habe ich geglaubt, es sei Ihnen schwindlig geworden.«

Dann fiel ihm wieder ein: »Ach ja, Sie wollten mich etwas fragen. Was war es nur? Ich weiß es nicht mehr.«

»Ich? Nichts . . . nichts . . .« stammelte Emma.

Ihr Blick, der rings umhergewandert war, senkte sich langsam auf den alten Mann in der Soutane. Sie standen beide einander wortlos gegenüber und sahen sich abwartend an.

»Alsdann, Madame Bovary«, sagte er schließlich, »entschuldigen Sie bitte, aber die Pflicht – Sie wissen ja – geht allem vor. Ich muß meine Rangen abfertigen. Die Erstkommunionen stehen vor der Tür. Wir werden auch diesmal zu spät dran sein, fürchte ich. Darum behalte ich sie vom Himmelfahrtstag an *recta* jeden Mittwoch eine Stunde länger hier. Die lieben Kinder! Man kann sie nicht früh genug auf den Weg des Herrn führen, wie Er es uns übrigens auch Höchstselbst durch den Mund Seines göttlichen Sohnes aufs Herz gebunden hat . . . Gute Besserung, Madame, und meine Empfehlung an Ihren Herrn Gemahl.«

Er betrat die Kirche und beugte schon unter der Tür das Knie.

Emma sah ihn zwischen den beiden Bankreihen verschwinden. Er ging schwerfälligen Schrittes, den Kopf leicht auf die Schulter geneigt und beide Hände nach außen gekehrt und halb offen.

Dann drehte sie sich auf den Absätzen um, mit einem einzigen Schwung wie ein Standbild auf einem Drehzapfen, und schlug den Weg nach Hause ein. Aber noch lange hörte sie die tiefe Stimme des Pfarrers und die hellen Knabenstimmen hinter sich: »Bist du ein Christ?«

»Ja, ich bin ein Christ.«

»Wer ist ein Christ?«

»Wer getauft ist . . . getauft . . . getauft . . .«

Sie konnte sich nur mühsam die Treppe hinaufschleppen und mußte sich am Geländer festhalten. Als sie in ihrem Zimmer war, ließ sie sich in einen Lehnstuhl fallen.

Das matte Licht, das durch die Scheiben hereindrang, wurde langsam schwächer und schwächer und ging allmählich in die Dämmerung über. Die Möbel schienen noch unbeweglicher an ihrem Platz zu stehen und im Dunkel unterzutauchen wie in einem finsteren Ozean. Das Feuer im Kamin war erloschen, die Uhr tickte rastlos, und Emma überkam ein dumpfes Staunen über diese Ruhe, die von den Dingen ausging, während in ihrem Innern ein solcher Aufruhr tobte. Aber zwischen dem Fenster und ihrem Nähtischchen kam auf unsicheren Beinchen die kleine Berthe in ihren gestrickten Schühchen gewackelt und versuchte näher zu ihrer Mutter heranzukommen und die Bänder ihrer Schürze zu erhaschen.

»Laß mich!« sagte Emma und schob sie weg.

Aber die Kleine kam bald wieder, sie drängte sich an ihre Knie, stützte sich mit ihren Ärmchen darauf und schaute mit ihren großen blauen Augen zu ihr empor, während ein dünner, heller Speichelfaden aus ihrem Mund auf die seidene Schürze niederrann.

»Laß mich doch!« sagte die junge Frau noch einmal ganz gereizt.

Ihr Gesicht erschreckte das Kind, und es fing an zu weinen.

»So laß mich endlich in Ruhe!« schalt sie und stieß es mit dem Ellbogen zurück.

Berthe fiel gegen den Fuß der Kommode auf die Messingrosette; sie zerschnitt sich die Wange, und es blutete. Madame Bovary stürzte zu dem Kind hin und hob es auf. Sie riß die Klingelschnur ab, rief aus Leibeskräften nach dem Mädchen, und schon wollte sie sich die heftigsten Vorwürfe machen, als Charles erschien.

»Sieh nur, lieber Freund«, begrüßte ihn Emma rasch gefaßt, »die Kleine hat am Boden gespielt und sich dabei verletzt.«

Charles beruhigte sie; es sei nichts Schlimmes. Dann holte er Saftpflaster.

Madame Bovary ging zum Essen nicht hinunter ins Speisezimmer. Sie wollte allein bleiben und ihr Kind pflegen. Während sie dann die ruhig Schlafende betrachtete, verflog auch der letzte Rest von Besorgnis, und sie kam sich selber recht dumm und gar zu gutherzig vor, weil sie sich wegen einer solchen Bagatelle vorhin aufgeregt hatte. Berthe schluchzte nicht mehr. Ihr Atem hob jetzt nur unmerklich die baumwollene Decke. Ein paar dicke Tränen standen noch im Winkel ihrer halbgeschlossenen Lider, zwischen deren Wimpern zwei blasse, eingesunkene Pupillen zu sehen waren. Das Heftpflaster, das auf ihre Wange geklebt war, zog die gespannte Haut schräg nach unten.

Seltsam, dachte Emma, wie häßlich das Kind ist!

Als Charles um elf Uhr nachts aus der Apotheke heimkam, wohin er nach dem Abendessen das übriggebliebene Wundpflaster zurückgebracht hatte, stand seine Frau noch immer bei der Wiege.

»Wenn ich dir doch sage, es ist nichts Schlimmes!« meinte er und küßte sie auf die Stirn. »Mach dir keine Sorgen, Schatz, du wirst mir sonst noch krank!«

Er war lange beim Apotheker geblieben. Obwohl Herr Homais sich keinerlei Aufregung hatte anmerken lassen, hatte er sich gleichwohl die größte Mühe gegeben, ihn aufzurichten, ihm *den Nacken zu steifen*. Man war dann auf mancherlei Gefahren zu sprechen gekommen, die Kindern drohten, und hatte auch noch die Kopflosigkeit der Dienstboten gerügt. Madame Homais wußte davon ein Liedchen zu singen, denn sie trug noch heute auf der Brust die Narben von einer Schaufel glühender Kohlen, die eine Köchin seinerzeit hatte in ihre Bluse fallen lassen. Darum hatten ihre guten Eltern alle erdenklichen Vorsichtsmaßnahmen getroffen. Die Messer waren nie scharf geschliffen gewesen, die Fußböden nie glatt gewichst. Vor den Fenstern waren eiserne Gitter angebracht, am Fensterrahmen außerdem noch starke Stangen. Die Homais-Kinder durften sich, trotz ihrem sonst so ungebundenen Leben, kaum rühren, ohne daß irgendwer hinter ihnen stand und auf sie achtgab. Beim harmlosesten Schnupfen nudelte sie ihr Vater mit Brustbonbons, und selbst als Vierjährige und sogar später noch mußten sie – da half kein Bitten und keine Widerrede – dick gepolsterte Fallhüte tragen. Das war freilich eine Marotte der Madame Homais; ihr Mann mißbilligte sie im Grunde, denn er fürchtete von diesem ständigen Druck auf die Organe des Intellekts unheilvolle Folgen; und er vergaß sich ein paarmal so weit, daß er zu ihr sagte: »Willst du eigentlich Karaiben oder Botokuden aus ihnen machen?«

Charles hatte allerdings mehrmals versucht, das Gespräch abzubrechen. Als er dann hinter Léon die Treppe hinabstieg, hatte er ihm leise ins Ohr geraunt: »Ich möchte noch etwas mit Ihnen besprechen.«

Ahnt er am Ende etwas? fragte sich Léon. Sein Herz klopfte zum Zerspringen, und eine Vermutung jagte die andere.

Als Charles dann schließlich die Tür hinter ihnen geschlossen hatte, bat er ihn, sich doch einmal persönlich in Rouen umzusehen, wieviel er etwa für eine schöne Daguerrotypie anlegen müsse. Es sollte eine sinnige Überraschung sein, die er für seine Frau vorhatte, eine zarte Aufmerksamkeit: sein Porträt im schwarzen Frack. Vorher wolle er aber doch *wissen, woran er sei.* Vermutlich mache es Herrn Léon nicht allzuviel Mühe, das für ihn zu erledigen, da er ja sozusagen jede Woche nach Rouen fahre.

Weshalb fuhr er? Homais witterte dahinter irgendeine *Weibergeschichte,* eine Liebschaft. Aber er war auf dem Holzweg; Léon ging keineswegs auf Liebesabenteuer aus. Er war trauriger denn je, und Madame Lefrançois merkte es wohl, weil er jedesmal fast das ganze Essen unberührt auf seinem Teller ließ. Sie wollte Näheres darüber wissen und nahm den Steuereinnehmer ins Gebet. Binet gab ihr jedoch nur unwirsch zur Antwort, er *spitzle nicht für die Polizei*.

Allerdings kam auch ihm sein Kamerad nicht ganz geheuer vor; denn oft lehnte sich Léon in seinem Stuhl zurück, breitete die Arme aus und erging sich in unbestimmten Klagen über das menschliche Dasein.

»Sie müßten eben mehr Zerstreuung haben«, meinte der Steuereinnehmer.

»Wie denn?«

»An Ihrer Stelle würde ich mir eine Drehbank anschaffen.«

»Aber ich kann doch gar nicht drechseln!« hielt ihm Léon entgegen.

»Ach ja, das ist allerdings richtig!« sagte der andere und strich sich halb geringschätzig, halb selbstzufrieden das Kinn.

Léon war es müde, nie eine Erfüllung seiner Liebe zu finden. Überdies spürte er allgemach das Niederdrückende eines im ewigen Gleichlauf dahintreibenden Lebens, dem kein erstrebenswertes Ziel die Richtung weist und das keine Hoffnung aufrecht hält. Er hatte Yonville und seine Einwohner dermaßen satt, daß ihn schon der Anblick gewisser Leute und mancher Häuser maßlos aufbrachte. Auch der Apotheker wurde ihm trotz all seinem Biedersinn nachgerade unausstehlich. Indessen schreckte ihn die Aussicht auf einen neuen Wirkungskreis ebensosehr, wie sie ihn lockte.

Diese Besorgnis wandelte sich aber bald in Ungeduld, und nun rief ihn in der Ferne Paris mit der rauschenden Musik seiner Maskenbälle und dem Lachen seiner Grisetten. Da er ohnedies seine Studien dort abschließen mußte, warum fuhr er dann nicht hin? Was hielt ihn zurück? Er begann sich also innerlich darauf vorzubereiten und nahm sich jetzt schon vor, wie er seine Zeit einteilen wollte. Er richtete sich im Geist eine Wohnung ein. Er gedachte ein Künstlerleben zu führen! Gitarrestunden wollte er nehmen und einen Schlafrock, eine Baskenmütze und blaue Samtpantoffeln tragen. Ja, er sah bereits zwei gekreuzte Florette über seinem Kamin hängen, darüber einen Totenschädel und die Gitarre.

Das einzig Schwierige war, die Einwilligung seiner Mutter zu erlangen; und doch war sein Plan offensichtlich das Vernünftigste, was er tun konnte. Sogar sein Chef riet ihm des öfteren, sich nach einem anderen Notariatsbüro umzusehen, wo er besser vorankommen könne. Léon wählte also einen Mittelweg und suchte eine Stelle als zweiter Kanzlist in Rouen. Aber er fand keine und schrieb schließlich seiner Mutter einen langen, ausführlichen Brief, in dem er ihr seine Gründe, weshalb er unverzüglich nach Paris übersiedeln müsse, eingehend darlegte. Sie erklärte sich damit einverstanden.

Er hatte es gar nicht eilig. Einen ganzen Monat hindurch brachte Hivert für ihn Tag für Tag Koffer, Handtaschen und Pakete von Yonville nach Rouen und von Rouen nach Yonville, und nachdem Léon seine Garderobe erneuert, seine drei Armstühle aufgepolstert, sich einen Vorrat an Halstüchern angeschafft, kurz, größere Vorbereitungen als für eine Reise rund um die Welt getroffen hatte, zögerte er seine Abreise Woche um Woche hinaus, bis er einen zweiten mütterlichen Brief erhielt, in dem sie ihn drängte, nun endlich abzureisen, da er ja noch vor den Ferien seine Prüfung bestehen wolle.

Als der Augenblick des Abschiednehmens gekommen war, brach Madame Homais in Tränen aus, und Justin schluchzte los; nur Homais schluckte mannhaft seine Rührung hinunter. Er ließ es sich nicht nehmen, den Mantel seines Freundes eigenhändig bis zum Gartentor des Notars zu tragen, der Léon in seinem Wagen bis nach Rouen mitnahm. Léon fand gerade noch Zeit, sich von Herrn Bovary zu verabschieden.

Als er oben auf der Treppe stand, mußte er einen Augenblick stehenbleiben, so war er außer Atem. Als er eintrat, sprang Madame Bovary lebhaft auf.

»Da bin ich noch einmal!« sagte Léon.

»Ich wußte es ja!«

Sie biß sich auf die Lippen, und eine Blutwelle ergoß sich über ihr Gesicht und färbte es von den Haarwurzeln bis an den Rand ihres Kragens glutrot. Sie blieb stehen und lehnte sich mit der Schulter an die getäfelte Wand.

»Herr Bovary ist nicht zu Hause?« fragte er.

»Er ist fort.«

Dann sagte sie noch einmal: »Er ist fort.«

Darauf sprachen sie kein Wort mehr. Sie blickten einander an, und ihre Gedanken, der gleichen schrecklichen Angst entsprungen, drängten zueinander wie zwei bang zitternde Herzen.

»Ich möchte Berthe gern zum Abschied einen Kuß geben«, sagte Léon.

Emma ging ein paar Stufen hinunter und rief Félicité.

Er warf währenddessen rasch einen langen Blick ringsum auf die Wände, die Tischchen, den Kamin, als wollte er tief in alles eindringen und alles mit sich nehmen.

Doch da kam Emma wieder herein, und die Magd brachte Berthe, die eine Windmühle verkehrt an einer Schnur schwenkte.

Léon küßte sie ein paarmal auf den Hals.

»Leb wohl, liebes Kind! Leb wohl, mein Schätzchen, leb wohl!«

Dann gab er die Kleine der Mutter zurück.

»Bring sie weg«, befahl sie.

Sie blieben allein.

Madame Bovary kehrte ihm den Rücken zu; sie hatte das Gesicht gegen eine Fensterscheibe gepreßt. Léon hielt seine Mütze in der Hand und schlug damit leicht auf seinen Schenkel.

»Es wird bald regnen«, meinte Emma.

»Ich habe einen Mantel.«

»Ach ja!«

Sie wandte sich um, das Kinn gesenkt, die Stirn vorgebeugt. Das Licht glitt darüber hin wie über Marmor bis zur Rundung der Augenbrauen, und niemand konnte ahnen, wonach Emmas Augen am Horizont ausschauten noch was sie in ihrem Herzen dachte.

»So leben Sie denn wohl!« preßte er hervor.

Sie hob mit einem Ruck den Kopf.

»Ja, leben Sie wohl ... Gehen Sie!«

Sie traten aufeinander zu. Er streckte die Hand aus; sie zögerte.

»Nach englischem Brauch also«, sagte sie und überließ ihm ihre Hand mit einem gezwungenen Lachen.

Léon spürte sie in seinen Fingern, und es war ihm, als strömte die ganze Substanz seines Wesens in diese feuchte Handfläche hinüber.

Dann öffnete er die Hand; ihre Augen begegneten sich noch einmal, und er verschwand.

Unter der Markthalle angelangt, blieb er stehen und verbarg sich hinter einem Pfeiler, um ein letztesmal das weiße Haus mit seinen vier grünen Läden zu betrachten. Hinter dem Fenster ihres Schlafzimmers glaubte er einen Schatten zu sehen; aber da löste sich der Vorhang von selbst von seinem Halter, als hätte niemand daran gerührt. Seine langen, schrägen Falten bewegten sich erst langsam, breiteten sich dann mit einem einzigen jähen Ruck alle aus, und dann blieb er gerade und unbeweglich hängen wie eine Gipswand. Léon begann zu laufen.

Schon von weitem erkannte er das Kabriolett seines Brotherrn auf der Landstraße, und daneben stand ein Mann in einem Leinenkittel und hielt das Pferd. Homais und Herr Guillaumin unterhielten sich angeregt. Sie hatten auf ihn gewartet.

»Kommen Sie in meine Arme!« rief der Apotheker mit Tränen in den Augen. »Hier ist Ihr Mantel, lieber Freund. Sonst erkälten Sie sich noch! Haben Sie acht auf sich, schonen Sie sich!«

»Los, Léon, einsteigen!« mahnte der Notar.

Homais beugte sich über das Spritzleder und brachte

mit tränenerstickter Stimme nur noch die beiden wehmütigen Worte: »Gute Reise!« heraus.

»Guten Abend!« gab Herr Guillaumin zur Antwort.
»Los!«

Sie fuhren ab, und Homais ging wieder nach Hause.

Madame Bovary hatte ihr Fenster, das auf den Garten
hinausging, geöffnet und starrte in die Wolken empor.

Sie türmten sich im Westen, in jener Richtung, in der
Rouen lag, zu himmelhohen Massen auf und wälzten ihre
schwarzen Gebirge rasch fernhin am Firmament. Dahinter
glühten die Strahlen der Sonne auf wie die goldenen
Pfeile einer aufgehängten Trophäe, während der übrige,
wolkenlose Teil des Himmels weiß wie eine Porzellan-
schale war. Doch da fegte ein Windstoß über das Land,
daß sich die Pappeln bogen, und plötzlich brach ein
Platzregen los, der auf das grüne Laub niederprasselte.
Dann trat die Sonne wieder hervor, die Hühner gacker-
ten, die Spatzen plusterten sich in den regenfeuchten
Gebüschen, und die Wasserlachen auf dem Sand flossen
davon und trugen die rosaroten Blüten eines Akazien-
baums mit sich fort.

Ach, wie weit ist er jetzt wohl schon weg! dachte sie.

Wie gewöhnlich erschien um halb sieben Uhr Herr
Homais, als sie beim Abendessen saßen.

»Na«, sagte er und nahm Platz, »wir haben also unsern
jungen Freund vorhin zum Wagen begleitet.«

»Es scheint so«, erwiderte der Arzt.

Dann drehte er sich auf seinem Stuhl und fragte: »Und
was gibt's Neues bei Ihnen?«

»Nichts Besonderes. Nur meine Frau war heute nachmittag ein bißchen mitgenommen. Sie wissen ja, Frauen
sind immer gleich durcheinander! Und meine erst recht.
Man darf ihnen das nicht übelnehmen, ihr Nervensystem ist einfach viel anfälliger als das unsere.«

»Der arme Léon!« meinte Charles. »Wie wird es ihm
in Paris wohl ergehen? . . . Wird er sich dort einleben?«

Madame Bovary seufzte.

»Aber hören Sie mal!« rief der Apotheker und schnalzte mit der Zunge. »Schlemmergelage mit Frauen im Restaurant, Maskenbälle, Champagner! Das wird sich schon alles gut anlassen, sag ich Ihnen.«

»Ich glaube nicht, daß er auf Abwege gerät«, warf Madame Bovary ein.

»Ich auch nicht!« pflichtete Herr Homais eifrig bei, »obwohl er natürlich mit den Wölfen heulen muß, sonst heißt es gleich, er sei ein Duckmäuser. Sie wissen ja nicht, was für ein Luderleben diese Schäker im Quartier Latin mit den Schauspielerinnen führen! Übrigens sind die Studenten in Paris gern gesehen. Wenn einer nur ein bißchen einnehmend und unterhaltsam ist, empfängt man ihn in der besten Gesellschaft, und es gibt sogar Damen aus dem Faubourg Saint-Germain, die sich in so ein junges Blut verlieben, und das bietet ihnen dann in der Folge Gelegenheit, eine reiche Heirat zu machen.«

»Aber«, wandte der Arzt ein, »mir ist angst um ihn . . . er könnte dort . . .«

»Da haben Sie recht«, unterbrach ihn der Apotheker, »das ist die Kehrseite der Medaille. Man muß dort dauernd die Hand auf seinem Geldbeutel halten. Nehmen wir einmal an, Sie sitzen in einem öffentlichen Garten. Da kommt ein Herr auf Sie zu, gut angezogen, sogar mit einem Ordensbändchen im Knopfloch, man könnte ihn für einen Diplomaten halten. Er spricht Sie an, Sie kommen ins Plaudern; er biedert sich an, bietet Ihnen eine Prise an oder hebt Ihren Hut auf. Dann freunden Sie sich allmählich näher an, er nimmt Sie mit ins Café, lädt Sie auf sein Landhaus ein, stellt Sie nebenbei allen möglichen Bekannten vor, und meistenteils hat er's nur auf Ihren Geldbeutel abgesehen oder will Sie zu mißlichen Abenteuern verleiten.«

»Das mag schon richtig sein«, erklärte Charles, »aber ich dachte vor allem an die Krankheiten, Typhus zum Beispiel. Der befällt Studenten aus der Provinz nicht selten.«

Emma zuckte zusammen.

»Das macht die völlig andere Ernährungsweise«, fuhr der Apotheker fort, »und die Umstellung, die sie im ganzen Organismus bedingt. Und dann das Pariser Wasser, sehen Sie! Das Essen in den Restaurants, alle diese gewürzten Speisen erhitzen schließlich das Blut, und man mag sagen, was man will, sie reichen eben doch nicht an ein gutes Rindfleisch heran. Ich für mein Teil habe immer die bürgerliche Küche allem andern vorgezogen; sie ist bekömmlicher! Als ich in Rouen Pharmazie studierte, habe ich mich darum auch in einer Pension verköstigt und zusammen mit den Professoren gegessen.«

Und er ließ sich weiter des langen und breiten über seine Ansichten im allgemeinen und über seine persönlichen Neigungen im besonderen aus, bis Justin kam und ihn holte, weil er noch ein gezuckertes Eiertränkchen zubereiten mußte.

»Keinen Augenblick hat man seine Ruhe!« rief er. »In einem fort an der Kette! Nicht eine Minute kann ich aus dem Haus! Wie ein Ackergaul muß man Wasser und Blut schwitzen. Was für ein Hundeleben!«

Als er schon unter der Tür stand, sagte er noch: »Übrigens – wissen Sie schon das Neueste?«

»Was denn?«

»Höchstwahrscheinlich«, fuhr Homais fort, zog die Brauen hoch und setzte eine tiefernste Miene auf, »wird der Landwirtschaftliche Verein des Departements Seine-Inférieure dies Jahr seine Versammlung in Yonville-l'Abbaye abhalten. So verlautet wenigstens gerüchtweise. Heute früh stand auch eine Andeutung in der Zeitung. Das wäre von größter Bedeutung für unseren Bezirk. Aber wir sprechen später noch darüber. Danke, ich sehe ganz gut, Justin hat die Laterne mit.«

7

Der nächste Tag war für Emma ein rechter Trauertag. Alles schien ihr in einen schwarzen Schleier gehüllt, der wie ein Nebel über allen Dingen schwebte, und der Kummer verfing sich mit leisem Heulen in ihrer Seele wie der Winterwind in verlassenen Schlössern. Sie verfiel in jenes verträumte, sehnsüchtige Sinnen über das, was unwiederbringlich verloren ist, in die müde Unlust, die uns nach jeder vollbrachten Tat überkommt, kurz, in das schmerzliche Unbehagen, das jedesmal eintritt, wenn eine gewohnte Bewegung plötzlich abbricht und eine langandauernde Schwingung jäh zur Ruhe kommt.

Wie nach der Rückkehr von La Vaubyessard, als die Quadrillen noch in ihrem Kopfe wirbelten, empfand sie eine düstere Schwermut, eine dumpfe Verzweiflung. Léon trat wieder vor ihre Augen, größer, schöner, anmutvoller, undeutlicher. Obwohl er von ihr fortgegangen war, hatte er sie doch nicht verlassen; er weilte bei ihr, und die Wände des Hauses schienen seinen Schatten zu bewahren. Immer wieder ruhte ihr Blick auf dem Teppich, über den er geschritten war, auf den leeren Stühlen, auf denen er gesessen hatte. Draußen strömte immer noch der Fluß vorbei und trieb gemächlich seine kleinen Wellen an der abschüssigen Böschung hin. Dort waren sie so manchesmal zusammen spazierengegangen, beim selben Plätschern der Wellen, auf den moosbewachsenen Steinen. Welch herrlich warme Sonnentage hatten sie genossen! Was für köstliche Nachmittage, wenn sie allein hinten im Garten im Schatten saßen! Er las ihr mit lauter Stimme vor, barhaupt, auf einem Hocker aus dürren Holzpfählen. Im frischen Wind, der von den Wiesen herüberwehte, bewegten sich die Seiten des Buches, und die Kapuzinerkressenblüten in der Laube wiegten sich hin und her. Ach, nun war er fort, die einzige Freude ihres Lebens, die einzige Hoffnung auf ein mögliches Glück! Warum hatte sie nicht nach diesem Glück gegriffen, als es sich bot? Warum hatte sie es nicht mit beiden Händen festgehalten, auf beiden Knien darum gerungen, als es entfliehen wollte? Und sie verwünschte sich selbst, daß sie Léon nicht erhört hatte. Sie dürstete nach seinen Lippen. Sie bekam plötzlich Lust, ihm nachzulaufen, sich in seine Arme zu werfen, ihm zu sagen: Da bin ich, ich bin dein! Doch Emma schrak im voraus schon vor den Schwierigkeiten ihres Vorhabens zurück, und ihr Verlangen, durch diesen schmerzlichen Verzicht noch aufgepeitscht, wurde nur umso drängender.

Fortan war die Erinnerung an Léon gleichsam der Mittelpunkt ihres Lebensüberdrusses. Sein Bild flammte in ihrem öden Dasein heller als in einer russischen Steppe ein Feuer, das Reisende im Schnee zurückgelassen haben. Sie stürzte darauf zu, kauerte sich dicht daneben, schürte behutsam die Glut, die am Erlöschen war, sie suchte rings um sich her nach allem, womit sie es wieder anfachen konnte. Die fernsten Erinnerungen wie die nächstliegenden Gelegenheiten, was sie empfand und auch was sie sich erträumte, ihre sinnlichen Gelüste, die sich allmählich verflüchtigten, ihre Träume von einem möglichen Glück, die wie verdorrtes Gezweige im Winde knackten, ihre sinnlose Tugend, ihre eingestürzten Hoffnungen, ihren häuslichen Schlendrian, alles griff sie auf, nahm alles, verwendete alles, um damit ihre traurige Stimmung immer aufs neue anzuschüren.

Doch die Flammen verglommen, sei es, weil der Brennstoff von selbst zur Neige ging oder weil zuviel davon aufgehäuft war. Die Liebe erlosch allmählich, da der Geliebte fern war, die Sehnsucht erstickte in der Gewohnheit; und die Röte, die wie die Glut einer Feuersbrunst ihren blassen Himmel purpurn färbte, überzog sich mehr und mehr mit dunklen Schatten und erlosch allmählich. In ihrem stumpfen Bewußtsein hielt sie sogar die Anfälle von Widerwillen gegen den Gatten für Sehnsucht nach dem Geliebten, das Lodern des Hasses für ein Wiederaufflammen ihrer Zärtlichkeit. Aber da der Sturm immer weiterwütete und die Leidenschaft bis auf die Asche niedergebrannt war, da ihr keine Hilfe kam, keine Sonne sichtbar ward, wurde es tiefe Nacht rings um sie her, und sie war einsam und verloren in einer schrecklichen Kälte, die sie bis ins Innerste durchfror.

Und nun hoben die schlimmen Tage von Tostes wieder an, nur daß sie sich jetzt noch viel unglücklicher vorkam; denn sie hatte erfahren, was Kummer ist, und wußte mit Sicherheit, daß er nie ein Ende nehmen werde.

Eine Frau, die sich so große Opfer auferlegt hatte, durfte sich schon einige Launen durchgehen lassen. Sie kaufte sich einen gotischen Betstuhl und gab in einem Monat vierzehn Franken für Zitronen zur Nagelpflege aus. Sie schrieb nach Rouen und ließ sich ein blaues Kaschmirkleid kommen. Dann suchte sie sich bei Lheureux die schönste seiner Schärpen aus und wand sie sich über ihrem Schlafrock um die Taille. In diesem Aufputz lag sie bei geschlossenen Läden mit einem Buch in der Hand stundenlang auf einem Ruhebett.

Immer wieder änderte sie ihre Haartracht. Bald frisierte sie sich nach chinesischer Art, dann wieder in wallenden Locken, oder sie flocht ihr Haar in Zöpfe, zog einen Scheitel auf der einen Seite des Kopfes und rollte darunter ihr Haar zusammen wie ein Mann.

Einmal fiel ihr plötzlich ein, sie könnte Italienisch lernen, und sie kaufte Wörterbücher, eine Grammatik sowie einen Vorrat an weißem Papier. Sie versuchte es mit ernster Lektüre, historischen und philosophischen Werken. Manchmal schrak Charles mitten in der Nacht aus dem Schlafe auf, weil er meinte, man hole ihn zu einem Kranken, und stammelte: »Ich komme sofort.« Aber es war nur das zischende Aufflammen eines Streichholzes gewesen, das Emma anrieb, um die Lampe anzuzünden. Doch ihrer Lektüre erging es wie ihren Stickereien, die bergeweise, alle nur angefangen, im Schrank aufgestapelt lagen. Sie nahm sie dann und wann zur

Hand, legte sie wieder beiseite und begann eine neue.

Sie war Stimmungen unterworfen, in denen es ein leichtes gewesen wäre, sie zu allerhand ausgefallenen Handlungen zu verleiten. Eines Tages behauptete sie ihrem Mann gegenüber, sie könne ein gut halbvolles Glas Branntwein austrinken, und als Charles dummerweise wettete, daß sie es nicht tun werde, goß sie den Schnaps in einem Zug hinunter.

Trotz ihren überspannten Mucken – so gifteten die Damen in Yonville – war Emma allem Anschein nach doch nicht heiter. Fast immer lagen um ihre Mundwinkel jene starren, verkniffenen Falten, die das Gesicht alter Jungfern und abgewirtschafteter Streber verzerren. Sie war totenblaß, weiß wie ein Leintuch; die Haut ihrer Nase spannte sich zu den Nüstern hin, ihre Augen blickten irgendwohin ins Leere. Weil sie auf ihren Schläfen drei graue Haare entdeckt hatte, redete sie davon, daß sie altere.

Oft hatte sie Schwindelanfälle. Eines Tages spuckte sie sogar Blut, und als Charles sich um sie bemühte und sich seine Besorgnis anmerken ließ, sagte sie: »Ach was! Was ist schon dabei?«

Charles flüchtete sich in sein Sprechzimmer und brach in Tränen aus. Beide Ellenbogen auf die Tischplatte gestützt, saß er in seinem Schreibtischstuhl unter dem phrenologischen Kopf und weinte.

Da schrieb er an seine Mutter und bat sie zu kommen. Sie hatten miteinander lange Unterredungen über Emma.

Wozu sollte man sich entschließen? Was tun, da sie ja nichts von einer Behandlung wissen wollte?

»Weißt du, was deine Frau braucht?« hielt ihm Madame Bovary vor. »Eine geregelte Beschäftigung, richtige Arbeit! Wäre sie wie andere gezwungen, ihr Brot zu verdienen, dann hätte sie diese Zustände nicht. Daran sind ja doch nur all die überspannten Ideen schuld, die sie sich in den Kopf setzt, und dazu das müßige Leben, das sie führt.«

»Aber sie macht sich doch immer etwas zu schaffen!« wandte Charles ein.

»Aha! Sie macht sich etwas zu schaffen! Was tut sie denn? Sie liest Bücher, Schundromane, lauter Werke, die gegen die Religion hetzen und mit allerlei Voltaire abgeschauten Sprüchen die Priester lächerlich machen. Das alles aber führt zu nichts Gutem, mein liebes Kind, und wer keine Religion hat, nimmt stets ein schlechtes Ende.«

So wurde denn beschlossen, dafür zu sorgen, daß Emma keine Romane mehr las. Das war natürlich kein leichtes Vorhaben. Die gute alte Dame nahm es auf sich, den Plan in die Tat umzusetzen. Sie wollte auf ihrer Rückreise in Rouen persönlich beim Inhaber der Leihbibliothek vorsprechen und ihm klarmachen, daß Emma ihr Abonnement aufgebe. Hatte man nicht das Recht, die Polizei zu holen, falls der Buchverleiher trotzdem darauf beharrte, sein Giftmischergewerbe weiterzubetreiben?

Der Abschied zwischen Schwiegermutter und Schwiegertochter war frostig. In den vier Wochen, die sie zusammen verbracht hatten, waren – abgesehen von den Fragen nach ihrem Befinden und den unumgänglichen Höflichkeitsfloskeln, wenn sie einander bei Tisch trafen oder beim Zubettgehen – keine vier Worte zwischen ihnen gewechselt worden.

Die alte Madame Bovary reiste an einem Mittwoch ab, als gerade Markttag in Yonville war.

Schon am frühen Morgen war der Marktplatz von einer langen Reihe zweirädriger Karren versperrt, die alle hintenüber gekippt und mit himmelwärts ragenden Deichseln entlang den Häusern von der Kirche bis zum Gasthof standen. Auf der gegenüberliegenden Seite waren Zeltbuden aufgeschlagen, in denen man Baumwollwaren, wollene Decken und Strümpfe feilbot, dazu Pferdehalfter und ganze Bündel blauer Bänder, deren Zipfel im Winde flatterten. Auf dem Boden waren die verschiedensten Eisenwaren ausgebreitet, zwischen ganzen Pyramiden von Eiern und Körben voll Käse, aus denen klebriges Stroh heraussah. Neben den Erntegeräten lagen flache Käfige, aus denen gackernde Hühner ihre Hälse hervorstreckten. Die Menschenmenge, die sich am selben Ort staute und nicht weitergehen wollte, drohte manchmal das Schaufenster der Apotheke einzudrücken. Jeden Mittwoch war sie den ganzen Tag überfüllt, und man drängte sich Kopf an Kopf darin, weniger um Arzneien zu kaufen, als weil man sich bei Herrn Homais Rat holen wollte, so groß war sein Ruf in den umliegenden Ortschaften. Seine robuste Selbstsicherheit hatte die Bauern für ihn eingenommen. Sie sahen in ihm einen größeren Heilkünstler als in allen übrigen Ärzten.

Emma lehnte sich, beide Ellbogen aufgestützt, zum Fenster hinaus – das tat sie oft; denn in der Provinz ersetzt das Fenster Theater und Promenade – und vertrieb sich die Zeit mit dem Anblick des durcheinanderwimmelnden Landvolks. Da fiel ihr ein Herr in einem grünen Samtüberrock in die Augen. Er trug gelbe Handschuhe und dazu derbe Gamaschen. Er kam auf das Haus des Arztes zu, gefolgt von einem Bauern, der den Kopf hängen ließ und nachdenklich aussah.

»Kann ich den Doktor sprechen?« fragte er Justin, der unter der Tür stand und mit Félicité plauderte.

Da er ihn offensichtlich für den Hausdiener hielt, fuhr er fort: »Sagen Sie ihm, Herr Rodolphe Boulanger von La Huchette sei da.«

Nicht etwa aus eitlem Stolz auf seinen Grundbesitz hatte der Neuankömmling zu seinem Namen noch den seiner Besitzung genannt, sondern nur um sich genauer auszuweisen. La Huchette war nämlich ein Gut unweit Yonville, und er hatte unlängst das Schloß samt zwei Pachthöfen gekauft und bewirtschaftete es nun selbst, ohne sich indessen sonderlichen Zwang aufzuerlegen. Er führte ein rechtes Junggesellenleben, und es hieß, *er habe mindestens fünfzehntausend Franken Einkünfte.*

Charles kam ins Wohnzimmer. Herr Boulanger führte

ihm seinen Mann zu, der zur Ader gelassen werden wollte, weil er *im ganzen Körper ein Kribbeln wie von Ameisen spüre.*

»Das wird mir guttun«, erklärte er auf alle Einwände.

Bovary holte also zunächst eine Binde und eine Schüssel und bat Justin, sie ihm zu halten. Dann wandte er sich an den Bauern, der schon aschfahl war: »Nur keine Angst, guter Mann!«

»Nein, nein«, gab der zur Antwort, »machen Sie nur zu!«

Dabei streckte er großspurig seinen dicken Arm hin. Unter dem Stich der Lanzette schoß das Blut hervor und spritzte bis zum Wandspiegel hinüber.

»Komm mit der Schüssel näher her!« schrie Charles.

»Donnerkeil!« sagte der Bauer, »das läuft ja wie ein Springbrünnchen! Und wie rot mein Blut ist! Das ist doch wohl ein gutes Zeichen, oder nicht?«

»Manchmal«, erwiderte der Arzt, »spürt man anfangs gar nichts, und dann stellt sich plötzlich eine Ohnmacht ein, häufig gerade bei so vollblütigen Menschen wie ihm.«

Bei diesen Worten ließ der Bauer das Futteral fallen, das er in seinen Fingern herumdrehte. Seine Schultern sanken mit einem Ruck auf die Stuhllehne zurück, daß sie knackte. Sein Hut fiel zu Boden.

»Ich hab es ja kommen sehen!« meinte Bovary und drückte den Finger auf die Vene.

Die Schüssel in Justins Händen begann zu zittern; seine Knie wankten, und er wurde bleich.

»Emma! Emma!« rief Charles nach seiner Frau.

Mit einem Satz war sie die Treppe hinuntergerannt.

»Essig!« schrie er. »Ach, mein Gott! Gleich zwei auf einmal!«

In seiner Aufregung konnte er kaum die Kompresse auflegen.

»Es hat nichts zu bedeuten«, sagte ganz gelassen Herr Boulanger, während er Justin in seinen Armen auffing.

Dann setzte er ihn auf den Tisch und lehnte ihn mit dem Rücken gegen die Wand.

Madame Bovary machte sich daran, ihm seine Krawatte aufzuknüpfen. Aber die Nestel an seinem Hemd waren verknotet, und sie mußte eine Weile mit ihren zarten Fingern am Hals des jungen Burschen herumgreifen. Dann tränkte sie ihr Batisttaschentuch mit Essig, rieb ihm mit ein paar leichten Tupfern die Schläfen und blies vorsichtig darauf.

Der Fuhrmann kam wieder zu sich. Aber Justins Ohnmacht dauerte an, und seine Pupillen verschwanden im blassen Weiß des Auges wie blaue Blumen in Milch.

»Er darf das nicht sehen«, sagte Charles, »trag es weg.«

Madame Bovary nahm die Schüssel und wollte sie unter den Tisch stellen. Als sie sich bückte, breitete sich ihr Kleid – ein gelbes Sommerkleid mit vier Volants, langer Taille und weitem Rock – rings um sie auf den Fliesen aus. Und als Emma vornübergebeugt ein wenig schwankte und beide Arme ausstreckte, bauschte sich der Stoff bald da, bald dort und sank wieder in sich zusammen, je nachdem sie ihren Oberkörper bewegte. Dann holte sie eine Karaffe voll Wasser und ließ ein paar Zuckerstücke in einem Glas zergehen. Da kam der Apotheker herein. Das Mädchen hatte ihn im ersten Schrecken geholt. Als er seinen Lehrling wieder bei Bewußtsein sah, atmete er erleichtert auf. Hierauf ging er um ihn herum und maß ihn von Kopf bis Fuß.

»Dummkopf!« sagte er. »Ein rechter kleiner Dummkopf, ein ausgemachter Schöps! Was ist schon so ein Aderlaß Besonderes! Und ein Draufgänger wie du, der sonst vor nichts Angst hat! Das reinste Eichkätzchen – klettert in schwindelnde Höhen und schüttelt die Nüsse herunter. Ja, ja, so sag doch etwas, rühm dich nur! Das sind mir schöne Anlagen für einen, der später eine Apotheke führen will! Denn du kannst einmal in eine schwierige Lage geraten, man kann dich vor Gericht laden, und du mußt als Sachverständiger ein Gutachten abgeben und den Richtern Auskunft geben. Dabei muß man kaltes Blut bewahren, ruhig überlegen, sich als ein Mann erweisen, oder aber man gilt als Schwachkopf.«

Justin gab keine Antwort. Der Apotheker fuhr fort: »Wer hat dich überhaupt geheißen, hierherzukommen? In einem fort belästigst du Herrn und Frau Bovary. Zudem kann ich dich am Mittwoch besonders schlecht entbehren. Im Augenblick warten zwanzig Personen bei uns. Ich habe alles stehen und liegen lassen, weil ich so erschrocken bin. Komm jetzt! Marsch nach Hause! Lauf und warte dort auf mich. Und gib auf die Gläser acht!«

Als Justin, der inzwischen seine Kleider wieder in Ordnung gebracht hatte, gegangen war, kam man eine Weile auf Ohnmachtsanfälle zu sprechen. Madame Bovary hatte noch nie einen gehabt.

»Bei einer Dame ist das etwas Außergewöhnliches!« meinte Herr Boulanger. »Übrigens gibt es auch schrecklich zimperliche Leute. So habe ich einmal erlebt, daß bei einem Duell ein Sekundant schon in Ohnmacht fiel, als er hörte, wie man die Pistolen lud.«

»Mir macht es gar nichts aus, wenn ich Blut sehe«, sagte der Apotheker, »aber der bloße Gedanke, mein eigenes Blut könnte fließen, würde ausreichen, daß ich ohnmächtig würde, wenn ich zu lange darüber nachdächte.«

Währenddessen hatte Boulanger seinen Fuhrmann fortgeschickt und ihm geraten, sich nun zu beruhigen, da er ja jetzt seinen Kopf durchgesetzt habe.

»Es hat mir allerdings den Vorzug Ihrer Bekanntschaft eingetragen«, setzte er hinzu.

Während er das sagte, sah er Emma an.

Dann legte er drei Franken auf die Tischkante, grüßte flüchtig und ging.

Bald danach tauchte er auf der anderen Seite des Flusses auf (diesen Weg mußte er einschlagen, wenn er nach La Huchette zurückkehren wollte). Emma sah ihn auf der

Wiese unter den Pappeln dahinschreiten. Von Zeit zu Zeit ging er langsamer, als hinge er allerlei Gedanken nach.

Sie ist hübsch! sagte er sich. Sie ist wirklich allerliebst, diese Doktorsfrau! Schöne Zähne, schwarze Augen, niedliche Füße und benimmt sich wie eine Pariserin. Wo zum Teufel mag sie nur her sein? Wo hat er sie bloß aufgegabelt, der dicke Bursche?

Herr Rodolphe Boulanger war vierunddreißig Jahre alt, ein rücksichtsloser Draufgänger und kluger Menschenkenner. Außerdem hatte er sich viel mit Frauen abgegeben und kannte sich mit ihnen aus. Madame Bovary hatte er bildhübsch gefunden, und nun ging sie ihm dauernd im Kopf herum, und auch an ihren Mann mußte er denken.

Ich glaube, er ist reichlich dumm. Bestimmt hat sie ihn satt. Er hat schmutzige Nägel, und seit drei Tagen hat er sich nicht mehr rasiert. Während er seinen Patienten nachläuft, sitzt sie daheim und stopft ihm die Socken. Und die arme kleine Frau langweilt sich zu Tode! Sie möchte in der Stadt wohnen und jeden Abend Polka tanzen! Die Ärmste! Sie lechzt nach Liebe wie ein Karpfen auf einem Küchentisch nach Wasser. Drei galante Worte, und sie betet einen an, davon bin ich überzeugt. Das wäre etwas zum Liebhaben! Bezaubernd! ... Ja, aber wie werde ich sie nachher wieder los?

Da lenkte die Aussicht auf die Überfülle von Liebesfreuden, die ihm von ferne winkten, seine Gedanken auf seine ganz andersgeartete Geliebte, eine Schauspielerin, die er in Rouen aushielt. Und als er bei ihrem Bild verweilte, das ihm, schon wenn er nur daran dachte, Widerwillen einflößte, überlegte er: Ah! Madame Bovary ist viel hübscher als sie, vor allem frischer! Virginie wird mit der Zeit entschieden zu dick. Sie hängt mir zum Hals heraus mit ihren Freuden! Und zu alldem ihre leidige Vorliebe für Krebse!

Weit und breit war kein Mensch auf den Feldern, und

Rodolphe hörte rings um sich nichts als das regelmäßige Rascheln der Gräser, die seine Schuhe streiften, und das Zirpen der Grillen, die weit hinten im Hafer verkrochen saßen. Er sah Emma wieder vor sich, im selben Saal und ebenso gekleidet, wie er sie vorhin gesehen hatte, und in Gedanken entkleidete er sie.

»Oh, ich will und muß sie haben!« rief er und zerschlug mit einem Stockhieb eine Erdscholle, die vor ihm lag.

Und sogleich überlegte er auch schon, wie er das am klügsten anstellen könnte. Er überlegte: Wo konnten sie sich treffen? Wie war das zu ermöglichen? Man würde natürlich andauernd das Balg auf dem Halse haben, dazu den Mann, das Dienstmädchen, die Nachbarn, beträchtliche Scherereien aller Art. Ach was! sagte er sich. Man verliert dabei zuviel Zeit.

Dann begann er von neuem zu überlegen: Aber sie hat Augen, die sich einem ins Herz bohren. Und diese blasse Haut! . . . Ich fliege doch auf blasse Frauen!

Auf der Höhe von Argueil war sein Entschluß gefaßt.

Ich muß nur noch eine Gelegenheit suchen. Nun ja, ich gehe eben ab und zu dort vorbei, schicke ihnen Wild und Geflügel. Ich lasse mich, wenn es sein muß, sogar schröpfen. So freunden wir uns an, ich lade sie zu mir ein . . . Ach, Herrgott noch einmal! nächstens ist ja die Landwirtschafts-Tagung. Da kommt sie auch hin, und ich werde sie sehen. Da bändeln wir an, und zwar geh ich aufs Ganze. Das ist immer das Sicherste.

8

Sie kam endlich heran, die vielbesprochene Jahresversammlung der Landwirte! Schon am frühen Morgen des festlichen Tages standen alle Einwohner unter ihren Haustüren und besprachen eifrig die Vorbereitungen. Der Giebel der Mairie war mit Efeugirlanden geschmückt.

Auf einer Wiese war ein Zelt für das Festessen aufgeschlagen worden, und mitten auf den Marktplatz vor
der Kirche hatte man eine Art Kanone postiert. Die Ankunft des Herrn Präfekten wie auch die Namen der
preisgekrönten Bauern sollten mit Böllerschüssen ange-
kündigt werden. Die Bürgerwehr von Buchy – in Yonville
gab es das nicht – war anmarschiert und hatte sich mit der
einheimischen Feuerwehr vereinigt, als deren Hauptmann
Binet amtete. Er trug an diesem festlichen Tage einen
noch höheren Kragen als gewöhnlich, und in seinem eng-
anliegenden Waffenrock wirkte er so steif und unbeweglich, daß alles, was an ihm lebendig war, nach unten in
seine beiden Beine verlagert zu sein schien, die stramm
und ruckartig, ja zackig ausschritten. Da zwischen dem
Steuereinnehmer und dem Obersten eine gewisse Riva-
lität bestand, ließen sie beide, um ihre militärischen Fähigkeiten ins rechte Licht zu rücken, ihre Mannschaft
gesondert exerzieren. So sah man denn abwechselnd bald
die roten Achselklappen und dann wieder die schwarzen
Brustharnische an- und abmarschieren. Das nahm kein
Ende und fing immer wieder von vorne an. Noch nie
hatte man bisher eine solche Prachtentfaltung erlebt.
Mehrere Bürger hatten tags zuvor ihre Häuser abwaschen
lassen. Aus den halb offenen Fenstern hingen blau-weiß-
rote Fahnen. Alle Wirtshäuser waren überfüllt. Bei dem
schönen Wetter leuchteten die gestärkten Hauben der
Bäuerinnen weißer als Schnee, die goldenen Kreuze funkelten in der Sonne, und die farbigen Tücher belebten
mit ihren bunten Flecken, wohin man schaute, die dunkle
Monotonie der Überröcke und der blauen Blusen der
Männer. Die Bäuerinnen aus der Umgegend zogen beim
Absitzen die großen Nadeln heraus, mit denen sie ihre
Röcke hochgesteckt hatten, damit sie keine Schmutz-
flecken bekamen. Die Männer dagegen schonten ihre
Hüte und hatten Taschentücher darübergebunden, de-
ren einen Zipfel sie zwischen den Zähnen hielten.

Die Volksmenge strömte von beiden Enden des Dorfs

in die Hauptstraße. Aus allen Gäßchen, Wegen und Häusern quollen Menschen heraus, und von Zeit zu Zeit hörte man die Türklopfer anschlagen, wenn die Bürgerfrauen in ihren Zwirnhandschuhen herauskamen, die Türen hinter sich zumachten und zum Fest gingen. Am meisten Bewunderung erregten zwei hohe mit Lampions behängte Eibenbäume links und rechts von einer Estrade, auf der die Behörden Platz nehmen sollten. Außerdem waren vor den vier Säulen des Gemeindehauses vier lange Stangen aufgestellt; an jeder war eine Standarte aus grünlicher Leinwand mit Inschriften in goldenen Lettern angebracht. Auf der einen las man: »Handel«, auf der zweiten: »Ackerbau«, auf der dritten: »Industrie«, und auf der vierten stand: »Die Schönen Künste«.

Doch der Jubel, der aus allen Gesichtern strahlte, schien Madame Lefrançois, die Gastwirtin, zu verstimmen. Sie stand auf der Küchentreppe und brummte vor sich hin: »So eine Dummheit! So ein Unsinn – ihre Leinwandbude! Glauben sie denn, der Präfekt wird erfreut sein, wenn er in einem Zelt speisen muß wie ein Seiltänzer? Und da behaupten sie noch, solch ein Unfug komme dem Land zugute! Dazu brauchten sie wahrhaftig nicht extra einen Koch aus Neufchâtel kommen zu lassen! Und für wen? Für Kuhhirten und Bettelpack! . . .«

Der Apotheker ging vorbei. Er trug einen schwarzen Frack, Nankingbeinkleider, Bibertuchschuhe und ausnahmsweise einen Hut, einen flachen Hut.

»Ihr Diener!« sagte er. »Bitte um Entschuldigung, ich hab es eilig.«

Und als ihn die dicke Wirtin fragte, wohin er gehe, antwortete er: »Das kommt Ihnen komisch vor, nicht wahr? Sonst stecke ich ja immerzu in meinem Laboratorium wie die Maus des Dichters in ihrem Käse.«

»In was für einem Käse?« fragte die Wirtin.

»Nein, nichts! Es hat nichts zu bedeuten!« versetzte Homais. »Ich wollte damit nur sagen, Madame Lefrançois, daß ich sonst das reinste Einsiedlerleben führe.

Heute aber, in Anbetracht der Umstände, muß ich wohl ...«

»Aha, Sie gehen auch dorthin?« fragte sie geringschätzig.

»Natürlich gehe ich hin«, erwiderte der Apotheker erstaunt. »Ich gehöre doch zum beratenden Ausschuß.«

Madame Lefrançois starrte ihn eine Weile an; schließlich gab sie lächelnd zur Antwort: »Das ist natürlich etwas anderes! Aber was geht Sie eigentlich die Landwirtschaft an? Verstehen Sie denn überhaupt etwas davon?«

»Selbstverständlich versteh ich etwas davon. Ich bin doch Apotheker und also auch Chemiker! Und da sich die Chemie mit der Erforschung der Wechselwirkung und des molekularen Verhaltens aller Stoffe in der Natur befaßt, folgt daraus, daß die Landwirtschaft auch in ihren Bereich gehört. Und in der Tat: Zusammensetzung der Düngemittel, Gärung der Säfte, Analyse der Gase und Einfluß der Miasmen – sagen Sie mir, was ist das denn anderes als pure, schiere Chemie?«

Die Wirtin gab ihm keine Antwort, und Homais fuhr fort: »Glauben Sie denn, um Agronom zu sein, müsse man selbst den Boden beackert oder Geflügel gemästet haben? Nein, viel eher muß man die Beschaffenheit der Substanzen kennen, mit denen man zu tun hat, die geologischen Schichten, die atmosphärischen Einflüsse, die Eigenart des Bodens, des Gesteins, des Wassers, die Dichte der verschiedenen Körper und ihre Kapillarität, und was weiß ich sonst noch! Man muß in allen Grundsätzen der Hygiene gründlich Bescheid wissen, um die Errichtung der Gebäude, das Futter der Tiere und die Ernährung des Gesindes überwachen und beurteilen zu können. Zudem, Madame Lefrançois, muß man etwas von Botanik verstehen, man muß die Pflanzen voneinander unterscheiden können, verstehen Sie? Man muß die Heilkräuter und die schädlichen Pflanzen auseinanderkennen, das Unkraut und die Nutzpflanzen, muß wissen, ob es gut ist, wenn man die einen hier ausreißt und die anderen dort wieder ansät, welche Arten man anbauen und welche man ausrotten soll. Kurz, man muß sich auf dem laufenden halten, alle wissenschaftlichen Neuerscheinunge.1 und Fachschriften lesen, immer auf dem Quivive sein und sagen können, wo noch etwas zu verbessern ist ...«

Die Wirtin verwandte kein Auge von der Tür des *Café Français*, und der Apotheker fuhr fort: »Wollte Gott, unsere Landwirte verstünden etwas von Chemie oder hörten wenigstens besser auf die Ratschläge der Wissenschaft! So habe ich letzthin eine umfangreiche Abhandlung verfaßt, eine Denkschrift, über zweiundsiebzig Seiten lang, mit dem Titel: *Der Apfelwein, seine Herstellung und seine Wirkung nebst einigen neuen Betrachtungen hierüber*. Ich habe die Arbeit der Agronomischen Gesellschaft in Rouen eingesandt, und daraufhin ist mir die Ehre zuteil geworden, zu ihrem Mitglied ernannt zu werden, Abteilung Landwirtschaft, Gruppe Obstbau. Sehen Sie, wenn mein Werk in der Öffentlichkeit bekannt geworden wäre ...«

Der Apotheker hielt inne, so deutlich sah man, daß Madame Lefrançois mit ihren Gedanken ganz woanders weilte.

»Sehen Sie nur!« sagte sie. »Es ist nicht zu verstehen! So eine üble Spelunke!«

Sie zuckte so heftig die Achseln, daß sich die Maschen ihrer gestrickten Bluse auf der Brust verschoben, und deutete mit beiden Händen zum Lokal ihres Konkurrenten hinüber, aus dem Lieder erschallten.

»Übrigens macht er's ja nicht mehr lange«, setzte sie hinzu. »In längstens acht Tagen hat die ganze Herrlichkeit ein Ende!«

Homais trat erstaunt einen Schritt zurück. Die Wirtin kam die drei Stufen herab und tuschelte ihm ins Ohr: »Ja, wissen Sie das denn nicht? Diese Woche noch wird er gepfändet. Lheureux läßt ihm seinen Betrieb versteigern. Er hat ihn mit Wechseln zur Strecke gebracht.«

»Was für eine fürchterliche Katastrophe!« rief der Apotheker, der für alle denkbaren Vorkommnisse immer den angemessenen Ausdruck parat hatte.

Die Wirtin begann ihm nun die ganze Geschichte zu erzählen. Sie wußte sie von Théodore, dem Diener Herrn Guillaumins, und obschon sie Tellier nicht riechen konnte, hielt sie sich doch über Lheureux auf. Er sei ein Bauernfänger, ein Schleicher.

»Ah, sehen Sie!« sagte sie. »Dort steht er unter der Markthalle! Er grüßt gerade Madame Bovary, die Dame mit dem grünen Hut. Sie geht sogar Arm in Arm mit Boulanger.«

»Madame Bovary?« erwiderte Homais. »Da muß ich aber gleich zu ihr und sie begrüßen. Vielleicht wäre es ihr lieb, einen Platz in dem abgesperrten Raum unter dem Vordach des Gemeindehauses zu bekommen.«

Und ohne auf Madame Lefrançois zu hören, die ihn zurückrufen und weiterberichten wollte, ging der Apotheker davon. Ein Lächeln auf den Lippen, stolzierte er strammen Schrittes von dannen und teilte nach links und rechts unaufhörlich Grüße aus. Die langen Schöße seines schwarzen Fracks, die hinter ihm im Winde flatterten, nahmen viel Raum ein.

Rodolphe hatte ihn schon von weitem kommen sehen und daraufhin seine Schritte beschleunigt. Aber Madame Bovary geriet außer Atem, er ging also langsamer und sagte lächelnd, doch in rücksichtslosem Ton zu ihr: »Ich möchte dem Dicken dort aus dem Wege gehen, Sie wissen ja, dem Apotheker.«

Sie stieß ihn mit dem Ellbogen an.

Was soll das bedeuten? fragte er sich.

Und er sah sie im Weitergehen von der Seite an.

Ihr Profil war so ruhig, daß man ihm nichts ansehen konnte. Es zeichnete sich klar im vollen Licht ab, umrahmt vom Oval ihrer Kapotte mit den blaßfarbenen Bändern, die aussahen wie Schilfblätter. Ihre Augen mit den langen, gebogenen Wimpern blickten geradeaus, und obwohl sie weit offen waren, schienen sie doch ein wenig durch die Wangen beengt, weil das Blut unter ihrer feinen Haut leise pulsierte. Durch die dünne Wandung ihrer Nase schimmerte ein rötlicher Schein. Sie hielt den Kopf auf die Schulter geneigt, und man sah zwischen ihren Lippen die perlmutterfarbenen Spitzen ihrer weißen Zähne.

Will sie sich über mich lustig machen? überlegte Rodolphe.

Als Emma ihn mit dem Ellbogen anstieß, hatte sie ihm nur einen Wink geben wollen, denn Herr Lheureux ging neben ihnen her und sagte von Zeit zu Zeit etwas, um mit ihnen ins Gespräch zu kommen.

»Ein Prachttag heute! Da bleibt niemand in der Stube! Wir haben Ostwind.«

Madame Bovary und auch Rodolphe gönnten ihm kaum eine Antwort, wohingegen er sich bei der geringsten Bewegung, die sie machten, an sie herandrängte und fragte: »Wie bitte?« und an seinen Hut griff.

Als sie vor dem Haus des Hufschmieds anlangten, ging Rodolphe nicht geradeaus auf der Landstraße weiter bis zum Gatter, sondern bog plötzlich in einen Fußweg ein und zog Madame Bovary mit sich.

»Guten Abend, Herr Lheureux!« rief er dem verdutzten Störenfried zu. »Viel Vergnügen!«

»Wie Sie ihn abgewimmelt haben!« sagte sie lachend.

»Warum soll man sich von anderen die Zeit stehlen lassen?« erwiderte er. »Und da ich heute das Glück habe, mit Ihnen zusammenzusein . . .«

Emma errötete. Er brach mitten im Satz ab und fing von dem schönen Wetter zu sprechen an und von dem Vergnügen, das einem das Gehen auf dem Gras bereite. Ein paar Maßliebchen waren wieder aufgeblüht.

»Da stehen ja allerliebste Gänseblümchen!« sagte er. »Mehr als genug, daß sämtliche verliebten Frauen weit und breit sich die Zukunft deuten können.«

Dann fragte er: »Soll ich ein paar pflücken? Was meinen Sie?«

»Sind Sie denn verliebt?« gab sie zurück und mußte ein wenig husten.

»Ei, man kann nie wissen!« antwortete Rodolphe.

Die Festwiese füllte sich allmählich immer mehr, und die Bäuerinnen mit ihren großen Regenschirmen, ihren Körben und Kindern stießen die beiden herum. Dann und wann mußten sie einer langen Reihe von Landmädchen ausweichen, Mägden in blauen Strümpfen, mit Schuhen ohne Absätze und mit silbernen Fingerringen. Wenn man an ihnen vorbeikam, spürte man den Geruch nach Milch. Sie gingen, indem sie sich an den Händen gefaßt hielten, und hatten sich in Scharen über die ganze Wiese zerstreut, von der Pappelreihe bis zum Bankettzelt. Doch nun war es so weit: die Preisschau begann. Einer nach dem andern betraten die Züchter eine Art Hippodrom, das von einem an Pfosten befestigten Seil gebildet wurde.

Dort standen die Tiere, die Köpfe dem Seil zugekehrt, ihre verschieden hohen Kruppen, wie's gerade kam, aneinandergereiht. Die Schweine lagen faul da und wühlten ihre Rüssel in den Boden. Kälber brüllten, Schafe blökten. Die Kühe lagen mit eingebogenen Vorderbeinen lang hingestreckt auf dem Bauch, käuten gemächlich wieder und zuckten mit ihren schweren Augenlidern, um die Mücken abzuwehren, die um sie herumsummten. Fuhrleute mit bloßen Armen hielten am Halfter sich bäumende Hengste zurück, die mit geblähten Nüstern zu den Stuten hinüberwieherten. Diese standen ganz friedlich da, reckten die Köpfe und die hängenden Mähnen, während ihre Fohlen in ihrem Schatten ruhten oder hin und wieder an ihnen saugten. Und über der wogenden Masse all dieser zusammengepferchten Leiber sah man gleich einem Wellenspritzer hier und da eine weiße Mähne im Wind aufflattern, oder es tauchte ein spitziges Gehörn oder der Kopf eines laufenden Mannes darüber auf. Hundert Schritte entfernt stand, außerhalb der Umzäunung, ein mächtiger schwarzer Stier mit einem Maulkorb und einem Eisenring in der Nase, unbeweglich wie ein Standbild aus Bronze. Ein zerlumptes Bübchen hielt ihn an einem Strick.

Währenddessen schritten zwischen den beiden Reihen ein paar Männer gewichtig hindurch, musterten eingehend jedes Tier und besprachen sich leise miteinander. Einer von ihnen, offenbar der würdigste, machte sich im Vorbeigehen Notizen in ein Buch. Es war der Vorsitzende der Preisrichter, Herr Derozerays aus La Panville. Sowie er Rodolphe erkannte, kam er lebhaft auf ihn zu und sagte mit liebenswürdigem Lächeln: »Wie, Herr Boulanger, Sie lassen uns im Stich?«

Rodolphe beteuerte, er werde gleich kommen. Doch als der Präsident nicht mehr zu sehen war, sagte er: »Ich denke nicht dran, dorthinzugehen. Ihre Gesellschaft ist mir weit lieber.«

Unter beständigen Witzeleien über die Veranstaltung zeigte er dem Gendarm seinen blauen Ausweis, um ungehindert überall herumgehen zu können, ja, er blieb sogar zuweilen vor einem besonders schönen Ausstellungsstück stehen, das jedoch Madame Bovary nicht sonderlich beeindruckte. Er bemerkte es und begann nun über die Damen von Yonville und ihre Art, sich zu kleiden, zu spötteln. Dann entschuldigte er sich wegen seines eigenen saloppen Aufzugs. Seine Kleidung war ausgefallen, halb schlampig und halb gesucht originell, mit all den Merkmalen, bei denen das Volk gewöhnlich auf einen Sonderling und Spinner schließt, in denen es die Kennzeichen einer Künstlernatur, jedenfalls stets eine gewisse Geringschätzung gesellschaftlicher Konventionen sieht. Das wirkt auf den Durchschnittsmenschen entweder anziehend oder abstoßend. So bauschte sich Rodolphes Batisthemd mit den gefältelten Manschetten im Ausschnitt seiner grauen Zwilchweste bei jedem Windhauch, und seine breitgestreiften Hosen ließen an den Knöcheln seine mit Lackleder eingefaßten Nankingschuhe frei. Sie waren so blitzblank geputzt, daß sich das

Gras darin spiegelte. Er trat damit unbekümmert in den Pferdemist, eine Hand in der Joppentasche und seinen Strohhut schief aufgesetzt.

»Im übrigen«, setzte er hinzu, »wenn man auf dem Lande wohnt . . .«

». . . lohnt sich die Mühe nicht«, fiel Emma ein.

»So ist es!« erwiderte Rodolphe. »Wenn man bedenkt, daß kein einziger von diesen biedern Leutchen imstande ist, vom Schnitt eines Anzugs auch nur das geringste zu verstehen!«

Nun kamen sie auf die öde Geistesarmut des Provinzlebens zu sprechen. Wie viele Existenzen erstickten darin, wie viele Illusionen gingen verloren!

»So versinke ich denn auch«, sagte Rodolphe, »in einer Traurigkeit . . .«

»Sie?« fragte Emma erstaunt. »Ich glaubte, gerade Sie seien die Lebenslust selber!«

»Ach, ja, es sieht so aus, weil ich vor den Menschen eine spöttische Maske über mein wahres Gesicht ziehe. Und doch – wie oft habe ich mich beim Anblick eines Kirchhofs im Mondenschein schon gefragt, ob ich nicht besser daran täte, zu den Toten hinabzufahren, die da ruhen . . .«

»Oh! Und Ihre Freunde?« rief sie erschrocken. »An die denken Sie gar nicht?«

»Meine Freunde? Welche denn? Habe ich Freunde? Wer kümmert sich schon um mich?«

Und diese letzten Worte begleitete er mit einem leisen, verächtlichen Pfeifen.

Doch da mußten sie sich trennen. Ein Mann kam mit einem mächtigen Stapel aufeinandergeschichteter Stühle hinter ihnen drein. Die Last, die er trug, war derart unsinnig groß, daß man nur die Spitzen seiner Holzschuhe und die Hände an seinen beiden weit auseinandergespreizten Arme sah. Es war Lestiboudois, der Totengräber, der die Kirchenstühle durch die Menschenmenge heranschleppte. Er war ein findiger Kopf in allem, was

ihm etwas einbrachte, und hatte nun diesen Weg heraus-
gefunden, aus der Landwirtetagung Gewinn zu schlagen. Sein Einfall hatte Anklang gefunden; er wußte
kaum mehr, auf wen er hören sollte. Tatsächlich rissen
sich die Bauern, denen es heiß war, um die Stühle, deren
Stroh noch nach Weihrauch duftete, und lehnten sich
beinahe andächtig gegen die starken, mit Wachs be-
tropften Lehnen.

Madame Bovary nahm aufs neue Rodolphes Arm; er
fuhr wie im Selbstgespräch fort: »Ja, so vieles hat mir
gefehlt! Immer allein! Ach, wenn ich ein Ziel in meinem
Leben gesehen hätte, wenn ich einer wahren Liebe begegnet wäre, einen Menschen gefunden hätte . . . oh!
wie hätte ich alle Tatkraft daran gewendet, deren ich
fähig bin! Ich hätte alles überwunden, alles zerschmet-
tert!«

»Aber mir scheint«, sagte Emma, »Sie seien gar nicht
so sehr zu beklagen.«

»Ach! finden Sie?« warf Rodolphe ein.

»Schließlich . . .« fuhr sie fort, »sind Sie frei . . .«
Sie zögerte: ». . . und reich.«

»Verspotten Sie mich nicht«, gab er zur Antwort.

Sie beteuerte, es sei ihr gar nicht zum Spotten zumute.
Da erdröhnte ein Kanonenschuß, und alsbald drängte
alles in kunterbuntem Durcheinander dem Dorf zu.

Aber es war falscher Alarm. Der Herr Präfekt kam
noch gar nicht, und die Herren Preisrichter waren in
größter Verlegenheit, da sie nicht wußten, ob sie mit
der Sitzung anfangen oder noch warten sollten.

Endlich tauchte im Hintergrund des Marktplatzes ein
großer Miet-Landauer auf, gezogen von zwei mageren
Pferden, auf die ein Kutscher in weißem Hut aus Leibeskräften mit der Peitsche einschlug. Binet hatte gerade
noch Zeit: »An die Gewehre!« zu brüllen, und der Oberst
machte es ihm im letzten Augenblick nach. Alles rannte
zu den Gewehrpyramiden. Es gab ein wildes Gehetz.
Manche vergaßen sogar, ihren Kragen zuzuhaken. Aber

die Kutsche des Präfekten hatte anscheinend diesen Wirr-
warr geahnt, und die beiden Gäule langten im gemäch-
lichen Trab und an ihren Deichselketten hin und her
pendelnd genau im selben Augenblick vor der Halle des
Gemeindehauses an, als die Bürgergarde und die Feuerwehrleute, mit Trommelschlag und auf der Stelle tre-
tend, aufmarschierten.

»Am Ort treten!« schrie Binet.

»Halt!« brüllte der Oberst. »In Reihen linksum
schwenkt marsch!«

Und nach einem Präsentiergriff, bei dem das Klirren
der Gewehrringe die Reihen entlanglief, daß es klang,
wie wenn ein Kupferkessel eine Treppe hinunterkollert,
klapperten alle Gewehre am Boden auf.

Nun sah man einen Herrn in silberbesticktem kurzem
Frack aus der Kutsche steigen. Er hatte eine kahle Stirn,
ein Büschel Haare auf dem Hinterkopf, ein bleiches Gesicht und sah äußerst gutmütig aus. Mit seinen großen,
zwischen dicken Lidern hervorstehenden Augen, die er
halb geschlossen hatte, blickte er über die Menge hin,
und gleichzeitig hob er die spitze Nase und verzog den
verkniffenen Mund zu einem Lächeln. Er erkannte den
Bürgermeister an seiner Schärpe und machte ihm klar,
daß der Herr Präfekt nicht habe kommen können. Er
selbst sei Präfekturrat; dann folgten ein paar entschul-
digende Worte. Tuvache erwiderte sie mit den üblichen
höflichen Redensarten; der andere erklärte, er sei wirklich ganz beschämt, und so standen sie einander Auge in
Auge gegenüber, daß sich ihre Stirnen fast berührten.
Rings um sie herum scharten sich die Preisrichter, der
Gemeinderat, die Honoratioren, die Bürgergarde und
die übrige Menge. Der Herr Rat drückte den kleinen
schwarzen Dreispitz gegen die Brust und sprach ein paar
Begrüßungsworte, während Tuvache sich tief verbeugte,
gleichfalls lächelte, stotterte und nach Worten suchte
und beteuerte, er stehe treu zur Monarchie und sei sich
bewußt, welch hohe Ehre Yonville zuteil werde.

Hippolyte, der Hausknecht des *Goldenen Löwen*, kam herbei und ergriff die beiden Gäule des Kutschers am Zügel; dann führte er sie, auf seinem Klumpfuß hinkend, in den Torweg des Gasthofs, wo alsbald viel Landvolk zusammenströmte und den Wagen begaffte. Die Trommel schlug einen Wirbel, der Böller krachte, und die Herren stiegen einer hinter dem andern auf die Tribüne und setzten sich auf die roten Samtsessel, die Madame Tuvache leihweise zur Verfügung gestellt hatte.

Alle diese Männer sahen einander ähnlich. Ihre weichen, blonden, sonnengebräunten Gesichter hatten etwa die Farbe von süßem Apfelwein, und ihre bauschigen Backenbärte sträubten sich über hohen steifen Kragen, die von weißen Halsbinden mit breit ausladenden Schlaufen zusammengehalten wurden. Alle trugen Samtwesten mit Schalkragen, an allen Taschenuhren baumelte am Ende eines langen Bandes ein ovales Petschaft aus Karneol. Alle stemmten beide Hände auf ihre beiden Schenkel und hielten die Hosenbeine vorsichtig gespreizt, deren nicht dekatiertes Tuch noch mehr glänzte als das Leder ihrer derben Stiefel.

Die Damen der Gesellschaft hatten ihre Plätze dahinter eingenommen, unter dem Vestibül zwischen den Säulen, während das gemeine Volk gegenüber stand oder auf Stühlen saß. Lestiboudois hatte sämtliche Sitzgelegenheiten von der Festwiese hierhergeschleppt und lief alle Augenblicke wieder in die Kirche, um neue zu holen. Mit seiner geschäftstüchtigen Betriebsamkeit richtete er ein solches Durcheinander an, daß man die größte Mühe hatte, bis zu der kleinen Treppe zu gelangen, die auf die Estrade emporführte.

»Ich finde«, sagte Herr Lheureux zum Apotheker, der eben vorbeiging und seinen Platz suchte, »man hätte hier zwei venezianische Masten aufrichten sollen, mit etwas streng Eindrucksvollem und Prunkhaftem dran. Das wäre mal etwas Neues gewesen und hätte sich zudem hübsch ausgenommen.«

»Einverstanden«, erwiderte Homais. »Aber was wollen Sie schon? Der Bürgermeister hat eben alles nach seinem eigenen Kopf gemacht. Und Geschmack hat er nicht gerade viel, der gute Tuvache. Was man Sinn für Künstlerisches nennt, geht ihm völlig ab.«

Unterdessen war Rodolphe mit Madame Bovary in den ersten Stock des Gemeindehauses, in den *Ratssaal,* hinaufgestiegen, und da sich dort keine Menschenseele aufhielt, hatte er erklärt, von hier aus könne man das Schauspiel am besten und ungestörtesten genießen. Er holte drei Hocker, die unter der Büste des Monarchen um den ovalen Tisch standen, stellte sie ans Fenster, und sie setzten sich nebeneinander.

Auf der Estrade entstand eine Bewegung. Man tuschelte und verhandelte. Endlich erhob sich der Präfekturrat. Man hatte inzwischen in Erfahrung gebracht, daß er Lieuvain hieß, und in der Menge raunte man seinen Namen von Mund zu Mund. Nachdem er mehrere Blätter gesichtet und sich dicht vor die Augen gehalten hatte, um sie besser einsehen zu können, hob er an:

»Meine Herren!

Es sei mir zunächst gestattet, ehe ich auf den eigentlichen Anlaß unserer heutigen Zusammenkunft eingehe, und ich glaube damit in Ihrer aller Einverständnis zu sprechen – es sei mir gestattet, sage ich, zuvor dankschuldigst der höchsten Gewalt, der Regierung und unseres Monarchen, zu gedenken, meine Herren, unseres Souveräns, des vielgeliebten Königs, dem nichts, was den öffentlichen Wohlstand oder das Wohlergehen einzelner betrifft, gleichgültig ist und der mit so fester und zugleich so weiser Hand das Staatsschiff durch die unablässigen Fährnisse eines sturmgepeitschten Meeres lenkt und es dabei versteht, Krieg und Frieden, Industrie, Handel, Ackerbau und die schönen Künste zu fördern.«

»Ich sollte mich«, sagte Rodolphe, »besser etwas weiter nach hinten setzen.«

»Warum?« fragte Emma.

Doch im selben Augenblick schwoll die Stimme des Redners zu schwungvollem Pathos an. Mit eindringlich erhobener Stimme rief er:

»Vorbei sind die Zeiten, meine Herren, da die Zwietracht der Bürger unsere öffentlichen Plätze mit Blut überschwemmte, da der Grundbesitzer, der Kaufmann, ja, sogar der Arbeiter, wenn sie des Abends friedlich einschlummerten, davor bangten, sie könnten am nächsten Morgen durch das Geläute der Sturmglocken, die zum Aufruhr riefen, aus dem Schlaf geschreckt werden, die Zeiten, da umstürzlerische Gedanken frech die Grundpfeiler des Staates untergruben ...«

»Man könnte mich nämlich von unten sehen«, fuhr Rodolphe fort; »und dann hätte ich vierzehn Tage nichts weiter zu tun, als mich herauszureden, und bei meinem schlechten Ruf...«

»Oh, Sie machen sich schlechter, als Sie sind«, meinte Emma.

»Nein, nein, ich schwöre Ihnen, er ist unter allem Hund!«

»Aber, meine Herren«, sprach der Redner weiter, »wenn ich meine Gedanken von diesen düsteren Bildern abwende und meine Blicke auf die gegenwärtige Lage unseres schönen Vaterlandes richte – was sehe ich da? Allenthalben stehen Handel und Künste in Blüte. Allerorten schaffen neue Verkehrswege, gleich neuen Adern im Körper des Staates, neue Verbindungen. Unsere großen Industriezentren haben ihre Tätigkeit wieder aufgenommen. Die Religion ist neu erstarkt und spendet allen Herzen Trost. Unsere Häfen haben Hochbetrieb. Das Vertrauen kehrt zurück. Endlich atmet Frankreich auf!...«

»Übrigens«, setzte Rodolphe hinzu, »haben die Leute vom Standpunkt der Gesellschaft aus vielleicht recht.«

»Wieso denn?«

»Ei was!« sagte er. »Sie wissen doch, daß es Seelen gibt, die in unaufhörlicher Qual leben. Sie brauchen abwechselnd Traum und Tat, bald reinste Liebe, bald wilden Genuß, und so stürzt man sich in alle erdenklichen Launen und Tollheiten.«

Da starrte sie ihn an, wie man einen Reisenden betrachtet, der durch allerlei abenteuerliche Landstriche gekommen ist, und erwiderte dann: »Wir haben nicht einmal diese Abwechslung, wir armen Frauen!«

»Eine traurige Abwechslung, denn man findet dabei das Glück nicht.«

»Aber findet man es überhaupt jemals?« fragte sie.

»Ja, eines Tages begegnet man ihm«, gab er zur Antwort.

»Und das haben Sie begriffen«, sagte der Redner, »Sie, die Landwirte und Landarbeiter, Sie, die friedlichen Pioniere eines Werks, das einzig der Zivilisation dient! Sie, Männer des Fortschritts und der Moral! Sie wissen am besten, sage ich, daß politische Unwetter noch viel fürchterlicher sind als atmosphärische Störungen . . .«

»Eines Tages begegnet man ihm«, wiederholte Rodolphe, »eines Tages, ganz plötzlich, und wenn man es nicht mehr zu hoffen wagte. Da tut sich der Himmel auf, und es ist, als riefe eine Stimme: Da ist es! Ihr ganzes Leben müssen Sie dann diesem Menschen beichten, Sie müssen ihm alles geben, alles opfern. Worte braucht es dazu nicht, jedes errät, was das andere empfindet. Man hat einander schon in seinen Träumen gesehen.« – Er schaute sie an. – »Endlich ist er da, der Schatz, nach dem man so lange gesucht hat, er liegt vor uns. Er glänzt, er funkelt. Noch zweifelt man daran, man wagt es nicht zu glauben, man ist geblendet, als träte man aus dem Dunkeln ins Licht.«

Und während Rodolphe diese Worte sprach, drückte er seine Gefühle außerdem noch pantomimisch aus. Er fuhr sich mit der Hand über das Gesicht, als schwindelte ihm, und ließ sie dann auf Emmas Hand sinken. Sie entzog ihm die ihre. Der Präfekturrat aber las immer noch vor:

»Und wer, meine Herren, könnte sich darüber wundern? Nur ein Mensch, der blind genug ist und so verrannt – ich scheue mich nicht, es auszusprechen –, so verrannt in die Vorurteile eines anderen Zeitalters, daß er noch immer die Gesinnung der Landbevölkerung verkennt. Wo findet man in der Tat größere Vaterlandsliebe als auf dem Lande? Wo mehr Opfersinn für das Gemeinwohl, mit einem Wort: mehr Intelligenz? Und darunter verstehe ich, meine Herren, nicht jene oberflächliche Intelligenz, mit der Müßiggänger Schaum schlagen, sondern vielmehr jene tiefe und maßvolle Intelligenz, die vor allem andern mit Fleiß darauf bedacht ist, nützliche Ziele zu verfolgen, und so zum Wohlergehen eines jeden, zur Förderung der Allgemeinheit und zur Erhaltung des Staates beiträgt, weil sie aus der Achtung vor den Gesetzen und aus der Pflichterfüllung erwächst ...«

»Ach, schon wieder!« stöhnte Rodolphe. »In einem fort reden sie von Pflichterfüllung! Ich kann dieses Wort nicht mehr hören. Da kommt so eine Bande von vergreisten Blödianen in Flanellwesten und von Betschwestern mit Wärmflaschen und Rosenkränzen her und klönt uns unausgesetzt die Ohren voll: ‚Die Pflicht! die Pflicht!‘ Himmelherrgott! Unsere Pflicht ist es, zu fühlen, was groß ist, zu lieben, was schön ist, und nicht sämtliche Konventionen der Gesellschaft hinzunehmen mit all den schmählichen Rücksichten, die sie uns aufzwingt.«

»Aber ... immerhin ...« wollte Madame Bovary einwenden.

»Nein, nein! Warum denn immer gegen die Leidenschaften eifern? Sind sie nicht das einzig Schöne auf der Welt, der Quell des Heldenmuts, der Begeisterung, der

Poesie, der Musik, der Künste, kurz, alles Lebenswerten?«

»Aber man muß sich doch«, erwiderte Emma, »ein wenig nach der Meinung der Leute richten und ihrer Moral folgen.«

»Ah, es gibt eben zweierlei Moral«, versetzte er. »Die kleinliche, herkömmliche, die Moral der Menschen, die Moral also, die dauernd ihr Mäntelchen nach dem Winde hängt und so laut zetert, die in den Niederungen haust, die Alltagsmoral, die so recht zu der Versammlung von Schwachköpfen dort unten paßt. Die andere aber, die ewig gültige Moral, waltet um uns und über uns wie die Landschaft, die uns umgibt, und der blaue Himmel, der uns Licht spendet.«

Herr Lieuvain hatte sich gerade den Mund mit dem Taschentuch abgewischt. Nun fuhr er fort:

»Und wozu sollte ich Ihnen, meine Herren, hier noch lange den Nutzen des Ackerbaus darlegen? Wer sorgt für unsere Bedürfnisse? Wer liefert uns unser tägliches Brot? Tut es nicht der Landmann? Der Landmann, meine Herren, der mit arbeitsfroher Hand den Samen in die fruchtbaren Furchen unserer Felder streut und das Korn gedeihen läßt, das mit Hilfe sinnreich ausgedachter Maschinen gemahlen und in feinen Staub verwandelt wird, der unter dem Namen Mehl die Maschine verläßt und von da in die Städte versendet und zum Bäcker gebracht wird, der daraus ein Nahrungsmittel für Reich und Arm herstellt? Und ist es nicht wiederum der Landmann, der auf den Weideplätzen seine zahllosen Herden aufzieht, damit wir uns kleiden können? Denn wie sollten wir uns kleiden, wie uns nähren, wäre nicht der Landmann da? Ja, meine Herren, brauchen wir überhaupt unsere Beispiele so weit herzuholen? Wer hat nicht schon oft über die ganze Bedeutung jenes bescheidenen Tiers nachgedacht, das die Zierde unserer Geflügelhöfe ist? Es liefert uns ein schwellendes Kissen für unser Nachtlager, sein saftiges Fleisch für unsere Tafel und obendrein seine Eier! Doch ich fände kein Ende, wollte ich nacheinander alle die verschiedenen Erzeugnisse aufzählen, die das wohlangebaute Erdreich gleich einer großmütigen Mutter ihren Kindern verschwenderisch darbietet. Hier ist es der Weinstock, dort der Baum, der uns den Apfelwein spendet, andernorts der Raps, der Käse, der Flachs. Meine Herren, vergessen wir den Flachs nicht! Er hat in den letzten Jahren einen beachtlichen Aufschwung genommen, und ich möchte Ihre Aufmerksamkeit ganz besonders auf ihn hinlenken.«

Er brauchte ihre Aufmerksamkeit eigentlich auf gar nichts hinzulenken, denn alle Münder rings im Kreise standen offen, als wollten sie seine Worte trinken. Tuvache, der neben ihm saß, riß die Augen sperrangelweit auf; Herr Derozerays schloß von Zeit zu Zeit die Lider, und weiter entfernt saß der Apotheker, seinen Sohn Napoleon zwischen den Knien, und hielt die gewölbte Hand ans Ohr, um ja keine einzige Silbe zu verlieren. Die andern Mitglieder des Preisgerichts wiegten versonnen das Kinn auf ihren Westen zum Zeichen ihrer Zustimmung. Am Fuß der Estrade standen die Feuerwehrleute, auf ihre Bajonette gestützt, und Binet hielt sich unbeweglich, den Ellbogen nach auswärts gekehrt, und die Säbelspitze in die Luft gerichtet. Vielleicht hörte er etwas, aber höchstwahrscheinlich konnte er nichts sehen, weil ihm der Schild seines Helms bis auf die Nase reichte. Sein Leutnant, der jüngere Sohn des Bürgermeisters Tuvache, hatte einen noch unförmigeren auf; er trug einen geradezu ungeheuerlichen Helm, der ihm auf dem Kopfe wackelte, und ein Zipfel seines baumwollenen Sacktuchs, das er untergelegt hatte, guckte hervor. Er lächelte mit fast kindlicher Sanftmut darunter hervor, und sein blasses Gesichtchen, über das Schweißtropfen niederrannen, verriet zugleich, wie sehr er den stolzen Augenblick auskostete und wie müde und schläfrig er war.

Der Marktplatz war bis an die Häuser voller Menschen. Aus allen Fenstern lehnten Leute, unter allen Türen standen dichtgedrängt andere. Justin vor dem Schaufenster der Apotheke schien völlig in den Anblick des Schauspiels, das sich ihm bot, versunken zu sein. Trotz der atemlosen Stille, die herrschte, verhallte die Stimme des Herrn Lieuvain in der Luft. Nur vereinzelte Wortfetzen drangen herüber, und auch sie wurden dann und wann vom Scharren der Stühle in der Menge übertönt. Manchmal hörte man ganz plötzlich hinter sich das langgedehnte Muhen eines Ochsen oder das meckernde Blöken der Lämmer, die einander von einer Straßenecke zur andern antworteten. Die Kuhhirten und Schäfer hatten nämlich ihre Tiere bis dorthin getrieben, und nun brüllten sie von Zeit zu Zeit, während sie gleichzeitig mit ihrer Zunge ein paar Blätter abrupften, die ihnen vor dem Maul hingen.

Rodolphe war dicht zu Emma herangerückt und sagte nun leise und rasch: »Hat für Sie diese Verschwörung der Gesellschaft denn nicht etwas Empörendes? Gibt es ein einziges Gefühl, das sie nicht verdammt? Die edelsten Triebe, die reinsten Neigungen werden verfolgt und verleumdet, und wenn endlich einmal zwei arme Herzen einander begegnen, so tut sich alles zusammen, damit sie einander nicht angehören können. Aber sie werden es trotzdem versuchen, sie werden mit den Flügeln schlagen und einander herbeirufen. Oh, gleichviel, früher oder später, in einem halben Jahr, in zehn Jahren werden sie zusammenkommen, werden sich lieben, weil es das Schicksal so will und weil sie füreinander geboren sind.«

Er saß, die verschränkten Arme auf den Knien, vor Emma und hob sein Gesicht zu ihr auf; so blickte er sie lange starr von nahem an. Sie konnte in seinen Augen feine goldene Strahlen sehen, die sich rings um seine schwarzen Pupillen nach allen Seiten ausbreiteten, ja, sie roch sogar die Pomade, von der sein Haar glänzte. Da übermannte sie eine wohlige Schlaffheit; sie mußte an den Vicomte denken, der in La Vaubyessard mit ihr Walzer getanzt hatte; sein Bart hatte wie diese Haare denselben Duft nach Vanille und Zitrone ausgeströmt. Unwillkürlich schloß sie halb die Lider, um ihn noch deutlicher zu spüren. Doch während sie sich so in ihrem Stuhl weit zurücklehnte, gewahrte sie in der Ferne am Horizont die alte Postkutsche, die *Schwalbe*, die gemächlich die Anhöhe von Les Leux herabrumpelte und eine lange Staubfahne hinter sich herzog. In diesem gelben Gefährt war Léon so oft zu ihr zurückgekehrt, und auf dieser Straße war er dann für immer fortgegangen. Sie glaubte ihn gegenüber an seinem Fenster zu sehen, dann verschwamm alles; ein Dunstschleier legte sich darüber. Ihr war, als drehte sie sich noch immer unter den lichtstrahlenden Kronleuchtern im Walzertakt am Arm des Vicomte, und Léon sei nicht weit fort, sondern werde gleich kommen . . . Und die ganze Zeit über fühlte sie Rodolphes Kopf neben sich. Die Süße dieser Empfindung durchdrang so ihre einstigen Sehnsüchte, und wie Sandkörner bei einem Windstoß wirbelten sie in dem feinen Schwall des Wohlgeruchs empor, der sich in ihre Seele ergoß. Sie öffnete ein paarmal weit die Nasenflügel, um den frischen Duft der Efeuranken einzuatmen, die sich um die Kapitäle wanden. Sie zog ihre Handschuhe aus, trocknete sich die Hände und fächelte sich dann mit dem Taschentuch das Gesicht, während sie durch das Hämmern ihrer Schläfen das Raunen der Menge und die Stimme des Redners vernahm, der seine geschwollenen Phrasen herunterleierte.

Er sagte:

»Machen Sie so weiter! Harren Sie aus! Hören Sie weder auf die Stimme des eingefahrenen Schlendrians noch auf den übereilten Rat einer neuerungssüchtigen Forschung! Richten Sie Ihr Augenmerk vor allem auf die Verbesserung des Bodens, auf gute Düngung und auf die Veredelung der Pferde-, Rinder-, Schaf- und Schweinerassen! Möge diese Tagung für Sie gleichsam eine friedliche Arena sein, in der zum Schluß der Sieger dem Unterlegenen die Hand reicht und sich mit ihm verbrüdert in der Hoffnung auf einen bessern Erfolg. Und ihr, verehrungswürdige Dienende, bescheidene Knechte und Mägde, keine Regierung bis auf diesen Tag hat eure mühsame Arbeit richtig gewürdigt! Kommt nun und empfangt den Lohn für euere stillschweigend geleistete Pflichterfüllung und seid überzeugt, daß künftig der Staat seine Augen über euch offenhält, daß er euch wohlwill und euch beschützt, daß er eueren berechtigten Beschwerden Rechnung tragen und, soweit es in seiner Macht steht, die Bürde eurer mühseligen und opferreichen Pflichten erleichtern wird!«

Daraufhin setzte sich Herr Lieuvain. Nunmehr erhob sich Herr Derozerays und hielt eine zweite Rede. Sie war vielleicht nicht so blumenreich wie die Ansprache des Präfekturrats, aber sie nahm durch ihre sachliche Sprache ein, zeichnete sich durch Fachkenntnisse und durch ihren tieferschürfenden Gedankengehalt aus. So nahm das Lob der Regierung weniger Raum ein, und dafür kamen die Religion und der Ackerbau desto häufiger vor. Die wechselseitigen Zusammenhänge wurden deutlich, man erfuhr, wie Religion und Ackerbau seit jeher ihr Teil zur Zivilisation beigetragen hatten. Rodolphe plauderte währenddessen mit Madame Bovary über Träume, Vorahnungen und Magnetismus. Der Redner ging auf die frühesten Anfänge der Gesellschaft zurück und schilderte die Urzeiten, als der Mensch noch ungesellig in den Wäldern lebte und sich von Eicheln nährte. Dann habe er das Tierfell abgelegt, sich mit Tuch bekleidet, Furchen gepflügt und den Weinstock gepflanzt. War dies nun ein Glück, und brachte ihm diese Entdeckung nicht mehr Nachteil als Nutzen? Herr Derozerays warf diese Frage auf. Vom Magnetismus war Rodolphe nach und nach auf

Wesensverwandtschaften gekommen, und während der Präsident Cincinnatus hinter seinem Pflug, Diokletian beim Kohlbau und die chinesischen Kaiser erwähnte, die das neue Jahr einweihten, indem sie eigenhändig Samen ausstreuten, suchte der junge Mann der jungen Frau klarzumachen, solche unwiderstehliche gegenseitige Anziehung habe ihre Ursache in einem früheren Dasein.

»Wir beide zum Beispiel«, sagte er, »warum haben wir uns kennengelernt? Welcher Zufall hat das gefügt? Gewiß hat uns doch, wie zwei Flüsse, die ihrem Zusammenfluß zuströmen, unser besonderes Gefälle über alle Entfernung hinweg zusammengeführt.«

Er ergriff ihre Hand, und sie entzog sie ihm nicht.

»Preis für allgemein gute Bewirtschaftung ...« rief der Präsident.

»Neulich, als ich zu Ihnen kam, zum Beispiel ...«

» ... Herr Bizet aus Quincampoix!«

» ... wußte ich da, daß ich Sie heute begleiten werde?«

»Siebzig Franken!«

»Hundertmal wollte ich sogar weggehen, und doch bin ich mit Ihnen gegangen und geblieben ...«

»Für Düngemittel ...«

» ... wie ich auch heute abend bleiben würde, und morgen – jeden Tag, mein ganzes Leben!«

» ... Herr Caron aus Argueil, eine goldene Medaille!«

»Denn noch nie habe ich im Zusammensein mit einem Menschen soviel uneingeschränkte Bezauberung gefunden.«

»Herr Bain aus Givry-Saint-Martin!«

»So werde ich auch die Erinnerung an Sie stets in meinem Herzen tragen.«

»Für einen Merinoschafbock ...«

»Doch Sie werden mich vergessen, ich werde wie ein flüchtiger Schatten durch Ihr Leben gegangen sein.«

» ... Herr Belot aus Notre-Dame ...«

»Aber nein, nicht wahr? Ich werde in Ihrem Denken, in Ihrem Leben etwas bedeuten?«

»Für Schweinezucht Preis *ex aequo* für die Herren Lehérissé und Cullembourg – sechzig Franken!«

Rodolphe drückte ihre Hand, und er spürte, daß sie ganz warm war und zitterte wie eine gefangene Turteltaube, die fortfliegen möchte. Doch sei es, daß sie ihre Hand freimachen wollte oder seinen Druck erwiderte, jedenfalls bewegte sie ihre Finger, und er rief aus: »Oh, danke! Sie stoßen mich nicht von sich! Sie sind gütig! Sie wissen, daß ich Ihnen gehöre! Wehren Sie mir's nicht, lassen Sie mich Sie sehen, Sie anschauen!«

Ein Windstoß, der durch die Fenster drang, zerknüllte das Tischtuch, und drunten auf dem Platz blähten sich die großen Hauben der Bäuerinnen wie flatternde weiße Schmetterlinge.

»Für Verwendung von Ölkuchen...« fuhr der Präsident fort.

Er hatte es jetzt eilig.

»Für Jauche... Flachsanbau... Bodenentwässerung ... Langfristige Pachtverträge... Haltung von Dienstboten...«

Rodolphe war verstummt. Sie schauten einander in die Augen. Ihre trockenen Lippen zitterten in unsäglichem Verlangen, und widerstandslos, ohne ihr Zutun, verschlangen sich ihre Finger.

»Catherine-Nicaise-Elisabeth Leroux aus Sassetot-la-Guerrière für vierundfünfzigjährige treue Dienste auf dem gleichen Hof eine silberne Medaille im Wert von fünfundzwanzig Franken!«

»Wo ist sie, Catherine Leroux?« fragte der Rat abermals.

Sie trat nicht vor, und man hörte tuschelnde Stimmen: »Geh doch!«

»Nein.«

»Links durch!«

»Hab doch keine Angst!«

»Ah, ist die aber dumm!«

»Ist sie eigentlich hier?« rief Tuvache.

»Ja! . . . da ist sie!«

»Sie soll doch herkommen!«

Nun sah man ein steinaltes Frauchen in ängstlicher Haltung auf die Estrade zukommen. Es sah aus, als schrumpfte sie geradezu in ihren ärmlichen Kleidern zusammen. An den Füßen trug sie grobe Schuhe mit Holzsohlen und um die Hüften eine große blaue Schürze. Ihr mageres Gesicht, von einer Haube ohne jeden Besatz eingerahmt, war verrunzelter als eine eingeschrumpfte Renette, und aus den Ärmeln ihrer roten Jacke sahen zwei lange Hände mit knotigen Fingergelenken hervor. Vom Staub der Scheunen, von der Wäschelauge und der fettigen Wolle waren sie derart hornig, rissig und hart geworden, daß sie schmutzig wirkten, obwohl sie in reinem Wasser geschrubbt worden waren. Sie hatten so lange und so viel gearbeitet, daß sie nie ganz geschlossen waren, als wollten sie von sich aus demütiges Zeugnis für alle die ausgestandenen Mühen ablegen. Eine Art klösterliche Strenge verschönte den Ausdruck ihres Gesichts. Nichts Trauriges oder gar Rührseliges milderte diesen bleichen Blick. Im Umgang mit dem Vieh hatte sie dessen stummes, friedsames Wesen angenommen. Heute war sie zum erstenmal in ihrem Leben unter so vielen Menschen; und innerlich verängstigt durch alle die Fahnen, die Trommeln und die feinen Herren in schwarzen Fräcken und durch das Ehrenkreuz des Präfekturrats, blieb sie regungslos stehen und wußte nicht, sollte sie vorwärts gehen oder sich davonstehlen, wußte auch nicht, warum die Menge sie nach vorn stieß und warum die Preisrichter ihr zulächelten. So stand vor den lebensfrohen Bürgern dieses halbe Jahrhundert Dienstbarkeit.

»Treten Sie näher, verehrungswürdige Catherine-Nicaise-Elisabeth Leroux!« sagte der Rat, der aus den Händen des Präsidenten die Liste der Preisträger entgegengenommen hatte.

Er schaute abwechselnd bald auf das Blatt Papier, bald auf die alte Frau und wiederholte in väterlichem Ton: »Treten Sie näher! Treten Sie doch näher!«

»Seid Ihr taub?« rief Tuvache und fuhr von seinem Sessel auf.

Dann schrie er ihr ins Ohr: »Vierundfünfzig Jahre treue Dienste! Eine Silbermedaille! Fünfundzwanzig Franken! Das ist für Sie!«

Als sie dann ihre Medaille in der Hand hielt, starrte sie lange darauf nieder. Mit einemmal lief ein seliges Lächeln über ihr ganzes Gesicht, und man hörte sie im Fortgehen murmeln: »Die geb ich unserem Pfarrer. Er soll mir dafür Messen lesen.«

»Welch sturer Glaube!« schimpfte der Apotheker, indem er sich zum Notar hinüberneigte.

Die Sitzung war zu Ende; die Menge verlief sich. Und nun, da die Reden verlesen waren, nahm jeder wieder den ihm zugehörigen Rang ein, und alles kam wieder ins gewohnte Geleise. Die Herren fuhren ihre Knechte grob an, und diese hieben auf die Tiere ein, die als gleichgültige Sieger mit grünen Kränzen zwischen den Hörnern in ihren Stall zurückkehrten.

Inzwischen waren die Bürgerwehrleute in den ersten Stock des Gemeindehauses hinaufgegangen; sie hatten das feine Festgebäck auf ihre Bajonette gespießt, und der Trommler des Bataillons trug einen Korb voll Flaschen. Madame Bovary nahm Rodolphes Arm; er begleitete sie nach Hause. Vor ihrer Haustür trennten sie sich. Dann ging er allein auf der Festwiese auf und ab, bis es Zeit zum Bankett war.

Das Festmahl dauerte lang, es ging laut und lärmend zu, und die Bedienung war schlecht. Man saß so eng zusammengepfercht, daß man kaum die Ellbogen bewegen konnte, und die schmalen Bretter, die als Sitzbänke dienten, drohten unter dem Gewicht der Gäste zusammenzubrechen. Alle aßen wie die Scheunendrescher; jeder tat sich für sein Geld gütlich, soviel er nur konnte. Der Schweiß rann von allen Stirnen, und ein weißlicher Dunst, ähnlich dem Nebel über einem Fluß an einem Herbstmorgen, schwebte zwischen den Hängelampen über dem Tisch. Rodolphe lehnte sich mit dem Rücken gegen die Zeltwand und dachte so heftig an Emma, daß er überhaupt nichts rings um sich hörte. Hinter ihm auf dem Rasen stapelten ein paar Diener die gebrauchten Teller auf. Seine Nachbarn sprachen mit ihm; er gab ihnen keine Antwort. Man füllte sein Glas, und in seinen Gedanken wurde es trotz dem wachsenden Lärm ganz still. Er sann über alles nach, was sie gesprochen hatte, über die Form ihrer Lippen; ihr Gesicht schimmerte ihm wie in einem Zauberspiegel vom Schild der Tschakos entgegen, die Falten der Zeltwände gemahnten ihn an ihr wallendes Kleid, und die Zukunft verhieß ihm eine unabsehbare Reihe von Tagen, die der Liebe geweiht waren.

Abends beim Feuerwerk sah er sie wieder. Aber sie war mit ihrem Mann, Madame Homais und mit dem Apotheker zusammen. Dieser machte sich große Sorgen wegen der Gefahren, die verirrte Raketen bergen mochten. Alle Augenblicke verließ er die Gesellschaft und ging zu Binet hinüber, um ihn zu warnen.

Die Feuerwerkskörper waren an Herrn Tuvache gesandt und aus übergroßer Vorsicht in seinem Keller aufbewahrt worden. So kam es, daß sich das feucht gewordene Pulver nur schwer entzündete, und das Prunkstück, ein Drache, der sich in den Schwanz biß, ging überhaupt nicht los. Dann und wann sprühte eine armselige römische Kerze auf, und dann stieß die gaffende Menge ein tosendes Beifallsgeschrei aus, in das sich das Gekreische der Weiber mischte, die im Dunkeln gekitzelt wurden. Schweigend kuschelte sich Emma leicht an Charles' Schulter und verfolgte mit erhobenem Kinn den leuchtenden Flug der Raketen in den schwarzen Himmel hinauf. Rodolphe betrachtete sie im Schein der brennenden Lampions.

Nach und nach erloschen sie. Die Sterne leuchteten auf. Vereinzelte Regentropfen fielen. Emma band ihr Halstuch um den bloßen Kopf.

Im selben Augenblick fuhr die Droschke des Präfekturrats vom Gasthof ab. Der Kutscher war angeheitert und döste plötzlich ein, und noch von weitem sah man über dem Verdeck des Wagens zwischen den beiden Laternen seinen massigen Körper je nach dem Geschaukel der Hängeriemen bald nach links, bald nach rechts schwanken.

»Wahrhaftig«, wetterte der Apotheker, »man müßte endlich einmal richtig gegen Betrunkene einschreiten! Wenn's nach mir ginge, so würde man jede Woche an der Tür des Gemeindehauses auf einer *ad hoc* angebrachten Tafel die Namen aller Leute anschreiben, die sich in den vergangenen acht Tagen mit Alkohol vergiftet haben. Zudem hätte man, statistisch gesehen, sozusagen jedermann zugängliche Jahresübersichten, die man nötigenfalls . . . Aber – entschuldigen Sie . . .«

Und er lief schon wieder zu dem Hauptmann hinüber.

Dieser wollte eben nach Hause gehen. Er konnte es kaum erwarten, bis er seine Drehbank wiedersah.

»Vielleicht wäre es gar nicht unangebracht«, sagte Homais zu ihm, »einen Ihrer Leute hinzuschicken oder selber hinüberzugehen . . .«

»Lassen Sie mich doch in Ruhe«, gab ihm der Steuereinnehmer zur Antwort; »es ist ja gar nichts passiert!«

»Nur keine Angst«, beruhigte der Apotheker seine Freunde, als er zu ihnen zurückgekehrt war, »Herr Binet hat mir versichert, daß alle nötigen Vorsichtsmaßnahmen getroffen seien. Es wird auch nicht ein einziger Funke gefallen sein. Die Pumpen sind gefüllt. Gehen wir schlafen!«

»Ich habe es allerdings nötig«, meinte Madame Homais, die gehörig gähnte. »Aber auf jeden Fall haben wir für unser Fest einen schönen Tag gehabt.«

Rodolphe wiederholte leise mit einem zärtlichen Blick: »O ja! Es war wunderschön!«

Man wünschte sich eine gute Nacht und ging auseinander.

Zwei Tage später erschien im *Fanal de Rouen* ein großer Artikel über die Landwirtschafts-Tagung. Homais hatte ihn schon tags darauf und in einem Zug niedergeschrieben.

»Wozu diese Blumengewinde, diese Blüten und Girlanden?« hieß es darin. »Wohin eilte diese Menschenmenge gleich den Fluten eines wütenden Meeres unter der prallen, sengenden Glut einer tropischen Sonne, die ihre Hitze über unsere Fluren ausgoß?«

Hernach kam er auf die Lage des Bauernstands zu sprechen. Gewiß, die Regierung tue viel, doch nicht genug! »Mut!« rief er ihr zu. »Zahllose Reformen sind unumgänglich! Führen wir sie ungesäumt durch!« Dann ging er zum Auftreten des Präfekturrates über und vergaß nicht »die martialischen Mienen unserer Miliz« zu erwähnen, ebensowenig »unsere mutwilligen Dorfschönen« und die kahlköpfigen Greise, »patriarchalische Gestalten, die gleichfalls zugegen waren und von denen einige, letzte Überlebende unserer unsterblichen Schlachtreihen, beim männlichen Klang der Trommeln noch immer ihre Herzen höher schlagen fühlten«. Er führte sich selbst bei der Aufzählung der Preisrichter an erster Stelle an und erinnerte sogar in einer Anmerkung daran, daß Herr Homais, Apotheker, eine Denkschrift über den Apfelwein bei der Agronomischen Gesellschaft eingereicht habe. Als er bei der Preisverteilung angelangt war, schilderte er die Freude der Preisgekrönten in dithyrambischen Tönen. »Der Vater umarmte seinen Sohn, der Bruder den Bruder, der Gatte die Gattin. Mehr denn einer zeigte voll Stolz seine bescheidene Medaille herum, und zu Hause bei seinem wackeren Eheweib wird er sie sicherlich unter Tränen an der Wand seiner verschwiegenen Behausung aufgehängt haben.

Gegen sechs Uhr vereinte ein Bankett die namhaftesten Teilnehmer des Festes auf dem Weideplatz des Herrn

Liégeard. Vom ersten bis zum letzten Augenblick herrschte das herzlichste Einvernehmen. Es wurden verschiedene Trinksprüche ausgebracht. Herr Lieuvain stieß auf den Monarchen an, Herr Tuvache auf den Präfekten. Herr Derozerays ließ den Ackerbau hochleben, Herr Homais trank auf das Gedeihen der Industrie und der verschwisterten schönen Künste, Herr Leplichey auf das Wohl des Fortschritts. Am Abend erleuchtete ein glänzendes Feuerwerk plötzlich die Lüfte. Man kann wohl sagen, es war ein wahres Kaleidoskop, eine richtige Opernpracht, und für einen Augenblick konnte sich unsere kleine Ortschaft mitten in einen Traum aus *Tausendundeiner Nacht* versetzt fühlen.

Stellen wir noch fest, daß kein einziger unliebsamer Zwischenfall dieses echte Familienfest störte.«

Und er fügte hinzu: »Aufgefallen ist nur das Fernbleiben der Geistlichkeit. Offenbar versteht man in den Sakristeien unter Fortschritt etwas anderes. Ganz wie Sie wollen, meine Herren Jünger Loyolas!«

9

Sechs Wochen vergingen. Rodolphe ließ sich nicht blicken. Endlich erschien er eines Abends.

Ich darf mich nicht so bald wieder zeigen, das wäre ein Fehler! hatte er sich gesagt.

Und am Ende der Woche war er auf die Jagd gegangen.

Nach der Jagd hatte er gedacht, daß es zu spät sei. Dann hatte er folgende Überlegung angestellt: Wenn sie mich doch vom ersten Tag an geliebt hat, wird sie mich wohl aus lauter Ungeduld, mich wiederzusehen, noch mehr lieben. Drum lassen wir sie nur weiterzappeln!

Daß seine Rechnung aufging, stellte er fest, als er das Wohnzimmer betrat. Er sah, wie Emma blaß wurde.

Sie war allein. Der Tag ging zur Neige. Die kleinen Musselinvorhänge an den Fenstern machten das Zimmer noch dämmeriger, und die Vergoldung des Barometers, auf die ein Sonnenstrahl fiel, warf zwischen den Ästen des Korallenstocks hindurch einen breiten feurigen Schein auf den Wandspiegel.

Rodolphe blieb vor ihr stehen, und Emma antwortete kaum auf seine ersten höflichen Redensarten.

»Ich hatte viel geschäftlich zu tun«, sagte er. »Dann war ich auch krank.«

»Ernstlich?« entfuhr es ihr fast schreiend.

»Nun denn . . .« sagte Rodolphe und setzte sich neben sie auf einen Hocker, »nein. Es ist eben so: ich wollte nicht wieder hierherkommen.«

»Warum nicht?«

»Ahnen Sie's nicht?«

Er blickte sie abermals an, jedoch so leidenschaftlich, so heftig, daß sie errötete und den Kopf senkte.

Er hob von neuem an: »Emma . . .«

»Herr Boulanger!« gebot sie ihm Einhalt und rückte ein wenig zur Seite.

»Ach, da sehen Sie ja«, sagte er darauf wehmütig, »wie recht ich hatte, daß ich nicht wiederkommen wollte. Denn dieser Name, der meine ganze Seele erfüllt, dieser Name, der mir ungewollt entschlüpft ist, er soll mir verwehrt sein! Madame Bovary! . . . So nennt Sie alle Welt! . . . Überdies ist das ja gar nicht Ihr Name; es ist der Name eines andern! – Eines andern!« wiederholte er.

Und er schlug die Hände vors Gesicht.

»Ja, ich denke unaufhörlich an Sie! . . . Die Erinnerung an Sie bringt mich zur Verzweiflung! Oh, verzeihen Sie mir! . . . Ich gehe ja schon! . . . Leben Sie wohl! . . . Ich will fortgehen, weit, weit fort, so daß Sie nie wieder von mir hören werden . . . Und doch . . . heute . . . ich weiß nicht, was mich mit aller Gewalt wieder zu Ihnen getrieben hat! Denn gegen den Himmel kann man nicht ankämpfen, dem Lächeln der Engel vermag niemand zu widerstehen. Man läßt sich hinreißen von Schönheit, Liebreiz und anbetungswürdiger Anmut!«

Zum erstenmal in ihrem Leben bekam Emma solche Worte zu hören, und ihr Selbstgefühl sonnte sich wohlig und gelöst in der Wärme dieser Worte wie jemand, der sich in einem Bad entspannt.

»Aber wenn ich nicht gekommen bin«, fuhr er fort, »wenn ich Sie nicht habe sehen dürfen, ach, so habe ich doch wenigstens die Welt, in der Sie leben, nie aus den Augen verloren. Nachts – Nacht für Nacht – bin ich wieder aufgestanden und bis hierher gegangen, ich habe zu Ihrem Haus hinübergeschaut, auf das mondscheinbeglänzte Dach, die Bäume im Garten, die sich vor Ihrem Fenster wiegten. Ein Lämpchen, nur ein schwacher Lichtschein, leuchtete in die Finsternis durch die Scheiben. Ach, Sie wußten ja nicht, daß so nah und doch so fern ein armer, unglücklicher Mann stand ...«

Aufschluchzend drehte sie sich zu ihm um.

»Oh, Sie sind ein guter Mensch!« sagte sie.

»Nein, ich liebe Sie, weiter nichts. Das wissen Sie doch! Sagen Sie es mir! Ein Wort nur, ein einziges Wort!«

Und unmerklich rutschte Rodolphe von seinem Hokker auf den Boden. Doch da hörte man das Klappern von Holzschuhen in der Küche, und die Tür zum Wohnzimmer – das sah er – war nicht geschlossen.

»Wollen Sie mir etwas zuliebe tun?« fragte er, während er sich aufrichtete. »Erfüllen Sie mir einen Wunsch?«

Er hätte gern ihr Haus besichtigt, wünschte es kennenzulernen. Madame Bovary hatte nichts dagegen einzuwenden, und sie wollten sich eben beide erheben, als Charles eintrat.

»Guten Tag, Doktor«, begrüßte ihn Rodolphe.

Der Arzt, dem der unerwartete Titel schmeichelte, erging sich in unterwürfigen Höflichkeiten, und Rodolphe machte sich das zunutze, um sich einigermaßen wieder zu fassen.

»Madame sprach gerade von ihrem Befinden«, sagte er schließlich.

Charles fiel ihm ins Wort: Er sei allerdings in großer

Sorge; seine Frau leide erneut an ihren Beklemmungszuständen. Da fragte Rodolphe, ob nicht vielleicht Reiten etwas dagegen hülfe.

»Gewiß, ausgezeichnet, sehr richtig! ... Ein glänzender Gedanke! Du solltest den Rat befolgen.«

Und als sie einwandte, daß sie ja kein Pferd habe, bot ihr Rodolphe eines von seinen eigenen an. Sie lehnte sein Angebot ab, und er drang nicht weiter in sie. Dann erzählte er, um seinen Besuch zu begründen, sein Fuhrknecht, der Mann, den Charles neulich zur Ader gelassen habe, leide immer noch an Schwindelanfällen.

»Ich komme vorbei«, erklärte Bovary.

»Nein, nein, ich werde ihn zu Ihnen schicken. Wir kommen zusammen her, das ist für Sie bequemer.«

»Gut, sehr schön. Besten Dank.«

Sobald sie allein waren, fragte er: »Warum nimmst du das freundliche Anerbieten Herrn Boulangers nicht an?«

Sie setzte eine schmollende Miene auf, suchte eine Menge Ausflüchte und erklärte zuletzt, *das könnte komisch wirken.*

»Ach, was gehen mich die Leute an?« rief er und drehte sich auf dem Absatz um. »Die Gesundheit geht allem vor. Du darfst nicht ablehnen.«

»Sag, wie soll ich denn reiten, wenn ich doch kein Reitkleid habe?«

»Du mußt dir eben eins bestellen!« antwortete er.

Das Reitkleid gab den Ausschlag.

Als das Kostüm bereit lag, schrieb Charles an Herrn Boulanger, seine Frau stehe ihm zur Verfügung, und er zähle auf seine Hilfsbereitschaft.

Am nächsten Tag um zwölf Uhr stellte sich Rodolphe mit zwei Reitpferden vor Charles' Haustür ein. Das eine Pferd trug rosarote Troddeln an den Ohren und einen hirschledernen Damensattel.

Er selbst hatte lange, weiche Stiefel an, denn er sagte sich, wahrscheinlich habe sie noch nie dergleichen gesehen. Tatsächlich war Emma entzückt über seinen Aufputz, als er in seinem weiten Samtrock und in weißen Trikothosen auf dem Treppenabsatz erschien. Sie war bereit und erwartete ihn.

Justin stahl sich aus der Apotheke fort, um sie zu sehen, und auch der Apotheker bemühte sich herbei. Er gab Herrn Boulanger eine Menge gute Ratschläge.

»Ein Unglück ist rasch geschehen. Reiten Sie ja vorsichtig! Ihre Pferde sind vielleicht feurig!«

Sie hörte über sich ein Geräusch: Félicité trommelte an die Fensterscheibe, zur großen Freude der kleinen Berthe. Das Kind schickte von weitem ein Kußhändchen, und die Mutter winkte mit dem Knauf der Reitpeitsche zurück.

»Guten Ausritt!« rief Herr Homais. »Und Vorsicht vor allem! Vorsicht!«

Er winkte noch lange mit seiner Zeitung, während er ihnen nachsah.

Sobald Emmas Pferd weichen Boden unter sich fühlte, begann es zu galoppieren. Rodolphe ritt neben ihr her. Ab und zu wechselten sie ein paar Worte. Das Gesicht leicht gesenkt, die Hand hoch erhoben und den rechten Arm ausgestreckt, überließ sie sich dem Rhythmus der Bewegung und wiegte sich im Sattel.

Am Fuße der Anhöhe ließ Rodolphe die Zügel schießen, und sie sprengten im selben Augenblick beide mit einem Satz los. Oben blieben die Pferde mit einem Ruck stehen, und Emmas großer blauer Schleier sank wieder über ihr Gesicht.

Es war in den ersten Tagen des Oktobers. Über der Ebene lag Nebel. Lange Dunstschwaden zogen sich am Horizont vor den Hügeln hin. Andere zerrissen, stiegen auf und zerstoben. Manchmal sah man durch die Wolken in einem Sonnenstrahle die Dächer von Yonville mit den Gärten am Ufer des Flusses, den Höfen, Mauern und dem Kirchturm. Emma kniff die Augen zusammen, um ihr Haus zu erkennen, und noch niemals war ihr das armselige Dorf, in dem sie lebte, so klein vorgekommen. Von der Anhöhe, auf der sie standen, wirkte das Tal wie

ein weiter, blasser See, von dem Dunst in die Luft aufstieg. Die Baumgruppen sprangen hier und dort wie
schwarze Felsen daraus hervor; und die hohen Pappel-
reihen, die über den Nebel hinausragten, sahen aus wie
Gestade, die der Wind aufwühlte.

Zu ihrer Seite ergoß sich gedämpftes Licht zwischen
den Tannen durch die laue Luft auf den Rasen nieder.
Der Boden war rotbraun wie Tabak und verschluckte
jeden Schritt. Die Pferde stießen im Trab mit ihren Hufeisen heruntergefallene Tannenzapfen vor sich her.

Rodolphe und Emma ritten den Waldessaum entlang.
Von Zeit zu Zeit wandte sie sich ab, um seinem Blick
auszuweichen, und dann sah sie nur noch die Tannen-
stämme in langen Reihen an sich vorbeiziehen, und dieses unaufhörliche Vorübergleiten machte sie ein wenig
schwindlig. Die Pferde schnaubten. Das Leder der Sättel
knarrte.

Gerade als sie in den Wald kamen, trat die Sonne hervor.

»Gott beschützt uns!« sagte Rodolphe.

»Glauben Sie?« fragte sie zurück.

»Weiter! weiter!« versetzte er.

Er schnalzte mit der Zunge. Die beiden Tiere griffen
wacker aus.

Hohe Farnkräuter am Wegesrand verfingen sich in
Emmas Steigbügel. Rodolphe beugte sich im Dahin-
reiten nieder und machte sie immer wieder los. Manchmal ritt er neben ihr her, um überhängende Zweige von
ihr abzuhalten, und Emma spürte, wie sein Knie ihr Bein
streifte. Der Himmel war blau geworden. Kein Blatt
regte sich. Sie kamen über weite Stellen voll blühenden
Heidekrautes, und zwischen dem Gewirr der Bäume,
die je nach ihrem Laub grau, fahlgelb oder goldbraun
gefärbt waren, breiteten sich ganze Teppiche von Veilchen aus. Zuweilen hörte man im Gesträuch ein leises
Flügelschlagen oder das heisere, sanfte Krächzen der
Raben, die in die Eichen davonflogen.

Sie saßen ab. Rodolphe band die Pferde an. Sie ging voraus über das Moos zwischen den tiefen Radspuren.

Aber ihr Kleid war zu lang und behinderte sie, obwohl sie es an der Schleppe gerafft trug, und Rodolphe, der hinter ihr ging, weidete seine Augen zwischen dem schwarzen Tuch und dem schwarzen Schuh an dem zarten Weiß ihres Strumpfes, der ihm wie ein Stück ihrer Nacktheit erschien.

Sie blieb stehen.

»Ich bin müde«, sagte sie.

»Noch ein Stückchen weiter, versuchen Sie's doch!« bat er. »Nur Mut!«

Hundert Schritte weiter blieb sie aufs neue stehen. Durch den Schleier, der von ihrem Herrenhut schräg über ihre Hüften herabhing, sah man ihr Gesicht in einem bläulichen durchsichtigen Hauch, als wäre sie in azurne Fluten getaucht.

»Wohin gehen wir denn?«

Er antwortete nicht. Sie atmete stoßweise. Rodolphe blickte sich um und biß sich auf den Schnurrbart.

Sie gelangten auf eine kleine Lichtung, wo man junge Stämme gefällt hatte. Sie setzten sich auf einen der umgelegten Bäume, und Rodolphe fing an von seiner Liebe zu reden.

Zunächst machte er sie nicht mit verliebten Geständnissen kopfscheu, sondern gab sich ruhig, ernst und schmerzlich versonnen.

Emma hörte ihm gesenkten Kopfes zu und scharrte dabei mit der Fußspitze in einem Häufchen Holzspäne, die vor ihr am Boden lagen.

Doch als er sagte: »Sind unsere Schicksale jetzt nicht einander verschwistert?« entgegnete sie: »Nein, nein! Das wissen Sie doch genau. Es ist unmöglich!«

Sie stand auf und wollte gehen. Da faßte er sie am Handgelenk. Sie blieb stehen, sah ihn eine Weile liebevoll und mit feuchten Augen an und sagte dann unvermittelt: »Ach, reden wir nicht mehr davon . . . Wo sind die Pferde? Wir wollen nach Hause.«

Er machte eine zornige, ärgerliche Bewegung. Da sagte sie noch einmal: »Wo sind die Pferde? Wo sind die Pferde?«

Auf einmal ging er mit einem seltsamen Lächeln, den Blick starr auf sie gerichtet, mit zusammengebissenen Zähnen auf sie zu und breitete die Arme aus. Sie wich zitternd zurück und stammelte: »Oh, ich habe Angst vor Ihnen! Tun Sie mir nichts! Wir wollen gehen.«

»Wenn es denn sein muß«, erwiderte er, und sein Gesicht bekam einen völlig veränderten Ausdruck.

Er wurde augenblicklich wieder respektvoll, freundlich, ja schüchtern. Sie gab ihm ihren Arm, und sie gingen zurück.

»Was hatten Sie nur?« fragte er. »Warum? Ich habe es mir nicht erklären können. Sie sind sicher in einem Irrtum befangen. In meinem Herzen thronen Sie wie eine Madonna auf hohem Sockel, hoch oben, unwandelbar und makellos. Aber ich kann nicht leben ohne Sie! Ich muß Ihre Augen sehen, Ihre Stimme hören, Ihre Gedanken wissen! Seien Sie mir eine Freundin, eine Schwester, ein schützender Engel!«

Und er schlang seinen Arm um ihren Leib. Sie versuchte sich sanft loszumachen; aber er hielt sie fest, während sie weitergingen.

Doch da hörten sie die beiden Pferde, die das Laub abrupften.

»Oh, bleiben wir noch!« bat Rodolphe. »Reiten wir noch nicht zurück! Bleiben Sie!«

Er zog sie weiter mit sich fort, rund um einen kleinen Teich, dessen Spiegel ganz grün von Wasserlinsen war. Verwelkte Seerosen lagen unbeweglich zwischen den Binsen. Beim Geräusch ihrer Schritte im Gras hüpften ein paar Frösche davon und verkrochen sich.

»Es ist nicht recht von mir, es ist nicht recht!« sagte sie. »Es ist heller Wahnsinn, daß ich Sie anhöre.«

»Warum?... Emma! Emma!«

»Oh, Rodolphe!...« sagte schmachtend die junge Frau und lehnte sich an seine Schulter.

Das Tuch ihres Kleides schmiegte sich an den Samt seines Rockes. Sie bog ihren weißen Hals zurück, ein Seufzer entrang sich ihr, und halb ohnmächtig, tränenüberströmt, in einem langen Erschauern ihres ganzen Leibes und beide Hände vor das Gesicht geschlagen gab sie sich ihm hin.

Die Schatten der Abenddämmerung sanken nieder. Die Sonne stand tief am Horizont. Sie schien durch das Geäst und blendete ihr die Augen. Da und dort blinkten rings um sie im Laub oder auf dem Boden Lichtflecken, als hätten Kolibris im Vorbeifliegen ihre Federn verstreut. Weit und breit war alles still. Eine sanfte Ruhe ging, so schien es ihr, von den Bäumen aus. Sie spürte ihr Herz wieder schlagen und fühlte, wie das Blut aufs neue durch ihren Leib strömte gleich einer Flut quellender Milch. Dann vernahm sie ganz in der Ferne, noch hinter den Wäldern auf den andern Hügeln, einen unbestimmbaren, langgezogenen Schrei, eine Stimme, die lang hinhallte, und sie lauschte ihr schweigend, während sie wie Musik mit den letzten Schauern ihrer aufgewühlten Nerven zusammenklang. Rodolphe hatte eine Zigarre zwischen den Zähnen und flickte mit seinem Taschenmesser einen der beiden Zügel, der gerissen war.

Sie ritten auf dem gleichen Weg nach Yonville zurück. Im aufgeweichten Boden sahen sie die Spuren ihrer Pferde, nebeneinander, und dieselben Gebüsche, dieselben Steine im Gras. Nichts rings um sie her hatte sich verändert, und doch war für Emma etwas Unerwartetes geschehen, etwas Bedeutsameres, als wenn inzwischen die Berge von ihrem Platze gerückt wären. Dann und wann beugte sich Rodolphe zu ihr hinüber und nahm ihre Hand und küßte sie.

Sie sah bezaubernd aus zu Pferd! Ihre schlanke Gestalt war kerzengerade aufgerichtet, das Knie über der Mähne des Pferdes gebogen und das Antlitz leicht gerötet von der frischen Luft und auch vom Widerschein des Abendrots.

Als sie in Yonville einritten, ließ sie ihr Pferd auf den Pflastersteinen tänzeln. Alles lief an die Fenster und schaute ihr zu.

Beim Abendessen fand ihr Gatte, sie sehe gut aus. Doch als er sich nach ihrem Spazierritt erkundigte, tat sie, als hörte sie nichts, und blieb mit aufgestützten Ellbogen vor ihrem Teller zwischen den beiden brennenden Kerzen sitzen.

»Emma!« sagte er.

»Was denn?«

»Hör zu, ich bin heute nachmittag bei Herrn Alexandre vorbeigegangen. Er hat eine junge Stute zu verkaufen, ein noch recht schönes Tier, nur ein bißchen kahl an den Knien. Ich könnte sie bestimmt für hundert Taler bekommen...«

Nach einer Weile fuhr er fort: »Ich dachte sogar, du würdest dich darüber freuen, und habe das Pferd für mich zurückstellen lassen... Ich habe es gekauft... Sag, es ist dir doch recht?«

Sie nickte zum Zeichen ihres Einverständnisses. Eine Viertelstunde später fragte sie: »Gehst du noch aus?«

»Ja, warum?«

»Ach, nur so, mein Lieber.«

Kaum war sie Charles losgeworden, ging sie in ihr Zimmer hinauf und schloß sich ein.

Zunächst überkam es sie wie eine Betäubung. Sie sah die Bäume, die Wege und Gräben, Rodolphe vor sich, fühlte immer noch, wie er sie in seinen Armen hielt, während das Laub rauschte und der Wind durch die Binsen strich.

Als sie sich dann aber im Spiegel sah, staunte sie über ihr Gesicht. Noch nie hatte sie so schwarze, so große, so unergründliche Augen gehabt. Etwas Vergeistigtes lag über ihrem ganzen Wesen und verschönte es.

Immer wieder sagte sie sich: Ich habe einen Geliebten! einen Geliebten! Und diese Vorstellung beseligte sie, als wäre sie zum zweitenmal zur Frau geworden. Endlich sollten also auch ihr die Freuden der Liebe zuteil werden, sollte sie jenes selige Fieber kennenlernen, auf das sie für immer Verzicht geleistet hatte. Sie betrat nun ein wundersames Reich, in dem eitel Leidenschaft herrschte, Verzückung und Sinnentaumel. Unermeßliche Bläue umgab sie, die höchsten Höhen des Gefühls funkelten vor ihren Gedanken, und nur tief unten, in weiter Ferne, im Dunkel, war der Alltag in den Niederungen am Fuße dieser Höhen wahrzunehmen.

Dann dachte sie wieder an die Heldinnen der Romane, die sie gelesen hatte, und die gefühlvolle Schar dieser Ehebrecherinnen sang in ihrem Gedächtnis mit schwesterlichen Stimmen, die sie bezauberten. Sie wurde selbst gleichsam ein lebendiger Teil dieser Phantasiebilder, und die langen Träumereien ihrer Jugendzeit wurden Wirklichkeit, als sie sich nun zu dieser Art liebender Frauen zählte, die sie so sehr beneidet hatte. Zudem empfand Emma ein Gefühl befriedigter Rache. Hatte sie nicht Leid genug ausgestanden? Jetzt aber triumphierte sie, und die so lange zurückgedrängte Liebe brach mit aller Gewalt hervor und schlug fröhliche Wellen. Sie kostete sie genießerisch aus, ohne Gewissensbisse, ohne Unruhe, unbeirrt.

Der nächste Tag verging in neuer Seligkeit. Sie schworen sich immer wieder ewige Liebe und Treue. Sie erzählte ihm von all dem Traurigen, das sie durchgemacht hatte. Rodolphe verschloß ihr den Mund mit seinen Küssen; und sie schaute ihn unter gesenkten Lidern hervor an und bat ihn, sie noch einmal bei ihrem Namen zu nennen und ihr immer wieder zu sagen, daß er sie liebe. Es war, wie tags zuvor, im Walde in der Hütte eines Holzschuhmachers. Die Wände waren aus Stroh und das Dach so niedrig, daß man gebückt stehen mußte. Sie saßen dicht beisammen auf einer Lagerstatt aus dürrem Laub.

Von diesem Tag an schrieben sie einander jeden Abend. Emma trug ihre Briefe hinunter zum Fluß ans Ende des Gartens und steckte sie dort in eine Spalte der Terrasse. Dort holte sie Rodolphe ab und legte dafür einen andern hin. Jedesmal warf sie ihm dann vor, er sei zu kurz.

Als Charles eines Morgens noch vor Tagesanbruch fortgegangen war, überkam sie plötzlich die Lust, Rodolphe augenblicklich zu sehen. Sie konnte im Nu in La Huchette sein, eine Stunde dort verweilen und wieder in Yonville zurück sein, bevor irgendwer aufgewacht war. Dieser Gedanke verschlug ihr fast den Atem, so sehnsüchtig wurde ihr dabei zumute. Bald darauf lief sie eilenden Fußes mitten über die Wiesen, ohne hinter sich zu blicken.

Der Tag begann zu grauen, als Emma von ferne das Haus ihres Geliebten erkannte. Die beiden schwalbenschwanzförmigen Wetterfahnen hoben sich schwarz vom blaß dämmernden Himmel ab.

Hinter dem Hof des Pachtgutes ragte ein stattliches Gebäude auf; das mußte das Herrenhaus sein. Emma ging hinein, als hätten sich die Mauern bei ihrem Näherkommen von selbst aufgetan. Eine große gerade Treppe führte zum Korridor hinauf. Emma drehte den Riegel einer Tür und gewahrte unversehens hinten im Zimmer einen Mann, der schlief. Es war Rodolphe. Sie stieß einen Schrei aus.

»Du hier? Du bist hier!« staunte er. »Wie hast du's nur fertiggebracht hierherzukommen?... Oh, dein Kleid ist ganz naß!«

»Ich liebe dich!« gab sie zur Antwort und schlang ihre Arme um seinen Hals.

Da ihr dieses erste Wagnis geglückt war, kleidete sich Emma von nun an jedesmal, wenn Charles früh wegging, geschwind an und schlich leise die Stiege hinunter, die zum Bach hinabführte.

War jedoch der Kuhsteg weggenommen, so mußte sie

an den Mauern, die sich am Fluß hinzogen, entlanggehen. Die Böschung war glitschig, und sie mußte sich
mit der Hand an den verwelkten Ackerrettichbüscheln
festhalten, um nicht hinzufallen. Dann eilte sie quer über
gepflügte Äcker, auf denen sie einsank, stolperte und
mit ihren feinen Stiefelchen steckenblieb. Ihr Seidentuch,
das sie um den Kopf gebunden hatte, flatterte im Wind,
wenn sie über die Weideplätze ging; aus Angst vor den
Ochsen fing sie zu laufen an. Völlig außer Atem, mit geröteten Wangen und am ganzen Leib einen herben Duft
nach grünem Laub und frischer Luft ausströmend, langte
sie bei Rodolphe an, der um diese Stunde noch schlief. Es
war stets, als trete ein Frühlingsmorgen in sein Zimmer.

Die gelben Vorhänge an den Fenstern ließen ein weiches, schweres gelbliches Licht herein. Mit blinzelnden
Augen tastete sich Emma vorwärts, während die Tau-
tropfen, die in ihrem schlicht gescheitelten Haar hingen,
rings um ihr Gesicht wie eine Aureole aus Topas glitzerten. Lachend zog Rodolphe sie an sich und drückte sie
an sein Herz.

Nachher musterte sie das Zimmer, öffnete alle Schub-
fächer an den Möbeln, kämmte sich mit seinem Kamm
und besah sich in seinem Rasierspiegel. Manchmal nahm
sie sogar eine große Pfeife in den Mund, die auf dem
Nachttisch neben einer Wasserflasche zwischen Zitronen
und Zuckerstückchen lag.

Zum Abschiednehmen brauchten sie immer eine gute
Viertelstunde. Emma weinte jedesmal. Am liebsten
hätte sie Rodolphe überhaupt nie mehr allein gelassen.
Etwas, was stärker war als sie, trieb sie zu ihm. Das ging
so weit, daß er eines Tages, als er sie unerwartet hereinkommen sah, unwillig die Stirn runzelte, als käme sie
ihm ungelegen.

»Was hast du denn?« fragte sie. »Hast du Schmerzen?
Sag doch etwas!«

Schließlich erklärte er ihr ernst, ihre Besuche grenzten
nachgerade an Leichtsinn, und sie bringe sich ins Gerede.

10

Nach und nach steckte Rodolphe sie mit seinen Ängsten an. Anfangs hatte die Liebe sie in einen solchen
Rauschzustand versetzt, daß sie an nichts anderes gedacht hatte. Jetzt aber, da diese Liebe für ihr Leben un-
entbehrlich geworden war, fürchtete sie, es könnte ihr
davon etwas verlorengehen oder jemand werde sie wo-
möglich stören. Wenn sie bei ihm gewesen war und wieder heimging, schaute sie sich unruhig überall um, behielt jede Gestalt, die am Horizont auftauchte, scharf im
Auge, desgleichen jede Dachluke im Dorf, von wo aus
man sie hätte sehen können. Sie lauschte auf jeden
Schritt, jeden Schrei, jedes Klirren eines Pfluges; und
jedesmal hielt sie im Lauf inne, totenbleich und zitternd
wie die Pappelblätter zu ihren Häupten.

Als sie eines Morgens heimwärts hastete, glaubte sie
plötzlich den langen Lauf eines Karabiners vor sich zu
sehen, und es war ihr, als zielte er auf sie. Er ragte schräg
über den Rand eines kleinen Fasses hervor, das, halb im
Gras verborgen, am Rand eines Grabens stand. Emma
war vor Schreck einer Ohnmacht nahe, aber sie ging
dennoch weiter. Da fuhr mit einemmal, wie ein Spring-
teufel aus einer Schachtel, ein Mann aus dem Faß auf. Er
trug Schnallengamaschen, die ihm bis an die Knie reichten, hatte die Mütze bis über die Augen herabgezogen,
seine Lippen zitterten, und seine Nase war rot vor Kälte.
Es war Hauptmann Binet, der auf dem Anstand nach
Wildenten lag.

»Sie hätten schon von weitem schreien müssen!« rief
er. »Wenn man eine Flinte sieht, muß man immer warnen!«

Der Steuereinnehmer versuchte auf diese Weise die
Angst, die er ausgestanden hatte, zu verhehlen; denn
eine Verordnung des Präfekten hatte die Jagd auf Enten,
außer vom Boot aus, untersagt, und so hatte sich Herr
Binet trotz seiner Achtung vor dem Gesetz strafbar gemacht und meinte daher jeden Augenblick den Feld-

hüter kommen zu hören. Aber dieses Hangen und Bangen verlieh seinem Vergnügen erst den richtigen Reiz, und während er mutterseelenallein in seiner Tonne hockte, freute er sich spitzbübisch über sein Glück und seine Schlauheit.

Als er Emma vor sich sah, fiel ihm sichtlich ein Stein vom Herzen, und er begann sofort ein Gespräch mit ihr.

»Warm ist es nicht gerade. Die Kälte *beißt* einen ordentlich!«

Emma gab ihm keine Antwort. Er fuhr fort: »Sie sind recht früh schon unterwegs!«

»Ja«, stammelte sie, »ich war bei der Amme, bei der mein Kind in Pflege ist.«

»Ah, so, so, sehr gut. Ich meinerseits, so wie Sie mich hier sehen, sitze schon seit dem Morgengrauen da. Aber das Wetter ist so diesig, und wenn man die Vögel nicht grade vor den Lauf kriegt...«

»Gott befohlen, Herr Binet«, unterbrach sie ihn und kehrte ihm den Rücken.

»Gehorsamer Diener, Madame«, erwiderte er frostig.

Und er kroch wieder in sein Faß.

Emma bereute es, daß sie den Steuereinnehmer so brüsk hatte stehenlassen. Sicherlich würde er nun allerlei heillose Mutmaßungen anstellen. Die Geschichte mit der Amme war die allerdümmste Ausflucht gewesen, denn in Yonville wußte jeder, daß die kleine Bovary schon seit einem Jahr wieder bei ihren Eltern lebte. Außerdem wohnte weit und breit niemand; dieser Weg führte nur nach La Huchette. Also hatte Binet erraten, woher sie kam, und er würde nicht den Mund halten, er würde schwatzen, das war sicher. Bis zum Abend zermarterte sie sich den Kopf nach allen nur erdenklichen Lügen. In einem fort sah sie diesen Esel mit seiner Jagdtasche vor sich.

Charles sah, daß sie etwas bedrückte, und um sie ein bißchen aufzuheitern, wollte er sie unbedingt zum Apotheker mitnehmen. Der erste Mensch, den sie in der

Apotheke zu Gesicht bekam, war wiederum der Steuereinnehmer. Er stand vor dem Ladentisch, vom Schein der roten Glaskugel beleuchtet, und sagte gerade: »Geben Sie mir bitte eine halbe Unze Vitriol.«

»Justin!« schrie der Apotheker, »bring die Schwefelsäure!«

Dann wandte er sich zu Emma, die eben in die Wohnung der Madame Homais hinaufgehen wollte: »Nein, bleiben Sie hier, es lohnt sich nicht mehr. Sie wird gleich herunterkommen. Wärmen Sie sich unterdessen am Ofen . . . Entschuldigen Sie . . . Guten Tag, Doktor« – der Apotheker gefiel sich nämlich darin, das Wort Doktor, wo es nur anging, anzubringen, als könnte jedesmal, wenn er jemanden so anredete, etwas von dem Glanz, den es für ihn besaß, auch auf ihn zurückstrahlen. ». . . aber gib acht, Justin, daß du die Mörser nicht umwirfst! Hol lieber die Stühle aus dem Wohnzimmer; du weißt doch, daß die Sessel aus dem Salon nicht herausgetragen werden dürfen.«

Und schon wollte Homais hinter dem Ladentisch hervorstürzen und seinen Sessel wieder an den gewohnten Platz stellen, da verlangte Binet eine halbe Unze Zuckersäure.

»Zuckersäure?« grinste der Apotheker überlegen. »Kenne ich nicht. Keine Ahnung! Vielleicht wollen Sie Oxalsäure? Sie meinen Oxalsäure, nicht wahr?«

Binet setzte ihm auseinander, er benötige ein Ätzmittel, damit er selbst eine Kupferlösung zum Entrosten verschiedener Jagdgeräte herstellen könne. Emma schrak zusammen. Der Apotheker entgegnete: »Ja, das Wetter ist jetzt wirklich nicht gerade angenehm, bei dieser Feuchtigkeit!«

»Immerhin«, versetzte der Steuereinnehmer, »immerhin gibt es Leute, die sich nichts draus machen.«

Emma stockte der Atem.

»Geben Sie mir noch . . .«

Geht er denn überhaupt nicht mehr? dachte sie.

».. . eine halbe Unze Kolophonium und Terpentin, vier Unzen gelbes Wachs und anderthalb Unzen Beinschwarz zum Reinigen meines Lacklederzeugs.«

Der Apotheker ging eben daran, das Wachs abzuschneiden, als Madame Homais erschien. Sie trug Irma auf dem Arm, Napoleon ging ihr zur Seite, und hinterdrein kam Athalie. Sie setzte sich auf die Samtbank beim Fenster, der Junge hockte sich auf einen niedrigen Sessel, während seine ältere Schwester um die Büchse mit den Brustbonbons herumstrich und immer in der Nähe ihres Papas blieb. Der goß seine Trichter voll, verkorkte Fläschchen, klebte Etiketts auf und fertigte Päckchen an. Rings um ihn schwieg alles, und man hörte nur von Zeit zu Zeit die Gewichte auf der Waage klirren und ab und zu ein paar leise Worte des Apothekers, der seinem Lehrling Anweisungen gab.

»Wie geht's Ihrem Töchterchen?« fragte plötzlich Madame Homais.

»Ruhe!« rief ihr Mann, der Zahlen in sein Notizheft eintrug.

»Warum haben Sie die Kleine nicht mitgebracht?« fragte sie leise weiter.

»Pst! pst!« machte Emma und deutete auf den Apotheker.

Doch Binet, der ganz in seine Rechnung vertieft war, hatte anscheinend nichts gehört. Endlich ging er. Da stieß Emma erleichtert einen tiefen Seufzer aus.

»Wie schwer Sie atmen!« sagte Madame Homais.

»Ach, es ist eben heiß«, antwortete sie.

Am nächsten Tag erwogen sie deshalb, ihre Zusammenkünfte anders einzurichten. Emma wollte ihrer Magd durch ein Geschenk den Mund stopfen. Aber noch ratsamer war es, in Yonville ein verschwiegenes Haus ausfindig zu machen. Rodolphe versprach, sich danach umzusehen.

Den ganzen Winter über kam er drei- oder viermal jede Woche in stockfinsterer Nacht in den Garten. Emma hatte absichtlich den Schlüssel zum Gartentor abgezogen, während Charles glaubte, er sei verlorengegangen.

Rodolphe meldete sein Kommen jedesmal, indem er eine Handvoll Sand gegen die Fensterläden warf. Dann sprang sie hastig auf; aber manchmal mußte sie warten, denn Charles hatte die leidige Angewohnheit, mit ihr noch am Kamin zu schwatzen, und oft wollte und wollte er nicht aufhören.

Sie verging fast vor Ungeduld; hätten ihre Blicke es vermocht, so hätten sie ihn gezwungen, aus dem Fenster zu springen. Schließlich begann sie sich für die Nacht zurechtzumachen; dann nahm sie ein Buch zur Hand und las in aller Gemütsruhe weiter, als sei ihre Lektüre überaus fesselnd. Aber dann rief Charles, der bereits im Bett lag, sie solle jetzt auch schlafen gehen.

»Komm doch, Emma«, sagte er, »es ist spät.«

»Ja, ich komme schon«, gab sie zurück.

Da ihn aber das Kerzenlicht blendete, drehte er sich zur Wand und schlief ein. Sie schlich mit angehaltenem Atem hinaus, lächelnd, mit klopfendem Herzen, im Nachtgewand.

Rodolphe trug einen weiten Mantel; er hüllte sie ganz hinein, faßte sie dann um den Leib und zog sie wortlos mit sich bis hinten in den Garten.

Sie liebten sich in der Laube, auf derselben morschen Holzbank, wo damals Léon sie an manchem Sommerabend so verliebt angeschaut hatte. Jetzt aber dachte sie kaum noch an ihn.

Die Sterne funkelten durch die kahlen Jasminzweige. Hinter sich hörten sie den Fluß vorbeirauschen, und hin und wieder knackte am Ufer das dürre Schilf. Da und dort wölbten sich mächtige dunkle Massen in der Finsternis, und manchmal erschauerten sie in einer einzigen Bewegung, richteten sich empor und neigten sich, als wären es ungeheure schwarze Wogen, die auf die Liebenden zurollten und sie unter sich begraben wollten. Die nächtliche Kälte machte, daß sie sich noch enger umschlangen; die Seufzer, die ihren Lippen entfuhren, dünkten sie heißer, ihre Augen, die sie kaum erkennen konnten, kamen ihnen größer vor, und mitten in der schweigenden Stille fiel dann und wann ein leises Wort, das mit einem kristallenen Klang auf ihre Seele niederfiel, darin widerhallte und noch lange nachschwang.

Wenn die Nacht regnerisch war, flüchteten sie ins Sprechzimmer, das zwischen dem Schuppen und dem Pferdestall lag. Emma zündete einen der Küchenleuchter an, den sie hinter den Büchern versteckt hatte. Rodolphe machte es sich bequem, als wäre er da zu Hause. Der Anblick des Bücherregals, des Schreibtischs, kurz, des ganzen Zimmers erregte seine Heiterkeit; und er konnte sich nicht enthalten, über Charles eine Menge Witze zu reißen, die Emma peinlich berührten. Sie hätte ihn lieber ernst gesehen, sogar gelegentlich etwas dramatischer, wie einmal, als sie auf dem Gartenweg Schritte zu hören glaubte, die näherkamen.

»Es kommt jemand!« sagte sie.

Er blies das Licht aus.

»Hast du deine Pistolen?«

»Wozu?«

»Nun ja . . . um dich zu verteidigen«, versetzte Emma.

»Gegen deinen Mann, meinst du? Ach, der arme Tropf!«

Und dazu schnippte er mit den Fingern, als wollte er sagen: Den zerdrücke ich mit einem Nasenstüber!

Sie war über seine Unerschrockenheit ganz verblüfft, obwohl sie eine gewisse mangelnde Zartheit und eine Art urwüchsige Grobheit herausspürte und sich darüber aufhielt.

Rodolphe dachte viel über diese Geschichte mit den Pistolen nach. Wenn sie im Ernst gesprochen hatte, so war das recht lächerlich, dachte er, ja sogar abscheulich, denn er hatte wahrhaftig keinen Anlaß, den guten Charles zu hassen, war er doch nicht – wie man so sagt – von Eifersucht verzehrt. Zudem hatte ihm Emma, was Charles betraf, einen feierlichen Schwur abgelegt, den er auch nicht besonders geschmackvoll fand.

Außerdem wurde sie nachgerade reichlich sentimental. Er hatte mit ihr Miniaturbildnisse tauschen müssen; sie hatten sich büschelweise Haare abgeschnitten, und jetzt wollte sie auch noch einen Ring haben, einen richtigen Ehering zum Zeichen ihres ewigen Liebesbundes. Oft schwärmte sie ihm von den Abendglocken vor oder von den *Stimmen der Natur*. Dann erzählte sie wieder von ihrer Mutter und wollte auch von ihm manches über seine Mutter wissen. Rodolphe hatte sie vor zwanzig Jahren verloren. Nichtsdestoweniger tröstete ihn Emma in jener läppischen Kleinkindersprache, in der Erwachsene etwa zu einem verwaisten Bübchen reden, und mehrmals hatte sie zum Mond emporgeschaut und gesagt: »Ich bin sicher, sie sind jetzt dort droben beisammen und segnen unsere Liebe!«

Aber sie war so bildhübsch! Er hatte wenige Frauen besessen, die so zutraulich und unverdorben gewesen waren. Diese fast reine Liebe war für ihn etwas Neues, sie trug ihn über seine gewohnten leichtfertigen Abenteuer empor und schmeichelte zugleich seinem Selbstgefühl und seiner Sinnlichkeit. Emmas verstiegene Schwärmerei, die er in seinem nüchternen Spießerverstand geringschätzte, freute ihn im Grunde seines Herzens, galt sie doch ihm. Nun aber, da er sich von ihr geliebt wußte, tat er sich keinen Zwang mehr an, und unmerklich änderte sich sein Benehmen.

Er hatte nicht mehr wie früher die liebevollen Worte für sie, bei denen ihr die Tränen kamen, noch die stürmischen Liebkosungen, bei denen sie wie in Raserei geriet. So war ihr zumute, als schwinde die große Liebe, in der sie völlig aufging, die ihr Leben erfüllte, unter ihr dahin wie das Wasser eines Flusses, das in seinem Bett versickert, und sie sah gleichsam auf den schlammigen Grund. Sie wollte nicht daran glauben und war doppelt zärtlich; aber Rodolphe nahm sich immer weniger zusammen und machte schließlich aus seiner Gleichgültigkeit kein Hehl mehr.

Sie wußte selber nicht, ob sie es bereute, sich ihm hingegeben zu haben, oder ob sie nicht im Gegenteil wünschte, ihn noch mehr zu lieben. Das demütigende Gefühl ihrer Schwachheit schlug in einen dumpfen Groll um, den die Wollust immer wieder zum Schweigen brachte. Sie liebte ihn nicht stetig und ruhig, sondern es war, als würde sie andauernd von neuem verführt. Er hatte sie in seiner Gewalt. Sie ängstigte sich beinahe vor ihm.

Äußerlich schien ihr Verhältnis allerdings ruhiger denn je; denn Rodolphe hatte seinen Willen durchgesetzt, und Emmas Ehebruch ließ sich so an, wie es ihm zupaß kam; und nach sechs Monaten, als der Frühling kam, lebten sie miteinander wie zwei Gatten, die friedsam eine eheliche Flamme hegen.

Es war um die Zeit, da der alte Rouault *seine* Truthenne zu schicken pflegte zur Erinnerung an sein geheiltes Bein. Dem Geschenk lag wie jedesmal ein Brief bei. Emma schnitt die Schnur entzwei, mit dem er am Korb festgebunden war, und las die folgenden Zeilen:

»Meine lieben Kinder,

ich hoffe, Gegenwärtiges treffe Euch in guter Gesundheit, und sie schmecke Euch ebenso gut wie die früheren; mir kommt sie nämlich ein bißchen mürber vor, wenn ich so sagen darf, und fester im Fleisch. Das nächstemal werde ich Euch aber zur Abwechslung einen Hahn schicken, es sei denn, Ihr habt lieber ein paar Hühnchen, und schickt mir bitte den Korb zurück samt den beiden früheren. Ich habe Unglück mit meinem Wagenschuppen gehabt; das Dach ist jüngsthin nachts, als es heftig stürmte, in die Bäume geflogen. Auch die Ernte war heuer nicht gerade berühmt. Kurz, ich weiß noch nicht, wann ich Euch besuchen kann. Es fällt mir jetzt so schwer, das Haus zu verlassen, seit ich allein bin, meine liebe Emma!«

Hier war ein leerer Raum zwischen den Zeilen, wie wenn der Alte seine Feder hingelegt und eine Weile seinen Gedanken nachgehangen hätte.

»Was mich betrifft, so bin ich wohlauf, abgesehen von einem Schnupfen, den ich mir neulich auf dem Jahrmarkt in Yvetot geholt habe. Ich war dorthin gegangen, um einen Schäfer einzustellen. Den alten habe ich hinausgeworfen, weil er so mäklig im Essen war. Man hat schon seine liebe Not mit diesem Diebsgesindel. Übrigens: unehrlich war er auch.

Ich habe von einem Hausierer, der diesen Winter durch Eure Gegend gekommen ist und sich einen Zahn hat ziehen lassen, erfahren, daß Bovary immer tüchtig zu tun hat. Das wundert mich nicht, und er hat mir seinen Zahn gezeigt. Wir haben zusammen einen Kaffee getrunken. Ich habe ihn gefragt, ob er Dich gesehen habe, er hat gesagt: Nein, aber er habe im Stall zwei Pferde gesehen, woraus ich schließe, daß das Geschäft läuft. Das ist ja erfreulich, meine lieben Kinder, und der liebe Gott möge Euch alles erdenkliche Glück schenken.

Es tut mir leid, daß ich mein liebes Enkelkind Berthe Bovary noch nicht kenne. Ich habe für sie im Garten unter deinem Zimmer einen Pflaumenbaum gepflanzt, und ich dulde nicht, daß jemand von den Pflaumen nimmt, es sei denn, um später für sie Mus einzukochen. Das werde ich dann für sie im Spind aufheben, bis sie kommt.

Gehabt Euch wohl, meine lieben Kinder. Ich küsse Dich, liebe Tochter, und auch Dich, lieber Schwiegersohn, und die Kleine auf beide Backen.

Ich verbleibe mit vielen Grüßen
Euer Euch innig liebender Vater
Théodore Rouault.«

Sie saß noch eine gute Weile still da und hielt das grobe Papier in der Hand. Es wimmelte darin von orthographischen Schnitzern, aber Emma sann dem liebevollen Gedenken nach, das aus jedem Wort herauszuhören war, wie eine halb in einem Dornbusch versteckte Henne ihr Glucken vernehmen läßt. Er hatte die Schrift mit Asche aus dem Herd getrocknet, denn ein bißchen grauer Staub rieselte von dem Brief auf ihr Kleid, und sie meinte, ihren Vater fast leibhaft vor sich zu sehen, wie er sich zum Herd niederbückte und die Feuerzange nahm. Wie lange war es her, daß sie nicht mehr neben ihm auf dem Schemel vor dem Kamin gesessen und einen Stecken in den lodernden Flammen, die von den knisternden Meerbinsen emporschlugen, angesengt hatte!... Sie dachte an Sommerabende zurück, die voll Sonne waren. Die Fohlen wieherten, wenn man vorbeikam, und galoppierten und galoppierten... Unter ihrem Fenster stand ein Bienenkorb, und manchmal stießen die Bienen, die im Licht umherschwirrten, mit einem leisen Knall gegen die Fensterscheiben und prallten ab wie goldene Kügelchen. Wie glücklich war sie in jener Zeit gewesen! Wie frei und hoffnungsvoll! Wie überreich an Illusionen! Jetzt blieben ihr keine mehr! Sie hatte bei jedem Erlebnis ihrer Seele ein paar Wunschträume aufgeben müssen, in jeder neuen Phase ihres Lebens, als Jungfrau, Gattin und Liebende. So hatte sie im Verlauf ihres Lebens in einem fort eine Hoffnung nach der anderen zu Grabe getragen, wie ein Reisender, der unterwegs in jeder Herberge etwas von seinem Reichtum zurückläßt.

Was aber machte sie denn so unglücklich? Wo war das große umstürzende Ereignis, das sie so völlig verwandelt hatte? Und sie hob den Kopf und schaute um sich, als wollte sie die Ursache ihres Leids suchen.

Ein Strahl der Aprilsonne schillerte auf dem Porzellan des Wandbretts. Das Feuer brannte; sie spürte unter ihren Pantoffeln den weichen Teppich. Es war ein heiterer Tag, die Luft war lau, und draußen hörte sie ihr Kind hell auflachen.

Die Kleine wälzte sich auf dem Rasen, mitten im Heu, das gerade gewendet wurde. Sie lag bäuchlings oben auf einem Heuhaufen. Das Dienstmädchen hielt sie am Röckchen fest. Neben ihnen hantierte Lestiboudois mit dem Rechen, und jedesmal, wenn er in ihre Nähe kam, beugte sie sich herunter und ruderte mit den Ärmchen in der Luft.

»Bring sie mir her!« rief Emma, lief ihr entgegen und schloß sie in die Arme. »Wie lieb ich dich habe, mein armes Kind! Wie lieb du mir bist!«

Als sie dann bemerkte, daß die Kleine ein bißchen schmutzige Ohrläppchen hatte, klingelte sie geschwind nach warmem Wasser und säuberte sie, wechselte ihre Wäsche, Strümpfchen und Schuhe, fragte unzählige Male, wie es ihr gehe, als wäre sie eben erst von einer Reise zurückgekehrt. Schließlich küßte sie das Kind noch einmal mit Tränen in den Augen und gab es dem Dienstmädchen zurück, das über diesen maßlosen Zärtlichkeitsausbruch höchst verdutzt war.

Am Abend fand Rodolphe sie ernster als gewöhnlich.

Es wird vorübergehen, dachte er, eine Laune!

Und er erschien dreimal hintereinander nicht zum Rendezvous. Als er wiederkam, behandelte sie ihn kühl und beinahe geringschätzig.

Ah, schade um die Zeit, mein Schätzchen! ... dachte er.

Er tat, als überhörte er ihre schwermütigen Seufzer und als sähe er nicht, daß sie ihr Taschentuch zog.

Erst jetzt empfand Emma Reue!

Sie fragte sich sogar, warum sie eigentlich Charles so überhaupt nicht ausstehen möge und ob es nicht besser gewesen wäre, wenn sie ihn hätte lieben können. Aber er bot ihr wenig Anlaß, diese Umkehr ihrer Gefühle an ihm zu erproben, so daß ihre Opferwilligkeit umsonst war. Da jedoch führte der Apotheker gerade zur rechten Zeit eine passende Gelegenheit herbei.

11

Homais hatte kürzlich allerlei Rühmliches über eine neuartige Methode zur Heilung von Klumpfüßen gelesen, und da er ein Anhänger des Fortschritts war, kam er auf den lokalpatriotischen Gedanken, daß auch Yonville, *um auf der Höhe zu sein*, seine Strephopodie-Operationen haben müsse.

»Denn«, erklärte er Emma, »was riskiert man schon dabei? Überlegen Sie mal selbst« – und er zählte ihr die Vorteile eines solchen Versuchs an den Fingern auf: ein so gut wie sicherer Erfolg, Besserung und Verschönerung für den Patienten und eine rasch erworbene Berühmtheit für den Operateur. »Warum möchte zum Beispiel Ihr Mann nicht den armen verkrüppelten Hippolyte vom *Goldenen Löwen* von seinen Gebrechen befreien? Beachten Sie wohl, daß er unfehlbar allen Gästen von seiner Heilung erzählen würde, und zudem« – Homais sprach leise weiter und blickte sich rings um –, »wer könnte mich abhalten, darüber eine kleine Notiz an die Zeitung einzusenden? Mein Gott, so ein Artikel macht die Runde ... man spricht darüber ... schließlich redet alle Welt davon! Und wer weiß? Wer weiß?«

Eigentlich war nicht einzusehen, warum Bovary das nicht schaffen sollte. Nichts sprach in Emmas Augen dagegen, daß er geschickt genug war, und welche Genugtuung bedeutete es für sie, ihn zu einem Schritt veranlaßt zu haben, durch den sein Ruf und sein Vermögen anwuchsen! Sie hatte nur einen Wunsch: sich auf etwas Verläßlicheres zu stützen, als es die Liebe war.

Der Apotheker und Emma lagen Charles so lange in den Ohren, bis er sich überzeugen ließ. Er bestellte aus Rouen das Buch des Doktors Duval und vertiefte sich Abend für Abend, den Kopf in die Hände gestützt, in diese Lektüre.

Und während er die Mißbildungen des Fußes, Varus und Valgus, das heißt Strephokatopodie, Strephendopodie und Strephexopodie, eingehend studierte – oder verständlicher ausgedrückt: die verschiedenen Verdrehungen des Fußes nach unten, innen oder außen – samt der Strephypopodie und der Strephanopodie – anders gesagt: der Torsion nach unten oder Verzerrung nach oben –, redete Herr Homais dem Hausknecht mit allen nur erfindlichen Gründen zu, er müsse sich operieren lassen.

»Du wirst vielleicht kaum einen leichten Schmerz verspüren. Es ist nur ein harmloser Stich wie bei einem kleinen Aderlaß, weniger schlimm, als wenn du dir ein Hühnerauge schneiden ließest.«

Hippolyte dachte angestrengt nach und rollte seine stupiden Augen.

»Im übrigen«, fuhr der Apotheker fort, »geht's mich ja nichts an. Ich tu's nur deinetwegen, aus reiner Menschenliebe! Ich möchte, daß du das scheußliche Hinken loswirst samt dem Wiegen in der Hüfte, das dich, was du auch sagen magst, doch bei der Ausübung deines Berufs erheblich stören muß.«

Dann hielt ihm Homais vor Augen, wieviel gesünder und beweglicher er sich nachher fühlen werde, und gab ihm auch zu verstehen, daß er bessere Aussichten haben werde, bei den Frauen sein Glück zu machen. Da verzog der Stallknecht das Maul zu einem breiten Grinsen. Schließlich packte er ihn bei seiner Eitelkeit. »Bist du denn nicht ein Mann, sackerlot? Wie wär's denn, wenn du hättest dienen und unter den Fahnen kämpfen müssen? ... Ach, Hippolyte!«

Und Homais trollte sich mit der Äußerung, er könne gar nicht begreifen, wie man sich so halsstarrig, so verblendet gegen die Wohltaten der Wissenschaft sperren könne.

Der Unselige gab zuletzt doch nach; denn es war, als hätten sich alle gegen ihn verschworen. Binet, der sich sonst nie in die Angelegenheiten anderer einmischte, Madame Lefrançois, Artémise, die Nachbarn, ja sogar der Bürgermeister, Herr Tuvache, alle redeten sie auf ihn ein, lasen ihm die Leviten und schalten ihn aus. Was ihn aber vollends umstimmte, war die Aussicht, daß ihn *die Geschichte nichts kosten sollte.* Bovary übernahm es sogar, die ganze Operationseinrichtung zu liefern. Diesen großherzigen Gedanken hatte Emma gehabt, und Charles war damit einverstanden und sagte sich im stillen, seine Frau sei doch ein wahrer Engel.

Vom Apotheker beraten, ließ Charles nach drei mißglückten Versuchen vom Tischler, der noch den Schlosser beizog, eine Art Kasten anfertigen, der ungefähr acht Pfund wog und bei dem man an Eisen, Holz, Blech, Leder, Schrauben und Muttern nicht gespart hatte.

Um nun aber genau zu wissen, welche Sehne bei Hippolyte durchgeschnitten werden mußte, galt es zuvor festzustellen, welche besondere Art von Klumpfuß er hatte.

Er hatte einen Fuß, der mit dem Bein nahezu in einer Linie verlief, dabei aber noch nach innen verdreht war, somit einen Pferdefuß mit leichtem Varus-Einschlag oder einen leichten Varus mit starker Neigung zu einem Pferdefuß. Aber trotz diesem Klumpfuß, der in der Tat breit wie ein Pferdehuf war, mit rauher, rissiger Haut, verhärteten Sehnen und dicken Zehen, in denen die schwarzen Nägel an Hufeisenstifte gemahnten, lief der Krüppel doch von früh bis spät flink wie ein Wiesel herum. Man sah ihn ständig auf dem Marktplatz rings um die Karren umherhopsen, wobei er das längere Bein nach vorn schlenkerte. Es sah sogar so aus, als wäre er auf diesem Bein kräftiger als auf dem andern. Im Laufe der Zeit hatte es gewissermaßen sittliche Eigenschaften, Geduld und Ausdauer, angenommen, und wenn er eine schwere Arbeit zu verrichten hatte, stützte er sich mit Vorliebe darauf.

Da es sich also um einen Pferdefuß handelte, mußte die Achillessehne durchschnitten werden, auf die Gefahr hin, daß später auch noch der vordere Schienbeinmuskel dran glauben mußte, wenn es sich gegebenenfalls als notwendig erweisen sollte, den Varus zu beseitigen; denn der Arzt wagte nicht, beide Operationen auf einmal vorzunehmen, ja, er zitterte jetzt schon vor Angst, er könnte irgendeinen wichtigen Teil verletzen, den er nicht kannte.

Ambroise Paré, der fünfzehn Jahrhunderte nach Celsus zum erstenmal wieder eine unmittelbare Unterbindung einer Arterie vornahm, oder Dupuytren, der durch eine dicke Schicht Gehirnsubstanz einen Abszeß öffnete, oder Gensoul bei seiner ersten Oberkieferexzision hatten bestimmt nicht solches Herzklopfen, ihre Hand zitterte nicht so aufgeregt, und ihr Geist war nicht so angespannt, wie es Bovary jetzt geschah, als er, sein Messer in der Hand, zu Hippolyte trat. Wie in den Krankenhäusern sah man auf einem Tisch daneben einen Haufen Scharpie, gewachste Fäden, viele Binden, eine ganze Pyramide von Binden, alles, was an Binden in der Apotheke vorrätig war. Herr Homais persönlich hatte schon am frühen Morgen alle diese Vorbereitungen getroffen, ebensosehr um die Leute zu verblüffen, als auch um sich selbst etwas vorzumachen. Charles stach durch die Haut; man vernahm ein trockenes Knirschen. Die Sehne war durchschnitten, die Operation beendet. Hippolyte konnte sich vor Staunen gar nicht fassen; er beugte sich über Bovarys Hände und bedeckte sie mit Küssen.

»Na, tu nicht so, beruhige dich doch«, redete ihm Homais gut zu, »du kannst dann später deinem Wohltäter beweisen, wie dankbar du ihm bist!«

Er ging hinunter und berichtete den Ausgang der Operation den fünf oder sechs Neugierigen, die im Hof herumlungerten und im Ernst erwarteten, daß Hippolyte nun kerzengerade und munter wieder erscheinen werde. Dann schnallte Charles seinen Parienten in die mechanische Vorrichtung ein und ging ebenfalls nach Hause, wo Emma in tausend Ängsten unter der Tür auf ihn wartete. Sie fiel ihm stürmisch um den Hals. Sie setzten sich zu Tisch; er aß wie ein Scheunendrescher und verlangte zum Nachtisch sogar eine Tasse Kaffee, ein Genuß, den er sich sonst nur am Sonntag leistete, wenn Gäste da waren.

Es wurde ein reizender Abend, sie plauderten angeregt miteinander und schmiedeten Zukunftspläne. Sie sprachen von ihrem künftigen Reichtum, von mancherlei Verbesserungen, die sie in ihrem Haushalt einführen wollten. Er sah schon sein Ansehen weit in der Runde wachsen, seinen Wohlstand sich mehren, seine Frau in treuer Liebe ihm zur Seite stehen. Und sie fühlte sich glücklich, daß sie in einem neuen, gesünderen, besseren Gefühl frische Zuversicht schöpfen konnte, daß sie endlich ein bißchen Zärtlichkeit für den armen Menschen empfand, der sie so von ganzem Herzen liebte. Sie dachte flüchtig an Rodolphe; dann aber wandten sich ihre Augen gleich wieder Charles zu. Zu ihrer Überraschung fiel ihr auf, daß er gar nicht so häßliche Zähne hatte.

Sie lagen schon im Bett, als Herr Homais an dem protestierenden Mädchen vorbei unversehens ins Schlafzimmer hereingestürmt kam. In der Hand hielt er ein frisch beschriebenes Blatt Papier. Es war der Propagandaaufsatz für das *Fanal de Rouen*. Er brachte ihn zur Durchsicht.

»Lesen Sie selbst vor«, bat Bovary.

Er las:

»Trotz den Vorurteilen, die noch immer gleich einem Netz einen Teil Europas überschatten, beginnt doch das Licht unsere ländlichen Gegenden zu durchdringen. So hat am vergangenen Dienstag unsere kleine Stadt Yonville das Schauspiel eines chirurgischen Experimentes erlebt, das zugleich einen Akt höchster Philanthropie darstellt. Herr Bovary, einer unserer hervorragendsten praktischen Ärzte ...«

»Ah, das ist zuviel! Das ist zuviel!« sagte Charles, der vor Erregung nach Luft rang.

»Aber nein, ganz und gar nicht! Wo denken Sie hin!...
hat den Klumpfuß... Ich habe absichtlich nicht den
wissenschaftlichen Terminus verwendet, denn Sie wissen ja, in einer Zeitung... nicht alle Leute würden es
verstehen. Die große Masse muß doch...«

»Sehr richtig«, pflichtete Bovary bei. »Lesen Sie
weiter.«

»Ich fange wieder an, wo ich stehengeblieben war«,
sagte der Apotheker.

»Herr Bovary, einer unserer hervorragendsten praktischen Ärzte, hat den Klumpfuß eines gewissen Hippolyte Tautin, seit fünfundzwanzig Jahren Stallknecht im
Hotel *Zum Goldenen Löwen* am Hauptplatz (Inhaberin
Madame Lefrançois) operiert. Die Neuheit des Versuchs
und die allgemeine Anteilnahme, die man dem Patienten
entgegenbrachte, hatte eine so große Volksmenge angelockt, daß am Eingang des Hotels ein richtiges Gedränge herrschte. Die Operation verlief im übrigen wie
durch Zauberei, kaum daß ein paar Blutstropfen auf der
Haut zu sehen waren, als Zeichen sozusagen, daß die
widerspenstige Sehne endlich vor den Anstrengungen
der ärztlichen Kunst hatte kapitulieren müssen. Selt-
samerweise zeigte der Kranke (wir können es *de visu* versichern) keinerlei Anzeichen von Schmerz. Sein Zustand
läßt bis jetzt nichts zu wünschen übrig. Alles spricht dafür, daß die Heilung rasch vor sich gehen wird, und wer
weiß, ob wir nicht bei der nächsten Kirmes unsern
wackeren Hippolyte in einem Reigen fröhlicher junger
Leute das Tanzbein schwingen sehen und ob er nicht
durch seine feurigen Sprünge allen Zuschauern seine
völlige Gesundung beweist! Ehre also den hochherzigen
Gelehrten! Ehre diesen unermüdlichen Geistern, die
ihre schlaflosen Nächte dem Wohlergehen der Menschheit oder der Linderung ihrer Leiden weihen! Ehre
ihnen! Dreimal hoch! Haben wir nicht allen Grund zu
der freudigen Feststellung, daß die Blinden sehen, daß
die Tauben hören und die Lahmen gehen werden? Was

aber der Fanatismus einstmals nur seinen Auserwählten
verhieß, das vollbringt heute die Wissenschaft zum Wohl
aller Menschen! Wir werden unsere Leser über die weiteren Phasen dieser bemerkenswerten Kur auf dem laufenden halten.«

Dessenungeachtet kam fünf Tage später Madame Lefrançois völlig verstört angekeucht und schrie: »Zu
Hilfe! Er liegt im Sterben! . . . Ich weiß mir nicht mehr
zu helfen!«

Charles rannte in höchster Eile zum *Goldenen Löwen*,
und der Apotheker, der ihn ohne Hut über den Platz
laufen sah, ließ in der Apotheke alles stehen und liegen.
Nach Atem ringend, puterrot im Gesicht und aufgeregt
stellte er sich in eigener Person ein und erkundigte sich
bei allen, denen er auf der Treppe begegnete: »Was fehlt
denn unserem vielbeachteten Strephopoden?«

Er wand sich, der Strephopode, in so grauenhaften
Zuckungen, daß die mechanische Vorrichtung, in die
sein Bein eingespannt war, gegen die Wand polterte und
sie fast einschlug.

Mit größter Vorsicht, um ja nicht die Lage des Beins
zu verändern, nahm man das Gestell weg, und da bot
sich ein gräßlicher Anblick. Die Formen des Fußes verschwanden unter einer so unförmigen Geschwulst, daß
die Haut sichtlich nahe am Platzen war, und zudem war
sie mit blutunterlaufenen Flecken übersät, die von der
famosen Vorrichtung herrührten. Hippolyte hatte schon
vorher über Schmerzen geklagt, doch hatte man dem
keine Beachtung geschenkt. Jetzt mußte man erkennen,
daß er doch nicht so ganz unrecht gehabt hatte, und ließ
ihn für ein paar Stunden aus dem Apparat. Aber kaum
war die Geschwulst ein wenig zurückgegangen, er-
achteten es die beiden Heilkünstler für angebracht, das
Glied erneut in den Apparat einzuspannen und es sogar
noch enger einzuzwängen, um den Heilvorgang zu be-
schleunigen. Schließlich, als es Hippolyte nicht mehr

aushalten konnte, nahmen sie die Vorrichtung noch einmal ab und waren baß erstaunt über das, was zum Vorschein kam. Eine bleifarbene Geschwulst zog sich über das ganze Bein hin, und an manchen Stellen zeigten sich Blasen, aus denen eine schwärzliche Flüssigkeit sickerte. Die Sache nahm eine ernste Wendung. Hippolyte bekam diese Quälerei allmählich satt, und so brachte ihn Madame Lefrançois in dem kleinen Saal neben der Küche unter, damit er wenigstens ein bißchen Ablenkung hatte.

Doch der Steuereinnehmer, der jeden Tag dort speiste, beklagte sich bitterlich über eine solche Nachbarschaft. Daraufhin schaffte man Hippolyte in den Billardsaal hinüber.

Dort lag er nun wimmernd unter seinen dicken Decken, bleich, hohläugig und mit einem mehrtägigen Bart, und warf von Zeit zu Zeit seinen in Schweiß gebadeten Kopf auf dem schmutzigen Kissen hin und her, auf dem die Fliegen sich scharenweise niederließen. Madame Bovary besuchte ihn. Sie brachte ihm linnene Lappen für seine Umschläge, tröstete ihn und sprach ihm Mut zu. Auch sonst fehlte es ihm nicht an Gesellschaft, zumal an den Markttagen, wenn die Bauern neben ihm Billard spielten, mit den Stöcken herumfuchtelten und qualmten, tranken, sangen und grölten.

»Wie geht's?« fragten sie und klopften ihm auf die Achsel. »Tja, so recht auf dem Damm bist du nicht, wie's scheint. Aber da bist du selber schuld.« Er hätte eben dies tun und jenes machen sollen.

Und dann erzählte man allerlei Geschichten von Leuten, die samt und sonders geheilt worden waren, freilich mit andern Heilmitteln, als er sie bekommen hatte; dann setzten sie trostreich hinzu: »Du hängst zuviel deinen Flausen nach: steh doch lieber auf. Du verhätschelst dich wie ein König! Na, uns kann's ja gleich sein, du alter Schlauberger! Faul steht's um dich.«

Tatsächlich fraß der Brand immer weiter. Bovary war

selber ganz krank davon. Er kam alle Augenblicke, zu jeder Tages- und Nachtzeit. Hippolyte sah ihn mit angsterfüllten Augen an und stammelte unter Schluchzen: »Wann werde ich wieder gesund? ... Ach, retten Sie mich! ... Ich bin so unglücklich, so unglücklich!«

Und jedesmal schärfte ihm der Arzt beim Weggehen strenge Diät ein.

»Hör nicht auf ihn, mein Junge«, schmälte Madame Lefrançois, »sie haben dich schon genug gequält! Du wirst nur noch schwächer. Da, iß!«

Und sie setzte ihm eine gute Fleischbrühe vor, manchmal auch ein Stück Hammelkeule, eine Schnitte Speck und zuweilen ein Gläschen Branntwein, das er sich nicht an die Lippen zu setzen getraute.

Der Abbé Bournisien erfuhr, daß es ihm schlechter ging, und ließ fragen, ob er ihn sehen könne. Zuerst äußerte er sein Bedauern über Hippolytes Leiden, erklärte aber gleich, man müsse sich eigentlich darüber freuen, da es ja Gottes Wille sei, und die Gelegenheit beim Schopfe fassen, um sich mit dem Himmel auszusöhnen.

»Denn«, so sprach der Kirchenmann in väterlichem Ton, »du hast deine Pflichten ein bißchen vernachlässigt; man hat dich nur selten beim Gottesdienst gesehen. Seit wieviel Jahren bist du nicht mehr an den Tisch des Herrn getreten? Ich begreife gut, daß deine Arbeit und der Trubel der Welt dich abgehalten haben, für dein Seelenheil zu sorgen. Jetzt aber ist die Stunde der Einkehr gekommen. Verzweifle indessen nicht. Ich habe große Sünder gekannt, die kurz, ehe sie vor Gottes Thron traten – so weit ist es noch nicht mit dir, ich weiß schon –, seine Barmherzigkeit anflehten und sicherlich in Frieden heimgegangen sind. Hoffen wir, daß du uns, gleich ihnen, ein gutes Beispiel geben wirst! Was hindert dich, morgens und abends ein Ave Maria und ein Vaterunser zu beten? Ja, tu das! Tu es mir zuliebe, mir zu Gefallen. Was kostet dich das schon? ... Versprichst du mir's?«

Der arme Teufel versprach es. Der Pfarrer kam auch an den folgenden Tagen wieder. Er plauderte mit der Wirtin und erzählte sogar lustige Geschichtchen und spickte sie mit Kalauern und Witzen, die Hippolyte allerdings nicht verstand. Sowie sich aber eine Gelegenheit bot, setzte er eine feierliche Miene auf und kam wieder auf religiöse Dinge zu sprechen.

Sein Bekehrungseifer schien zu wirken; denn bald danach äußerte der Krüppel den Wunsch, eine Wallfahrt nach Bon-Secours zu unternehmen, falls er geheilt werde. Darauf erwiderte Pfarrer Bournisien, er sehe da nichts, was dagegensprechen könnte; zwei Vorsichtsmaßnahmen seien besser als nur eine. *Schaden könne es jedenfalls nichts.*

Der Apotheker entrüstete sich über diese *pfäffischen Umtriebe* – wie er sich ausdrückte – und behauptete, sie seien Hippolytes Genesung abträglich. Immer wieder setzte er Madame Lefrançois zu: »Lassen Sie ihn in Frieden! Laßt ihn in Ruhe! Ihr verdreht ihm noch ganz den Kopf mit eurem Mystizismus!«

Doch die gute Frau wollte nichts mehr hören. Er war ja *an allem schuld.* Aus purem Widerspruchsgeist hängte sie sogar über dem Kopfende des Krankenbettes einen vollen Weihwasserkessel samt einem Buchsbaumzweig auf.

Indessen half ihm sichtlich auch die Religion nicht wirksamer als die Chirurgie, und der Zersetzungsprozeß stieg stetig und unaufhaltsam am Bein empor zum Bauch. Man mochte es noch so oft mit immer anderen Arzneien versuchen, mochte noch so oft die Umschläge wechseln, die Muskeln gingen mehr und mehr in Fäulnis über, und schließlich nickte Charles zustimmend, als Madame Lefrançois ihn fragte, ob sie nicht, als letztes, verzweifeltes Mittel, den Doktor Canivet aus Neufchâtel, eine Berühmtheit, kommen lassen dürfe.

Canivet war Doktor der Medizin, fünfzig Jahre alt, lebte in guten Verhältnissen und war sehr selbstsicher.

Er entblödete sich nicht, geringschätzig zu lächeln, als er das schon bis zum Knie brandige Bein aufdeckte. Dann erklärte er rundheraus, man müsse es amputieren, und begab sich zum Apotheker. Hier zog er heftig gegen die Esel vom Leder, die es fertiggebracht hatten, einen unglücklichen Menschen so zuzurichten. Er schüttelte Herrn Homais an einem Knopf seines Gehrocks und tobte wie ein Verrückter in der Apotheke.

»Das kommt von diesen hirnverbrannten Pariser Erfindungen! Da haben wir's: die neuen Ideen der Herrschaften in der Hauptstadt! Genau derselbe Irrsinn wie ihre Operationen bei schielenden Augen, das Chloroform und die Eingriffe bei Blasensteinen! Ein Haufen Unfug, den die Regierung verbieten müßte! Aber da will man die Weisheit mit Löffeln gefressen haben und dreht einem alle möglichen Heilpraktiken an, ohne sich um die Folgen zu kümmern. Unsereiner ist natürlich rückständig, wir sind keine allweisen Kapazitäten, keine Modefatzken und Salonärzte. Wir sind Praktiker, wir wollen die Leute gesund machen, und es fiele uns nicht im Traume ein, jemanden zu operieren, der kerngesund ist! Klumpfüße zurechtschneiden! Kann man denn überhaupt Klumpfüße wieder gerademachen? Ebensogut könnte man zum Beispiel einen Buckligen geradestrecken!«

Homais war es bei diesem Ausbruch nicht sonderlich geheuer, und er verbarg sein Unbehagen unter einem verbindlichen Lächeln, denn er mußte sich Herrn Canivet warmhalten, der ihm doch mit seinen Rezepten hier und da etwas zu verdienen gab. So trat er denn auch nicht für Bovary ein, ja, er enthielt sich jeder Bemerkung, schlug seine Grundsätze in den Wind und opferte seine Würde den wichtigeren Interessen seines Geschäfts.

Für den ganzen Ort war diese Beinamputation durch den Doktor Canivet ein großes Ereignis. Alle Bewohner waren an diesem Morgen früher als sonst aufgestanden, und die Hauptstraße hatte, obwohl sie von Menschen wimmelte, ein unheilverkündendes Aussehen, als fände eine Hinrichtung statt. Beim Krämer erörterte man Hippolytes Krankheit; die Geschäfte konnten ihre Waren nicht absetzen, und Madame Tuvache, die Frau des Bürgermeisters, wich nicht von ihrem Fenster, weil sie es nicht erwarten konnte, bis sie die Ankunft des Operateurs mit ansehen konnte.

Er fuhr in seinem Kabriolett vor, das er selbst kutschierte. Da sich aber die Feder auf der rechten Seite unter dem Gewicht seines massigen Körpers mit der Zeit verbogen hatte, neigte sich der Wagen im Fahren etwas zur Seite, und man sah neben ihm auf dem Polster einen mächtigen, mit rotem Schafleder überzogenen Kasten liegen, dessen drei Messingschlösser hell funkelten.

Als der Doktor wie eine Windsbraut in den Torweg des *Goldenen Löwen* eingefahren war, befahl er mit überlauter Stimme, sein Pferd auszuspannen; dann ging er in den Stall, um nachzusehen, ob es auch seinen Hafer richtig fraß. Sooft er bei seinen Patienten eintraf, kümmerte er sich nämlich zuallererst um seine Stute und sein Kabriolett. Es hieß darum auch allgemein: »Ja, Herr Canivet ist ein Original!« Und man schätzte ihn nur desto mehr wegen dieses unerschütterlichen Gleichmuts. Die ganze Welt hätte aus den Fugen gehen und bis zum letzten Menschen aussterben können, er wäre deswegen auch nicht der geringsten seiner Gewohnheiten untreu geworden.

Homais stellte sich ein.

»Ich zähle auf Sie«, sagte der Doktor. »Sind wir bereit? Also los!«

Aber der Apotheker wurde über und über rot und gestand kleinlaut, er sei zu sensibel, um bei einer solchen Operation zu assistieren.

»Wenn man bloßer Zuschauer ist«, sagte er, »ist die Einbildungskraft zu sehr beeindruckt, wissen Sie! Und dann ist mein Nervensystem so . . .«

»Ach was!« fiel ihm Canivet ins Wort, »Sie machen

mir eher den Eindruck, als werde Sie demnächst der Schlag rühren. Und das erstaunt mich im übrigen keineswegs, denn ihr Apotheker steckt dauernd in eurer Giftküche, und das muß euch ja schließlich Leib und Seele verderben. Schauen Sie mich einmal an! Tag für Tag stehe ich um vier auf, rasiere mich mit kaltem Wasser – ich friere nie! – und trage keine Flanellwäsche, und dabei erkälte ich mich kein einziges Mal. Mein Magen ist tadellos. Ich lebe bald so, bald so, nehme alles, wie es kommt, esse, was ich kriege, wie ein richtiger Lebenskünstler. Darum bin ich auch nicht so heikel wie Sie, und es ist mir völlig einerlei, ob ich einen Christenmenschen zerschneide oder das erste beste Geflügel . . . Gewohnheit, werden Sie nun sagen, alles Gewohnheit! . . .«

Ohne auf Hippolyte Rücksicht zu nehmen, der nebenan zwischen seinen Laken vor Angst ganze Bäche schwitzte, vertieften die beiden Herren sich in ihr Gespräch, in dessen Verlauf der Apotheker die Kaltblütigkeit eines Chirurgen mit der eines Generals verglich; und dieser Vergleich behagte Canivet so sehr, daß er sich des langen und breiten über die Anforderungen seines Berufs ausließ. Er betrachte ihn als eine Art Priestertum, obwohl ihm die zweitklassigen Ärzte oft Unehre machten. Endlich wandte er sich seinem Patienten zu und prüfte die Binden, die Homais mitgebracht hatte, dieselben, die schon bei der Operation des Pferdefußes in Erscheinung getreten waren. Dann verlangte er jemanden, der ihm das Bein halten sollte. Man ließ Lestiboudois holen, und dann krempelte Herr Canivet die Ärmel auf und ging in den Billardsaal hinüber, während der Apotheker mit Artémise und der Wirtin zurückblieb. Beide waren bleich wie ihre weißen Schürzen und lauschten gespannt an der Tür.

Währenddessen wagte sich Bovary nicht aus dem Haus. Er saß unten im Eßzimmer vor dem kalten Kamin, zusammengekauert und mit gefalteten Händen, und starrte vor sich hin. Welch ein Mißgeschick! dachte er.

Welche Enttäuschung! Er hatte doch alle erdenklichen Vorsichtsmaßnahmen getroffen! Das Schicksal hatte eingegriffen. Doch damit war ihm auch nicht geholfen! Wenn Hippolyte später zufällig starb, dann war doch er sein Mörder! Und ferner: was sollte er für Gründe anführen, wenn ihn seine Patienten ausfragten? Aber vielleicht war ihm doch irgendein Irrtum unterlaufen? Er zermarterte sich den Kopf, fand aber keinen. Auch die berühmtesten Chirurgen täuschten sich manchmal. Doch das würde man ihm niemals glauben! Im Gegenteil, auslachen würde man ihn und über ihn herfallen. Bis nach Forges würde der Vorfall bekanntwerden, bis nach Neufchâtel, ja, bis nach Rouen! Überallhin! Wer weiß, vielleicht schrieb der eine oder andere Kollege gegen ihn, eine Polemik entspann sich daraus, er mußte in den Zeitungen Erwiderungen veröffentlichen. Hippolyte selbst konnte ihm einen Prozeß anhängen. Er sah sich bereits entehrt, zugrunde gerichtet, verloren! Und seine Phantasie wurde von einer Unzahl böser Ahnungen bestürmt und hin und her geworfen gleich einer leeren Tonne, die aufs Meer hinausgetrieben wird und auf den Wogen schaukelt.

Emma saß ihm gegenüber und blickte ihn unverwandt an. Sie nahm sich seine Demütigung nicht sonderlich zu Herzen; ihr gab die eigene mehr zu denken: daß sie sich eingebildet hatte, ein Mensch seines Schlags könne etwas Taugliches leisten, als hätte sie nicht schon zwanzigmal einsehen müssen, wie erschreckend mittelmäßig er war.

Charles ging in seinem Zimmer auf und ab. Seine Stiefel knarrten auf dem Parkett.

»Setz dich hin«, bat sie, »du machst mich ganz nervös.«

Er setzte sich wieder.

Wie war es nur möglich, daß sie trotz ihrer Klugheit sich noch einmal so hatte täuschen können? Aus welchem unseligen Hang hatte sie übrigens ihr ganzes Leben in fortwährenden Opfern verpfuscht? Sie rief sich alles ins Gedächtnis zurück, ihre dumpfe Sehnsucht nach Lebensgenuß, alle die seelischen Entbehrungen, die beschämenden Erlebnisse ihrer Ehe, die Kärglichkeit ihres Hausstandes, ihre Hoffnungen, die in den Schmutz gefallen waren wie verwundete Schwalben, alles, was sie ersehnt hatte, alles, worauf sie verzichtet hatte, alles, was sie hätte haben können. Und warum? Warum?

Durch die Stille, die über dem Dorf lag, gellte plötzlich ein herzzerreißender Schrei. Bovary wurde kalkweiß im Gesicht, als wollte er gleich in Ohnmacht fallen. Sie runzelte nervös die Brauen, dann hing sie weiter ihren Gedanken nach. Seinetwegen hatte sie es getan, für diesen Menschen, diesen Mann, der nichts begriff, der nichts fühlte! Da saß er seelenruhig, ohne überhaupt zu ahnen, daß er sich lächerlich gemacht und damit auch sie, die seinen Namen trug, in den Schmutz gezogen hatte! Sie hatte sich solche Mühe gegeben, ihn zu lieben, und hatte unter Tränen bereut, daß sie sich einem andern hingegeben hatte.

»Vielleicht war es doch ein Valgus?« rief auf einmal Bovary aus seinem Nachsinnen heraus.

Als diese Worte so unerwartet ihr Ohr trafen – sie fielen in ihre Gedanken wie eine Bleikugel auf eine silberne Platte –, schrak Emma zusammen, hob den Kopf und suchte zu erraten, was er damit sagen wollte. Sie schauten sich stumm an, fast betroffen darüber, daß sie beisammen waren, so himmelweit waren sie in ihren Gedanken voneinander entfernt gewesen. Charles stierte sie mit dem wirren Blick eines Betrunkenen an und lauschte regungslos auf die letzten Schreie des Amputierten, der langgezogen, bald stärker, dann wieder schwächer aufheulte und manchmal dazwischen gellend winselte. Es hörte sich an wie das ferne Brüllen eines Tiers, dem man die Kehle durchschneidet. Emma biß sich auf die blassen Lippen; sie drehte ein Ästchen von dem Polypengehäuse, das sie abgebrochen hatte, in ihren Fingern und starrte mit glühenden Augen auf ihn, die ihn gleich zwei zum Schuß bereiten Feuerpfeilen anfunkelten. Alles an ihm reizte sie jetzt: sein Gesicht, seine Kleidung, sogar das, was er nicht sagte, seine ganze Person, kurz: seine Existenz überhaupt. Wie ein Verbrechen bereute sie ihre vergangene Tugend, und was davon noch übriggeblieben war, brach unter den wütenden Schlägen ihres Stolzes zusammen. Sie schwelgte in allen schadenfrohen Lüsten des triumphierenden Ehebruchs. Die Erinnerung an den Geliebten übermannte sie mit schwindelnden Verlockungen; sie ergab sich ihr mit ganzer Seele, fühlte sich mit neu erwachter Leidenschaft zu ihm hingezogen. Charles, so kam es ihr vor, war ihrem Leben so entfremdet, so für alle Zukunft ausgeschieden, so verworfen und zu nichts verkümmert, als läge er im Sterben und kämpfte vor ihren Augen mit dem Tode.

Auf dem Fußweg wurden Schritte laut. Charles warf einen Blick hinaus, und durch die heruntergelassene Jalousie sah er bei der Markthalle im Sonnenglast den Doktor Canivet, der sich mit dem Taschentuch die Stirn trocknete. Hinter ihm ging Homais; er trug einen großen roten Kasten in der Hand. Sie schritten beide der Apotheke zu.

Da wandte sich Charles in einer jähen Anwandlung von Zärtlichkeit und Kleinmut zu seiner Frau und bat: »Gib mir doch einen Kuß, mein Liebes!«

»Laß mich zufrieden!« fauchte sie rot vor Zorn.

»Was hast du denn? Was hast du?« fragte er verstört. »Beruhige dich doch! Fasse dich! Du weißt doch, daß ich dich liebhabe . . . Komm!«

»Hör auf!« schrie sie mit wutverzerrtem Gesicht.

Damit floh sie aus dem Zimmer und schlug die Tür hinter sich so heftig zu, daß das Barometer in hohem Bogen von der Wand flog und auf dem Boden zerschellte.

Charles sank gebrochen in seinem Lehnstuhl zusammen und zermarterte sich den Kopf darüber, was sie nur haben mochte. Vielleicht eine Nervenkrankheit? Er brach in Tränen aus, fühlte er doch unklar, daß rings um ihn etwas Unheilvolles und Rätselhaftes vorging.

Als Rodolphe am Abend in den Garten kam, fand er seine Geliebte auf der untersten Stufe der Freitreppe, wo sie auf ihn wartete. Sie stürzten einander in die Arme, und aller Groll schmolz unter der Glut dieses Kusses wie Schnee dahin.

12

Ihre Liebe erlebte eine neue Blüte. Oft sogar schrieb ihm Emma plötzlich mitten am Tag. Dann winkte sie durchs Fenster Justin, der geschwind seine Arbeitsschürze abband und nach La Huchette loseilte. Rodolphe kam unverzüglich herüber; aber sie hatte ihm nur sagen wollen, daß ihr die Zeit lang werde, daß ihr Mann ihr widerwärtig und das ganze Dasein zum Ekel sei.

»Kann denn ich etwas dafür?« rief er eines Tages ungeduldig aus.

»Ach, wenn du nur wolltest! . . .«

Sie saß am Boden zwischen seinen Knien, das Haar aufgelöst und den Blick gedankenverloren in die Ferne gerichtet.

»Was denn?« fragte Rodolphe.

Sie seufzte.

»Wir könnten woanders leben . . . irgendwo . . .«

»Du bist ja nicht bei Trost!« sagte er lachend. »Wie wäre das möglich?«

Sie kam nochmals darauf zurück; er tat, als verstünde er nicht, und sprach von etwas anderem. Was er nicht begriff, war diese ganze Unrast in einer so einfachen Sache, wie es die Liebe doch war. Sie aber hatte einen Grund, einen Anlaß, etwas, das sie enger und enger an ihn band.

In der Tat wuchs diese Zärtlichkeit von Tag zu Tag, so heftig war ihre Abneigung gegen ihren Mann. Je rückhaltloser sie sich dem einen hingab, desto tiefer verabscheute sie den andern. Nie fand sie Charles so widerwärtig, seine Finger so klobig, seinen Geist so begriffsstutzig, sein Benehmen so gewöhnlich wie jedesmal, wenn sie mit Rodolphe zusammen gewesen war und nun Bovary wiedersah. Während sie die liebende Gattin und tugendhafte Frau spielte, dachte sie unablässig an den Geliebten, und es durchfuhr sie glühendheiß, wenn sie sich sein Gesicht mit dem schwarzen Haar vorstellte, das ihm in einer Locke in die sonnengebräunte Stirn fiel, wenn sie sich seine kräftige und doch elegante Gestalt vergegenwärtigte, kurz, den ganzen Mann vor sich sah, der so lebenserfahren und vernünftig war und doch so stürmisch begehren konnte. Für ihn feilte sie ihre Nägel sorgfältig wie ein Ziseleur, für ihn pflegte sie ihre Haut verschwenderisch mit *Coldcream*, parfümierte sie ihre Taschentücher überreichlich mit Patschuli. Sie behängte sich mit Armbändern, Ringen, Halsketten. Wenn er kommen sollte, füllte sie ihre beiden großen blauen Glasvasen mit Rosen und putzte das Zimmer und sich selbst heraus wie eine Kurtisane, die einen Fürsten erwartet. Das Dienstmädchen mußte in einem fort ihre Wäsche besorgen. Félicité kam den ganzen Tag nicht mehr aus der Küche, und der kleine Justin leistete ihr oft Gesellschaft und schaute ihr bei der Arbeit zu.

Den Ellbogen auf das lange Brett gestützt, auf dem sie plättete, betrachtete er mit gierigen Augen alle die Frauenwäsche, die rings um ihn ausgebreitet lag, die Barchentunterröcke, Busentücher und Halskrausen, die Beinkleider, die an den Hüften weit waren und sich nach unten verengten.

»Wozu ist das gut?« fragte der junge Mann und strich mit der Hand über die Krinoline oder die Agraffen.

»Hast du denn so etwas noch nie gesehen?« fragte Félicité lachend zurück. »Als ob deine Meisterin, Madame Homais, nicht genau die gleichen trüge!«

»Ja, Madame Homais schon!«

Dann setzte er nachdenklich hinzu: »Die ist aber doch keine Dame wie Madame Bovary!«

Félicité indes verlor nachgerade die Geduld, weil er dauernd um sie herumstrich. Sie war sechs Jahre älter, und Théodore, der Diener Herrn Guillaumins, machte ihr neuerdings den Hof.

»Laß mich in Ruhe!« sagte sie und stellte den Topf mit Stärke beiseite. »Geh lieber heim und zerstoß deine Mandeln! Die ganze Zeit schnüffelst du bei den Frauen herum. Warte doch, bis du Flaum am Kinn hast, du verdorbener Bengel, bevor du dich damit abgibst!«

»Herrje, seien Sie doch nicht gleich so bös! Ich will Ihnen auch *ihre Stiefelchen putzen.*«

Und im Hui holte er vom Fensterbrett Emmas Schuhe herunter. Sie waren über und über mit verkrustetem Schmutz bedeckt – Schmutz von ihren Zusammenkünften mit dem Geliebten –, der unter seinen Fingern zu Staub zerbröckelte. Er sah zu, wie er langsam in einem Sonnenstrahl in die Höhe stieg.

»Hab doch keine Angst! Die gehen nicht so leicht entzwei!« sagte die Köchin, die nicht soviel Umstände machte, wenn sie die Schuhe selbst putzte, weil ihre Herrin sie ihr stets schenkte, sobald der Stoff nicht mehr ganz neu war.

Emma hatte eine Menge Schuhwerk in ihrem Schrank und ging damit recht verschwenderisch um, ohne daß Charles sich auch nur die leiseste Bemerkung erlaubt hätte.

So gab er auch dreihundert Franken für ein Holzbein aus, nur weil sie es für angebracht hielt, Hippolyte eines zu schenken.

Die Ansatzfläche war mit Kork ausgelegt, es hatte Kugelgelenke und eine komplizierte Federung, und das ganze war durch eine schwarze Hose verdeckt und endete unten in einem Lackschuh. Aber Hippolyte, der ein so schönes Bein nicht für alle Tage zu gebrauchen wagte, bat Madame Bovary inständig, ihm ein anderes, bequemeres zu verschaffen. Selbstredend bestritt der Arzt auch die Kosten für diese Anschaffung.

Der Hausknecht konnte nach und nach wieder seiner Arbeit nachgehen. Man sah ihn wie früher durch das Dorf humpeln, und wenn Charles von weitem das harte Aufsetzen seines Stelzfußes auf dem Pflaster hörte, bog er schleunigst in eine andere Straße ein.

Herr Lheureux, der mit allem handelte, hatte das Holzbein besorgt. Das bot ihm Gelegenheit, des öftern bei Emma vorzusprechen. Er plauderte mit ihr über die neuesten Pariser Mustersendungen, über tausend Dinge, auf welche Frauen neugierig sind, zeigte sich höchst entgegenkommend und diensteifrig und forderte nie Barzahlung. Emma bestach diese leichte Möglichkeit, alle ihre Launen zu befriedigen. Einmal wollte sie Rodolphe eine wunderschöne Reitpeitsche schenken, die sie in einem Schirmgeschäft in Rouen gesehen hatte. Eine Woche später legte sie ihr Herr Lheureux auf den Tisch.

Doch tags darauf stellte er sich bei ihr ein und legte ihr eine Rechnung im Gesamtbetrag von zweihundertsiebzig Franken und soundsoviel Centimes vor. Emma war in arger Verlegenheit. Alle Schubladen ihres Schreibtischs waren leer. Lestiboudois hatte noch den Lohn für mehr als vierzehn Tage zu bekommen, das Mädchen hatte seit acht Monaten kein Geld mehr erhalten, und es waren noch eine Menge andere Schulden vorhanden. Bovary erwartete voll Ungeduld den Eingang des Honorars, das ihm Herr Derozerays schuldete. Er pflegte jedes Jahr um den Sankt Peterstag zu bezahlen.

Es gelang ihr zunächst, Lheureux hinzuhalten. Schließlich verlor er die Geduld. Man belange ihn selber für gewisse Forderungen, er habe kein flüssiges Geld, und wenn nicht einige Zahlungen eingingen, dann sehe er sich gezwungen, ihr alle Waren wieder abzunehmen, die er ihr geliefert habe.

»Meinetwegen, so nehmen Sie sie doch zurück!« sagte Emma.

»Oh, ich habe doch nur Spaß gemacht«, entgegnete er. »Nur um die Reitpeitsche ist es mir leid. Im Ernst, die werde ich von Ihrem Herrn Gemahl zurückverlangen.«

»Nein! Nein!« schrie sie auf.

Aha, jetzt hab ich dich erwischt! dachte Lheureux.

Jetzt war er seiner Sache sicher, und im Weggehen sagte er halblaut und mit seinem gewohnten Zischeln vor sich hin: »Gut so, wir werden ja sehen. Wir werden sehen.«

Emma überlegte hin und her, wie sie sich aus dieser üblen Lage befreien könnte, da kam das Mädchen herein und legte eine kleine, in blaues Papier eingewickelte Rolle auf den Kamin, *im Auftrag von Herrn Derozerays*. Emma machte sich gierig darüber her und riß sie auf. Es waren fünfzehn Napoleons darin. Genau soviel betrug die Rechnung. Sie hörte Charles die Treppe heraufkommen, warf das Gold geschwind in ihre Schublade und zog den Schlüssel ab.

Drei Tage später erschien Lheureux wieder.

»Ich möchte Ihnen einen Vergleich vorschlagen«, sagte er. »Wenn Sie statt der vereinbarten Summe bereit wären . . .«

»Hier haben Sie das Geld!« unterbrach sie ihn und drückte ihm vierzehn Goldstücke in die Hand.

Der Kaufmann war verblüfft. Um sich seine Enttäuschung nicht anmerken zu lassen, erging er sich in allerhand Ausreden und anerbot sich zu neuen Diensten, die Emma aber samt und sonders ablehnte. Dann stand sie versonnen noch eine Weile da und befühlte in ihrer Schürzentasche die beiden Hundertsousstücke, die er ihr herausgegeben hatte. Sie nahm sich vor, äußerst sparsam zu leben, damit sie später wiedererstatten konnte, was sie . . .

Ach was! dachte sie. Er wird nicht mehr daran denken.

Abgesehen von der Reitpeitsche mit dem vergoldeten Silbergriff hatte Rodolphe von ihr noch ein Petschaft mit der Devise *Amor nel Cor* erhalten, außerdem eine Schärpe, die er als Halstuch umbinden konnte, und schließlich ein Zigarettenetui, fast das gleiche wie jenes, das Charles seinerzeit auf der Landstraße gefunden und das Emma aufbewahrt hatte. Aber diese Geschenke hatten für ihn etwas Demütigendes, und er wollte ein paar nicht annehmen. Sie bestand auf ihrem Willen, und da gab Rodolphe zuletzt nach; aber er fand, sie sei selbstherrlich und zu aufdringlich.

Zudem hatte sie recht ausgefallene Ideen.

»Wenn es Mitternacht schlägt«, sagte sie etwa, »mußt du an mich denken!«

Und wenn er dann gestand, er habe es vergessen, machte sie ihm endlose Vorwürfe, die jedesmal mit der immer gleichen Frage endeten: »Liebst du mich?«

»Aber ja doch, ich liebe dich!« antwortete er.

»Über alles?«

»Gewiß.«

»Du hast vor mir nie andere Frauen geliebt, nicht wahr?«

»Glaubst du denn, ich sei noch unberührt gewesen, als du mich nahmst?« rief er lachend.

Emma weinte, und er tat alles, um sie zu trösten, ja, er suchte ihr seine Beteuerungen sogar mit schlechten Witzen schmackhaft zu machen.

»Oh, ich habe dich eben lieb!« fing sie wieder an. »Ich liebe dich so, daß ich ohne dich nicht leben kann, weißt du! Zuweilen habe ich solche Sehnsucht, dich wiederzusehen; meine Liebe begehrt auf und zerreißt mir das Herz. Ich frage mich: Wo ist er? Vielleicht spricht er mit anderen Frauen? Sie lächeln ihm zu, er läßt sich mit ihnen ein . . . O nein, nicht wahr, es gefällt dir keine? Es gibt ja schönere als mich; aber keine kann dich so lieben wie ich! Ich bin deine Magd und deine Geliebte! Du bist mein König, mein Abgott! Du bist gut! Du bist schön! Du bist klug! Du bist stark!«

Solche Dinge hatte er schon so oft gehört, daß sie ihm

nichts Besonderes mehr sagten. Emma war auch nicht anders als alle seine früheren Geliebten. Der Reiz der Neuheit fiel nach und nach von ihr ab wie ein Kleid, und zum Vorschein kam in seiner ganzen Blöße das ewige Einerlei der Leidenschaft, die immerfort die gleichen Formen und die gleiche Sprache hat. Er, der gewiegte Frauenkenner, vermochte nicht wahrzunehmen, wie verschieden die Gefühle trotz ihrer scheinbar gleichen Ausdrucksform waren. Weil leichtfertige oder käufliche Lippen ihm ähnliche Worte zugeraunt hatten, glaubte er nur wenig an die Lauterkeit von Emmas Liebe. Man muß davon allerhand abstreichen, dachte er; diese übertrieben gefühlvollen Reden sind ja doch nur dazu da, ihre nicht übermäßig tiefe Leidenschaft zu bemänteln. Als ob das übervolle Herz nicht manchmal in den inhaltlosesten Bildern überflösse! Niemand kann ja seinen Wünschen, seinen Vorstellungen oder Schmerzen genau und angemessen Ausdruck verleihen, ist doch das menschliche Wort einem gesprungenen Kessel vergleichbar, auf dem wir eine Melodie trommeln, nach der höchstens Bären tanzen, während wir doch die Sterne erweichen möchten.

Aber mit der überlegenen und kaltblütigen Sachlichkeit, wie sie Menschen eigen ist, die, wann immer sie sich mit irgendwem einlassen, stets Zurückhaltung üben, sah Rodolphe in dieser Liebe andere Genüsse, die er ausbeuten konnte. Er erachtete jedes Zartgefühl für lästig und unangebracht und sprang mit ihr ohne alle Rücksicht um. Er machte aus ihr ein willenloses und höriges Geschöpf. Es war eine Art stumpf ergebner Anhänglichkeit, die sie erfüllte, voll Bewunderung für ihren Herrn und voll Wollust für sie selbst, ein Glücksgefühl, das sie gegen alles andere empfindungslos machte. Ihre Seele tauchte völlig unter in dieser Trunkenheit und ertrank darin, ganz zusammengeschrumpft, wie der Herzog von Clarence in seinem Faß Malvasier.

Allein schon die Art und Weise, in der Madame Bovary ihre Leidenschaft auslebte, bewirkte auch eine vollkommene Wandlung ihres äußeren Benehmens. Ihre Blicke wurden dreister, ihre Reden freier. Sie ging sogar ungeziemenderweise mit Rodolphe spazieren, eine Zigarette keck im Munde, *als wollte sie die Leute absichtlich vor den Kopf stoßen*. Kurz, wer bislang noch gezweifelt hatte, hegte keinerlei Zweifel mehr, als sie eines Tages vor aller Augen aus der *Schwalbe* stieg, in eine Weste eingezwängt wie ein Mann; und die alte Madame Bovary, die nach einem fürchterlichen Auftritt mit ihrem Mann bei ihrem Sohn Zuflucht gesucht hatte, nahm nicht weniger Anstoß daran als die andern Frauen. Auch sonst erregte noch manches ihr Mißfallen: zum ersten hatte Charles nicht auf ihren Rat gehört und Emma das Romanelesen nicht verboten. Ferner konnte sie sich mit der ganzen *Mißwirtschaft im Hause* nicht abfinden. Sie nahm sich einige Male eine Bemerkung heraus, und es kam zu ärgerlichen Szenen, besonders einmal wegen Félicité.

Die alte Madame Bovary hatte das Mädchen am Abend vorher, als sie durch den Gang kam, in Gesellschaft eines Mannes überrascht. Er war etwa vierzig Jahre alt und trug einen braunen Seemannsbart. Als er ihre Schritte hörte, verzog er sich schleunig aus der Küche. Emma lachte nur, als sie davon hörte. Aber die gute alte Dame regte sich schrecklich auf und erklärte, wenn man nicht überhaupt auf gute Sitten pfeife, müsse man den Lebenswandel seiner Dienstboten überwachen.

»Du bist ja hinterm Mond zu Hause«, erwiderte ihre Schwiegertochter mit einem dermaßen impertinenten Blick, daß Madame Bovary sie fragte, ob sie sich nicht vielleicht in eigener Sache verteidige.

»Mach, daß du hinauskommst!« fuhr Emma auf.

»Emma!... Mama!...« versuchte Charles zu begütigen.

Aber in ihrer maßlosen Erregung waren sie beide schon hinausgelaufen. Emma stampfte vor Wut mit den Füßen auf und rief immer wieder: »Oh, wie gemein und taktlos! So ein Bauernweib!«

Er lief zu seiner Mutter; sie war ganz außer sich und stieß nach Luft ringend hervor: »Sie ist eine unverschämte Person! Ein liederliches Ding! Vielleicht noch etwas Schlimmeres.«

Sie wollte unverzüglich abreisen, falls die andere sich nicht bei ihr entschuldige. Charles ging zu seiner Frau zurück und beschwor sie, doch nachzugeben. Er bat sie kniefällig darum, und schließlich sagte sie: »Also gut, ich gehe.«

Wahrhaftig, sie streckte der Schwiegermutter mit der Würde einer Marquise die Hand hin und sagte: »Ich bitte um Entschuldigung, Madame.«

Dann ging Emma wieder in ihr Schlafzimmer hinauf, warf sich auf ihr Bett, platt auf den Bauch, vergrub ihr Gesicht in den Kissen und weinte wie ein Kind.

Für den Fall, daß sich einmal etwas Unvorhergesehenes ereignen sollte, hatten Emma und Rodolphe ausgemacht, daß sie an den Rolladen einen weißen Papierfetzen heften werde; wenn er dann zufällig in Yonville sei, solle er in das Gäßchen hinter dem Haus kommen. Emma gab das verabredete Zeichen. Sie wartete seit drei Viertelstunden, als sie Rodolphe unerwartet bei der Markthalle um die Ecke biegen sah. Es drängte sie, das Fenster aufzureißen und ihn zu rufen; aber er war schon verschwunden. Da sank sie verzweifelt zurück.

Bald darauf aber schien ihr, es komme jemand auf dem Trottoir näher. Er war es! Bestimmt war er's! Sie lief die Treppe hinunter, rannte über den Hof. Er war da, er stand draußen. Sie warf sich in seine Arme.

»Nimm dich doch in acht!« warnte er.

»Ach, wenn du wüßtest!« klagte sie.

Und sie begann ihm die ganze Geschichte zu erzählen, hastig, zusammenhanglos, sie übertrieb das Geschehene, erfand manches hinzu und schob dazwischen so vielerlei ein, was nicht dazugehörte, daß er nicht daraus klug wurde.

»Na, na, mein armes Kind, Kopf hoch! Tröste dich, hab Geduld!«

»Seit vier Jahren fasse ich mich in Geduld und leide!...
Eine Liebe wie die unsere ... zu der müßte man vor
dem Antlitz des Himmels stehen können! Die ganze
Zeit quälen sie mich, ich halte es nicht länger aus. Rette
mich!«

Sie preßte sich eng an Rodolphe. Ihre Augen standen
voll Tränen und lohten wie Flammen unter Wasser; ihr
Busen keuchte in raschen Stößen. Nie zuvor hatte er sie
so geliebt; so sehr, daß er völlig den Kopf verlor und
fragte: »Was soll ich tun? Was willst du denn?«

»Nimm mich mit dir fort!« rief sie. »Entführe mich!...
Oh, ich flehe dich an, tu es!«

Sie küßte ihn ungestüm auf den Mund, als wollte sie
das Einverständnis, das unerwartete, das sich ihm entrang, in einem Kuß auf seinen Lippen erhaschen.

»Aber ...« wollte Rodolphe einwenden.

»Was denn?«

»Und dein Kind?«

Sie überlegte eine Weile, dann antwortete sie: »Wir
nehmen es mit, warum nicht?«

Was für eine Frau! dachte er, während er ihr nachschaute.

Denn sie hatte sich in den Garten davongestohlen.
Man hatte nach ihr gerufen.

In den folgenden Tagen war die alte Madame Bovary
über die Wandlung, die mit ihrer Schwiegertochter vorgegangen war, nicht wenig erstaunt. Emma zeigte sich
in der Tat verträglicher und trieb ihre Nachgiebigkeit
sogar so weit, daß sie sie um ein Rezept zum Einmachen
von Gewürzgurken bat.

Tat sie das, um Gatten und Schwiegermutter desto besser hinters Licht führen zu können? Oder wollte sie aus
einer gewissen wollüstigen Selbstquälerei heraus noch tiefer die Bitternis der Verhältnisse auskosten, die sie nun
verlassen sollte? Nein, darum kümmerte sie sich nicht, im
Gegenteil: sie lebte schon gewissermaßen im Vorgenuß
ihres künftigen Glücks. Darüber konnte sie immer und

immer wieder mit Rodolphe plaudern. Sie lehnte sich dann an seine Schulter und flüsterte: »Du, wenn wir erst in der Postkutsche sitzen!... Kannst du dir das vorstellen? Ist es möglich? Ich glaube, wenn ich dann spüre, wie der Wagen losfährt, wird es sein, als stiegen wir in einem Luftballon auf, als führen wir zu den Wolken empor. Weißt du, daß ich schon die Tage zähle?... Und du?«

Nie war Madame Bovary so schön gewesen wie in dieser Zeit. Sie besaß jene unnennbare Schönheit, wie sie Lebenslust, Begeisterung und Erfolg verleihen, und die doch nichts anderes ist als Einklang des eigenen Wesens mit der Umgebung. Ihre begehrlichen Wünsche und Kümmernisse, ihre Liebeserfahrung und auch ihre ewig jungen Illusionen hatten sie stufenweise zum Erblühen gebracht, wie Dünger, Regen, Sonne und Wind eine Blume aufblühen lassen, und sie entfaltete erst jetzt den vollen Reiz ihrer Natur. Ihre Lider schienen eigens für die langen, verliebten Blicke zugeschnitten, bei denen die Augen sich verschleierten, während ihre feinen Nüstern sich unter einem heftigen Atemzug weiteten und die vollen Mundwinkel sich hoben, die im hellen Licht von einem feinen dunklen Flaum beschattet waren. Es war, als hätte ein in allen Verführungskünsten erfahrener Künstler ihr üppiges Haar in ihrem Nacken angeordnet. Sie trug es lässig zu einem schweren Knoten eingerollt, wie es sich eben zufällig alle Tage nach ihren heimlichen Zusammenkünften mit ihrem Geliebten traf, wenn es sich aufgelöst hatte. Ihre Stimme klang jetzt weicher und wärmer, und auch ihre Gestalt wirkte geschmeidiger. Etwas unsagbar Zartes, Herzergreifendes ging sogar von dem Faltenwurf ihrer Kleider und von der Wölbung ihres Fußes aus. Charles fand sie, wie in den ersten Zeiten ihrer Ehe, hinreißend schön und schlechthin unwiderstehlich.

Wenn er mitten in der Nacht nach Hause kam, wagte er nicht, sie aufzuwecken. Das porzellanene Nachtlämpchen warf flimmernde Kringel an die Zimmerdecke, und die zugezogenen Vorhänge der kleinen Wiege sahen aus wie ein weißes Zelt, das sich in der Dunkelheit neben dem Bett bauschte. Charles betrachtete die beiden Schlafenden. Er glaubte den leichten Atem seines Kindes zu hören. Die Kleine wuchs zusehends heran; mit jeder Jahreszeit machte sie Fortschritte. Er sah sie schon in der Abenddämmerung aus der Schule heimkommen, übers ganze Gesicht strahlend, mit ihrem tintenverklecksten Jäckchen und der Schultasche am Arm. Dann mußte man sie in eine Pension schicken, und das würde viel Geld kosten. Wie konnte man das ermöglichen? Er überlegte hin und her, dachte daran, ein kleines Anwesen in der Umgebung zu pachten und es selbst zu bewirtschaften; er konnte ja jeden Morgen, wenn er seine Patienten besuchte, nach dem Rechten sehen. Was das Gut abwarf, wollte er sparen und das Geld auf der Sparkasse anlegen; dann konnte er irgendwo Aktien kaufen, gleichgültig welche. Außerdem erweiterte sich wohl auch seine Praxis; damit rechnete er fest, denn Berthe sollte gut erzogen werden, sie sollte ihre Gaben ausbilden und Klavierspielen lernen. Oh, wie hübsch würde sie später als Fünfzehnjährige sein, wenn sie einmal ihrer Mutter glich und im Sommer breite Strohhüte trug wie sie! Von weitem würde man sie für zwei Schwestern halten. Er sah sie leibhaft vor sich: sie saß abends im trauten Lampenschein bei ihnen und arbeitete, stickte vielleicht Pantoffeln für ihn. Sie kümmerte sich um den Haushalt und erfüllte das ganze Haus mit ihrer Anmut und Heiterkeit. Schließlich mußte man auch daran denken, sie zu versorgen; man würde ihr einen wackeren jungen Mann in fester Stellung finden, er würde sie glücklich machen, und so sollte es dann immer bleiben.

Emma schlief nicht, sie tat nur, als wäre sie eingeschlafen. Und während er an ihrer Seite einschlummerte, lag sie hellwach da und sann ganz anderen Träumen nach.

Vierspännig galoppierte sie seit acht Tagen einem

neuen Lande zu, aus dem sie nie wiederzukehren gedachte. Sie fuhren und fuhren dahin, hielten sich umschlungen und sprachen kein Wort. Manchmal sahen sie plötzlich von der Höhe eines Bergs eine herrliche Stadt mit Kuppeln, Brücken, Schiffen, Zitronenwäldern und Kathedralen aus weißem Marmor, auf deren spitzigen Glockentürmen Störche nisteten. Man fuhr im Schritt wegen der großen Steinfliesen, und auf dem Boden lagen Blumensträuße, die ihnen Frauen in roten Miedern zum Kauf anboten. Man hörte Glocken läuten, Maultiere schreien, dazwischen das Klimpern der Gitarren und das Rauschen der Springbrunnen, die einen feinen Sprühregen verstäubten und die pyramidenförmig aufgeschichteten Früchte kühlten, die zu Füßen bleicher, unter dem niederrieselnden Wasserstrahl lächelnder Statuen aufgebaut waren. Und dann langten sie eines Abends in einem Fischerdorf an, wo an den Hütten und die Felsküste entlang braune Netze im Winde trockneten. Dort wollten sie haltmachen und ihr weiteres Leben zubringen: in einem niedrigen Häuschen mit flachem Dach würden sie am Gestade des Meeres wohnen, von einer Palme beschattet, ganz am Ende einer stillen Bucht. Hier wollten sie in Gondeln fahren und sich in Hängematten wiegen, und ihr Dasein war dann so unbeschwert und weit wie ihre seidenen Gewänder, so warm und sternenbesät wie die milden Nächte, in die sie zusammen hinausschauen würden. Indes, aus der Unermeßlichkeit dieser Zukunft, die sie vor sich erstehen ließ, trat nichts besonders Ersehnenswertes hervor. Die Tage, einer so herrlich wie der andere, glichen sich, wie sich die Wellen gleichen, und all das hing lockend am unendlichen, friedvollen, strahlend blauen und besonnten Horizont. Doch da begann das Kind in seiner Wiege zu husten, oder Bovary schnarchte lauter, und Emma schlief erst gegen Morgen ein, wenn schon der Tag graute und die Fenster hell wurden und der kleine Justin auf dem Marktplatz bereits die Läden der Apotheke öffnete.

Sie hatte Herrn Lheureux kommen lassen und zu ihm gesagt: »Ich brauche einen Mantel, einen weiten gefütterten Mantel mit breitem Kragen.«

»Sie wollen verreisen?« fragte er.

»Nein, aber ... Gleichviel, ich zähle auf Sie, nicht wahr? Und rasch!«

Er verneigte sich.

»Ich wollte noch einen Koffer haben«, fuhr sie fort, » ... nicht zu schwer ... handlich.«

»Ja, ja, ich verstehe, etwa zweiundneunzig Zentimeter zu fünfzig, wie man sie jetzt macht.«

»Und eine Tasche für das Nachtzeug.«

Soviel ist sicher, sagte sich Lheureux, da steckt irgendein Krach dahinter!

»Hier«, fuhr Madame Bovary fort und zog ihre Uhr aus dem Gürtel, »nehmen Sie das und machen Sie sich damit bezahlt.«

Doch der Händler wehrte entrüstet ab: sie seien doch gute Bekannte; traue er ihr vielleicht nicht? So eine Kinderei! Sie bestand jedoch darauf, daß er wenigstens die Kette nehme, und Lheureux hatte sie bereits in der Tasche und wollte sich wegbegeben, da rief sie ihn zurück.

»Lassen Sie alles vorerst in Ihrer Wohnung. Den Mantel« – sie tat, als überlegte sie –, »den Mantel bringen Sie besser auch nicht hierher. Geben Sie mir bloß die Adresse des Schneiders und sagen Sie ihm, er soll ihn für mich bereithalten.«

Sie hatten ihre Flucht für den nächsten Monat verabredet. Emma sollte von Yonville wegfahren, als hätte sie in Rouen Besorgungen zu erledigen. Rodolphe hatte inzwischen, so war es ausgemacht, Plätze bestellt, Pässe beschafft und sogar nach Paris geschrieben, damit sie bis nach Marseille die Postkutsche für sich allein hatten. Dort wollten sie eine Kalesche kaufen und ohne Aufenthalt nach Genua weiterreisen. Sie sollte vorsorglich ihr Gepäck bei Lheureux unterstellen und es von dort direkt in der *Schwalbe* verstauen lassen, so daß niemand Argwohn schöpfen konnte. Bei alledem war von ihrem Kind überhaupt nie die Rede. Rodolphe vermied es, davon zu sprechen; vielleicht dachte sie nicht mehr daran.

Er wollte noch zwei Wochen Zeit haben, um gewisse Anordnungen zu treffen. Acht Tage später verlangte er weitere vierzehn Tage Aufschub, dann wurde er angeblich krank. Hernach mußte er verreisen. So verging der August, und nach all diesen Verzögerungen beschlossen sie, unwiderruflich am 4. September, einem Montag, abzufahren.

Endlich kam der Samstag, der vorletzte Tag vor ihrer Abreise, heran.

Rodolphe erschien am Abend früher als gewöhnlich.

»Ist alles bereit?« fragte sie ihn.

»Ja.«

Sie spazierten rund um ein Blumenbeet und setzten sich unweit der Terrasse auf den Mauerrand.

»Du bist traurig?« sagte Emma.

»Nein, warum?«

Dabei sah er sie mit einem sonderbar zärtlichen Blick an.

»Ist es, weil du fort sollst?« fuhr sie fort, »weil du alles, woran du hängst, aufgeben, dein Leben ganz umstellen mußt? Ach, ich verstehe das wohl ... Aber ich habe nichts auf der Welt! Du bist mein ein und alles. Darum will auch ich dir alles sein, Familie und Heimat. Ich will dich umsorgen, dich liebhaben.«

»Wie reizend du bist!« sagte er und schloß sie in seine Arme.

»Im Ernst?« fragte sie mit einem wollüstigen Lachen. »Hast du mich lieb? Schwör es mir!«

»Ob ich dich liebe! Ob ich dich liebe! Ich bete dich an, Liebste!«

Der Vollmond erhob sich purpurrot hinter der Wiese über die Erde. Er stieg rasch zwischen den Zweigen der Pappeln empor, die ihn hier und da verdeckten wie ein löcheriger schwarzer Vorhang, und endlich erschien er schimmernd weiß am leeren Himmel und erhellte ihn mit seinem bleichen Licht. Dann wurde sein Lauf langsamer, er warf auf den Bach einen breiten Lichtschein, der in tausend und aber tausend Sterne zersprühte, und dieser silbrige Schimmer schien sich bis hinab auf den Grund zu winden gleich einer glitzernden, geschuppten Schlange ohne Kopf. Oder es sah auch einem ungeheuerlichen Leuchter ähnlich, von dem, so lang er war, geschmolzene Diamanten niederrieselten. Rings um sie her breitete sich die milde Nacht aus; breite schwarze Schattenflecke hingen in den Baumkronen. Mit halb geschlossenen Augen atmete Emma tief aufseufzend den frischen Wind ein, der wehte. Sie sprachen kein Wort, sie waren vom Ansturm ihrer Gedanken zu sehr überwältigt. Die zärtliche Seligkeit ihrer ersten Liebeszeit kehrte wieder in ihre Herzen ein, überströmend und lautlos wie der Bach, der unweit dahinfloß, berauschend wie der Duft des Pfeifenstrauchs, und warf auf ihre Erinnerungen Schatten, riesenhafter und schwermütiger als die Schatten der reglosen Weiden, die sich lang auf dem Gras hinzogen. Manchmal huschte ein Nachttier vorüber, das auf Beute ausging, und raschelte im Laub, oder man hörte einen reifen Pfirsich vom Spalier fallen.

»Ah, die schöne Nacht!« sagte Rodolphe.

»Wir werden noch andere Nächte erleben!« versetzte Emma.

Und wie im Selbstgespräch fuhr sie fort: »Ja, Reisen wird uns guttun ... Warum aber ist mein Herz dennoch so schwer? Ist es die Angst vor dem Unbekannten? ... Ist der Abschied vom Altgewohnten daran schuld? ... Oder vielmehr ...? Nein, es ist das Übermaß des Glücks! Wie schwach ich doch bin, nicht wahr? Verzeih mir!«

»Noch ist es Zeit!« rief er. »Überleg es dir, du wirst es vielleicht bereuen.«

»Niemals!« beteuerte sie leidenschaftlich.

Dann rückte sie näher zu ihm heran.

»Was kann mir schon Schlimmes widerfahren? Es gibt keine Wüste, keinen Abgrund, keinen Ozean, die ich nicht durchqueren würde, wenn du nur bei mir bist! Je länger wir zusammen leben werden, desto inniger, vollkommener werden wir ineinander aufgehen. Nichts wird uns stören, keine Sorgen, nichts, was uns im Wege steht! Wir werden allein sein, nur für uns allein, ewig ... Sag doch etwas, gib mir Antwort!«

Er antwortete in gleichmäßigen Abständen: »Ja ... ja ...« Sie spielte mit beiden Händen in seinem Haar und sagte immer wieder mit kindlicher Stimme, obwohl ihr dicke Tränen über die Wangen rannen: »Rodolphe! Rodolphe! ... Ach, Rodolphe, lieber kleiner Rodolphe!«

Es schlug Mitternacht.

»Zwölf Uhr!« sagte sie. »Nun heißt es schon: morgen! Noch einen Tag!«

Er stand auf und wollte gehen. Und als wäre diese Bewegung schon das Zeichen für ihre Flucht gewesen, hellte sich mit einemmal Emmas Miene auf, und sie fragte heiter: »Du hast doch die Pässe?«

»Ja.«

»Du vergißt nichts?«

»Nein.«

»Sicher nicht?«

»Verlaß dich drauf.«

»Im *Hotel de Provence* wartest du auf mich, nicht wahr? ... Punkt zwölf?«

Er nickte.

»Auf morgen also!« sagte Emma in einer letzten Umarmung.

Sie sah ihm nach, während er davonging.

Er wandte sich nicht um. Sie lief ihm nach, beugte sich zwischen dem Gesträuch am Ufer des Bachs vor und rief ihm nach: »Bis morgen!«

Er war schon auf der andern Seite des Bachs und schritt rasch durch die Wiesen.

Nach einigen Minuten blieb Rodolphe stehen, und als

er sie in ihrem weißen Kleid wie eine Geistererscheinung nach und nach im Dunkel verschwinden sah, bekam er so heftiges Herzklopfen, daß er sich gegen einen Baum lehnen mußte, um nicht umzusinken.

Was bin ich für ein Esel! schalt er sich und fluchte gotteslästerlich. Na, wenn schon, sie war doch eine hübsche Geliebte!

Und mit einemmal stand Emmas Schönheit mit all den Wonnen ihrer Liebe wieder vor seinen Augen. Erst wurde er weich, dann aber lehnte er sich gegen sie auf.

Schließlich kann ich ja nicht in die Fremde gehen, begehrte er auf und fuchtelte aufgeregt mit den Armen, und mir dazu noch ein Kind aufhalsen!

Das alles sagte er sich, um sich in seinem Entschluß zu bestärken.

Und zudem alle die Schereien, die Auslagen . . . Ah, nein, nein! Tausendmal nein! Das wäre doch zu dumm gewesen!

13

Kaum war Rodolphe zu Hause angelangt, setzte er sich sofort an seinen Schreibtisch, über dem als Jagdtrophäe ein Hirschgeweih an der Wand hing. Doch als er die Feder zur Hand nahm, fand er die rechten Worte nicht; er stützte den Kopf in die Hände und begann nachzudenken. Es war ihm, als wäre Emma in eine ferne Vergangenheit entrückt, als hätte sein Entschluß plötzlich eine riesige Kluft zwischen ihnen geschaffen.

Um wieder etwas von ihr gegenwärtig zu haben, holte er aus dem Schrank am Kopfende seines Bettes eine alte Biskuitschachtel hervor, in der er alle Briefe, die er von Frauen erhalten hatte, aufzubewahren pflegte. Ein Modergeruch von feuchtem Staub und verwelkten Rosen stieg daraus auf. Zuerst fiel ihm ein Taschentuch in die Augen, mit verblaßten Blutströpfchen gesprenkelt. Es war eines ihrer Taschentücher; sie hatte es auf einem Spaziergang bei sich gehabt, als sie Nasenbluten bekam. Er erinnerte sich gar nicht mehr daran. Daneben lag, an allen vier Ecken anstoßend, das Miniaturbild, das ihm Emma geschenkt hatte. Ihre Toilette dünkte ihn zu aufgedonnert, und ihr seelenvoller Augenaufschlag machte ihm einen denkbar kläglichen Eindruck. Als er dann dieses Bild eine Zeitlang betrachtet und die Erinnerung an das Urbild wieder heraufbeschworen hatte, verschwammen Emmas Züge nach und nach in seinem Gedächtnis, als hätten sich das lebendige Gesicht und das gemalte Bild aneinander gerieben und gegenseitig ausgewischt. Schließlich las er ein paar von ihren Briefen; sie waren voller Bemerkungen, die sich auf ihre Reise bezogen, kurz, sachlich und dringend wie eilige Geschäftsbriefe. Er bekam Lust, auch die langen Briefe aus der früheren Zeit wiederzulesen. Sie lagen zuunterst in der Schachtel, und um sie hervorzuholen, brachte er alle andern durcheinander. Unwillkürlich begann er in diesem Haufen von Papieren und Andenken zu wühlen und fand darin in kunterbuntem Durcheinander Blumensträußchen, ein Strumpfband, eine schwarze Maske, Haarnadeln und Haare – Haare! braune und blonde. Ein paar, die sich in den Eisenbeschlag des Kästchens verwickelt hatten, zerrissen beim Öffnen.

So hing er eine Weile seinen Erinnerungen nach und sah sich die Briefe auf Schrift und Stil hin genauer an. Sie waren so unterschiedlich wie ihre Rechtschreibung. Es waren zärtliche darunter, auch lustige, spaßhafte und schwermütige. Manche heischten Liebe, andere baten um Geld. Mitunter fielen ihm bei irgendeinem Wort ein Gesicht, gewisse Gebärden, der Klang einer Stimme ein. Manchmal erweckten sie auch gar keine Erinnerung.

Tatsächlich standen diese Frauen, die ihm jetzt alle auf einmal in den Sinn kamen, einander gegenseitig im Licht und setzten sich in seiner Erinnerung herab; die Liebe machte sie einander sozusagen gleich und stellte sie auf dieselbe Ebene. Schließlich nahm er eine Handvoll der durcheinandergeratenen Briefe und ließ sie zum Zeitvertreib eine Weile von seiner rechten Hand in die linke blättern. Zuletzt bekam er das Spiel satt, er wurde schläfrig und trug das Kästchen in den Schrank zurück.

»Lauter leeres Gewäsch!« brummte er dazu vor sich hin.

In diese Worte faßte er seine Ansicht zusammen; denn sein von Genuß verwöhntes Herz war einem Schulhof zu vergleichen, auf dem die Schüler so viel herumgetrampelt sind, daß kein grüner Halm mehr darauf sprießen kann; doch Kinder kritzeln wenigstens ihren Namen auf die Mauern – was sein Herz flüchtig erregt hatte, hinterließ keine Spur.

Also los! munterte er sich auf, fangen wir denn an!

Er schrieb:

»Kopf hoch, Emma! Sei tapfer! Ich will nicht, daß Du meinetwegen unglücklich wirst . . .«

Schließlich ist das ja wahr, dachte Rodolphe. Ich handle nur zu ihrem Besten; ich handle wie ein Ehrenmann.

»Hast Du Deinen Entschluß auch reiflich erwogen? Weißt Du, in welchen Abgrund ich Dich beinahe mitgerissen hätte, armes Herz? Nein, nicht wahr? Du warst bereit, mir vertrauensvoll und blindgläubig zu folgen, du glaubtest an das Glück, an die Zukunft . . . Ach, wie sind wir doch unglücklich! Wir Unsinnigen!«

Hier hielt Rodolphe inne und suchte nach einer glaubwürdigen Ausrede.

Wenn ich ihr nun sagte, daß ich mein Vermögen verloren habe? . . . Ach nein. Und übrigens würde das auch nichts nützen. Später müßte ich doch wieder von vorn anfangen. Kann man solche Frauen überhaupt zur Vernunft bringen?

Er überlegte eine Weile, dann schrieb er weiter:

»Ich werde Dich nie vergessen, glaub mir das, und Dir mein Leben lang treu ergeben bleiben. Aber eines Tages, früher oder später, hätte sich die Glut unserer Leidenschaft (wie es das Los aller menschlichen Verhältnisse ist) ganz gewiß abgekühlt! Wir hätten wohl manchmal voneinander genug bekommen, und wer weiß, vielleicht hätte ich zu meinem unsäglichen Schmerz Zeuge Deiner Reue sein müssen, ja, ich hätte sie selbst geteilt, wäre ich doch daran schuld gewesen. Schon der bloße Gedanke an das Herzeleid, das ich Dir jetzt antun muß, bedeutet mir eine gräßliche Qual, Emma! Vergiß mich! Warum habe ich Dich kennenlernen müssen?! Warum warst Du so schön? Kann ich etwas dafür? Oh, mein Gott! Nein! nein! Gib einzig dem Schicksal die Schuld!«

Dieses Wort verfehlt seine Wirkung nie, sagte er sich.

»Ja, wärst Du eine von jenen leichtfertigen Frauen gewesen, wie sie ja nicht selten sind, gewiß, dann hätte ich aus purer Eigensucht den Versuch wagen können, denn er hätte Dir keine Gefahr gebracht. Aber gerade Deine wunderbare schwärmerische Anlage, die zugleich Deinen Reiz und Deine Qual ausmacht, hat Dich, anbetungswürdige Frau, nicht erkennen lassen, wie schief unsere künftige Lage gewesen wäre. Auch ich hatte mir das zunächst nicht überlegt und ruhte mich im Schatten dieses idealen Glücks aus wie im Schatten des Manzanillabaums, ohne die Folgen vorauszusehen.«

Vielleicht wird sie glauben, ich verzichte aus Geiz auf unsern Plan . . . Ach, soll sie's denken! Einerlei, jetzt muß Schluß gemacht werden!

»Die Welt ist grausam, Emma. Überall, wo immer wir gewesen wären, hätte man uns verfolgt. Du hättest zudringliche Fragen über Dich ergehen lassen, Verleumdung, Mißachtung, vielleicht sogar Schimpf und Schande hinnehmen müssen! Schimpf und Schande Dir! Oh! . . .

Und ich möchte doch, daß Du auf einem Thron säßest! Ich trage den Gedanken an Dich wie einen Talisman mit mir! Denn zur Strafe für all das Böse, das ich Dir angetan habe, gehe ich in die Verbannung. Ich verreise. Wohin? Ich weiß es nicht. Ich bin wie von Sinnen! Leb wohl! Bleib immer gut! Vergiß den Unglücklichen nicht ganz, der Dich verloren hat! Lehre Dein Kind meinen Namen, damit es mich in sein Gebet einschließt.«

Die Flammen der beiden Kerzen flackerten. Rodolphe stand auf und schloß das Fenster. Als er sich wieder gesetzt hatte, dachte er: Mir scheint, das wäre alles. Ach ja, noch etwas, damit sie mir nicht am Ende noch *auf die Bude rückt.*

»Wenn Du diese traurigen Zeilen liest, bin ich schon weit weg. Ich habe so schnell wie möglich fliehen wollen, damit ich nicht der Versuchung, Dich wiederzusehen, erliege. Ich darf nicht schwach werden! Ich komme wieder; und vielleicht werden wir später einmal kühl und vernünftig über unsere ehemalige Liebe sprechen können. Leb wohl!«

Dann folgte noch ein letztes Adieu, in zwei Worten: *A Dieu!* geschrieben. Er fand das besonders sinnig.

Wie soll ich jetzt unterzeichnen? fragte er sich. »Dein ganz ergebener...?« Nein. »Dein Freund...?« Ja, so ist es gut!

»Dein Freund«

Er las seinen Brief noch einmal durch. Er schien ihm gut.

Arme kleine Frau! dachte er gerührt. Sie wird glauben, ich sei gefühllos wie ein Steinblock. Ein paar Tränen hätten sich da drauf gut ausgenommen. Aber ich kann nun einmal nicht weinen; dafür kann ich nichts. Rodolphe goß Wasser in ein Glas, tauchte den Finger hinein und ließ von hoch oben einen dicken Tropfen auf den Brief fallen. Die Tinte verschwamm zu einem blaßblauen Flecken. Dann wollte er den Brief versiegeln, und dabei fiel ihm das Petschaft mit der Devise *Amor nel cor* in die Hand.

Das paßt nicht gerade gut in diesem Fall . . . Ach was! Ist ja egal!

Danach rauchte er drei Pfeifen und ging zu Bett.

Als Rodolphe am nächsten Tag aufgestanden war – er hatte bis tief in den Tag hinein geschlafen; es war etwa zwei Uhr –, ließ er sich ein Körbchen Aprikosen pflükken. Er legte den Brief unter den Weinblättern zuunterst auf den Boden und befahl seinem Ackerknecht Girard, den Korb sofort vorsichtig zu Madame Bovary zu bringen. Auf diese Art pflegte er mit ihr Nachrichten auszutauschen; je nach der Jahreszeit schickte er ihr Obst oder Wildbret.

»Wenn sie nach mir fragt«, schloß er, »dann antwortest du, ich sei verreist. Den Korb mußt du ihr unbedingt persönlich übergeben, in ihre eigenen Hände . . . Geh jetzt und nimm dich in acht.«

Girard zog seine neue Bluse über, knotete sein Taschentuch über die Aprikosen und machte sich in seinen schweren Nagelschuhen bedächtigen Schrittes auf den Weg nach Yonville.

Als er dort anlangte, war Madame Bovary mit Félicité eben dabei, auf dem Küchentisch ein Bündel Wäsche zu sortieren.

»Das schickt Ihnen unser Herr«, sagte der Knecht.

Ein dumpfes Bangen überkam sie, und während sie in ihrer Tasche nach Kleingeld suchte, sah sie den Knecht mit ganz verstörten Augen an, und auch er starrte ihr völlig verdutzt ins Gesicht, da es ihm nicht einleuchten wollte, wieso ein solches Geschenk jemanden dermaßen aufregen konnte. Endlich ging er fort. Félicité blieb da. Emma hielt es nicht länger aus; sie lief ins Eßzimmer, als wollte sie die Aprikosen dorthin tragen, leerte den Korb, riß die Blätter heraus, fand den Brief, öffnete ihn und floh in Todesängsten hinauf in ihr Zimmer, als wütete hinter ihr eine rasende Feuersbrunst.

Charles war zu Hause; sie sah ihn im Vorbeieilen. Er sprach sie an, aber sie hörte nichts und rannte weiter die Treppe hinauf, keuchend, außer sich, völlig von Sinnen, immer noch mit diesem grauenhaften Blatt Papier in der Hand, das in ihren Fingern knatterte wie ein Stück Blech. Im zweiten Stock blieb sie vor der Bodentür stehen, die geschlossen war.

Sie rang nach Fassung; der Brief kam ihr wieder in den Sinn. Sie mußte ihn zu Ende lesen, aber sie brachte es nicht übers Herz. Zudem – wo konnte sie es tun? und wie? Nirgends war sie ungestört.

Ach nein, hier stört mich niemand, dachte sie.

Emma stieß die Tür auf und trat ein.

Die Schieferziegel strömten eine drückende Treibhaushitze aus, die ihr die Schläfen zusammenpreßte und den Atem verschlug. Sie schleppte sich bis zum geschlossenen Dachfenster, riegelte es auf, und mit einem Schlag flutete blendendes Licht herein.

Vor ihren Augen, jenseits der Dächer, lag das offene Land unabsehbar weit da. Unten zu ihren Füßen war der Marktplatz menschenleer. Das Steinpflaster des Bürgersteigs glitzerte, die Windfahnen auf den Dächern standen unbeweglich. Von der Straßenecke her kam aus einem unteren Stockwerk ein Schnarren, untermischt mit kreischenden Tönen. Dort werkte Binet an seiner Drehbank.

Sie hatte sich in die Nische des Bodenfensters gelehnt und las den Brief mit zornigem Hohnlachen noch einmal durch. Doch je angestrengter sie ihre Aufmerksamkeit darauf richtete, desto mehr gerieten ihre Gedanken durcheinander. Sie sah und hörte ihn wieder, sie umschlang ihn mit beiden Armen, und das Herz klopfte ihr wild in der Brust, als hämmerte ein Rammbock mit aller Wucht dagegen, in unregelmäßigen Abständen, immer rascher und rascher. Sie blickte sich um und hatte nur einen Wunsch: daß die Erde unter ihr einstürzen möge. Warum nicht ein Ende machen? Was hielt sie noch zurück? Sie war ja frei! Sie beugte sich weit vor und sah auf das Straßenpflaster hinab. Vorwärts! Nur zu! redete sie sich Mut zu.

Der hell leuchtende Schein, der sie von dort unten gerade ins Gesicht traf, zog das Gewicht ihres Körpers hinab in die Tiefe. Es war ihr, als schwankte der ganze Boden des Dorfplatzes und höbe sich an den Häuserwänden empor zu ihr, als neigte sich der Fußboden gleich einem schlingernden Schiff. Sie hielt sich am äußersten Rand fest, so daß sie fast in der Luft hing und rings nur leeren Raum um sich hatte. Das Blau des Himmels machte sie schwindlig, die Luft kreiste in ihrem gänzlich gedankenleeren Kopf, sie brauchte nur nachzugeben, sich nicht dagegen zu wehren. Und in einem fort schnarrte die Drehbank wie eine wütende Stimme, die nach ihr rief.

»Emma! Emma!« schrie Charles.

Mit verhaltenem Atem lauschte sie.

»Wo steckst du denn? Komm doch!«

Bei dem Gedanken, daß sie eben dem Tod entronnen war, sank sie fast vor Entsetzen ohnmächtig hin. Sie schloß die Augen; dann fuhr sie zusammen: eine Hand faßte sie am Arm. Es war Félicité.

»Der Herr wartet auf Sie, Madame. Die Suppe ist aufgetragen.«

Sie mußte hinuntergehen, mußte sich zu Tisch setzen!

Sie versuchte zu essen. Die Bissen blieben ihr im Halse stecken. Da faltete sie ihre Serviette auseinander, als wollte sie sich die schadhaften Stellen genauer ansehen; sie hatte auch wirklich vor, sie da, wo sie dünn geworden waren, auszubessern und die Fäden der Leinwand zu zählen. Plötzlich kam ihr der Brief wieder in den Sinn. Hatte sie ihn denn verloren? Wo konnte sie ihn wiederfinden? Aber sie fühlte sich so zerschlagen, ihr Kopf war so müde, daß sie sich einfach keinen Vorwand auszudenken vermochte, um vom Tisch aufzustehen. Außerdem war sie feige geworden; sie hatte Angst vor

Charles. Er wußte alles, das war sicher! Tatsächlich sagte er in einem ganz eigenartigen Ton: »Herrn Rodolphe werden wir, scheint's, nicht so bald wieder zu Gesicht bekommen.«

»Wer hat dir das gesagt?« fragte sie und zuckte zusammen.

»Wer mir das gesagt hat?« erwiderte er, über ihren schroffen Ton betroffen. »Girard. Ich bin ihm vorhin an der Tür des *Café Français* begegnet. Er ist verreist oder soll auf alle Fälle noch verreisen.«

Emma schluchzte einmal tief auf.

»Was ist Erstaunliches dabei? Er verschwindet doch immer von Zeit zu Zeit, um einmal etwas anderes zu erleben, und wahrhaftig, ich finde, er soll das ruhig tun. Wenn man vermögend und Junggeselle ist . . . Im übrigen treibt er's toll, unser Freund! Ein Schwerenöter, sag ich dir. Herr Langlois hat mir erzählt . . .«

Er brach mitten im Satz ab, aus Rücksicht auf Félicité, die gerade hereinkam.

Das Mädchen legte die Aprikosen, die auf der Anrichte herumlagen, in den Korb zurück. Charles hatte nicht gesehen, wie rot seine Frau geworden war; er ließ sie sich an den Tisch bringen, nahm eine und biß hinein.

»Oh, ausgezeichnet!« sagte er. »Da, koste einmal.«

Er hielt ihr den Korb hin, doch sie stieß ihn sanft zurück.

»Riech nur, wie gut die duften!« drängte er und fuhr ihr mit dem Körbchen ein paarmal vor der Nase hin und her.

»Ich ersticke!« schrie sie und sprang auf.

Dann aber überwand sie mit äußerster Willenskraft diesen krampfartigen Anfall.

»Es ist nichts!« sagte sie. »Es hat nichts zu bedeuten. Nur nervös. Setz dich hin und iß.«

Sie fürchtete nämlich, er könnte sie ausfragen, sich um sie sorgen und sie nicht mehr allein lassen.

Charles hatte sich folgsam wieder hingesetzt, spuckte

die Aprikosenkerne in die Hand und legte sie dann erst auf seinen Teller.

Plötzlich fuhr ein blauer Tilbury in flottem Trab über den Platz. Emma stieß einen Schrei aus und fiel rückwärts zu Boden.

Rodolphe hatte sich nach langem Überlegen schließlich doch entschlossen, nach Rouen zu fahren. Da jedoch von La Huchette nach Buchy kein anderer Weg als der über Yonville führte, hatte er durch das Dorf fahren müssen, und Emma hatte ihn im Licht der Laternen erkannt, die wie ein Blitz die einbrechende Nacht durchschnitten.

Als der Apotheker den Tumult im Hause des Arztes hörte, kam er schleunigst herübergerannt. Der Tisch mit sämtlichen Tellern war umgestürzt, Soße, Fleisch, Messer, Salzfaß und Ölflasche lagen im ganzen Zimmer verstreut auf dem Boden. Charles rief um Hilfe. Berthe war zu Tode erschrocken und schrie, und Félicité schnürte mit zitternden Händen ihrer Herrin, deren ganzer Körper von krampfartigen Zuckungen geschüttelt wurde, das Kleid auf.

»Ich laufe rasch in mein Laboratorium«, erklärte der Apotheker, »und hole ein bißchen aromatischen Essig.«

Als sie dann den Essig einatmete und die Augen wieder aufschlug, sagte er: »Ich wußte es ja. Das würde selbst einen Toten wieder aufwecken!«

»Sag etwas zu uns!« bat Charles. »Sprich mit uns! Komm zu dir! Ich bin's, dein Charles, der dich liebhat! Erkennst du mich? Da, sieh, ist dein Töchterchen. Gib ihm einen Kuß!«

Das Kind streckte seine Ärmchen nach der Mutter aus und wollte ihr um den Hals fallen. Doch Emma wandte den Kopf zur Seite und stieß hervor: »Nein, nein... niemand!«

Sie wurde abermals ohnmächtig. Man trug sie auf ihr Bett.

Lang ausgestreckt lag sie da, mit offenem Mund und

geschlossenen Lidern, die Hände flach hingelegt, regungslos und bleich wie ein Wachsbild. Aus ihren Augen rannen zwei Tränenbäche, die langsam auf das Kopfkissen flossen.

Charles stand hinten im Alkoven und neben ihm der Apotheker, in gedankenvollem Schweigen, wie es sich in ernsten Lebenslagen geziemt.

»Beruhigen Sie sich«, sagte er und stieß ihn mit dem Ellbogen an, »ich glaube, der Paroxymus ist vorüber.«

»Ja, sie hat jetzt ein wenig Ruhe gefunden«, antwortete Charles, der die Schlafende unverwandt betrachtete. »Arme Frau!... Die arme Frau!... Ein böser Rückfall!«

Da erkundigte sich Homais, wie es eigentlich zu diesem plötzlichen Anfall gekommen sei. Charles gab ihm Auskunft: es habe sie auf einmal gepackt, während sie Aprikosen gegessen habe.

»Höchst sonderbar!...« versetzte der Apotheker. »Aber es konnte schon sein, daß die Aprikosen diese Ohnmacht herbeigeführt haben. Es gibt ja Naturen, die auf gewisse Gerüche so empfindlich reagieren! Und es wäre sogar eine hochinteressante Frage, die man sowohl in pathologischer als auch in physiologischer Hinsicht studieren müßte. Die Pfaffen wußten ganz genau, wie wichtig das ist, haben sie doch seit jeher bei ihrem Hokuspokus mit wohlriechenden Mitteln gearbeitet. Damit wollen sie den Leuten den Verstand abstumpfen und sie in verzückte Zustände versetzen. Das fällt ihnen übrigens bei weiblichen Wesen nicht schwer, denn die sind anfälliger als wir Mannsbilder. Ich habe von Fällen gelesen, wo Frauen beim Geruch von verbranntem Horn, ja, von frischem Brot in Ohnmacht gefallen sind...«

»Obacht, Sie wecken sie sonst noch auf!« mahnte Bovary leise.

»Und nicht allein die Menschen sind solchen Anomalien unterworfen, sondern auch die Tiere«, kramte der Apotheker weiter seine Gelehrsamkeit aus. »Sie wissen doch bestimmt, welch eigenartige Wirkung die *nepeta cataria*, im Volksmund Katzenkraut genannt, auf die gesamte Katzenrasse ausübt: es wirkt wie ein Aphrodisiakum. Andererseits kann ich ein weiteres Beispiel anführen, für dessen Glaubwürdigkeit ich einstehe: Bridoux – einer meiner Studienfreunde, jetzt in der Rue Malpalu wohnhaft – besitzt einen Hund, der jedesmal in Krämpfe verfällt, wenn man ihm eine Tabakdose vor die Nase hält. Er führt dieses Experiment sogar oft seinen Freunden in seinem Gartenhäuschen im Bois Guillaume vor. Sollte man's für möglich halten, daß ein harmloses Niesmittel im Organismus eines Vierfüßlers derartige Verheerungen anrichtet? Das ist doch äußerst merkwürdig, nicht wahr?«

»Ja«, erwiderte Charles, der gar nicht zugehört hatte.

»Das beweist uns«, fuhr der andere mit gütig-selbstgefälligem Lächeln fort, »daß im Nervensystem zahllose Regelwidrigkeiten möglich sind. Was nun Madame betrifft, so muß ich gestehen, daß sie mir von jeher den Eindruck einer typisch übersensiblen Frau gemacht hat. Darum will ich Ihnen, lieber Freund, auch keineswegs zu irgendeinem der angeblichen Heilmittel raten, die zwar vorgeben, die Symptome zu bekämpfen, in Wahrheit aber den Gesamtorganismus schädigen. Nein, keinerlei sinnlose Medikamente! Diät, sonst nichts! Beruhigungsmittel, erweichende, lindernde Mittel. Und noch etwas: glauben Sie nicht, daß man vielleicht auch auf ihre Einbildung einwirken müßte?«

»Inwiefern? Wie denn nur?« fragte Bovary.

»Ja, das ist eben die Frage. Das ist in der Tat die Frage. *That is the question!* wie ich neulich in der Zeitung gelesen habe.«

Doch da wachte Emma auf und rief: »Und der Brief? Der Brief?«

Man glaubte, sie rede im Fieber. Um Mitternacht begann sie auch wirklich zu delirieren; eine Hirnhautentzündung brach aus.

Dreiundvierzig Tage lang wich Charles nicht von ihrem Bett. Seine Patienten kümmerten ihn überhaupt nicht; er gönnte sich keinen Schlaf mehr, fühlte ihr unablässig den Puls, legte ihr Senfpflaster auf und machte ihr kalte feuchte Umschläge. Er schickte Justin bis nach Neufchâtel, um Eis zu bekommen; das Eis schmolz unterwegs, und er schickte ihn nochmals hin. Er rief Herrn Canivet zu einer Konsultation, ließ aus Rouen seinen einstigen Lehrer, den Doktor Larivière, kommen. Er war völlig verzweifelt. Am meisten erschreckte ihn Emmas Teilnahmslosigkeit; denn sie sprach nichts, hörte nichts und litt anscheinend nicht einmal – als hätten ihr Körper und ihre Seele beide von allen ihren Erregungen ausgeruht.

Gegen Mitte Oktober konnte sie, von Kissen gestützt, wieder in ihrem Bett sitzen. Charles brach in Tränen aus, als er sie das erste Butterbrot mit Konfitüre essen sah. Sie kam wieder zu Kräften; sie konnte nachmittags ein paar Stunden aufstehn, und als sie sich eines Tags wohler fühlte, versuchte er sie an seinem Arm rund um den Garten spazierenzuführen. Der Sand auf den Wegen verschwand unter dem welken Laub. Sie ging behutsam, Schritt für Schritt, und schlurfte in ihren Pantöffelchen. Sie lehnte sich mit der Schulter gegen Charles und lächelte unaufhörlich vor sich hin.

So gingen sie bis hinten in den Garten zur Terrasse. Sie richtete sich langsam auf, hielt die Hand über die Augen, um besser sehen zu können, und schaute in die Ferne, weit hinaus in die Ferne. Doch am Horizont war nichts zu sehen als große Unkrautfeuer, die rings auf den Anhöhen rauchten.

»Du wirst dich ermüden, Liebes«, mahnte Bovary.

Er schob sie sanft zu der Laube hin und wollte sie zum Eintreten nötigen.

»Setz dich hier auf die Bank. Da sitzt du bequem.«

»Nein, nein, nicht hier! Nicht hier!« stammelte sie mit versagender Stimme.

Es schwindelte ihr, und noch am selben Abend hatte sie einen Rückfall. Allerdings nahm ihre Krankheit diesmal einen ungewissen Verlauf und zeigte verwickeltere Symptome. Bald klagte sie über Herzbeschwerden, dann wieder über Schmerzen auf der Brust, über Kopfweh und Gliederschmerzen. Ab und zu mußte sie sich plötzlich erbrechen, und Charles glaubte darin die ersten Anzeichen eines Krebsleidens erblicken zu müssen.

Und zu alledem hatte der Ärmste noch Geldsorgen!

14

Erstens wußte er nicht, wie er es anstellen sollte, um Herrn Homais alle die Medikamente zu vergüten, die er bei ihm bezogen hatte; und obwohl er sie als Arzt nicht hätte zu bezahlen brauchen, bedrückte ihn diese Schuld dennoch. Dann waren die Haushaltsausgaben erschreckend gestiegen, seitdem das Mädchen selbstherrlich wirtschaftete. Die Rechnungen regneten nur so ins Haus; die Lieferanten murrten; vor allem setzte ihm Herr Lheureux zu. Gerade als es mit Emma am schlimmsten stand, hatte dieser Herr sich die Umstände zunutze gemacht, um seine Rechnung in die Höhe zu treiben. Er hatte geschwind den Mantel, die Reisetasche, zwei Koffer statt des einen und noch eine Menge anderer Dinge ins Haus gebracht. Charles konnte lange sagen, er brauche das alles ja gar nicht; der Kaufmann gab ihm unverfroren zur Antwort, diese Sachen seien bei ihm bestellt worden, und er gedenke sie nicht zurückzunehmen. Übrigens könnte das Madames Genesung verzögern, Herr Bovary werde es sich gewiß noch überlegen, kurz, er sei entschlossen, ihn eher zu verklagen, als von seinen berechtigten Forderungen abzustehen und seine Waren wieder mitzunehmen. Charles gab daraufhin dem Mädchen den Auftrag, die Sachen in seinen Laden zurückzuschicken. Félicité vergaß es; er selbst hatte andere Sorgen, und man dachte nicht mehr daran. Lheureux gab sich nicht geschlagen und ging erneut zum Angriff über. Bald drohend und bald unter Gejammer erreichte er schließlich, daß Bovary einen Wechsel, fällig in sechs Monaten, unterschrieb. Doch kaum hatte er diesen Wechsel unterzeichnet, da tauchte ein kühner Gedanke in ihm auf: ein Darlehen von tausend Franken bei Lheureux aufzunehmen. Also fragte er ihn mit verlegener Miene, ob es nicht möglich sei, das Geld zu bekommen, und zwar auf ein Jahr und zu jedem beliebigen Zins. Herr Lheureux lief in seinen Laden, holte die Taler und diktierte einen zweiten Wechsel, durch den sich Bovary verpflichtete, am nächsten 1. September die Summe von eintausendundsiebzig Franken an die Order des Geschäftsmanns zu zahlen; das machte zusammen mit den bereits ausbedungenen hundertachtzig genau zwölfhundertundfünfzig. Indem er also zu sechs Prozent Zins das Geld lieh, dazu noch ein Viertelprozent Provision nahm und außerdem an den gelieferten Waren noch mindestens ein Drittel verdiente, mußte ihm das in einem Jahr hundertdreißig Franken Gewinn abwerfen; und er hoffte zudem, daß es damit noch nicht sein Bewenden haben werde, daß Bovary die Wechsel nicht werde einlösen können, daß er neue werde unterschreiben müssen und daß sein armseliges Geldchen, nachdem es sich im Hause des Arztes wie in einem Sanatorium gemehrt und gemästet hatte, eines Tages beträchtlich aufgerundet und so dick, daß der Beutel krachte, zu ihm zurückkehren werde.

Übrigens geriet ihm jetzt alles nach Wunsch. Eine Lieferung von Apfelwein für das Krankenhaus in Neufchâtel war ihm zugeschlagen worden; Herr Guillaumin versprach ihm Aktien der Torfgruben bei Grumesnil, und er trug sich überdies mit dem Gedanken, einen neuen Postwagendienst zwischen Argueil und Rouen einzurichten, der zweifellos in Bälde dem alten Rumpelkasten des *Goldenen Löwen* den Garaus machen werde. Seine Post sollte nämlich schneller und billiger sein und mehr

Gepäck mitführen können, und so hoffte er, bald den gesamten Handel von Yonville in die Hand zu bekommen.

Charles fragte sich oft, wie er im nächsten Jahr soviel Geld werde zurückzahlen können. Er zermarterte sich den Kopf, dachte sich alle möglichen Auswege aus, überlegte etwa, ob er nicht seinen Vater darum angehen oder irgend etwas veräußern sollte. Aber sein Vater war taub für solche Anliegen, und zu verkaufen hatte er nichts. Überall sah er nun lauter Schwierigkeiten, und so schob er diese unerquicklichen Überlegungen immer wieder beiseite. Er machte sich Vorwürfe, daß er darüber Emma vergesse. Es war ihm, als nähme er dieser Frau, der sein ganzes Sinnen und Denken gehörte, etwas weg, wenn er nicht unablässig an sie dachte.

Der Winter war hart. Madame Bovary erholte sich nur langsam. Wenn das Wetter schön war, schob man sie in ihrem Lehnstuhl ans Fenster, und zwar an das, von dem man auf den Marktplatz blicken konnte, denn neuerdings mochte sie den Garten nicht mehr leiden, und die Jalousien blieben nach dieser Seite ständig heruntergelassen. Sie wünschte, daß ihr Reitpferd verkauft werde. Was sie früher geliebt hatte, mißfiel ihr jetzt. Ihr ganzes Denken blieb anscheinend auf die Sorge um sich selbst beschränkt. Sie blieb im Bett, nahm ab und zu einen kleinen Imbiß zu sich und klingelte zuweilen nach ihrem Dienstmädchen, um sich nach ihren Arzneien zu erkundigen oder auch nur um ein bißchen mit ihr zu plaudern. Währenddessen warf der Schnee auf dem Dach der Markthalle einen weißen, unbeweglichen Widerschein ins Zimmer; dann, später, fiel Regen. Und Tag um Tag wartete Emma fast angstvoll auf die unausbleibliche Wiederkehr geringfügigster Begebnisse, die für sie doch eigentlich keine Bedeutung hatten. Das wichtigste war abends die Ankunft der *Schwalbe*. Dann hörte man die laute Stimme der Wirtsfrau, und andere Stimmen gaben ihr Antwort, während die Laterne Hippolytes, der auf dem Verdeck nach Koffern suchte, wie ein Stern in der

Dunkelheit leuchtete. Um Mittag kam Charles nach Hause; dann ging er wieder weg. Hernach trank sie ihre Fleischbrühe, und gegen fünf Uhr, wenn der Abend dämmerte, kamen die Kinder aus der Schule und klapperten mit ihren Pantinen auf der Straße und klopften samt und sonders mit ihren Linealen an die Sperrklinken der Fensterläden, eines nach dem andern.

Um diese Stunde besuchte sie gewöhnlich Herr Bournisien. Er erkundigte sich nach ihrem Befinden, erzählte ihr, was sich Neues ereignet hatte, und ermahnte sie zur Frömmigkeit. Er tat das in einem leichten Plauderton, der ihr richtig wohltat. Allein schon der Anblick seiner Soutane hatte für sie etwas Tröstliches.

Eines Tages in der schlimmsten Zeit ihrer Krankheit, als sie sterben zu müssen glaubte, hatte sie nach dem Abendmahl verlangt, und während man in ihrem Zimmer die Vorbereitungen für die heilige Handlung traf, die mit Arzneien vollgestellte Kommode als Altar herrichtete und Félicité Dahlien auf den Fußboden streute, fühlte Emma, wie eine Kraft über sie kam, die alle Schmerzen, jede Empfindungsfähigkeit und jedes Gefühl von ihr nahm. Ihr Körper war mit einemmal federleicht, und ihr Denken war ausgeschaltet; ein neues Leben hob an. Ihr schien, daß ihr ganzes Sein zu Gott emporsteige und in dieser Liebe vergehe wie Weihrauch, der verbrennt und sich in Dunst auflöst. Man besprengte ihr Bett mit Weihwasser. Der Priester nahm die weiße Hostie aus der heiligen Monstranz, und fast besinnungslos vor überirdischer Wonne hielt Emma ihre Lippen dar, um den Leib des Herrn zu empfangen, der sich ihr bot. Die Vorhänge des Alkovens blähten sich weich um sie her, Wolken gleich, und der Lichterglanz der beiden Kerzen, die auf der Kommode brannten, kam ihr wie zwei blendende Glorienscheine vor. Da ließ sie den Kopf auf die Kissen zurücksinken, und es war ihr, als hörte sie in himmlischen Höhen den Klang seraphischer Harfen und als erblickte sie in azurenem Himmel auf goldenem

Thron, im Kreise seiner Heiligen, die grüne Palmen in den Händen trugen, Gott Vater in seiner strahlenden Majestät, der mit einem Wink seiner Hand flammengeflügelte Engel auf die Erde herniedersandte, damit sie ihre Seele auf ihren Armen emportrügen.

Diese herrliche Vision blieb in ihrer Erinnerung haften als das Schönste, was zu erträumen möglich war. So kam es, daß sie sich auch jetzt noch bemühte, diese Empfindung wieder in sich hervorzuzaubern. Zwar erlebte sie auch später noch solche Stimmungen, aber sie erlag ihnen weniger ausschließlich, auch wenn sie dabei ebenso tiefe Wonnen verspürte. Ihre von Hoffart gepeinigte Seele fand endlich in christlicher Demut Ruhe. Emma kostete den Genuß, schwach sein zu dürfen, mit Wonne aus und beobachtete, wie in ihrem Herzen der eigene Wille hinschwand und der hereindringenden göttlichen Gnade Tür und Tor weit auftat. Es gab also außer dem irdischen Glück noch höhere Seligkeiten, eine andere Liebe, die weit über jede Erdenliebe hinausging, ohne Lauwerden und Ende, eine Liebe, die in alle Ewigkeit wuchs! Sie ahnte mitten unter den Trugbildern ihrer Hoffnung einen Zustand der Reinheit, dem die Erde nichts anhaben konnte und der mit dem Himmel eins wurde, einen Zustand, den sie ersehnte. Sie wollte eine Heilige werden. Sie kaufte sich Rosenkränze und trug Amulette. Sie wünschte sich für ihr Zimmer einen mit Smaragden besetzten Heiligenschrein; den wollte sie am Kopfende ihres Bettes aufstellen und ihn jeden Abend küssen.

Der Pfarrer kam über diese Stimmungen aus dem Staunen nicht mehr heraus, obschon Emmas Frömmigkeit, wie er fand, in ihrer glühenden Inbrunst am Ende hart an Ketzerei und selbst an Überspanntheit grenzen mochte. Da er jedoch in solchen Fragen nicht sonderlich bewandert war, sobald sie ein gewisses Maß überstiegen, schrieb er an Herrn Boulard, den Buchhändler des Bischofs, und bat ihn, ihm *etwas besonders Empfehlenswertes für eine kluge, gebildete Person weiblichen Geschlechts* zu senden. Unbedenklich, als hätte er eine Sendung Ramschware an irgendwelche Neger abgefertigt, packte der Buchhändler kunterbunt durcheinander alles ein, was zur Zeit an Erbauungsbüchern im Buchhandel hoch im Kurs stand. Es waren kleine Leitfaden mit Fragen und Antworten, Streitschriften im hochfahrenden Ton, den Herr de Maistre jeweils anzuschlagen liebte, und rosa kartonierte süßliche Romane, von dichterisch angehauchten Seminaristen oder reumütigen Blaustrümpfen verbrochen. Da gab es Titel wie *Der christlichen Seele Vergißmeinnicht* oder *Der Weltmann zu Füßen Mariä, von Herrn de ***, Ritter mehrerer Orden* oder *Die Irrlehren Voltaires zum Gebrauch für die Jugend*, und wie sie alle heißen mochten.

Madame Bovarys Verstand war noch nicht klar genug, als daß sie sich ernsthaft hätte mit irgend etwas befassen können; außerdem ging sie viel zu überstürzt an die Lektüre dieser Bücher. Aber alle die gottesdienstlichen Vorschriften stießen sie ab, der anmaßende Ton der polemischen Schriften und die Verbissenheit, mit der darin Leute, die sie gar nicht kannte, aufs Korn genommen wurden, gingen ihr auf die Nerven; auch die weltlichen Erzählungen, die mit erbaulichen Gedanken angereichert waren, dünkten sie dermaßen weltfremd, daß sie ihr unmerklich die Wahrheiten, für die sie Beweise erwartete, fragwürdig machten. Trotz allem gab sie es nicht auf, und wenn ihr das Buch aus den Händen fiel, glaubte sie sich von der zartesten katholischen Wehmut ergriffen, die eine durch und durch vergeistigte Seele empfinden konnte.

Die Erinnerung an Rodolphe hatte sie zutiefst in ihrem Herzen begraben; und da ruhte sie, feierlicher und regloser als eine Königsmumie in einer unterirdischen Grabkammer. Diese große einbalsamierte Liebe verströmte einen süßen Duft, der alles durchdrang und die Atmosphäre unbefleckter Reinheit, in der sie fortan leben wollte, mit Zärtlichkeit durchduftete. Wenn sie auf ihrem gotischen Betstuhl in die Knie sank, sprach sie zu

Gott dem Herrn dieselben verzückten Liebesworte, die sie einst in den hingebendsten Augenblicken ihrer sündigen Leidenschaft dem Geliebten zugeflüstert hatte. Damit wollte sie den Glauben in ihr Herz bannen; doch kein Trost kam zu ihr vom Himmel herab, und sie erhob sich mit müden Gliedern und dem dumpfen Gefühl, sie sei einem namenlosen Betrug zum Opfer gefallen. Dieses Suchen, so dachte sie, war nur ein weiteres Verdienst, und in ihrer hochmütigen Frömmigkeit verglich sich Emma mit jenen großen Damen früherer Zeiten, deren Ruhm sie einst vor einem Bildnis der Mademoiselle de La Vallière erträumt hatte: bußfertige Sünderinnen, die mit so unnachahmlicher Majestät die reichverbrämte Schleppe ihrer langen Gewänder nachschleiften und sich irgendwo in die Einsamkeit zurückzogen, um dort zu Füßen Jesu Christi alle Tränen eines vom Leben versehrten Herzens auszuströmen.

Nunmehr gab sie sich einer übermäßig betriebsamen Wohltätigkeit hin. Sie nähte Kleider für die Armen, schickte Holz an Wöchnerinnen, und eines Abends fand Charles, als er heimkam, in der Küche drei Landstreicher, die gemütlich am Tisch saßen und Suppe löffelten. Sie ließ ihr Töchterchen, das ihr Mann während ihrer Krankheit wieder zu der Amme geschickt hatte, nach Hause zurückkommen. Nun wollte sie dem Kind unbedingt das Lesen beibringen; Berthe konnte weinen, soviel sie wollte, sie verlor nie mehr die Geduld. Sie hatte sich entschlossen, sich in den Willen Gottes zu ergeben und eine Nachsicht zu üben, die allen und allem galt. Was sie auch sagen mochte, immer sprach sie in gewählten Ausdrücken. So fragte sie etwa ihr Kind: »Deine Leibschmerzen sind doch vorbei, mein Engel?«

Die alte Madame Bovary fand nichts an ihr auszusetzen, außer vielleicht ihre leidige Gewohnheit, Jäckchen für die Waisenkinder zu stricken, anstatt ihre eigenen Wischtücher zu flicken. Aber die gute Frau war von den ewigen häuslichen Zänkereien recht mitgenommen und fühlte sich wohl in diesem ruhigen Hause, und sie blieb sogar bis nach Ostern, um den höhnischen Sprüchen ihres Mannes zu entgehen, der nie versäumte, gerade am Karfreitag für sich eine Speckwurst zu bestellen.

Außer der Gesellschaft ihrer Schwiegermutter, die ihr durch ihr aufrechtes, gesundes Urteil und ihr ernstes Wesen Halt gab, hatte Emma fast alle Tage noch Besuch. Madame Langlois kam, Madame Caron, Madame Dubreuil, Madame Tuvache, und regelmäßig erschien von zwei bis fünf Uhr die treffliche Madame Homais, die nie dem Klatsch, der über ihre Nachbarin umlief, hatte Glauben schenken wollen. Auch ihre Kinder kamen zu Besuch; Justin begleitete sie. Er ging mit ihnen in Emmas Zimmer hinauf und blieb dann unbeweglich und stumm bei der Tür stehen. Manchmal achtete Madame Bovary gar nicht auf ihn und setzte sich an ihren Toilettentisch. Sie zog den Kamm aus dem Haar und schüttelte dann den Kopf mit einer ruckartigen Bewegung; und als er zum erstenmal diese Haarpracht sah, die in schwarzen Locken bis zu den Kniekehlen herabwallte, so war das für ihn, den armen Jungen, als erlebte er etwas Unerhörtes und Neues, dessen Glanz ihn erschreckte.

Gewiß bemerkte Emma weder seinen stummen Diensteifer noch seine schüchterne Anbetung. Sie ahnte nicht im geringsten, daß die Liebe, die doch aus ihrem Leben verschwunden war, in nächster Nähe unter diesem grobleinenen Hemd, in diesem Jünglingsherzen pochte, das der Schönheit, die von ihr ausging, weit offenstand. Übrigens verbarg sie jetzt ihr ganzes Innenleben unter einer solchen Teilnahmslosigkeit. Sie konnte so liebreich sprechen und dabei so hochmütig blicken, sie war so sprunghaft in ihrem Wesen, daß man nicht mehr unterscheiden konnte, was Selbstsucht und was Nächstenliebe war, was Verderbtheit und was Tugend. Eines Abends zum Beispiel geriet sie in Wut über ihr Mädchen, das um Ausgang bat und stotternd einen Vorwand suchte. Dann fragte sie unvermittelt: »Du liebst ihn also?« Und als Félicité über und über rot wurde, setzte sie, ohne ihre Antwort abzuwarten, traurig hinzu: »So lauf denn und mach dir einen vergnügten Abend!«

In den ersten Frühlingstagen ließ Emma den Garten von einem Ende bis zum andern vollständig neu anlegen, trotz Bovarys Einspruch. Aber er war doch glücklich, daß sie überhaupt auf irgendeine Art ihren Willen äußerte. Je besser sie sich erholte, desto mehr Willenskraft zeigte sie. Zunächst brachte sie es zuwege, die Mutter Rollin, die Amme, vor die Tür zu setzen. Die Frau hatte sich angewöhnt, während Emmas Genesung allzu oft mit ihren beiden Säuglingen und ihrem Ziehkind, das gefräßig war wie ein Kannibale, in die Küche zu kommen. Darauf schaffte sie sich die Familie Homais vom Hals, wies nach und nach allen Besuchern die Tür und ging sogar seltener zur Kirche, zur großen Freude des Apothekers, der ihr bei diesem Anlaß in aller Freundschaft vorhielt: »Sie hatten sich ein bißchen zu dick mit dem Pfaffen angefreundet!«

Nach wie vor kam Herr Bournisien jeden Tag nach dem Katechismusunterricht. Am liebsten blieb er im Freien und genoß die frische Luft im *Gehölz*, wie er die Laube nannte. Um diese Zeit kam Charles gewöhnlich nach Hause. Sie waren beide erhitzt; man setzte ihnen süßen Apfelwein vor, und sie tranken zusammen auf Madame Bovarys völlige Genesung.

Auch Binet fand sich ein; das heißt, er saß weiter unten an der Terrassenmauer und fischte Krebse. Bovary lud ihn stets zu einem erfrischenden Trunk ein, und Binet verstand sich trefflich auf das Entkorken der Krüge.

»Man muß«, erklärte er mit einem selbstzufriedenen Blick in die Runde und bis weithin in die Gegend hinaus, »man muß die Flasche senkrecht auf den Tisch stellen, dann die Schnüre durchschneiden und hernach den Korken langsam und vorsichtig herausziehen, wie man es übrigens in den Restaurants mit den Selterswasserflaschen macht.«

Aber es kam öfters vor, daß ihnen der Apfelwein während dieser Vorführung mitten ins Gesicht spritzte, und dann versäumte der Geistliche nie, mit einem dröhnenden Lachen den immer gleichen Witz anzubringen: »Seine Güte springt ins Auge!«

Er war wirklich ein wackerer Mann. Und als eines Tages der Apotheker Charles riet, er solle seine Frau doch ein wenig ablenken und mit ihr nach Rouen fahren, damit sie im Theater den berühmten Tenor Lagardy hören könne, nahm er daran nicht den geringsten Anstoß. Homais wunderte sich, daß er nichts dazu sagte, und wollte wissen, was er darüber dächte. Da erklärte ihm der Priester, seiner Ansicht nach sei die Musik weniger gefährlich für die Sittlichkeit als die Literatur.

Doch der Apotheker warf sich zum Verteidiger der Literatur auf. Das Theater, behauptete er, diene dem Kampf gegen die Vorurteile und lehre unter der Maske des Vergnügens die Tugend.

»*Castigat ridendo mores*, Herr Bournisien! Sehen Sie sich beispielsweise die meisten Tragödien Voltaires an; sie sind geschickt mit philosophischen Betrachtungen durchsetzt und werden dadurch für das Volk zu einer wahren Schule der Moral und Lebensklugheit.«

»Ich habe einmal ein Stück gesehen«, meinte Binet, »es hieß *Der Pariser Gassenjunge*. Darin kommt ein alter General vor, der wirklich großartig gelungen ist! Er staucht so ein Herrensöhnchen zusammen; der Kerl hatte eine Putzmacherin verführt, und sie ist zuletzt . . .«

»Natürlich«, fiel ihm Homais ins Wort, »natürlich gibt es schlechte Literatur, wie es ja auch schlechte Apotheken gibt. Aber die wichtigste der schönen Künste einfach in Bausch und Bogen zu verdammen dünkt mich doch eine Kateridee, ein überwundener Standpunkt, würdig jener abscheulichen Zeiten, in denen man einen Galilei noch in den Kerker warf.«

»Ich weiß sehr wohl«, wandte der Pfarrer ein, »daß es gute Werke und gute Autoren gibt. Aber allein schon diese Personen verschiedenen Geschlechts, die in einem herrlichen, mit allem weltlichen Prunk geschmückten Gemach beisammen sind, dazu die heidnischen Vermummungen, die Schminke, die Leuchter, die verweichlichten Stimmen, all das muß ja schließlich eine gewisse Leichtfertigkeit des Geistes erzeugen und dem Zuschauer unehrbare Gedanken und unzüchtige Gelüste eingeben. Wenigstens ist das die Ansicht aller Kirchenväter. Kurz«, setzte er hinzu, und seine Stimme bekam plötzlich einen schwärmerischen Ton, während er auf seinem Daumen eine Prise Tabak rollte, »wenn die Kirche das Theater verdammt hat, so hatte sie eben recht; wir müssen uns ihren Geboten fügen.«

»Warum«, fragte der Apotheker, »exkommuniziert sie eigentlich die Schauspieler? Denn früher wirkten sie ja ganz offen bei den gottesdienstlichen Zeremonien mit. Jawohl, man spielte Theater, man führte im Chor der Kirchen sogenannte Mysterienspiele auf, derbe Possen, in denen die Gesetze des Anstands recht oft arg übertreten wurden.«

Der Geistliche gab ihm keine Antwort, sondern ließ nur ein dumpfes Ächzen vernehmen. Der Apotheker fuhr fort: »Es ist wie in der Bibel; da findet man ... wissen Sie ... manche pikante Stelle, allerhand ... wirklich ... saftige Geschichten!«

Und als der Pfarrer unwillig auffuhr, setzte er hinzu: »Ah, Sie müssen doch zugeben, daß man dieses Buch einem jungen Mädchen nicht in die Hand geben sollte, und ich würde mich jedenfalls schön bedanken, wenn meine Athalie ...«

»Aber wir empfehlen ja gar nicht, die Bibel zu lesen!« rief der Pfarrer ungeduldig. »Das tun doch die Protestanten!«

»Das tut nichts zur Sache«, erwiderte Homais. »Ich wundere mich jedenfalls, daß man heutzutage, in unserem aufgeklärten Jahrhundert, immer noch daran festhält, eine geistige Erholung zu ächten, die harmlos, sittlich veredelnd und sogar mitunter gesundheitsfördernd ist, nicht wahr, Doktor?«

»Zweifellos«, pflichtete der Arzt lässig bei, sei es, daß er derselben Ansicht war und niemandem zu nahe treten wollte, sei es, daß er überhaupt keine Meinung darüber hatte.

Damit schien das Gespräch zu Ende; da hielt es der Apotheker für angebracht, dem Pfarrer noch ein letztesmal eins auszuwischen.

»Ich habe Priester gekannt, die zogen sich Zivilkleider an und gingen dann ins Tingeltangel, um zuzusehen, wie die Tänzerinnen ihre Beine schlenkerten.«

»Hören Sie doch auf!« entgegnete der Pfarrer.

»Oh! ich habe solche gekannt!«

Und Silbe für Silbe seines Satzes einzeln betonend, wiederholte Homais: »Ich ha-be sol-che ge-kannt!«

»Meinetwegen. Sie hätten es eben nicht tun sollen«, meinte Bournisien, der sich damit abgefunden hatte, daß ihm nichts erspart bleiben würde.

»Herrgott im Himmel! Die treiben noch ganz andere Dinge!« grölte der Apotheker.

»Herr Homais!...« erwiderte nun der Geistliche mit so wild drohenden Augen, daß der Apotheker eingeschüchtert schwieg.

»Ich will damit nur sagen«, lenkte er versöhnlich ein, »daß Duldsamkeit das sicherste Mittel ist, Seelen für die Religion zu gewinnen.«

»Das stimmt, da haben Sie recht«, gab der alte Pfarrer zu und setzte sich wieder auf seinen Stuhl.

Aber er blieb nur noch wenige Minuten. Kaum war er fort, sagte Herr Homais zum Arzt: »Das heiß ich mir einen Wortwechsel! Dem hab ich's aber gegeben... Sie haben's ja gesehen. Nein, glauben Sie mir, führen Sie Ihre Frau ins Theater, und wäre es auch nur, damit einmal in Ihrem Leben einer von diesen schwarzen Raben Ihretwegen aus der Haut fährt, sapperlot! Wenn mich jemand hier vertreten könnte, ich käme selber mit.

Aber überlegen Sie nicht zu lange! Lagardy wird nur ein einziges Gastspiel geben; er hat ein Engagement nach England, sie zahlen ihm eine Riesengage. Nach allem, was man sich über ihn erzählt, muß er ja ein toller Kerl sein. Er schwimmt im Geld! Drei Mätressen und ein Koch reisen immer mit ihm. Alle diese großen Künstler leben in Saus und Braus; sie brauchen ein zügelloses Leben, das die Phantasie ein bißchen aufreizt. Aber dann sterben sie im Armenhaus, weil sie in jungen Jahren nicht sparen können. Also, guten Appetit. Auf Wiedersehen morgen!«

Der Gedanke, ins Theater zu gehen, setzte sich rasch in Bovarys Kopf fest. Er erzählte es sofort seiner Frau; doch sie wollte zuerst nichts davon wissen und gab vor, es sei zu ermüdend für sie, auch würde es zuviel Umstände und Kosten machen. Doch ausnahmsweise gab Charles diesmal nicht nach, so sehr war er überzeugt, daß ihr diese Abwechslung guttun würde. Er sah keinerlei Hinderungsgrund. Seine Mutter hatte ihnen dreihundert Franken geschickt, mit denen er nicht mehr gerechnet hatte; die laufenden Schulden waren nicht übermäßig hoch, und der Tag, an dem die Wechsel des Herrn Lheureux fällig wurden, lag noch in so weiter Ferne, daß er noch nicht daran zu denken brauchte. Da er sich außerdem einbildete, Emma weigere sich nur aus Rücksicht auf ihn, bestand Charles um so heftiger auf seinem Vorschlag, so daß sie schließlich seinem Drängen nachgab. Und am nächsten Morgen um acht Uhr bestiegen sie die *Schwalbe*.

Der Apotheker, den nichts in Yonville zurückhielt, der sich jedoch unabkömmlich dünkte, seufzte, als er sie abfahren sah.

»Also gute Reise!« sagte er, »ihr glücklichen Sterblichen!«

Dann wandte er sich an Emma, die ein blauseidenes Kleid mit vier Faltensäumen trug: »Sie sehen wunderhübsch aus! Sie werden in Rouen Aufsehen erregen!«

Die Postkutsche hielt vor dem Hotel *Zum Roten*

Kreuz auf der Place Beauvoisine. Es war eines jener Gasthäuser, wie sie in allen Provinzvorstädten anzutreffen sind; mit großen Stallungen und kleinen Schlafzimmern, von wo aus man auf dem Hof die Hühner herumlaufen sieht, die unter den kotbespritzten Einspännern der Geschäftsreisenden die Haferkörner aufpicken; gute alte Raststätten mit wurmstichigen hölzernen Balkonen, die winters im Winde knarren, zu jeder Stunde voller Menschen, erfüllt von Lärm und Essensdünsten. Die schwarzen Tische sind klebrig von den *Glorias**, die dicken Fensterscheiben gelb von Fliegenschmutz, die Servietten feucht und voller Rotweinflecken. Diese Herbergen, denen man immer noch das Dorf anmerkt wie einem Stallknecht, der sich in seinen Sonntagsstaat geworfen hat, haben ein Café nach der Straße hinaus und einen Gemüsegarten nach dem freien Feld zu. Charles machte sich unverzüglich auf den Weg, um Karten zu besorgen. Er verwechselte das Proszenium mit den Rängen, das Parkett mit den Logen, bat um Auskunft, begriff aber nicht, was man ihm erklärte, wurde vom Kassierer an den Direktor verwiesen, kam in den Gasthof zurück, ging dann wieder an die Kasse, und so durchmaß er mehrmals die Stadt in ihrer ganzen Länge vom Theater bis zum Boulevard.

Madame Bovary kaufte sich einen Hut, Handschuhe und einen Blumenstrauß. Ihr Mann stand Todesängste aus, sie könnten den Anfang verpassen. Sie nahmen sich nicht einmal Zeit zu einem Teller Suppe und stellten sich vor die Tür des Theaters, die noch geschlossen war.

15

Die Menge stand, zwischen Geländern eingepfercht, wartend an der Mauer links und rechts vom Eingang. An den Ecken der umliegenden Straßen verkündeten

* Kaffee oder Tee mit Zucker und Branntwein (Anm. des Übersetzers).

überall riesige Plakate in auffälligen Lettern: *Lucia di Lammermoor* ... *Lagardy* ... *Oper* ... und so fort. Es war ein schöner, aber heißer Tag. Der Schweiß rann in die kunstvoll frisierten Haare, alle hatten die Taschentücher gezogen und trockneten sich die geröteten Stirnen, und ab und zu wehte vom Fluß her ein lauer Wind und bewegte leise den Saum der Markisen, die vor den Türen der Wirtschaften heruntergelassen waren. Ein wenig weiter unten aber wurde man durch einen kalten Luftzug abgekühlt, der nach Talg, Leder und Öl roch. Es war die Ausdünstung der Rue des Charrettes mit ihren vielen mächtigen Lagergewölben, in denen Stückfässer umhergerollt wurden.

Aus Angst, sie könnten lächerlich wirken, wollte Emma noch einen Bummel am Hafen machen, bevor sie das Theater betraten, und Bovary behielt vorsichtshalber die Eintrittskarten in der Hand, die Hand aber steckte er in die Hosentasche und drückte sie gegen seinen Bauch.

Schon in der Vorhalle befiel Emma heftiges Herzklopfen. Sie lächelte unwillkürlich vor Eitelkeit, als sie die Menge sich durch den andern Korridor rechts hineindrängen sah, während sie die Treppe zum ersten Rang emporstieg. Es bereitete ihr einen kindlichen Spaß, die breiten gepolsterten Türen mit dem Finger aufzustoßen. In vollen Zügen atmete sie den staubigen Geruch der Gänge ein, und als sie in ihrer Loge saß, warf sie sich stolz in die Brust, ungezwungen wie eine Herzogin.

Der Zuschauerraum füllte sich allmählich. Man zog die Operngläser aus den Futteralen, und die Abonnenten, die sich von weitem erblickten, tauschten Grüße. Sie kamen hierher, um sich im Reich der Kunst von den Sorgen und Aufregungen des Erwerbslebens zu erholen; aber auch hier vergaßen sie ihre Geschäfte nicht und unterhielten sich wie sonst über Baumwolle, Fusel oder Indigo. Man sah da ausdruckslose, friedfertige Köpfe alter Herren, die mit ihrem gebleichten Haar und der fahlen Haut an Silbermünzen gemahnten, die durch Bleidämpfe trüb geworden sind. Die jungen Stutzer machten sich im Parkett wichtig und trugen im Ausschnitt ihrer Westen rosarote oder apfelgrüne Krawatten zur Schau, und Madame Bovary bewunderte sie von oben, wie sie die Handfläche im straff sitzenden gelben Handschuh auf ihre mit goldenen Knäufen geschmückten Stöckchen stützten.

Währenddessen wurden die Kerzen im Orchester angezündet; der Kronleuchter senkte sich von der Decke herab und verbreitete mit dem strahlenden Geglitzer seiner geschliffenen Gläser mit einemmal eine frohe Stimmung im Saal. Dann kamen, einer nach dem andern, die Musiker herein, und nun hob zunächst für längere Zeit ein wirres Getöse von Baßgeigen an, die schnarrten, von quietschenden Geigen, von tutenden Klapphörnern, von Flöten und Flageoletts, die piepten. Doch dann vernahm man auf der Bühne ein dreimaliges Klopfzeichen; ein Paukenwirbel setzte ein, die Blechinstrumente bliesen schmetternde Akkorde, der Vorhang ging auf, und man sah eine Landschaft.

Die Bühne stellte einen Kreuzweg im Walde vor, mit einer Quelle zur Linken, die von einer Eiche überschattet wurde. Bauern und Edelleute, das Plaid über den Schultern, sangen im Chor ein Jagdlied. Dann trat ein Hauptmann auf und rief, beide Hände himmelan gereckt, den Geist des Bösen an. Ein anderer kam hinzu, beide gingen ab, und der Jägerchor stimmte erneut sein Lied an.

Emma fühlte sich zurückversetzt in die Zeit ihrer Jugendlektüre, mitten in die Welt Walter Scotts. Es war ihr, als hörte sie den Klang der schottischen Dudelsäcke über die Heide hinhallen. Die Erinnerung an das Buch erleichterte ihr übrigens das Verständnis des Librettos; sie folgte der Handlung Satz um Satz, während allerlei unfaßbare Gedanken, die in ihr wach wurden, alsbald in den anbrandenden Wogen der Musik wieder zerstoben. Sie lauschte hingegeben den schmelzenden Melodien und fühlte, wie ihr ganzes Wesen mitschwang, als hätten die Geigenbogen auf ihren Nerven gestrichen. Sie hatte nicht Augen genug, um sich an all den Kostümen, den Dekorationen und Personen satt zu sehen, an den gemalten Bäumen, die schwankten, wenn man über die Bühne ging, an den Samtbaretten, Mänteln und Schwertern, an allen diesen Traumgebilden, die sich im Wohlklang der Musik bewegten wie in der Atmosphäre einer anderen Welt. Doch da trat eine junge Frau vor und warf einem grüngekleideten Knappen eine Börse zu. Sie blieb allein auf der Bühne, und nun hörte man eine Flöte, die wie das Gemurmel einer Quelle oder wie Vogelgezwitscher tönte. Lucia stimmte ernst und feierlich ihre Kavatine in G-dur an; sie sang ihre Liebesklage, wünschte sich Flügel. Gleich ihr hätte Emma aus diesem Leben fliehen, in einer heißen Umarmung davonfliegen mögen. Plötzlich erschien auf der Bühne Lagardy als Edgar.

Sein Antlitz hatte jene schimmernde Blässe, die den feurigen Südländern etwas von der Herrlichkeit marmorner Bildwerke verleiht. Seine kraftvolle Gestalt stak in einem eng anliegenden braunen Wams; ein kurzer ziselierter Dolch hing an seinem linken Schenkel. Er rollte schmachtend die Augen und entblößte seine weißen Zähne. Man munkelte, eine polnische Fürstin habe ihn eines Abends am Strand von Biarritz singen hören, während er Boote kalfaterte, und habe sich in ihn verliebt. Sie habe sich seinetwegen zugrunde gerichtet, er aber habe sie dann um anderer Frauen willen sitzenlassen. Diese rührselige Geschichte war immerhin seinem künstlerischen Ruhm förderlich. Der gerissene Komödiant ließ sogar vorsorglich jedesmal in die Ankündigungen seines Auftretens ein paar poesievolle Wendungen über die bestrickende Unwiderstehlichkeit seiner Person und sein seelisches Feingefühl einflechten. Ein schönes Organ, eine unbeirrbare Unverfrorenheit im Auftreten, mehr Temperament als Intelligenz und mehr falsches Pathos als echtes Gefühl: all das trug vollends dazu bei, den Ruhm dieses Scharlatans zu erhöhen, der in manchen Dingen etwas einem Friseur und einem Toreador Verwandtes hatte.

Gleich in der ersten Szene erregte er Begeisterungsstürme. Er preßte Lucia in seine Arme, riß sich dann los, kehrte zu ihr zurück und schien verzweifelt. Bald wütete er in rasendem Zorn, dann wieder sang er sein Leid in todesbangen Klagen von unerhörter Süße, und die Töne strömten aus seiner entblößten Kehle voller Seufzer und Küsse. Emma beugte sich weit vor, um ihn zu sehen; ihre Fingernägel bohrten sich in den Samt der Logenbrüstung. Sie nahm sie in ihr Herz auf, diese wohllautenden Klagen, die zur Begleitung der Kontrabässe lang hingezogen erklangen wie die Notschreie Schiffbrüchiger im Tosen eines Sturmes. Alle die rauschhaften Wonnen und Todesängste, an denen sie beinahe gestorben wäre, erkannte sie wieder. Die Stimme der Sängerin schien ihr nichts anderes zu sein als der Widerhall ihres Gewissens, und diese Scheinwelt, die sie bezauberte, war ein Stück ihres eigenen Lebens. Aber kein Mensch auf Erden hatte sie mit solcher Liebe geliebt. Er hatte nicht geweint wie Edgar, an jenem letzten Abend im Mondenschein, als sie zueinander: »Auf morgen! auf morgen!« sagten. Der Saal erdröhnte von Bravorufen; die ganze Stretta wurde nochmals von vorne gesungen. Die Liebenden sangen von den Blumen auf ihrem Grab, von Treueschwüren, Verbannung, Verhängnis und Hoffnungen, und als sie zum Schluß das letzte Lebewohl hinausschmetterten, stieß Emma einen schrillen Schrei aus, der sich mit den Klängen der letzten Akkorde vermischte.

»Warum«, fragte Bovary, »ist der Edelmann eigentlich dauernd hinter ihr her?«

»Aber nein«, antwortete sie, »er ist doch ihr Geliebter.«

»Er hat doch geschworen, er werde sich an ihrer Familie rächen, wohingegen der andere, der vorhin dazukam, gesagt hat: ,Ich liebe Lucia und glaube, ich werde wiedergeliebt!' Zudem ist er Arm in Arm mit ihrem Vater abgegangen. Denn das war doch wohl ihr Vater, nicht wahr, der kleine Häßliche mit der Hahnenfeder auf dem Hut?«

Trotz Emmas Erklärungen glaubte Charles nach dem Duett, in dem Gilbert seinem Herrn, Lord Ashton, seine abscheulichen Machenschaften enthüllt, beim Anblick des falschen Verlobungsringes, der Lucia täuschen soll, es sei ein Liebespfand, das Edgar ihr geschickt habe. Er gestand übrigens, daß er die Geschichte nicht begreife – wegen der Musik, die den Worten Eintrag tue.

»Was macht das schon?« erwiderte Emma. »Sei jetzt still.«

»Ich möchte eben immer gern im Bilde sein, das weißt du ja«, meinte er und beugte sich über ihre Schulter.

»Schweig doch! So schweig doch endlich!« bat sie ungeduldig.

Lucia trat auf, von ihren Dienerinnen halb gestützt, einen Orangenblütenkranz im Haar und bleicher als der weiße Atlas ihres Kleides. Emma dachte an den Tag ihrer Hochzeit; und sie sah sich wieder daheim, inmitten der Kornfelder auf dem schmalen Feldweg, als man zur Kirche ging. Warum hatte sie nicht, wie die Frau auf der Bühne, Widerstand geleistet, gefleht und geweint? Nein, sie war ja im Gegenteil fröhlich gewesen und hatte nicht geahnt, welchem Abgrund sie entgegenging... Ach, hätte sie in der Frische ihrer Schönheit, bevor die Ehe sie besudelt, der Ehebruch sie enttäuscht hatte, ihr Leben auf ein großes, verläßliches Herz bauen können, dann wären Tugend, Zärtlichkeit, Sinnenlust und Pflicht eins geworden, und sie wäre niemals von den Höhen solcher Seligkeit niedergestiegen. Doch dies Glück war sicherlich nichts als eitel Lug und Trug, ein Blendwerk, ausgedacht zur Verzweiflung jeglichen Verlangens. Sie wußte jetzt, wie kleinlich in Wahrheit diese Leidenschaften waren, wennschon die Kunst sie so ideal verklärte. Emma zwang sich also, ihre Gedanken davon abzulenken, und wollte in dieser Wiedergabe ihrer eigenen Schmerzen nur mehr ein zum Greifen deutliches Gaukelspiel sehen, das bestenfalls ihre Augen trügen konnte, und sie lächelte innerlich mitleidig und verächtlich, als jetzt im Hintergrund der Bühne unter einer Samtportiere ein Mann in schwarzem Mantel erschien.

Sein breitkrempiger spanischer Hut flog ihm bei einer ausladenden Gebärde vom Kopf; und alsbald stimmten Instrumente und Sänger das Sextett an. Edgar, zornfunkelnd, übertönte mit seiner glockenhellen Stimme alle andern. Ashton schleuderte ihm in feierlichen Tönen mörderische Herausforderungen entgegen. Lucia stieß ihre gellenden Klagen aus. Arthur stand abseits und modulierte in der mittleren Stimmlage, und der tiefe Tenor des Ministers dröhnte wie eine Orgel, während die Frauenstimmen seine Worte im Chor wieder aufnahmen und höchst reizvoll aufs neue zu Gehör brachten. Sie standen alle in einer Reihe und gestikulierten; und Zorn, Rachgier, Eifersucht, Schrecken, Erbarmen und Betroffenheit erklangen zugleich aus ihren halb offenen Mündern. Der beleidigte Liebhaber schwang sein blankes Schwert, sein Spitzenkragen hob und senkte sich über seiner stoßweise atmenden Brust, er ging mit weiten Schritten bald links, bald rechts auf und ab und ließ die vergoldeten Sporen an seinen weichen Stiefeln, die um die Knöchel weiter wurden, auf dem Bretterboden erklirren. Er muß eine unversiegliche Liebesfähigkeit in sich haben, dachte Emma, daß er sie in solcher Fülle an die Menge verschwenden kann! Alle ihre kleinlichen Regungen, ihre Krittelsucht und Mißgunst verflogen vor der Poesie der Rolle, der sie allmählich erlag; sie fühlte sich zu dem Mann hingezogen, der sie mit seinem Spiel alles vergessen ließ, und sie suchte sich sein Leben auszumalen, dieses aufsehenerregende, außergewöhnliche, glänzende Leben, das auch sie hätte führen können, wenn es das Schicksal so gefügt hätte. Sie hätten sich kennengelernt, hätten einander geliebt! Sie wäre mit ihm durch alle Königreiche Europas gereist, von Hauptstadt zu Hauptstadt, hätte seine Strapazen und seinen Stolz geteilt, hätte die Blumen aufgelesen, die man ihm zuwarf, hätte eigenhändig seine Kostüme gestickt. Abend für Abend hätte sie dann, in einer Loge hinter vergoldetem Gitter verborgen, atemlos und gebannt den Klängen gelauscht, in denen er seine Seele verströmte, und er hätte nur für sie allein gesungen! Während des Spiels hätte er von der Bühne zu ihr herübergesehen. Doch mit einemmal erfaßte sie ein wahnwitziges Glücksgefühl: er sah zu ihr herauf! Kein Zweifel! Am liebsten wäre sie zu ihm hingelaufen, hätte sich in seine Arme werfen, in seine Kraft flüchten mögen, als wäre er die Verkörperung der Liebe selbst; sie hatte Lust, ihm zu sagen, ihm zuzuschreien: Entführe mich! Nimm mich mit! Laß uns fliehen! Dein bin ich, dir gehöre ich! All meine glühende Liebe und alle meine Träume!

Der Vorhang fiel.

Der Geruch des Gases vermischte sich mit dem Atem der Menschen; das Wedeln der Fächer machte die Luft noch stickiger. Emma wollte hinausgehen; aber die Menge hielt die Gänge versperrt, und sie sank in ihren Sessel zurück. Ihr Herz klopfte zum Zerspringen, und sie rang nach Atem. Charles fürchtete, sie könnte ohnmächtig werden, und begab sich eilends zum Büfett, um ihr ein Glas Mandelmilch zu holen.

Nur mit größter Mühe konnte er wieder zu seinem Platz gelangen, denn er stieß wegen des Glases, das er mit beiden Händen trug, bei jedem Schritt mit den Ellbogen gegen irgend jemanden, und er schüttete sogar drei Viertel des Inhalts einer Dame in einem kurzärmeligen Kleid über die bloßen Schultern. Als sie die kalte Flüssigkeit über ihren Rücken hinabrinnen fühlte, stieß sie ein gellendes Zetergeschrei aus, als hätte man sie ermorden wollen. Ihr Mann, ein Spinnereibesitzer, erboste sich schrecklich über den Tolpatsch; und während sie mit ihrem Taschentuch die Flecken auf ihrem schönen kirschroten Taftkleid abwischte, knurrte er mürrisch etwas von Schadenersatz, Kostenvergütung und Rückerstattung der Auslagen. Endlich kam Charles glücklich wieder bei seiner Frau an und sagte völlig außer Atem: »Wahrhaftig, ich habe gemeint, ich komme gar nicht mehr durch! So viele Leute! ... So viele Leute!

Rate mal«, setzte er dann hinzu, »wen ich oben getroffen habe? Herrn Léon!«

»Léon?«

»In eigener Person! Er wird gleich herkommen und dich begrüßen.«

Er hatte noch nicht zu Ende gesprochen, als der ehemalige Schreiber aus Yonville die Loge betrat.

Lässig und ungezwungen wie ein Weltmann reichte er ihr die Hand, und Madame Bovary streckte mechanisch die ihre hin, sichtlich der Anziehungskraft eines stärkeren Willens gehorchend. Sie hatte das nicht mehr verspürt seit jenem Frühlingsabend, als es auf das grüne Laub geregnet hatte und sie am Fenstersims stehend voneinander Abschied nahmen. Aber rasch besann sie sich auf das, was sich in dieser Situation gehörte, schüttelte, alle ihre Kraft aufbietend, die Erstarrung ab, in die ihre Erinnerungen sie versetzt hatten, und stammelte ein paar geläufige Redensarten: »Ah, guten Tag ... Wie? Sie sind hier?«

»Ruhe!« rief eine Stimme im Parkett, denn der dritte Akt begann.

»Sie sind also in Rouen?«

»Ja.«

»Und seit wann denn?«

»Hinaus! Hinaus!«

Man drehte sich nach ihnen um. Sie schwiegen.

Doch von diesem Augenblick hörte Emma nicht mehr zu, und der Chor der Hochzeitsgäste, der Auftritt zwischen Ashton und seinem Diener, das große Duett in D-dur, alles rauschte an ihr in weiter Entfernung vorüber, wie wenn die Instrumente gedämpft geklungen und die Sänger weiter entfernt gestanden hätten. Sie dachte wieder an die Abende, an denen man beim Apotheker Karten spielte, an den Spaziergang zur Amme ihres Kindes, an das Vorlesen in der Laube, an die Stunden, die sie zu zweit am Kamin verplauderten, an diese ganze arme Liebe, die so friedsam und ausdauernd, so zurückhaltend, so zärtlich gewesen war und die sie inzwischen vergessen hatte. Warum kam er denn nun zurück? Welches Zusammentreffen von seltsamen Zufällen führte ihn wieder in ihr Leben? Er stand hinter ihr, lehnte mit der Schulter an der Logenwand, und von Zeit zu Zeit fühlte sie erschauernd den warmen Hauch seines Atems über ihr Haar streichen.

»Macht Ihnen denn das Spaß?« fragte er und neigte sich so nahe zu ihr herab, daß die Spitze seines Schnurrbarts ihre Wange streifte.

Sie antwortete leichthin: »Oh, mein Gott, nein, nicht sonderlich.«

Da machte er den Vorschlag, das Theater zu verlassen und irgendwo ein Eis zu essen.

»Ach nein, jetzt noch nicht! Bleiben wir doch noch!« wandte Bovary ein. »Sie hat ihr Haar aufgelöst. Das verspricht tragisch zu werden.«

Doch die Wahnsinnsszene ließ Emma kalt, und das Spiel der Sängerin dünkte sie übertrieben.

»Sie schreit zu laut«, meinte sie zu Charles gewandt, der ganz Ohr war.

»Ja... vielleicht... ein bißchen«, erwiderte er, schwankend zwischen seinem unverhohlenen Vergnügen und dem Respekt vor den Ansichten seiner Frau.

Nun sagte Léon mit einem schweren Seufzer: »Eine Hitze ist hier...«

»Ja, nicht zum Aushalten!«

»Fühlst du dich nicht wohl?« fragte Bovary besorgt.

»Ja, ich ersticke. Laß uns gehen.«

Léon legte ihr behutsam ihren langen Spitzenschal um die Schultern, und dann gingen sie alle drei zum Hafen, wo sie im Freien vor den Fenstern eines Cafés Platz nahmen. Zuerst kam man auf Emmas Krankheit zu sprechen, obwohl sie Charles von Zeit zu Zeit unterbrach; sie fürchtete, das müsse Herrn Léon langweilen, meinte sie. Léon erzählte ihnen seinerseits, er sei für zwei Jahre in einer großen Anwaltskanzlei tätig, um sich in die hiesige Rechtspraxis gründlich einzuarbeiten, denn die werde in Rouen ganz anders gehandhabt als in Paris. Dann erkundigte er sich nach Berthe, der Familie Homais, nach Madame Lefrançois, und da sie sich im Beisein des Gatten nichts mehr zu sagen hatten, versandete das Gespräch bald.

Leute, die aus der Oper kamen, gingen vorüber; sie trällerten oder grölten aus voller Kehle: *O schöner Engel, o Lucia!* Da wollte sich Léon ebenfalls als Kunstliebhaber aufspielen und kam auf die Musik zu sprechen. Er habe Tamburini, Rubini, die Persiani und die Grisi gehört, und mit denen könne sich Lagardy, trotz seiner Protzerei, nicht messen.

»Aber es heißt doch«, unterbrach ihn Charles, der in kleinen Schlucken seinen Sorbett mit Rum löffelte, »im letzten Akt sei er ganz fabelhaft. Eigentlich tut es mir leid, daß wir vor dem Schluß weggegangen sind, denn jetzt fing es gerade an, mir Spaß zu machen.«

»Im übrigen«, fiel der Schreiber ein, »tritt er ja demnächst wieder auf.«

Aber Charles hielt ihm entgegen, sie müßten schon am nächsten Tag abreisen.

»Es sei denn«, setzte er, zu seiner Frau gewandt, hinzu, »du möchtest allein hierbleiben, mein Herzchen?«

Angesichts dieser unerwarteten Gelegenheit, die sich so aussichtsvoll bot, änderte der junge Mann seine Taktik und stimmte wahre Lobeshymnen auf Lagardy im Finale an. Es sei etwas Herrliches, etwas Großartiges! Nun ließ Charles erst recht nicht locker und redete ihr zu: »Du kannst ja am Sonntag zurückfahren. Na, entschließe dich! Tu's unbedingt, wenn du auch nur im geringsten das Gefühl hast, daß es dir guttut.«

Währenddessen hatten sich die Tische ringsum geleert; ein Kellner stellte sich unauffällig in ihrer Nähe auf. Charles, der begriff, zog seine Börse. Doch Léon fiel ihm in den Arm und vergaß auch nicht, obendrein zwei Silberstücke Trinkgeld zu geben, die er auf die Marmorplatte warf, daß es klimperte.

»Es ist mir wirklich unangenehm«, murmelte Bovary, »daß Sie für uns Geld . . .«

Der andere wehrte mit einer geringschätzig-herzlichen Handbewegung ab und nahm seinen Hut.

»Also abgemacht, nicht wahr, morgen um sechs Uhr?«

Charles erhob noch einmal Einspruch: er könne nicht länger von zu Hause fortbleiben; aber nichts hindere Emma . . .

»Ja, eben . . .« stammelte sie mit einem eigentümlichen Lächeln, »ich weiß nicht so recht . . .«

»Nun gut, du kannst es dir noch überlegen, wir werden ja sehen. Guter Rat kommt über Nacht . . .«

Dann wandte er sich zu Léon, der sie begleitete: »Nun sind Sie ja wieder in unserer Gegend, und ich hoffe, Sie werden hin und wieder zu uns zum Essen kommen.«

Léon beteuerte, er werde sich bestimmt einstellen, zumal er demnächst ohnehin beruflich in Yonville zu tun habe. Man trennte sich vor der Passage Saint-Herbland, als es gerade von der Kathedrale halb zwölf schlug.

DRITTER TEIL

Léon hatte neben seinem Rechtsstudium recht häufig in der *Chaumière* verkehrt und dort sogar keinen geringen Erfolg bei den Grisetten gehabt. Sie fanden, *er habe so etwas Vornehmes an sich.* Er war ein musterhafter Student und schlug nie über die Stränge; er trug das Haar weder zu lang noch zu kurz, verjubelte nicht gleich am Ersten des Monats das ganze Semestergeld und stand mit seinen Professoren auf bestem Fuß. Exzesse jeder Art waren ihm seit jeher zuwider gewesen, teils weil er ängstlich war, teils weil es ihn abstieß.

Oft, wenn er in seinem Zimmer blieb und las oder abends unter den Linden des Luxembourg saß, ließ er das Gesetzbuch aus den Händen sinken, und die Erinnerung an Emma stieg in ihm auf. Doch nach und nach wurde dieses Gefühl schwächer, und andere Frauen erregten seine Lüsternheit, so daß er nicht mehr so ausschließlich an sie dachte, obwohl seine alte Liebe trotz alledem weiterlebte. Denn Léon hatte noch nicht alle Hoffnung aufgegeben, und er bewahrte in seinem Herzen eine ungewisse Verheißung, die ihm in der Zukunft winkte gleich einer goldenen Frucht in märchenhaftem Laubwerk.

Als er sie nun nach dreijähriger Trennung wiedersah, erwachte seine Leidenschaft aufs neue. Jetzt müsse er sich endlich entschließen, sie besitzen zu wollen, so sagte er sich. Seine Schüchternheit hatte er ohnedies zu einem guten Teil im Umgang mit leichtlebiger Gesellschaft abgelegt, und bei seiner Rückkehr in die Provinz hatte er nur noch Geringschätzung für jedermann übrig, der nicht in Lackschuhen über den Asphalt der Boulevards spazierte. Vor einer Pariserin im Spitzenkleid, im Salon eines berühmten Arztes, vor einer gewichtigen Persönlichkeit mit Orden und eigener Kutsche hätte der arme Kanzleischreiber zweifellos gezittert wie ein Kind. Aber hier in Rouen am Hafen, vor der Frau des unbedeutenden Landarztes, fühlte er sich nicht im geringsten befangen und wußte von vornherein, daß er sie für sich einnehmen werde. Selbstsicheres Auftreten hängt ja von der Umgebung ab, in der man sich aufhält. Man spricht im ersten Stock nicht dieselbe Sprache wie im vierten, und eine vermögende Dame trägt zum Schutz ihrer Tugend gewissermaßen alle ihre Banknoten wie einen Panzer im Futter ihres Korsetts.

Als Léon am Abend vorher sich von Herrn und Frau Bovary verabschiedet hatte, war er ihnen von weitem auf der Straße gefolgt. Er sah sie vor dem *Roten Kreuz* stehenbleiben und hatte kehrtgemacht. Die ganze Nacht hindurch hatte er dann über einem Plan gebrütet.

Anderntags betrat er also gegen fünf Uhr die Küche des Gasthofs. Seine Kehle war wie zugeschnürt. Bleich und übernächtig, doch mit der verbissenen Entschlossenheit des Feiglings, den nichts aufhalten kann, fragte er nach Doktor Bovary.

»Herr Bovary ist nicht da«, gab ihm ein Bediensteter Bescheid.

Das schien ihm Gutes zu verheißen. Er stieg hinauf.

Emma war sichtlich gar nicht verwirrt, als sie ihn hereinkommen sah. Sie bat ihn im Gegenteil um Entschuldigung, daß sie ihm zu sagen vergessen habe, wo sie abgestiegen seien.

»Oh, ich habe es erraten«, erwiderte Léon.

»Wie denn?«

Er behauptete, er sei aufs Geratewohl losgegangen und von einem Instinkt zu ihr geführt worden. Darüber mußte sie lächeln, und um seine törichte Äußerung wiedergutzumachen, erzählte ihr Léon sogleich, er habe sie den ganzen Vormittag in sämtlichen Gasthöfen der Stadt gesucht.

»Sie haben sich also zu bleiben entschlossen?« fügte er hinzu.

»Ja«, sagte sie, »und es war nicht recht von mir. Man soll sich nicht an unstatthafte Vergnügungen gewöhnen, wenn zu Hause unzählige Anforderungen unser harren...«

»Oh, ich kann mir denken...«

»Ei, nein, Sie sind ja keine Frau.«

Aber die Männer hätten doch auch ihre Sorgen! Und das Gespräch entspann sich mit ein paar philosophischen Betrachtungen. Emma ließ sich des längern über die Nichtigkeit irdischer Leidenschaften aus und über die ewige Vereinsamung, in der das Menschenherz sich verzehre.

Um großzutun oder vielleicht auch, weil er von ihrer melancholischen Stimmung angesteckt wurde, erklärte der junge Mann, er habe sich während seiner ganzen Studienzeit gräßlich gelangweilt. Das Prozesseführen gehe ihm wider den Strich, er fühle sich zu anderem berufen, und seine Mutter höre nicht auf, ihn in jedem Brief deswegen zu schurigeln. Denn sie sprachen immer offener über die Gründe ihres Kummers, und je länger sie redeten, desto mehr gerieten sie ins Schwärmen über diese zusehends wachsende Vertrauensseligkeit. Aber zuweilen scheuten sie doch vor der rückhaltlosen Preisgabe ihrer Gedanken zurück und suchten dann nach Worten, aus denen dennoch zu erschließen war, was sie meinten. Sie beichtete ihm ihre Leidenschaft für einen andern nicht, und er behielt es für sich, daß er sie vergessen hatte.

Vielleicht dachte er auch wirklich nicht mehr an die Soupers, die er nach einem Ball mit maskierten Frauenzimmern abgehalten hatte; und auch sie erinnerte sich nicht mehr an die heimlichen Zusammenkünfte mit ihrem Geliebten, als sie frühmorgens über die Wiesen zum

Schloß gelaufen war. Die Geräusche der Stadt drangen kaum bis zu ihnen herauf; und es war, als sei das Zimmer eigens darum so klein, damit ihr Alleinsein noch intimer und noch traulicher verlaufe. Emma trug ein leichtes Barchent-Morgenkleid; sie stieß mit ihrem Haarknoten gegen die Lehne des alten Sessels. Die gelbe Tapete an der Wand wirkte wie ein goldener Hintergrund, von dem sie sich abhob, und ihr bloßer Kopf mit dem hellen Scheitel in der Mitte und den Ohrläppchen, die unter dem glatt angebürsteten Haar hervorschauten, war im Wandspiegel nochmals zu sehen.

»Aber, verzeihen Sie«, sagte sie, »da rede und rede ich, und dabei langweile ich Sie mit meinen ewigen Klagen!«

»Nein, niemals! Wo denken Sie hin?«

»Wenn Sie wüßten«, fuhr sie fort und hob ihre schönen Augen, in denen eine Träne schimmerte, zur Decke auf, »was ich mir alles erträumt habe!«

»Und ich erst! Oh, ich habe viel gelitten! Oft bin ich von zu Hause weggelaufen und durch die Straßen geirrt, ich ging die Kais entlang und betäubte mich im Gewühl der Menge, aber ich wurde den Druck, der auf mir lastete, nicht los. Bei einem Kunsthändler auf dem Boulevard ist ein italienischer Stich ausgestellt, eine Muse. Sie trägt eine wallende Tunika und schaut in den Mond hinauf; in ihrem offenen Haar stecken Vergißmeinnicht. Irgend etwas trieb mich immer wieder dorthin. Manchmal habe ich stundenlang davorgestanden.«

Dann setzte er mit bebender Stimme hinzu: »Sie sah Ihnen ein wenig ähnlich.«

Madame Bovary wandte ihr Gesicht ab, damit er auf ihren Lippen das Lächeln nicht sah, das sie nicht unterdrücken konnte.

»Immer wieder«, fuhr er fort, »habe ich Briefe an Sie geschrieben und sie nachher zerrissen.«

Sie antwortete nichts darauf. Er sprach weiter: »Manchmal bildete ich mir ein, ein Zufall werde Sie hierherführen. Ich glaubte Sie an einer Straßenecke zu erkennen, und ich rannte allen Droschken nach, aus denen ein Schal flatterte, ein Schleier, wie Sie ihn trugen . . .«

Sie schien entschlossen, ihn weitersprechen zu lassen, ohne ihn zu unterbrechen. Sie verschränkte die Arme und starrte gesenkten Hauptes auf die Rosetten ihrer Pantoffeln hinab, und ab und zu bewegte sie leicht die Zehen in dem Atlasstoff.

Auf einmal aber seufzte sie: »Das Allertraurigste, wissen Sie, ist, wenn man wie ich ein unnützes Dasein führt. Wenn unsere Leiden wenigstens irgendwem helfen könnten, dann fände man Trost in dem Gedanken, daß sich das Opfer lohnt.«

Da stimmte er ein Loblied auf die Tugend an, auf die Pflichterfüllung und die schweigende Selbstaufopferung; er verspüre selbst ein ganz unglaubliches Bedürfnis, sich aufzuopfern, und könne es doch nicht stillen.

»Ich möchte gern Krankenschwester in einem Krankenhaus sein«, sagte sie.

»Ach, die Männer haben keine solchen heiligen Missionen«, klagte er, »und ich sehe nirgendwo einen Beruf . . . höchstens vielleicht als Arzt . . .«

Emma unterbrach ihn mit einem leichten Zucken ihrer Achseln und begann über ihre Krankheit zu klagen, an der sie beinahe gestorben sei. Wie schade! Dann müßte sie jetzt nicht mehr leiden! Nun sehnte sich auf einmal auch Léon nach der *Ruhe des Grabes.* Er habe sogar eines Abends sein Testament aufgesetzt und darin gebeten, man möchte ihn in der schönen samtumränderten Fußdecke begraben, die er von ihr bekommen habe. Denn so hätte es nach ihrer Vorstellung sein sollen; beide schufen sich ein Ideal, auf das sie jetzt ihr vergangenes Leben abstimmten. Außerdem sind ja Worte wie ein Walzwerk: sie zerdehnen immer die Gefühle.

Doch als er seinen Schwindel mit der Fußdecke vorbrachte, fragte sie: »Warum denn nur?«

»Warum?«

Er zögerte.

»Weil ich Sie sehr geliebt habe.«

Und Léon, der heilfroh war, daß der erste Schritt getan war, beobachtete von der Seite, wie sie es aufnahm.

Es war, wie wenn ein Windstoß die Wolken am Himmel verjagt. Die traurigen Gedanken, die ihre Augen verdüstert hatten, schienen wie weggeweht. Ihr ganzes Gesicht strahlte.

Er wartete. Endlich antwortete sie: »Ich hatte es immer geahnt . . .«

Nun erzählten sie einander alle die alltäglichen Begebenheiten jener längstvergangenen Tage, deren Freuden und Leiden sie soeben mit einem einzigen Wort umschrieben hatten. Er erinnerte sich noch an die von wildem Wein umrankte Laube, an die Kleider, die sie getragen hatte, an die Möbel ihres Zimmers, ihr ganzes Haus.

»Und unsere armen Kakteen, wo sind sie?«

»Sie sind im letzten Winter alle erfroren.«

»Ach, wie oft habe ich an sie gedacht! Wenn Sie wüßten! Ich sah sie wieder vor mir wie damals im Sommer, als die Sonne morgens auf Ihre Jalousien schien . . . und ich Ihre beiden bloßen Arme sehen konnte, die zwischen den Blumen auftauchten.«

»Armer Freund!« sagte sie und streckte ihm die Hand hin.

Léon drückte stürmisch seine Lippen darauf. Dann holte er tief Atem und sagte: »Sie übten auf mich in jener Zeit eine unerklärliche Macht aus, die mein Leben völlig in Bann schlug. Einmal zum Beispiel bin ich zu Ihnen gekommen; aber Sie erinnern sich gewiß nicht mehr daran?«

»Doch«, erwiderte sie. »Erzählen Sie weiter.«

»Sie waren unten im Vorzimmer und wollten gerade ausgehen, Sie standen auf der untersten Treppenstufe. Ich weiß sogar noch, daß Sie einen Hut mit kleinen blauen Blumen aufhatten, und ohne dazu aufgefordert zu sein, ja, eigentlich gegen meinen Willen begleitete ich Sie. Mit jeder Minute aber kam mir deutlicher zum Bewußtsein, wie dumm ich mich benahm, und ich ging weiter neben Ihnen her, wagte nicht, richtig mit Ihnen zu gehen, und wollte mich doch nicht von Ihnen trennen. Wenn Sie einen Laden betraten, wartete ich auf der Straße und schaute Ihnen durch das Fenster zu, wie Sie Ihre Handschuhe auszogen und das Geld auf den Ladentisch zählten. Dann läuteten Sie bei Madame Tuvache, man öffnete Ihnen, und ich blieb wie ein Idiot vor der großen, schweren Tür stehen, die sich hinter Ihnen geschlossen hatte.«

Madame Bovary hörte ihm zu und kam aus dem Staunen nicht mehr heraus. War sie denn schon so alt? Es kam ihr vor, während alle diese Dinge wieder aus ihrer Vergangenheit auftauchten, als lebte sie bereits seit undenklichen Zeiten. Es war, als versetzte sie sich in unermeßliche Weiten zurück, die ihr Gefühl durchmessen hatte, und sie sagte von Zeit zu Zeit leise und mit halbgeschlossenen Lidern: »Ja, wirklich... so war es... so war es...«

Sie hörten es acht schlagen von den verschiedenen Uhren des Beauvoisine-Viertels, in dem es von Pensionaten, Kirchen und großen unbewohnten Stadthäusern wimmelt. Sie sprachen nicht mehr miteinander; aber wenn sie sich anschauten, spürten sie ein Brausen in ihren Köpfen, als ginge von ihren starren Augensternen ein Klingen aus. Sie hatten sich bei den Händen gefaßt, und Vergangenheit und Zukunft, Erinnerungen und Träume, alles ging ineinander über in der Süße dieses verzückten Augenblicks. Die Dunkelheit hüllte die Wände immer dichter ein. Halb im Schatten verloren, glänzten nur noch die grellen Farben von vier Buntdrukken, auf denen vier Szenen aus der *Tour de Nesle* abgebildet waren; darunter standen Inschriften auf spanisch und französisch. Durch das Schiebefenster sah man zwischen spitzigen Dächern ein Stück dunklen Himmel.

Sie erhob sich und zündete auf der Kommode zwei Kerzen an. Dann setzte sie sich wieder zu ihm.

»Und jetzt?...« sagte Léon.

»Und jetzt?...« antwortete sie.

Er überlegte noch, wie er das abgebrochene Gespräch wieder anknüpfen könnte, da sagte sie: »Wie kommt es nur, daß bisher kein Mensch so zu mir gesprochen hat?«

Léon beteuerte eifrig, hochgesinnte Naturen seien eben nicht leicht zu verstehen. Er aber habe sie auf den ersten Blick geliebt, und er sei ganz verzweifelt, wenn er daran denke, daß sie hätten so glücklich sein können! Hätte es nur der Zufall so gefügt, daß sie einander früher begegnet wären und sich unlösbar zusammengefunden hätten!

»Ich habe zuweilen daran gedacht«, sagte sie.

»Welch ein Traum!« flüsterte Léon.

Er strich zart mit der Hand über die blaue Borte ihres langen weißen Gürtels und setzte hinzu: »Was hält uns denn ab, von neuem zu beginnen?«

»Nein, mein Freund«, hielt sie ihm entgegen, »ich bin zu alt... Sie sind zu jung... Vergessen Sie mich! Andere Frauen werden Sie lieben... und Sie werden sie wiederlieben.«

»Aber nicht so wie Sie!« rief er aus.

»Sie sind ein Kind! Nein, nein, wir müssen vernünftig sein! Ich will es!«

Sie führte ihm alle die Gründe an, weshalb eine Liebe zwischen ihnen unmöglich sei; sie müßten wie früher als Bruder und Schwester zusammen leben, in guter Freundschaft.

War es ihr ernst mit diesen Worten? Gewiß wußte Emma das selber nicht, so völlig nahm sie der Zauber der Verführung und die Notwendigkeit, sich ihrer zu erwehren, gefangen. Sie umfing den jungen Mann mit einem zärtlichen Blick und wehrte sanft die zaghaften Liebkosungen ab, die seine zitternden Hände versuchten.

»Ach, Verzeihung«, sagte er und wich zurück.

Und Emma wurde von einer dumpfen Furcht vor dieser Schüchternheit ergriffen, die ihr gefährlicher war als Rodolphes Draufgängertum, wenn er mit ausgebreiteten

Armen auf sie zukam. Nie war ihr ein Mann so schön erschienen. Eine köstliche Unberührtheit ging von seiner Haltung aus. Er hielt die Augen mit den feinen, aufwärts gebogenen Wimpern niedergeschlagen. Die zarte Haut seiner Wangen hatte sich gerötet, aus Verlangen nach ihr, wie sie meinte, und Emma verspürte eine unbändige Lust, sie mit ihren Lippen zu berühren. Da beugte sie sich zu der Stutzuhr nieder, als wollte sie nach der Zeit sehen.

»Mein Gott, wie spät es ist!« sagte sie. »Wir haben uns verplaudert.«

Er verstand den Wink und suchte seinen Hut.

»Ich habe darüber sogar das Theater vergessen! Der arme Bovary, er hat mich doch nur deswegen hier gelassen! Herr Lormeaux aus der Rue Grand-Pont sollte mich mit seiner Frau hinbegleiten.«

Die Gelegenheit sei nun verpaßt, denn sie reise am nächsten Tag wieder ab.

»Wirklich?« fragte Léon.

»Ja.«

»Ich muß Sie aber noch einmal sehen«, bettelte er, »ich hatte Ihnen noch sagen wollen . . .«

»Was denn?«

»Etwas . . . Wichtiges, Ernstes. Nein, nein, Sie dürfen nicht schon wieder fortfahren, das ist ausgeschlossen! Wenn Sie wüßten . . . Hören Sie mich an . . . Sie haben mich also nicht verstanden? Sie haben nicht erraten . . .?«

»Dabei sprechen Sie doch recht verständlich«, meinte Emma.

»Ach, Sie spötteln! Hören Sie auf, nein, lassen Sie's! Haben Sie Erbarmen, ich muß Sie noch einmal sehen . . . nur ein einziges Mal!«

»Also gut . . .«

Sie hielt inne; dann aber, als besänne sie sich anders, fuhr sie fort: »Oh, nicht hier!«

»Wo Sie wollen.«

»Möchten Sie . . .«

Sie schien zu überlegen; dann sagte sie kurz: »Morgen um elf in der Kathedrale.«

»Ich komme!« rief er und ergriff ihre Hände. Doch Emma machte sich los.

Und da sie beide aufrecht dastanden, er hinter Emma und sie mit gesenktem Kopf, neigte er sich zu ihrem Hals hinab und küßte sie lange auf den Nacken.

»Aber Sie sind ja nicht bei Trost! Sie sind ja verrückt!« sagte sie immer wieder mit einem leisen, gurrenden Lachen, während er ihr Kuß um Kuß auf ihren Nacken gab.

Da beugte er den Kopf über ihre Schulter vor; er schien in ihren Augen ihre Zustimmung zu suchen. Ihr Blick traf ihn mit eisiger Unnahbarkeit.

Léon trat drei Schritte zurück und wollte hinausgehen. Doch auf der Schwelle blieb er stehen und flüsterte mit zitternder Stimme: »Auf morgen!«

Sie antwortete mit einem Kopfnicken und verschwand, flink wie ein Vöglein, im Nebenzimmer.

Am Abend schrieb Emma an Léon einen endlos langen Brief, in dem sie das Rendezvous absagte. Alles sei jetzt aus, und sie dürften sich um ihrer beider Glück willen nie wiedersehen. Doch als sie den Brief schloß, war sie in größter Verlegenheit, denn sie kannte Léons Adresse nicht.

Ich will ihm den Brief selbst geben, sagte sie sich. Kommen wird er bestimmt.

Am nächsten Morgen stand Léon bei geöffnetem Fenster auf dem Balkon und putzte eigenhändig seine Tanzschuhe, bis sie spiegelblank glänzten. Dann zog er eine weiße Hose an, dazu feine Socken, einen grünen Rock, schüttete alles, was er an Parfüm noch besaß, auf sein Taschentuch, und hernach brachte er sein Haar, das er hatte kräuseln lassen, wieder in Unordnung, damit es natürlicher und gefälliger wirkte.

Es ist noch zu früh! dachte er nach einem Blick auf die Kuckucksuhr des Perückenmachers, die neun Uhr zeigte.

Er blätterte eine alte Modezeitung durch, ging dann aus, rauchte eine Zigarre, bummelte durch drei Straßen, und als er dachte, es sei nun Zeit, schlenderte er gemächlich dem Parvis Notre-Dame zu.

Es war ein schöner Sommermorgen. Silberne Geräte funkelten in den Läden der Goldschmiede, und das Licht, das schräg auf die Kathedrale fiel, warf spiegelnde Kringel auf die Bruchstellen der grauen Quader. Ein Schwarm Vögel wirbelte im blauen Himmel um die Türmchen mit den Dreipaßfenstern. Der Platz hallte wider von Geschrei, Blumenduft erfüllte ihn von den Anlagen her, die sein Pflaster umsäumten, in denen Rosen, Jasmin, Nelken, Narzissen und Tuberosen blühten, ungleichmäßig von feuchten Rasenflächen, Katzenkraut und Schlüsselblumen für die Vögel unterbrochen. Der Springbrunnen in der Mitte des Platzes plätscherte, und unter mächtigen Schirmen hockten zwischen pyramidenförmig aufgeschichteten Melonen barhäuptig die Marktfrauen und banden Veilchensträußchen in Papier.

Der junge Mann kaufte eines. Zum erstenmal in seinem Leben kaufte er Blumen für eine Frau, und als er daran roch, weitete sich seine Brust vor Stolz, als ob diese Huldigung, die er einer Frau zudachte, auf ihn selbst zurückfiele.

Aber er hatte Angst, man könnte ihn sehen, und so trat er rasch entschlossen in die Kirche.

Der Kirchendiener stand mitten auf der Schwelle des linken Portals unter der *Tanzenden Marianne*, den Federhut auf dem Kopf, den Degen an der Seite, den Stock in der Hand, majestätisch wie ein Kardinal und goldglitzernd wie ein Hostiengefäß.

Er trat auf Léon zu und fragte mit dem katzenfreundlichen Lächeln, das geistliche Herren aufzusetzen pflegen, wenn sie Kinder ins Gebet nehmen: »Der Herr ist gewiß nicht von hier? Wünscht der Herr die Sehenswürdigkeiten der Kathedrale zu besichtigen?«

»Nein«, wies ihn Léon ab.

Er machte zuerst einen Rundgang durch die Seitenschiffe und kehrte dann auf den Platz zurück, um sich
nach Emma umzusehen. Doch sie war noch nicht da. Da
ging er noch einmal bis zum Chor.

Das Schiff spiegelte sich mit dem untern Teil der Spitz-
bogen und einigen Stücken der Kirchenfenster in den
vollen Weihwasserbecken. Aber der Widerschein der
Glasgemälde, der sich an ihrem marmornen Rand brach,
setzte sich wie ein bunter Teppich auf den Fliesen weiter
fort. Das helle Tageslicht schien in drei mächtigen Strahlen durch die drei weit offenen Portale herein. Hin und
wieder ging im Hintergrund ein Sakristan vorbei und
beugte vor dem Altar flüchtig das Knie, wie es Kirchen-
fromme tun, die es eilig haben. Die kristallenen Kronleuchter hingen regungslos herab. Im Chor brannte eine
silberne Ampel. Von den Seitenkapellen her und aus
den in Dunkel gehüllten Teilen der Kirche drang zuweilen ein Laut wie ein Aufseufzen und das Klirren eines
Gitters herüber, das ins Schloß fiel. Das Echo hallte unter den hohen Gewölben nach.

Léon ging gelassenen Schrittes dicht an den Mauern
entlang. Nie war ihm das Leben so lebenswert erschienen. Nun mußte sie bald kommen, bezaubernd, erregt,
immer wieder nach Blicken ausspähend, die ihr folgten –
und in ihrem mit Volants besetzten Kleid, mit dem goldenen Lorgnon, ihren niedlichen Stiefelchen, mit allen
betörenden Reizen, an denen er sich noch nie hatte weiden können, und mit der ganzen unsäglichen Verführungskraft der Tugend, die zu Fall kommt. Und die
Kirche umfing sie wie ein riesengroßes Boudoir. Die
Deckengewölbe neigten sich herab, um im Dunkel das
Geständnis ihrer Liebe entgegenzunehmen; die bunten
Fenster strahlten in hellem Glanz, um ihr Gesicht fest-
lich zu beleuchten, und die Weihrauchgefäße würden
entzündet, damit sie wie ein Engel in einer Wolke von
Wohlgerüchen erscheinen konnte.

Doch sie kam und kam nicht. Er setzte sich auf einen

Stuhl, und seine Blicke fielen auf ein in Blau gehaltenes Fenster, auf dem Schiffer zu sehen waren, die Körbe trugen. Er betrachtete es lange und aufmerksam und zählte die Schuppen der Fische und die Knopflöcher der Gewänder, während seine Gedanken in die Ferne schweiften und nach Emma Ausschau hielten.

Der Kirchendiener hielt sich abseits und ärgerte sich innerlich über diesen fragwürdigen Kerl, der sich herausnahm, die Kathedrale auf eigne Faust zu bewundern. Er fand sein Benehmen unerhört, es schien ihm, als stehle er ihm etwas weg, als begehe er beinahe ein Sakrileg.

Da! das Rascheln eines Seidenkleides auf den Fliesen, der Rand eines Hutes, ein schwarzer Umhang... Sie war es! Léon sprang auf und lief ihr entgegen.

Emma war blaß. Sie kam mit raschen Schritten auf ihn zu.

»Lesen Sie!« sagte sie und hielt ihm ein Blatt Papier hin. »Oh, nicht doch!«

Und sie entzog ihm schroff ihre Hand und betrat die Muttergottes-Kapelle, wo sie auf einen Betschemel niederkniete und sich ins Gebet versenkte.

Der junge Mann ärgerte sich zuerst über diese bigotte Laune; dann aber empfand er es doch als recht reizvoll, sie mitten bei einem Stelldichein so inbrünstig in ihr Gebet vertieft zu sehen wie eine andalusische Marquesa. Schließlich aber wurde es ihm langweilig, weil sie kein Ende finden konnte.

Emma betete, oder vielmehr: sie bemühte sich zu beten und hoffte, der Himmel werde ihr einen plötzlichen Entschluß eingeben; und um die göttliche Hilfe herbeizurufen, ließ sie ihre Augen sich am Glanz des Tabernakels satttrinken, atmete sie tief den Duft der weißen, voll aufgeblühten Nachtviolen ein, die in großen Vasen auf dem Altar standen, und lauschte der feierlichen Stille der Kirche, die doch den Aufruhr ihres Herzens nur noch steigerte.

Sie erhob sich wieder, und sie wollten eben zusammen

weggehen, als der Schweizer diensteifrig auf sie zutrat und sagte: »Madame ist gewiß hier fremd? Wünschen Madame die Sehenswürdigkeiten der Kirche zu besichtigen?«

»Aber nein!« rief Léon.

»Warum denn nicht?« versetzte sie.

Denn ihre wankende Tugend klammerte sich an die Jungfrau Maria, an die Bildwerke, die Grabmäler, an jeden sich bietenden Vorwand.

Der Schweizer, der »schön der Reihe nach« vorgehen wollte, führte sie zunächst zu dem am Platz gelegenen Haupteingang und zeigte ihnen mit seinem Stock einen großen Kreis aus schwarzen Pflastersteinen ohne irgendwelche Inschrift oder Verzierungen.

»Hier sehen Sie«, erklärte er wichtig und von oben herab, »den Umfang der großen Glocke von Amboise. Sie wog vierzigtausend Pfund und hatte in ganz Europa nicht ihresgleichen. Der Gießer, der sie gegossen hat, ist vor Freude über sein Werk gestorben ...«

»Gehn wir weiter«, drängte Léon.

Der Mann setzte seine Führung fort. Als sie dann wieder bei der Kapelle der Heiligen Jungfrau angelangt waren, breitete er mit einer weit ausladenden demonstrativen Gebärde beide Arme aus und sagte stolzer als ein Gutsbesitzer auf dem Land, der seine Spaliere vorführt: »Diese schlichte Steinplatte bedeckt Pierre de Brézé, den Grundherrn von La Varenne und Brissac, Großmarschall von Poitou und Statthalter der Normandie, gefallen in der Schlacht bei Monthléry am 16. Juli 1465.«

Léon biß sich auf die Lippen und trat ungeduldig von einem Fuß auf den andern.

»Und hier zur Rechten der Ritter im Harnisch auf dem sich bäumenden Roß ist sein Enkelsohn Louis Brézé, Herr von Breval und Montchauvet, Graf von Maulevrier, Baron von Mauny, Kämmerer des Königs, Ordensritter und ebenfalls Statthalter der Normandie, gestorben am 23. Juli 1531, einem Sonntag, wie die Inschrift besagt. Und der Mann darunter, der sich anschickt, ins Grab zu steigen, stellt gleichfalls Louis de Brézé dar. Eine vollkommenere Darstellung des Nichts kann man sich unmöglich denken, nicht wahr?«

Madame Bovary nahm ihr Lorgnon zur Hand. Léon sah sie wie erstarrt an und versuchte nicht mehr, auch nur ein einziges Wort zu sagen oder eine Bewegung zu machen, so sehr hatte er allen Mut verloren angesichts der Suada dieses Schwätzers und der vorgefaßten Gleichgültigkeit Emmas.

Der unverdrossene Führer fuhr fort: »Hier neben ihm die weinende Frau ist seine Gemahlin Diane de Poitiers, Gräfin von Brézé, Herzogin von Valentinois, geboren anno 1499, gestorben anno 1566. Und links die Frau mit dem Kind auf dem Arm ist die Heilige Jungfrau. Jetzt wenden Sie sich bitte hierher: da haben Sie die Gräber derer von Amboise. Beide sind sie Kardinäle und Erzbischöfe von Rouen gewesen. Der da war Minister des Königs Ludwig XII., er hat der Kathedrale viel Gutes erwiesen. In seinem Testament hat er den Armen dreißigtausend Goldtaler vermacht.«

Und ohne abzusetzen, schwatzte er in einem fort weiter und drängte sie in eine Kapelle, die mit Holzgeländern vollgestellt war. Er räumte ein paar davon weg und machte so eine Art Steinblock frei, der wohl voreinst ein grob behauenes Standbild gewesen sein mochte.

»Das Bildwerk«, erklärte er mit einem tiefen Seufzer, »zierte ehemals die Grabstätte des Königs Richard Löwenherz von England und Herzogs der Normandie. Die Kalvinisten haben es so übel zugerichtet, meine Herrschaften. Sie hatten es aus purer Bosheit in der Erde vergraben, gerade unter dem Bischofssitz des hochwürdigen Herrn Bischof. Da, sehen Sie, durch diese Tür begibt er sich in seine Wohnung. Und jetzt gehen wir weiter zu den Glasmalereien der Gargouille.«

Aber da zog Léon geschwind ein Silberstück aus der Tasche und faßte Emma am Arm. Der Schweizer blieb

ganz verblüfft stehen. Er begriff nicht, wie er so unerwartet zu diesem fürstlichen Trinkgeld kam, wo doch
dem Fremden noch soviel zu besichtigen blieb. Er rief
ihm beschwörend nach: »Aber, meine Herrschaften,
der Turm! Nur noch die Turmspitze!«

»Danke«, fertigte ihn Léon ab.

»Die Herrschaften sollten sich das nicht entgehen
lassen! Er ist vierhundertvierzig Fuß hoch, nur neun
Fuß kleiner als die große Pyramide in Ägypten. Er ist
von oben bis unten aus Gußeisen und . . .«

Léon lief ihm einfach davon; denn es kam ihm vor, als
werde seine Liebe, die seit bald zwei Stunden in der
Kirche starr und gefühllos geworden war wie die Stein-
quadern, sich nunmehr verflüchtigen und wie Rauch
durch dieses groteske Gebilde entweichen, das aussah
wie eine gestutzte Röhre, wie ein länglicher Käfig, ein
durchbrochener Kamin. Dieser Greuel nahm sich auf
dem Dach der Kathedrale wahrhaft scheußlich aus und
wirkte wie der abgeschmackte Einfall eines allzu phan-
tasiebegabten Kesselschmieds.

»Wohin gehen wir denn?« fragte Emma.

Er gab ihr keine Antwort und ging raschen Schrittes
weiter, und Madame Bovary tauchte bereits ihren Finger
ins Weihwasser, als sie hinter sich ein lautes keuchendes
Schnaufen vernahmen und dazwischen das regelmäßige
Aufsetzen eines Stockes. Léon wandte sich um.

»Mein Herr!« — »Was denn?«

Vor ihm stand der Schweizer. Er trug unterm Arm
und gegen den Bauch gepreßt, damit sie ihm nicht her-
unterrutschten, ungefähr zwanzig dicke broschierte
Bände. Es waren lauter Werke, *in denen die Kathedrale be-
schrieben wurde.*

»Esel!« brummte Léon vor sich hin und war mit einem
Satz zur Kirche hinaus.

Ein Junge trieb sich auf dem Platz vor der Kathedrale
herum.

»Geh, hol mir eine Droschke!«

Der Knabe rannte wie aus der Pistole geschossen durch die Rue des Quatre-Vents davon; nun blieben sie ein paar Minuten allein. Sie standen einander etwas befangen gegenüber.

»Oh, Léon!... Wirklich... ich weiß nicht... ob ich das darf...«

Sie zierte sich. Dann setzte sie ernst hinzu: »Es ist höchst unschicklich, wissen Sie das nicht?«

»Wieso?« erwiderte der junge Mann. »In Paris ist das so üblich!«

Und dieses Wort wirkte wie ein unwiderstehliches Argument. Sie ließ sich umstimmen.

Aber die Droschke kam und kam nicht. Léon hatte schon Angst, sie könnte wieder in die Kirche hineingehen. Endlich tauchte das Gefährt auf.

»Gehen Sie wenigstens durch das Nordportal hinaus!« rief ihnen der Schweizer nach, der auf der Schwelle stehengeblieben war. »Sehen Sie sich die *Auferstehung*, das *Jüngste Gericht*, das *Paradies*, den *König David* und die *Verdammten* im höllischen Feuer an!«

»Wohin fahren die Herrschaften?« fragte der Kutscher.

»Wohin Sie wollen!« sagte Léon und half Emma in den Wagen.

Und der schwerfällige Kasten fuhr an.

Die Droschke rollte die Rue Grand-Pont hinunter, überquerte die Place des Arts, fuhr durch den Quai Napoléon, über den Pont Neuf und hielt dann mit einem Ruck vor dem Denkmal Pierre Corneilles.

»Weiterfahren!« rief eine Stimme aus dem Innern.

Der Wagen fuhr wieder los, geriet beim Carrefour La Fayette, wo es bergab ging, in immer raschere Fahrt und bog dann im Galopp zum Bahnhof ein.

»Nein, immer geradeaus!« rief die gleiche Stimme wieder.

Die Droschke rollte aus der Gitterumfriedung heraus und fuhr bald hernach, auf dem Ring angelangt, in gemächlichem Trab zwischen den mächtigen Ulmen hin.

Der Kutscher wischte sich den Schweiß von der Stirn, klemmte seinen Lederhut zwischen die Beine und lenkte das Gefährt außerhalb der Seitenwege am Flußufer und längs der Wiesen hin.

Der Wagen fuhr am Fluß entlang, auf dem mit harten Kieseln gepflasterten Treidelweg, und dann noch lange weiter nach Oyssel zu, ein gutes Stück über die Inseln hinaus.

Auf einmal aber raste er los, und im Flug ging's durch Quatremares, Sotteville, die Grande-Chaussée und die Rue d'Elbeuf, und dann machte er vor dem Botanischen Garten zum drittenmal halt.

»So fahren Sie doch zu!« rief die Stimme, diesmal schon wütender.

Und alsbald setzte sich die Droschke wieder in Trab, und weiter ging die Fahrt durch Saint-Sever, über den Quai des Curandiers und den Quai aux Meules, abermals über die Brücke, über den Platz des Champ-de-Mars und hinten an den Spitalgärten vorbei, wo alte Männer in schwarzen Joppen sich auf einer efeuüberwachsenen Terrasse sonnten. Sie fuhr den Boulevard Bouvreuil hinan, über den Boulevard Cauchoise, dann den ganzen Mont-Riboudet entlang bis zur Anhöhe von Deville.

Auf dem Rückweg jedoch fuhr sie ziellos einfach aufs Geratewohl drauflos. Sie kam in Saint-Pol vorüber, dann in Lescure, am Mont-Gargan, an der Rouge-Mare und auf der Place du Gaillardbois, man sah sie in der Rue Maladrerie, in der Rue Dinanderie, vor Saint-Romain, Saint-Vivien, Saint-Maclou, Saint-Nicaise, beim Zollamt, bei der Basse-Vieille-Tour, bei den Trois-Pipes und beim Hauptfriedhof. Von Zeit zu Zeit warf der Kutscher auf seinem Bock verzweifelte Blicke zu den Kneipen hinüber. Es war ihm schleierhaft, welche zwanghafte Fortbewegungswut diese beiden Leutchen dazu trieb, überhaupt nicht mehr halten zu wollen. Ein paarmal hatte er's zwar versucht, doch augenblicklich vernahm er dann hinter seinem Rücken zorniges Schimpfen. Daraufhin hieb er aus Leibeskräften auf seine beiden schweißtriefenden Gäule ein und fuhr weiter, ohne jede Rücksicht auf das Geholper und auf etwaige Zusammenstöße, achtlos und unbekümmert, völlig außer Fassung und vor Durst, Müdigkeit und Ärger den Tränen nahe.

Und am Hafen, inmitten der Lastkarren und Stückfässer, und in den Straßen, an allen Ecken sperrten die Bürger die Augen vor Staunen weit auf bei diesem in der Provinz ungewöhnlichen Anblick; da kam in einem fort wieder ein Wagen mit heruntergelassenen Gardinen vorbei, stumm wie ein Grab und hin und her schwankend wie ein Schiff.

Einmal, mitten auf freiem Feld, um die Mittagsstunde, als die Sonne am heißesten auf die alten versilberten Laternen niederbrannte, langte eine nackte Hand unter den kleinen gelbleinenen Vorhängen hervor und warf ein Häufchen Papierschnitzel hinaus, die im Winde davonflatterten und sich dann wie weiße Schmetterlinge auf ein blühendes Rotkleefeld setzten.

Gegen sechs Uhr abends hielt die Droschke endlich in einem Gäßchen des Beauvoisine-Viertels, und eine Frau stieg aus. Sie war tief verschleiert und ging davon, ohne sich umzusehen.

2

Als Madame Bovary im Gasthof ankam, fand sie zu ihrem großen Erstaunen die Postkutsche nicht mehr vor. Hivert, der dreiundfünfzig Minuten auf sie gewartet hatte, war schließlich abgefahren.

Zwar gab es keinen zwingenden Grund zur Abreise; aber sie hatte versprochen, daß sie am Abend nach Hause kommen werde. Zudem erwartete sie Charles; und schon fühlte sie im Herzen jene feige Fügsamkeit, die für viele Frauen zugleich die Sühne und das Lösegeld für den Ehebruch ist.

Schnell packte sie ihren Koffer, beglich die Rechnung,

nahm im Hof ein Kabriolett, trieb unterwegs den Kutscher zur Eile an, drängte ihn, erkundigte sich alle Augenblicke, wie spät es sei und wie viele Kilometer sie schon zurückgelegt hätten, und so gelang es ihr, die *Schwalbe* bei den ersten Häusern von Quincampoix einzuholen.

Kaum saß sie in ihrer Ecke, so fielen ihr die Augen zu, und sie schlug sie erst wieder auf, als sie schon am Fuß der Anhöhe waren und sie Félicité erkannte, die vor dem Haus des Hufschmieds nach ihr Ausschau hielt. Hivert brachte seine Gäule zum Stehen, und das Mädchen reckte sich bis zum Wagenfenster empor und flüsterte ihrer Herrin geheimnisvoll zu: »Madame, Sie sollen doch ohne Verzug bei Herrn Homais vorbeigehen. Es ist etwas sehr Dringendes.«

Im Dorf war es still wie immer. An den Straßenecken lagen überall kleine rosarote Häufchen, die in der Luft dampften. Es war Einmachzeit, und in Yonville machte jedermann am gleichen Tag seinen Vorrat ein. Vor der Apotheke aber konnte man einen viel größeren Haufen bewundern; er übertraf die andern mit der ganzen Überlegenheit, die einer Offizin über die bürgerlichen Kochherde, einem öffentlichen Bedürfnis über die Launen einzelner zusteht.

Emma betrat die Apotheke. Der große Armstuhl war umgeworfen, und sogar das *Fanal de Rouen* lag am Boden zwischen zwei Mörserkeulen. Sie stieß die Tür zum Flur auf und erblickte mitten in der Küche, umgeben von braunen Töpfen voller abgezupfter Johannisbeeren, von Streuzucker und Zuckerstücken, von Waagen auf dem Tisch und Kesseln auf dem Feuer, die gesamte Familie Homais, groß und klein, mit Schürzen, die ihnen bis zum Kinn reichten, und mit Gabeln in den Händen. Justin stand daneben und ließ den Kopf hängen, und der Apotheker schrie ihn gerade an: »Wer hat dich geheißen, ihn in der Rumpelkammer zu holen?«

»Was ist denn los? Was gibt's?« fragte Emma.

»Was es gibt?« antwortete der Apotheker. »Da machen wir Johannisbeeren ein; sie sieden, aber weil sie zu stark sprudeln, wollten sie überkochen, und drum lasse ich einen andern Kessel holen. Aber dieser Faulpelz geht aus Bequemlichkeit, aus purer Faulheit und nimmt aus meinem Laboratorium den Schlüssel zur Rumpelkammer, der dort an einem Nagel hängt!«

So nannte der Apotheker ein Kämmerchen unter dem Dach, in dem er allerhand Geräte und Waren, die er zu seinem Beruf brauchte, aufbewahrte. Oft verbrachte er dort ganze Stunden allein und etikettierte, füllte Arzneien um und verpackte sie. Und er betrachtete diese Kammer nicht als einen einfachen Vorratsraum, sondern als eine wahre Weihestätte, aus der dann, von seiner Hand zubereitet, alle Arten von Pillen, Dragées, Tränkchen, Säften und Wässerchen hervorgingen, die weit herum seinen Ruhm verbreiteten. Niemand durfte den Fuß in diese Kammer setzen; und er hielt sie so sehr in Ehren, daß er sie eigenhändig auskehrte. Kurz, war die Apotheke jedem, der kommen wollte, zugänglich und der Ort, in den er seinen ganzen Stolz setzte, so war die Rumpelkammer die Zufluchtsstätte, wo er ganz für sich sein und seinen Liebhabereien frönen konnte. Darum empfand er Justins unbedachten Streich denn auch als einen geradezu ungeheuerlichen Verstoß gegen Anstand und Respekt; er war puterrot im Gesicht, röter als seine Johannisbeeren, und wetterte: »Jawohl, zur Rumpelkammer! Den Schlüssel zu den ätzendsten Säuren und Laugen! Und dann nimmt er erst noch einen Reservekessel! einen Kessel mit Deckel, den ich selber kaum je benutzen werde! Bei den heiklen Verrichtungen unserer Kunst hat alles seine Wichtigkeit. Teufel noch mal! Man muß doch unterscheiden können und darf nicht einfach sozusagen zu Haushaltszwecken Geräte verwenden, die in der Apotheke gebraucht werden! Ebensogut könnte man eine Poularde mit dem Skalpell zerlegen, oder ein hoher Beamter . . .«

»Aber so beruhige dich doch wieder!« redete ihm Madame Homais zu.

Und Athalie zupfte ihn am Rock und bat: »Papa! Papa!«

»Nein, laßt mich in Frieden!« schimpfte der Apotheker weiter. »Laßt mich in Frieden, zum Donnerwetter! Da könnte unsereiner geradesogut einen Kramladen auftun, Ehrenwort! Los, immer drauf! Nur nichts schonen! Schlag alles kaputt, hau alles kurz und klein! Laß die Blutegel raus! Verbrenn den ganzen Eibisch! Leg saure Gurken in den Arzneigläsern ein! Reiß das Verbandzeug in Fetzen!«

»Sie hatten aber doch . . .« setzte Emma zum Sprechen an.

»Gleich. – Weißt du auch, was dir hätte blühen können? . . . Hast du nichts in der Ecke stehen sehen, links auf dem dritten Wandbrett? Heraus mit der Sprache, gib Antwort, sag etwas!«

»Ich . . . weiß nicht«, stammelte der Bursche.

»Aha, du weißt nicht! Na schön, dann weiß ich's eben! Du hast eine Flasche aus blauem Glas gesehen, versiegelt mit gelbem Wachs! Darin ist ein weißes Pulver, und ich habe sogar draufgeschrieben: *Vorsicht! Gefahr!* Und weißt du auch, was darin ist? Arsenik! Und so etwas rührst du an! Nimmst einfach einen Kessel, der dicht danebensteht!«

»Grad daneben?!« schrie Madame Homais entsetzt und rang die Hände. »Arsenik? Du hättest uns ja alle zusammen vergiften können!«

Die Kinder stimmten ein Zetergeschrei an, als spürten sie bereits fürchterliche Schmerzen in den Eingeweiden.

»Oder einen Kranken ins Jenseits befördern!« tobte der Apotheker weiter. »Hast du mich denn auf die Anklagebank, vors Schwurgericht bringen wollen? Mich aufs Schafott schleppen lassen? Weißt du denn nicht, wie ich mich bei allen meinen Hantierungen in acht nehme, obschon ich doch eine verfluchte Erfahrung darin habe? Oft wird mir selber ganz mulmig, wenn ich an meine Verantwortung denke. Denn die Regierung sieht uns scharf auf die Finger, und die unsinnigen Gesetze, die bei uns gelten, hängen wie ein Damoklesschwert über unserem Haupt.«

Emma dachte gar nicht mehr daran, den Apotheker zu fragen, was er eigentlich von ihr wolle, und Homais tobte, keuchend vor Erregung, weiter: »So vergiltst du also die Güte, die man dir erweist! So lohnst du mir die geradezu väterliche Fürsorge, die ich an dich verschwende! Denn was wärst du ohne mich? Was würdest du anfangen? Wer gibt dir Kost, Kleidung, Erziehung und überhaupt alles, was dir ermöglicht, eines Tages mit Ehren in den Reihen der Gesellschaft bestehen zu können? Aber dazu muß einer schwitzen und schuften und, wie man so sagt, Schwielen an den Händen bekommen. *Fabricando fit faber, age quod agis.*«

Er war derart außer sich, daß ihm ein lateinisches Zitat unterlief. Er hätte auch chinesisch und grönländisch zitiert, wenn er diese beiden Sprachen gekannt hätte; denn er hatte einen jener Wutanfälle, in denen die Seele unterschiedslos alles ans Licht bringt, was sie in sich birgt, wie der Ozean, der sich im Sturm vom Tang seiner Gestade bis zum Sand seiner tiefsten Tiefen auftut.

Dann brach er erneut los: »Allmählich bereue ich's bitter, daß ich dich mir aufgehalst habe. Ich hätte dich wahrhaftig gescheiter damals in deinem Elend und in dem Schmutz, in dem du geboren bist, verkommen lassen sollen. Du wirst nie zu etwas Besserem zu gebrauchen sein als zum Kühehüten. Du hast keine Spur von Begabung für die Wissenschaft! Verstehst ja kaum, ein Etikett aufzukleben. Und da lebst du nun in meinem Haus wie der Herrgott in Frankreich, wie der Vogel im Hanfsamen und läßt dir's wohlsein!«

Schließlich wandte sich Emma an Madame Homais: »Man hat mir gesagt, ich solle hier vorbeikommen...«

»Ach, du mein Gott!« fiel ihr die gute Dame mit bekümmerter Miene ins Wort. »Wie soll ich's Ihnen bloß sagen? . . . So ein Unglück!«

Sie konnte nicht zu Ende reden. Der Apotheker brüllte mit Donnerstimme: »Da, leer ihn aus! Mach ihn sauber! Trag ihn zurück! Ein bißchen rasch!« Er packte Justin am Kragen seiner Jacke und schüttelte ihn, und dabei fiel dem Lehrling ein Buch aus der Tasche.

Der Junge bückte sich, doch Homais war flinker als er; er hob den Band auf und starrte mit weit aufgerissenen Augen und offenem Munde darauf hinab.

»*Das Liebesleben . . . in der . . . Ehe!*« las er laut und machte zwischen den Worten jedesmal eine Pause. »So, so! Ausgezeichnet! Wunderschön! Großartig! Und noch dazu mit Bildern! . . . Ha, das ist denn doch ein starkes Stück!«

Madame Homais trat hinzu.

»Nein, rühr das nicht an!«

Auch die Kinder wollten die Abbildungen ansehen.

»Ihr geht hinaus!« herrschte er sie an.

Und sie verzogen sich schleunig.

Zuerst ging er mit langen Schritten auf und ab, das aufgeschlagene Buch in der Hand, rollte die Augen, rang mit verquollenem Gesicht nach Atem, als rühre ihn im nächsten Augenblick der Schlag. Dann ging er auf seinen Lehrjungen los und pflanzte sich mit verschränkten Armen vor ihm auf. »Ja, bist du denn mit sämtlichen Lastern behaftet, du Unglückswurm? . . . Nimm dich in acht, du bist auf die schiefe Bahn geraten! . . . Hast du denn nicht daran gedacht, daß dieses schmutzige Buch meinen Kindern in die Hände geraten, daß es den Keim des Lasters in ihre Seele senken, Athalies reines Herz beflecken und Napoléon verderben könnte? Er ist ja kein Kind mehr, schon ein halber Mann. Bist du wenigstens sicher, daß sie es nicht gelesen haben? Kannst du dafür einstehen? . . .«

»Aber, Herr Homais, kann ich nicht endlich erfahren, was Sie mir zu sagen haben?« warf nun Emma ein.

»Ach, richtig, Madame . . . Ihr Schwiegervater ist gestorben.«

So war es. Der alte Bovary war vor zwei Tagen plötzlich nach dem Essen an einem Schlaganfall verschieden; und aus übermäßiger Rücksichtnahme auf Emmas beeindruckbares Gemüt hatte Charles Herrn Homais gebeten, ihr diese schlimme Nachricht schonend beizubringen.

Homais hatte sich die längste Zeit überlegt, wie er ihr diese Botschaft übermitteln könnte, er hatte sich seine Worte sorgfältig zurechtgelegt, sie wohlabgesetzt ausgefeilt, abgerundet und geglättet; es war ein Meisterwerk an behutsamem Zartgefühl, voll feiner Wendungen und schonungsvoller Rücksicht geworden. Doch sein Zorn war stärker gewesen als die Rhetorik.

Emma verzichtete darauf, noch Näheres zu erfahren, und verließ die Apotheke, denn Homais hatte aufs neue mit seinem Gezeter losgelegt. Zwar beruhigte er sich langsam und brummte bereits nur noch in väterlichem Ton, während er sich mit seinem Samtkäppchen Kühlung zufächelte: »Nicht daß ich etwa das Buch in Bausch und Bogen ablehne! Der Verfasser ist Arzt, und es stehen gewisse wissenschaftliche Tatsachen darin, die ein Mann wohl kennen darf, ja, ich möchte sogar sagen: kennen muß. Aber später, erst später! Warte wenigstens, bis du selber ein Mann und mit deiner Entwicklung so weit bist.«

Als Emma an die Haustür klopfte, ging ihr Charles, der auf sie wartete, mit ausgebreiteten Armen entgegen und sagte mit tränenerstickter Stimme: »Ach, mein Liebes!«

Und er beugte sich sanft zu ihr herab und wollte sie küssen. Doch als seine Lippen sie berührten, überfiel sie die Erinnerung an den andern, und erschauernd fuhr sie sich mit der Hand über das Gesicht.

Desungeachtet aber antwortete sie: »Ja, ich weiß . . . ich weiß . . .«

Er zeigte ihr den Brief, in dem seine Mutter ohne jede gefühlvolle Verbrämung ganz sachlich berichtete, wie es sich zugetragen hatte. Es tat ihr nur leid, daß ihr Mann ohne geistlichen Beistand hatte von hinnen gehen müssen. Der Tod hatte ihn nämlich in Doudeville auf der Straße ereilt, unter der Tür eines Cafés, nach einem patriotischen Mahl mit ehemaligen Offizieren.

Emma gab ihm den Brief zurück. Nachher bei Tisch tat sie anstandshalber so, als hätte sie keinen Appetit. Als Charles sie jedoch immer wieder nötigte, langte sie tüchtig zu, während er regungslos und niedergeschlagen ihr gegenübersaß.

Dann und wann schaute er auf und sah sie mit einem todestraurigen Blick an. Einmal seufzte er: »Ich hätte ihn gern noch einmal gesehen!«

Sie schwieg. Nach einer Weile kam ihr zum Bewußtsein, daß sie etwas sagen müsse, und sie fragte: »Wie alt war er eigentlich, dein Vater?«

»Achtundfünfzig.«

»Ach!«

Und das war alles.

Eine Viertelstunde später jammerte er: »Meine arme Mutter!... Was soll jetzt aus ihr werden?«

Sie zuckte die Achseln: das wisse sie nicht.

Als Charles sie so schweigsam sah, nahm er an, sie gräme sich furchtbar, und er zwang sich, auch nichts mehr zu sagen, um diesen Schmerz, der ihn rührte, nicht noch aufzustacheln. Doch dann schüttelte er sein eigenes Leid ab und fragte sie: »Hast du dich gestern gut unterhalten?«

»Ja.«

Als der Tisch abgedeckt war, blieb Bovary noch sitzen. Auch Emma stand nicht auf, und je länger sie ihn so vor sich sitzen sah, desto mehr schwand angesichts dieses immer gleichen Anblicks jede Spur von Mitleid aus ihrem Herzen. Er kam ihr dürftig, schwächlich, nichtssagend, kurz, in jeder Hinsicht armselig vor. Wie konnte sie ihn nur loswerden? Welch endloser Abend stand ihr bevor! Etwas Betäubendes wie ein Opiumdunst machte sie allmählich schlaff.

Draußen im Flur hörten sie das harte Stapfen eines Stockes. Hippolyte brachte Madame Bovarys Gepäck. Um es abzustellen, beschrieb er mit seinem Stelzfuß mühsam einen Viertelkreis.

Er denkt nicht einmal mehr daran! sagte sie sich, während sie dem armen Teufel zuschaute, dessen struppiges rotes Haar von Schweiß troff.

Bovary klaubte eine kleine Kupfermünze aus seinem Geldbeutel. Es ging ihm gar nicht auf, wie demütigend für ihn die bloße Anwesenheit dieses Mannes war, der wie ein leibhaftiger Vorwurf für seine heillose Unfähigkeit vor ihm stand.

»Sieh an! du hast ein hübsches Bukett!« sagte er, als er auf dem Kaminsims Léons Veilchen gewahrte.

»Ja«, warf sie gleichmütig hin, »ich habe es vorhin gekauft . . . bei einer Bettlerin.«

Charles nahm die Veilchen, kühlte daran seine vom Weinen geröteten Augen und atmete behutsam ihren Duft ein. Sie riß sie ihm aus der Hand und stellte sie in ein Glas Wasser.

Am andern Morgen kam die alte Madame Bovary an. Sie und ihr Sohn weinten lange zusammen. Emma schützte vor, sie habe noch Anordnungen zu treffen, und verschwand.

Tags darauf mußten sie miteinander die Trauerkleider bereitmachen. Sie setzten sich mit ihren Nähkästchen in die Laube am Flußufer.

Charles' Gedanken weilten bei seinem Vater, und er wunderte sich, daß er so sehr an diesem Mann hing, den er doch, wie er meinte, nicht sonderlich geliebt hatte. Die alte Madame Bovary dachte an ihren Gatten. Die schlimmsten Tage, die sie einst durchgemacht hatte, traten wieder vor ihren Geist, und jetzt kamen sie ihr wie eitel Seligkeit vor. Alles war wie ausgelöscht, sie sehnte sich nach dem lange Gewohnten zurück, ohne daß es ihr recht bewußt wurde. Und von Zeit zu Zeit rann ihr beim Nähen eine Träne über die Nase und blieb für einen Augenblick daran hängen.

Emma dachte daran, daß sie vor kaum achtundvierzig Stunden zusammen gewesen waren, der Welt entrückt, völlig dem Rausch ihrer Sinne verfallen, und nicht Augen genug hatten, sich aneinander satt zu sehen. Sie suchte sich die nebensächlichsten Einzelheiten dieses entschwundenen Tages wieder heraufzubeschwören. Aber die Gegenwart ihres Mannes und ihrer Schwiegermutter war ihr unbehaglich. Am liebsten hätte sie nichts gehört und nichts gesehen, um ungestört mit allen ihren Gedanken bei ihrer Liebe verweilen zu können, die, was sie auch dagegen tun mochte, unter den äußeren Eindrücken unaufhaltbar dahinschwand.

Sie trennte das Futter eines Kleides ab; die Stoffetzen lagen verzettelt um sie herum. Die alte Madame Bovary blickte nicht auf und schnitt mit ihrer Schere durch den Stoff, daß es leise knirschte, und Charles saß in seinen Tuchpantoffeln und seinem alten braunen Überrock, der ihm als Hausrock diente, beide Hände in den Taschen, bei ihnen und sprach ebenfalls kein Wort. Daneben kratzte die kleine Berthe in einem weißen Schürzchen den Sand der Gartenwege zusammen.

Plötzlich sahen sie durch die Gartentür Herrn Lheureux, den Modewarenhändler, hereinkommen.

Er kam, um in Anbetracht des Trauerfalls seine Dienste anzubieten. Emma antwortete, sie glaube sie nicht zu benötigen. Doch der Kaufmann gab sich noch nicht geschlagen.

»Bitte tausendmal um Verzeihung«, sagte er; »ich möchte mit Ihnen unter vier Augen sprechen.«

Dann setzte er leise hinzu: »Es handelt sich um diese Sache . . . Sie wissen ja.«

Charles wurde dunkelrot bis über die Ohren.

»Ach ja . . . selbstverständlich.«

In seiner Verwirrung wandte er sich an seine Frau: »Könntest du nicht ... Schatz? ...«

Sie schien ihn zu verstehen, denn sie stand sofort auf, und Charles sagte zu seiner Mutter: »Es ist nichts von Belang, sicher irgendeine unwichtige Haushaltsangelegenheit.«

Er wollte nicht, daß sie die Geschichte mit dem Wechsel erfuhr, denn er fürchtete ihre Rügen.

Sowie sie allein waren, wünschte Herr Lheureux Emma in recht unumwundenen Worten Glück zu ihrer Erbschaft, dann begann er von allerlei belanglosen Dingen zu sprechen, von seinem Spalierobst, der Ernte, seiner Gesundheit; es gehe ihm immer *soso, lala, nicht gerade gut, aber auch nicht schlecht.* Er müsse sich aber auch wirklich schinden und placken, und dabei verdiene er, was man über ihn auch herumbieten möge, nicht einmal die Butter aufs Brot.

Emma ließ ihn reden. Sie langweilte sich so gräßlich seit zwei Tagen!

»Und Sie sind völlig wiederhergestellt?« fragte er dann. »Wahrhaftig, ich habe Ihren armen Mann ja schön aufgeregt gesehen! Er ist ein wackerer Mensch, wenn wir auch miteinander ein paar Mißhelligkeiten hatten.«

Emma fragte, was das denn für Mißhelligkeiten gewesen seien, denn Charles hatte ihr nichts von den Reibereien wegen der gelieferten Waren gesagt.

»Aber das wissen Sie doch!« erwiderte Lheureux. »Es ging um Ihre Marotten, die Reiseutensilien.«

Er hatte seinen Hut in die Stirn geschoben und schaute ihr, beide Hände auf dem Rücken, lächelnd und leise vor sich hinpfeifend, auf eine unausstehliche Art und Weise ins Gesicht. Argwöhnte er etwas? Sie wurde ihre Ängste nicht los. Schließlich aber fuhr er fort: »Wir haben uns dann wieder ausgesöhnt, und ich wollte ihm jetzt nur eine neue Regelung vorschlagen.«

Der Wechsel, den Herr Bovary unterzeichnet habe, müsse erneuert werden. Ihr Mann könne im übrigen ganz nach seinem Belieben handeln; er brauche sich keine Sorgen zu machen, zumal jetzt, wo er ja ohnehin Schwierigkeiten übergenug haben werde.

»Das Beste wäre überhaupt, wenn er die ganze Angelegenheit jemand anderem überließe, Ihnen zum Beispiel. Mittels einer Vollmacht; das wäre doch ganz bequem, und dann könnten wir miteinander ein paar kleine Geschäfte machen . . .«

Sie wurde nicht klug aus seinen Reden, und er ließ sich nicht weiter darüber aus. Dann kam Lheureux auf sein Geschäft zu sprechen und erklärte, Madame werde nicht darum herumkommen, ihm etwas abzunehmen. Er werde ihr schwarzen Barège schicken, zwölf Meter, soviel brauche sie zu einem Kleid.

»Was Sie da anhaben, ist gut fürs Haus. Sie brauchen aber noch ein zweites Kleid für Besuche. Das habe ich schon, als ich hereinkam, auf den ersten Blick gesehen. Meinen Augen entgeht nichts.«

Den Stoff schickte er nicht; er brachte ihn selbst. Dann kam er nochmals zum Maßnehmen, dann wieder und wieder, jedesmal unter einem neuen Vorwand, und jedesmal gab er sich alle erdenkliche Mühe, sich liebenswürdig und dienstbeflissen zu geben. Er erstarb in Unterwürfigkeit, wie Homais sich ausgedrückt hätte, und gab nebenbei Emma in einem fort gute Ratschläge wegen der Vollmacht. Über den Wechsel verlor er kein Wort; auch Emma dachte nicht mehr daran. Als es ihr ein wenig besser ging, hatte Charles wohl etwas verlauten lassen; aber seither war ihr soviel Aufregendes durch den Kopf gegangen, daß sie sich gar nicht mehr daran erinnerte. Im übrigen hütete sie sich wohlweislich, jemals irgendwelche Geldfragen anzuschneiden. Die alte Madame Bovary war darüber höchst erstaunt und schrieb diesen Sinneswandel den religiösen Gefühlen zu, die während ihrer Krankheit in ihr erwacht waren.

Doch kaum war sie abgereist, so setzte Emma alsbald ihren Gatten durch ihren nüchternen, praktischen Verstand in Erstaunen. Man müsse schleunigst Erkundigungen einziehen, die Hypotheken nachprüfen und feststellen, ob eine gerichtliche Versteigerung oder eine Liquidation der Erbmasse nötig sei.

Sie warf auf gut Glück mit Fachausdrücken um sich, sprach gewichtig von Ordnungschaffen, Vorsorge für die Zukunft treffen, von Haushalten und malte die Schwierigkeiten, die der Antritt der Erbschaft mit sich bringe, in den düstersten Farben. Eines Tages zeigte sie ihm dann den Entwurf zu einer Generalvollmacht, laut welcher sie »alle seine Angelegenheiten führen und verwalten, Darlehen aufnehmen, Wechsel unterzeichnen und indossieren, jeden Betrag auszahlen durfte et cetera«. Lheureux' Anleitungen waren bei ihr auf fruchtbaren Boden gefallen.

Charles fragte arglos, wo sie dieses Schriftstück herhabe.

»Von Herrn Guillaumin.«

Und mit der größten Kaltblütigkeit setzte sie hinzu: »Ich möchte mich aber nicht zu sehr darauf verlassen. Die Notare haben einen so schlechten Ruf! Vielleicht sollten wir noch bei jemandem Rat einholen ... Wir kennen aber nur ... Nein, niemanden.«

»Es sei denn Léon ...« überlegte Charles.

Aber es sei schwierig, sich brieflich zu verständigen. Da erbot sie sich hinzureisen. Er wollte dieses Opfer nicht annehmen. Sie beharrte auf ihrem Anerbieten. Ein edler Wettstreit hob an, keiner wollte dem andern an Zuvorkommenheit nachstehen. Schließlich rief sie in gespielt empörtem Ton: »Nein, bitte, ich werde hinfahren!«

»Wie gut du bist!« sagte er und küßte sie auf die Stirn.

Schon am nächsten Tag fuhr sie mit der *Schwalbe* nach Rouen, um sich von Herrn Léon beraten zu lassen. Und sie blieb drei Tage dort.

Es wurden drei selige, köstliche, wunderbare Tage, ein richtiger Honigmond.

Sie wohnten im *Hotel de Boulogne* am Hafen. Dort lebten sie hinter geschlossenen Fensterläden und verriegelten Türen; am Boden lagen Blumen, daneben standen eisgekühlte Fruchtsäfte, die man ihnen früh am Morgen brachte.

Gegen Abend nahmen sie eine gedeckte Barke und fuhren nach einer der Inseln zum Abendessen.

Es war die Stunde, zu der man von den Werften die Hämmer der Kalfaterer gegen die Schiffsrümpfe schlagen hört. Zwischen den Bäumen stieg der Rauch des Teers auf, und auf dem Fluß schwammen breite Ölflekken, die sich im Spiel der Wellen leise schaukelten und im Purpurrot der Sonne aussahen wie dünne Scheiben aus Florentiner Bronze, die auf dem Wasser trieben.

Sie fuhren flußabwärts zwischen den vielen ankernden Kähnen hindurch, deren lange, schräge Ankertaue das Verdeck ihrer Barke streiften.

Ferner und ferner klangen die Geräusche der Stadt, das Rollen der Karren, das wirre Lärmen der Stimmen, das Gebell der Hunde auf den Schiffen. Emma löste die Bänder ihres Hutes, und sie landeten auf ihrer Insel.

Sie nahmen in dem zu ebener Erde gelegenen Gastzimmer einer Schenke Platz, vor deren Tür schwarze Netze aufgehängt waren. Sie aßen gebackenen Stint, Creme und Kirschen. Dann legten sie sich ins Gras und umarmten sich, abseits unter den Pappeln. Am liebsten hätten sie wie zwei Robinsons ewig auf diesem Fleck Erde leben mögen, der ihnen in ihrer Seligkeit herrlicher vorkam als jeder andere Ort auf der Welt. Sie sahen nicht zum erstenmal Bäume, den blauen Himmel und Gras, sie hörten nicht zum erstenmal das Wasser rauschen und den Wind in den Blättern säuseln, aber gewiß hatten sie all dies noch nie so aus tiefstem Herzen bewundert. Es war, als hätte die Natur vorher überhaupt nicht existiert oder als wäre sie erst schön geworden, seit sie beide ihr Verlangen gestillt hatten.

Wenn es dunkelte, fuhren sie heimwärts. Die Barke glitt an den Ufern der Inseln entlang. Sie saßen beide ganz hinten im Boot, im Dunkel verborgen, und sprachen kein Wort. Die viereckigen Ruder knackten in den eisernen Dollen; es klang in der Stille wie das stetige Ticken eines Metronoms, während am Heck das Ankertau, das im Kielwasser nachschleppte, unaufhörlich leise im Wasser plätscherte.

Einmal trat der Mond hervor. Da gerieten sie ins Schwärmen und fanden, das Gestirn habe etwas Schwermütiges und Poetisches. Emma begann sogar zu singen:

»Eines Abends, weißt du noch? da fuhren wir im Boot . . .«

Ihre wohllautende, aber schwache Stimme verhallte über den Wellen, und der Wind trug die perlenden Töne mit sich davon. Léon lauschte dem Gesang, der ihn wie zartes Flügelschlagen umschmeichelte.

Sie saß ihm gegenüber, an die Wand der Schaluppe gelehnt, in die der Mond durch einen der offenen Läden hereinschien. Ihr schwarzes Kleid, dessen Faltenwurf sich wie ein Fächer ausbreitete, machte sie schlanker und ließ sie größer erscheinen. Sie hielt den Kopf hoch erhoben, hatte die Hände gefaltet und blickte in den Himmel hinauf. Manchmal tauchte sie der Schatten der Weidenbäume ganz ins Dunkel, und dann erschien sie plötzlich wie eine Vision wieder im Licht des Mondes.

Léon, der neben ihr am Boden saß, bekam unversehens ein hochrotes Seidenband in die Hände.

Der Bootsmann betrachtete es genau und sagte schließlich: »Ah, das gehört vielleicht einer Gesellschaft, die ich neulich spazierenfuhr. Da sind eine ganze Schar Spaßvögel gekommen, Männlein und Weiblein, mit Kuchen, Champagner, Waldhörnern und dem ganzen Drum und Dran. Einer vor allem tat sich hervor, ein großer, schöner Mann mit einem Schnurrbärtchen. Der war ein ganz Lustiger. Zu dem sagten sie in einem fort: ‚Komm, erzähl uns etwas ... Adolphe ...‘ oder Dodolphe ... glaube ich.«

Sie schauerte zusammen.

»Ist dir nicht gut?« fragte Léon und rückte näher zu ihr.

»Nein, mir fehlt nichts. Wahrscheinlich die kühle Nachtluft.«

»Und Mangel an Frauen scheint er auch nicht zu leiden«, setzte der alte Matrose leise hinzu. Er war offenbar des Glaubens, daß er damit dem Fremden etwas Angenehmes sage.

Dann spuckte er in die Hände und griff wieder zu seinen Rudern.

Endlich schlug aber doch die Trennungsstunde. Der Abschied war traurig. Seine Briefe sollte Léon an die alte Rolet schicken, und Emma gab ihm so genaue Anweisungen – er müsse sie jeweils in doppelte Umschläge stecken –, daß er ihre Durchtriebenheit in Liebessachen aufs höchste bewunderte.

»Und du meinst also bestimmt, daß alles in Ordnung ist?« fragte sie mit einem letzten Kuß.

»Ja, gewiß!« – Aber warum, überlegte er, während er allein durch die Straßen nach Hause ging, warum liegt ihr nur soviel an dieser Vollmacht?

4

Léon spielte sich bald vor seinen Kameraden als der Überlegene auf, er hielt sich von ihnen fern und kümmerte sich überhaupt nicht mehr um seine Akten.

Er wartete immer nur auf ihre Briefe; er las sie wieder und wieder. Er schrieb ihr. Mit der ganzen Kraft seines Verlangens und seiner Erinnerungen beschwor er ihr Bild herauf. Anstatt durch die Trennung schwächer zu werden, wuchs die Sehnsucht, sie wiederzusehen, immer stärker an. Und an einem Samstagmorgen machte er sich heimlich aus der Kanzlei davon.

Als er von der Anhöhe herab unten im Tal den Kirchturm mit seiner blechernen Wetterfahne erblickte, die sich im Winde drehte, empfand er jene Wonne, gemischt aus triumphierender Eitelkeit und selbstsüchtiger Rührung, wie sie vermutlich Millionäre verspüren, wenn sie ihr Heimatdorf wieder besuchen.

Er strich lange um ihr Haus herum. In der Küche brannte Licht. Er spähte nach ihrem Schatten hinter den Vorhängen. Nichts war zu sehen.

Als ihn Madame Lefrançois zu Gesicht bekam, erhob sie ein lautes Freudengeschrei. Sie fand ihn »größer und schlanker geworden«, wohingegen Artémise meinte, er sei »kräftiger und braungebrannt«.

Er aß wie früher im kleinen Speisesaal, aber allein, ohne den Steuereinnehmer. Denn Binet *hatte es satt*, jedesmal auf die *Schwalbe* warten zu müssen, und hatte ein für allemal seine Mahlzeit um eine Stunde vorverschoben; er speiste neuerdings pünktlich um fünf Uhr, und sogar jetzt behauptete er noch immer, *der alte Rumpelkasten habe Verspätung.*

Endlich brachte es Léon über sich und klopfte an der Tür des Arztes. Madame war in ihrem Zimmer und kam erst nach einer Viertelstunde herunter. Bovary war sichtlich erfreut, ihn wiederzusehen, aber er rührte sich den geschlagenen Abend und auch den ganzen nächsten Tag nicht von der Stelle.

Erst spät in der Nacht konnte er sie allein sehen – hinter dem Garten im Gäßchen. Im gleichen Gäßchen wie damals mit dem andern! Es ging gerade ein Gewitter nieder, und sie plauderten unter einem Regenschirm, im Schein der zuckenden Blitze.

Die Trennung wurde ihnen unerträglich schwer.

»Eher sterben!« klagte Emma.

Sie wand sich schluchzend in seinen Armen.

»Leb wohl! . . . Leb wohl! . . . Wann werde ich dich wiedersehn?«

Sie kehrten beide noch einmal um und sanken einander aufs neue in die Arme. Und da versprach ihm Emma, demnächst auf irgendeine Weise Mittel und Wege ausfindig zu machen, damit sie sich wenigstens jede Woche einmal ungestört sehen könnten. Emma zweifelte nicht, daß das möglich sei. Sie war überdies voll Hoffnung, sollte sie doch nächstens Geld bekommen.

Darum kaufte sie auch für ihr Zimmer gelbe Vorhänge mit breiten Streifen. Herr Lheureux hatte sie ihr als sehr preiswert empfohlen. Sie träumte auch von einem Teppich, und Lheureux, der beteuerte, »das werde ja nicht die Welt kosten«, erbot sich zuvorkommend, ihr einen zu liefern. Sie konnte jetzt ohne seine Dienste nicht mehr auskommen. Zwanzigmal am Tag ließ sie ihn zu sich bitten, und jedesmal ließ er alles stehen und liegen und kam ohne Widerrede. Die Leute konnten sich auch nicht erklären, warum die alte Rolet täglich bei ihr zum Mittagessen erschien und sie außerdem noch sonst häufig besuchte.

Um diese Zeit, das heißt zu Beginn des Winters, packte sie anscheinend ein wahrer Feuereifer für das Klavierspiel.

Als Charles ihr eines Abends zuhörte, begann sie viermal hintereinander dasselbe Stück wieder von neuem, war aber jedesmal von ihrem Spiel recht unbefriedigt, während er keinerlei Unterschied merkte und in einem fort begeistert ausrief: »Bravo! . . . Sehr schön! . . . Nicht aufhören! Spiel doch weiter!«

»Nein, nein, ich spiele abscheulich! Meine Finger sind ganz eingerostet.«

Anderntags bat er sie, *ihm noch etwas vorzuspielen.*

»Meinetwegen, wenn es dir Spaß macht.«

Diesmal gab Charles zu, daß sie ein bißchen nachgelassen habe. Sie griff daneben, patzte und brach schließlich mitten im Stück ab.

»Ach, ich kann nichts mehr. Ich müßte wieder Stunden nehmen, aber . . .«

Sie biß sich auf die Lippen und setzte dann hinzu: »Zwanzig Franken die Stunde, das ist zu teuer!«

»Ja, allerdings . . . ein bißchen üppig . . .« stimmte Charles mit einem tölpischen Grinsen bei. »Aber mir scheint, man könnte es vielleicht auch billiger kriegen. Es gibt doch Künstler, die nicht so bekannt sind, und die sind oft besser als die Berühmtheiten.«

»Such mir einen«, meinte Emma.

Als er am nächsten Tag heimkam, sah er sie pfiffig an und konnte es sich schließlich nicht verkneifen, ihr unter die Nase zu reiben: »Wie voreingenommen du doch manchmal sein kannst! Ich bin heute in Barfeuchères vorbeigekommen, und – nun ja, da hat mir Madame Liégeard bestätigt, daß ihre drei Töchter, die in der *Miséricorde* sind, Stunden für fünfzig Sous nehmen, und zwar bei einer ausgezeichneten Lehrerin!«

Emma zuckte nur die Achseln und öffnete von da an ihr Instrument überhaupt nicht mehr.

Aber wenn sie daran vorbeikam und Bovary zugegen war, seufzte sie jedesmal: »Ach, mein armes Klavier!«

Und sooft jemand zu Besuch kam, unterließ sie es nie, beiläufig zu erwähnen, sie habe das Klavierspiel aufgegeben und könne aus zwingenden Gründen nicht wieder damit anfangen. Dann hatte jedermann Bedauern mit ihr. Es sei so schade! Sie sei doch so begabt! Man sprach sogar mit Bovary darüber und machte ihm Vorwürfe, zumal der Apotheker, der ihm vorhielt: »Das dürfen Sie nicht! Man soll die Gaben, die einem die Natur mitgegeben hat, nie brachliegen lassen. Bedenken Sie überdies, lieber Freund: wenn Sie Ihre Frau zum Klavierspielen anhalten, sparen Sie später an der musikalischen Ausbildung Ihrer Tochter! Ich finde ja, die Mütter müßten ihre Kinder immer selbst unterrichten. Dieser Gedanke – er stammt von Rousseau – ist vielleicht noch ein wenig ungewohnt, aber ich bin sicher, er wird sich durchsetzen wie das Stillen der Mütter und die Impfung.«

Charles kam also wieder auf die Angelegenheit des Klaviers zurück. Emma gab ihm bitterböse zur Antwort, es sei besser, man verkaufe es. Das arme Klavier wegzugeben, das soviel zur Befriedigung seines Stolzes beigetragen hatte, das war für Bovary gewissermaßen der unerklärliche Selbstmord eines Teils von ihr selbst.

»Wenn du . . .« sagte er, »von Zeit zu Zeit eine Stunde nehmen könntest, wäre das schließlich nicht gar so unsinnig teuer.«

»Aber die Stunden«, erwiderte sie, »haben nur einen Sinn, wenn man sie regelmäßig nimmt.«

Und so brachte sie es fertig, bei ihrem Mann durchzusetzen, daß er ihr die Erlaubnis gab, jede Woche einmal in die Stadt zu fahren und ihren Geliebten aufzusuchen. Nach vier Wochen fand man sogar allgemein, sie habe beachtliche Fortschritte gemacht.

5

Es war Donnerstag. Sie stand auf und kleidete sich leise an, um Charles nicht zu wecken. Er hätte ihr sonst Vorwürfe gemacht, daß sie viel zu früh dran sei. Dann ging sie im Zimmer auf und ab, trat ans Fenster und schaute auf den Platz hinaus. Das Morgengrauen lag um die Pfeiler der Markthalle, und an der Apotheke, deren Läden noch geschlossen waren, konnte man im fahlen Dämmerlicht die großen Buchstaben des Firmenschildes erkennen.

Wenn die Wanduhr ein Viertel nach sieben zeigte, ging sie zum *Goldenen Löwen* hinüber. Artémise kam gähnend herbei und öffnete ihr die Tür; dann kratzte sie für Madame Bovary die Kohlen hervor, die unter der Asche noch glühten. Emma blieb allein in der Küche. Von Zeit zu Zeit trat sie in den Hof hinaus. Hivert spannte gemütlich an. Dabei hörte er Madame Lefrançois zu, die ihren Kopf mit der baumwollenen Nachthaube aus einem Schiebefenster herausstreckte und ihm Aufträge gab und Anordnungen erteilte, die jeden andern außer ihm durcheinandergebracht hätten. Emma stapfte in ihren Stiefelchen auf dem Pflaster des Hofs umher.

Endlich, nachdem er seelenruhig seine Suppe ausgelöffelt, seinen groben Wollmantel angezogen, seine Pfeife angesteckt und die Peitsche in die Hand genommen hatte, ließ er sich gemütlich auf dem Bock nieder.

Die *Schwalbe* fuhr im Zuckeltrab ab und hielt die ersten drei Viertelmeilen alle paar Augenblicke an, um Reisende aufzunehmen, die am Wegrand vor den Hofgattern standen und warteten. Manche, die tags zuvor ihre Plätze bestellt hatten, ließen auf sich warten; einige lagen sogar noch zu Hause im Bett. Hippolyte rief, schrie, fluchte, und zuletzt stieg er vom Bock und polterte aus Leibeskräften an die Türen. Der Wind blies durch die zersprungenen Wagenfenster.

Indes waren nach und nach die Sitzbänke besetzt worden, der Wagen rollte rasch dahin, die Apfelbäume zogen in langen Reihen vorüber, und die Landstraße schien zwischen den beiden langen, mit lehmigem Wasser gefüllten Gräben bis zum Horizont immer schmaler zu werden.

Emma war der Weg vom einen Ende bis zum andern wohlbekannt. Sie wußte genau: nach der Weide kam ein Pfosten, dann eine Ulme, eine Scheune oder die Hütte eines Wegwartes. Zuweilen suchte sie sich selbst zu überraschen und schloß die Augen. Nie aber verlor sie das Gefühl dafür, wie weit der Weg noch war, den sie zurücklegen mußte.

Endlich kamen die Backsteinhäuser näher, der Boden dröhnte unter den Rädern, die *Schwalbe* fuhr zwischen Gärten dahin. Durch die Gitterzäune sah man Statuen, ein Gartenhäuschen auf einer kleinen Anhöhe, beschnittene Taxushecken und eine Schaukel. Dann, auf einmal, lag die Stadt vor ihnen.

Wie ein Amphitheater ansteigend, in Nebel gehüllt, breitete sie sich jenseits der Brücken aus, ganz im Dunst verschwommen. Dahinter stieg einförmig das offene Land an, bis es weit am Horizont an den unbestimmten Rand des bleichen Himmels stieß. So von hoch oben gesehen, wirkte die ganze Landschaft unbeweglich wie ein Gemälde. Die verankerten Schiffe lagen eingekeilt in einer Ecke des Hafens. Der Strom floß in einem weiten Bogen durch die grünen Hügel, und die Inseln mit ihren langgestreckten Formen ruhten darin wie große schwarze Fische, die still auf dem Wasser lagen. Die Fabrikschlote stießen mächtige braune Rauchschwaden aus, die, vom Wind davongetragen, sich bald auflösten. Man vernahm das dumpfe Dröhnen der Eisengießereien und darüber das helle Geläute der Kirchen, die aus dem Dunst emporragten. Die entlaubten Bäume der Boulevards standen zwischen den Häusern wie violettes Gesträuch, und die vom Regen glänzenden Dächer schillerten bald heller, bald dunkler, je nach der Höhe des Stadtviertels. Manchmal trug ein Windstoß die Wolken den Hügeln von Sainte-Catherine zu, luftigen Wogen gleich, die lautlos an einer Klippe zerstoben.

Für Emma ging etwas Schwindelerregendes von dieser Ansammlung dicht beisammen lebender Menschen aus, und sie war dem Weinen nahe, als hätten die hundertzwanzigtausend Herzen, die da unten schlugen, ihr alle zugleich den brennenden Hauch ihrer Leidenschaften zugesandt, die sie ihnen zuschrieb. Ihre Liebe wuchs noch angesichts dieses weiten Raums und berauschte sich an dem verworrenen dumpfen Lärm, der zu ihr heraauftönte. Diese Stimmung übertrug sie wieder auf die Außenwelt, auf die Plätze, die Promenaden, die Straßen, und die alte Normannenstadt weitete sich vor ihren Augen aus, bis sie dalag wie eine riesengroße Weltstadt, wie ein Babylon, in das sie nun einzog. Sie hielt sich mit beiden Händen an dem Wagenfenster fest, lehnte sich weit hinaus und atmete den frischen Wind ein. Die drei

Pferde galoppierten jetzt. Die Steine im Schlamme der Landstraße knirschten unter den Rädern, die Postkutsche schwankte bedenklich, und Hivert rief schon von weitem die Wagen an, die auf der Straße fuhren, während die Bürger, die im Bois-Guillaume die Nacht verbracht hatten, in ihren Wägelchen mit Kind und Kegel gemächlich bergab heimwärts zogen.

Am Schlagbaum hielt man an. Emma zog ihre Überschuhe aus, streifte andere Handschuhe über und legte ihren Schal ordentlicher um. Zwanzig Schritte weiter stieg sie aus.

In der Stadt wurde es um diese Stunde lebendig. Ladengehilfen in Hauskäppchen putzten die Schaufenster der Läden, und an den Straßenecken standen Frauen mit Körben, die sie auf die Hüften stemmten, und riefen mit gellender Stimme ihre Waren aus. Emma blickte zu Boden, sie ging dicht an den Häuserwänden entlang und lächelte in freudiger Erwartung unter ihrem schwarzen Schleier, den sie vor das Gesicht gezogen hatte.

Aus Angst, man könnte sie sehen, schlug sie gewöhnlich nicht den kürzesten Weg ein. Sie stahl sich durch düstere Gäßchen und gelangte ganz in Schweiß gebadet unten in der Rue Nationale zu dem Springbrunnen, der dort steht. Es ist das Viertel des Theaters, der Kneipen und der Dirnen. Ein paarmal rumpelte ein Karren mit schütternden Theaterdekorationen an ihr vorbei. Kellner mit langen Schürzen streuten Sand auf die Steinfliesen zwischen den grünen Sträuchern vor den Kaffeehäusern. Ein Geruch von Absinth, Zigarren und Austern lag in der Luft.

Sie bog in eine Straße ein und erkannte Léon an seinem gekräuselten Haar, das unter dem Hut hervorsah.

Er ging auf dem Trottoir weiter. Sie folgte ihm bis zum Hotel. Er stieg die Treppe hinauf, öffnete die Tür, trat ein ... Eng umschlungen hielten sie sich in den Armen.

Hatten sie sich dann fürs erste satt geküßt, so überstürzten sich die Worte. Sie erzählten einander die Kümmernisse, die sie in der vergangenen Woche erlebt hatten, ihre bangen Ahnungen, die Ängste, die sie ihrer Briefe wegen ausgestanden hatten. Jetzt aber vergaßen sie alles und sahen sich nur immer in die Augen, lachten wollüstig erregt und gaben sich die zärtlichsten Kosenamen.

Das Bett war ein breites Mahagonibett, groß wie ein Kahn. Die Vorhänge aus rotem Seidenstoff, die von der Zimmerdecke herabhingen, bauschten sich tief über das breite Kopfende. Und auf der ganzen Welt ließ sich nichts Schöneres denken als Emmas brauner Kopf und ihre weiße Haut, die sich von diesem purpurroten Grund abhoben, wenn sie mit einer schamhaften Gebärde ihre beiden nackten Arme übereinanderschlug und ihr Gesicht in den Händen verbarg.

Das wohlig warme Zimmer mit seinem unauffälligen Teppich, seinen munteren Zieraten und seinem anheimelnden Licht schien wie geschaffen für zwei leidenschaftlich Verliebte, die in letzter Hingabe ihre Lust stillen. Die spitz auslaufenden Stäbe, die messingnen Gardinenhalter und die dicken Kugeln der Feuerböcke leuchteten plötzlich auf, wenn die Sonne hereinschien. Auf dem Kaminsims lagen zwischen den beiden Leuchtern zwei jener großen rosafarbenen Muscheln, in denen man das Meer rauschen hört, wenn man sie ans Ohr hält.

Wie liebten sie dieses trauliche Zimmer, das trotz seiner etwas verblichenen Pracht so heiter war! Immer fanden sie die Möbel an ihrem gewohnten Platz, und zuweilen entdeckten sie sogar noch Haarnadeln, die Emma am vergangenen Donnerstag unter dem Sockel der Standuhr hatte liegenlassen. Sie frühstückten vor dem Kamin an einem mit Palisanderholz eingelegten Tischchen. Emma schnitt ihm vor und schob ihm die Bissen auf den Teller, unter allen nur denkbaren verliebten Koseworten; und wenn der Schaum des Champagners über den Rand des leichten Glases auf die Ringe an ihren Fingern lief, lachte sie hell und ausgelassen auf. Sie hatten beide nur noch einen Wunsch, einen Gedanken: einander zu besitzen; und es kam ihnen vor, als lebten sie in ihrem eigenen Haus und könnten bis an ihr Lebensende dort wohnen wie zwei ewig junge Eheleute. Sie sagten: »Unser Zimmer, unser Teppich, unsere Sessel«, ja sie sagte sogar: »Meine Pantoffeln« und meinte damit ein Geschenk Léons, mit dem er ihr einen ihrer Wünsche, wie sie ihr öfters durch den Kopf schossen, erfüllt hatte. Es waren mit Schwanenfedern besetzte rosa Atlaspantöffelchen. Wenn sie sich auf seine Knie setzte, baumelte ihr Bein, das nicht bis zum Boden reichte, in der Luft, und der niedliche Schuh, der die Hacken frei ließ, hing nur noch an den Zehen ihres nackten Fußes.

Zum erstenmal genoß er den unaussprechlichen Reiz verfeinerter weiblicher Anmut. Nie war ihm bis dahin diese gewählte Sprache begegnet, diese zurückhaltende Art, sich zu kleiden, dieses schmachtende Sichhingeben, das an eine schlafende Taube gemahnte. Er bewunderte ihre schwärmerische Seele ebensosehr wie die Spitzen an ihrem Rock. Zudem: war sie nicht eine *Dame der guten Gesellschaft* ... und außerdem eine verheiratete Frau! – kurz, eine richtige Geliebte?

Durch ihre dauernd wechselnden Stimmungen, ihre einmal mystische, dann wieder fröhliche, bald redselige, bald schweigsame, manchmal aufbrausende und manchmal gleichmütige Art rief sie in ihm zahllose Begierden wach, beschwor sie tausend Triebe oder Erinnerungen herauf. Sie war die Liebende aller Romane, die er gelesen hatte, die Heldin aller Dramen, die er kannte, von ihr handelten alle Gedichte. Auf ihren Schultern fand er die ambrafarbene Tönung der *Odaliske im Bad*, sie hatte den schlanken, langen Leib der Burgherrinnen aus der Ritterzeit, und sie glich auch der *Blassen Frau aus Barcelona;* aber vor allem war sie sein Engel!

Oft, wenn er sie anschaute, dünkte ihn, seine Seele entschwebe zu ihr hin und ergieße sich gleich einem wogenden Licht über ihr Haupt und rinne dann unaufhaltsam hinab in die Weiße ihrer Brust.

Er ließ sich vor ihr auf den Boden nieder, stützte beide Ellbogen auf ihre Knie und schaute ihr lächelnd und mit erhobener Stirn ins Gesicht.

Sie neigte sich zu ihm herab und flüsterte nach Atem ringend, als erstickte sie fast vor Seligkeit: »Oh! rühr dich nicht! Sprich nicht! Schau mich nur an! Aus deinen Augen strahlt etwas so Liebes, und das tut mir so wohl!«

Sie nannte ihn »Kindchen«.

»Kindchen, hast du mich lieb?«

Seine Antwort hörte sie nicht mehr, so stürmisch küßten seine Lippen ihren Mund.

Auf der Stutzuhr stand ein kleiner bronzener Kupido, der in koketter Haltung in seinen ausgebreiteten Armen eine vergoldete Girlande hochhob. Oft schon hatten sie darüber lachen müssen; aber wenn die Trennungsstunde nahte, wurde ihnen bei allem ernst zumute.

Regungslos standen sie voreinander und sagten nur immer wieder: »Nächsten Donnerstag! . . . Auf Wiedersehen am Donnerstag!«

Unversehens nahm sie seinen Kopf zwischen ihre beiden Hände, küßte ihn rasch auf die Stirn, rief: »Leb wohl!« und lief die Treppe hinunter.

Sie ging in die Rue de la Comédie zu einem Coiffeur und ließ sich ihr Haar zurechtmachen. Schon brach die Nacht herein; im Laden zündete man das Gaslicht an.

Sie hörte im Theater drüben das Klingelzeichen, das die Schauspieler zur Vorstellung rief, und sah gegenüber bleichwangige Männer und Frauen in verschossenen Toiletten durch den Bühneneingang das Theater betreten.

Es war drückend heiß in dem engen, niedrigen Raum; mitten unter den Perücken und Pomaden summte das Öfchen. Der Geruch der Brennscheren und der fettigen Hände, die ihren Kopf bearbeiteten, machte sie denn auch bald schläfrig, und sie schlummerte unter ihrem Frisiermantel ein bißchen ein. Manchmal bot ihr der

Geselle, während er sie frisierte, Eintrittskarten zum Maskenball an.

Dann erst ging sie richtig fort! Sie wanderte durch die Straßen zurück, kam zum *Roten Kreuz*, zog ihre Überschuhe wieder an, die sie am Morgen unter einem Sitz der Postkutsche versteckt hatte, und setzte sich auf ihren Platz, zwischen die bereits ungeduldig wartenden Mitreisenden eingezwängt. Ein paar stiegen unten am Berg aus. Sie blieb allein im Wagen.

Bei jeder Biegung der Straße sah sie mehr und mehr Lichter drunten in der Stadt; sie wirkten wie ein leuchtender Nebel, der über dem schwarzen Gewirr der Häuser schwebte. Emma kniete auf dem Polster und ließ ihre Augen über diesen Glanz hinwandern. Sie schluchzte, rief nach Léon und sandte ihm zärtliche Worte und Küsse, die im Wind verwehten.

Es gab da, wo die Straße anstieg, einen armen Teufel, der sich mit seinem Stock zwischen den Postkutschen herumtrieb. Allerhand Lumpen bedeckten seine Schultern, und ein alter, klaffender Filzhut, rund wie eine Waschschüssel, verbarg sein Gesicht. Aber wenn er ihn abnahm, sah man an Stelle der Lider zwei blutig gähnende Augenhöhlen. Das Fleisch faserte in roten Fetzen ab, und es sonderte eine Flüssigkeit ab, die bis zur Nase hinab zu grünem Schorf gerann. Die schwarzen Nasenlöcher schnupften in einem fort krampfhaft auf. Wenn er mit jemandem sprach, warf er mit einem idiotischen Grinsen den Kopf zurück. Dann rollten seine bläulichen Augäpfel fortwährend hin und her und stießen an den Schläfen gegen den Rand der offenen Wunde.

Er lief hinter den Wagen drein und sang immer das gleiche Liedchen:

> Oft hat, vom Sonnenglast verführt,
> Manch Mädchen Liebe schon verspürt.

Und weiter war dann noch die Rede von Vöglein, Sonne und grünem Laub.

Manchmal tauchte er unversehens barhaupt hinter Emma auf. Dann fuhr sie mit einem Schreckensschrei zurück. Hivert aber hänselte ihn und riet ihm, auf dem Jahrmarkt zu Saint-Romain in einer Bude aufzutreten, oder er fragte ihn unter schallendem Lachen, wie es seiner Herzallerliebsten gehe.

Zuweilen streckte er in voller Fahrt plötzlich seinen Hut durch das Wagenfenster ins Innere der Kutsche, während er sich mit der andern Hand festhielt und draußen auf dem Trittbrett zwischen den beiden Rädern stand, die ihn mit Kot vollspritzten. Seine Stimme, die zuerst schwach und wimmernd geklungen hatte, schwoll zu einem schrillen Geheul an, das langgezogen durch die Nacht gellte wie das Wehklagen einer unfaßbaren Herzensangst; und durch das Klingeln der Pferdeschellen, das Rauschen der Bäume und das Knarren des Wagenkastens drang sie zu Emma wie von weit, weit her, so daß sie ganz verstört lauschte. Das senkte sich tief in ihre Seele hinab, wie ein Wirbelsturm in einen Abgrund fährt, und trug sie hoch hinauf in die Weiten einer grenzenlosen Schwermut. Doch Hivert hatte gemerkt, daß ein Gegengewicht hinten seinen Wagen beschwerte, und hieb aus Leibeskräften mit der Peitsche auf den Blinden ein. Die Schnur traf ihn auf seine Wunden, und er fiel mit einem Schmerzensgeheul in den Straßenkot.

Die Insassen der *Schwalbe* schliefen schließlich alle ein, die einen mit offenem Mund, die andern mit auf die Brust gesunkenem Kinn. Sie lehnten sich gegen die Schulter ihres Nachbarn oder streckten den Arm in den Riemen und schwankten gleichmäßig im Wiegen der Kutsche hin und her. Der Widerschein der Laterne, die sich draußen auf der Kruppe der Deichselpferde auf und ab bewegte, drang durch die schokoladebraunen Kattunvorhänge ins Wageninnere und warf blutigrote Schatten auf all diese reglosen Gestalten. Emma war wie trunken vor Traurigkeit; sie schlotterte unter ihren Kleidern und spürte, wie ihre Füße immer kälter wurden. Sie war tod-unglücklich.

Daheim wartete Charles auf sie. Die *Schwalbe* verspä-tete sich donnerstags jedesmal. Endlich kam Madame! Sie gab der Kleinen kaum einen flüchtigen Kuß. Das Abendessen war nicht bereit. Was lag schon daran! Sie nahm das Dienstmädchen sogar in Schutz. Neuerdings war Félicité sichtlich alles erlaubt.

Manchmal fiel ihrem Mann Emmas Blässe auf, und er fragte sie, ob sie sich nicht krank fühle.

»Nein«, erklärte dann Emma.

»Aber«, versetzte er, »du bist heute abend so son-derbar!«

»Nein, nein, mir fehlt nichts. Mir fehlt gar nichts!«

Es gab Tage, an denen sie gleich nach ihrer Rückkehr in ihr Zimmer hinaufging. Justin, der gerade da war, schlich mit unhörbaren Schritten umher und erwies sich erfinderischer in kleinen Handreichungen als eine ge-schulte Kammerzofe. Er legte Streichhölzer bereit, stellte den Kerzenstock hin, brachte ein Buch, breitete die Nachtjacke aus und deckte das Bett auf.

»Vorwärts«, sagte sie, »es ist gut, geh jetzt.«

Denn er blieb dann immer noch untätig stehen und glotzte sie an, als wäre er umstrickt von den zahllosen Fäden einer jähen Träumerei.

Der darauffolgende Tag war jedesmal gräßlich, und die nächsten waren noch weniger auszuhalten, so groß war Emmas Ungeduld, ihr Glück aufs neue zu erleben. Sie verging fast vor Verlangen, verzehrte sich in brün-stigem, lüsternem Kitzel, und ihre Glut wurde immer wieder angefacht durch die Erinnerung an die genossene Sinnenlust. All diese aufgestaute Sehnsucht brach dann am siebenten Tag unter Léons Liebkosungen hemmungs-los hervor. Seine glühende Verliebtheit verbarg sich un-ter leidenschaftlichen Äußerungen der Bewunderung und Dankbarkeit. Emma genoß diese Liebe stumm und zurückhaltend, sie ging völlig darin auf, schürte sie mit dem ganzen Erfindungsgeist ihrer Zärtlichkeit und bangte immer ein wenig, sie könnte später einmal schwinden.

Ein paarmal sagte sie mit einem wehmütigen Unterton in ihrer sanften Stimme zu ihm: »Ach, auch du wirst mich verlassen!... Du wirst heiraten... wirst auch nicht anders sein als die andern!«

Dann fragte er: »Welche andern?«

»Nun, alle Männer«, antwortete sie.

Dann stieß sie ihn mit einem wehen Lächeln von sich und setzte hinzu: »Ihr seid ja samt und sonders Schufte!«

Als sie eines Tages über die Enttäuschungen philosophierten, die Menschen erleben können, gestand sie ihm von ungefähr – sei es, um seine Eifersucht auf die Probe zu stellen, sei es, daß sie einem übermächtigen Mitteilungsbedürfnis nachgab –, sie habe früher, vor ihm, einen andern geliebt. »Nicht wie dich!« beeilte sie sich hinzuzufügen und beteuerte beim Leben ihres Kindes, *es sei aber nichts passiert.*

Der junge Mann glaubte ihr, nahm sie aber dann doch ins Gebet und wollte wissen, was er sei.

»Er war Kapitän zur See, Liebster.«

Hieß das nicht jede Nachforschung von vornherein ausschließen und sich zugleich ins schönste Licht setzen, weil sie angeblich einen gewiß kriegerischen und von Frauengunst verwöhnten Mann so tief berückt hatte?

Nun erst kam dem Kanzlisten seine bescheidene Stellung so recht zum Bewußtsein, und er hätte gar zu gern auch Epauletten, Orden und Titel getragen. An alledem fand sie sicher Gefallen; das schloß er aus ihren kostspieligen Gewohnheiten.

Dabei verschwieg ihm Emma noch eine ganze Menge ihrer überspannten Wünsche, so etwa, daß sie gern für ihre Fahrten nach Rouen einen blauen Tilbury mit einem englischen Vollblut und einem Groom in Stulpenstiefeln gehabt hätte. Auf diesen ausgefallenen Gedanken hatte sie Justin gebracht, als er sie einmal flehentlich gebeten hatte, ihn doch als Kammerdiener einzustellen; und wenn dieser Verzicht auch bei jedem Rendezvous die Wiedersehensfreude nicht trübte, so kam sie doch jedesmal die Rückkehr deswegen bitterer an.

Oft, wenn sie miteinander von Paris sprachen, seufzte sie zuletzt leise auf: »Ach, wie schön wäre es, wenn wir dort zusammen leben könnten!«

»Sind wir denn nicht glücklich?« hielt ihr dann der junge Mann sanft vor und strich ihr mit der Hand übers Haar.

»Ja, das ist wahr«, sagte sie. »Ich bin eine Närrin. Komm, küß mich.«

Zu ihrem Mann war sie jetzt reizender denn je. Sie machte ihm Pistaziencremes und spielte ihm nach dem Essen Walzer vor. Er fand denn auch, er sei der Glücklichste unter den Sterblichen, und Emma lebte sorglos dahin. Da fragte er plötzlich eines Abends: »Sag, die Stunden nimmst du doch bei Mademoiselle Lempereur, nicht wahr?«

»Ja.«

»Sonderbar: ich habe sie unlängst bei Madame Liégeard getroffen«, fuhr Charles fort, »und habe mit ihr von dir gesprochen. Sie kennt dich gar nicht.«

Das traf sie wie ein Blitz aus heiterm Himmel. Doch sie gab ihm ganz unbefangen zur Antwort: »Ach, sie wird gewiß meinen Namen vergessen haben.«

»Vielleicht gibt es auch in Rouen mehrere Klavierlehrerinnen, die Lempereur heißen«, meinte Charles.

»Möglich.«

Dann rief sie auf einmal: »Aber ich habe ja ihre Quittungen. Da, sieh nur!«

Und sie ging zu ihrem Schreibtischchen, kramte in allen Schubfächern, wühlte die Papiere durcheinander und spielte so echt, als hätte sie völlig den Kopf verloren, daß Charles sie zuletzt beschwor, sich wegen dieser blödsinnigen Quittungen doch nicht soviel Aufregung und Mühe zu machen.

»Oh, ich werde sie bestimmt noch finden!« trumpfte sie auf.

Und siehe da, schon am darauffolgenden Freitag, als Charles in der finsteren Kammer, wo die Kleider verwahrt wurden, seine Stiefel anzog, spürte er zwischen dem Leder und dem Strumpf ein Blatt Papier. Er fischte es heraus und las:

»Erhalten für drei Monate Klavierunterricht nebst diversen gelieferten Musikalien die Summe von fünfundsechzig Franken.

Félicie Lempereur, Klavierlehrerin«

»Wie, zum Teufel, kommt denn das in meine Stiefel?«

»Wahrscheinlich«, antwortete Emma, »wird es aus dem alten Karton mit den Rechnungen herausgefallen sein; der steht ganz außen auf dem Wandbrett.«

Von diesem Augenblick an bestand ihr ganzes Leben nur noch aus einem einzigen Lügengespinst, mit dem sie ihre Liebe wie in Schleier einhüllte, um sie zu verbergen.

Das Lügen wurde ihr zu einem Bedürfnis, zu einer Sucht, zu einem Vergnügen. Das ging so weit, daß man ihr nichts mehr glauben konnte; wenn sie sagte, sie sei auf der rechten Straßenseite gegangen, dann durfte man mit Sicherheit annehmen, daß sie auf der linken gewesen war.

Eines Morgens, als sie, wie gewöhnlich recht leicht gekleidet, abgefahren war, fiel plötzlich Schnee. Charles, der am Fenster stand und nach dem Wetter sah, erblickte Herrn Bournisien im Buggy des Bürgermeisters Tuvache, der ihn nach Rouen führte. Er ging hinunter und gab dem Geistlichen einen dicken Schal mit; den sollte er seiner Frau aushändigen, sobald er im *Roten Kreuz* ankomme. Kaum war Herr Bournisien im Gasthof angelangt, so fragte er nach der Frau des Arztes von Yonville. Die Wirtin gab ihm zur Antwort, die Dame komme nur selten in ihr Haus. Am Abend erkannte der Pfarrer Madame Bovary in der Postkutsche und erzählte ihr, wie er sie vergeblich gesucht habe. Er schien dem übrigens nicht sonderlich viel Bedeutung beizumessen, denn er stimmte alsbald ein Loblied auf einen Prediger an, der zur Zeit in der Kathedrale wahre Wunder verrichte und dem die Damen in Scharen zuliefen.

Gleichviel. Wenn der Pfarrer auch keine Erklärung verlangt hatte, so konnten vielleicht andere später sich nicht so diskret erweisen. Darum erachtete es Emma für angebracht, von nun an jedesmal im *Roten Kreuz* abzusteigen, so daß die guten Leute aus ihrem Städtchen, die sie auf der Treppe sahen, nichts Böses ahnen konnten.

Eines Tages jedoch begegnete ihr Herr Lheureux, als sie gerade an Léons Arm das *Hotel de Boulogne* verließ, und es wurde ihr angst und bange, denn sie stellte sich vor, er werde nicht reinen Mund halten. Aber so dumm war er nicht.

Drei Tage später trat er jedoch zu ihr ins Zimmer, schloß die Tür und sagte: »Ich brauche Geld.«

Sie erklärte ihm, sie könne ihm keines geben. Lheureux hob ein großes Gejammer an und zählte ihr alle die Gefälligkeiten auf, die er ihr erwiesen habe.

In der Tat hatte Emma von den beiden Wechseln, die Charles unterschrieben hatte, bisher nur einen eingelöst. Für den zweiten hatte der Händler auf ihre Bitte hin entgegenkommenderweise zwei andere ausgestellt und sie sogar bis zu einem sehr späten Termin prolongiert. Außerdem zog er aus seiner Tasche eine Liste noch unbezahlter Lieferungen, als da waren: die Vorhänge, der Teppich, der Stoff zu den Sesseln, mehrere Kleider und verschiedene Toilettenartikel, deren Wert sich auf die Summe von ungefähr zweitausend Franken belief.

Sie ließ den Kopf hängen. Er fuhr fort: »Aber wenn Sie auch kein Bargeld haben, so haben Sie doch *Grundbesitz*.«

Und er wies sie auf ein verlottertes Häuschen in Barneville unweit Aumale hin, das nicht viel einbrachte. Es hatte früher zu einem kleinen Pachtgut gehört, das der alte Bovary veräußert hatte. Lheureux wußte alles, sogar wieviel Hektar es umfaßte, und die Namen der Anrainer.

»An Ihrer Stelle«, sagte er, »würde ich meine Schulden tilgen. Und ich hätte dazu noch das überzählige Geld.«

Sie wandte ein, es werde sehr schwer sein, einen Käufer zu finden; aber er machte ihr Hoffnung: er werde schon einen auftreiben. Darauf fragte sie, wie sich das bloß machen lasse, daß sie es verkaufen könne.

»Haben Sie denn nicht die Vollmacht?« antwortete er. Diese Worte wirkten auf sie, als bekäme sie plötzlich frische Luft.

»Lassen Sie mir die Rechnung hier!« sagte Emma.

»Oh, das ist nicht nötig«, versetzte Lheureux.

In der Woche darauf kam er wieder und prahlte, es sei ihm nach vielem Suchen endlich gelungen, einen gewissen Langlois ausfindig zu machen, der seit langem mit dem Besitztum liebäugle, ohne freilich mit einem Preisangebot herauszurücken.

»Was kümmert mich der Preis!« rief Emma.

Im Gegenteil, man müsse abwarten, meinte Lheureux, und dem Burschen erst mal ein bißchen auf den Zahn fühlen. Die Sache lohne schon eine Reise, und da sie ja nicht selbst hinreisen könne, erbot er sich, zu Langlois zu fahren und mit ihm zu verhandeln. Als er zurückkam, brachte er die Botschaft mit, der Käufer biete viertausend Franken.

Bei dieser Nachricht strahlte Emma.

»Rundheraus gesagt«, setzte Lheureux hinzu, »das ist ein sehr anständiges Angebot.«

Sie bekam die Hälfte des Betrags sofort ausbezahlt, und als sie damit ihre Rechnung begleichen wollte, sagte der Händler: »Ehrenwort, es tut mir in der Seele weh, daß Sie ein so *beachtliches* Sümmchen auf einen Schlag wieder herausrücken sollen.«

Jetzt erst sah sie alle die schönen Banknoten und dachte an die unbegrenzte Zahl von Zusammenkünften mit Léon, die diese zweitausend Franken für sie bedeuteten.

»Wie? was meinen Sie damit?« stammelte sie.

»Oh!« erwiderte er mit biederem Lachen, »man kann ja alles Beliebige auf eine Rechnung setzen. Ich weiß doch auch, wie es in einem Haushalt zugeht!«

Dabei sah er sie scharf an und ließ zwei Papierstreifen, die er in der Hand hielt, zwischen seinen Nägeln hindurchgleiten. Schließlich öffnete er seine Brieftasche und legte vier eigene Wechsel, jeder auf tausend Franken lautend, vor ihr auf den Tisch.

»Unterschreiben Sie mir das«, sagte er, »und behalten Sie das Ganze.«

Empört schlug sie das Anerbieten aus.

»Aber wenn ich Ihnen den Überschuß auszahle«, hielt ihr Lheureux unverfroren entgegen, »erweise ich Ihnen doch damit einen Dienst?«

Er nahm eine Feder und kritzelte unter die Rechnung: »Von Madame Bovary erhalten: viertausend Franken.«

»Warum machen Sie sich denn noch Sorgen? Sie erhalten ja in einem halben Jahr den ausstehenden Restbetrag für Ihre alte Baracke, und ich lasse den letzten Wechsel erst nach der Auszahlung fällig werden.«

Emma wirbelte der Kopf bei seinen Rechenkünsten, und die Ohren klangen ihr, als wären haufenweise Goldstücke aus ihren Säcken herausgesprungen und rings um sie mit hellem Klirren auf den Parkettboden gefallen. Schließlich setzte ihr Lheureux auseinander, er habe einen Freund, Vinçard, Bankier in Rouen, der diese vier Wechsel diskontieren wolle, den Überschuß der wirklichen Schuld werde er dann Madame Bovary persönlich einhändigen.

Aber statt zweitausend Franken brachte er nur achtzehnhundert, denn Freund Vinçard habe – wie es nur *recht und billig* sei – zweihundert Franken für Kommissions- und Diskontgebühren abgezogen.

Darauf erbat er sich ganz beiläufig eine Quittung.

»Sie verstehen ja ... in Geschäftssachen ... manchmal ... Und mit Datum, wenn's beliebt, mit Datum!«

Die Aussicht auf unzählige nunmehr erfüllbare Wünsche tat sich vor Emma auf. Sie legte immerhin vorsichtshalber tausend Taler auf die Seite; damit bezahlte sie, als sie fällig wurden, die drei ersten Wechsel. Aber der vierte schneite zufälligerweise an einem Donnerstag ins Haus, und Charles wartete trotz seiner Bestürzung geduldig die Rückkunft seiner Frau ab, um von ihr die nötigen Aufklärungen zu erhalten.

Wenn sie ihm nichts von diesem Wechsel gesagt habe, so nur, weil sie ihm häuslichen Verdruß habe ersparen wollen! Sie setzte sich auf seine Knie, herzte und küßte ihn, tat lieb und zärtlich mit ihm und zählte ihm eine lange Reihe all der unentbehrlichen Dinge auf, die sie auf Borg hatte kaufen müssen.

»Kurz, du mußt doch zugeben, für eine solche Menge Sachen ist das nicht zuviel Geld!«

Charles wußte nicht mehr aus noch ein und wandte sich hilfesuchend an den ewigen Nothelfer Lheureux. Der versprach ihm, die Sache zu bereinigen, wenn Herr Bovary ihm zwei Wechsel unterzeichne, davon einen auf siebenhundert Franken lautend und zahlbar in einem Vierteljahr. Um dieser Verpflichtung nachkommen zu können, schrieb er seiner Mutter einen geschraubten, schwülstigen Brief. Statt jeder Antwort kam sie selbst; und als Emma wissen wollte, ob er etwas bei ihr erreicht habe, sagte er: »Ja; aber sie will die Rechnung sehen.«

Am nächsten Morgen in aller Frühe lief Emma zu Herrn Lheureux und bat ihn, ihr eine andere Rechnung auszustellen, die tausend Franken nicht übersteige; denn wenn sie die Rechnung, die auf viertausend lautete, hätte vorweisen wollen, so hätte sie sagen müssen, daß sie drei Viertel davon bereits bezahlt habe, und folglich hätte sie auch den Verkauf des Häuschens gestehen müssen. Dieses Geschäft hatte der Händler ja recht geschickt betrieben, und es kam auch erst viel später an den Tag.

Trotz dem sehr niedrigen Preis jedes Artikels fand die alte Madame Bovary, wie zu erwarten war, die Ausgabe doch übertrieben.

»Konnte man sich denn nicht ohne Teppich behelfen? Warum mußten die Sessel neu bezogen werden? Zu meiner Zeit hatte man in einem Hause nur einen einzigen Lehnstuhl für ältere Leute – so war es wenigstens bei meiner Mutter, und die war aller Ehren wert, das kann ich euch versichern. – Es kann nicht jeder reich sein! Und Verschwendung frißt auch das größte Vermögen auf! Ich würde mich vor mir selber schämen, wenn ich mich so verzärteln wollte, wie ihr's tut! Und ich bin doch alt und hätte Pflege nötig ... Wohin man schaut, lauter Flitterkram, Putz und Großtuerei! Was? Futterseide für zwei Franken? ... Wo man doch schon Jakonett zu zehn Sous, ja sogar zu acht Sous bekommt, und der tut es genausogut!«

Emma lag auf dem Kanapee und erwiderte so ruhig wie möglich: »So hören Sie doch jetzt auf, Madame! Bitte, es reicht jetzt!«

Doch ihre Schwiegermutter las ihr unbeirrt weiter die Leviten und prophezeite ihnen, sie würden noch im Armenhaus enden. Übrigens sei Charles selber schuld. Nur ein Glück, daß er ihr versprochen habe, diese Vollmacht aufzuheben.

»Was?«

»Ja, er hat mir sein Wort darauf gegeben!« versetzte die alte Frau.

Emma riß das Fenster auf, rief Charles herein, und der Ärmste mußte wohl oder übel zugeben, daß ihm seine Mutter das Versprechen abgerungen habe.

Emma verschwand, kam gleich darauf wieder herein und hielt ihr hoheitsvoll einen großen Bogen Papier hin.

»Ich danke dir«, sagte die alte Frau.

Und sie warf die Vollmacht ins Feuer.

Emma brach in ein gellendes, schrilles, lang anhaltendes Lachen aus. Sie hatte einen Nervenanfall.

»Ach, mein Gott!« jammerte Charles. »Du hättest das auch nicht tun dürfen! Kommst her und flickst ihr dauernd am Zeug!«

Seine Mutter zuckte nur die Achseln und behauptete, *das alles sei bloß Getue.*

Aber Charles muckte zum erstenmal auf und nahm seine Frau so entschieden in Schutz, daß die alte Madame Bovary abreisen wollte. Sie verreiste auch wirklich schon am nächsten Morgen, und als er sie unter der Tür noch zum Bleiben bewegen wollte, hielt sie ihm entgegen: »Nein, nein! Du liebst sie mehr als mich, und du hast ganz recht. Das ist ganz in Ordnung. Im übrigen, mir kann's egal sein! Du wirst ja sehen . . . Bleib gesund! . . . Denn ich gedenke nicht so bald wiederzukommen und ihr, wie du sagst, am Zeug zu flicken.«

Charles war Emma gegenüber aber dennoch recht kleinlaut, zumal sie kein Hehl aus ihrem Groll über sein mangelndes Vertrauen machte. Er mußte erst lange bitten und betteln, ehe sie sich herbeiließ, die Vollmacht wieder anzunehmen. Er begleitete sie sogar zu Herrn Guillaumin und ließ ihr eine neue, ganz gleichlautende ausstellen.

»Ich kann das durchaus verstehen«, sagte der Notar, »ein Mann der Wissenschaft kann sich nicht auch noch mit dem praktischen Kleinkram des täglichen Lebens belasten.«

Und Charles fühlte sich erleichtert durch diese glattzüngige, faustdicke Schmeichelei, die seiner Schwäche höhere Motive unterschob: die Ablenkung durch wichtigere Dinge.

Welch übermütige, ausgelassene Stimmung am Donnerstag darauf, als sie mit Léon in ihrem Hotelzimmer zusammen war! Sie lachte und weinte durcheinander, sang, tanzte, ließ Sorbett heraufbringen, wollte unbedingt Zigaretten rauchen, sie kam ihm närrisch vor, aber doch anbetungswürdig und wunderbar.

Er wußte ja nicht, welche Umkehr ihres ganzen Wesens sie trieb, sich wilder denn je auf die Genüsse des

Lebens zu stürzen. Sie wurde reizbar, genäschig und wollüstig; sie ging erhobenen Hauptes mit ihm in den Straßen spazieren und erklärte, es mache ihr gar nichts aus, ins Gerede zu kommen. Manchmal allerdings schrak sie zusammen, wenn ihr in den Sinn kam, sie könnte vielleicht Rodolphe begegnen; denn wenn zwischen ihnen auch alles aus war, so hatte sie doch das Gefühl, daß sie noch nicht ganz von ihm losgekommen war.

Eines Abends fuhr sie nicht nach Yonville zurück. Charles verlor völlig den Kopf, und die kleine Berthe, die nicht ohne ihre Mama zu Bett gehen wollte, schluchzte herzzerbrechend. Justin war ihr auf gut Glück auf der Landstraße entgegengegangen, und sogar Homais hatte seine Apotheke verlassen.

Um elf Uhr schließlich hielt es Charles nicht länger aus. Er spannte sein Wägelchen an, sprang hinein, trieb seinen Gaul mit der Peitsche zu höchster Eile an und langte gegen zwei Uhr nachts beim *Roten Kreuz* an. Sie war nicht da. Nun fiel ihm ein, vielleicht habe Léon sie gesehen; aber wo wohnte er? Zum Glück erinnerte sich Charles noch an die Adresse seines Brotgebers. Er ging eilends dorthin.

Der Tag dämmerte schon. Er konnte im grauenden Morgenlicht ein Schild unterscheiden und klopfte an. Jemand rief ihm durch die geschlossene Tür die verlangte Auskunft zu und schimpfte dabei wie ein Rohrspatz auf die rücksichtslosen Leute, die mitten in der Nacht die Menschen im Schlaf störten.

Das Haus, in dem der Kanzlist wohnte, hatte weder Klingel noch Türklopfer noch einen Hauswart. Charles bollerte mit wütenden Faustschlägen gegen die Läden. Ein Polizist kam vorbei; da bekam er es mit der Angst und ging weiter.

Ich bin ein Narr! sagte er sich. Bestimmt hat man sie bei Herrn Lormeaux zum Essen dabehalten.

Die Familie Lormeaux wohnte nicht mehr in Rouen.

Vielleicht ist sie bei Madame Dubreuil geblieben und

pflegt sie. Ach nein, Madame Dubreuil ist ja vor einem halben Jahr gestorben! . . . Wo mag sie nur sein?

Auf einmal kam ihm eine Erleuchtung. Er verlangte in einem Café das Adreßbuch und suchte geschwind den Namen der Mademoiselle Lempereur; sie wohnte in der Rue de la Renelle-des-Maroquiniers Nummer 74.

Gerade als er in diese Straße einbog, tauchte Emma selbst am andern Ende auf. Er fiel ihr um den Hals, oder besser gesagt: er stürzte sich auf sie und rief: »Warum bist du hier geblieben?«

»Ich habe mich nicht wohlgefühlt.«

»Was hat dir denn gefehlt? . . . Wo? . . . Wieso? . . .«

Sie fuhr sich mit der Hand über die Stirn und antwortete: »Bei Mademoiselle Lempereur.«

»Das wußte ich ja! Ich wollte eben zu ihr.«

»Oh, das brauchst du nicht mehr«, sagte Emma. »Sie ist gerade vorhin ausgegangen. Aber in Zukunft reg dich bitte nicht mehr so auf. Ich fühle mich nicht mehr frei, weißt du, wenn die geringste Verspätung dich so schrecklich aufregt.«

Damit gab sie sich selbst gewissermaßen einen Freibrief, sich künftig bei ihren Seitensprüngen keinerlei Zwang mehr anzutun. Sie machte sich das denn auch ausgiebig zunutze. Sooft sie das Verlangen überkam, Léon zu sehen, fuhr sie unter irgendeinem Vorwand nach Rouen, und da er sie nicht erwartete, suchte sie ihn in der Kanzlei auf.

Die ersten paar Male war er hochbeglückt. Doch bald konnte er ihr die Wahrheit nicht mehr verhehlen, daß nämlich sein Chef diese Störungen gar nicht gern sehe.

»Ach, was! komm doch mit!« sagte sie.

Und er drückte sich heimlich.

Sie wollte unbedingt, daß er sich ganz in Schwarz kleide und sich einen Spitzbart stehen lasse, damit er aussehe wie Ludwig XIII. Sie wünschte auch seine Wohnung zu sehen und fand sie ein bißchen schäbig. Er wurde dabei feuerrot; aber sie achtete nicht darauf. Dann riet sie ihm, dieselben Vorhänge zu kaufen, die sie habe; und als er einwandte, das sei eine kostspielige Sache, sagte sie lachend: »Aha, du knickerst mit deinen Talern!«

Léon mußte ihr jedesmal haarklein erzählen, was er seit ihrem letzten Zusammensein alles getrieben hatte. Er sollte Verse schreiben, ein Gedicht auf sie machen, ein *Liebesgedicht* ihr zu Ehren. Aber er brachte nicht einmal den Reim auf den ersten Vers zustande, und schließlich schrieb er einfach ein Sonett aus einem Almanach ab.

Das tat er weniger aus Eitelkeit als einzig und allein im Bestreben, ihr gefällig zu sein. Er deutelte nie an ihren Ansichten herum, machte sich vielmehr alle ihre Liebhabereien zu eigen. Mit der Zeit kam es dahin, daß eher er die Geliebte war und nicht sie. Sie konnte so zärtliche Worte finden und ihn so sinnverwirrend küssen, daß seine Seele ihr widerstandslos erlag. Wo hatte sie nur diese Verderbtheit her, die geradezu unkörperlich war, so tief und unerkennbar lag sie in ihr verborgen?

6

Auf seinen Fahrten nach Yonville, die Léon unternahm, wenn er Emma besuchen wollte, hatte er öfters beim Apotheker gespeist, und so glaubte er sich aus Höflichkeit verpflichtet, ihn seinerseits einmal einzuladen.

»Gern!« hatte Herr Homais geantwortet. »Ich muß übrigens sowieso ein bißchen ausspannen, sonst roste ich hier noch ganz ein. Wir gehen ins Theater, essen im Restaurant und toben uns richtig aus.«

»Ach, lieber Schatz!« jammerte Madame Homais zärtlich in banger Sorge wegen der Gefahren, denen er sich aussetzen wollte und die sie unklar ängstigten.

»Hast du etwas dagegen? Findest du am Ende, ich ruiniere meine Gesundheit nicht genug, wenn ich dauernd in den Ausdünstungen meiner Apotheke lebe? Aber so sind eben die Weiber! Erst sind sie eifersüchtig auf die Wissenschaft, und will man sich die harmloseste Zerstreuung gönnen, so haben sie wieder etwas dagegen. Gleichviel, zählen Sie auf mich. Nächstens werde ich einmal in Rouen auftauchen, und dann lassen wir zusammen die *Moneten* springen.«

Früher hätte sich der Apotheker wohlweislich gehütet, einen solchen Ausdruck in den Mund zu nehmen. Neuerdings aber gab er sich gern launig und als echter Pariser und fand das höchst geschmackvoll. Wie seine Nachbarin Madame Bovary holte er den Kanzlisten wißbegierig über die Sitten der Hauptstadt aus, ja, er redete sogar Argot, um die Spießer zu verblüffen, sprach von *Bude, Krempel, Fatzke, kesse Haut* und *Breda-Street* und sagte: *Ich haue ab* anstatt: »Ich gehe fort«.

Eines Abends also traf Emma zu ihrer großen Überraschung in der Küche des *Goldenen Löwen* Herrn Homais im Reisekostüm, das heißt in einem alten Mantel, den er sonst nie trug, in einer Hand einen Koffer und in der andern einen Fußsack aus seiner Apotheke. Er hatte von seinem Vorhaben keinem Menschen ein Sterbenswörtchen gesagt, aus Angst, er könnte seine Kundschaft durch seine Abwesenheit in Unruhe versetzen.

Die Aussicht, jene Stätten wiederzusehen, wo er seine Jugend verbracht hatte, ließ sein Herz schließlich höher schlagen; denn auf der ganzen Fahrt redete er, ohne abzusetzen, und kaum war man angelangt, sprang er eiligst aus dem Wagen und machte sich auf die Suche nach Léon. Der Kanzlist mochte sich noch so sehr sträuben, er schleppte ihn in das große *Café de Normandie* mit, wo er majestätisch mit dem Hut auf dem Kopf einzog, denn er hielt es für höchst provinzlerhaft, in einem öffentlichen Lokal den Hut abzunehmen.

Emma wartete drei Viertelstunden auf Léon. Schließlich eilte sie in seine Kanzlei. Hernach saß sie den ganzen Nachmittag in ihrem Zimmer, preßte die Stirn gegen die

Fensterscheibe und verlor sich in Mutmaßungen jeder Art. Sie zieh ihn der Gleichgültigkeit und machte sich selber Vorwürfe wegen ihrer Schwäche.

Homais und Léon saßen um zwei Uhr noch immer bei Tisch einander gegenüber. Der große Saal leerte sich allmählich. Das Rohr des Ofens, das sich ähnlich wie ein Palmbaum oben verzweigte, hob sich mit seinen übergoldeten fächerförmigen Gabelungen von der weißen Decke ab, und neben ihnen, hinter einer Glaswand, plätscherte im hellen Sonnenschein ein kleiner Springbrunnen in einem Marmorbecken. Darin lagen zwischen Kresse und Spargel drei träge Hummern, deren lange Fühler bis zu einem Haufen aufgeschichteter Wachteln hinüberreichten.

Homais genoß alles in vollen Zügen. Zwar berauschte er sich noch mehr an der prunkvollen Umgebung als am guten Essen; aber der Pomard hatte ihn doch reichlich aufgepulvert, und als die Omelette mit Rum auf den Tisch kam, gab er allerhand nicht sonderlich moralische Theorien über die Frauen zum besten. Was ihn vor allem anziehe, sei der *Schick*. Er kenne nichts Herrlicheres als eine elegante Toilette in einer schön eingerichteten Wohnung, und was körperliche Reize anbelange, so sei er auch kein Kostverächter.

Léon warf verzweifelte Blicke auf die Wanduhr. Der Apotheker aß, trank und schwatzte unentwegt drauflos.

»Sie müssen doch in Rouen sicherlich auf vieles verzichten«, sagte er unvermittelt. »Übrigens haust ja Ihre Liebste nicht gar zu weit.«

Und als Léon über und über rot wurde, fuhr er fort: »Na, geben Sie's doch zu! Wollen Sie leugnen, daß Sie in Yonville . . .«

Der junge Mann begann hilflos etwas Unverständliches zu stottern.

»Haben Sie nicht in Madame Bovarys Haus jemandem den Hof gemacht? . . .«

»Wem denn?«

»Dem Mädchen!«

Das war keineswegs ein schlechter Witz. Aber Léons Eitelkeit war stärker als alle Vorsicht, und er verwahrte sich unwillkürlich gegen diese Unterstellung. Außerdem möge er nur brünette Frauen.

»Da gehe ich ganz mit Ihnen einig«, pflichtete ihm der Apotheker bei. »Sie haben mehr Temperament.«

Und er neigte sich zum Ohr seines Freundes und zählte ihm leise tuschelnd alle die Symptome auf, an denen man erkenne, ob eine Frau Temperament habe. Er verstieg sich sogar zu einer ethnographischen Abschweifung: die Deutsche sei launenhaft, die Französin leichtfertig, die Italienerin leidenschaftlich.

»Und die Negerinnen?« fragte der Kanzlist.

»Auf die sind höchstens Künstler scharf«, meinte Homais. »Kellner! zwei Täßchen!«

»Gehen wir jetzt?« fragte Léon schließlich ungeduldig.

»*Yes.*«

Doch vor dem Weggehen wollte er noch den Wirt sehen und ihm ein paar nette Worte sagen.

Um ihn loszuwerden, schützte der junge Mann ein dringendes Geschäft vor.

»Ah! ich komme mit Ihnen!« erklärte Homais.

Während sie durch die Straßen hinuntergingen, schwadronierte er in einem fort, sprach von seiner Frau, seinen Kindern und ihrer Zukunft und von seiner Apotheke, erzählte, in was für einem verwahrlosten Zustand er sie übernommen und auf welche Höhe er sie jetzt gebracht habe.

Vor dem *Hotel de Boulogne* ließ ihn Léon einfach stehen. Er rannte die Treppe hinauf und fand seine Geliebte in größter Aufregung.

Als sie den Namen des Apothekers hörte, brauste sie auf. Er jedoch führte ihr einen triftigen Grund nach dem andern an: Seine Schuld sei es nicht, sie kenne doch Herrn Homais! Ob sie denn im Ernst glauben könne, er ziehe ihr seine Gesellschaft vor? Aber sie wollte sich abwenden, wollte gehen. Er hielt sie zurück, sank auf die Knie und umschlang ihren Leib mit beiden Armen, in einer schmachtenden Pose, in der sowohl Begehren wie flehentliches Bitten lag.

Sie stand hoch aufgerichtet vor ihm; ihre großen, zornflammenden Augen sahen ihn ernst und beinahe furchterregend an. Dann verdunkelten Tränen ihren Blick, ihre rosigen Lider schlossen sich, sie überließ ihm ihre Hände, und Léon wollte sie eben an seinen Mund führen, da erschien ein Hausdiener und meldete, jemand wünsche den Herrn dringend zu sprechen.

»Du kommst doch gleich wieder?« fragte sie.

»Ja.«

»Aber wann?«

»Sofort.«

»Ein kleiner *Dreh!*« grinste der Apotheker, als er Léon erblickte. »Ich habe nur diesen Besuch abkürzen wollen, weil ich das Gefühl hatte, er sei Ihnen peinlich. Kommen Sie mit zu Bridoux. Wir heben einen Bittern.«

Léon beteuerte, er müsse unbedingt in seine Kanzlei zurück. Da lachte ihn der Apotheker einfach aus und riß allerhand Witze über Aktenkram und Juristerei.

»Lassen Sie doch einmal Ihre verstaubten Schmöker, zum Teufel! Was hält Sie denn ab? Seien Sie ein Mann! Auf zu Bridoux! Sie müssen seinen Hund sehen. Wirklich sehenswert!«

Und als der Kanzlist noch immer nicht darauf eingehen wollte, erklärte Homais kurzerhand: »Gut, dann komme ich mit. Ich lese so lange eine Zeitung oder blättere in irgendeinem Schinken.«

Léon war ganz benommen. Emmas Zorn, Homais' Geschwafel und wohl auch das üppige Mahl, das ihm schwer im Magen lag, hatten ihn ganz durcheinandergebracht. Jetzt blieb er unentschlossen und wie im Bann des Apothekers stehen, der aufs neue drängte: »Gehn wir zu Bridoux! Es ist gleich nebenan in der Rue Malpalu.«

Und feige und blöd, wie er war, aus dem schwer deutbaren Gefühl, das uns oft zu den uns widerwärtigsten Handlungen treibt, ließ er sich zu Bridoux mitschleppen. Sie trafen ihn in seinem kleinen Hof, wo er drei Angestellte beaufsichtigte, die keuchend das große Rad einer Maschine zur Bereitung von Selterswasser drehten. Homais gab ihnen gute Ratschläge; er begrüßte Bridoux mit Kuß und Handschlag, und dann genehmigten sie den Magenbitter. Gut zwanzigmal wollte Léon sich fortstehlen; aber Homais hielt ihn am Arm fest und sagte: »Sofort! Ich komme mit. Wir gehen zusammen zum *Fanal* und besuchen die Herren dort. Ich will Sie Thomassin vorstellen.«

Er konnte sich aber doch schließlich freimachen und lief schnurstracks ins Hotel. Emma war nicht mehr da.

Außer sich vor Empörung war sie abgereist. Sie haßte ihn jetzt. Daß er sein Wort nicht gehalten hatte und nicht zum Rendezvous gekommen war, empfand sie als Schimpf; und sie suchte auch nach andern Gründen, weshalb sie sich von ihm lossagen konnte. Er sei unfähig zu jeder heldenhaften Tat, ein Schwächling und Banause, weichlich wie ein Frauenzimmer und zudem ein Geizkragen und Feigling.

Dann wurde sie wieder etwas ruhiger und erkannte zuletzt, daß sie ihm wohl Unrecht getan habe. Aber wenn wir einen Menschen, den wir immer noch lieben, herabsetzen, entfremden wir ihn uns doch jedesmal ein wenig. Man soll nicht an Idole rühren; die Vergoldung bleibt einem in den Händen.

Es kam so weit mit ihnen, daß sie nun öfter von Dingen sprachen, die nicht ihre Liebe angingen; und in den Briefen, die ihm Emma schrieb, war die Rede von Blumen, von Gedichten, von Mond und Sternen. Zu solch kindlichen Mitteln griff sie in ihrer erkaltenden Leidenschaft, die sie mit allerlei äußerlichen Nachhilfen wiederzubeleben suchte. Immer aufs neue versprach sie sich von ihrer nächsten Fahrt eine tiefe Beglückung; und hinterher gestand sie sich jedesmal ein, daß sie nichts Besonderes empfunden habe. Diese Enttäuschung wich bald wieder neuer Hoffnung, und Emma kam noch entflammter, noch liebesgieriger zu ihm zurück. Sie riß sich ohne jede Scham die Kleider vom Leibe und sprengte die Nestel ihres Schnürmieders, das an ihren Hüften hinabglitt gleich einer zischenden Natter. Sie ging auf den bloßen Zehenspitzen noch einmal zur Tür und sah nach, ob sie verschlossen war, ließ dann mit einer einzigen Gebärde alle ihre Kleider fallen – und warf sich bleich, wortlos und ernst in einem langen Erschauern an seine Brust.

Und doch war auf dieser mit kalten Schweißtropfen bedeckten Stirn, auf diesen stammelnden Lippen, in diesen verstörten Augen, in ihrer wilden Umarmung etwas Unheimliches, Verzweifeltes, Todesbanges, und Léon war es, als schliche es sich unmerklich zwischen sie ein, wie um sie zu trennen.

Er wagte nicht, sie danach zu fragen. Aber da er nun sah, wie liebeserfahren sie war, sagte er sich, sie müsse wohl durch alle Prüfungen des Leidens und der Lust hindurchgegangen sein. Was ihn vordem bezaubert hatte, erschreckte ihn jetzt ein wenig. Zudem lehnte er sich gegen ihre Art auf, mit jedem neuen Tag immer selbstherrlicher über ihn zu verfügen und seine Persönlichkeit zu unterdrücken. Er verübelte Emma diesen fortdauernden Sieg. Er gab sich sogar Mühe, sie nicht mehr so heiß zu lieben; wenn er dann aber nur ihre Stiefelchen knarren hörte, fühlte er sich wieder schwach werden wie ein Trinker beim bloßen Anblick starker Schnäpse.

Allerdings war sie auch wieder sehr nett zu ihm und geizte nicht mit Aufmerksamkeiten aller Art, von erlesenen Genüssen bei Tisch bis zu den Verführungskünsten ihrer Kleidung und zu schmachtenden Blicken. Sie brachte, in ihrem Busen verborgen, aus Yonville Rosen mit und warf sie ihm ins Gesicht, sie zeigte sich um seine Gesundheit besorgt, gab ihm gute Ratschläge für seine Lebensführung und hängte ihm ein Medaillon mit dem Bild der Muttergottes um den Hals, um ihn noch stärker an sich zu ketten, und wohl auch in der Hoffnung, der Himmel werde ein Einsehen haben. Wie eine tugendsame Mutter erkundigte sie sich nach seinen Freunden. »Verkehre nicht mit ihnen«, sagte sie dann, »geh nicht aus, denk nur an uns! Hab mich lieb!«

Am liebsten hätte sie sein ganzes Leben überwacht, und sie verfiel sogar auf den Gedanken, ihm auf der Straße einen Aufpasser nachzuschicken. Es trieb sich zu jeder Tageszeit beim Hotel eine Art Landstreicher herum, der sich an die Reisenden heranmachte und das wohl übernommen hätte ... Doch ihr Stolz lehnte sich dagegen auf: Ach was! Mag er mich meinethalben betrügen, was macht mir das schon aus? Liegt mir überhaupt etwas daran?

Als sie sich eines Tages zeitiger als sonst getrennt hatten und sie allein über den Boulevard ging, stand sie unvermutet vor den Mauern ihres Klosters. Da setzte sie sich auf eine Bank im Schatten der Ulmen. Welche Ruhe war ihr damals beschieden gewesen! Wie sehnte sie sich nach den unsagbar keuschen Liebesgefühlen zurück, die sie sich zu jener Zeit nach ihren Büchern vorzustellen versucht hatte!

Die ersten Monate ihrer Ehe, ihre Ausritte im Wald, der Vicomte, der Walzer tanzte, und Lagardys Gesang, all das zog wieder an ihr vorüber ... Und mit einemmal schien ihr Léon so fremd, so fern wie die andern alle.

Und doch liebe ich ihn! sagte sie sich.

Trotz allem war sie nicht glücklich, war es nie gewesen. Woher kam es nur, daß sie mit dem Leben so gar nicht zurechtkam, daß alles, worauf sie sich verließ, so rasch verweste? ... Doch wenn irgendwo ein Mensch lebte, der stark und schön war, eine mutvolle Natur, beseelt von Begeisterung und zugleich mit überfeinerten Sinnen begnadet, ein Dichterherz in der Gestalt eines

Engels, eine Leier mit ehernen Saiten, die elegische Liebesklagen zum Himmel emporsandte, warum sollte sie diesem höheren Wesen nicht zufällig begegnen? Oh, wie hoffnungslos! Nichts lohnte übrigens die Mühe, danach zu suchen! Alles war eitel Lug und Trug! Jedes Lächeln verbarg ein Gähnen der Langweile, jede Freude einen Fluch, jeder Genuß den unausbleiblichen Ekel, und die glühendsten Küsse hinterlassen auf unseren Lippen nur die unerfüllbare Sehnsucht nach einer höheren Wollust.

Ein metallisches Schnarren klang durch die Luft, und die Glocke des Klosters schlug viermal. Vier Uhr! Und es war ihr, als hätte sie seit einer Ewigkeit hier auf dieser Bank gesessen! Aber es läßt sich ja ein unendliches Maß von leidenschaftlichen Gefühlen in eine Minute zusammendrängen wie eine Menge Menschen in einen kleinen Raum.

Emma lebte ausschließlich ihrer Leidenschaft und kümmerte sich um Geldfragen ebensowenig wie eine Erzherzogin.

Einmal jedoch erschien bei ihr ein schäbig aussehender Mann mit rotem Gesicht und einer Glatze und erklärte, er sei von Herrn Vinçart in Rouen hergeschickt worden. Er zog die Stecknadeln heraus, mit denen er die Seitentasche seines langen grünen Gehrocks verschlossen hatte, steckte sie in seinen Ärmel und überreichte ihr dann höflich ein Blatt Papier.

Es war ein von ihr unterzeichneter Wechsel über siebenhundert Franken, den Lheureux all seinen Beteuerungen zum Trotz an Vinçart weitergegeben hatte.

Sie schickte ihr Mädchen zu ihm. Er sei unabkömmlich, ließ Lheureux ausrichten.

Der Unbekannte war währenddessen im Zimmer stehengeblieben und warf unter seinen buschigen blonden Augenbrauen hervor neugierige Blicke nach rechts und links. Nun fragte er scheinbar harmlos: »Welche Antwort soll ich denn nun Herrn Vinçart übermitteln?«

»Tja«, versetzte Emma, »sagen Sie ihm . . . ich habe das Geld jetzt nicht . . . Nächste Woche . . . Er möge noch warten . . . Ja, bestimmt nächste Woche.«

Und der Mann trollte sich wortlos.

Aber tags darauf, mittags um zwölf, erhielt sie einen Wechselprotest, und der Anblick des Stempelpapiers, auf dem mehrmals in großen Buchstaben »Maître Hareng, Gerichtsvollzieher in Buchy« zu lesen stand, erschreckte sie so sehr, daß sie in aller Eile zu dem Stoffhändler lief.

Sie traf ihn in seinem Laden, wo er gerade ein Paket zuschnürte.

»Ihr Diener«, sagte er, »ich stehe zu Ihrer Verfügung.«

Trotzdem ließ er sich keineswegs in seiner Arbeit stören. Ein etwa dreizehnjähriges, leicht buckliges Mädchen half ihm dabei, das bei ihm als Ladengehilfin und Köchin Dienst tat.

Dann ging er mit klappernden Holzschuhen über die Dielen seines Ladens und stieg Madame Bovary voran in den ersten Stock hinauf. Dort führte er sie in ein kleines Kabinett, wo auf einem mächtigen Schreibtisch aus Tannenholz ein paar Kontobücher lagen. Eine eiserne Stange mit einem Vorhängeschloß, die quer durch die Bücher hindurchlief, sicherte sie. An der Wand war unter einem Stapel Kattunresten ein Kassenschrank zu sehen, aber von solchen Ausmaßen, daß er andere Dinge als nur Geld und Banknoten enthalten mußte. Herr Lheureux betrieb in der Tat ein Pfandleihgeschäft, und in diesem Schrank hatte er auch Madame Bovarys goldene Kette verwahrt samt den Ohrringen des armen alten Tellier. Der hatte schließlich notgedrungen sein Café verkaufen müssen und in Quincampoix einen kleinen Kramladen aufgetan; dort lebte er, ewig an Brustkatarrh kränkelnd, inmitten seiner Talglichter, die weniger gelb waren als sein Gesicht.

Lheureux setzte sich in seinen breiten Strohsessel und sagte: »Was gibt's Neues?«

»Da, sehen Sie!«

Emma reichte ihm das Schriftstück hin.

»Nun ja, was kann ich da tun?«

Da geriet sie in Zorn und erinnerte ihn an sein Versprechen, die Wechsel nicht in Umlauf zu setzen. Das gab er zu.

»Aber ich hatte keine andere Wahl. Mir saß selber das Messer an der Kehle.«

»Und was soll jetzt geschehen?« fragte sie.

»Oh, das ist ganz einfach: ein gerichtliches Urteil und hernach die Pfändung ... *futsch und flöten!*«

Emma mußte an sich halten, sonst hätte sie ihn ins Gesicht geschlagen. Sie fragte ruhig und beherrscht, ob es denn keine Möglichkeit gebe, Herrn Vinçart zu vertrösten.

»Ha! Vinçart vertrösten! Haben Sie eine Ahnung! Da kennen Sie ihn aber schlecht! Der ist der reinste Halsabschneider.«

Aber Herr Lheureux müsse doch da eingreifen!

»Hören Sie mal! Mir scheint, ich habe bis jetzt schon genug für Sie getan.«

Er schlug eines seiner Bücher auf. »Da haben wir's.« Dann fuhr er mit dem Finger die Seite hinauf.

»Gehen wir's mal durch ... Hier ... Am 3. August zweihundert Franken ... Am 17. Juni hundertfünfzig ... 23. März sechsundvierzig ... Im April ...«

Er hielt inne, als fürchtete er, etwas Dummes zu sagen.

»Und dabei rechne ich noch die Wechsel, die Ihr Herr Gemahl unterschrieben hat, gar nicht mit ein: einen über siebenhundert Franken und einen andern über dreihundert. Was Ihre kleinen Abschlagszahlungen und die rückständigen Zinsen anlangt, so kommt man damit zu keinem Ende, man findet sich ja überhaupt nicht mehr zurecht. Nein, damit will ich mich nicht mehr befassen!«

Sie weinte, nannte ihn sogar »ihren lieben, guten

Herrn Lheureux«. Aber er schob in einem fort alles auf Vinçart, »diesen hartgesottenen Halsabschneider«. Außerdem habe er keinen Centime bares Geld im Hause, kein Mensch zahle heutzutage, man ziehe ihm das Fell über die Ohren; ein armer Kleinhändler wie er könne kein Geld vorschießen.

Emma sagte nichts mehr. Und Herr Lheureux, der am Bart einer Feder kaute, war über ihr Schweigen sichtlich beunruhigt, denn er fuhr fort: »Zumindest, wenn dieser Tage etwas einginge ... dann könnte ich vielleicht ...«

»Übrigens«, fiel sie ihm ins Wort, »sowie die noch ausstehende Zahlung für Barneville eintrifft ...«

»Wie? ...«

Und er war anscheinend höchst überrascht, als er vernahm, daß Langlois noch nicht bezahlt habe. Dann setzte er mit honigsüßer Stimme hinzu: »Und wie werden wir nun einig, was meinen Sie? ...«

»Oh, wie Sie wollen!«

Er schloß die Augen, überlegte eine Weile, kritzelte ein paar Zahlen hin, erklärte dann, er werde sehr schlecht dabei fahren, die Sache sei reichlich gewagt, er *schröpfe* sich dabei bis zum Weißbluten, und zuletzt diktierte er vier neue Wechsel, jeder auf zweihundertfünfzig Franken lautend und in Abständen von jeweils vier Wochen fällig.

»Wenn nur Vinçart auf mich hören will! Im übrigen bleibt's dabei. Ich fackle nicht lange, auf mich ist Verlaß.«

Dann zeigte er ihr ganz beiläufig noch ein paar neu eingetroffene Waren; doch war seines Erachtens nichts davon für Madame gut genug.

»Wenn ich denke, daß das Kleid hier sieben Sous der Meter kostet, und dazu garantiert farbecht! Und doch geht das Zeug weg wie frische Semmeln. Man bindet den Leuten natürlich nicht gerade auf die Nase, was für Ramsch das ist, das können Sie sich ja denken.« Mit diesem Geständnis, daß er andere begaunere, wollte er sie vollends von seiner Redlichkeit gegen sie selbst überzeugen.

Dann rief er sie noch einmal zurück und zeigte ihr drei Ellen Gipürespitzen, die er letzthin »bei einem Ausverkauf« erstanden habe.

»Wunderschön, nicht?« schwärmte Lheureux. »Man braucht sie neuerdings viel für Armstühle, als Besatz oben auf der Lehne. Das ist jetzt große Mode.«

Und flink wie ein Taschenspieler hatte er auch schon die Spitzen in blaues Papier eingewickelt und drückte sie Emma in die Hand.

»Ich muß aber doch wenigstens wissen, wieviel . . .«

»Ach, das hat Zeit«, erwiderte er und kehrte ihr den Rücken.

Noch am selben Abend drängte sie Bovary, an seine Mutter zu schreiben, damit sie ihnen so rasch wie möglich den ganzen noch ausstehenden Rest der Erbschaft schicke. Die Schwiegermutter antwortete, es sei nichts mehr da. Die Abrechnung sei abgeschlossen, und nach Tilgung aller Schulden verblieben ihnen außer dem Häuschen in Barneville noch sechshundert Franken Rente, die sie ihnen pünktlich auszahlen werde.

Daraufhin versandte Madame Bovary an zwei oder drei Patienten Rechnungen, und als sie damit Erfolg hatte, machte sie ausgiebig von diesem Mittel Gebrauch. Sie schrieb jedesmal vorsorglich in einem Postskriptum dazu: »Sagen Sie bitte meinem Mann nichts davon. Sie wissen ja, wie stolz er ist . . . Entschuldigen Sie gütigst . . . Ihre sehr ergebene . . .« Es liefen ein paar Beschwerden ein; die fing sie ab.

Um sich Geld zu beschaffen, begann sie ihre alten Handschuhe, ihre abgelegten Hüte, altes Eisen zu verkaufen; und sie feilschte dabei mit wahrer Habgier – ihr Bauernblut trieb sie, einen möglichst großen Gewinn einzustreichen. Auf ihren Fahrten in die Stadt wollte sie allerhand Trödelkram einhandeln, den ihr Herr

Lheureux in Ermangelung anderen Plunders gewiß abnehmen würde. Sie kaufte sich Straußenfedern, chinesisches Porzellan und alte Truhen. Sie borgte Geld von Félicité, von Madame Lefrançois, von der Wirtin zum *Roten Kreuz*, von aller Welt, gleichviel woher es kam. Mit dem Geld, das sie noch für das Häuschen in Barneville bekam, bezahlte sie zwei Wechsel, die restlichen fünfzehnhundert Franken verplemperte sie für alles mögliche. Sie ging neue Verbindlichkeiten ein, und so trieb sie es immer weiter.

Manchmal versuchte sie freilich nachzurechnen, aber sie kam dabei auf derart haarsträubende Ergebnisse, daß sie nicht daran glauben konnte. Dann fing sie wieder von vorn an, brachte alsbald alles durcheinander, gab es schließlich auf, ein für allemal, und dachte nicht mehr daran.

Im Haus ging es jetzt schlimm zu. Man sah Lieferanten mit wütenden Gesichtern herauskommen. Auf den Öfen lagen Taschentücher herum, und die kleine Berthe trug, zum großen Ärgernis von Madame Homais, zerrissene Strümpfe. Wenn Charles je einmal schüchtern etwas einzuwenden wagte, schnauzte sie ihn grob an, sie könne ja nichts dafür.

Warum geriet sie nur gleich so außer sich? Er erklärte sich das alles mit ihrem früheren Nervenleiden und machte sich Vorwürfe, daß er ihre Gebrechen für Charakterfehler angesehen hatte; er schalt sich einen Egoisten und wäre am liebsten zu ihr hingelaufen und hätte sie geküßt.

Nein, lieber nicht! sagte er sich. Es könnte sie aufregen.

Und er tat es nicht.

Nach dem Abendessen ging er allein im Garten spazieren; er nahm die kleine Berthe auf die Knie, schlug seine medizinische Zeitschrift auf und versuchte ihr das Lesen beizubringen. Das Kind, das noch nie etwas hatte lernen müssen, machte bald große, traurige Augen und fing an zu weinen. Dann tröstete er es, holte ihm in der Gießkanne Wasser und machte ihm ein Bächlein im Sand, oder er brach Zweige von den Ligustersträuchern und pflanzte sie als Bäumchen in die Beete. Das schadete dem Garten nicht viel; er war ohnehin mit kniehohem Unkraut überwuchert. Man schuldete Lestiboudois schon so lange seinen Tagelohn! Dann wurde dem Kind kalt, und es wollte zu seiner Mutter.

»Ruf lieber Félicité«, sagte Charles. »Du weißt ja, Kind, daß deine Mutter nicht gestört sein will.«

Der Herbst war gekommen, und bereits fielen die Blätter – wie vor zwei Jahren, als sie krank war! Wann nahm das wohl endlich ein Ende? . . . Und er ging weiter, beide Hände auf dem Rücken.

Madame war in ihrem Zimmer. Niemand durfte zu ihr hinauf. Den ganzen Tag über blieb sie dort, abgespannt und willenlos, nur notdürftig bekleidet, und verbrannte von Zeit zu Zeit eines der Räucherkerzchen, die sie in Rouen im Laden eines Algeriers gekauft hatte. Um in der Nacht diesen Mann, der wie ein Sack schlief, nicht dauernd neben sich liegen zu haben, brachte sie es mit allen erdenklichen Ausflüchten so weit, daß er sich in den zweiten Stock verzog; und nun las sie bis zum Morgen alle möglichen überspannten Romane, in denen wüste Orgien geschildert und blutrünstige Situationen erzählt wurden. Manchmal bekam sie dabei solche Angstzustände, daß sie laut aufschrie. Dann kam Charles schleunigst herbeigerannt.

»Ach, geh doch weg!« sagte sie.

Ein andermal geriet sie von der innerlichen Glut, die durch ihren Ehebruch noch geschürt wurde, derart in Hitze, daß sie, schwer atmend und aufs höchste erregt, in wildem Verlangen das Fenster aufriß und die kühle Nachtluft gierig einatmete. Sie ließ sich das schwere Haar vom Wind zerzausen, schaute zu den Sternen empor und wünschte sich einen Prinzen zum Geliebten. Dann dachte sie an ihn, an Léon, und sie hätte alles in der Welt darum gegeben, wenn sie mit ihm nur ein einziges Mal hätte zusammensein und ihr Verlangen stillen können.

Die Tage mit ihm waren für sie Festtage. Sie wollte sie glanzvoll feiern, und es mußte hoch hergehen! Wenn er nicht allein für die Kosten aufkommen konnte, dann steuerte sie aufs freigebigste einen Zuschuß bei, und das war sozusagen jedesmal der Fall. Er versuchte ihr zwar klarzumachen, daß sie sich anderswo, in irgendeinem bescheidenen Gasthof, ebenso wohlfühlen würden; aber sie fand jedesmal etwas einzuwenden.

Eines Tages kramte sie aus ihrer Handtasche ein halbes Dutzend vergoldete Kaffeelöffel hervor – das Hochzeitsgeschenk des alten Rouault – und bat ihn, sie sogleich für sie ins Leihhaus zu bringen; und Léon gehorchte, obwohl ihm dieser Schritt höchst peinlich war. Er hatte Angst, er könnte sich bloßstellen.

Als er hinterher darüber nachdachte, fand er, seine Geliebte nehme nachgerade seltsame Gewohnheiten an, und es sei vielleicht doch nicht so abwegig, daß man ihn von ihr losbringen wollte.

Tatsächlich hatte jemand seiner Mutter einen langen anonymen Brief geschrieben und sie gewarnt, *er stürze sich mit einer verheirateten Frau ins Unglück.* Die gute alte Dame sah bereits das ewige Schreckgespenst jeder Familie vor Augen, das heißt die dunkel geahnte männerverderbende Kreatur, die Sirene, das Ungeheuer, das phantastisch in den Tiefen der Liebe haust. Sie schrieb also an Herrn Dubocage, seinen Brotherrn. Der erledigte die Angelegenheit tadellos. Er nahm ihn drei Viertelstunden lang ins Gebet; er wolle ihm den Star stechen, ihn vor dem Abgrund warnen, dem er zueile. Eine solche Liebschaft könne später seinem Fortkommen Abbruch tun. Er bat ihn inständig, dieses Verhältnis aufzugeben, und wenn er dies Opfer nicht in seinem eigenen Interesse bringen wolle, dann solle er es doch wenigstens ihm, Dubocage, zuliebe tun!

Schließlich hatte Léon hoch und heilig geschworen, er werde Emma nicht wiedersehen, und jetzt machte er sich Vorwürfe, daß er sein Versprechen nicht gehalten hatte. Er erwog, in welche Ungelegenheiten, in welch dummes Gerede ihn diese Frau noch bringen konnte, von den anzüglichen Hänseleien seiner Kameraden ganz zu schweigen, die er jeden Morgen, wenn sie sich am Ofen wärmten, zu hören bekam. Zudem sollte er demnächst zum ersten Kanzlisten aufrücken, und es war an der Zeit, daß er gesetzt wurde. Darum gab er auch das Flötenspielen auf und entsagte allen schwärmerischen Gefühlen und Phantastereien. Denn jeder gute Bürger hat sich einmal im Feuer seiner Jugend, und wäre es auch nur für einen Tag, nur für eine Minute, fähig geglaubt, er könne maßlose Leidenschaften erleben und gewaltige Taten vollbringen. Noch der durchschnittlichste Lebemann hat sich Sultaninnen erträumt, und jeder Notar trägt in sich die Überreste eines Dichters.

Er fand es jetzt lästig, wenn Emma plötzlich an seiner Brust in Schluchzen ausbrach; und wie manche Leute nur ein gewisses Maß an Musik vertragen können, so empfand sein Herz nichts als Langeweile und Gleichgültigkeit beim Tumult dieser Liebe, deren zarte Empfindungen er nicht mehr zu erkennen vermochte.

Sie kannten einander zu gut, als daß sie immer noch jenes Erstaunen verspürt hätten, das den Besitz des Geliebten zu einem immer neuen Wunder werden läßt und die Freude daran verhundertfacht. Sie hatte ihn ebenso satt, wie er ihrer überdrüssig war. Emma fand im Ehebruch das ganze öde Einerlei des Ehelebens wieder.

Wie aber konnte sie all das loswerden? Sie mochte sich noch so sehr durch das Erniedrigende eines solchen Glücks gedemütigt fühlen, sie hing dennoch aus Gewohnheit oder aus Verderbtheit daran. Mit jedem neuen Tag klammerte sie sich leidenschaftlicher daran fest, und gerade durch die übertriebenen Erwartungen, die sie darein setzte, machte sie jedes beglückende Erlebnis zuschanden. Sie warf Léon ihre enttäuschten Hoffnungen vor, als hätte er sie verraten, ja, sie wünschte sogar ein jähes Verhängnis herbei, das zu ihrer Trennung führen sollte, da sie doch nicht den Mut aufbrachte, sich selbst dazu zu entschließen.

Dennoch schrieb sie ihm auch weiterhin verliebte Briefe, weil sie in der Vorstellung lebte, eine Frau müsse immer wieder an ihren Geliebten schreiben.

Beim Schreiben aber sah sie einen andern Mann vor sich, ein Wahnbild, erschaffen aus ihren glühendsten Erinnerungen, eine Ausgeburt ihrer schönsten, aus Romanen geschöpften Träume, ihrer heftigsten Sehnsüchte; und er stand zuletzt so wesenhaft, so greifbar und leibhaftig vor ihr, daß sie in Bewunderung erschauerte, obwohl sie sich kein deutliches Bild von ihm machen konnte, so sehr verlor er sich wie ein Gott in der Unzahl seiner Züge und Attribute. Er wohnte irgendwo in einer blau verklärten Traumwelt, wo seidene Strickleitern an Balkonen baumeln, in Blumenduft und Mondenschein. Sie spürte ihn ganz nahe bei sich, er mußte gleich kommen und sie in einem Kuß mit Leib und Seele entführen. Dann sank sie entkräftet zusammen, völlig gebrochen; denn jeder solche jähe Aufschwung einer im Nebelhaften schweifenden Liebe erschöpfte sie ärger als die wildesten Ausschweifungen.

Sie fühlte sich neuerdings ständig am ganzen Leib wie gerädert. Mehrmals erhielt sie auch gerichtliche Vorladungen, amtliche Stempelpapiere, denen sie kaum einen Blick schenkte. Am liebsten hätte sie nicht weitergelebt oder immerfort geschlafen.

An Mittfasten fuhr sie nicht nach Yonville zurück und ging abends auf den Maskenball. Sie zog eine Samthose und rote Strümpfe an, dazu eine Zopfperücke und einen Zylinderhut, den sie schief aufs Ohr setzte. Die ganze Nacht tanzte sie wie besessen zu den wilden Klängen der Posaunen. Bald drängte sich ein Kreis von

Verehrern um sie; und in der Morgenfrühe stand sie in der Vorhalle des Theaters, umringt von fünf oder sechs Maskierten, *Débardeuses* und Matrosen, lauter Bekannten Léons, die davon sprachen, daß sie zusammen soupieren wollten.

Die Cafés ringsum waren überfüllt. Sie entdeckten am Hafen ein recht schäbiges Restaurant, dessen Wirt ihnen im vierten Stock ein kleines Zimmer aufschloß.

Die Männer tuschelten in einer Ecke miteinander und besprachen wahrscheinlich die Kostenfrage. Es waren zwei Medizinstudenten, ein Schreiber und ein Handlungsgehilfe. Was für eine Gesellschaft für sie! Und die Frauen – das merkte Emma rasch am ordinären Klang ihrer Stimmen – stammten fast samt und sonders aus den untersten Schichten. Da wurde ihr angst und bange; sie rückte ihren Stuhl zur Seite und blickte zu Boden.

Die andern begannen zu schmausen. Sie brachte keinen Bissen herunter. Ihre Stirn glühte, es brannte sie in den Augen, und ihre Haut war eiskalt. Der Kopf dröhnte ihr, sie hatte das Gefühl, der Fußboden schwanke unter dem rhythmischen Stampfen der tausend tanzenden Füße. Überdies machten sie der Geruch des Punschs und der Rauch der Zigarren schwindlig. Sie fiel in Ohnmacht; man trug sie ans Fenster.

Draußen begann es zu tagen, und ein großer purpurfarbener Fleck breitete sich gegen Sainte-Catherine hin immer mehr am bleichen Himmel aus. Der bleigraue Fluß schäumte und quirlte im Wind. Kein Mensch war auf den Brücken zu sehen. Die Laternen erloschen nach und nach.

Emma kam wieder zu sich. Da kam ihr auf einmal Berthe in den Sinn. Sie schlief jetzt zu Hause im Zimmer ihres Mädchens. Doch da rumpelte draußen ein Karren voll langer Eisenbänder vorbei, und ein ohrenbetäubendes metallisches Gerassel schlug gegen die Wände der Häuser.

Sie machte sich plötzlich aus dem Staub, zog ihr

Kostüm aus, sagte Léon, sie müsse heimfahren, und blieb dann allein im *Hotel de Boulogne*. Alles, auch sie selbst, war ihr unerträglich. Sie hätte wie ein Vogel davonfliegen, irgendwohin, weit weg, und sich in den unbefleckten Himmelshöhen verjüngen mögen.

Sie verließ den Gasthof, ging über den Boulevard, die Place Gauchoise und durch die Vorstadt bis zu einer offenen Straße, die oberhalb der Gärten hinführte. Sie schritt rasch aus, die frische Luft beruhigte sie; und nach und nach verschwanden die Gesichter der Menge, die Masken, die Quadrillen, die Kronleuchter, das Souper, die Frauen, alles, alles, wie Nebel, den der Wind verweht. Als sie wieder im *Roten Kreuz* angekommen war, warf sie sich auf ihr Bett in dem kleinen Zimmer des zweiten Stocks, wo Bilder der *Tour de Nesle* an der Wand hingen. Um vier Uhr abends kam Hivert und weckte sie.

Als sie zu Hause anlangte, zeigte ihr Félicité ein graues Papier, das hinter der Stutzuhr steckte. Sie las:

»Kraft dieser Abschrift als Vollstreckungsbefehl eines gerichtlichen Urteils ...«

Was für ein Urteil? Tags zuvor war allerdings ein anderes Schriftstück abgegeben worden, das sie nicht zur Kenntnis genommen hatte. So las sie denn nun höchst bestürzt:

»Aufforderung im Namen des Königs, nach Gesetz und Recht, an Madame Bovary ...«

Sie übersprang ein paar Zeilen und las weiter:

». . . binnen einer äußersten Frist von vierundzwanzig Stunden ...« – Was denn eigentlich? – ». . . den gesamten Betrag von achttausend Franken zu bezahlen.« Und weiter unten stand sogar: »Ansonsten wird mit allen Rechtsmitteln gegen sie vorgegangen werden, insbesondere durch Zwangsversteigerung ihrer Möbel und sonstigen Habe.«

Was tun?... In vierundzwanzig Stunden! Morgen! Sicher wollte ihr Lheureux wieder einen Schreck einjagen, dachte sie. Denn es war ihr mit einem Schlag alles klargeworden, seine Machenschaften, der Zweck, den er mit seinen Gefälligkeiten verfolgte. Was sie einigermaßen beruhigte, war die übertriebene Höhe der Schuldsumme.

Aber sie hatte nun so lange immer wieder Dinge gekauft und nicht bezahlt, hatte Darlehen aufgenommen, Wechsel unterzeichnet und diese Wechsel prolongiert, und sie waren bei jedem neuen Verfall so angeschwollen, daß sie schließlich dem Lheureux ein Kapital zusammengebracht hatte, das er jetzt ungeduldig für seine weiteren Spekulationen erwartete.

Sie sprach scheinbar ungezwungen bei ihm vor.

»Sie wissen doch, was mir zugegangen ist? Das ist wohl ein Scherz, nehme ich an!«

»Nein.«

»Wieso denn nur?«

Da wandte er sich langsam zu ihr um, verschränkte die Arme und sagte: »Ja, haben Sie denn wirklich und wahrhaftig gedacht, meine liebe Dame, ich werde bis zum Jüngsten Tage Ihr Lieferant und Bankier bleiben, um Gotteslohn und aus reiner Barmherzigkeit? Ich muß schließlich auch einmal zu meinem Geld kommen, seien wir doch gerecht!«

Sie bestritt empört die Höhe der Schuld.

»Ja, da kann ich Ihnen leider nicht helfen! Das Gericht hat die Forderung anerkannt! Es liegt ein Urteil vor! Es ist Ihnen zugestellt worden! Übrigens geht das Verfahren nicht von mir aus, sondern von Vinçart.«

»Könnten Sie nicht...«

»Nichts kann ich, rein gar nichts.«

»Aber... immerhin... besprechen wir die Sache doch einmal vernünftig.«

Und sie suchte sich mit allerlei Ausflüchten herauszureden. Sie habe nichts gewußt... es sei so überraschend gekommen...

»Wen trifft denn die Schuld daran?« erwiderte Lheureux mit einer spöttischen Verbeugung. »Während ich mich abplacke wie ein Neger, leben Sie in Saus und Braus!«

»Ah, nur keine Moralpredigt!«

»Das kann nie schaden«, versetzte Lheureux.

Da gab sie klein bei und verlegte sich aufs Bitten, ja sie faßte sogar mit ihrer schönen weißen, langen Hand nach dem Knie des Händlers.

»Lassen Sie das! Man könnte ja meinen, Sie wollten mich verführen!«

»Sie sind ein Schuft!« schrie sie auf.

»Oho! Wie Sie ins Zeug gehen!« versetzte er lachend.

»Ich werde dafür sorgen, daß die Leute erfahren, wer Sie sind, ich will meinem Mann sagen . . .«

»Na schön, dann werde ich ihm eben auch etwas unter die Nase halten, Ihrem Mann!«

Und Lheureux holte aus seinem Geldschrank die Empfangsbestätigung über die achtzehnhundert Franken, die sie ihm anläßlich des Geschäfts mit Vinçart ausgestellt hatte.

»Glauben Sie denn«, setzte er hinzu, »er begreife nicht, daß Sie da einen kleinen Diebstahl begangen haben, der arme liebe Mann?«

Das traf sie wie ein Keulenschlag; sie brach zusammen. Er ging zwischen Fenster und Schreibtisch auf und ab und sagte immer wieder: »Ah! ich werde es ihm schon zeigen . . . ich werde es ihm schon zeigen . . .«

Dann trat er wieder zu ihr und sagte katzenfreundlich: »Vergnüglich ist es ja nicht, das weiß ich schon. Aber es ist schließlich noch niemand dran gestorben, und da es nun einmal die einzige Möglichkeit ist, mir mein Geld zurückzuerstatten . . .«

»Aber wo soll ich denn Geld auftreiben?« jammerte Emma und rang die Hände.

»Ach was! Wenn man Freunde hat wie Sie!«

Und er sah sie so durchdringend und drohend an, daß sie bis ins Innerste erschauerte.

»Ich verspreche Ihnen«, stammelte sie, »ich unterschreibe Ihnen . . .«

»Ich habe genug von Ihren Unterschriften!«

»Ich will noch etwas verkaufen . . .«

»Ach, Unsinn!« warf er achselzuckend ein, »Sie haben ja gar nichts mehr.«

Dann rief er durch das Guckloch, durch das er in den Laden blicken konnte: »Annette, vergiß nicht die drei Reste von Nummer vierzehn!«

Das Mädchen kam herein. Emma verstand den Wink und fragte noch rasch, wieviel Geld sie aufbringen müsse, um das gerichtliche Verfahren aufzuhalten.

»Dazu ist es zu spät!«

»Wenn ich Ihnen aber ein paar tausend Franken brächte, den vierten Teil des Betrags, ein Drittel, fast alles?«

»Nein, nein, das hat keinen Sinn!«

Er drängte sie sanft zur Treppe.

»Ich beschwöre Sie, Herr Lheureux, nur noch ein paar Tage!«

Sie schluchzte.

»Das hat mir gerade noch gefehlt! Tränen!«

»Sie treiben mich zur Verzweiflung!«

»Da huste ich drauf!« sagte er und schlug die Tür hinter ihr zu.

7

Sie zeigte einen wahrhaft stoischen Gleichmut, als sich am nächsten Tag Maître Hareng, der Gerichtsvollzieher, mit zwei Zeugen einstellte, um das Pfändungsprotokoll aufzusetzen.

Sie begannen mit Bovarys Sprechzimmer. Den phrenologischen Schädel schrieben sie nicht mit auf, da sie der Ansicht waren, *er benötige ihn zur Ausübung seines Berufs*. Aber in der Küche zählten sie die Schüsseln, Kochtöpfe, Stühle und Leuchter und in Emmas Schlafzimmer alle die vielen Kinkerlitzchen auf der Etagere. Sie schnüffelten in ihren Kleidern, ihrer Wäsche herum, besichtigten eingehend das Ankleidezimmerchen, und ihr ganzes Dasein wurde bis in die heimlichsten Winkel vor den Blicken dieser drei Männer bloßgelegt wie eine Leiche bei der Leichenschau.

Maître Hareng, in einem dünnen, bis oben zugeknöpften schwarzen Rock, mit weißer Halsbinde und straffen Hosenstegen, fragte von Zeit zu Zeit wieder: »Sie gestatten doch, Madame? Sie gestatten?«

Manchmal rief er auch: »Entzückend!... Allerliebst!«

Dann schrieb er wieder weiter und tunkte seinen Federhalter in das Tintenfaß aus Horn, das er in der linken Hand hielt.

Als sie mit den Wohnräumen fertig waren, stiegen sie zum Dachboden hinauf.

Emma hatte dort ein Schreibpult stehen, in dem sie Rodolphes Briefe aufbewahrte. Sie mußte es öffnen.

»Aha, Briefe!« sagte Maître Hareng mit diskretem Lächeln. »Aber gestatten Sie! Ich muß mich nämlich vergewissern, ob die Schachtel nichts anderes enthält.«

Und er hielt die Papiere leicht schräg vor sich hin, als wollte er die Goldstücke herausschütteln. Da übermannte sie die Empörung, als sie sah, wie diese fleischige Pratze mit den roten, weichen Fingern, die aussahen wie Schnecken, die Blätter anfaßte, bei denen einst ihr Herz höher geschlagen hatte.

Endlich gingen sie! Félicité kam zurück – Emma hatte sie ausgesandt; sie sollte Bovary auflauern und ihn fernhalten. Nun brachten sie schleunigst den Gerichtsbeamten, der die gepfändete Habe bewachen mußte, auf dem Dachboden unter, und er versprach ihnen, sich dort still zu verhalten.

Charles machte ihr den ganzen Abend einen bekümmerten Eindruck. Emma beobachtete ihn heimlich mit angstvollen Blicken. Sie glaubte in seinem zerfurchten

Gesicht eine stumme Anklage gegen sich zu lesen. Wenn dann aber ihre Blicke wieder auf den Kamin mit den chinesischen Schirmen, auf die breiten Vorhänge, die Sessel, kurz, auf alle die schönen Dinge fielen, die ihr die Bitterkeit ihres Lebens versüßt hatten, erfaßte sie ein Reuegefühl oder vielmehr ein maßloser Schmerz, der ihre Leidenschaft nicht auslöschte, sondern eher noch anfachte. Charles hatte beide Füße auf den Feuerbock gestellt und stocherte gemütsruhig im Feuer herum.

Einmal hörte man den Wächter, der sich vermutlich in seinem Versteck langweilte, oben rumpeln.

»Geht da oben jemand herum?« fragte Charles.

»Nein«, beruhigte sie ihn, »ein Dachfenster ist offen geblieben, und der Wind hat es zugeschlagen.«

Am nächsten Tag, einem Sonntag, fuhr sie nach Rouen. Sie wollte alle Bankiers, deren Namen sie kannte, aufsuchen. Die meisten waren auf dem Land oder verreist. Sie verlor den Mut nicht. Die paar, die sie zu Hause traf, bat sie um ein Darlehen. Sie beteuerte ihnen, sie brauche dringend Geld und werde es zurückzahlen. Einige lachten ihr einfach ins Gesicht. Alle schlugen ihr ihre Bitte ab.

Um zwei Uhr lief sie zu Léon und klopfte an seine Tür. Es öffnete niemand. Endlich erschien er.

»Was führt dich her?«

»Störe ich dich?«

»Nein . . . aber . . .«

Er gestand ihr, der Hauseigentümer sehe es nicht gern, wenn man »Damenbesuch« empfange.

»Ich muß dich sprechen«, gab sie darauf zur Antwort.

Da holte er seinen Schlüssel hervor. Doch sie hielt ihn zurück.

»O nein, nicht hier! In unserem Stübchen!«

Und sie gingen in ihr Zimmer im *Hotel de Boulogne*.

Als sie dorthin kamen, trank Emma ein großes Glas

Wasser. Sie war totenbleich. Dann sagte sie: »Léon, du mußt mir einen großen Dienst erweisen.«

Sie faßte ihn an beiden Händen, schüttelte und drückte sie mit aller Kraft und setzte hinzu: »Höre, ich brauche achttausend Franken!«

»Du bist ja wahnsinnig!«

»Noch nicht!«

Und nun erzählte sie ihm unverzüglich die Geschichte ihrer Pfändung und schilderte ihm ihre Notlage. Charles wisse nämlich nichts davon; ihre Schwiegermutter könne sie nicht leiden, und der alte Rouault könne nichts für sie tun. Er aber, Léon, werde sich jetzt gleich aufmachen und ihr diese dringend benötigte Summe beschaffen . . .

»Wie sollte ich . . .«

»Was bist du für ein Waschlappen!« schrie sie ihn an.

Da sagte er hilflos: »Das ist sicher nur halb so schlimm. Vielleicht würde sich dein Gläubiger mit etwa tausend Talern beschwichtigen lassen.«

Ein Grund mehr, um etwas zu unternehmen, meinte sie. Dreitausend Franken müßten doch sicher aufzutreiben sein! Übrigens könne ja Léon für sie bürgen.

»Geh! Versuch es! Lauf! . . . Oh, tu, was du kannst! Ich will dich dafür so liebhaben!«

Da ging er. Nach einer Stunde kam er wieder und sagte mit einem feierlichen Gesicht: »Ich bin bei drei Bekannten vorbeigegangen . . . ohne Erfolg!«

Dann blieben sie regungslos und stumm einander gegenüber vor dem Kamin sitzen. Emma zuckte die Achseln und trommelte mit den Füßen auf dem Boden. Er hörte sie flüstern: »An deiner Stelle wüßte ich schon, wo ich Geld finden könnte!«

»Wo denn?«

»In deiner Kanzlei!«

Und sie sah ihm ins Gesicht.

Eine höllische Verwegenheit sprühte aus ihren flammenden Augen, und sie schaute ihn lasziv und verlockend unter den zusammengekniffenen Lidern hervor an – und der junge Mann fühlte, wie er vor dem stummen Willen dieser Frau schwach wurde, obwohl sie ihm zu einem Verbrechen riet. Da befiel ihn Angst, und um ja keine weiteren Aufschlüsse zu hören, schlug er sich gegen die Stirn und rief wie erleichtert: »Heute nacht kommt ja wahrscheinlich Morel zurück! Er wird es mir nicht abschlagen, hoffe ich.« Morel war einer seiner Freunde, der Sohn eines reichen Kaufmanns. »Ich bringe es dir dann morgen«, setzte er hinzu.

Emma nahm sichtlich diesen Hoffnungsblick nicht mit soviel Freude auf, wie er sich vorgestellt hatte. Ahnte sie, daß er log? Er bekam einen roten Kopf und sagte rasch: »Wenn ich allerdings bis drei Uhr nicht zurück bin, dann erwarte mich nicht mehr, Liebes! Jetzt muß ich gehen, entschuldige. Leb wohl.«

Er drückte ihr die Hand, fühlte aber, daß sie ganz kraftlos in der seinen lag. Emma hatte nicht mehr die Kraft zu irgendeiner Empfindung.

Es schlug vier Uhr. Sie stand auf, um nach Yonville zurückzufahren. Sie tat es wie ein Automat, dem Zwang der Gewohnheit gehorchend.

Es war schönes Wetter, einer jener klaren und frischen Märztage, an denen die Sonne an einem ganz weißen Himmel strahlt. Ein paar Bürger gingen im Sonntagsstaat mit heiteren Mienen spazieren. Als sie auf dem Platz vor der Kathedrale ankam, war die Vesper gerade aus. Die Menge strömte aus den drei Portalen wie ein Fluß durch die drei Bogen einer Brücke, und mitten in dem Gedränge stand regungslos wie ein Felsblock der Schweizer.

Da dachte sie an den Tag zurück, da sie voll Bangnis und Hoffnung dieses mächtige Kirchenschiff betreten hatte, das sich vor ihr auftat und doch an Tiefe hinter ihrer Liebe zurückstand. Sie ging weiter, wie betäubt, schwankend, einer Ohnmacht nahe, und hinter ihrem Schleier rannen ihr die Tränen über die Wangen.

»Obacht!« schrie eine Stimme aus einem Torweg, der sich gerade öffnete.

Sie blieb stehen, um einen Rappen vorbeizulassen, der in der Deichsel eines Tilbury daherstolziert kam. Ein Herr in einem Zobelpelz kutschierte. Wer war es nur? Sie kannte ihn doch ... Der Wagen fuhr im raschen Trab davon und verschwand.

Aber das war doch er – der Vicomte! Sie wandte sich um; die Straße war menschenleer. Sie war so niedergeschlagen, so traurig, daß sie sich an eine Hauswand lehnen mußte, sonst wäre sie gefallen.

Dann dachte sie wieder, vielleicht habe sie sich getäuscht. Übrigens hätte sie es wirklich nicht genau sagen können. Alles in ihrem Innern, die ganze Welt ließ sie im Stich. Sie fühlte sich verloren, als triebe sie halt- und willenlos in schaurig tiefe Abgründe. Und so empfand sie beinahe Freude, als sie beim *Roten Kreuz* anlangte und dort den guten Homais erblickte, der beaufsichtigte, wie eine große Kiste mit pharmazeutischen Waren auf die *Schwalbe* aufgeladen wurde. In der Hand trug er, in ein seidenes Tuch eingeschlagen, sechs *Cheminots* für seine Gattin.

Madame Homais liebte diese plumpen turbanförmigen Brötchen sehr, die man in der Fastenzeit mit gesalzener Butter ißt. Sie sind ein letztes Überbleibsel gotischer Backwaren und lassen sich vielleicht bis auf die Kreuzzüge zurückführen. Voreinst schlugen sich die stämmigen Normannen damit die Bäuche voll und glaubten wohl beim gelben Schein der Fackeln zwischen den Hypokrashumpen und den riesenhaften Fleischstücken auf dem Tisch Sarazenenköpfe vor sich zu sehen, die sie verschlingen konnten. Die Frau des Apothekers verzehrte sie ebenso heldenhaft wie sie, trotz ihren elend schlechten Zähnen. Darum brachte ihr Herr Homais auch jedesmal, wenn er in die Stadt fuhr, unfehlbar ein paar mit. Er kaufte sie stets beim besten Bäcker in der Rue Massacre.

»Sehr erfreut, Sie zu sehen!« sagte er und bot Emma die Hand, um ihr beim Einsteigen in die *Schwalbe* behilflich zu sein.

Dann hängte er die *Cheminots* an die Riemen des Gepäcknetzes und blieb die ganze Zeit über barhaupt und mit verschränkten Armen in nachdenklicher, wahrhaft napoleonischer Haltung sitzen.

Als aber der Blinde wie gewöhnlich am Fuße der Anhöhe auftauchte, rief er: »Ich verstehe einfach nicht, daß die Obrigkeit immer noch solche schandbaren Gewerbe duldet! Diese Unglücklichen müßte man einsperren und zu irgendeiner Arbeit anhalten. Der Fortschritt geht bei uns im Schneckentempo, das können Sie mir glauben! Wir waten noch mitten im Sumpf der Barbarei.«

Der Blinde streckte seinen Hut herein, und er baumelte nun hin und her wie eine losgerissene Tasche des Wagenfutters.

»Ein skrofulöses Leiden«, erklärte der Apotheker.

Und obwohl er den armen Teufel schon lange kannte, tat er doch, als sähe er ihn zum erstenmal, brummte etwas von *Hornhaut, Star, Sklerose* und *Facies* und fragte ihn dann in väterlichem Ton: »Hast du diese schreckliche Krankheit schon lange, guter Freund? Anstatt dich in der Kneipe zu besaufen, solltest du lieber strenge Diät halten.«

Er riet ihm, guten Wein und gutes Bier zu trinken und hier und da einen guten Braten zu essen. Der Blinde leierte seinen Singsang weiter herunter. Er sah übrigens fast schwachsinnig aus. Schließlich zog Herr Homais seinen Geldbeutel.

»Da hast du einen Groschen, gib mir zwei Heller heraus; und vergiß nicht, was ich dir geraten habe. Es wird dir wohl bekommen.«

Hivert gestattete sich, vernehmlich ein paar Zweifel an der Wirksamkeit der Ratschläge zu äußern. Doch der Apotheker beteuerte, er werde ihn selbst heilen, und zwar mittels einer antiphlogistischen Pomade eigenen Fabrikats, und gab ihm seine Adresse: »Homais, am Markt, bestens bekannt.«

»So, und zum Dank zeigst du uns jetzt ein bißchen, wie schön du *Komödie spielen kannst*«, sagte Hivert.

Der Blinde ließ sich auf seine Fersen niederplumpsen, warf den Kopf zurück und rollte seine grünlichen Augen, streckte die Zunge heraus und rieb sich mit beiden Händen den Bauch, während er ein dumpfes Heulen ausstieß wie ein ausgehungerter Hund. Emma ekelte es, und sie warf ihm über die Achsel ein Fünffrankenstück zu. Es war ihr letztes Geld. Es dünkte sie wunderschön, es so wegzuwerfen.

Der Wagen fuhr bereits weiter, da lehnte sich Herr Homais plötzlich zum Fenster hinaus und rief: »Keine Mehlspeisen und auch keine Milch! Wollsachen auf dem Leib tragen und die kranken Stellen Wacholderbeerdämpfen aussetzen!«

Der Anblick der vertrauten Dinge, die an ihren Augen vorbeizogen, lenkte Emma nach und nach von ihrem Schmerz ab. Eine unerträgliche Müdigkeit lastete auf ihr, und sie langte ganz benebelt, mutlos und schlaftrunken zu Hause an.

Komme, was kommen mag! sagte sie sich.

Und dann, wer weiß? warum sollte nicht von einem Augenblick zum andern ein unerwartetes Ereignis eintreten? Es war sogar denkbar, daß Lheureux starb.

Um neun Uhr morgens wurde sie durch ein lautes Geschrei auf dem Marktplatz geweckt. Rings um die Markthalle gab es einen Menschenauflauf. Die Leute lasen ein großes Plakat, das an einem der Pfeiler angeschlagen war, und sie sah, wie Justin auf einen Prellstein stieg und das Plakat herunterriß. Doch im selben Augenblick packte ihn der Flurhüter beim Kragen. Aus der Apotheke kam Herr Homais gelaufen, und mitten in der Menge stand Madame Lefrançois und schien eifrig auf die Leute einzureden.

»Madame! Madame!« rief Félicité, die ins Zimmer gestürzt kam, »es ist unerhört!«

Und aufgeregt streckte ihr das arme Kind einen gelben Anschlag hin, den sie gerade von der Haustür abgerissen hatte. Emma warf einen Blick darauf und las, daß ihr gesamtes Mobiliar versteigert werden sollte.

Wortlos sahen sich die beiden an. Herrin und Magd hatten keine Geheimnisse voreinander. Endlich seufzte Félicité: »Wenn ich Sie wäre, Madame, ich ginge einmal zu Herrn Guillaumin.«

»Meinst du?«

Und diese Frage besagte: Du weißt in dem Haus Bescheid, kennst du doch den Diener gut. Hat der Notar vielleicht schon gelegentlich über mich gesprochen?

»Ja, gehen Sie nur hin, das wird das Beste sein.«

Sie kleidete sich an, zog ihr schwarzes Kleid an und setzte dazu das Kapotthütchen mit dem Jettbesatz auf; und damit sie nicht gesehen wurde – es standen immer noch viele Leute auf dem Marktplatz herum –, machte sie einen Umweg und ging auf dem Fußpfad am Bach entlang, der um das Dorf herumführte.

Ganz außer Atem langte sie vor dem Gittertor des Notars an. Der Himmel war düster verhängt, und es schneite leicht.

Auf ihr Klingeln erschien oben auf der Freitreppe Théodore in roter Weste. Er kam und öffnete ihr fast familiär, wie einer alten Bekannten, und führte sie in das Speisezimmer.

Ein mächtiger Kachelofen brutzelte unter einem Kaktus, der die Nische darüber ausfüllte, und in schwarzen Rahmen hingen an den eichenbraun tapezierten Wänden die *Esmeralda* von Steuben samt der *Potiphar* von Schopin. Der gedeckte Tisch, zwei silberne Schüsselwärmer, die kristallenen Türknöpfe, das Parkett und die Möbel, alles glänzte peinlich sauber, spiegelblank und makellos. Die Fensterscheiben waren in jeder Ecke mit kleinen farbigen Gläsern verziert.

So ein Eßzimmer sollte ich haben! dachte Emma.

Der Notar trat ein. Er drückte mit dem linken Arm seinen mit einem Palmenmuster verzierten Schlafrock gegen seinen Leib, während er mit der andern Hand geschwind sein braunes Samtkäppchen lüpfte und wieder aufsetzte. Es saß ihm prätentiös auf der rechten Seite des kahlen Schädels, wo drei blonde Haarsträhnen, die er vom Hinterkopf nach vorn gezogen hatte, niederhingen.

Er bot Madame Bovary einen Sessel an und setzte sich dann ans Frühstück, wobei er sich vielmals wegen dieser Unhöflichkeit entschuldigte.

»Herr Guillaumin«, sagte Emma, »ich möchte Sie bitten . . .«

»Was kann ich für Sie tun? Ich bin ganz Ohr.«

Da setzte sie ihm ihre Lage auseinander.

Maître Guillaumin war längst genau im Bild. Er steckte heimlich mit dem Stoffhändler Lheureux unter einer Decke; dieser verschaffte ihm immer wieder Kapitalien für seine Hypothekardarlehen, um die Guillaumin angegangen wurde.

Er kannte also, und zwar besser als Emma selbst, die lange Geschichte ihrer Wechsel, die zunächst auf geringfügige Beträge lauteten und die Namen verschiedener Indossanten trugen, auf lange Sicht ausgestellt und immer wieder prolongiert worden waren, bis zu dem Tag, an dem Lheureux die gesamten zu Protest gegangenen Papiere in seiner Hand vereint und seinen Freund Vinçart beauftragt hatte, in seinem Namen alle nötigen gerichtlichen Schritte zu veranlassen. Denn er wollte nicht gern bei seinen Mitbürgern in den Ruf eines Halsabschneiders kommen.

Emma flocht in ihren Bericht ab und zu eine Verwünschung gegen Lheureux ein, und auf diese Schmähreden antwortete der Notar von Zeit zu Zeit mit ein paar nichtssagenden Worten. Er aß sein Kotelett und trank seinen Tee, das Kinn in seine himmelblaue Halsbinde vergraben, in der zwei Diamantnadeln, mit einem goldenen Kettchen verbunden, staken. Er lächelte unentwegt ein sonderbares, süßliches und zweideutiges Lächeln. Doch als er sah, daß sie nasse Füße hatte, sagte er: »Setzen Sie sich doch näher zum Ofen ... Halten Sie die Füße weiter oben ... gegen die Kacheln.«

Sie habe Angst, sie werde ihn schmutzig machen. Aber der Notar erwiderte galant: »Schöne Dinge können nichts verderben.«

Daraufhin versuchte sie sein Herz zu rühren, und dabei geriet sie selbst in eine ganz rührselige Stimmung und schilderte ihm, wie sie sich in ihrem Haushalt einschränken müsse, erzählte von ihren Reibereien, ihren Ansprüchen. Das verstehe er gut, meinte der Notar. Eine verwöhnte Frau! Und ohne mit essen aufzuhören, hatte er sich ganz zu ihr umgedreht, so daß er mit seinem Knie ihren Schuh berührte, dessen Sohle sie gegen den Ofen stemmte, so daß sie sich rückwärts bog und dampfte.

Als sie ihn aber um tausend Taler bat, kniff er die Lippen zusammen und erklärte sodann, es sei ein Jammer, daß er seinerzeit nicht mit der Verwaltung ihres Vermögens betraut worden sei, denn es bestünden hundert recht bequeme Möglichkeiten, sogar für eine Dame, ihr Geld gewinnbringend anzulegen. Man hätte entweder mit den Torffeldern von Grumesnil oder aber mit Grundstücken in Le Havre ausgezeichnete und fast todsichere Spekulationen wagen können; und dann ließ er sie sich vor Wut verzehren beim Gedanken an die phantastischen Summen, die sie zweifellos dabei verdient hätte.

»Wieso sind Sie eigentlich nicht zu mir gekommen?« fragte er auf einmal.

»Ich weiß nicht«, erwiderte sie.

»Warum nicht? Sagen Sie's nur ... Hatten Sie denn solche Angst vor mir? Eigentlich müßte ich mich ja beklagen. Wir kennen einander kaum! Dabei bin ich

Ihnen aufrichtig zugetan. Daran zweifeln Sie doch hoffentlich nicht mehr?«

Er streckte seine Hand aus, faßte die ihre, drückte einen gierigen Kuß darauf und behielt sie dann auf seinem Knie. Er spielte sachte mit ihren Fingern und sagte ihr dazu tausend Artigkeiten.

Seine fade Stimme murmelte wie ein Bach, der dahinplätschert, seine Augen funkelten durch die spiegelnden Brillengläser, und seine Hände schoben sich verstohlen in Emmas Ärmel und betasteten ihren Arm. Sie spürte an ihrer Wange den Hauch eines keuchenden Atems. Dieser Mensch widerte sie gräßlich an.

Sie sprang auf und sagte: »Herr Guillaumin, ich warte!«

»Worauf denn?« fragte der Notar und wurde jählings kreidebleich.

»Auf das Geld.«

»Aber . . .«

Da vermochte er mit einemmal seine übermächtige Begierde nicht länger zu zügeln: »Gut denn, ja!...«

Er kroch auf den Knien zu ihr hin, ohne auf seinen schönen Schlafrock zu achten.

»Bitte bleiben Sie! Ich liebe Sie!«

Er faßte sie um den Leib.

Eine purpurrote Blutwelle schoß Madame Bovary ins Gesicht. Sie wich vor ihm zurück und rief angeekelt und drohend: »Sie machen sich schamlos meine Notlage zunutze, Herr Guillaumin! Ich bin beklagenswert, aber nicht käuflich!«

Und sie lief hinaus.

Der Notar blieb ganz verdutzt zurück und starrte auf seine schönen Pantoffeln. Sie waren ein Geschenk, das ihm eine seiner Flammen mit viel Liebe gestickt hatte. Dieser Anblick war ihm schließlich ein Trost. Zudem bedachte er, daß ihn ein solches Abenteuer vielleicht doch zu weit geführt hätte.

So ein Lump! So ein Flegel!... Gemeinheit! fuhr

sie auf, während sie wie gehetzt unter den Espen der Landstraße dahinfloh. Die Enttäuschung über ihren Mißerfolg verstärkte noch die Empörung ihres beleidigten Schamgefühls. Es kam ihr vor, als verfolge sie die Vorsehung mit besonderer Hartnäckigkeit; aber sie tat sich in ihrem Selbstgefühl noch etwas darauf zugute, und noch nie hatte sie eine so hohe Meinung von sich selber gehabt, nie zuvor hatte sie so stolz auf die andern herabgesehen. Eine wahre Kampflust beseelte sie. Sie hätte alle Männer prügeln, ihnen ins Gesicht speien, sie zertreten mögen. Sie ging mit raschen Schritten weiter, ziellos geradeaus, bleich, zornbebend, vor Wut rasend; ihre tränennassen Augen starrten suchend in den leeren Horizont, und sie kostete fast wollüstig den Haß aus, der sie erstickte.

Als sie ihr Haus vor sich sah, blieb sie einen Augenblick wie versteinert stehen. Sie konnte nicht weitergehen. Und doch mußte es sein. Wohin hätte sie auch fliehen sollen?

Félicité erwartete sie unter der Tür.

»Und nun?«

»Nein!« sagte Emma.

Eine Viertelstunde lang gingen sie zusammen die verschiedenen Leute in Yonville durch, die vielleicht geneigt waren, ihr zu helfen. Doch sooft Félicité einen Namen nannte, hielt ihr Emma entgegen: »Ausgeschlossen! Die werden nicht wollen!«

»Und gleich muß der Herr Doktor heimkommen!«

»Ich weiß schon ... Laß mich allein.«

Sie hatte alles versucht. Nun gab es nichts mehr zu tun; und wenn Charles jetzt nach Hause kam, würde sie ihm sagen: Troll dich nur wieder! Der Teppich, auf den du trittst, gehört nicht mehr uns. In deinem Hause ist kein einziges Möbelstück, keine Nadel, kein Strohhalm mehr dein Eigentum, und ich habe dich zugrunde gerichtet, Ärmster!

Dann würde er tief aufschluchzen, hernach heftig und

lange weinen, und wenn dann der erste Schreck überstanden war, würde er ihr verzeihen.

»Ja«, flüsterte sie zähneknirschend, »er wird mir verzeihen, und doch könnte ich ihm nicht um eine Million vergeben, daß er in mein Leben getreten ist... Niemals! Niemals!«

Der Gedanke, Bovary könnte ihr jetzt überlegen sein, brachte sie außer sich. Und dann: ob sie nun gestand oder nicht, einmal mußte er die Katastrophe doch erfahren, sei es jetzt gleich, bald nachher oder erst morgen. Dann harrte ihrer unweigerlich der gräßliche Auftritt, und sie mußte die Last seiner Großmut auf sich nehmen. Am liebsten wäre sie wieder zu Lheureux zurückgegangen. Doch wozu auch? Sollte sie ihrem Vater schreiben? Dazu war es zu spät. Und vielleicht tat es ihr jetzt sogar leid, daß sie Guillaumin nicht zu Willen gewesen war. Da hörte sie den Hufschlag eines Pferdes in der Allee. Er war es. Er öffnete das Gartengitter, kalkweiß im ganzen Gesicht. Sie rannte in weiten Sprüngen die Treppe hinunter und lief über den Marktplatz davon. Die Frau des Bürgermeisters, die vor der Kirche mit dem Küster Lestiboudois schwatzte, sah sie beim Steuereinnehmer eintreten.

Madame Tuvache lief flugs zu Madame Caron und erzählte es ihr. Die beiden Frauen stiegen auf den Dachboden, und dort versteckten sie sich hinter der aufgehängten Wäsche und faßten bequem Posto, um das ganze Innere der Wohnung Binets zu übersehen.

Er war allein in seiner Mansarde und gerade dabei, eine jener kaum zu beschreibenden Elfenbeinschnitzereien in Holz nachzubilden, die aus Halbmonden und ineinandergreifenden Kugeln zusammengesetzt war, das Ganze steif und gerade wie ein Obelisk und völlig sinn- und zwecklos. Eben nahm er das letzte Stück in Angriff, sein Werk ging der Vollendung entgegen. Im Halbdunkel der Werkstatt stob der hellgelbe Holzstaub von seiner Drehbank davon wie ein Sprühregen von

Funken unter den Hufeisen eines galoppierenden Pferdes. Die beiden Räder drehten sich schnarrend. Binet lächelte vor sich hin, den Kopf etwas vorgebeugt, mit geblähten Nüstern, kurz, er war anscheinend versunken in jenes vollkommene Glück, das zweifellos nur geistig anspruchslosen Beschäftigungen beschieden ist, Verrichtungen, die den Geist durch leicht überwindbare Schwierigkeiten fesseln und ihn durch eine Leistung befriedigen, über die hinaus sich nichts Schöneres mehr erträumen läßt.

»Ah, da ist sie ja!« zischelte Madame Tuvache.

Aber wegen der surrenden Drehbank war es ihnen nicht möglich zu verstehen, was sie sagte.

Schließlich glaubten die Damen das Wort *Franken* herauszuhören, und die alte Madame Tuvache flüsterte ganz leise: »Sie bittet ihn um Aufschub für ihre Steuern.«

»Es sieht ganz danach aus«, erwiderte die andere.

Sie sahen, wie Emma in Binets Stube hin und her ging und an der Wand die Serviettenringe, Leuchter und Geländerknöpfe musterte, während Binet sich selbstzufrieden den Bart kraulte.

»Kann sein, daß sie etwas bei ihm bestellen will«, meinte Madame Tuvache.

»Aber er verkauft doch nie etwas!« wandte ihre Nachbarin ein.

Der Steuereinnehmer schien ganz Ohr zu sein, er hörte mit weit aufgerissenen Augen zu, als begreife er nicht recht. Sie sprach weiter auf ihn ein, es sah aus, als redete sie ihm zärtlich und flehend zu. Sie trat näher zu ihm; ihr Busen wogte keuchend auf und nieder. Sie sprachen jetzt nicht mehr.

»Macht sie ihm vielleicht Avancen?« sagte Madame Tuvache.

Binet war über und über rot. Sie faßte seine Hände.

»Ah! das ist doch zu stark!«

Offenbar hatte sie dem Steuereinnehmer irgendeine Niederträchtigkeit angetragen, denn er – sonst doch ein

beherzter Mann, der bei Bautzen und Lützen mitge-
kämpft und am Feldzug in Frankreich teilgenommen
hatte, ja sogar *für das Kriegskreuz vorgeschlagen worden war* –
wich plötzlich vor ihr zurück, als hätte er eine Schlange
erblickt, und rief: »Madame! wo denken Sie hin! . . .«

»Auspeitschen müßte man solche Weiber!« erklärte
Madame Tuvache.

»Wo ist sie denn?« fragte Madame Caron.

Denn während Binets letzten Worten war Emma verschwunden. Als die Damen sie gleich darauf die Hauptstraße entlanggehen und dann rechts einbiegen sahen,
als wollte sie zum Friedhof gehen, verloren sie sich in
Mutmaßungen.

»Mutter Rolet«, bat sie, als sie bei der Amme angekommen war, »ich ersticke! Schnüren Sie mir das Mieder auf!«

Sie sank auf das Bett und schluchzte herzzerbrechend.
Mutter Rolet deckte sie mit einem Unterrock zu und
blieb bei ihr stehen. Als die gute Frau dann keine Antwort mehr erhielt, ging sie weg, nahm ihr Spinnrad und
begann Flachs zu spinnen.

»Oh, hören Sie auf!« murmelte Emma. Ihr war, als
hörte sie Binets Drehbank schnurren.

Was quält sie bloß? fragte sich die Amme. Weshalb
kommt sie nur hierher?

Emma war zu ihr hingelaufen, getrieben von der
Todesangst, die sie von zu Hause verjagt hatte.

Sie lag auf dem Rücken, regungslos und mit starren
Augen, und konnte die Dinge ringsum nur undeutlich
erkennen, obschon sie mit geradezu stumpfsinniger Be-
harrlichkeit ihre ganze Aufmerksamkeit darauf richtete.
Sie starrte auf den abblätternden Anstrich der Mauer,
auf zwei Holzscheite, die dicht nebeneinander qualmten,
und schaute einer langbeinigen Spinne nach, die zu ihren
Häupten in einer Ritze des Balkens hinwanderte. Endlich sammelte sie ihre Gedanken. Sie vermochte sich

nach und nach wieder zu erinnern . . . Eines Tages, als sie mit Léon . . . Ach, wie weit lag das jetzt zurück . . . Die Sonne schien hell auf den Fluß herab, und die Waldreben dufteten . . . Da trugen sie ihre Erinnerungen mit sich fort wie ein brodelnder Wildbach, und bald danach fiel ihr auch wieder ein, was sich tags zuvor begeben hatte.

»Wie spät ist es?« fragte sie.

Mutter Rolet ging vor das Haus, hob die Finger der rechten Hand nach der Seite, wo der Himmel am hellsten war, kam dann gemächlich wieder herein und sagte: »Bald drei Uhr.«

»Ah! Danke, danke.«

Denn jetzt mußte er ja gleich kommen. Das war sicher! Bestimmt hatte er Geld aufgetrieben! Aber vielleicht ging er zu ihr nach Hause; er konnte ja nicht ahnen, daß sie hier war; und sie bat die Amme, in ihre Wohnung zu laufen und ihn herzuholen.

»Sputen Sie sich!«

»Aber meine liebe Dame, ich gehe ja schon! Ich gehe gleich hin!«

Jetzt erstaunte es sie, daß sie nicht zuallererst an ihn gedacht hatte. Gestern hatte er ihr doch sein Wort gegeben, das würde er gewiß nicht brechen; und sie sah sich bereits bei Lheureux, wie sie ihm die drei Banknoten auf seinen Schreibtisch legte. Hernach mußte sie sich dann irgendeine Geschichte ausdenken, mit der sie Bovary alles erklären konnte. Aber was für eine Geschichte?

Doch die Amme blieb ziemlich lange aus. Da aber keine Uhr in der Hütte vorhanden war, fürchtete Emma, die Zeit sei ihr vielleicht nur so übermäßig lang vorgekommen. Sie ging in den Garten hinaus und spazierte langsam, Schritt für Schritt, auf und ab. Sie ging ein Stück den Fußweg hinauf, an der Hecke entlang, kehrte dann aber rasch wieder um, weil sie hoffte, die gute Frau könnte auf einem andern Weg zurückgekehrt sein. Endlich wurde sie des Wartens müde, bange Ahnungen überfielen sie, die sie vergeblich zu verscheuchen suchte, sie wußte nicht mehr, ob sie seit einem Jahrhundert oder erst seit wenigen Minuten hier wartete, und sie setzte sich in eine Ecke, schloß die Augen und hielt sich die Ohren zu. Das Gatter knarrte; sie sprang auf. Ehe sie noch etwas fragen konnte, sagte Mutter Rolet schon: »Es war niemand zu Hause!«

»Wie?«

»Nein, niemand. Und Herr Bovary weint. Er ruft nach Ihnen. Man sucht Sie.«

Emma antwortete nichts. Sie rang nach Atem, ihre Augen blickten verstört um sich. Die Bäuerin erschrak über ihr Gesicht und wich unwillkürlich zurück, weil sie glaubte, sie sei wahnsinnig geworden. Plötzlich schlug sie sich gegen die Stirn, stieß einen Schrei aus, denn wie ein greller Blitz in finsterer Nacht war ihr der Gedanke an Rodolphe durchs Herz gezuckt. Er war so gütig, so zartfühlend, so großherzig! Und zudem: falls er zögerte, ihr diesen Dienst zu erweisen, würde sie ihn schon dazu zu zwingen wissen; sie brauchte ihn bloß mit einem Augenzwinkern an ihre verlorene Liebe zu erinnern. Sie machte sich also auf den Weg nach La Huchette, und es kam ihr gar nicht zum Bewußtsein, daß sie sich damit zu dem hergeben wollte, was sie eben noch so aufgebracht hatte. Sie ahnte nicht im entferntesten, daß sie sich für Geld anbieten wollte.

8

Unterwegs fragte sie sich: Was werde ich sagen? Wie soll ich nur beginnen? Und je weiter sie ging, desto vertrauter wurden ihr nach und nach die Sträucher, die Bäume, der Stechginster auf dem Hügel, das Schloß dort vorn. Sie erlebte die Gefühle ihrer ersten Liebe wieder, und ihr armes beklommenes Herz wurde dabei weit vor Zärtlichkeit. Ein lauer Wind wehte ihr ins Gesicht; der Schnee schmolz und fiel Tropfen um Tropfen von den Knospen ins Gras.

Wie ehemals trat sie durch die kleine Gartenpforte und gelangte dann in den Schloßhof, den eine doppelte Reihe mächtiger Linden umsäumte. Sie wiegten mit leisem Rauschen ihre langen Zweige. Im Zwinger schlugen alle Hunde an, und ihr lautes Gebell hallte weithin wider. Aber niemand zeigte sich.

Sie stieg die breite, gerade Treppe mit dem Holzgeländer hinauf, die zu dem mit staubigen Fliesen ausgelegten Korridor führte. Wie in einem Kloster oder in einem Gasthof mündeten mehrere Zimmer nebeneinander auf diesen Gang. Das seine lag ganz am Ende, hinten links. Als sie die Finger auf die Türklinke legte, schwanden ihr plötzlich die Kräfte. Sie hatte Angst, er sei vielleicht nicht da, ja, sie wünschte es beinahe, und doch war er ihre einzige Hoffnung, die letzte Aussicht auf Rettung. Sie sammelte sich einen Augenblick, faßte neuen Mut im Bewußtsein der Notlage, in der sie sich gegenwärtig befand, und trat ein.

Er saß vor dem Feuer, hatte beide Füße auf den Sims gelegt und rauchte eine Pfeife.

»Nanu, Sie?« sagte er und sprang rasch auf.

»Ja, ich bin's ... Ich möchte Sie um einen Rat bitten, Rodolphe.«

Und sosehr sie sich auch Mühe gab, war es ihr doch unmöglich weiterzusprechen.

»Sie haben sich gar nicht verändert. Sie sind noch immer bezaubernd!«

»Oh«, erwiderte sie bitter, »traurige Reize sind das, mein Freund, da Sie sie doch verschmäht haben.«

Nunmehr begann er sein Verhalten zu erklären. Er redete sich mit nichtssagenden Sprüchen heraus, da ihm nichts Besseres einfiel.

Emma ließ sich von seinen schönen Worten einnehmen, mehr noch verfiel sie jedoch dem Klang seiner

Stimme und dem Anblick seiner Gestalt, und so tat sie schließlich, als glaubte sie an den Vorwand, mit dem er seinen Bruch mit ihr bemäntelte; vielleicht auch glaubte sie sogar wirklich daran. Seinen Angaben nach handelte es sich um ein Geheimnis, von dem die Ehre und sogar das Leben einer dritten Person abhingen.

»Gleichviel«, sagte sie und schaute ihn wehmütig an, »ich habe viel gelitten!«

Er meinte philosophisch: »So ist eben das Leben.«

»Hat es wenigstens Ihnen Gutes beschert nach unserer Trennung?« fragte Emma.

»Oh, es war weder gut . . . noch eigentlich schlecht.«

»Vielleicht hätten wir besser getan, damals nicht auseinander zu gehen.«

»Ja . . . vielleicht!«

»Glaubst du?« fragte sie und trat näher zu ihm heran. Und sie seufzte: »Ach, Rodolphe! Wenn du wüßtest! . . . Ich habe dich von Herzen geliebt!«

Und nun faßte sie seine Hand, und sie blieben eine Zeitlang mit verschlungenen Fingern beieinander stehen – wie damals am ersten Tag, bei der Jahresversammlung der Landwirte! Mit einer stolzen Gebärde suchte er sich seiner Rührung zu erwehren. Doch sie sank an seine Brust und sagte: »Wie hätte ich nur ohne dich leben können? Man kann sich doch des Glückes nicht entwöhnen! Ich war so verzweifelt und glaubte, ich müsse sterben! Ich will dir das alles erzählen, dann wirst du es verstehen! Und du – du bist vor mir geflohen . . . !«

Denn seit drei Jahren war er ihr aus jener angebornen Feigheit, die für das starke Geschlecht charakteristisch ist, geflissentlich ausgewichen. Mit berückenden Kopfbewegungen und einschmeichelnd wie ein verliebtes Katzenweibchen fuhr sie fort: »Du liebst andere Frauen, gib es nur zu. Oh, ich kann sie wohl verstehen, weißt du, ich werfe ihnen nichts vor. Du wirst sie verführt haben, wie du mich verführt hast. Du bist ein Mann, du hast alles, was einer haben muß, um uns den

Kopf zu verdrehen. Aber nicht wahr, wir zwei beginnen von neuem? Wir wollen uns wieder liebhaben! Siehst du, ich lache, ich bin glücklich! ... Sag doch etwas!«

Sie war entzückend anzusehen. In ihren Augen standen Tränen wie Tropfen in blauen Blütenkelchen nach einem Gewitter.

Er zog sie auf seine Knie und streichelte mit dem Handrücken ihr glattgekämmtes Haar, auf dem im Dämmerlicht ein letzter Sonnenstrahl schillerte wie ein goldener Pfeil. Sie neigte die Stirn; schließlich küßte er sie ganz zart und behutsam auf die Lider.

»Du hast ja geweint!« sagte er. »Warum?«

Da brach sie in Schluchzen aus. Rodolphe hielt es für einen jähen Ausbruch ihrer Liebe, und da sie kein Wort sagte, faßte er ihr Schweigen als letztes schamhaftes Sichzieren auf und rief: »Ach, vergib mir! Du bist die einzige, die mir gefällt! Ich war ein Dummkopf, ein Schuft! Ich liebe dich und werde dich immer lieben! Was hast du denn? Sag es mir doch!«

Er kniete vor ihr nieder.

»Nun also ... ich bin ruiniert, Rodolphe! Du mußt mir dreitausend Franken leihen.«

»Aber ... aber ...« sagte er und erhob sich langsam, während sein Gesicht einen ernsten Ausdruck annahm.

»Du weißt ja«, fuhr sie rasch fort, »daß mein Mann sein ganzes Vermögen bei einem Notar angelegt hat. Der ist damit auf und davon gegangen. Wir haben Darlehen aufgenommen; die Patienten bezahlten nicht. Übrigens ist die Liquidation noch nicht beendet; wir werden später noch Geld bekommen. Aber heute brauchen wir dringend dreitausend Franken, sonst werden wir gepfändet. Ich muß sie jetzt, augenblicklich haben, und da bin ich im Vertrauen auf deine Freundschaft hergekommen.«

Ah! dachte Rodolphe und wurde plötzlich kreidebleich, deswegen ist sie gekommen!

Endlich sagte er ruhig und beherrscht: »Ich habe das Geld nicht, verehrte gnädige Frau.«

Das war nicht gelogen. Hätte er die dreitausend Franken gehabt, er hätte sie ihr bestimmt gegeben, obschon solche gute Taten einem ja im allgemeinen übel gelohnt werden. Eine Bitte um Geld ist von allen jähen Windstößen, die über eine Liebe dahinfegen können, der eisigste und verheerendste.

Emma blickte ihn eine Weile starr an; dann sagte sie: »Du hast sie nicht!«

Mehrmals wiederholte sie: »Du hast sie nicht! . . . Ich hätte mir diese letzte Schmach ersparen können! Du hast mich nie geliebt! Du bist auch nicht mehr wert als die andern!«

Sie verriet sich, sie war drauf und dran, sich heillosen Schaden anzutun.

Rodolphe fiel ihr ins Wort und beteuerte, er sei selbst »arg in der Klemme«.

»Ach, da tust du mir aber leid!« versetzte Emma. »Ja, außerordentlich leid! . . .«

Ihr Blick fiel auf einen damaszierten Karabiner, der aus den andern an der Wand aufgehängten Waffen hervorblitzte.

»Aber wenn man so mittellos ist, dann läßt man den Kolben seines Gewehrs nicht mit Silber auslegen! Man kauft sich keine mit Schildpatt inkrustierte Stutzuhr!« fuhr sie fort und deutete auf die Boulle-Uhr, »und auch keine vergoldeten Silberpfeifen an seinen Reitpeitschen« – sie tippte an eine – »und keine Berlocken an die Uhrkette! Oh! er läßt sich nichts abgehen! Sogar ein Likörtischchen hat er in seinem Zimmer! Denn für dich ist dir nichts zu gut, du lebst herrlich und in Freuden, hast ein Schloß, Pachthöfe, Waldungen, du hältst Treibjagden ab, machst Reisen nach Paris . . . Ja, und wenn's nur das hier wäre!« rief sie und nahm vom Kaminsims seine Manschettenknöpfe, »nur das geringste von diesem Krimskrams! Das könnte man zu

Geld machen!... Oh, ich will sie gar nicht! Behalt sie nur!«

Sie warf die beiden Knöpfe weit von sich; sie prallten gegen die Wand, und dabei zerriß eines der goldenen Kettchen.

»Ich aber hätte dir alles gegeben, ich hätte alles, was ich habe, verkauft, ich hätte mit meinen Händen für dich gearbeitet, hätte auf den Straßen gebettelt, für ein Lächeln, für einen Blick, nur um dich ‚Danke!‘ sagen zu hören. Und du bleibst gemütsruhig in deinem Lehnstuhl sitzen, als hättest du mir nicht schon genug Leid zugefügt! Weißt du, ohne dich hätte ich ein glückliches Leben führen können. Was trieb dich dazu? Galt es eine Wette? Und doch liebtest du mich, du sagtest es mir immer wieder!... Erst vorhin noch... Ach, es wäre besser gewesen, du hättest mich fortgejagt! Meine Hände sind noch warm von deinen Küssen, und hier auf dem Teppich schworst du mir ewige Liebe. Du hast es fertiggebracht, daß ich daran glaubte. Zwei Jahre lang hast du mich im herrlichsten und süßesten Traum gewiegt!... Und unsere Reisepläne, weißt du noch? Oh, dein Brief, dein Brief! Er hat mir das Herz zerrissen! Und nun komme ich zu ihm zurück, zu dem reichen, glücklichen, unabhängigen Mann, und flehe ihn um eine Hilfe an, die mir der erste beste gewähren würde, ich bitte ihn kniefällig darum und bringe ihm meine ganze Zärtlichkeit wieder, und er stößt mich zurück, weil ihn das dreitausend Franken kosten würde!«

»Ich habe sie nicht!« erwiderte Rodolphe mit jener eisigen Ruhe, hinter der sich, wie hinter einem Schild, zornige Menschen verschanzen, die sich in das Unvermeidliche ergeben haben.

Sie ging. Die Wände schwankten, die Decke erdrückte sie. Sie kehrte durch die lange Allee zurück und stolperte ab und zu über die Haufen dürren Laubes, die der Wind auseinander wehte. Endlich langte sie bei der

Wolfsgrube vor dem Gittertor an; sie zerbrach sich die Nägel am Türschloß, so eilig hatte sie es, aufzuschließen. Hundert Schritte weiter blieb sie dann stehen, völlig außer Atem, dem Umsinken nahe. Sie wandte sich um und sah noch einmal das Schloß in fühlloser Ruhe daliegen, mit dem Park, den Gärten, den drei Höfen und all den vielen Fenstern seiner Fassade.

Wie betäubt blieb sie reglos stehen. Daß sie lebte, wurde ihr nur durch das Hämmern ihrer Pulse bewußt; es war ihr, als hörte sie dieses Klopfen wie eine ohrenbetäubende Musik von sich ausgehen und die ganze Gegend ringsum erfüllen. Der Boden unter ihren Füßen gab nach wie Wasser, und die Ackerfurchen kamen ihr vor wie riesenhafte brandende braune Wogen. Alles, was sie in ihrem Kopf an Erinnerungen und Gedanken hatte, trat mit einemmal zutage, schlagartig, wie die tausend Stücke eines Feuerwerks. Sie sah ihren Vater, sah das Kontor Lheureux', ihr Zimmer dort in Rouen, eine völlig andere Landschaft. Der Wahnsinn griff nach ihr; Angst überkam sie, doch es gelang ihr, sich wieder zu fassen. Allerdings war ihr Gemüt noch so verstört, daß sie sich überhaupt nicht mehr an den Anlaß ihres gräßlichen Zustandes erinnerte, nämlich an die leidige Geldfrage. Sie litt einzig an ihrer Liebe und fühlte, wie durch diese Erinnerung ihre Seele vereinsamte. So etwa fühlen Verwundete in ihrem Todeskampf, wie ihr Leben aus ihrer blutenden Wunde verströmt.

Die Nacht sank herein; Krähen flogen vorbei.

Da war ihr auf einmal, als bärsten feuerfarbene Kugeln in der Luft gleich knallenden Geschossen. Sie flachten sich ab und kreisten, kreisten, bis sie schließlich zwischen den Ästen der Bäume im Schnee aufgingen. Jede trug in der Mitte Rodolphes Gesicht. Sie wurden immer zahlreicher, kamen näher und näher, drangen in sie ein. Dann verschwand alles. Sie erkannte die Lichter der Häuser, die in der Ferne durch den Nebel flimmerten.

Nun trat ihr, drohend wie ein Abgrund, ihre Lage wieder vor Augen. Sie keuchte, daß es ihr fast die Brust zersprengte. Dann schwang sie sich mit einemmal zu jähem Heldenmut auf, der sie beinahe freudig stimmte, und lief den Hang hinab, über den Kuhsteg, den Fußpfad und die Allee entlang, an der Markthalle vorbei und stand zuletzt vor dem Laden des Apothekers.

Es war niemand drin. Sie wollte gerade hineingehen, da fiel ihr ein, daß auf das Klingeln der Glocke hin jemand kommen könnte. Sie stahl sich mit verhaltenem Atem durch das Gartenpförtchen, tastete sich an den Wänden entlang und kam bis vor die Küchentür. Drinnen brannte eine Kerze, die auf dem Herd stand. Justin, in Hemdsärmeln, trug eben eine Schüssel hinaus.

Ah! Sie sind beim Essen. Dann warte ich.

Er kam zurück. Sie klopfte an die Scheibe. Da kam er heraus.

»Den Schlüssel! Zum obern Stock, wo die . . .«

»Wie?«

Er schaute ihr ins Gesicht, ganz erstaunt über ihre Blässe, die sich weiß vom schwarzen Dunkel der Nacht abhob. Sie kam ihm überirdisch schön vor, ehrfurchtgebietend wie eine gespenstische Erscheinung. Er begriff nicht, was sie wollte, ahnte aber Furchtbares.

Doch da sagte sie rasch und leise, mit sanfter, zu Herzen gehender Stimme: »Ich will ihn haben. Gib ihn mir.«

Da die Wand nur dünn war, vernahm man das Klirren der Gabeln auf den Tellern im Eßzimmer.

Sie brauche ein Mittel zum Vertilgen der Ratten, die sie nicht schlafen ließen, behauptete sie.

»Da müßte ich doch zuerst Herrn Homais fragen.«

»Nein! Bleib da!«

Dann sagte sie obenhin: »Laß nur, das ist nicht nötig. Ich sage es ihm nachher selbst. Komm, leuchte mir.«

Sie betrat den Korridor, in dem sich die Tür zum Laboratorium befand. An der Wand hing ein Schlüssel mit einem Schildchen: *Rumpelkammer.*

»Justin!« rief der Apotheker, der allmählich die Geduld verlor.

»Gehen wir hinauf«, sagte Emma.

Er folgte ihr.

Der Schlüssel drehte sich im Schloß. Sie ging geradewegs auf das dritte Regal zu, so sicher leitete sie ihr Gedächtnis, nahm das blaue Arzneiglas herab, riß den Stöpsel heraus, zwängte ihre Hand hinein und zog sie voll weißen Pulvers wieder heraus. Dann begann sie davon zu essen, gierig, aus der Hand.

»Halten Sie ein!« rief Justin und stürzte sich auf sie.

»Schweig! Es könnte jemand kommen . . .«

Er war am Verzweifeln und wollte um Hilfe rufen.

»Sag nichts davon, sonst fällt alles auf deinen Herrn!«

Dann ging sie, plötzlich zur Ruhe gekommen und fast heiter in dem Gefühl, eine Pflicht erfüllt zu haben.

Als Charles, völlig außer sich über die Nachricht von der Pfändung, heimgekommen war, hatte Emma soeben das Haus verlassen. Er schrie, weinte, fiel in Ohnmacht, aber sie kam nicht zurück. Wo mochte sie nur sein? Er schickte Félicité zu Homais, zu Tuvache, zu Lheureux, in den *Goldenen Löwen*, überallhin; und wenn ihn seine Todesangst einmal verließ, sah er seinen Ruf vernichtet, ihrer beider Vermögen verloren, Berthes Zukunft zerstört! Aus welchem Grund? . . . Er hatte keine Ahnung. Er wartete bis um sechs Uhr abends. Schließlich hielt er es nicht mehr aus, und da er annahm, sie sei nach Rouen gefahren, ging er ihr auf der Landstraße eine halbe Wegstunde entgegen. Doch er traf niemanden, wartete noch eine Weile und kehrte dann nach Hause zurück.

Emma war daheim.

»Was ist denn geschehen? . . . Warum? . . . Erklär mir doch! . . .« Sie setzte sich an ihr Schreibtischchen und schrieb einen Brief, versiegelte ihn langsam, nachdem sie zuvor Tag und Stunde der Niederschrift vermerkt hatte. Dann sagte sie feierlich: »Du wirst ihn morgen lesen. Bis dahin bitte ich dich: frage mich nichts! . . . Nein, keine Frage!«

»Aber . . .«

»Oh, laß mich in Frieden!«

Sie legte sich lang ausgestreckt auf das Bett.

Ein bitterer Geschmack in ihrem Mund weckte sie auf. Sie sah Charles undeutlich vor sich und schloß die Augen wieder.

Sie lauerte neugierig darauf, ob sie Schmerzen verspüre. Nein, noch gar nichts! Sie hörte das Ticken der Stutzuhr, das Prasseln des Feuers und das Atmen Charles', der neben ihrem Bett stand.

Ach, so schlimm ist das Sterben nicht! dachte sie. Ich werde einschlafen, und alles ist vorbei!

Sie trank einen Schluck Wasser und drehte sich zur Wand.

Der abscheuliche Tintengeschmack wollte nicht vergehen.

»Ich habe Durst! . . . Oh, ich bin so durstig!« seufzte sie.

»Was fehlt dir denn?« fragte Charles und reichte ihr ein Glas.

»Nichts! . . . Mach das Fenster auf! . . . Ich ersticke!«

Und ein Brechreiz befiel sie so plötzlich, daß sie kaum Zeit hatte, ihr Taschentuch unter dem Kopfkissen hervorzuholen.

»Nimm es fort!« sagte sie schnell. »Wirf es weg!«

Er drang mit Fragen in sie; aber sie gab ihm keine Antwort. Sie lag ganz still da, aus Furcht, bei der leisesten Bewegung müsse sie sich erbrechen. Langsam fühlte sie eisige Kälte von den Füßen bis zum Herzen aufsteigen.

»Ah, jetzt fängt es an!« flüsterte sie.

»Was sagst du?«

Sie rollte ihren Kopf behutsam und angstvoll hin und her und machte dabei fortwährend den Mund auf, als spürte sie etwas Schweres auf der Zunge. Um acht Uhr traten die Brechkrämpfe erneut auf.

Charles fiel auf, daß der Boden der Waschschüssel mit einer Art weißem Niederschlag bedeckt war, der sich innen am Porzellan angesetzt hatte.

»Ungewöhnlich! Sonderbar!« sagte er mehrmals.

Aber sie erwiderte mit fester Stimme: »Nein, du irrst dich!«

Da fuhr er zart, fast liebkosend mit der Hand über ihren Magen. Sie stieß einen gellenden Schrei aus. Erschrocken wich er zurück.

Nun begann sie zu wimmern, zuerst nur schwach. Ein heftiger Schauer schüttelte ihre Schultern, und sie wurde bleicher als das Leintuch, in das sich ihre verkrampften Finger eingruben. Ihr Puls, der bisher unregelmäßig geschlagen hatte, war jetzt kaum mehr wahrzunehmen.

Schweißtropfen traten auf ihr bläulich fahles Gesicht; es sah aus wie erstarrt in der Ausdünstung eines metallischen Hauchs. Ihre Zähne schlugen gegeneinander, die geweiteten Augen schauten irr umher. Auf alle Fragen antwortete sie nur mit Kopfschütteln; zwei- oder dreimal lächelte sie sogar. Nach und nach wurde ihr Stöhnen stärker. Ein dumpfes Aufheulen entrang sich ihr. Doch sie behauptete, es gehe ihr besser, und sie werde gleich aufstehen. Aber da befielen sie wieder die gräßlichen Krämpfe. Sie schrie: »Ah! es ist grauenhaft, mein Gott!«

Er warf sich vor ihrem Bett auf die Knie.

»Sag, was hast du gegessen? Gib doch Antwort, um Himmels willen!«

Er sah sie mit Augen an, aus denen eine so innige Liebe sprach, wie sie sie noch nie erlebt hatte.

»Nun ja . . . dort . . . dort! . . .« hauchte sie mit versagender Stimme.

Er war mit einem Sprung beim Schreibtisch, erbrach das Siegel und las laut: »*Man klage niemanden an . . .*« Er hielt inne, fuhr sich mit der Hand über die Augen und las nochmals.

»Wie? . . . Zu Hilfe! Hilfe!«

Er konnte immer nur das eine Wort wiederholen:

»Vergiftet! Vergiftet!« Félicité lief zu Homais, der es über den ganzen Marktplatz hinschrie. Im *Goldenen Löwen* hörte es Madame Lefrançois; ein paar Frauen verließen ihr Bett, um es ihren Nachbarinnen weiterzusagen, und die ganze Nacht war der Ort wach.

Halb von Sinnen, stammelnd, dem Umsinken nahe, lief Charles im Zimmer hin und her. Er stieß gegen die Möbel, raufte sich die Haare, und der Apotheker hätte es nicht für möglich gehalten, je ein derart entsetzliches Schauspiel mit ansehen zu müssen.

Er ging nach Hause zurück, um an Herrn Canivet und an den Doktor Larivière zu schreiben. Auch er verlor allmählich den Kopf; er mußte mehr als fünfzehn Briefentwürfe anfertigen. Hippolyte brach nach Neufchâtel auf, und Justin hetzte Bovarys Pferd derart zuschanden, daß er es auf der Anhöhe des Bois-Guillaume kreuzlahm und halb verendet zurücklassen mußte.

Charles wollte in seinem medizinischen Lexikon nachschlagen; er war aber außerstande, etwas zu lesen, die Zeilen tanzten ihm vor den Augen.

»Nur Ruhe!« redete ihm der Apotheker zu. »Es handelt sich lediglich darum, ein wirksames Gegengift zu verabreichen. Was war es denn für ein Gift?«

Charles zeigte ihm den Brief. Es war Arsenik.

»Nun ja, dann müßte man eine Analyse machen«, versetzte Homais.

Denn er wußte, daß man bei allen Vergiftungen eine Analyse vornehmen muß, und Charles, der daraus nicht klug wurde, antwortete: »O ja, tun Sie das! Retten Sie sie!«

Dann ging er zu ihr zurück, sank auf den Teppich und blieb, den Kopf auf dem Rand des Bettes, schluchzend liegen.

»Weine nicht«, sagte sie. »Bald werde ich dich nicht mehr quälen.«

»Warum nur? Wer hat dich dazu gezwungen?«

Sie erwiderte: »Es mußte sein, Liebster!«

»Warst du denn nicht glücklich? Bin ich daran schuld? Ich habe doch getan, was ich konnte!«

»Ja ... gewiß ... du bist gut ... du!«

Sie strich ihm langsam mit der Hand über das Haar. Dieses wohltuende Gefühl steigerte seinen Gram ins Unerträgliche, und er fühlte, wie sein ganzes Inneres zusammenbrach vor Verzweiflung bei dem Gedanken, daß er sie verlieren müsse, jetzt, da sie ihm mehr Liebe zeigte als je zuvor. Er fand keinen Ausweg, er wußte nicht, was tun, wagte nichts zu unternehmen, und die Notwendigkeit, einen sofortigen Entschluß zu fassen, raubte ihm vollends die Fassung.

Nun war es zu Ende, dachte sie, mit all den Lügen, den Niedrigkeiten und den zahllosen Begierden, die sie gepeinigt hatten. Jetzt haßte sie niemanden mehr; ihr Geist verwirrte sich, und in diesem Dämmerzustand vernahm Emma von allen Geräuschen der Erde nur mehr die immer wieder einsetzende Klage dieses armen Herzens, sanft und undeutlich wie den letzten Widerhall einer in der Ferne verklingenden Symphonie.

»Bring mir die Kleine«, bat sie und richtete sich auf den Ellbogen auf.

»Es geht dir nicht schlechter, nicht wahr?« fragte Charles.

»Nein, nein!«

Das Dienstmädchen brachte das Kind auf dem Arm herein, in seinem langen Nachthemdchen, unter dem die nackten Füßchen hervorschauten. Es war ernst und noch halb im Schlaf. Es sah sich erstaunt in dem unordentlichen Zimmer um und zwinkerte mit den Augen, von den Leuchtern geblendet, die auf den Möbeln brannten. Wahrscheinlich erinnerten sie es an den Neujahrs- und Fastnachtsmorgen, wenn es in der Frühe beim Schein der Kerzen geweckt wurde und zu seiner Mutter ins Bett schlüpfen durfte, um ihre Geschenke in Empfang zu nehmen; denn es fragte: »Wo ist es denn, Mama?«

Und da alle schwiegen, sagte die Kleine: »Aber ich seh doch meinen Schuh nicht!«

Félicité hielt sie über das Bett; aber das Kind schaute immer noch zum Kamin hinüber.

»Hat es die Amme mitgenommen?« fragte es.

Bei diesem Namen, der die Erinnerung an ihre Ehebrüche und an all ihr Unglück wieder wachrief, wandte Madame Bovary den Kopf ab, als ekle ihr vor einem anderen, stärkeren Gift, das ihr in den Mund aufstieg. Berthe saß währenddessen auf dem Bett neben ihr.

»Oh, was hast du für große Augen, Mama! Wie bleich du bist! Wie du schwitzt! . . .«

Die Mutter schaute sie an.

»Ich fürchte mich!« sagte die Kleine und wich zurück.

Emma faßte ihre Hand und wollte sie küssen; aber das Kind sträubte sich dagegen.

»Genug! Bringt sie hinaus!« rief Charles, der schluchzend im Alkoven stand.

Dann setzten die Symptome eine Weile aus; sie war anscheinend weniger erregt. Bei jedem nichtssagenden Wort, bei jedem etwas ruhigeren Atemzug schöpfte Charles neue Hoffnung. Als endlich Canivet eintrat, warf er sich weinend in seine Arme.

»Ach, Sie sind da! Danke! Wie gut von Ihnen! Aber es geht ihr schon besser. Da, sehen Sie nur . . .«

Der Kollege war ganz und gar nicht dieser Ansicht, und da er gern – wie er selbst zu sagen pflegte – *kurzen Prozeß machte*, verordnete er ein Brechmittel, um den Magen völlig zu entleeren.

Sie brach gleich darauf Blut. Ihre Lippen preßten sich fester zusammen, ihre Gliedmaßen waren verkrampft, der Leib war mit braunen Flecken überzogen, und der Puls glitt unter den Fingern hin wie eine straff gespannte Schnur, wie eine Harfensaite, die nahe am Zerreißen ist.

Dann begann sie gräßlich zu schreien. Sie verfluchte das Gift, beschimpfte es, flehte es an, doch rasch ein

Ende zu machen, und stieß mit ihren schon ganz erstarrten Armen alles zurück, was Charles, der ärgere Todesqualen litt als sie, ihr zu trinken aufnötigte. Er stand neben ihr, hatte sein Taschentuch auf die Lippen gepreßt, röchelte und weinte, von Schluchzen erstickt, das ihn von Kopf bis Fuß schüttelte. Félicité lief im Zimmer hin und her. Homais stand da, ohne sich zu rühren, und stieß ab und zu einen tiefen Seufzer aus, und Herrn Canivet, der trotz allem seine selbstbewußte Haltung bewahrte, war allmählich nicht mehr ganz geheuer.

»Teufel! . . . Aber . . . sie ist doch purgiert worden, und sobald die Ursache behoben ist . . .«

»Muß auch die Wirkung aufhören«, warf Homais ein, »das liegt auf der Hand.«

»Rettet sie doch!« schrie Charles auf.

Der Apotheker brachte noch die Hypothese vor, es sei vielleicht ein heilsamer Paroxysmus; doch Canivet hörte nicht auf ihn, sondern wollte eben Theriak verabreichen, da hörte man draußen das Knallen einer Peitsche. Alle Fensterscheiben klirrten, und eine Postkutsche, von drei bis zu den Ohren mit Schmutz bespritzten Pferden gezogen, kam windschnell um die Ecke der Markthalle gerast. Doktor Larivière traf ein.

Die Erscheinung eines Gottes hätte keine größere Aufregung hervorrufen können. Bovary hob die Arme zum Himmel, Canivet brach mitten in seinen Vorbereitungen ab, und Homais nahm sein Käppchen ab, noch ehe der Doktor das Zimmer betreten hatte.

Larivière gehörte zu der großen Chirurgenschule Bichats, jener heute ausgestorbenen Generation philosophischer Praktiker, die an ihrer Kunst mit fanatischer Liebe hingen und sie mit Begeisterung und Scharfsinn ausübten. Alles zitterte in seinem Krankenhaus, wenn er einmal in Zorn geriet, und seine Schüler verehrten ihn so sehr, daß sie, kaum hatten sie eine Praxis eröffnet, ihm alles so genau wie möglich nachmachten. So begegnete man in den umliegenden Städten auf Schritt und Tritt seinem langen wattierten wollenen Überrock und seinem weiten schwarzen Frack, dessen aufgeknöpfte Aufschläge etwas über seine fleischigen Hände hinabreichten. Es waren auffallend schöne Hände, und er trug nie Handschuhe, als hätten sie jederzeit bereit sein müssen, tief in menschliches Elend hineinzugreifen. Er verschmähte Orden, Titel und Akademien, war gastfreundlich, freigebig, väterlich mit den Armen, lebte tugendhaft, obwohl er nicht an die Tugend glaubte, und er hätte beinahe für einen Heiligen gegolten, hätte man ihn nicht wegen seines geschliffenen Witzes wie einen Teufel gefürchtet. Sein Blick war schärfer als seine Seziermesser und drang einem geradewegs tief in die Seele; er legte jede Lüge bloß, durch alle Ausflüchte, alle Scham hindurch. So ging er durchs Leben, in jener nachsichtigen hoheitsvollen Würde, die das Bewußtsein seiner großen Könnerschaft und seines Reichtums und vierzig Jahre eines arbeitsamen und untadelhaften Daseins ihm verliehen.

Schon an der Tür runzelte er die Brauen, als er das totenähnliche Gesicht Emmas sah, die mit offenem Mund auf dem Rücken lag. Dann hörte er scheinbar Canivets Bericht an, rieb sich dabei mit dem Zeigefinger unter der Nase und sagte: »Schon recht, schon recht.«

Nun aber zuckte er bedenklich die Achseln. Bovary beobachtete es. Sie sahen einander an, und dieser Mann, der doch gewöhnt war, Leid mit anzusehen, konnte eine Träne nicht zurückhalten, die auf sein Jabot tropfte.

Er wollte mit Canivet in das anstoßende Zimmer hinübergehen. Charles folgte ihnen.

»Es steht schlimm um sie, nicht wahr? Wenn man Senfpflaster auflegte? Irgend etwas! Finden Sie doch etwas, Sie haben doch schon so viele gerettet!«

Charles umschlang ihn mit beiden Armen und sah ihn

verstört und flehend an, halb ohnmächtig an seine Brust gelehnt.

»Kopf hoch, armer Junge, Mut! Es ist nichts mehr zu machen.«

Doktor Larivière wandte sich ab.

»Sie gehen schon?«

»Ich bin gleich zurück.«

Er ging hinaus, als wollte er dem Postillon eine Weisung geben. Canivet, dem gleichfalls nichts daran lag, Emma unter seinen Händen sterben zu sehen, ging mit ihm.

Auf dem Marktplatz gesellte sich der Apotheker zu ihnen. Er konnte sich nun einmal nicht von berühmten Leuten trennen, das lag in seiner Natur. Er beschwor denn auch den Doktor Larivière, ihm die hohe Ehre zu erweisen und als sein Gast mit ihm zu speisen.

Man ließ schleunigst im *Goldenen Löwen* ein paar Tauben holen, beim Schlächter alle verfügbaren Kotelette einkaufen, Rahm bei Tuvache und Eier bei Lestiboudois besorgen, und der Apotheker half eigenhändig bei den Vorbereitungen, während Madame Homais an den Bändern ihrer Morgenjacke zupfte und sagte: »Sie müssen schon entschuldigen, Herr Doktor, aber in unserer Unglücksgegend, wenn man so etwas nicht am Tag vorher weiß . . .«

»Die Stielgläser!« raunte ihr Homais zu.

»Ja, wären wir in der Stadt, da könnten wir uns wenigstens irgendwie behelfen.«

»Sei doch still! . . . Zu Tisch, Herr Doktor!«

Er hielt es, kaum hatte man die ersten Bissen gegessen, für angebracht, ein paar Einzelheiten des schrecklichen Vorfalls zum besten zu geben.

»Wir haben zuerst ein Gefühl der Trockenheit am Pharynx gehabt, hierauf unerträgliche Schmerzen in der Magengegend, hochgradige Diarrhöe, Koma.«

»Wie hat sie sich denn vergiften können?«

»Ich weiß nicht, Herr Doktor, und ich kann mir auch

gar nicht denken, wo sie sich das Arsenik hat beschaffen können.«

Justin, der gerade einen Stoß Teller hereinbrachte, begann am ganzen Leib zu zittern.

»Was hast du denn?« fragte der Apotheker.

Bei dieser Frage ließ der junge Mann alles mit großem Getöse zu Boden fallen.

»Du Esel!« schrie Homais. »So ein ungeschickter Tolpatsch! Du dummer Esel!«

Dann aber beherrschte er sich plötzlich wieder und sagte: »Ich habe eine Analyse vornehmen wollen, Herr Doktor, und habe *primo* vorsichtig etwas Auswurf in ein Reagenzglas eingeführt . . .«

»Sie hätten besser daran getan«, sagte der Chirurg, »ihr den Finger in den Hals einzuführen.«

Sein Kollege schwieg dazu, denn er hatte eben unter vier Augen einen argen Rüffel wegen seines Brechmittels einstecken müssen, so daß sich der gute Canivet, der damals anläßlich des Klumpfußes so anmaßend und großspurig aufgetreten war, heute höchst bescheiden benahm. Er lächelte in einem fort zustimmend.

Homais blühte in seinem Gastgeberstolz förmlich auf, und der betrübliche Gedanke an Bovary trug durch eine egoistische Besinnung auf sich selbst vage zu seinem Hochgefühl bei. Zudem hob die Anwesenheit des Arztes seine Stimmung. Er führte seine ganze Gelehrsamkeit vor und redete, wie's gerade kam, von Kanthariden, Upas, Manzanilla und Vipern . . .

»Und ich habe sogar einmal gelesen, Herr Doktor, daß verschiedene Personen nach dem Genuß von Blutwurst eine Vergiftung davontrugen und eines jähen Todes starben. Diese Würste waren allzu rasch geräuchert worden! So stand es wenigstens in einem wunderschönen Bericht, den eine unserer hervorragendsten pharmazeutischen Koryphäen abgefaßt hat, einer unserer Meister, der berühmte Cadez de Gassicourt.«

Madame Homais erschien wieder mit einer jener

wackligen Kaffeemaschinen, die mit Brennspiritus geheizt werden. Denn Homais ließ es sich nicht nehmen, seinen Kaffee eigenhändig auf dem Tisch zu bereiten; er hatte ihn übrigens auch selbst geröstet, gemahlen und gemischt.

»*Saccharum*, Herr Doktor?« fragte er und bot Zucker an.

Dann ließ er alle seine Kinder herunterkommen, denn er wünschte die Ansicht des Arztes über ihre Konstitution zu hören.

Endlich wollte Herr Larivière aufbrechen, da bat ihn Madame Homais noch um eine Konsultation für ihren Mann. Er schlafe jeden Abend nach dem Essen ein, und das verdicke doch das Blut.

Der Doktor tat die Frage mit einem witzigen Wortspiel ab, das zwar unverstanden blieb, über das er jedoch selbst lächeln mußte, und öffnete die Tür. Aber die Apotheke war gesteckt voller Leute, und er hatte die größte Mühe, sich Tuvaches zu erwehren, der fürchtete, seine Frau habe eine Brustfellentzündung, weil sie dauernd in die Asche spuckte. Auch Binet wurde er kaum los, der zuweilen Anfälle von Heißhunger verspürte. Desgleichen Madame Caron; sie litt an Seitenstechen. Lheureux hatte Schwindelanfälle; Lestiboudois hatte Rheuma, Madame Lefrançois klagte über Sodbrennen. Endlich fuhren die drei Pferde los, und man fand allgemein, er habe nicht sonderlich viel Entgegenkommen gezeigt.

Bald wurde die Aufmerksamkeit der Menge abgelenkt: Pfarrer Bournisien erschien und ging mit den Sterbesakramenten durch die Markthalle.

Wie er es seinen Grundsätzen schuldig war, verglich Homais die Pfaffen mit Krähen, die vom Leichengeruch angelockt würden. Der Anblick eines Geistlichen war ihm persönlich widerwärtig, denn die Soutane erinnerte ihn an ein Leichentuch, und er konnte das eine nicht leiden, weil er sich vor dem andern fürchtete.

Trotzdem wich er dem nicht aus, was er *seine Sendung* nannte, und kehrte zusammen mit Canivet, dem es Larivière vor seiner Abfahrt dringend ans Herz gelegt hatte, zu Bovary zurück; und hätte seine Frau nicht Einspruch erhoben, so hätte er sogar seine beiden Söhne mitgenommen, um sie an häßliche Eindrücke zu gewöhnen. Es hätte ihnen eine Lehre sein sollen, ein mahnendes Exempel, ein feierliches Bild, an das sie später noch denken würden.

Als sie das Zimmer betraten, war es erfüllt von düsterer Feierlichkeit. Auf dem Nähtisch, über den ein weißes Tuch gebreitet war, lagen neben einem großen Kruzifix zwischen zwei brennenden Leuchtern fünf, sechs Wattebäusche in einer silbernen Schale. Emmas Kinn war auf ihre Brust gesunken; sie hatte die Augen ganz weit offen, und ihre armen Hände strichen rastlos über das Leintuch hin, mit jener schaurig sanften Gebärde Sterbender, die aussieht, als wollten sie sich schon jetzt mit dem Leichentuch zudecken. Marmorbleich und mit Augen, die rot waren wie glühende Kohlen, stand Charles tränenlos ihr gegenüber am Fußende des Bettes, während der Priester sich auf ein Knie niedergelassen hatte und leise Gebete murmelte.

Sie wandte langsam den Kopf, und als sie plötzlich die violette Stola erblickte, war sie sichtlich erfreut. Offenbar fand sie in einer tiefen Befriedung die verlorene Wollust ihrer früheren mystischen Verzückungen wieder, und zugleich erstanden wohl auch die ersten Visionen der ewigen Seligkeit vor ihr.

Der Priester erhob sich und ergriff das Kruzifix. Da reckte sie den Hals wie jemand, der dürstet, preßte die Lippen auf den Leib des menschgewordenen Gottes und drückte mit aller erlöschenden Kraft den heißesten Liebeskuß darauf, den sie je gegeben hatte. Dann betete der Geistliche das *Misereatur* und das *Indulgentiam*, tauchte seinen rechten Daumen in das Öl und begann die heilige Handlung. Zuerst salbte er die Augen, die so sehr nach

allen irdischen Lüsten begehrt hatten, dann die Nasenflügel, die so lüstern auf linde Lüfte und alle liebeatmen-
den Wohlgerüche gewesen waren, dann ihren Mund,
der sich zum Lügen geöffnet, der vor Hoffart gestöhnt
und in Wollust geschrien hatte, darauf die Hände, die so
weich und beseligt zarte Dinge befühlen konnten, und
zuletzt die Sohlen ihrer Füße, die einst so flink gelaufen
waren, wenn es galt, ihre Gelüste zu stillen, und die jetzt
nie mehr gehen würden.

Der Pfarrer wischte sich die Finger ab, warf die ölge-
tränkten Wattestückchen ins Feuer und setzte sich wieder zu der Sterbenden, um ihr zu sagen, daß sie nunmehr
ihre Leiden mit den Leiden Jesu Christi vereinen und sich
der göttlichen Barmherzigkeit anheimgeben solle.

So sprach er ihr tröstend und ermahnend zu, und als er
geendet hatte, versuchte er ihr eine geweihte Kerze in
die Hand zu geben als Symbol der himmlischen Glorie, in
die sie nun bald eingehen sollte. Doch Emma war zu
schwach und konnte die Finger nicht schließen, und
hätte Pfarrer Bournisien nicht geschwind zugegriffen,
wäre die Kerze zu Boden gefallen.

Emma war aber jetzt nicht mehr so blaß wie bisher,
und ihr Gesicht hatte einen geradezu heiteren Ausdruck,
als wäre sie durch das Sakrament genesen.

Der Priester verfehlte nicht, darauf hinzuweisen, ja,
er setzte Bovary sogar auseinander, Gott der Herr lasse
zuweilen manche Menschen länger leben, wenn er es
für ihr Seelenheil für angebracht erachte; und Charles
erinnerte sich an den Tag, an dem sie schon einmal mit
dem Tode gerungen und das Abendmahl empfangen
hatte.

Vielleicht hätte ich nicht zu verzweifeln brauchen!
dachte er.

Wirklich schaute sie langsam um sich, als wäre sie aus
einem Traum erwacht, dann verlangte sie mit klarer
Stimme ihren Handspiegel und verharrte eine Weile
über ihn gebeugt, bis ihr große Tränen aus den Augen

rannen. Dann warf sie den Kopf hintenüber, stieß einen Seufzer aus und sank in das Kissen zurück.

Ihre Brust begann alsbald in raschen Stößen zu keuchen. Die Zunge trat ganz aus dem Mund, die Augen rollten in ihren Höhlen und verblaßten wie zwei Lampenglocken, die erlöschen. Man hätte sie schon für tot halten können, wäre nicht das erschreckende, immer schnellere Jagen ihrer Rippen gewesen, die von einem wütenden Atem geschüttelt wurden, als hätte die Seele sich in wilden Sätzen freimachen wollen. Félicité warf sich vor dem Kruzifix auf die Knie, und sogar der Apotheker beugte ein wenig die Knie, während Herr Canivet wie geistesabwesend auf den Marktplatz hinausschaute. Bournisien hatte wieder zu beten angefangen, das Gesicht auf den Bettrand geneigt, und seine lange schwarze Soutane lag hinter ihm im Zimmer. Charles kniete auf der anderen Seite und hatte beide Arme zu Emma emporgestreckt. Er hatte ihre Hände ergriffen und drückte sie, und bei jedem Schlag ihres Herzen zuckte er zusammen wie unter der Erschütterung eines zusammenstürzenden Gemäuers. Je heftiger das Röcheln wurde, desto hastiger sprach der Priester seine Gebete; sie vermischten sich mit dem erstickten Schluchzen Bovarys. Manchmal war es, als ginge alles im dumpfen Gemurmel der lateinischen Silben unter, die sich anhörten wie das Läuten eines Totenglöckchens.

Plötzlich vernahm man draußen auf der Straße das Klappern derber Holzschuhe und das Scharren eines Stockes. Eine Stimme erhob sich, eine rauhe Stimme, die sang:

> »Oft hat, vom Sonnenglast verführt,
> Manch Mädchen Liebe schon verspürt.«

Emma richtete sich auf, wie ein Leichnam, den man galvanisiert, mit wirrem Haar, starren Augen und offenem Mund.

»Im Stoppelfelde, frisch gemäht,
Nanette in der Sonne steht,
Liest emsig Ähren früh und spät,
Bis müde sie nach Hause geht.«

»Der Blinde!« schrie sie.

Sie brach in ein Lachen aus, ein grauenvolles, wildes,
verzweifeltes Lachen, denn sie glaubte das scheußliche
Gesicht des Bettlers vor sich zu sehen, der sich wie ein
Schreckgespenst in der ewigen Finsternis vor ihr aufrichtete.

»Er blies sehr stark, der böse Wind,
Und hob das Röckchen auf dem Kind!«

Ein krampfhaftes Zucken lief durch ihren Körper,
dann sank sie auf das Bett zurück. Sie lebte nicht mehr.

9

Nach dem Tode eines Menschen befällt die Hinter-
bliebenen stets eine Art Betäubung; so schwer ist es,
dieses unfaßliche Hereinbrechen des Nichts zu begreifen und sich so weit damit abzufinden, daß man
daran glauben kann. Aber als Charles sah, daß Emma
sich nicht mehr regte, warf er sich über sie und schrie:
»Leb wohl! Leb wohl!«

Homais und Canivet führten ihn mit sanfter Gewalt
aus dem Zimmer.

»Nehmen Sie sich zusammen!«

»Ja«, sagte er und rang sich los, »ich will vernünftig
sein, ich werde nichts Schlimmes tun. Aber laßt mich
jetzt allein! Ich will sie sehen! Sie ist doch meine Frau!«

Und er weinte.

»Weinen Sie nur«, redete ihm der Apotheker zu,
»lassen Sie der Natur ihren Lauf, das wird Sie erleichtern!«

Charles war schwach wie ein kleines Kind geworden und ließ sich hinunter in die große Stube führen, und bald danach ging Homais nach Hause.

Auf dem Marktplatz sprach ihn der Blinde an. Der hatte sich bis nach Yonville geschleppt, in der Hoffnung, die versprochene Salbe zu bekommen. Nun fragte er jeden, der vorbeikam, wo der Apotheker wohne.

»Na, meinetwegen! Als ob ich jetzt nichts Gescheiteres zu tun hätte! Ach was, tut mir leid, komm ein andermal wieder!«

Damit trat er rasch in sein Haus.

Er hatte noch manches zu erledigen: er mußte zwei Briefe schreiben, einen beruhigenden Trank für Bovary zubereiten, eine Lüge ausdenken, womit der Selbstmord bemäntelt werden konnte, einen Artikel darüber für das *Fanal* verfassen, ungerechnet die Leute, die auf ihn warteten, um Näheres zu erfahren. Und als die Einwohner von Yonville allesamt sein Märchen von dem Arsenik vernommen hatten, das sie irrtümlich für Zucker gehalten und mit dem sie eine Vanillecreme bereitet hatte, kehrte Homais abermals zu Bovary zurück.

Er traf ihn allein – Canivet war eben fortgegangen –, im Lehnstuhl am Fenster sitzend; er stierte wie verblödet auf den Fliesenboden.

»Sie müßten jetzt wohl«, sagte der Apotheker, »festsetzen, wann die Feierlichkeit stattfinden soll.«

»Wieso? Was für eine Feierlichkeit?«

Dann setzte er stammelnd und erschreckt hinzu: »O nein, nicht wahr? Nein, ich gebe sie nicht her!«

Um Haltung zu bewahren, nahm Homais auf dem Blumentischchen eine Karaffe und begoß die Geranien.

»Ach, danke«, sagte Charles, »das ist lieb von Ihnen!«

Er konnte nicht weitersprechen, so viele Erinnerungen stürmten auf ihn ein bei dieser Geste des Apothekers; sein Hals war wie zugeschnürt.

Da hielt es Homais für angebracht, ihn etwas abzulenken, und kam auf die Pflege von Pflanzen zu sprechen.

Blumen müßten eben regelmäßig Wasser erhalten. Charles nickte zustimmend.

»Übrigens werden jetzt ja bald wieder schöne Tage kommen.«

»Ah!« murmelte Bovary.

Nun war der Apotheker mit seinem Latein am Ende; er schob leise die Vorhänge am Fenster zur Seite.

»Sieh mal an, da geht Herr Tuvache vorbei!«

Charles sprach ihm wie ein Automat nach: »Geht Herr Tuvache vorbei.«

Homais wagte nicht noch einmal von den Anordnungen für die Beisetzung anzufangen. Schließlich gelang es dem Geistlichen, ihn dazu zu bewegen.

Er schloß sich in seinem Sprechzimmer ein, griff zur Feder, schluchzte eine Zeitlang bitterlich und schrieb dann:

»Ich wünsche, daß man sie in ihrem Hochzeitskleid bestattet, mit weißen Schuhen und dem Brautkranz. Das Haar soll man über ihre Schultern breiten. Drei Särge, einer aus Eichenholz, einer aus Mahagoni, einer aus Blei. Ich will keinen Trost; ich werde Kraft finden. Über das Ganze breite man ein großes Stück grünen Samt. Ich will es so haben. Tut es.«

Die beiden Herren waren höchst erstaunt über die verstiegenen Ideen Bovarys, und der Apotheker ging gleich zu ihm hinein und sagte: »Dieser Samtbehang scheint mir doch überflüssig. Und dann, die Kosten . . .«

»Geht Sie das etwas an?« schrie Charles. »Lassen Sie mich in Frieden! Sie haben sie nicht geliebt! Machen Sie, daß Sie hinauskommen!«

Der Geistliche faßte ihn unter dem Arm und machte mit ihm einen Gang durch den Garten. Er ließ sich des langen und breiten über die Vergänglichkeit alles Irdischen aus. Gott sei groß und gütig; man müsse sich ohne Murren in seine Ratschlüsse schicken, ihm sogar danken.

Charles brach in wilde Lästerungen aus.

»Ich fluche ihm, eurem Gott!«

»Der Geist der Auflehnung lebt noch in Ihnen«, seufzte der Priester.

Bovary war schon weit fort. Mit langen Schritten ging er an der Gartenmauer entlang, längs der Spaliere, knirschte mit den Zähnen und warf Blicke, mit Haß und Flüchen geladen, zum Himmel empor. Doch davon regte sich auch nicht ein einziges Blatt.

Ein leichter Regen fiel. Charles, der mit bloßer Brust herumlief, begann schließlich vor Kälte zu zittern. Er ging hinein und setzte sich in die Küche.

Um sechs Uhr vernahm man draußen auf dem Marktplatz ein Gerassel von Eisenzeug. Die *Schwalbe* fuhr ein. Er preßte die Stirn gegen die Scheibe und schaute zu, wie die Reisenden einer nach dem andern ausstiegen. Félicité legte ihm eine Matratze ins Wohnzimmer; er warf sich darauf und schlief ein.

Herr Homais war ein Freidenker, aber er hatte Achtung vor den Toten. So trug er denn dem armen Charles nichts nach, sondern kam am Abend wieder und wollte Totenwache halten. Er brachte drei Bücher und eine Schreibmappe mit, um sich Notizen zu machen.

Pfarrer Bournisien war schon da, und zwei große Kerzen brannten am Kopfende des Bettes, das man aus dem Alkoven herausgerückt hatte.

Der Apotheker, den das Schweigen bedrückte, äußerte schon bald ein paar bedauernde Worte über die »unglückliche junge Frau«; der Priester erwiderte, jetzt bleibe nichts mehr übrig, als für sie zu beten.

»Aber«, versetzte Homais, »es ist nur eines von beiden möglich: entweder ist sie – wie die Kirche sich ausdrückt – im Zustand der Gnade gestorben, und dann braucht sie unsere Gebete nicht; oder sie ist unbußfertig hingeschieden – so lautet, glaube ich, der kirchliche Ausdruck –, und dann . . .«

Bournisien fiel ihm in die Rede und hielt ihm unwirsch entgegen, man müsse eben trotzdem beten.

»Wenn doch aber Gott alle unsere Nöte kennt«, wandte Homais ein, »wozu soll dann das Gebet noch nützen?«

»Wie?« ereiferte sich der Pfarrer, »wozu noch beten? Sind Sie denn kein Christ?«

»Verzeihung!« rief der Apotheker, »ich bewundere das Christentum. Es hat zuerst die Sklaven befreit und in der Welt eine Moral zur Geltung gebracht . . .«

»Darum geht es jetzt nicht! Alle Quellen . . .«

»Oho! Was die Quellen anbelangt, so lesen Sie doch nur in der Geschichte nach. Man weiß ja, daß sie von den Jesuiten gefälscht worden sind.«

Charles kam herein, trat zum Bett und zog langsam die Vorhänge beiseite.

Emmas Kopf war auf die rechte Schulter gesunken. Ihr verzerrter Mund stand offen und wirkte wie ein schwarzes Loch in der unteren Hälfte des Gesichts, die beiden Daumen waren in die Handflächen eingebogen, eine Art weißer Staub lag auf ihren Wimpern, und ihre Augen begannen schon unter einer schleimigen, blassen Schicht zu verschwinden. Es sah aus, als hätten Spinnen ein dünnes Netz darüber gewebt. Das Leintuch war von der Brust bis zu den Knien eingebuchtet und hob sich von da an bis zu den Zehenspitzen. Charles kam es so vor, als ob ungeheure Massen, ein gewaltiges Gewicht auf ihr lasteten.

Vom Kirchturm schlug es zwei Uhr. Man vernahm das dumpfe Murmeln des Flusses, der am Fuß der Terrasse in der Finsternis vorbeiströmte. Ab und zu schneuzte sich Pfarrer Bournisien geräuschvoll, und Homais' Feder kratzte auf dem Papier.

»Lieber Freund«, mahnte er, »gehen Sie jetzt. Das mit ansehen zu müssen zerreißt Ihnen ja das Herz!«

Als Charles draußen war, begannen der Apotheker und der Pfarrer ihre Auseinandersetzungen von neuem.

»Lesen Sie Voltaire!« sagte Homais. »Lesen Sie d'Holbach, lesen Sie die *Enzyklopädie*!«

»Lesen Sie die *Briefe einiger portugiesischer Juden*!« versetzte der Pfarrer. »Lesen Sie die *Rechtfertigung des Christentums* von Nicolas, einem ehemaligen hohen Beamten.«

Sie ereiferten sich, hatten rote Köpfe und redeten beide zugleich, und keiner hörte auf den andern. Bournisien war entrüstet über soviel Vermessenheit, Homais staunte über soviel Dummheit, und es fehlte nicht viel, daß sie sich Beleidigungen an den Kopf geworfen hätten. Da kam Charles unversehens wieder herein. Er wurde wie von einer höheren Gewalt hierhergezogen. Immer wieder stieg er die Treppe hinauf.

Er stellte sich ihr gegenüber, um sie besser ansehen zu können, und verlor sich in dieses Anschauen, das so tief war, daß es nichts Schmerzliches mehr hatte.

Allerlei Geschichten von Starrsüchtigen gingen ihm durch den Kopf, er dachte an die Wunder des Magnetismus und sagte sich, wenn er es nur von ganzer Seele wolle, dann könne er sie vielleicht wieder zum Leben erwecken. Einmal beugte er sich sogar über sie und rief ganz leise: »Emma! Emma!« Von seinem heftig ausgestoßenen Atem flackerten die Kerzenflammen gegen die Wand.

Bei Tagesanbruch traf die alte Madame Bovary ein. Als Charles sie umarmte, übermannten ihn aufs neue die Tränen. Sie versuchte, wie schon der Apotheker, ihm Vorhaltungen wegen der Kosten der Beerdigung zu machen. Aber er brauste so heftig auf, daß sie schwieg, und er beauftragte sie sogar, ohne Verzug in die Stadt zu fahren und alles Nötige zu kaufen.

Charles blieb den ganzen Nachmittag allein. Berthe hatte man zu Madame Homais gebracht. Félicité war mit Madame Lefrançois oben im Schlafzimmer.

Am Abend empfing er Besuche. Er erhob sich jedesmal, drückte ihnen wortlos die Hände; dann setzten sie sich zu den andern, die vor dem Kamin in einem großen Halbkreis saßen. Sie hielten die Köpfe gesenkt, hatten die Beine übereinandergeschlagen und wippten mit den Füßen. Von Zeit zu Zeit stießen sie einen tiefen Seufzer aus. Alle langweilten sich maßlos; aber keiner wollte zuerst fortgehen.

Als Homais um neun Uhr zurückkam – seit zwei Tagen sah man ihn in einem fort über den Marktplatz hin und her gehen –, brachte er eine ganze Ladung Kampfer, Benzoe und aromatische Kräuter mit. Auch ein Gefäß mit Chlor hatte er bei sich, um die Krankheitsstoffe fernzuhalten. Das Dienstmädchen, Madame Lefrançois und die alte Madame Bovary machten sich gerade mit Emma zu schaffen und waren daran, sie fertig anzukleiden. Nun zogen sie den langen steifen Schleier über sie, der sie bis hinab zu den Seidenschuhen bedeckte.

Félicité schluchzte: »Ach, meine arme Herrin! meine arme Herrin!«

»Sehen Sie nur«, sagte die Wirtin seufzend, »wie herzig sie noch immer ist! Würde man nicht schwören, daß sie gleich aufstehen werde?«

Dann beugten sie sich über sie, um ihr den Kranz aufzusetzen.

Sie mußten dazu den Kopf ein wenig hochheben, und da kam ein ganzer Schwall schwarzer Flüssigkeit wie Erbrochenes aus ihrem Mund.

»Mein Gott! Das Kleid! Passen Sie doch auf!« schrie Madame Lefrançois. »Helfen Sie uns doch!« fuhr sie den Apotheker an. »Haben Sie etwa Angst?«

»Ich Angst?« gab er achselzuckend zurück. »Ach, du mein Gott! Da habe ich schon ganz andere Sachen erlebt! Als ich noch Pharmazeutik studierte, damals im Krankenhaus. Wir brauten uns Punsch im Seziersaal! Das Nichts kann einen Philosophen nicht schrecken. Ich habe sogar die Absicht – und ich habe es schon öfters erklärt –, meine Leiche irgendeinem Krankenhaus zu vermachen, damit ich später der Wissenschaft noch nützlich sein kann.«

Da kam der Pfarrer und fragte gleich, wie es dem

Hausherrn gehe. Auf die Auskunft des Apothekers erwiderte er: »Sie müssen das verstehen: der Schlag ist noch zu frisch.«

Daraufhin meinte Homais, er könne von Glück reden, daß er nicht wie andere Menschen damit rechnen müsse, eine geliebte Lebensgefährtin zu verlieren. Daraus ergab sich dann eine hitzige Auseinandersetzung über das Zölibat der Priester.

»Denn«, so erklärte der Apotheker, »es ist wider die Natur, daß ein Mann ohne Frauen lebt. Man hat schon Verbrechen gesehen . . .«

»Aber zum Donnerwetter!« rief der Geistliche, »wie soll denn, meinen Sie, ein Mensch, der im Ehestand lebt, zum Beispiel das Beichtgeheimnis wahren?«

Da zog Homais gegen die Beichte los. Bournisien verteidigte sie und ließ sich über die Umkehr aus, die sie bei vielen Sündern schon bewirkt habe. Er führte verschiedene Anekdoten an, in denen Diebe plötzlich wieder ehrliche Menschen geworden waren, von Soldaten, denen es im Beichtstuhl wie Schuppen von den Augen gefallen war. In Freiburg gebe es einen Minister . . .

Sein Gesprächspartner schlief. Da dem Pfarrer in der stickigen Zimmerluft das Atmen schwerfiel, öffnete er das Fenster, und darüber erwachte der Apotheker.

»Da, nehmen Sie eine Prise!« sagte er zu ihm. »Nehmen Sie ruhig, das macht den Kopf frei!«

In der Ferne bellte irgendwo ein Hund, unausgesetzt.

»Hören Sie, wie der Hund heult?« fragte der Apotheker.

»Man behauptet, sie wittern die Toten«, antwortete der Geistliche. »Es ist wie bei den Bienen: die schwärmen auch aus ihrem Stock, wenn jemand stirbt.« – Homais ließ diesen Aberglauben unwidersprochen, denn er war von neuem eingeschlafen.

Pfarrer Bournisien, der mehr vertrug, bewegte noch eine Zeitlang weiter leise die Lippen. Dann sank ihm unmerklich das Kinn auf die Brust, das dicke schwarze

Buch fiel ihm aus der Hand, und er begann zu schnarchen.

Sie saßen einander gegenüber, die Bäuche vorgestreckt, mit gedunsenen Gesichtern und sauren Mienen und hatten sich nach all ihrer Uneinigkeit in derselben menschlichen Schwäche gefunden. Sie rührten sich ebensowenig wie der Leichnam neben ihnen, der aussah, als schliefe er.

Als Charles wieder hereinkam, wachten die beiden nicht auf. Er kam zum letztenmal. Er wollte von ihr Abschied nehmen.

Die aromatischen Kräuter rauchten noch, und Wirbel bläulichen Dampfes vermengten sich am Fenster mit dem Nebel, der hereindrang. Am Himmel standen wenige Sterne, und die Nacht war mild.

Das Wachs der Kerzen tropfte in großen Tränen auf die Bettücher. Charles sah zu, wie sie niederbrannten, und ermüdete seine Augen am strahlenden Schein ihrer gelben Flammen.

Schillernde Kringel flimmerten auf dem Seidenkleid, das weiß war wie Mondenschein. Emma verschwand darunter, und es war ihm, als trete sie aus sich heraus und gehe in den Dingen ringsum auf, in der Stille, in der Nacht, dem Wind, der wehte, in den feuchten Düften, die aufstiegen.

Dann sah er sie plötzlich zu Tostes im Garten, auf der Bank bei der Weißdornhecke, oder in Rouen auf der Straße, unter der Tür ihres Hauses oder im Hof von Les Bertaux. Er hörte noch das Gelächter der ausgelassenen Burschen, die unter den Apfelbäumen tanzten. Das Zimmer war erfüllt vom Duft ihres Haares, und ihr Atlaskleid knisterte in seinen Armen, als sprühte es Funken. Es war dasselbe Kleid, das sie jetzt anhatte!

Lange saß er so da und durchlebte noch einmal das ganze entschwundene Glück, rief sich ihre Haltung, ihre Gebärden, den Klang ihrer Stimme wieder in Erinnerung. Immer wieder übermannte ihn die Verzweiflung, ohne nachzulassen, wie die Wogen einer Brandung, die ihn überfluteten.

Eine grausige Wißbegier überkam ihn: behutsam und mit klopfendem Herzen hob er mit den Fingerspitzen den Schleier. Aber er schrie vor Entsetzen laut auf, so daß die beiden andern erwachten. Sie führten ihn fast mit Gewalt hinunter in die große Stube.

Nach einer Weile kam Félicité herauf und berichtete, er wolle eine Haarlocke von ihr haben.

»Schneiden Sie doch eine ab!« erwiderte der Apotheker.

Da sie sich nicht traute, trat er selbst mit der Schere in der Hand hinzu. Er zitterte so heftig, daß er an mehreren Stellen in die Haut der Schläfe stach. Schließlich wurde er seiner Aufregung Herr und schnitt zwei- oder dreimal auf gut Glück zu, so daß ein paar helle kahle Stellen in dem schönen schwarzen Haar entstanden.

Der Apotheker und der Pfarrer vertieften sich jeder wieder in seine Beschäftigung und schlummerten abermals von Zeit zu Zeit darüber ein. Sooft sie aufs neue erwachten, hielten sie sich das gegenseitig vor. Pfarrer Bournisien besprengte das Zimmer mit Weihwasser, und Homais streute ein bißchen Chlor auf den Boden.

Félicité hatte vorsorglich eine Flasche Branntwein, einen Käse und ein großes Milchbrot für sie auf der Kommode bereit gestellt, und gegen vier Uhr früh seufzte der Apotheker, der es nicht mehr aushielt: »Wahrhaftig, ich würde mich recht gern ein bißchen stärken!«

Der Geistliche ließ sich nicht lange nötigen. Er ging noch rasch aus, las seine Messe und kam dann wieder. Nun aßen sie, stießen miteinander an, kicherten auch ein paarmal albern, ohne zu wissen warum, angeregt von der grundlosen Lustigkeit, die einen zuweilen nach langen Traueranlässen ankommt; und beim letzten Gläschen klopfte der Priester dem Apotheker auf die Schulter und sagte: »Wir werden uns schon noch verstehen.«

Unten im Vorraum begegneten sie den Arbeitern, die eben ankamen. Volle zwei Stunden mußte Charles Todesqualen leiden und die Hammerschläge hören, die auf den Brettern dröhnten. Dann legte man die Tote in ihren Eichensarg, den man in die beiden anderen versenkte. Da aber der Sarg zu breit war, mußte man die Zwischenräume mit Matratzenwolle ausstopfen. Als zuletzt die drei Deckel zurechtgehobelt, zugenagelt und verlötet waren, stellte man den Sarg vor der Tür zur Schau. Das Haus wurde weit geöffnet, und die Leute von Yonville begannen herbeizuströmen.

Der alte Rouault kam. Als er das schwarze Tuch sah, fiel er auf dem Marktplatz in Ohnmacht.

10

Er hatte den Brief des Apothekers erst sechsunddreißig Stunden nach dem Ereignis erhalten, und aus Rücksicht auf seine Erregbarkeit hatte Homais ihn so abgefaßt, daß man unmöglich daraus entnehmen konnte, was wirklich geschehen war.

Der alte Mann sank zuerst wie vom Schlag getroffen zusammen. Dann begriff er, daß sie ja nicht tot sei. Aber sie konnte gestorben sein ... Zuletzt hatte er seine Bluse übergezogen, den Hut aufgesetzt und Sporen an die Schuhe geschnallt und war im gestreckten Galopp davongeritten. Auf dem ganzen Weg keuchte der alte Rouault und verzehrte sich in Todesangst. Einmal mußte er sogar absteigen. Er sah nichts mehr, hörte Stimmen rings um sich und hatte das Gefühl, er werde wahnsinnig.

Der Tag brach an. Er sah drei schwarze Hühner, die auf einem Baum schliefen. Voll Entsetzen über dieses unheilvolle Vorzeichen schrak er zusammen. Da gelobte er der Heiligen Jungfrau drei Meßgewänder für die Kirche und einen Bittgang mit bloßen Füßen vom Friedhof in Les Bertaux bis zur Kapelle von Vassonville.

Als er in Maromme einritt, rief er laut nach den Wirts-
leuten, rannte dann die Tür mit einem Stoß seiner Schultern ein, tat einen Sprung bis zum Hafersack, goß eine
Flasche süßen Apfelwein in die Krippe, schwang sich
dann wieder auf sein Roß und preschte davon, daß die
Funken stoben.

Immer wieder sagte er sich, man werde sie bestimmt
retten, die Ärzte würden sicher ein Mittel finden. Er rief
sich alle wunderbaren Heilungen ins Gedächtnis, von
denen man ihm erzählt hatte.

Dann aber sah er sie tot vor sich. Da lag sie vor ihm,
mitten auf der Landstraße, lang ausgestreckt auf dem
Rücken. Er zog die Zügel an, und die Halluzination
verschwand.

In Quincampoix trank er, um sich Mut zu machen,
drei Tassen Kaffee, eine nach der andern.

Möglicherweise, fiel ihm ein, hatte der Briefschreiber
sich im Namen geirrt. Er suchte den Brief in seiner
Tasche, spürte ihn, wagte aber nicht, ihn zu öffnen.

Zuletzt verfiel er auf den Gedanken, es sei vielleicht
ein übler Streich, ein Racheakt oder der dumme Einfall
eines Angetrunkenen. Und zudem: wäre sie tot, dann
wüßte man es doch. Doch nein, die Landschaft war nicht
anders als sonst, der Himmel war blau, die Bäume wiegten sich im Winde, eine Schafherde zog vorbei. Nun kam
das Dorf in Sicht. Man sah ihn im Galopp, tief auf sein
Pferd gebeugt, nähersprengen; er schlug mit aller Kraft
auf das Tier ein, daß ihm das Blut von den Gurten
tropfte.

Als er wieder zum Bewußtsein kam, sank er weinend
Bovary in die Arme.

»Meine Tochter! Emma! Mein Kind! Erklären Sie
mir doch . . .«

Bovary antwortete unter Schluchzen: »Ich weiß es
nicht! Ich weiß es nicht! Es ist wie ein Fluch!«

Der Apotheker trat zwischen sie.

»Wozu denn diese entsetzlichen Dinge aufrühren?

Das kann der Herr alles von mir erfahren. Da kommen schon die Leute. Haltung, zum Donnerwetter! Bewahren Sie Fassung!«

Der arme Bovary wollte sich stark zeigen und wiederholte mehrmals: »Ja . . . Kopf hoch!«

»Wohlan!« rief der Alte, »an Mut soll's mir nicht fehlen, Himmeldonnerwetter! Ich werde ihr bis zum Ende das Geleit geben.«

Die Glocke läutete. Alles war bereit. Man mußte sich auf den Weg machen.

Dann saßen die beiden Männer nebeneinander in einem Sitz des Chorgestühls und sahen unaufhörlich die drei psalmodierenden Vorsänger hin und her gehen. Der Serpentist blies auf seinem Instrument, was die Lungen hergaben. Pfarrer Bournisien in vollem Ornat sang mit schriller Stimme. Er neigte sich vor dem Tabernakel, hob die Hände in die Höhe und breitete die Arme aus. Lestiboudois ging mit seinem Fischbeinstab in der Kirche umher. Neben dem Chorpult stand der Sarg zwischen vier Reihen Kerzen. Charles wäre am liebsten aufgestanden und hätte sie gelöscht.

Er versuchte indessen, sich mit aller Gewalt in eine andachtsvolle Stimmung zu versetzen, sich zur Hoffnung auf ein zukünftiges Leben aufzuschwingen, in dem er sie wiedersehen würde. Er dachte sich aus, sie sei verreist, weit fort, seit langer Zeit. Aber wenn ihm dann wieder in den Sinn kam, daß sie dort unter dem Bahrtuch lag und daß alles zu Ende war, daß man sie nun forttrug und beerdigte, packte ihn eine wilde, finstere, verzweifelte Wut. Manchmal glaubte er wieder, er empfinde gar nichts mehr, und er genoß dieses Nachlassen des Schmerzes, obwohl er sich zugleich vorwarf, er sei ein nichtswürdiger Mensch.

Da vernahm man ein Geräusch, das wie das gleichmäßige harte Aufsetzen eines eisenbeschlagenen Stockes auf den Fliesen klang. Dieses Stapfen kam aus dem Hintergrund und hörte unvermittelt im Seitenschiff auf. Ein

Mann in einer groben braunen Joppe kniete mühsam hin. Es war Hippolyte, der Knecht vom *Goldenen Löwen.* Er hatte heute sein neues Holzbein angeschnallt.

Einer der Vorsänger machte die Runde durch das Mittelschiff und sammelte die Kollekte ein. Die großen Kupferstücke fielen klirrend eines nach dem andern in die silberne Schale.

»Macht doch ein wenig rascher! Ich halte das nicht aus!« rief da Bovary und warf ihm zornig ein Fünffrankenstück hin.

Der Kirchendiener dankte ihm mit einer langen Verbeugung.

Man sang, kniete nieder, erhob sich wieder; das nahm kein Ende! Er dachte daran, wie sie einmal, in der ersten Zeit ihrer Ehe, zusammen die Messe gehört hatten. Sie hatten sich auf der andern Seite, rechts an der Mauer, hingesetzt. Die Glocke begann wieder zu läuten. Ein allgemeines Stühlerücken hob an. Die Träger schoben ihre drei Stangen unter den Sarg, und man verließ die Kirche.

In diesem Augenblick trat Justin unter die Tür der Apotheke. Aber auf einmal wankte er totenbleich wieder ins Haus.

An allen Fenstern standen die Leute und wollten den Trauerzug vorbeiziehen sehen. Charles ging voraus, den Oberkörper gerade aufgerichtet. Er trug eine tapfere Miene zur Schau und nickte grüßend jedem zu, der aus den Gäßchen oder den Türen herauskam und sich der Menschenmenge anschloß, die hinter dem Sarg einherging.

Die sechs Sargträger, drei auf jeder Seite, schritten langsam aus und keuchten ein wenig vor Anstrengung. Die Priester, die Vorsänger und die beiden Chorknaben sangen das *De Profundis,* und ihre Stimmen hallten weit über das Land hin, bald lauter, bald wieder leiser, an- und abschwellend. Manchmal verschwanden sie an einer Biegung des Weges; aber das große silberne Kreuz ragte ständig zwischen den Bäumen empor.

Die Frauen gingen hinterdrein, in schwarzen Um-
hängen mit zurückgeschlagenen Kapuzen. Sie trugen in
der Hand große brennende Kerzen, und Charles fühlte,
wie seine Kräfte schwanden bei diesen sich immer
wiederholenden Gebeten und beim Anblick der brennenden Kerzen, bei diesem widerlichen Geruch der
Wachslichter und der Soutanen. Ein frischer Wind
wehte, der Roggen und der Raps grünten, Tautröpfchen
zitterten auf den Dornhecken am Wegrand. Mancherlei
fröhliche Geräusche erfüllten die Gegend ringsum: das
Klappern eines Karrens, der weit weg in den Wagen-
geleisen dahinrollte, das mehrmalige Krähen eines
Hahns oder das Getrappel eines davongaloppierenden
Fohlens, das man unter den Apfelbäumen dahinflüchten
sah. Der klare Himmel war mit rosa Wölkchen gesprenkelt. Bläuliche Lichtflecke fielen auf die mit Schwertlilien
überwachsenen Hütten. Im Vorübergehen erkannte
Charles jeden Hof. Er erinnerte sich an manchen Morgen
wie den heutigen, an dem er einen Kranken besucht
hatte und dann nach Hause gegangen war, zu ihr.

Das schwarze, mit weißen Tüpfchen übersäte Bahrtuch wurde hier und da in die Höhe geweht, und man
konnte den Sarg sehen. Die ermüdeten Träger gingen
langsamer, und die Bahre kam ruckweise vorwärts wie
eine Schaluppe, die bei jeder Woge stampft.

Man war am Ziel.

Die Männer gingen weiter bis ganz hinten zu einer
Stelle im Rasen, wo das Grab ausgehoben war.

Alles stellte sich ringsumher auf; und während der
Priester sprach, rieselte die rote Erde, die am Rand auf-
geschüttet war, unaufhörlich leise über die Ecken der
Grube hinab.

Dann wurden die vier Seile zurechtgelegt, und man
stellte den Sarg darauf. Charles sah zu, wie er hinunter-
gelassen wurde. Er sank tiefer und tiefer.

Endlich hörte man, wie er aufprallte. Knirschend
kamen die Seile wieder herauf. Da ergriff Bournisien den

Spaten, den ihm Lestiboudois reichte. Während er mit der rechten Hand Weihwasser sprengte, stieß er mit der linken kraftvoll eine volle Schaufel Erde hinab. Der Sargdeckel, auf den das mit Steinen vermischte Erdreich kollerte, gab jenen grauenhaften Laut von sich, der uns wie ein Widerhall der Ewigkeit anmutet.

Der Geistliche gab den Weihwasserwedel seinem Nachbar weiter. Herr Homais – er war es – schwang ihn würdevoll und reichte ihn Charles, der sich bis zu den Knien in die Schollen niederließ und mit vollen Händen die Erde hinunterwarf. Dabei rief er immer wieder: »Leb wohl!« und sandte ihr Küsse nach, ja, er kroch zu dem Grab hin und wollte sich ihr nachstürzen.

Man führte ihn fort, und er wurde bald wieder ruhiger. Vielleicht empfand er wie alle andern ein unklares Gefühl der Erleichterung, daß nun alles überstanden war.

Auf dem Heimweg steckte sich der alte Rouault gemütlich eine Pfeife an. Homais fand das im stillen höchst unangebracht. Er bemängelte auch, daß Herr Binet es nicht für nötig gehalten hatte zu erscheinen, daß Tuvache sich nach der Messe »verdrückt« und daß Théodore, der Diener des Notars, einen blauen Rock getragen hatte, »als ob es nicht möglich gewesen wäre, einen schwarzen aufzutreiben, wenn es doch, zum Teufel, so Sitte ist«! Um seine Beobachtungen weiterzugeben, ging er von einer Gruppe zur andern. Wo er hinkam, beklagte man Emmas Tod, am lautesten Lheureux, der es sich nicht hatte nehmen lassen, zum Begräbnis zu kommen.

»Die arme kleine Dame! Welch ein Schmerz für ihren Gatten!«

»Wäre ich nicht gewesen«, versetzte der Apotheker, »er hätte sich noch ein Leid angetan!«

»Eine so gutherzige Person! Wenn ich denke, daß ich sie noch am letzten Samstag bei mir im Laden gesehen habe!«

»Ich hatte leider nicht die Zeit, mir ein paar Worte

zurechtzulegen, die ich an ihrem Grab hätte sprechen können«, erklärte Homais.

Zu Hause zog sich Charles um, und der alte Rouault schlüpfte auch wieder in seinen blauen Kittel. Er war ganz neu, und da er sich unterwegs oft mit den Ärmeln die Augen ausgewischt hatte, hatte er auf seinem Gesicht abgefärbt. Die Tränenspuren zeichneten deutliche Linien auf die Staubschicht, die es beschmutzte.

Die alte Madame Bovary war bei ihnen. Sie schwiegen alle drei. Endlich seufzte der Alte: »Wissen Sie noch, lieber Freund, wie ich einmal nach Tostes gekommen bin, als Sie eben Ihre erste Frau verloren hatten? Damals tröstete ich Sie! Ich fand Worte. Aber jetzt . . .«

Dann stieß er ein langes Stöhnen aus und fuhr fort: »Ach, das ist das Ende für mich, wissen Sie! Ich habe den Hingang meiner Frau erlebt . . . dann starb mein Sohn . . . und heute meine Tochter!«

Er wollte sofort nach Les Bertaux zurückkehren; in diesem Hause könne er nicht schlafen, behauptete er. Er weigerte sich sogar, seine Enkelin zu sehen.

»Nein, nein! Das würde mich zu traurig machen! Aber geben Sie ihr einen lieben Kuß von mir! Leben Sie wohl! . . . Sie sind ein braver Junge! Und dann: das hier« – dabei schlug er an sein Bein –, »das werde ich Ihnen nie vergessen, keine Bange! Sie sollen Ihren Truthahn auch weiterhin bekommen.«

Doch als er oben auf der Anhöhe war, wandte er sich um, wie damals, als er sich beim Abschied von seiner Tochter auf dem Weg bei Saint-Victor noch einmal umgewandt hatte. Die Fenster im Dorf leuchteten feuerrot unter den schrägen Strahlen der Sonne auf, die über den Wiesen unterging. Er schirmte die Augen mit der Hand und gewahrte am Horizont eine Umfriedung von Mauern, wo vereinzelte Bäume schwarz und massig zwischen weißen Steinen aufragten. Dann trabte er langsam weiter, denn sein Gaul lahmte.

Charles und seine Mutter blieben am Abend trotz

ihrer Müdigkeit noch bis spät in der Nacht auf und saßen in traulichem Gespräch beisammen. Sie redeten von vergangenen Tagen und davon, wie sie künftig ihr Leben einrichten wollten. Sie sollte nach Yonville ziehen und ihm den Haushalt führen; sie würden sich nun nie mehr trennen. Sie bot ihre ganze erfindungsreiche Überredungskunst auf, gab sich zärtlich und liebevoll und frohlockte in ihres Herzens Grunde, daß sie seine Liebe, die ihr seit so vielen Jahren entglitten war, wieder ganz für sich gewinnen konnte. Es schlug Mitternacht. Das Dorf lag wie immer in tiefem Schweigen, und Charles war wach und dachte in einem fort an sie.

Rodolphe, der den ganzen Tag im Wald herumgestreift war, um sich abzulenken, schlief jetzt ruhig in seinem Schloß; und auch Léon dort unten in Rouen schlief.

Ein anderer aber schlief nicht in dieser Stunde.

Auf dem Grab zwischen den Tannen kniete ein Junge und weinte. Seine Brust, vom Schluchzen ganz erschöpft, keuchte in der Finsternis unter dem Druck einer grenzenlosen Sehnsucht, die wohltuender war als das Mondlicht und unergründlicher als die Nacht. Plötzlich knarrte das Gittertor. Lestiboudois kam. Er hatte seine Schaufel vergessen und wollte sie holen. Er erkannte Justin, der über die Mauer kletterte, und wußte nun, wer der Spitzbube war, der ihm seine Kartoffeln stahl.

<h2 style="text-align:center">11</h2>

Am nächsten Tag ließ Charles die kleine Berthe nach Hause holen. Sie fragte nach ihrer Mama. Man sagte ihr, sie sei verreist und werde ihr schöne Spielsachen mitbringen. Berthe sprach noch ein paarmal davon; dann, mit der Zeit, dachte sie nicht mehr daran. Die Fröhlichkeit des Kindes tat Bovary in der Seele weh, und dazu mußte er noch die unerträglichen Trostsprüche des Apothekers über sich ergehen lassen.

Bald bedrückten ihn auch Geldsorgen wieder. Herr Lheureux schickte erneut seinen Freund Vinçart vor, und Charles verpflichtete sich zur Zahlung exorbitanter Summen; denn er wollte sich nicht um alles in der Welt dazu verstehen, daß auch nur das geringste von den Möbelstücken, die *ihr* gehört hatten, verkauft werde. Seine Mutter geriet darüber außer sich. Er brauste noch heftiger auf als sie. Er hatte sich überhaupt völlig verändert. So verließ sie das Haus.

Nun wollte jeder *profitieren*. Mademoiselle Lempereur forderte das Honorar für sechs Monate Unterricht, obschon Emma nie auch nur eine einzige Stunde genommen hatte – trotz jener quittierten Rechnung, die sie Bovary vorgewiesen hatte –; so hatten es die beiden Frauen ausgemacht. Der Buchverleiher verlangte die Leihgebühr für drei Jahre. Die Mutter Rolet heischte das Postgeld für etwa zwanzig Briefe, und als Charles Näheres wissen wollte, war sie taktvoll genug, zu antworten: »Ach, ich weiß von nichts! Es betraf wohl ihre Geschäfte.«

Bei jeder Schuld, die er bezahlte, glaubte Charles, nun sei es die letzte. Aber ständig kamen neue Forderungen.

Er wollte ausstehende Guthaben für Krankenbesuche eintreiben. Da zeigte man ihm die Briefe, die seine Frau versandt hatte, und er mußte sich noch entschuldigen.

Félicité trug jetzt die Kleider ihrer Herrin; nicht alle, denn er hatte einige davon zurückbehalten. Manchmal schloß er sich in ihrem Ankleidezimmerchen ein und betrachtete sie. Félicité hatte ungefähr die gleiche Gestalt wie Emma; zuweilen, wenn er sie von hinten sah, erlag er der Illusion und rief: »Oh, bleib! Bleib doch!«

Aber zu Pfingsten verschwand Félicité aus Yonville, zusammen mit Théodore, der sie entführte, und unter Mitnahme der gesamten restlichen Garderobe.

Um diese Zeit gab die verwitwete Madame Dupuis sich die Ehre, »die Vermählung ihres Sohnes, Herrn Léon Dupuis, Notars in Yvetot, mit Mademoiselle

Léocadie Lebœuf aus Bondeville anzuzeigen«. Unter anderem schrieb Charles in seinem Glückwunsch auch: »Wie hätte sich meine arme Frau darüber gefreut!«

Als er eines Tages ziellos im Haus umherirrte, stieg er bis zum Dachboden hinauf. Da spürte er unter seinem Pantoffel ein zusammengeknülltes Stück feines Papier. Er klaubte es auf und las: »Kopf hoch, Emma! Kopf hoch! Ich will nicht dein Leben unglücklich machen.« Es war Rodolphes Brief, der zwischen den Kisten zu Boden gefallen und dort liegengeblieben war. Nun hatte ihn die durch das Dachfenster hereinwehende Zugluft bis zur Tür gerollt. Charles blieb reglos und entgeistert stehen, am selben Ort, wo einst Emma, noch bleicher als er, verzweifelt hatte sterben wollen. Endlich entdeckte er ein kleines »R« unten auf der zweiten Seite. Was bedeutete das? Da fiel ihm wieder ein, wie häufig Rodolphe zu Besuch gekommen, wie er dann plötzlich verschwunden war und was für eine betretene Miene er gemacht hatte, als er ihm seither zwei- oder dreimal begegnet war. Aber der respektvolle Ton des Briefes täuschte ihn.

Vielleicht haben sie sich nur platonisch geliebt! sagte er sich.

Im übrigen gehörte Charles nicht zu den Menschen, die den Dingen auf den Grund gehen. Er schreckte vor Beweisen zurück, und seine ungewisse Eifersucht verlor sich in der Unermeßlichkeit seines Kummers.

Natürlich hat man sie angebetet! dachte er. Alle Männer hatten sie begehrt, das war sicher. Dadurch erschien sie ihm nur noch schöner, und ein unaufhörliches, wütendes Verlangen erwachte in ihm, das seine Verzweiflung in Flammen setzte und keine Grenzen kannte, weil es jetzt ja nicht mehr zu stillen war.

Als wäre sie noch am Leben, machte er sich alle ihre Lieblingsgewohnheiten und Ansichten zu eigen. Er kaufte sich Lackschuhe und trug nur noch weiße Krawatten. Er strich Pomade auf seinen Schnurrbart und unterschrieb Eigenwechsel. Noch über das Grab hinaus zerrüttete sie sein Leben.

Er war gezwungen, das Silberzeug Stück für Stück zu verkaufen. Hernach veräußerte er die Möbel des Salons. Alle Räume wurden nach und nach leer. Aber das Schlafzimmer, ihr Zimmer, blieb, wie es immer gewesen war. Nach dem Abendessen ging Charles jedesmal dort hinauf. Er rückte den runden Tisch vor den Kamin und schob *ihren* Sessel heran. Dann setzte er sich gegenüber. Eine Kerze brannte in einem der vergoldeten Leuchter. Neben ihm saß Berthe und malte Bilder aus.

Es tat ihm weh, dem Ärmsten, wenn er sie so verwahrlost sah, mit ihren Schnürschuhen ohne Senkel und in Schürzen, deren Ärmellöcher bis zu den Hüften hinab aufgerissen waren; denn die Wirtschafterin kümmerte sich nur wenig um sie. Aber sie war so sanft, so lieb, und sie neigte so anmutig das Köpfchen, daß ihre hübschen blonden Haare ihr auf die rosigen Wangen niederfielen! Ein grenzenloses Glücksgefühl überkam ihn immer dabei, eine Freude, vermischt mit Bitterkeit, wie schlecht gekelterte Weine, die nach Harz schmecken. Er flickte ihr Spielzeug, bastelte ihr Hampelmänner aus Pappe oder nähte ihren Püppchen die Bäuche wieder zu, wenn sie geplatzt waren. Wenn dann seine Augen auf das Nähkästchen, ein herumliegendes Band oder auch nur auf eine Stecknadel fielen, die in einer Ritze des Tischs steckengeblieben war, so starrte er in tiefem Sinnen vor sich hin und sah dabei so traurig aus, daß auch die Kleine traurig wurde wie er.

Niemand besuchte sie jetzt mehr. Justin war nach Rouen davongelaufen und wurde dort Gehilfe bei einem Krämer. Die Kinder des Apothekers spielten immer seltener mit der Kleinen, denn Herrn Homais lag nichts mehr an einem weiteren freundschaftlichen Verkehr, seit der Unterschied ihrer gesellschaftlichen Stellung so groß geworden war.

Der Blinde, den er mit seiner Salbe nicht hatte heilen

können, war auf die Anhöhe des Bois-Guillaume zurückgekehrt und erzählte allen Reisenden von dem erfolg-
losen Heilungsversuch des Apothekers, so daß sich
Homais, sooft er in die Stadt fuhr, jedesmal hinter den
Vorhängen der *Schwalbe* unsichtbar machte, um einer
Begegnung mit ihm auszuweichen. Er wünschte ihn zu
allen Teufeln; und da er ihn um seines Ansehens willen
um jeden Preis loswerden wollte, nahm er ihn aus dem
Hinterhalt aufs Korn, und zwar auf eine Art und Weise,
die sowohl seine abgründige Intelligenz als auch die
Ruchlosigkeit seiner Eitelkeit bewies. Ein halbes Jahr
lang konnte man im *Fanal de Rouen* kurze Artikel wie die
nachstehenden lesen:

»Jeder Reisende, den sein Weg nach den fruchtbaren
Gegenden der Pikardie führt, wird zweifelsohne auf der
Anhöhe des Bois-Guillaume einen Bettler mit einem
durch eine Schwäre gräßlich entstellten Gesicht gesehen
haben. Er belästigt die Reisenden, verfolgt sie und erhebt eine regelrechte Steuer von ihnen. Leben wir
eigentlich noch in jenen haarsträubenden Zeiten des
Mittelalters, als es den Landstreichern erlaubt war, auf
unseren öffentlichen Plätzen ihren Aussatz und die
Skrofeln, die sie aus dem Kreuzzug heimgebracht hatten,
zur Schau zu stellen?«

Oder:

»Trotz allen Gesetzen gegen die Landstreicherei wird
die nähere Umgebung unserer großen Städte noch immer
von ganzen Banden aufdringlicher Bettler unsicher gemacht. Manche treiben ihr Unwesen als Einzelgänger,
und die sind vielleicht nicht einmal die ungefährlichsten.
Was denken sich unsere Stadtväter dabei?«

Schließlich erfand Homais allerlei Anekdoten: »Gestern
scheute auf der Höhe des Bois-Guillaume ein Pferd . . .«
Dann folgte der Bericht über einen Unfall, der durch
das Erscheinen des Blinden verursacht worden war.

Das tat er so lange, bis man den Blinden einsperrte. Aber man ließ ihn bald wieder laufen. Er begann aufs neue sein übles Treiben, und auch Homais rührte sich wieder. Es war der reinste Zweikampf. Der Apotheker blieb Sieger, denn sein Gegner wurde zu lebenslänglicher Einsperrung in einer Anstalt verurteilt.

Dieser Erfolg machte ihn kühner, und von nun an konnte im ganzen Bezirk kein Hund überfahren, keine Scheune angezündet, keine Frau verprügelt werden, ohne daß er den Vorfall publik machte. Dabei leiteten ihn stets die Liebe zum Fortschritt und der Haß gegen die Pfaffen. Er stellte Vergleiche an zwischen den Volksschulen und den Ignorantinerbrüdern; natürlich fielen sie zuungunsten der letzteren aus. Anläßlich einer Zuwendung von hundert Franken an die Kirche zeterte er von einer neuen Bartholomäusnacht, deckte Mißbräuche auf, setzte allerhand faule Fische in die Welt. So drückte er sich aus. Homais wühlte; er wurde gefährlich.

Aber in den engen Grenzen des Journalismus konnte er sich nicht richtig entfalten, und bald stand für ihn fest: er mußte ein Buch, ein Werk schreiben! Demzufolge verfaßte er eine *Allgemeine Statistik des Kreises Yonville nebst klimatologischen Beobachtungen*, und die Statistik führte ihn zwangsläufig zur Philosophie. Er befaßte sich eingehend mit allen wesentlichen Problemen: der sozialen Frage, der sittlichen Hebung der unbemittelten Schichten, der Fischzucht, der Kautschukgewinnung, den Eisenbahnen et cetera. Schließlich schämte er sich seines Banausentums. Er legte sich künstlerische Allüren zu. Er rauchte und kaufte sich zwei *schicke* Statuetten im Pompadourstil, mit denen er seinen Salon ausschmückte.

Die Apotheke kam dabei keineswegs zu kurz, im Gegenteil, er hielt sich über alle neuen Entdeckungen auf dem laufenden. Er verfolgte den großen Aufschwung der Schokolade und brachte als erster im Departement Seine-Inférieure *Cho-ca** und *Revalentia* auf den Markt. Er begeisterte sich für die hydroelektrischen Ketten Pulvermachers und trug selbst eine. Wenn er abends seine Flanellweste auszog, stand Madame Homais stets ganz geblendet vor der Goldspirale, unter der er fast verschwand, und fühlte, wie ihre Liebe zu diesem Mann, der da kettenumwunden wie ein Skythe und goldglänzend wie ein Magier vor ihr stand, lichterloh aufflammte.

Für Emmas Grabmal hatte er ein paar wunderschöne Ideen. Zuerst schlug er einen Säulenstumpf mit einer Draperie vor, dann eine Pyramide, schließlich einen Vesta-Tempel, eine Art Rundbau ... oder aber »ein zerfallenes Gemäuer«. Bei all seinen Plänen bestand Homais auf einer Trauerweide, die er für das unerläßliche Symbol der Trauer ansah.

Charles und er fuhren zusammen nach Rouen, um sich bei einem Grabsteinhändler nach einem passenden Grabmal umzusehen. Ein Kunstmaler, ein Freund Bridoux' namens Vaufrylard, begleitete sie und gab die ganze Zeit Kalauer zum besten. Sie ließen sich an die hundert Entwürfe zeigen, erbaten einen Kostenvoranschlag, Charles unternahm eine zweite Reise nach Rouen und entschied sich schließlich für ein Mausoleum, das an beiden Hauptfronten »einen Genius mit einer erloschenen Fackel« tragen sollte.

Als Inschrift fand Homais nichts Schöneres als *Sta viator!* Dabei blieb er; er zerbrach sich den Kopf, kam aber immer wieder auf *Sta viator* zurück. Endlich kam er auf *Amabilem conjugem calcas!* Das wurde angenommen.

Seltsam: obwohl Bovary unablässig an Emma dachte, vergaß er sie doch mehr und mehr. Er war ganz verzweifelt darüber, daß ihr Bild trotz all seinen Anstrengungen, es festzuhalten, ihm allmählich aus der Erin-

---

* Eine Mischung von Kakao und Kaffee. *Revalentia* ist eine Schokolade mit Zusatz von Eisen (Anm. des Übers.).

nerung entschwand. Und doch träumte er jede Nacht von ihr; es war immer der gleiche Traum: er ging auf sie zu, aber wenn er sie in seine Arme schließen wollte, zerfiel sie in seiner Umarmung zu Moder.

Eine Woche lang sah man ihn Abend für Abend in die Kirche gehen. Pfarrer Bournisien machte ihm sogar zwei oder drei Besuche; dann gab er ihn auf. Übrigens neigte der alte Priester neuerdings zur Unduldsamkeit, ja zum Fanatismus, wie Homais behauptete. Er zog leidenschaftlich gegen den Ungeist der Zeit los und versäumte nie, alle vierzehn Tage in seiner Predigt von dem schrecklichen Todeskampf Voltaires zu erzählen, der – wie jedermann ja wisse – im Sterben seine eigenen Exkremente gefressen habe.

Trotz seiner sparsamen Lebensweise konnte Bovary seine alten Schulden längst nicht abtragen. Lheureux wollte nichts davon wissen, einen Wechsel zu prolongieren, und so stand die Pfändung unmittelbar bevor. Da wandte er sich um Hilfe an seine Mutter. Sie war einverstanden, eine Hypothek auf ihren Besitz aufzunehmen, schrieb ihm aber gleichzeitig einen Brief voller Anklagen gegen Emma. Als Gegendienst für ihr Opfer verlangte sie einen Schal, der Félicités Beutegier entgangen war. Charles schlug ihr diesen Wunsch ab, und sie überwarfen sich.

Sie unternahm den ersten Schritt zu einer Aussöhnung: sie schlug ihm vor, die Kleine zu sich zu nehmen; sie könne ihr im Haus an die Hand gehen. Charles willigte ein. Doch als es Abschied zu nehmen galt, verließ ihn jeder Mut. Diesmal war der Bruch endgültig und unwiderruflich.

In dem Maße, wie alles dahinschwand, woran sein Herz gehangen hatte, schloß er sich immer enger an sein Kind an. Aber Berthe bereitete ihm Sorgen, denn sie hustete manchmal und hatte rote Flecken auf den Wangen.

Ihm gegenüber machte sich blühend und heiter die

Familie des Apothekers breit. Alles trug zu seiner Zufriedenheit bei. Napoléon half ihm im Laboratorium, Athalie stickte ihm ein Käppchen, Irma schnitt als Deckel für die Marmeladengläser runde Papierstücke zurecht, und Franklin konnte ihm wie am Schnürchen das Einmaleins aufsagen. Er war der glücklichste Vater und der beneidenswerteste Mensch.

Doch nein! ein dumpfer Ehrgeiz nagte an ihm: Homais liebäugelte mit dem Kreuz der Ehrenlegion. Seines Erachtens besaß er aus verschiedenen Gründen ein Anrecht darauf: erstens hatte er sich während der Choleraepidemie durch grenzenlosen Opfermut ausgezeichnet; zweitens hatte er, und zwar auf eigene Kosten, verschiedene Werke gemeinnütziger Art veröffentlicht, so etwa ... und er verwies auf seine Abhandlung unter dem Titel *Der Apfelwein, seine Herstellung und seine Wirkung*, ferner auf seine Beobachtungen über die Wollblattlaus, die er der Akademie eingesandt hatte, auf sein statistisches Werk, ja sogar auf seine pharmazeutische Prüfungsarbeit – »ganz davon abgesehen, daß ich Mitglied mehrerer gelehrter Vereinigungen bin« (in Wahrheit gehörte er nur einer einzigen an).

»Und schließlich«, rief er und machte eine schwungvolle Pirouette, »wäre es auch nur, weil ich mich bei Feuerausbrüchen hervortue!«

Zu dieser Zeit biederte sich Homais schon mit den Machthabern an. Er erwies dem Herrn Präfekten bei den Wahlen insgeheim große Dienste. Kurz, er verkaufte, er prostituierte sich. Er richtete sogar an den Herrscher eine Bittschrift, in der er ihn kniefällig bat, *ihm Gerechtigkeit widerfahren zu lassen;* er nannte ihn *unsern guten König* und verglich ihn mit Heinrich IV.

Jeden Morgen stürzte sich der Apotheker auf die Zeitung und hoffte darin seine Ernennung zu entdecken. Aber sie kam und kam nicht. Schließlich hielt er es nicht länger aus und ließ sich in seinem Garten ein Rasenbeet in der Form eines Ordenssterns anlegen, mit zwei kleinen

Grasstreifen am oberen Ende, die das Bändchen vorstellten. Um diese Anlage spazierte er oft mit verschränkten Armen herum und dachte über die Unfähigkeit der Regierung und den Undank der Menschen nach.

Aus Ehrfurcht vor der Toten oder aus einer Art Sinnlichkeit, die ihn seine Nachforschungen absichtlich langsam betreiben ließ, hatte Charles das Geheimfach eines Palisanderschreibtischchens, das Emma benützte, immer noch nicht geöffnet. Eines Tages setzte er sich endlich davor, drehte den Schlüssel um und drückte auf die Feder. Léons sämtliche Briefe waren darin. Diesmal war kein Zweifel mehr möglich! Er verschlang sie alle vom ersten bis zum letzten, stöberte in allen Winkeln, in allen Möbeln, allen Schubfächern, hinter den Wänden, schluchzend, heulend, außer sich, wie von Sinnen. Er entdeckte eine Schachtel und schlug mit einem Fußtritt den Deckel ein. Rodolphes Bild sprang ihm in die Augen, mitten unter einem Haufen durcheinandergeworfener Liebesbriefe.

Man wunderte sich, wie niedergeschlagen er auf einmal war. Er ging nicht mehr aus, empfing niemanden und weigerte sich sogar, seine Kranken zu besuchen. Da kam das Gerücht auf, *er ergebe sich heimlich dem Trunk.*

Dann und wann guckte freilich ein Neugieriger über die Gartenhecke und gewahrte zu seinem namenlosen Erstaunen einen Mann mit langem Bart und in schmutzigen Kleidern, der scheu dreinblickte und laut weinend im Garten herumlief.

Im Sommer nahm er abends sein Töchterchen bei der Hand und ging mit ihm hinaus auf den Kirchhof. Sie kamen erst zurück, wenn es schon ganz dunkel war und wenn auf dem Marktplatz kein Licht mehr brannte außer in Binets Dachkammer.

Doch konnte er nicht die ganze Wollust seiner Wehmut auskosten, denn er hatte keinen Menschen, der seinen Schmerz mit ihm teilte. Darum ging er öfters zu Madame Lefrançois hinüber, um von *ihr* sprechen zu können. Aber die Wirtin hörte ihm nur mit halbem Ohr zu, da sie ihre eigenen Sorgen hatte. Herr Lheureux hatte nämlich vor kurzem seinen neuen Postwagendienst eingerichtet, und Hivert, der wegen seiner Zuverlässigkeit im Besorgen von Aufträgen sehr beliebt war, forderte eine Gehaltsaufbesserung; sonst, drohte er, wolle er zur »Konkurrenz« gehen.

Eines Tages, als Charles zum Markt nach Argueil gefahren war, um dort das letzte, was er noch zu Geld machen konnte, sein Pferd, zu verkaufen, begegnete er Rodolphe.

Beide wurden blaß, als sie einander sahen. Rodolphe, der nur eine Beileidskarte geschickt hatte, stammelte zuerst ein paar Entschuldigungsworte, überwand dann aber seine Befangenheit und trieb die Unverfrorenheit sogar so weit – es war ein heißer Augusttag –, Charles zu einer Flasche Bier ins Wirtshaus einzuladen.

Sie saßen einander gegenüber. Rodolphe stützte beide Ellbogen auf den Tisch, kaute an seiner Zigarre und plauderte, und Charles verlor sich in tiefes Sinnen vor diesem Gesicht, das sie geliebt hatte. Es war ihm, als sähe er etwas von ihr wieder. Er kam aus dem Staunen nicht heraus. Er hätte dieser Mann sein wollen.

Der andere redete unentwegt weiter von Bodenkultur, Viehzucht und Düngemitteln, und wenn einmal eine Gesprächslücke eintrat, in der eine unliebsame Anspielung hätte fallen können, füllte er sie sofort mit irgendwelchen leeren Redensarten. Charles hörte ihm gar nicht zu. Rodolphe merkte es zuletzt und verfolgte an Charles' wechselndem Gesichtsausdruck alle die Erinnerungen, die ihm durch den Kopf gingen. Er wurde allmählich purpurrot, die Nasenflügel zuckten, die Lippen bebten; es kam ein Augenblick, da Charles in finsterer Wut seine Augen auf Rodolphe richtete, daß dieser erschrak und mitten im Satz verstummte. Doch bald erschien auf seinem Gesicht wieder dieselbe unheimliche Müdigkeit.

»Ich trage Ihnen nichts nach«, sagte er.

Rodolphe war stumm geblieben. Charles hatte den Kopf in beide Hände gestützt und sagte noch einmal mit erloschener Stimme und resigniert wie ein Mensch, der unendlich gelitten hat: »Nein, ich bin Ihnen nicht mehr böse!«

Er fügte sogar noch ein großes Wort hinzu, das einzige, das er je gesprochen hat: »Es ist die Schuld des Schicksals!«

Rodolphe, der dieses Schicksal gelenkt hatte, fand ihn reichlich gutmütig für einen Mann in seiner Lage, sogar komisch und ein bißchen verächtlich.

Am nächsten Tag setzte sich Charles auf die Bank in der Laube. Durch das Gitter drang das Sonnenlicht herein, die Weinblätter warfen ihre Schatten auf den Sand, der Jasmin duftete, der Himmel war blau, Fliegen summten um die blühenden Lilien, und Charles, wie ein Jüngling, atmete schwer unter der unbestimmten Sehnsucht nach Liebe, vor der sein kummervolles Herz zerspringen wollte.

Um sieben Uhr kam die kleine Berthe. Sie hatte ihn den ganzen Nachmittag nicht gesehen und wollte ihn zum Abendbrot holen.

Er hatte den Kopf hintenübergelehnt, seine Augen waren geschlossen, der Mund stand offen. In seinen Händen hielt er eine lange Locke schwarzen Haares.

»Papa, komm doch!« sagte das Kind.

Da sie glaubte, er wolle mit ihr spielen, stieß sie ihn sanft an. Da fiel er zu Boden. Er war tot.

Sechsunddreißig Stunden später kam auf Veranlassung des Apothekers Doktor Canivet. Er öffnete die Leiche, fand aber nichts.

Als alle Habseligkeiten verkauft waren, blieben noch zwölf Franken und fünfundsiebzig Centimes übrig; davon wurde die Reise Mademoiselle Bovarys zu ihrer Großmutter bezahlt. Die alte Frau starb noch im gleichen Jahr. Da der alte Rouault gelähmt war, nahm sich eine

Tante des Kindes an. Sie ist arm und schickt die Kleine, damit sie sich ihren Lebensunterhalt verdient, in eine Baumwollspinnerei.

Seit Bovarys Tod haben nacheinander drei Ärzte in Yonville praktiziert, doch keiner hat Fuß fassen können. Homais hat sie alle aus dem Feld geschlagen. Er hat einen unheimlichen Zulauf. Die Behörden drücken beide Augen zu, und die öffentliche Meinung ist auf seiner Seite.

Vor kurzem hat er das Kreuz der Ehrenlegion erhalten.

NACHWORT

Die zwei Naturen der Emma Bovary

»Ein Romancier hat nach meiner Auf-
fassung *nicht das Recht*, seine Meinung über
die Dinge dieser Welt zu sagen. Er muß bei
seiner Schöpfung Gott nachahmen, das
heißt, schaffen und schweigen.«

Flaubert an Amélie Bosquet, 20. August 1866

I

Nehmen wir Suzanne, die kleine Wäscherin aus der Normandie. Die Restauration hat soeben begonnen, der Alltag setzt wieder Speck an, besonders in der Provinz. Da
erblüht Suzanne, kaum siebzehn, zur »normannischen
Schönheit«, und sie weiß es. Doch was nützt ihr das – in
Alençon? Das Provinzleben basiert nun einmal auf der
Ehe und diese auf Besitz. So demonstriert es Balzac, der
die Grisette, als wäre sie seine kleine Schwester, behutsam
durch etliche Stationen der »Menschlichen Komödie«
führt, beginnend anno 16 in Alençon.[1]

Es zieht Suzanne also in die Hauptstadt, die einen großen
Bedarf an schönen Normanninnen hat. In Paris, das versichert ihr der alte Chevalier de Valois, werde sie »junge
Chevaliers de Valois, eine Karosse, Diamanten, eine Loge
in der Oper« finden. Sie geht, sie findet. Und nennt sich
hinfort, nach einer Straße ihrer Heimatstadt, Madame de
Val-Noble. Denn sie ist gefeit gegen die jüngste Verderbnis

der Sitten, über die der Chevalier, ein Mann des 18. Jahrhunderts, sich voll Wehmut mokiert: das Diktat der Empfindsamkeit, das die Frauen nötige, aus Grillen und Launen, die einst galante Listen waren, eine Krankheit zu machen, die mehr als das Nervensystem zerrüttet.

2

Etwa zwanzig Jahre später, während der Julimonarchie, erblüht ein anderes Mädchen aus jener Gegend zur normannischen Schönheit – eine von Tausenden, sollte man sagen – und erliegt jenem Diktat der Empfindsamkeit, nachdem sie den Hauptweg der Provinz beschritten hat, den in die Ehe. Sie erliegt ihm gerade deshalb, weil sie von Haus aus besser dran ist als Suzanne. Emma wird in Rouen von den Ursulinerinnen erzogen: Tanzen, Zeichnen, Sticken, Klavierspielen, Geographie. Vor allem mystische Geographie. Ah, diese Wonnen der Zerknirschung, das Schmachten nach dem himmlischen Bräutigam! Das Christentum, das für diesmal den Sieg über die Aufklärung davongetragen hat, zahlt dafür einen hohen Preis: die Auflösung der Religion in Stimmung, die Anpassung an die modische Gefühlsinbrunst. Dafür steht ein Buch ein, das auch Emma kennenlernt, im Kloster wird sonntags daraus vorgelesen: *Der Geist des Christentums* von Chateaubriand (1802) mit seiner Versüßung von Klöstern, Prozessionen, Gelübden. Ob auch die dem Werk eingefügten Erzählungen *René* und *Atala* – Manuale der romantischen Liebe – zum Vortrag kamen? In Flauberts Roman sind sie spukhaft gegenwärtig:

Als Emma, von Rodolphe verraten und verlassen, sich in die Krankheit flüchtet, vertauscht sie die Illusion der irdischen gegen die der himmlischen Wonnen; sie kehrt im Geiste heim ins Kloster, in mädchenhafte Schwärmerei. »Ihr schien, daß ihr ganzes Sein zu Gott emporsteige und in dieser Liebe vergehe wie Weihrauch, der verbrennt und sich in Dunst auflöst.« Diese Metapher vom Weihrauch, der sich verzehrt, finden wir auch in *René*: Amélie, vor ihrer sündigen Liebe zum Bruder ins Kloster geflohen, wird dort dem Herrn geweiht und vergeht im Dufte der Heiligkeit. Und als Emma, im Sterben liegend, die Letzte Ölung empfängt, sind die Anklänge an die entsprechende Szene in *Atala* fast schrill: Auch Atala hat sich vergiftet (ihr ist durch ein frommes Gelübde die Liebe zu Chactas versagt). Aber sie stirbt trotz Gift wie eine Heilige, Emma trotz Öl als Verfluchte. Dennoch ist Emma es, die Chateaubriands Priesterworte über die Torheit der irdischen Liebe – »O chimärische Täuschungen und Nebelgebilde! O Eitelkeiten, o hohle Träume einer kranken, erhitzten Phantasie!« – durch ihr Sterben besiegelt, mit einem wilden, hysterischen Auflachen, als der Blinde vor dem Fenster sein obszönes Liedchen singt. Atala hingegen rettet die Idee der unbedingten Liebe eben dadurch, daß sie den Tod wählt. Die Ironie dieser Anspielungen ist bitter. Sie gipfelt darin, daß die Grotte, in der Atalas »selbst im Tode noch himmlisch schöner Körper« liegt, von der »Herrlichkeit dieses christlichen Todes« duftet, während Emmas Leiche – »Ihr verzerrter Mund stand offen und wirkte wie ein schwarzes Loch... und ihre Augen begannen schon unter einer schleimigen Schicht zu verschwinden« – den Pfarrer zum Weihwasser, den Apotheker zum Chlor greifen läßt.

Hatte der Chevalier de Valois nicht recht, als er meinte, die Frau werde viel verlieren, wenn sie sich der Empfindsamkeit anempfehle? Er fügte hinzu, daß die Ehe, die zu seiner Zeit, im Ancien régime, etwas so Heiteres gewesen, zu etwas Todlangweiligem verkommen werde.

3

Man hat gesagt, Emma Bovary werde nicht von ihren Ehe-, sondern von ihren Geldproblemen in den Tod getrieben. Demnach wäre sie das Opfer ihrer Schulden, nicht ihrer Schuld. Das stimmt nur halb. Emma macht unbekümmert Schulden, fälscht und lügt aus Passion – solange die Passion sie trägt. Erst als sie begreift, daß weder ihr gegenwärtiger noch ihr verflossener Liebhaber bereit ist, sich für sie zu ruinieren, weil sie keine hehren Romanhelden, sondern ganz normale Bürger sind, was bedeutet, daß Emmas Wahnwelt kollabiert: da nimmt sie Gift. (Und im Sterben, o Ironie, erahnt sie noch: der einzige, der bereit ist, alles für sie zu opfern, weil er sie wirklich liebt, ist Charles, ihr armseliger Gatte.)

Eben dies ist das Thema des Romans: der Wahn (Emmas Träume), der an der Wirklichkeit zerbricht. Oder ist es umgekehrt: die Wirklichkeit (Emmas Leben), die an dem Wahn zerbricht? Gleichviel. Das Opfer dieses Widerspruchs, der später ›Bovarysme‹ genannt wurde, bleibt Emma.

Ihre Wahnwelt entsteht durch Lektüre. Schon im Kloster liest sie nicht nur fromme Traktate, sondern auch sehr weltliche Romane, Drogen finden immer ihren Weg; in diesem Fall ist's der sentimentalisierte Amadís-Abhub mit seinen hochherzigen Rittern und schmachtenden Jungfrauen aus edlem Geblüt, woraus die höheren Töchter – bis heute – die Gewißheit saugen, Prinzessinnen zu sein, und das heißt: zu gut zu sein für einen Charles, einen Rodolphe, einen Léon. Immer wartet Emma auf den Prinzen, der sie erlöst von ihrem Gatten (und auch der Liebhaber wird ihr schnell zum ›Gatten‹), als dessen Opfer sie sich fühlt. Diese Trivialromantik, bald historisch ausgestattet durch Walter Scott, bald orientalisch illuminiert durch bebilderte Almanache, läßt die Klosterschülerin von der großen Welt träumen. Denn wie das Versprechen einer Wunscherfüllung ertönt dazu das ferne Rollen einer Droschke auf den Straßen von Rouen.

Droschken und Kutschen hören nicht auf, durch Emmas Traumwelt zu rollen, so wie die romantische Literatur sie auf den Weg geschickt hat: als Embleme der Verführung und Entführung. Diligence oder Fiacre, Kalesche oder Coupé, Landauer oder Tilbury – was geschieht nicht alles in diesen Vehikeln des Glücks! Denken wir nur, um im Rahmen von Emmas späterer Lektüre zu bleiben, an die erotischen Ausschweifungen bei rasender Fahrt und wechselndem Licht, die der Chevalier d'Albert seinem Freund empfiehlt (*Mademoiselle de Maupin* von Théophile Gautier, 1835); oder an die Hingabe der stolzen Julie de Chaverny im Kabriolett ihres Traummannes (*Das zwiefache Verkennen* von Prosper Mérimée, 1833); oder an die vierundzwanzigstündige rastlose Kutschenfahrt, mit der die Entführung der unschuldigen Juliette Ruyter nach Venedig beginnt (*Leone Leoni* von George Sand, 1834). So malt sich auch Emma ihre Entführung durch Rodolphe aus: Wenn der Wagen losfährt, wird es sein, »als stiegen wir in einem Luftballon auf«. Aber Rodolphe fährt dann allein auf und davon, im schicken Tilbury, an Emmas Fenster vorbei, für sie bleibt nur die Ohnmacht. Ihr vierspänniger Traum geht endlich zweispännig in Erfüllung; nicht mit einem glänzenden Schurken wie Leone Leoni, sondern mit dem blassen Kanzlisten Léon: in der Mietdroschke, die stundenlang – »So fahren Sie doch zu!« – durch Rouen holpert, mit heruntergelassenen Gardinen – eine Einlösung des Glücksversprechens, die auf Rädern bleibt. Aber immerhin: sie ist wiederholbar, mietbar. (In Hamburg, berichtete später der *Figaro*, würden Droschken, die einem entsprechenden Zwecke dienen sollten, ›Bovary‹ genannt.)

Kurzum, das Räderrollen trug die Gedanken der Klosterschülerin, die sich längst nicht mehr auf das Jenseits richteten, hinaus in die Welt, die Klostermauern werden ihr zu eng. Nach Les Bertaux, auf den Pachthof des Vaters zurückgekehrt, wartet Emma auf eine irdische Erfüllung. Heißt sie Charles Bovary, Landarzt in Tostes? Das Glück, das die Romane versprachen, bleibt aus. Was ist das eigentlich: Leidenschaft, Wonne? Kann es die große, die wahre Liebe in Tostes überhaupt geben? Oder geschieht sie nur an fernen Orten, in fernen Zeiten, sagen wir: auf Mauritius vor hundert Jahren? Da haben sich Paul und

Virginie geliebt, unschuldig, schicksalhaft, während in Paris nur Konventionen und Intrigen herrschten. So schildert es Bernardin de Saint-Pierre in dem kleinen Roman *Paul und Virginie* (1787) – Emma hat ihn schon als Kind gelesen. Aber als Ehefrau, angeödet von der schieren Landschaft um sie herum, vertauscht sie unversehens die beiden Schauplätze, verpflanzt die »natürliche« Leidenschaft von der paradiesischen Insel des Romans in das paradiesische Paris ihrer Frauenzeitschriften, das ihr als ideale Welt vorschwebt. Sie macht sich dort heimisch. Sie liest, als wären es Ausstattungskataloge und Rezepte fürs Glück, mondäne Romane von Eugène Sue, George Sand, Balzac, und die Helden oder Verehrer der Heldinnen nehmen für sie die Züge, den Duft jenes schnieken Vicomte an, der auf dem Ball in La Vaubyessard, Emmas einzigem Schritt in die elegante Welt, mit ihr getanzt hatte. Oft unterbricht sie ihre Lektüre nicht einmal bei Tisch und blickt dann vielleicht, über das Buch hinweg, auf ihren Mann, der sich zufrieden über sein dampfendes Rindfleisch beugt.

4

Flaubert sagte einmal, Emma Bovary sei die Schwester von Don Quijote. Besser läßt sich der Roman kaum charakterisieren.

Mit dem *Don Quijote* beginnt die Geschichte des neueren Romans, mit der *Madame Bovary* die Geschichte des modernen Romans, und beiden gemeinsam ist das Motiv der Verführung durch Lektüre: durch das Imaginäre. In den fast genau zweihundertfünfzig Jahren, die zwischen den beiden Werken liegen, wurde das Netz der Fiktionen immer dichter, weil immer mehr banale oder widerständige Fakten der Verzauberung bedurften. Aber die Verzauberung mußte – in einer gründlich ernüchterten Welt – sorgsam eingefädelt werden, um nicht als trivial zu erscheinen. Dafür gab es bewährte Tricks. Einer davon kehrt das Verführungsmotiv um, macht aus der Anstekkung durch Lektüre gleichsam eine Impfung: Der Autor läßt seinen Helden, erst recht seine Heldin, im Roman Romane lesen, die auch der Leser kennt, damit dieser glaube, er lese da eine wahre Geschichte, nicht so einen erfundenen Roman. Der Trick wurde bald zur Konvention, zu einem Spiel, das man als Metafiktion bezeichnen könnte: Romane treiben Konversation miteinander, sie klatschen und stänkern im Verein.

Sehr gern gelesen wird unter den Romanen des frühen 19. Jahrhunderts *Paul und Virginie*, das Evangelium der reinen Liebe. Auch Marie, die idealisierte Kurtisane in Flauberts frühem Versuch *November* (1842), erzählt, sie habe das Buch »wieder und wieder verschlungen«. Übrigens hat Bernardin die Saint-Pierre sein Idealbild der Liebe noch dadurch vom amourösen Alltag abgehoben, daß er den jugendlichen Helden Paul, der nie etwas anderes als sein Inselparadies kennengelernt hat, einige »neuere Moderomane voll leichtfertiger Sitten« lesen läßt, die ihn abstoßen; und als Paul erfährt, daß sie »eine treue Schilderung der europäischen Gesellschaft« enthalten, bangt er um Virginie, die nach Paris reisen mußte.

Diese Geschichte spielt um 1740. Hundert Jahre später, wenn Emma die »neueren Moderomane« liest, dient die Bezugnahme auf *Paul und Virginie* und ähnliche Bücher, derer ein verderbtes Volk bedarf (wie Rousseau in der Vorrede der *Julie* monierte), dem umgekehrten Zweck: der Warnung vor grenzenloser Leidenschaft, unbedingter Passion. So ist das Leben nicht! »Wahnsinnige! rief er, wo haben Sie diesen Liebestraum her? In welchem Roman für Kammerjungfern haben Sie die Welt studiert?« Das wirft Raymon de Ramière seiner Geliebten, der unglücklich verheirateten Indiana Delmare an den Kopf (*Indiana* von George Sand, 1832).[2] Raymon, der sich gern rhetorisch in die Leidenschaft steigert, bis er selbst daran glaubt, ist gleichwohl entsetzt darüber, daß auch Indiana daran glaubt. »Weibertollheit!« Erbarmungsloser als die Sand in ihren frühen »romans de passion« kann man die weiblichen Passionen mit ihrem Unbedingtheitsanspruch kaum bloßstellen. Indiana ist fast schon Emma – aber mit Happy End.

Könnte es auch für Emma ein Happy End geben, etwa durch den Tod ihres Gatten (wie bei Indiana) oder durch eine Entführung (wie bei Juliette Ruyter)? Nein. Das liegt nicht in Emmas Wesen. Sie ignoriert alle in den Romanen enthaltenen Warnungen, alle Katastrophen, in die der Gefühlsabsolutismus die Heldinnen führt. Emmas ›Ideal‹ bleibt ungeschoren. Sie verspürt nicht den erregenden »Geschmack des Verbrechens« wie Louise de Rênal (*Rot und Schwarz* von Stendhal, 1830), sie sublimiert nicht ihr Leiden zu kostbarer Schwermut wie Henriette de Mortsauf (*Die Lilie im Tal* von Balzac, 1836), sie stellt sich nicht dem Urteil der Gesellschaft über ihren ›Fall‹ wie Marguerite Gautier (*Die Kameliendame* von Dumas fils, 1848) – sie folgt blind, wie in Trance, ihrer Obsession, vergleichbar allenfalls den Helden der beiden Wahnsinnsromane von Balzac: Der Maler Frenhofer (*Das unbekannte Meisterwerk*, 1831) und der Chemiker Claes (*Die Erforschung des absoluten Prinzips*, 1834) suchen beide nach dem Absoluten und erliegen der Tyrannei der eigenen Idee. Wie Emma. Aber Emma sucht nichts, sie wartet darauf, gefunden zu werden von ihrem Prinzen, ihrem Glück. Verfolgen wir die wichtigsten Stationen dieser Obsession:

Nachdem Emma im vierten Jahr ihrer Ehe diese endlich und plötzlich gebrochen hat, Dank sei Rodolphe, identifiziert sie sich mit den Heldinnen der Romane, die sie gelesen, »und die gefühlvolle Schar dieser Ehebrecherinnen sang in ihrem Gedächtnis mit schwesterlichen Stimmen, die sie bezauberten«. Sie wird ein lebendiger Teil dieser Phantasmagorie, indes die reale Leidenschaft – *passion, extase, délire* – im Einerlei des Liebesdienstes erschlafft. Die Wollust ihrer Rache dafür, daß sie sich Charles »geopfert« hat, weicht wieder dem früheren

Selbstmitleid. Es dürstet sie nach neuen Reizen. Rodolphe soll sich für sie schlagen! Rodolphe soll sie entführen! Emma hat schon alles vorbereitet für die Flucht, aber der Galan läßt sie sitzen. So flieht sie eben in die Krankheit und dann in die Religion. Sie will Heilige werden, so wie sie Maitresse sein wollte, spricht zu Gott dieselben Liebesworte wie vorher zu Rodolphe, bis ihr auch diese Liebschaft schal wird. Jetzt schwingt sie sich von der himmlischen wieder zur irdischen Gier, angeregt – wie einst im Kloster – durch Walter Scott, die romantische Geschichte der Lucia von Lammermoor: Emma besucht in Rouen Donizettis Oper, »und diese Scheinwelt, die sie verzauberte, war ein Stück ihres eigenen Lebens«. Bei Edgars »Leb wohl denn« am Ende des ersten Akts stößt sie, ganz Lucia, einen schrillen Schrei aus. Doch als Edgar wieder die Bühne betritt, sieht sie, ganz Emma, nur den umschwärmten Tenor Lagardy, dem sie zurufen möchte: »Entführe mich! Nimm mich! Dein bin ich...« Da kommt Léon in die Loge, und als hätte Walter Scott ihn für sie erfunden, ist Emma sogleich bereit, sich *ihm* hinzugeben, wie es am nächsten Tag im Fiacre geschieht. Auch Léon ist Romanleser und sieht deshalb in Emma die Liebende aller Romane, die er kennt. Die gegenseitigen Projektionen trotzen jedoch nur kurze Zeit der Ernüchterung: Léon ist leider kein Held. Emma beginnt wieder zu träumen von jenem »höheren Wesen« und jener »höheren Wollust«, für die nur die Imagerie populaire den angemessenen Ausdruck fände. Es gibt auf Erden keine Erfüllung. Sie betäubt sich durch ihren zügellosen Konsum, ihre Lügen, ihre Schulden. Donnerstags fährt sie zu Léon nach Rouen, spielt die Domina, aber in den Tagen dazwischen liegt sie im Bett, liest »überspannte Romane« und wünscht, sich einem Prinzen hinzugeben; die schmachtenden Briefe, die sie schreibt, gelten weniger dem Kanzlisten als einem Wahnbild, der »Ausgeburt ihrer schönsten, aus Romanen geschöpften Träume«. Es folgt der Ruin, die Pfändung. Als Léon nicht einmal bereit ist, für sie 8000

Francs zu stehlen, nimmt sie Gift. Oder tut sie auch das nur im Banne ihrer Lektüre? Gleichviel: sie findet, als der Priester an ihrem Sterbebett kniet, »die Wollust ihrer frühen mystischen Verzückungen« wieder und erlebt ihre letzte Ekstase, als draußen der gräßlich entstellte Blinde grölt – der endlich erschienene Ritter, der sie erlöst.

Alles in allem: Emma ist eine dumme Gans, überspannt und gefühlsgeil. Ja, sie ist lächerlich, sagt Baudelaire in seiner Besprechung des Romans (1857), sie ist die »ausgeleiertste Drehorgel« in dem »stupidesten Milieu«, nämlich eine Ehebrecherin aus der Provinz. Und doch ist sie *erhaben*, besitzt die Anmut des *Helden*, nähert sich der *Vollkommenheit*, denn: »Sie verfolgt das IDEAL.«[3] Ideal – Spleen – Wahn: das läßt sich bei Emma so wenig trennen wie bei Don Quijote. Er rettet das Ideal der Ritterlichkeit, sie das Ideal der Hingabe, die ohne einander nicht sein können. Und in beiden Fällen ist es dieser Wahn des Idealen, der die Wirklichkeit neu sehen lehrt.

5

Emmas abschätzige, ja angewiderte Blicke auf Charles, vom Erzähler objektiviert (und von Erich Auerbach im XVII. Kapitel seiner *Mimesis* trefflich gedeutet) bilden zusammen mit den selteneren, bis zum Ende dumpfzufriedenen Blicken von Charles auf Emma den ›realistischen‹ Boden des Romans, der dann das Motiv – und die mildernden Umstände – für Emmas Ehebrüche liefert. So wird es oft dargestellt. Aber es ist anders. Erst Emmas geistige Ausschweifungen und die ihnen folgende Langeweile erzeugen jenen Tölpel Charles, jene Ödnis des Provinzlebens, jenes »Tag für Tag um dieselbe Stunde öffnete der Schullehrer in seinem schwarzen Seidenkäppchen die Fensterläden seines Hauses…« Wunderbar, diese Passagen in den letzten Kapiteln des ersten Teils! Stilformen des *Nouveau roman* vorwegnehmend, fangen sie Stimmungen der frustrierten Frau in gleichsam verhexten Stilleben ein: Emmas Blick auf die derben Stiefel von Charles mit den schräg verlaufenden Falten über dem Spann und dem steifen Oberleder; Emmas Blick aus dem Fenster am Sonntag, wenn zur Messe geläutet wird (»Über die Dächer schlich langsam eine Katze...«); Emmas Blick in den Kamin, wenn sie sich traurig sagt, sie habe schon alles gelesen: *J'ai tout lu*, wie im Vorgriff auf einen zehn Jahre später geschriebenen Vers Mallarmés: »La chair est triste, hélas! et j'ai lu tous les livres.«[4] Dieser ›Realismus‹ ist ein Produkt des *ennui*.

Aber kann man wirklich von ›Realismus‹ sprechen? Was dargestellt wird – die Langeweile des Alltags, die Trostlosigkeit des Ehelebens, die alle Dinge infiziert –, ist ein Standardmotiv der Romantik. In den Romanen der dreißiger Jahre des 19. Jahrhunderts finden sich häusliche Szenen wie die von Auerbach analysierte zuhauf. Vor allem Balzac war unermüdlich darin, in solchen Szenen das »häusliche Unglück« der Frau abzubilden, zum Beispiel das der Julie d'Aiglemont (*Die Frau von dreißig Jahren*, I, 1831): »...die Gesten, die Blicke, die Art und Weise, wie der Marquis sich an den Kamin gesetzt, die Haltung, die er eingenommen hatte, als er den Hals seiner Frau zu küssen versuchte, all das hatte dazu beigetragen...«[5] Ganz ähnlich nimmt Julie de Chaverny, um sie nochmals zu bemühen, ihren Gatten wahr: »Seine Art zu sprechen, zu essen, den Kaffee einzuschlürfen – alles verursachte ihr nervöse Schauer...«[6] Und stets ist solches Angewidertsein, wie bei Emma Bovary, die Kehrseite des Irrealis: »Wie wäre mein Leben geworden, wenn...« Doch dieses schluchzende »Wenn« eröffnet bei Balzac eine andere Perspektive als bei Flaubert. Balzacsche Wunschträume können in Erfüllung gehen, Flaubertsche Wunschträume nicht. Emma unterscheidet sich von Julie d'Aiglemont und so vielen anderen Romanheldinnen ihrer Zeit dadurch, daß ihr Leben nie etwas Ordentliches hätte werden können – so wenig, wie Don Quijote ein ordentlicher Ritter geworden wäre, hätte er nur eine andere Dulzinea, eine andere Windmühle getroffen.

Deshalb sind die häuslichen Szenen bei Balzac realistischer als die bei Flaubert. Die Romantik drängte ja von sich aus zur Darstellung der Wirklichkeit als jener Plattheit, von der sie abhob ins Hohe und Ferne. Flaubert hingegen denunziert nicht nur das Gegebene, sondern auch das Ersehnte. Emma dient ihm als Medium solcher Denunziation – Emma als Verkörperung der erotischreligiösen Schwärmerei.

Man spricht in diesem Zusammenhang gern von ›Objektivierung‹.[7] Wenn aber Emmas Blick auf die Stiefel oder das Rindfleisch auf dem Teller ihres Mannes ›objektiv‹ ist, dann muß das auch für Emmas Blicke auf anderes gelten, zum Beispiel auf einen Vollmond wie jenen, der vor der geplanten Flucht mit Rodolphe über Yonville prangt. Es ist eine Mondnacht, wie sie im Buche steht, etwa in dem Roman *Paul und Virginie*: die Nacht vor der Trennung der Liebenden, in der sie sich ihrer Liebe ganz innewerden. Von dorther scheint das Silberlicht herabzurieseln, in dem die Liebenden von Yonville einander ewige Treue schwören. Das Muster, geprägt durch Goethes *Werther* (der auch in Frankreich ein Kultbuch war), ist das der Korrespondenz von Natur und Seele, von Wetter und Herz. Aber diesmal ist die von Emma so tief gefühlte Harmonie Lug und Trug. Rodolphe denkt gar nicht daran, den Schwur zu halten, er schreibt in der Nacht noch jenen Abschiedsbrief, der Emma nur deshalb nicht um den Verstand bringt, weil sie ihn schon verloren hat; sonst müßte sie einsehen, daß nicht nur Rodolphe gelogen hat, sondern auch der Mond – ihr Herz.

6

Nach alledem: was bleibt noch übrig von Emma Bovary? Sie ist Inkarnation eines Ideals, ist Medium von dessen Demontage, ist Auswuchs ihrer Lektüre... Was ist sie selber, als Figur? Ein Automat scheint sie zu sein, wie Hoffmanns Olimpia. Aber ein Seelenautomat. Ohne Bewußtsein, fast ohne Sprache. Zwar möchte man nach der Lektüre mancher Szene meinen, man habe einer lebhaften Konversation zugehört, aber wenn man genauer hinsieht, ist man verblüfft: Emma hat so gut wie nichts gesagt, gemessen etwa an den oralen Ergüssen der Heldinnen von Balzac und George Sand. Sicher, der Autor berichtet, daß Emma etwas sagt oder denkt, daß sie zum Beispiel »angeregt« über ihre Klosterzeit plaudert. Aber sie selbst macht den Mund kaum auf. Ihr erstes Wort im Roman gilt Charles, der soeben ihren Vater verarztet hat: »Suchen Sie etwas?« Erst fünf Kapitel später – sie lebt längst als Madame Bovary in Tostes – öffnet sie wieder den Mund: »Komm, gib Frauchen einen Kuß, du hast ja keinen Kummer«, sagt sie zu ihrem Windhund. So leidet sie weiter.

Als Exempel diene ihr denkwürdiges Gespräch mit dem Pfarrer (II,6). Sie lebt nun seit gut einem Jahr in Yonville, nach wie vor frustriert und voller Haß auf Charles, der überzeugt ist, sie glücklich zu machen. Wenn er sie doch schlagen würde, dann könnte sie sich rächen – mit Léon! Eines Tages geht sie wie wund zur Kirche, »zu jeder Hingabe bereit, gleichgültig wem sie gelten mochte, wenn sie dabei nur ihre Seele in Demut beugen konnte...« Vor dem Portal trifft sie auf den Abbé Bournisien. Gefragt nach ihrem Begehren, setzt Emma neunmal an. Aber es kommt nichts heraus oder nur Floskeln, Interjektionen, Automatensätze. Endlich der Seufzer: »Mein Gott! Mein Gott!« Und auf die Frage des Pfarrers, was ihr fehle, ein blödes »Warum?«, dann stammelnd: »Ich? Nichts... Nichts...« Das war's. Hätte der Geistliche doch nur ein bißchen Talent zum Verführer gehabt, so wie Rodolphe! (Ursprünglich wollte Flaubert den Roman einer Jungfer in der Provinz schreiben, die alternd »zu den letzten Stadien des Mystizismus und der *erträumten* Leidenschaft gelangt«[8] – sicher nicht mit einem Abbé Bournisien!)

Rodolphe bekommt ein paar Monate später seine

Chance, während der Landwirtschaftsschau – in der wohl berühmtesten Szene des Romans (II,8). Das Liebeswerben des Verführers, das die Prunkreden der Amtsträger kontrapunktiert, gefällt sich in Phrasen der Art, daß Leidenschaften der Quell alles Edlen seien. Wie reagiert Emma? Mit sieben Einwürfen, nämlich: »Warum?« – »Oh, Sie machen sich schlechter, als Sie sind.« – »Wieso denn?« – »Wir haben nicht einmal diese Abwechslung, wir armen Frauen!« – »Aber findet man es [das Glück] überhaupt jemals?« – »Aber immerhin...« – »Aber man muß sich doch ein wenig nach der Meinung der Leute richten und ihrer Moral folgen.« Nach diesem langen Satz schlafft sie ab, und indes Monsieur Lieuvain über die Veredelung der Pferde-, Rinder-, Schweinerassen schwafelt, gibt sie sich der süßen Empfindung hin, geliebt zu werden. – Nur ein einziges Mal im ganzen Roman ist Emma fast eloquent: als sie am Ende ins Schloß des verflossenen Liebhabers läuft und sich diesem für ein paar tausend Francs anbietet; da sagt sie mehrere ganze Sätze hintereinander, vergeblich leider.

Wie soll man diesen Mangel verstehen – als Sprachlosigkeit der schönen Seele oder als Unfähigkeit aller Emmas zur Konversation? Von einem Desinteresse Flauberts an Platitüden kann ja nicht die Rede sein, er war scharf auf sie. Gerade während der Arbeit an der *Madame Bovary* sammelte er Blüten für sein *Dictionnaire des idées reçues*, und er war entzückt, als er der Zeitung entnahm, daß irgendein Bürgermeister genau den geschwollenen Satz gesprochen, den er selbst am Tag zuvor erfunden hatte für die Rede des Monsieur Lieuvain.[9] Fast alle Personen des Romans äußern Gemeinplätze, allen voran der Apotheker Homais; und da dieser den eigentlichen Gegentyp zu Emma darstellt (denn sie verkörpern, nein, sie verflachen zwei auseinanderdriftende Ideale, Wissen und Fühlen), mutet es merkwürdig an, daß Flaubert den Provinz-Prudhomme, wenn er auftritt, immerzu reden läßt, aber der »schwärmerischen Seele« dauernd das Wort abschneidet. Auch von ihren tausend Liebesbriefen bekommen wir keinen zu lesen. »Lauter dummes Geschwätz«, sagt Rodolphe dazu, post festum, während Léon von der »gewählten Sprache« Emmas schwärmt. (Naja, sie nennt ihn »Kindchen«: »Kindchen, hast du mich lieb?«)

Vielleicht gibt es für Emmas Einsilbigkeit einen ganz trivialen, weil technischen Grund. Stellen wir uns vor, die Arztfrau wäre auch im Reden das Pendant des Apothekers: Sprechblasen, die das Beste aus ihrer Lektüre böten, blubberten ihr aus dem Mund, sobald sie mit Léon oder Rodolphe schnäbelt, und auch für Charles würde sie schöne Sprüche absondern, Leidensphrasen – der Roman wäre ziemlich unerträglich, eine Totalsatire ähnlich der in *Bouvard und Pecuchet*, ein Projekt, an dem Flaubert später scheiterte; oder gescheitert wäre, wenn er seine »beiden Idioten« – »Ich fürchte, bald selber einer zu sein«, gestand er Turgenjew[10] – nicht immer mal wieder hätte zur Vernunft kommen lassen bei ihren perversen *exercitia spiritualia*, was zunächst gar nicht in seiner Absicht lag, aber dank der schnell wechselnden Interessen der Biedermänner möglich wurde. Im Falle der Emma Bovary hätte sich solche Inkonsequenz verboten. Sie muß ihren Wahn leben bis in den Tod. Und sie darf dabei nicht nur lächerlich sein. Doch was soll sie sein, nach dem Willen des Autors?

7

Es gibt wenige Werke der europäischen Literatur, über deren Entstehungsprozeß wir so viel wissen wie über den der *Madame Bovary*. Der Grund – die Flaubert-Forschung spricht von einem Glücksfall – ist eine ziemlich verquälte Liebesgeschichte. Louise Colet, als Schriftstellerin ein »schlampiges Genie« im Sinne Eichendorffs, war eine sehr schöne und sehr einnehmende Frau. Um sie sich etwas vom Leibe zu halten, schrieb Flaubert ihr gerade in der Zeit, als er an der *Madame Bovary* arbeitete, jedenfalls bis zum Bruch (1854), Hunderte von Briefen, fast täglich einen – Briefe voller Beschwörungen und Ausflüchte und Klagen über seine Qualen mit dem Roman, zwölf Stunden am Tag oder mehr, und die Nacht hindurch jeden Satz laut gebrüllt, bis er stimmte, und immer umgeschrieben, fünf Tage Schufterei für eine Seite, Monate für ein Kapitel, in der Zeit schrieb Louise ein ganzes Buch, er mußte ihr also erklären, was er da tat in Croisset, warum er nicht zu ihr nach Paris kam, mußte es immer wieder erklären, denn Louise war in dieser Hinsicht etwas begriffsstutzig... Dem verdanken wir eine Fülle von Äußerungen Flauberts über sein Schaffen, eine Art Louisen-Ästhetik, gipfelnd in Briefen wie denen vom 16. Januar und vom 4. September 1852. Im einen schildert Flaubert der um Liebesworte bettelnden Schriftstellerin die Idee eines Buches »über nichts«, eines Buches »fast ohne Sujet«, das sei die »Zukunft der Kunst«. Im anderen wird die wieder einmal quengelnde Geliebte eingeseift mit dem Entwurf eines »ästhetischen Mystizismus«, der auf Seelenwanderung hinausläuft. Die Flaubert-Deuter haben viel Wesens gemacht von solchem Gesülze, doch erhellt wird damit nichts.

Auch was sich in diesen Briefen direkt auf Emma Bovary bezieht, ist oft eher eine versteckte Botschaft für die Geliebte als eine Auskunft über die Heldin (falls man Emma und Louise noch sauber trennen kann). So droht er einmal Louise, sein Buch, wenn es gelinge, werde »manchen Schmerz der Frauen lindern... Ich werde eure Leiden, eure armen, dunklen Seelen kennengelernt haben.« Ernster zu nehmen ist ein Hinweis vom Sommer 1853 (Emma war damals noch ehrbar, aber Rodolphe stand schon ins Haus): »Meine arme Bovary leidet in diesem Augenblick ganz gewiß gleichzeitig in zwanzig Dörfern in Frankreich.«[11] Emma als Typus: das ist der ›realistische‹ Aspekt des Romans, der bei seinem Erscheinen als erster wahrgenommen wurde, teils mit Abwehr (»Die Frauen betrachten mich als einen entsetzlichen Mann. Man findet, daß ich zu wahr bin«[12]), teils mit

Zustimmung. George Sand zum Beispiel empfahl das Buch im *Courrier de Paris* den »unzähligen Emmas, die es überall gibt«, zur Lektüre. Und eine Frau aus Angers versicherte dem Autor: »Ja, so sind ganz genau die Sitten in der Provinz, wo ich geboren wurde und wo ich mein Leben verbracht habe«, weshalb sie »das Elend dieser armen Frau Bovary« nur allzugut verstehe.[13] Ein Herr aus Reims hingegen bedankte sich beim Autor dafür, daß er ihn an einer Treulosen gerächt habe... Es gab so manches Wiedererkennen – und so manche Beteuerung Flauberts, alles sei »frei erfunden«. Aber: »Alles, was man erfindet, ist wahr«, so hatte er einmal, seine Heldin meinend, in einem Brief an Louise geprahlt.

In dieser Zeit der moralischen Debatten über den Roman wurde der Realitätsbezug der Handlung nicht bezweifelt. Der Staatsanwalt, der die Anklage im Prozeß gegen den Roman vertrat, schlug als Untertitel vor: »Die Ehebruchsaffären einer Frau aus der Provinz«. Der Streit vor Gericht und in der Presse ging vor allem darum, ob Flaubert den Ehebruch verklärt habe oder nicht, ob das Schicksal der Heldin, in der allein Baudelaire eine Heroine sah, auch abschreckend genug geschildert sei. Flaubert paßte sich dem Debattenstil an und beurteilte Emma selber moralisch, also unter Preis. Sie sei, sagte er, »eine etwas perverse Natur, eine Frau der falschen Poesie und der falschen Gefühle«, ja, sie sei »eine von Natur aus korrumpierte Frau«.[14]

Später hat sich Flaubert offenbar nie mehr ernsthaft auf Deutungen seines Romans eingelassen. Auch nicht, als George Sand, die Freundin und Briefpartnerin der späten Jahre, in einem ihrer letzten Briefe an ihn (12. 1. 1876) wieder einmal über die Moral in der Literatur dozierte und über die *Madame Bovary* sagte, das sei »eine harte und durchgreifende Lektion für die gewissen- und glaubenslose Frau, für Eitelkeit, Ehrgeiz und Unverstand« gewesen, aber die Lektion hätte noch eindringlicher sein können, wenn der Autor seine »beabsichtigte Einstellung zur

Heldin« deutlicher ausgedrückt hätte. Flaubert ging in seiner Antwort (6. 2. 1876) nicht darauf ein, wiederholte nur seine seit zwanzig Jahren vertretene These, der Autor habe nicht das Recht, über seine Figuren moralische Urteile zu fällen. Und fügte hinzu, er verabscheue, »was man gemeinhin den *Realismus* nennt«, zu dessen Päpsten man ihn doch rechne.[15]

Nach Flauberts Tod wurde dann bald verkündet, welche ›Quellen‹ seinen ›Realismus‹ bezeugen. Da gab es vor allem den Fall Delamare, der 1849 in Rouen Gesprächsstoff war. Und wirklich, die Übereinstimmungen zwischen Emma Bovary und Delphine Delamare sind beeindruckkend. Auch Delphine wächst auf einem Bauernhof auf, wird von den Ursulinerinnen erzogen, heiratet einen Landarzt, der in normannischen Dörfern praktiziert, betrügt ihn, macht hemmungslos Schulden, stirbt früh durch Selbstmord (das ist zwar nicht bezeugt, wird aber um des Effekts willen unterstellt), läßt den Mann und die Tochter im Elend zurück; Eugène Delamare brachte sich Ende 1849 um. Soviel zu Delphine, viel mehr weiß man nicht, nur daß sie wohl keine Schönheit war. Dafür ist die Frau einer anderen ›Quelle‹ (Louise Pradier) schön und heiß und macht noch mehr Schulden, lebt aber in Paris im Künstler-Milieu. Glücklicherweise gibt es auch für das ländliche Milieu noch weitere ›Quellen‹, aus denen Flaubert geschöpft haben soll.[16] So wird der Roman immer enger, banaler.

Doch da ist noch eine ›Quelle‹: die Geschichte einer Frau, die »nur für das Herz« leben wollte. Mazza Willer, verheiratet mit einem selbstzufriedenen Bankier, fällt dem Verführer Ernest Vaumont anheim. Aber: »Ach! Das war es nicht, was ich erträumt hatte.« Hinter der Wollust erwartet sie eine noch höhere Lust, denn sie hat einen »unstillbaren Durst nach unendlicher Liebe, grenzenloser Leidenschaft«. Ernest, schnell ermüdet von solcher Gefühlsgier, sagt ihr Adieu und verschwindet nach Amerika. Um ihm folgen zu können, räumt Mazza ihren Mann und die beiden Kinder aus dem Weg, lächelnd, mit Gift. Da erfährt sie, daß Ernest heiraten wird, und sie nimmt selber Gift.

Diese gräßliche Moritat, *Passion et vertu* (Leidenschaft und Tugend) betitelt, stammt von einem noch nicht ganz sechzehnjährigen Gymnasiasten namens Gustave Flaubert.[17] Daß der sich 1837 durch eine Gerichtsreportage anregen ließ, ist weniger wichtig, als daß er den Stoff überhaupt aufgegriffen und melodramatisch behandelt hat. Zusammen mit anderen literarischen Versuchen, besonders der Beichte der Kurtisane Marie, die danach strebte, die *totale* Geliebte zu sein (in *November*, 1842), bezeugt dieser Text, daß Flaubert schon früh ein Absolutum verfolgte und es in dieser oder jener Gestalt zu verkörpern suchte, bis er es schließlich in Gestalt der Emma Bovary förmlich vergiftet hat.

Biographische, gar pathologische Bezüge sind dabei ohne Belang oder nur für zwanghafte Enthüller von Reiz. Auch der naheliegende Verweis auf die ›Traumfrau‹ Elisa Schlésinger, die dem Fünfzehnjährigen 1836 am Strand von Trouville ›erschien‹ – wahrlich eine Erscheinung, deren Attribute (die langen schwarzen Haare, der weiße Busen, der zierliche Fuß ...) bei so manchen späteren Heldinnen und Geliebten Flauberts wiederkehren, beginnend mit der Maria der *Erinnerungen eines Toren*, die er gleich anschließend verfaßte (1836–38)–, selbst diese Erscheinung verblaßt ein wenig, wenn man bedenkt, daß der Knabe schon vorher, im Frühjahr 1836, eine Erzählung geschrieben hat, *Un Parfum à sentir*, in welcher Elisa in einigen ihrer Züge vorweggenommen ist. Man müßte also die Existenz einer Prä-Elisa annehmen, einer frühkindlichen wenn nicht gar intrauterinen Geliebten, für solchen Unfug findet sich heute ja immer ein Sartre. Oder man müßte einräumen, daß das Imaginäre als gesellschaftliche Macht nicht immer nur der realen Erfahrung nachfolgt, sondern ihr oft auch vorausgeht, ihr den Weg bahnt. Elisa konnte dem Jüngling nur ›erscheinen‹, weil er sie sich schon erträumt hatte. Und nach der Begegnung mit ihr mußte er sie, als Idealbild, wieder erfinden. In den *Erinnerungen eines Toren* kehrt der Erzähler zwei Jahre nach der Begegnung mit Maria-Elisa an den Strand zurück; er findet sie nicht wieder, aber er *rekonstruiert* sie, ja, er *konstruiert* seine Liebe aus der Erinnerung: »Ich liebte sie damals nicht... jetzt aber liebe ich sie... erschuf ich sie mir... Diese Erinnerungen wurden für mich zur Passion.«[18] Seine Passion projiziert Flaubert später auf Emma Bovary, sie lebt im Roman seinen eigenen Traum des Absoluten.

(Aber wurde nicht gesagt, daß er dieses Absolute, dieses Ideal demontiert? Gewiß. Und war das nicht sein Beitrag zur Überwindung der Romantik? Das schon. So dürfte es im fortgeschriebenen *Dictionnaire des idées reçues* stehen. Doch in der Kunst ist manches anders. Da kann das ›Untergehen‹ ein ›Überleben‹ sein, und ›vernichten‹ oder ›vergiften‹ kann ›retten‹ bedeuten. So hat der späte Flaubert in seiner bestrickenden Erzählung *Ein schlichtes Herz* den Heiligen Geist gerettet – als ausgestopften Papagei.)

8

Als Maxime Du Camp und Louis Bouilhet dem Freund 1849 empfahlen, die *Versuchung des heiligen Antonius*, die er ihnen zwei quälende Tage lang vorgelesen hatte, ins Feuer zu werfen und ein ganz simples Thema aus dem täglichen Leben zu wählen, zum Beispiel den Fall der Delphine Delamare, ahnten sie nicht, wie sehr gerade dieses *sujet terre à terre* für Flaubert ein Sprungbrett ins Imaginäre darstellte. Dennoch war ihr Rat, auf dem Boden zu bleiben, richtig. Die ›imaginäre‹ Figur bedarf des ›realistischen‹ Ballasts, um nicht zu verwehen. Flaubert entwickelte jetzt eine Leidenschaft für Fakten, für konkrete Details, fast möchte man sagen: eine mimetische Leidenschaft, die es ihm erlaubte, seiner Obsession zu folgen.

Davon zeugt eine der schönsten Passagen in den Briefen

an Louise Colet (23. 12. 1853): »Schreiben ist etwas Köstliches, nicht mehr *man selbst* zu sein, sondern in der ganzen Schöpfung kreisen, von der man spricht. Heute zum Beispiel bin ich als Mann und Frau zugleich, als Liebhaber und Geliebte an einem Herbstnachmittag unter den gelben Blättern durch einen Wald geritten, und ich war die Pferde, die Blätter, der Wind, die gesprochenen Worte und die rote Sonne, die sie ihre von Liebe getränkten Augenlider halb schließen ließ.«[19] Das bedarf der Ergänzung. Am 10. Dezember 1860 notierten die Brüder Goncourt, daß Flaubert ihnen erzählte, »wie er gelitten habe, während er die Vergiftung von Madame Bovary beschrieb: es war, als läge ihm eine Kupferplatte im Magen, ein quälendes Gefühl, so daß er sich zweimal übergeben mußte.«[20]

Das ist es, was der vielzitierte Satz »Madame Bovary – c'est moi« zum Ausdruck bringt. Wenn man ihn mit jenem anderen Satz über Emma Bovary als die Schwester von Don Quijote verknüpfen darf, liegt die Bedeutung auf der Hand. Sie mögen ja lächerlich sein, der Ritter und die Ehefrau von der traurigen Gestalt. Lächerlich auch die klapprige Rosinante, die holpernde Kutsche in Rouen. Aber sie befördern eine ideale Potenz. Was ein Barbierbecken ist, wissen wir erst durch Don Quijote. Was ein Sonntag in der Provinz ist, zeigt uns Madame Bovary. Die Kunde kommt aus dem Imaginären.

Karl Markus Michel

1 Honoré de Balzac, *Die alte Jungfer* (1836), Übers. von Ernst Sander, in: *Die Menschliche Komödie*, Bd. V, München 1971, S. 23 ff.

2 George Sand, *Indiana*, Übers. von A. Seubert, Frankfurt am Main 1983.

3 Charles Baudelaire, *Gustave Flauberts Madame Bovary*, Übers. von Max Bruns, in: *Der Künstler und das moderne Leben*, Leipzig 1990, S. 192 ff.

4 »Das fleisch ist müde, ach! die bücher sind gelesen.« Übers. von Carl Fischer in: Stéphane Mallarmé, *Sämtliche Gedichte*, Heidelberg 1957, S. 44 f.

5 Honoré de Balzac, *Die Frau von dreißig Jahren*, Übers. von Ernst Sander, in: *Die Menschliche Komödie*, Bd. III, München 1971, S. 121.

6 Prosper Mérimée, *Das zwiefache Verkennen*. Übers. von Ferdinand Hardekopf, in: *Meisternovellen*, Zürich o. J., S. 435.

7 Vgl. z. B. Hugo Friedrich, *Drei Klassiker des französischen Romans*, Frankfurt am Main 1950, S. 129.

8 Flaubert, *Briefe*, ausgewählt und übersetzt von Helmut Scheffel, Stuttgart 1964, S. 369 f. Soweit möglich, werden die Briefe Flauberts nach dieser Ausgabe zitiert.

9 Vgl. *Briefe*, a. a. O., S. 276; vgl. auch S. 264.

10 Gustave Flaubert – Ivan Turgenev, *Briefwechsel 1863–1880*, Übers. von Eva Moldenhauer, Berlin 1989, S. 148.

11 Zitiert nach Herbert Lottman, *Flaubert*. Übers. von Joachim Schulz, Frankfurt am Main 1992, S. 162, 169.

12 *Briefe*, a. a. O., S. 351.

13 Zitiert nach H. Lottman, a. a. O., S. 196.

14 *Briefe*, a. a. O., S. 369, 352.

15 Gustave Flaubert – George Sand, *Eine Freundschaft in Briefen*. Übers. von A. Lallement, H. und T. Scheffel, München 1992, S. 512, 515.

16 Vgl. z. B. Paul Vernier, »Introduction« zur Ausgabe der *Madame Bovary* in der Bibliothèque de Cluny, Paris 1957, S. XXIII ff.

17 Gustave Flaubert, *Jugendwerke*. Übersetzt von Traugott König, Zürich 1980, S. 147 ff.

18 Gustave Flaubert, *Erinnerungen eines Toren*. Übers. von Eva Rechel, in: *November*, Zürich 1969, S. 385 f.

19 *Briefe*, a. a. O., S. 313.

20 Edmonde und Jules de Goncourt, *Blitzlichter. Portraits aus dem 19. Jahrhundert*, ausgewählt und übersetzt von Anita Albus, Nördlingen 1989, S. 60; vgl. den Brief an Hippolyte Taine von 1866, *Briefe* S. 505.

ZEITTAFEL

1821 Am 12. Dezember Geburt Gustave Flauberts in Rouen, Sohn von Achille-Cléophas Flaubert, Chefchirurg am Hôtel-Dieu, und Caroline, geb. Fleuriot. Die überlebenden Geschwister, der sieben Jahre ältere Bruder und die drei Jahre jüngere Schwester, tragen die Namen der Eltern, Achille und Caroline. Die Familie wohnt in einem Flügel der Klinik.

1831 Seit dem zehnten Lebensjahr Begeisterung für die Literatur, zunächst vor allem für *Don Quijote*. Mit Caroline und zwei Freunden führt F. selbstverfaßte Melodramen auf.

1832 Nach häuslichem Unterricht Eintritt in das Collège royal in Rouen.

1836 Die Sommerferien verbringt die Familie regelmäßig am Meer in Trouville. 1836 begegnet F. dort der schönen Elisa Schlésinger (geb. 1810) und verliebt sich unsterblich in sie. Elisa erscheint als Marie in den *Erinnerungen eines Toren* (1836–38) und als Marie Arnoux in den *Lehrjahren des Herzens*. – Seit 1836 entstehen viele kürzere Erzählungen, darunter *Leidenschaft und Tugend* (1837).

1840 F., der im Herbst zuvor wegen einer Schülerrevolte das Collège royale hatte verlassen müssen, besteht im Sommer das Abitur als Externer. Anschließend Reise in die Pyrenäen und nach Korsika.

1841 F. schreibt sich an der Juristischen Fakultät in Paris ein, besucht aber erst ab Herbst 1842 Vorlesungen. Inzwischen arbeitet er in Rouen an *November*.

1843 Im Herbst beginnt F. eine erste Fassung der *Lehrjahre des Herzens*. – Im März fällt er bei dem juristischen Examen durch.

1844 Erster Nervenanfall. Der Vater läßt ihn das Studium abbrechen. F. stellt sich mehr und mehr darauf ein, ein kranker Mann zu sein. (Erst nach der Orientreise 1849/50 lassen die Anfälle nach.) – Umzug der Familie in das neu erworbene Haus in Croisset bei Rouen, wo Flaubert fast sein ganzes weiteres Leben verbringt.

1845 Die erste Fassung der *Lehrjahre des Herzens* ist beendet. – Die Familie begleitet Caroline auf ihrer Hochzeitsreise nach Italien. In Genua wird F. durch ein Breughel-Bild zur *Versuchung des heiligen Antonius* angeregt.

1846 Tod des Vaters. Kurz darauf stirbt Caroline im Kindbett. Ihre Tochter Caroline lebt fortan mit F. und seiner Mutter in Croisset. – Im Juli lernt F. im Salon des Bildhauers Pradier in Paris die schöne Schriftstellerin Louise Colet kennen (wie Elisa Jahrgang 1810) und verliebt sich in die als »Muse« bekannte Frau. Beginn einer spannungsvollen Beziehung – vor allem in Briefen.

1848 Bei Ausbruch der Februarrevolution ist F. in Paris. In den *Lehrjahren des Herzens* beschreibt er später seine Erlebnisse. Zurück in Croisset, beginnt er mit der *Versuchung des heiligen Antonius*.

1849 Im Herbst liest F. seinen Freunden und Beratern Maxime Du Camp und Louis Bouilhet die erste Fassung der *Versuchung* vor: vernichtende Kritik. Sie raten ihm zu einem ›einfachen‹ Stoff, Hinweis auf den Fall Delamare. – Beginn der Orientreise mit Du Camp. Sie führt nach Ägypten, Palästina, Syrien, Konstantinopel und Griechenland. Rückkehr über Italien im Sommer 1851.

1851 Im September Beginn der Arbeit an *Madame Bovary*, die von langen Briefen an die »Muse« begleitet wird. Gelegentliche Begegnungen mit Louise in Paris oder Mantes (Croisset bleibt ihr ›verboten‹, die Heirat versagt.)

1854 Bruch mit Louise Colet. 1855 erneute Zurückweisung durch F. In dem kleinen Roman *Une Histoire de soldat* (Eine Soldatengeschichte, 1856) rächt sie sich, indem sie F. (als Léonce) verletzend porträtiert. Er reagiert nicht.

1856 Im April ist das Manuskript der *Madame Bovary* fertig. F. schickt es an Maxime Du Camp, den Herausgeber der *Revue de Paris*, wo der Roman vom 1. Oktober bis 15. Dezember in sechs Fortsetzungen erscheint – mit Streichungen der Redaktion aus Rücksicht auf die Zensur (Kutschenfahrt, Gespräch Emmas mit dem Pfarrer, Letzte Ölung). In der Ausgabe vom 15. Dezember protestiert F. in einer »Notiz« gegen die Eingriffe.

1857 Im Januar wird gegen den Autor und Herausgeber der *Madame Bovary* ein Strafverfahren wegen Verstoßes gegen die öffentliche Moral und Religion angestrengt. Freispruch mit der Auflage, gewisse Passagen zu streichen. Im April erscheint die Buchausgabe (6750 Exemplare) bei Michel Lévy in Paris, der auch George Sand, Gautier, Stendhal und die Poe-Übersetzungen Baudelaires verlegt. – Beträchtlicher Erfolg beim Publikum trotz zumeist negativer Kritiken (ausgenommen die von Sainte-Beuve und Baudelaire). – F. nimmt hinfort am ›literarischen‹ Leben teil, fährt öfters nach Paris, verkehrt mit den Goncourts, Sainte-Beuve, Renan u. a. – Seit Sommer 1856 Arbeit an einer Neufassung der *Versuchung des heiligen Antonius*. Ab Mai 1857 Recherchen für den Karthago-Roman (später: *Salammbô*).

1858 Reise nach Tunesien wegen *Salammbô*. Das Buch wird 1861 abgeschlossen und erscheint 1862.

1862 Feindselige Reaktion der Kritik auf *Salammbô*, freundliche Reaktion des Publikums bis in das

Kaiserhaus hinein. Eine Rezension von George Sand begründet die Freundschaft mit der 17 Jahre älteren Schriftstellerin. – Seit 1863 Teilnahme am ›Dîner Magny‹, einem Literaten-Tisch, den auch die Goncourts besuchen und wo F. später Turgenjew kennenlernt. – Kontakte zu Prinzessin Mathilde.

1864 Der Plan für eine völlige Umarbeitung der *Lehrjahre des Herzens* nimmt Gestalt an. Gründliche Recherchen für die Fakten, jahrelange Arbeit am Manuskript.

1869 F. lebt für ein Jahr in Paris. Im Herbst erscheinen die *Lehrjahre des Herzens*. Wenige Reaktionen.

1871 Arbeit an der dritten Fassung der *Versuchung des heiligen Antonius*, die F. im Sommer 1872 beendet. – Er kehrt nach Croisset zurück, wo monatelang preußisches Militär einquartiert war.

1874 Aufführung des Dramas *Der Kandidat* – ein Fiasco. Veröffentlichung der *Versuchung* – Verrisse. F. beginnt mit der Niederschrift von *Bouvard und Pecuchet*, wofür er seit Jahren Vorstudien getrieben hat.

1875 Um den Mann seiner Nichte Caroline vor dem Bankrott zu retten, verkauft F. sein Gut in Deauville. Er hat nun selber Geldsorgen. Um seine finanzielle Situation zu verbessern, will er ein paar Erzählungen schreiben. Er beginnt mit *Die Legende von Sankt Julian dem Gastfreien*, 1876 folgt *Ein schlichtes Herz*, 1877 *Hérodias*.

1877 Die drei Erzählungen erscheinen als *Trois Contes*. – Flauberts Gesundheitszustand verschlechtert sich, seine finanzielle Situation desgleichen. – Erneute Mühen mit *Bouvard und Pecuchet*.

1880 Tod am 8. Mai nach einem Anfall.

INHALT

ERSTER TEIL

ZWEITER TEIL

DRITTER TEIL

Winkler Weltliteratur
Klassiker des 20. Jahrhunderts

Dünndruckbibliothek

Alfred Döblin
Berlin Alexanderplatz
Die Geschichte vom Franz Biberkopf
Mit Nachwort von H. Kiesel,
Anmerkungen und Zeittafel von
U. Bertram-Hohensee
Leinen ISBN 3-538-05344-8
Leder ISBN 3-538-05844-X

Günter Grass
Die Blechtrommel
Mit Nachwort, Anmerkungen und
Zeittafel von V. Neuhaus und einem
Frontispiz von Günter Grass
Leinen ISBN 3-538-05352-9

Thomas Mann
Buddenbrooks
Verfall einer Familie
Mit Nachwort, Anmerkungen und
Zeittafel von J. Hieber
Leinen ISBN 3-538-05365-0

Ernest Hemingway
Wem die Stunde schlägt
Aus dem Amerikanischen von
P. Baudisch. Mit Nachwort, Anmer-
kungen und Zeittafel von W. Winkler
Leinen ISBN 3-538-05389-8
Leder ISBN 3-538-05889-X

Henry Miller
Wendekreis des Krebses
Aus dem Amerikanischen von
K. Wagenseil. Mit Nachwort, Literatur-
hinweisen und Zeittafel von W. Winkler.
Mit 8 Tuschzeichnungen von
Henry Miller
Leinen ISBN 3-538-05351-0

John Steinbeck
Früchte des Zorns
Aus dem Amerikanischen von
K. Lambrecht. Mit Nachwort, Anmer-
kungen und Zeittafel von W. Winkler
Leinen ISBN 3-538-05369-3
Leder ISBN 3-538-05869-5

Vladimir Nabokov
Lolita
Aus dem Amerikanischen von H. Hessel,
M. Carlsson, K. Kusenberg, H. M. Ledig-
Rowohlt und G. v. Rezzori, bearbeitet
von D. E. Zimmer. Mit Nachwort,
Anmerkungen und Zeittafel
von D. E. Zimmer
Leinen ISBN 3-538-05359-6
Leder ISBN 3-538-05859-8

Frank Wedekind
Werke in zwei Bänden
– Band I: Gedichte und Lieder/Prosa/
Frühlings Erwachen und die Lulu-
Dramen
– Band II: Der Marquis von Keith/Karl
Hetmann/Musik/Die Zensur/Schloß
Wetterstein/Franziska und andere
Dramen
Herausgegeben, mit Nachwort, Anmer-
kungen und Zeittafel von E. Weidl
Leinen ISBN 3-538-05323-5

Boris Pasternak
Doktor Schiwago
Aus dem Russischen von
T. Reschke. Mit Nachwort
von J. R. Döring-Smirnov
und I. Smirnov, Anmerkun-
gen von R. von Maydell
und M. Bezrodnyi
Ln ISBN 3-538-05886-3
Ld ISBN 3-538-05886-5

Artemis
&Winkler

Klassiker der
französischen Literatur im dtv

Klassiker der
französischen Literatur im dtv

Klassiker der
italienischen Literatur

Dante Alighieri
Die Göttliche Komödie
Aus dem Italienischen
übertragen von
W. G. Hertz
Nachwort von
Hans Rheinfelder und
Anmerkungen von
Peter Amelung
dtv 12457

**La Divina Commedia –
Die Göttliche Komödie**
Italienisch und deutsch
Herausgegeben, übersetzt
und kommentiert von
Hermann Gmelin
6 Bände
dtv 5916

Alessandro Manzoni
Die Verlobten
Mit 440 Illustrationen
Mit einem Essay von
Umberto Eco
Übersetzt und mit einem
Nachwort versehen von
Ernst Wiegand-Junker
Dünndruck-Ausgabe
dtv 2124

Francesco Petrarca
Canzoniere
Zweisprachige Gesamt-
ausgabe
Nach einer Interlinear-
übersetzung von
G. Gabor
dtv 2321

dtv